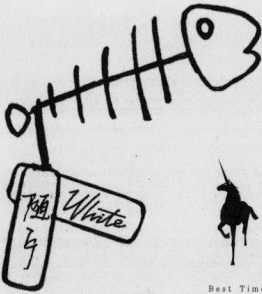

Best Time

白 马 时 光

跟时心动

姜之鱼——著

上

四川文艺出版社

图书在版编目（CIP）数据

限时心动 / 姜之鱼著. -- 成都：四川文艺出版社，
2022.11
　　ISBN 978-7-5411-6434-7

　Ⅰ. ①限… Ⅱ. ①姜… Ⅲ. ①言情小说－中国－当代
Ⅳ. ①I247.5

中国版本图书馆CIP数据核字（2022）第163002号

XIANSHI XINDONG

限时心动

姜之鱼　著

出 品 人　张庆宁
责任编辑　陈雪媛
责任校对　段　敏
出版发行　四川文艺出版社（成都市锦江区三色路238号）
网　　址　www.scwys.com
电　　话　021-64386496（发行部）　028-86361781（编辑部）
印　　刷　三河市金元印装有限公司
成品尺寸　145mm×210mm
开　　本　32开
印　　张　16.5
字　　数　570千
版　　次　2022年11月第一版
印　　次　2022年11月第一次印刷
书　　号　ISBN 978-7-5411-6434-7
定　　价　69.80元（全二册）

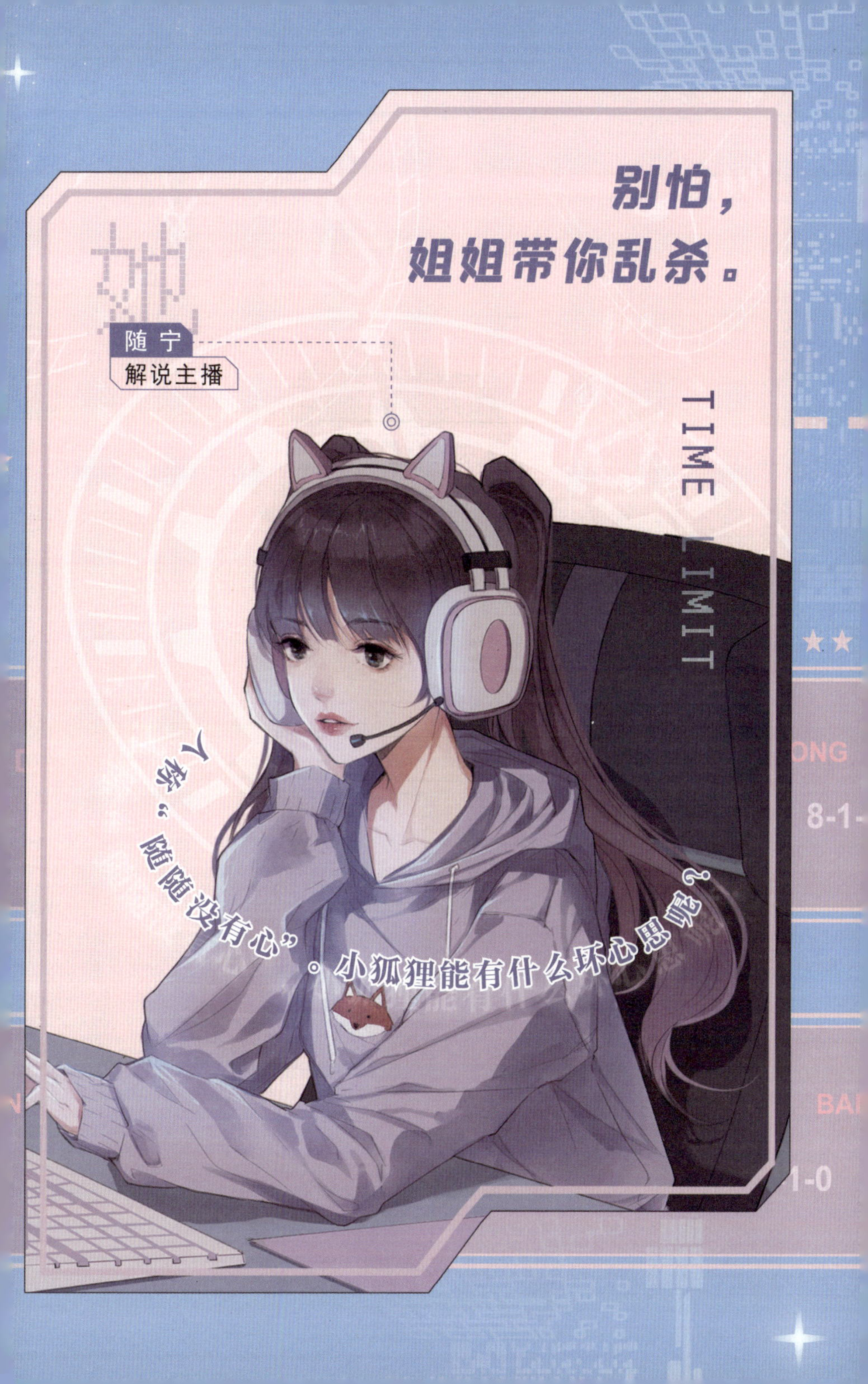
别怕，
姐姐带你乱杀。
她
随宁
解说主播
TIME LIMIT
人称“随随没有心”。小狐狸能有什么坏心思呢？

YU,
终会万众瞩目。

陈津白
YU 战队打野 White

BE ATTRACTED
TO YOU

/上卷/

此时

目录
CONTENTS

1

/上卷/

此时

Chapter 01

心跳漏了一拍

随宁以为"她"是新手，因为害羞才没说话，她轻笑了声，声音透过网络流淌到陈津白那边，多了丝轻佻。

"别怕，姐姐带你乱杀。"

晚上六点，外面下起了小雨。周纯从外面回来的时候，听到次卧传来的游戏声，她推开门看了一眼，发现随宁并不是在打游戏。电脑屏幕上正放着她十分眼熟的画面。

"你今天不直播吗？"周纯探头，"又在看比赛啊？你不是都看过好多次了吗？"

"不一样。"随宁笑眯眯的，"每一次都是不同的享受。"

"你就是个声控加颜控吧。"周纯无语，"哎，我说，那个叫陈……陈津白的打游戏的男人，有什么好喜欢的？"

"当然有啊。"

"你那么喜欢，就去追呗，就你这张脸，还怕追不上？"周纯恨铁不成钢，"你好歹也是个有千万粉丝的大主播。"

"他不认识我。"随宁眨眼。

随着她歪头，乌黑的头发滑落下来，莹白的耳朵被头发遮挡，只能看到一点点白色。从周纯这个角度看，随宁的侧脸精致到连她都心动，唇瓣娇艳欲滴，天生像果冻。她深呼吸两次，关上了门。

随宁眉眼弯弯，重新戴上耳机。她刚看视频没多久，两个解说正在详细地介绍今天要比赛的两支战队的情况，镜头不时扫过下面的观众。紧接着，耳机里爆发出巨大的欢呼声。镜头前方，YU战队成员从后台休息室走出来，为首的男人穿着灰白的队服，现场灯光氤氲着他的眉眼——与生俱来的金贵气息。

"陈津白！"

"啊啊啊！ YU 必胜！"

"陈津白看我！"

队友碰了碰男人，镜头给了特写。

陈津白抬头看向观众席，光下他的肤色偏白，轮廓鲜明而立体，薄唇微抿，稍稍点头，走上了舞台。台下欢呼声更重，几乎要冲破房顶。

这场比赛，YU 战队以绝对的优势取得了胜利。身姿挺拔的男人站在舞台中央，接受主持人的访问。这是陈津白第一次出现在职业比赛中。他顶着一张可以进娱乐圈的脸进了职业战队，首秀就以一手操作秀翻全场。

屏幕前的随宁捧着杯奶茶，不错眼地看着。这场比赛，她看了好几次，每一次都有不一样的感觉，可惜那次因为有课，没能去现场。

她现在是 YU 战队的粉丝，也是陈津白的粉丝。

看完比赛视频已经接近九点，随宁意犹未尽地关了视频，出去上洗手间时看到周纯在吹头发。她和周纯是同学也是室友，合租了这套房，两个人只偶尔才回宿舍里住一两天。

"我要直播了，你待会儿不要敲门。"随宁提醒道。

"知道了。"周纯回。

随宁回房，打开了"天空直播"，准备开启今晚的上分之旅。刚开播一分钟，就有几千粉丝冲进直播间。随宁上号的这点儿时间，直播间已经被推送到了首页，标题十分惹眼，点开后，屏幕上弹幕、礼物刷不停。

"今天怎么开播这么晚？"

"随随瞒着我去偷偷点陪玩了？"

"带粉吗，随妹？"

随宁无视掉乱七八糟的弹幕，浅浅笑道："先来几把巅峰赛吧，今晚肯定连胜。"

显然，她是个预言家。虽然她补位的上单被针对，是惨不忍睹的负战绩。但第四局结束，屏幕上依旧是游戏胜利的界面。

随宁笑道："不愧是我。"

"你直接证明了打得好不如排得好。"

"绝了！怎么连胜的不是我？"

"我的队友都是阴间生物吧……"

"刚八连跪，哭了。"

"不要造谣我。"随宁喝了口奶茶，咬到了珍珠，所以声音有些含混，却意外地好听。虽然还有两天到月底，但她觉得自己这个月最起码有个"小国标"吧。不过，连胜之后常有连跪的情况，所以她不打算继续打巅峰赛，准备用小号"炸鱼塘"，娱乐两把，打发时间。

空余时间，弹幕开始聊天。

"马上季前赛就要开始了。"

"这次不知道 YU 怎么样。"

"随随知道陈津白吗？"

"陈津白太好看了！要命！"

随宁瞥过这条弹幕，呼出一口气说："先不打巅峰赛了，今天运气好，我觉得会碰上幸运的事。"她笑眯眯道，"所以点陪玩吧。"

粉丝表示，这都是借口，当心幸运值用完连跪，炸鱼塘翻车。

随宁当着他们的面打开了陪玩软件。屏幕上飘过不少"想看点 9 个陪玩一起造作""选男神音""选少年音""御姐音也不错"的弹幕。她选了个没接过单的女陪玩。对方名字叫"筱筱"，大概是刚注册不久，主页有十秒语音，是软妹音，段位是钻石。

随随没有心问："你好，现在可以打游戏吗？"

筱筱说："可以！"

随随没有心道："好，来一局试试。"

对面应该是个活泼的妹子。简单地沟通后，随宁和筱筱加了好友，准备上号打一局，不过对方需要等两分钟。这期间，直播界面十分热闹。

"笑容逐渐变态。"

"随姐的'鱼塘'又要多一条年轻漂亮的小鱼了。"

"男女通吃我随姐，牛啊。"

"坏女人，没有心。"

"捕鱼主播。"

随宁笑笑，没说话。大一开学后不久，她被室友带进直播这行，做了游戏主播，专打《王者荣耀》这个游戏，是"天空直播"出名的操作型主播。操作犀利的女主播不多，英雄池深的随宁更显得出彩。她刚开始时还会出错，但很快就上手了游戏，到现在玩起来游刃有余，得了几个"国标"，五路都能补位，不说每次都是"C 位"，但也不至于"翻车"。

人气越来越高后，直播间里带节奏的"黑子"也开始变多。"长得丑"和"代打"成了经常被刷的词，被直播间禁言他们还会去别的社交软件说。网上关于她代打的帖子高达几千条回复，随宁懒得和他们杠，直接高价买了个摄像头，当场直播。

不露脸，只露手。

随宁的手很漂亮。葱白纤细，长而优雅，在镜头下莫名地透着粉，没有涂指甲油，很健康的粉。每次打游戏时，指尖轻巧又快速地点在手机屏幕上，就像点在看直播的观众的心上。经常有不玩游戏单纯手控的粉丝慕名来关注她。代打一事到此为止。

至于"长得丑"这传言，有些人觉得"这漂亮的手肯定是美女才会有"，也有些人觉得"不敢露脸就是丑"。

当然，随宁火的原因还有一个，就是会甜言蜜语。随宁每周直播四天，其中每晚都有固定的点陪玩时间，"宝贝"随口就来，撩人不在话下，很是吸粉。点陪玩一开始是偶然，是粉丝的要求。后来，随宁发现挺好玩的，就将这个传统保持了下来。现在，这已是不少粉丝最爱看的环节了。

手机这头的陈筱心情忐忑，看到"下单成功"时才长出一口气，很快收到了回复。

随随没有心问："你好了吗？"

陈筱立刻回道："好了！我加你了！"

今天是陈筱当陪玩的第一天。因为机制原因，新陪玩注册后平台会有一次推荐的机会，陈筱等了半天，终于有人来下单。可没想到，她兴奋地同意后，肚子开始不争气。陈筱今晚吃多了，忍了两分钟，最后忍不下去，无可奈何，将目光投向客厅沙发上的男人。

"哥！你就帮我看几分钟！这是我做陪玩的第一天，可不能放人家鸽子。"

不远处的男人正翻阅着一本书，长腿交叠，袖口翻折，腕上戴着只表，悠闲自在。

"什么陪玩？"男人的嗓音磁沉悦耳。

陈筱解释道："就是陪人打游戏而已。"

她又说："帮我看几分钟就行，我回来就好了。"

她双手合十，做拜托状，毕竟堂哥可是知名职业选手。

YU 战队成立了几年，几次参加职业联赛，都离冠军差那么点儿。原队长退役后，战队更是战绩落魄。几个月前，YU 官博放出了新队长陈津白的资料。

说起陈津白，很多人都知道。他先前很长一段时间霸占了全国巅峰赛榜单第一名，不少职业战队都对他发出邀请，但皆无功而返。YU 发的这一张照片，让陈津白凭借出色的容貌和辉煌的战绩圈粉无数——毕竟长得好看游戏又打得好的男人不多。随宁看的那场比赛，是陈津白作为队长后的首次上场。YU 对今年的 KPL（《王者荣耀》职业联赛）春季赛势在必得。

陈津白头也不抬道："没空。"

陈筱："……"

她威逼利诱："我让婶婶别催你谈恋爱。"

"好。"

陈筱道："……答应得真爽快。"

"不能是排位。"陈津白慢条斯理地放下书，声音懒洋洋的，"手机。"

"啊，那我和她说一下。"陈筱连忙说。

随宁虽然觉得改成匹配奇怪，但也没怀疑。

"好了，我队友是五楼，你别看错了！我马上回来！"陈筱把手机和耳机都递给他，飞奔去了洗手间。

陈津白摇了摇头。等她走后，他才垂眼看向屏幕，乌黑的碎发垂落在耳侧，明亮的光照出偏白的皮肤和凌厉的线条。

屏幕上，游戏正在选英雄阶段。五楼的名字叫"随随没有心"，看起来像是个女生。陈津白"啧"了声，估摸着陈筱什么时候回来。

随宁不知道自己的陪玩已经换了人，她记得筱筱只玩法师和辅助，所以她挑了个钻石小号。怎么说自己也应该可以乱杀的吧，换成了匹配也没事，娱乐局更容易乱杀。

弹幕里不少人问她怎么不选男陪玩。随宁慢吞吞回道："听女孩子软糯糯的声音夸'姐姐，你好棒，你好厉害'，难道不动心吗？"

她挑了挑秀气的眉毛。直播间的观众只能看到细长白皙的手指点在暗色的桌面，对比冲击，养眼得不行，眼也不眨地盯着。

这游戏分五个位置，上、中、下路，打野和辅助。看筱筱迟迟没选英雄，随宁清清嗓子，在游戏里开麦，温柔道："宝贝，你选个瑶妹跟我就行。"

屏幕前，陈津白眉梢一抬，看到五楼的"随随没有心"的英雄头像旁的耳麦一闪一闪。

是她在说话。陈津白没打算开麦。按照他的想法，陈筱待会儿就回来，她的英雄池摆在那里，选瑶她也好接手。

随宁以为"她"是新手，因为害羞才没说话，她轻笑了声，声音透过网络流淌到陈津白那边，多了丝轻佻："别怕，姐姐带你乱杀。"

她的腔调中带着少女的柔软感，像在撒娇，又像在炫耀。随宁生动形象地诠释了用最软的声音说着最嚣张的话，偏偏让人生不起气来。

直播间又是一波"哟哟哟"的打趣和刷礼物。陈津白没忍住，笑了声，这么大口气的话也说得出口，女孩子找女孩子陪玩都这么自信的？

随宁选定了貂蝉，这个赛季貂蝉比以前好很多，她这段时间都在用貂蝉上分。陈津白选的瑶，将技能从治疗换成干扰。游戏加载时，随宁又问了句："宝贝，你能开麦吗？不能就打字，没关系的。"

陈津白打了个字："嗯。"

想到她后面的那句话，他又打了三个字："不方便。"

随宁说："那你看我乱杀！"

不知为何，陈津白想到"奶凶"这个甜腻的词，放到她的身上似乎十分合适。

屏幕前，随宁皱眉。她还是第一次碰见这样的情况。毕竟陪玩，陪着玩，一般都是让干什么干什么，顾客至上，让 buff^① 都可以。

一个人自说自话最无趣。不过，一局快的话，十分钟都不用，打完就溜。

随宁没想到这个瑶会带干扰，因为低段位很少有辅助会用干扰这个技能。顾名思义，干扰就是干扰敌方的防御塔，越塔杀人时可以不被防御塔打，拆塔

---

① buff：游戏名词，原意是指增益。红 buff、蓝 buff，指给某一角色增加一种可以增强自身能力的魔法或效果。

时用也会更快完成。

"我是你老板，你往哪儿跑？"

陈津白原本帮貂蝉清完线，打算跟打野或者射手的，但他现在是"陪玩"的身份，又听话地回了中路。

"宝贝，咱们去抓小鲁班。

"对面法师满血不回家，送她一张免费机票吧。

"小鲁班又复活了呀，走，去看看他。

"妹妹，就问你，我这波越塔强杀丝血逃生秀不秀？

"别人卖辅助，我和他们不一样。"

有瑶和干扰技能，越塔强杀十分容易。这一局几乎是随宁的个人秀，几乎每隔一分钟，峡谷就会有个人死在貂蝉的手下。

"鲁班：我今天不该打游戏。"

"代入小鲁班了，拳头硬了。"

"吹起来了，吹起来了。"

几分钟时间，对面团灭几次，中路二塔都被拆了。连着将对面的射手鲁班七号抓到战绩 1∶7，对面下路直接崩了。对面没强控，貂蝉的战绩已经 10∶1，人越多她回血越快。同队的三位路人感觉自己不在游戏中，而是在王者峡谷看风景。他们做的最频繁的事不是清兵，而是点赞。好家伙，感觉光点赞手都点累了。

这个女生会玩。这是陈津白的第一个想法。

然后就是——话真的好多。

"宝贝，你不夸夸我吗？"随宁忽然问，声音有些惆怅，又清甜动人。

陈津白一顿。她的声音是真的很好听。他那原本因被叫"宝贝"而皱起的眉头微微舒展开，手下控制的瑶因为他的动作停在了原地。

随宁本以为陪玩又是沉默，没想到，三秒后，屏幕上出现一行文字——

筱筱（瑶）：**玩得很好。**

夸人都这么高冷范儿的人。随宁笑了起来："这么简单，一点儿也不高兴。"

听到这话的直播间观众们都酥了，恨不得将所有的东西都捧到她面前来。

说话间，随宁不慎被蹲，敌方三人，一套打下来，瑶的护盾被打破，貂蝉瞬间残血。她都做好死的准备了，空空的血条却变成了亮眼的黄色。

陈津白操纵着瑶给貂蝉增加了护盾，冷静地发了句话。

"反打，一波^①。"

貂蝉这个英雄，只要还活着，就有绝地反杀的机会，甚至打完还能满血。

"好嘞，遵命。"随宁笑意盈盈。

敌方几人站在一堆，刚好被她叠被动^②，瞬间就"开了花"，拿下三杀。对面打野赶来时，貂蝉已经几乎满血，加上瑶的盾，直接反杀。

闻言，陈津白轻笑。他和队友们游戏语音从来都是言简意赅，不会闲聊，哪里会有这样一个女声不停地叫着"宝贝""妹妹"的腻歪。

对面只剩一个人，随宁他们基本稳赢，队友们已经开始吹捧。

"兄弟牛！"

"貂蝉666。"

"貂蝉妹妹，下一把双排可以吗？"

随宁哼哼了两声，道："我带妹可是有良心的，一次只有一个，今天就只有筱筱宝贝。"

弹幕里刷了起来。

"放屁！你上次还说你只有我！"

"哈哈哈！"

"好了，姐妹们，同为鱼塘鱼，相煎何太急。"

"这个瑶玩得很好，会刷护盾、叠被动技能、承受敌方伤害，简直是教科书。"

随宁被逗笑，轻轻浅浅的嗓音传至陈津白的耳朵："是啊，我的瑶瑶公主真棒。"

这个声音像带了电流般，刺得人心尖酥麻。陈津白的耳朵蓦地发痒。

正当随宁点掉敌方水晶的最后一点儿血量时，耳畔忽然响起了一道低沉的男声："你别说话了。"

陈津白开了语音。因为随宁的听筒开的是组队的，只有和她双排的人说话她才能听得见。随宁愣住了。游戏里，水晶爆破，她耳畔如同烟花炸响，来不

---

① 一波：意为团队作战推对方基地。

② 叠被动：意为叠加英雄被动技能的层数。

及想软妹音怎么变成了男人的声音，脑海中只留下一个想法——这是人能有的声音？

随宁的魂跟着飞了。然而游戏已经结束，等她回到队伍里时，里面只有她自己，对方已经退了，刚才的那一句仿佛是她的错觉一样。

"刚才谁在说话？"

"妈妈，我的耳朵怀孕了。"

"明人不说暗话，我想听这个声音说爱我。"

《王者荣耀》是个看不见脸的游戏，声音就成了可以判断对方的最简单的方式。声音怎么样，一听就知道。

随宁看了一眼，"筱筱"已经下线了。她回忆着刚才那句话的嗓音，越想越不得劲。也许是因为听得不清楚，也许是因为说得太少，那男声里像带了羽毛，挠得她安心不下来。也许是……因为有一点儿熟悉。

直播间里的观众很长时间没听到她说话，房管忍不住发消息过来："随随，你在吗？"

随宁回过神来，清清嗓子。

"这个陪玩明明是软妹音，忽然变了，可能是开了变声器吧，毕竟'某心'这软件，P国标①都常见的事。"

粉丝们纷纷表示同意，拿自己举例子。有人说自己遇到的陪玩还骂人甩锅。有人看到"国标"下单，结果钻石局还翻车，说好的国标，结果被对方打成0：8。

随宁停顿了下说："今天有点儿累了，先打到这里吧，晚安。"

满屏幕的"？？？"覆盖了直播间。

随宁拿下耳机，柔软的黑发随着这动作，从肩膀上滑落，垂在了胸前，遮住了大半侧脸。她没化妆，依旧肤白貌美，让人每每看到都移不开眼。她的鼻子秀巧尖挺，唇形漂亮，尤其是一双眼，笑起来时犹如春日樱花。

随宁恍惚地出了房间。

"直播结束了啊，今天这么早。"周纯正在沙发上盘腿吃炸鸡，"要不要吃炸鸡，我点得多。"

"不吃了，刚喝完奶茶，肚子饱了。"随宁摇头回道，拐进厨房倒了杯热水。

───────────
① P国标：通过图像处理技术伪造国服标志。

"小鸟胃。"周纯吐槽。

"周纯，我刚才打游戏点的陪玩，他的声音，"随宁抿了口水，认真道，"和陈津白的很像。"

周纯放下炸鸡，端详着她玲珑剔透的脸道："你怕不是天天看陈津白魔怔到幻听了？"

"没有，一直播间的人都听见了。"随宁揉揉脸，"真的，我骗你做什么呀，宝贝。"

"别叫我'宝贝'，我怕把你'就地正法'了。"

"这不是重点。"

"重点是啥，是听见你偶像的声音，然后呢，你要干吗？"

随宁歪头道："我没想干吗，我猜他开了变声器，因为这软件上假的很多，不过那么像的第一次听到。"

周纯眼珠子转了转说："随随，你看，陈津白说话你又听不见，但是别人不一样啊。"

随宁看向她。

"与其天天看一个只有几句话的视频，不如花钱让陪玩开个变声器，说上一整天的话。"

保证你听到吐。剩下的话，周纯没敢说出来。周纯觉得追星很正常，但随宁喜欢陈津白不像是追星，有点儿魔怔了似的。现在有个代替的，她乐得见到随宁的注意力被转移。如果对方能靠声音把陈津白的滤镜打破，那可就再好不过了，她都想给他打钱。

"我觉得你说得有道理。"随宁将水杯放到茶几上，发出不小的声音。

陈筱从洗手间里出来时，看到堂哥背对着自己，脖颈微弯，背影懒散地靠在沙发上，被灯光映得清俊修长。陈筱绕过去，发现他手上拿的是书。

"打完了？这么快！"

她喜滋滋地拿起茶几上的手机说："这么快就结束，肯定是哥你带飞了，这单绝对好评。"

陈津白翻书的手停住。他平静地道："我玩的瑶。"

"啊？"陈筱呆了。

"你的顾客她——"陈津白的声音停顿了下，而后想起了随宁的声音。

他低笑着改口道："她乱杀。"

嗯，这是她亲口说的。

不知为何，陈筱听着，总觉得话里带了笑意，不过她的注意力很快就被这句话的内容转移。

"真的吗？她玩的什么？

"哥，你堂堂一个全能野王，不C就算了，居然有一天会被路人带飞!

"你居然还玩瑶!"

陈津白不置可否。对方的操作的确不错，当然，最让人印象深刻的还是她的声音和她的话。甜言蜜语说起来一套一套的。像个小骗子。

陈筱笑眯眯地点开陪玩软件，准备看看评价。没想到，唯一的聊天对象兼顾客发了几条未读消息，而且还给了个巨大的惊喜。

"随随没有心"给您下单999局，是否接单？

陈筱咽了咽口水。这钱! 谁不赚谁是傻子!

陈筱用激动的心、颤抖的手点开对方的聊天框。

里面只有一句话，既冷漠又无情。

随随没有心："不开麦就退钱。"

Chapter 02

主动靠近

　　陈津白收到转账后，饶有兴趣地看着屏幕，慢悠悠地发了句语音。

　　"老板，您有什么要求？"

　　开麦？

　　当然可以啊！陈筱对自己的声音还是有那么一点儿自信的，上学时，老师和同学都说她可爱。这个客户应该会喜欢的吧？

　　就是这 999 局这数字是真实的吗？她定的一局十元钱，加上刚刚那局就正好是一万元了，对面的人实在是豪爽。

　　筱筱："开！"

　　筱筱："不过，老板是不是单数写错了？"

　　随宁已经坐在了床上，接到私信很快回复："没有。"

　　一秒后，她弯了弯手指，又加上一句话："瑶玩得很好。"

　　是用当时他的原话，也是实话。

　　陈筱古怪地回头，看了眼气定神闲的陈津白，同时又有点儿心虚道："谢谢，你也很好。"

　　随宁："……"

　　对面的人是不是有点儿分裂？难道这就是传说中的打字可以卖萌、可以骂人，一开口就高冷不说话的真实案例吗？

　　随宁问："你主页上的声音是真的吗？"

　　"当然是我本人的。"

　　"行吧。"

还在这儿装呢。随宁决定先不戳破"他"的谎言。

陈筱已经成功接了单，提醒道："999单一次打不完，可能要很长一段时间……"

随随没有心道："很好。"

筱筱问："现在来吗？"

随宁看着这问题，又想到那个声音，原本打在聊天框里的"来"字迟迟发不出去。

她垂眼道："明天吧，今天太晚了。"

随宁临时改了口。夜里打游戏，还听着和陈津白一样的声音，她担心自己会睡！不！着！

陈筱有点儿失望，但很快又被兴奋代替。她回复完，立马抬头问："哥，你平时瑶玩得多吗？你是不是偷偷在基地里玩了？"

"嗯？"

"客户一口气下了999单！"

这个数字着实太大，陈津白也愣了一下，不过很快慢条斯理道："有手就行。"

陈筱："……"

半晌，陈津白漫不经心的嗓音响在陈筱耳边："你接了那999单……陪玩？"

"不接是傻子。"陈筱回。

陈津白面无表情，眉梢小幅度地扬了下，轻笑道："那祝你事业有成。"

想起堂哥明天就结束假期，下午回战队，陈筱忽然想起顾客的那一句命令。

"你刚才是不是没有开麦啊？"

陈津白的手指捏住书页，片刻后说："没有。"

他有意忽略了那一句。

找替身好像不是什么光彩的事，所以第二天下午，乖乖巧巧地坐在课堂上时，随宁才后知后觉地意识到这个问题。她感觉自己像一个"渣男"，自我谴责一分钟后，她又很快理直气壮地说服了自己。

她是花了钱的！花钱就是大爷！让陪玩用自己喜欢的声音说说话怎么了，又没有吃别人家大米，她还会带他上分呢。随宁一番心理建设结束，忍不住弯唇一笑。

周纯坐在她旁边，就看她一节课一会儿皱眉一会儿又笑，不知道在想什么乱七八糟的东西。

下课铃声响起，她问："昨晚怎么样？"

"什么怎么样？"随宁反问。

"就那个和陈津白声音像的陪玩啊，你没和他玩吗？"周纯问，"难道你没花钱啊，我以为你做了。"

"噢，这个啊。"随宁慢吞吞地回道，"我定在今天。"

她继续说："周纯，你说，我这样是不是不合格的粉丝，哪有粉丝找个偶像的替身当陪玩的。"

"哪里不合格，我觉得很好啊。"周纯违心道。

蠢蠢欲动的随宁很没节操地被说服了。周纯腹诽：你自己也觉得很好吧。

随宁在学校里和在直播时是完全不同的两个样子，网络上，她可以无所顾忌，但在现实里，她是个很乖很糯的学生。她常拿奖学金，又长得漂亮，老师们都很喜欢她。在网络上就不同，反正她直播又不露脸，没有认识的人，她可以肆无忌惮。

一回到公寓，随宁就叫了"筱筱"。现在正是下午五点，她一边打开直播，一边等筱筱的回复，很快就得到了肯定答案。

一上《王者荣耀》，她就邀请"筱筱"双排。直播间此时已经有十几万人在看，随宁笑眯眯道："今天，我要乱杀到底。"

"噫，这个 ID 好眼熟。"

"昨天那个好听到炸的声音就是他！"

"我还记得，随随之前点的是软妹音吧？"

"男人？取关了。"

看到弹幕上的内容，随宁没有回复，她的粉丝男女都有，但整体还算和谐。

"下午好，这次能开麦吗？"

陈筱怀着忐忑的心进了队伍，听到这清甜的女声，立刻就恍惚出神了。妈妈，这声音太好听了吧！

"筱筱？宝贝？"随宁点了开始匹配，"我昨天和你说的事，你还记得吧？不开麦就退钱哦。"

游戏很快进入选英雄阶段。陈筱开口："知道的。"

她一开口，随宁以及整个直播间就停滞住。

"变声器又换了？"

"随随梦碎了。"

"变声器哪儿买的，给个链接。"

随宁半天才找回自己的声音："嗯……你这个声音和你主页的一样，不过，能换回昨天的变声器吗？"她强调道，"来自老板的要求。"

这下轮到陈筱听不懂了，心想她堂哥怎么可能用变声器，而且都没开麦。

陈筱说："没变声器。"

那就是换人了？随宁十分不满意，但这局游戏已经开始，这次她选了李白："待会儿再说，这把打完。"

陈筱在三楼，直接选了瑶。

现在选瑶也很常见，但今天的队友就没有昨天的友好，她确定后，队友纷纷打字吐槽。

"完了，这把要没。"

"瑶这个英雄就应该不存在，好吧？"

"李白加瑶，野区还能有吗？"

随宁浅笑了声，打字："躺好。"

四楼的程咬金正要开口辱骂，就见李白将胜率发了出来：胜率94%。

金牌、银牌加起来约等于场数。

这个号是随宁用来带粉丝中的妹子的，所以有过那么几次"翻车"的情况。

二楼："666"

五楼："牛，躺好了！"

虽然是李白，但在低段位反野也很容易，尤其对面的打野是娜可露露，前期也不是很强。随宁直接开口道："瑶跟我去反野。"

直播间的粉丝哈哈哈笑起来。

"昨天还是宝贝，今天就变成了瑶。"

"说好的瑶瑶公主呢？"

"我唾弃你！"

随宁是心情不爽，她花钱是为了听声音的，结果没想到，不是昨天的声音。

那这钱不是白花了？

对面打野的娜可露露似乎不太会玩，尽管辅助是张飞，她不仅死了，还没有拿到红 buff。随宁又转道，直接去了对面的蓝 buff 处。娜可露露刚复活，二级都没到，自然打不过随宁。当然，她还有个惩戒[1]，可以抢蓝 buff。

"跟我比惩戒速度。"大概是没听到心仪的声音，随宁今天比昨天暴躁，下手也狠。

但陈筱偏偏就吃这一挂。陈津白拎着袋子从外面回来的时候，就听见"triple kill"（三杀）的游戏音，以及堂妹的尖叫声。因为今天没人在家，陈筱没戴耳机。听到脚步声，她也没时间去房间里拿耳机，只好回头，小声道："嘘，我在陪玩。"

屏幕上，瑶挂在李白头上。

"妹妹，下来刷盾[2]。"随宁的声音从手机里传出来。

陈津白随手将袋子放在桌上，原本准备上楼的脚步拐了个弯，停在了客厅。他站在陈筱的身后，看得一清二楚。

游戏刚开始几分钟，打野最重要的就是野区，两个 buff 可以说是前期的经济来源，全被随宁反了。对面打野一崩，其他路也顺不到哪里去。

没多久，娜可露露直接打开全队语音，骂起了辅助。语言自动转换成了文字出现在屏幕上，一串串星号夹在文字里。这游戏会把一些难听的话屏蔽成星号，但越看不见反而越能让人知道到底有多难听。

对面的辅助也和他理论起来。但显然，这个妹子不如他理直气壮，没过多久就被骂到了崩溃，站在原地挂机了。

直播间的粉丝怒了。

陈筱也气道："这个娜可露露就知道甩锅！"

"是啊，怎么好意思。"随宁温温柔柔。

陈筱沉迷在她悦耳的嗓音里，然后就听到她语调一变："真废物啊。"

紧接着，游戏上出现几行文字。

[全部] 随随没有心（李白）：0：7 你也配有辅助？小兵都比你值钱。

[全部] 随随没有心（李白）：来十个张飞也保不住你这个废物。

---

① 惩戒：一种召唤师技能。

② 刷盾：游戏中利用大招不断给队友提供护盾的技巧。

[全部]随随没有心（李白）：**怎么，巴黎圣母院烧了，你就露宿街头了？**

随宁言出必行，把他杀了，踩在他"尸体"上回城打字。

陈筱："……"

好……好嚣张。直播间的粉丝看得心情舒爽，礼物送不停。

"哈哈哈，真的！这打野就六块钱，真的好废物。"

"游戏可以输，遇到这样的极品不可以不骂！"

"最简单的嘴臭，最极致的享受。"

要是昨天那个声音的主人在场，她可能还会矜持一点儿，但她今天怀疑是造假换人了，一气之下就本性暴露。

敌方水晶爆破前，娜可露露气急，发了句被屏蔽的话。随宁看见，骂了句脏话。

陈津白："……"

"姐姐，你声音真好听。"陈筱迷醉了，狂吹彩虹屁，"就算骂人也好听，呜呜呜，好爱！"

随宁这下确定，陪玩真的是换人了。她故意说："那你用昨天的声音和我说话，我想听。"

这上翘的尾音让陈筱身体都酥了。她抠了抠手指，忍不住问："昨天什么声音？其实昨天我有事，我让我哥打的。"

"……"

"如果不满意，可以退钱的。"

随宁差点儿把手机屏幕磕到桌面上，直接关了直播，然后问："你哥，也是陪玩？"

她猜对了，难怪声音前后不一致，性格也截然不同。

陈筱回过神来，扭头看向陈津白，无声质问："你不是说你昨天没开麦吗？你骗人？"

陈津白敷衍道："忘了。"他说话的声音不大，传不到游戏里。

"我哥不是陪玩，被我当壮丁抓来的，对不起。"陈筱说实话。

"不是啊。"随宁有点儿失望，回到队伍里，她的心情逐渐平静。

陈筱总觉得剩下的998单要远离自己而去，而自己完全没有挽回的机会。

"筱筱，是这样的。"对面女孩儿的声音软软的，"宝贝，你看，我也付钱了，所以你……叫你哥来，好不好？"

她的调子细软得像在撒娇一般。陈筱被她迷住，想也不想就回答："我哥一直在旁边。"

随宁："？"

那她刚刚骂人也被听见了？噢，她骂了什么来着？她好像说了不那么淑女的词，好像委婉地问候了别人。随宁回忆了一下自己今天的语言羞辱，有那么片刻的尴尬，很快又消失。

这有什么好尴尬的，她哥又不是陈津白。随宁的心理建设十分迅速，一个声音像的人而已，只要她不尴尬，尴尬的就是别人。

"你哥在啊，那不挺好。"她笑道。

"嗯……"陈筱抬头，终于反应过来自己把陈津白给卖了，"不过，他应该没时间陪玩，随随姐，我给你退钱吧。"

她的心在滴血，眼睛在滴泪。

陈津白点了下陈筱的头，一点儿声音就把他给卖了，她被引诱得也太迅速。

不过……那道声音的确是有本事。

随宁嘻嘻笑道："别急啊，问问你哥。"

陈津白面无表情道："不用问了。"

声音传至网络的另一端，随宁呼吸骤停。听到这一句话，她就知道这是昨天的那个声音，让她魂牵梦萦的声音。她问："为什么？"

陈筱清晰地听见了其中的失落。她抬头，见堂哥好像不为所动，轻描淡写地移开了视线道："没空。"

"噢……"随宁拖长了调子。

"随随姐，这是真的。"陈筱解释，"我哥有自己的工作，他很忙的，昨天是休假在家。"

随宁垂下眼，很快平稳了情绪，慢悠悠道："算啦。"

怎么就不是陪玩呢！是陪玩多好！这世界上能花钱做到的事都不叫事，花钱都做不到的才叫令人难过的失望。

"剩下的998单不用退，先存着，等我哪天有空再打，我先退了，拜拜。"

"哎？"陈筱忽然惊喜。

等队伍里只剩下她一个人时，她立马丢了手机问："哥，你是不是要回战队了？”

陈津白"嗯"了声。

恰巧他微信上也有队友在询问："白哥，你什么时候回来？教练偷偷嘀咕呢。"

"一小时后。"陈津白回复。

他瞥了眼心不在焉的陈筱，不用看都知道她在想刚才的事，漫不经心地开口道："网上多的是变声器。"

尤其是精于用声音引诱别人的人。

等陈筱回神，陈津白的身影已经消失在视线里。

他在内涵"随随没有心"的声音是变声器吗？这是人说的话吗？！

随宁退了游戏之后，微信被房管"蛋糕"轰炸。

蛋糕："你怎么在直播间骂人了？"

蛋糕："你怎么又下了？"

蛋糕："快点儿回来！！！"

随宁总算想起来直播的事，回道："知道了。"

蛋糕收到消息才放心，又叮嘱她千万别骂人，不然待会儿被平台改成 B 类。

B 类就是需要整改的。之前有主播冲"国服"遇到演员，在直播间里骂人，被别人举报，就被关直播间整改了。随宁当然知道。

因为她下得太匆忙，直播间里此时全在刷问号和在质疑怎么忽然关直播。毕竟她当时事出突然，关得太快，都来不及让大家反应。

"陪玩说到一半怎么关了？"

"随随不想让我们听？"

"快点儿回来，再不回来举报了。"

"回来我给你砸飞机。"

"来了、来了。"随宁重新打开直播，一边说，"刚才有事……有什么事，当然是私事啦。"她一本正经地胡扯。

"现在直播不让骂人，我被拉出去教育了……陪玩？什么陪玩，我是要找陪玩的人吗？

"六点了，刚好打巅峰赛。"

"我信你个鬼!"

"'天空直播':我不背这锅。"

"那个妹妹、哥哥的陪玩到底是什么情况?"

随宁无视弹幕,专心打起巅峰赛来。大概是"情场"失意,战场得意,她今天手气不错,五连胜,2200分的局连胜着实不容易。游戏使人快乐,连胜更让人快乐。

推高地时,弹幕里忽然说起几天后的春季赛,不知道什么人提起了陈津白。有人说陈津白之前才第一次上场,说不定后面打成什么样,又说女粉丝就是看脸。

这种情况很明显是有人在带节奏,弹幕里吵了起来。随宁看到时,已经热闹得不行,虽然不知道他们为什么在自己的直播间里吵,但还是笑了起来。

"不要吵,那个说陈津白的。

"怎么,KPL哪条规则写了不准看选手的脸?"随宁的嗓音依旧温温柔柔,"不然看你?会吃不下饭的。"

刚好这局赢了。随宁最后道:"下了,晚安。"

纤细的手消失在屏幕前,留下一片"我宝真棒""随随是不是陈津白的女粉丝"的弹幕。

随宁打开手机查看未读消息。陪玩软件给她发了短信,说有人给她发消息。她上去才发现是筱筱在问退钱的事。

这小姑娘实在心虚。随宁估摸着她都还没成年,第一回当陪玩就碰上自己这么个要求多的老板,也不容易。

订单先留着,指不定以后还有机会。不是说是她哥吗,当哥哥的总不可能以后也不见妹妹吧?随宁胡思乱想着,安抚了陈筱。

YU去年换了个新老板,和前老板的抠抠搜搜不一样,新老板把基地弄得十分豪华,别墅里什么东西都应有尽有。后来又高价请了陈津白,上次比赛出彩之后,找上门的赞助商也多了不少。

此时进入大厅,游戏声和说话声不绝于耳。

"抓对面马可,他没净化。"

"卡一下中路兵线,不然高地难拆。"

"……这波可以打！我的伤害已经超了！"

庄帆的干将一个大招把对面的法师秒杀了，射手也被打出复活甲，他们直接团灭对方。庄帆余光瞥见进来的顾长身影，眼睛一亮道："白哥，你怎么现在才回来！"

陈津白瞥他一眼，毫无感情道："我不在，你打个游戏是手断了，还是眼瞎了？"

"……"庄帆闭麦。

没几秒，他又开始说话："你休假不在的这两天，教练整天念叨我们，天天逼我们看 QA 的视频。"

过几天，春季赛季前赛开打，他们的对手就是老牌战队 QA，曾经连获冠军的一支队伍。说实话，现在外界很多人不看好他们 YU。当然，YU 也憋着气，如果这次赢了，那肯定是证明了之前的胜利不是偶然，不是运气。

"你是要多看。"陈津白将椅子拖开。

"……看，他天天都在看。"旁边的段归一把揽过庄帆的肩，"白哥，这两天都没看你上线。"

庄帆挤出自己的脸，认认真真道："教练说，每天都必须打，不然手生。"

陈津白没搭腔。

庄帆自顾自地说："我一直没见你上号，白哥，你的小号我都有，还想着和你一起双排练练……"

"上号。"陈津白叩了叩桌面。

陪玩事件过了两天，随宁都没找陈筱，也没直播。因为她的直播时间是固定的那几天，况且最近课程比较紧，还要做 PPT。几门专业课老师都喜欢让学生们组队做 PPT，然后还要上讲台讲，这回轮到她做。PPT 做到一半，她去外面倒水，正好碰上周纯从外面回来。

"随随，怎么样，怎么样，声音？"

"什么声音？"

"就那个陈津白的声音啊！"

随宁一板一眼地纠正她的用词："是和陈津白很像的声音，不是陈津白的声音。"

周纯说："你懂我意思就行，我回家都快两天了，你应该已经进展迅速了吧？"

随宁眨巴眨巴眼说："不怎么样，上次不是本人上号，对方不是陪玩，我连送钱都送不出去。"

周纯怜悯地摸了摸她的脑袋，美人是必须安慰的，一个男人算什么，她差点儿说干了嘴皮："……有些事是用钱做不到的，省点儿不如买点儿东西吃，走，我请你吃烤肉去！"

随宁将自己的水递给她说："喝吧。"

周纯很感动。

"烤肉明天吧。"然后就听见她柔声说，"你点醒我了，没有钱做不到的事，一定是钱还没有到位。"

周纯问："嗯？"

好家伙，她直呼"好家伙"。合着自己刚刚说的都是废话？

说做就做，随宁回房直接联系了筱筱。不过，筱筱似乎不在，她上游戏，发现她正在排位，已经十八分钟，估计很快就能结束。

陈筱一出游戏，就被随宁邀请进了队伍，她有点儿蒙又有点儿高兴地问："随随姐现在要玩吗？"

"不玩。"

"……"

"有个事想请你帮忙。"随宁轻笑起来，"宝贝，能不能联系一下你哥哥。"

陈筱后知后觉，犹豫道："我哥已经不在家了，他回去上班了，平时比较忙，可能没时间。"

随宁说："就问问，好不好？"

听着她撒娇，陈筱无耻地妥协了，道："就最后一次哦，我打个电话过去问问。"

因为和随宁还在游戏里，正好她妈妈的手机在客厅，她直接拿来，拨通了陈津白的电话。

"白哥，你那波反杀真帅！"水晶爆炸，庄帆扭头，捶了下陈津白的椅子靠背。

陈津白扯下耳麦，放在桌上。一旁的手机屏幕亮起，是陈筱妈妈打来的电话，他们打游戏时的用机是统一的，不是自己的私人手机。

"哥，随随姐有事找你。"

"她说有事，你就打电话。"陈津白眯眼，语气却散漫，"上次跟你说的话，你当耳边风？"

"……哪有。"陈筱秒怂。

"是我让筱筱找你的。"随宁听到外音，轻笑，"你应该还记得我吧。"

陈津白不为所动。

庄帆听到动静，立马靠过来。才听到几个字他就惊道："这好像不是你那个堂妹吧，声音这么好听！谁啊？"

其他几人凑过来，促狭地笑。

"就上次说的。"随宁顿下下，剩下的话在舌尖转了个弯，"那个，你——"

庄帆他们都竖着耳朵听，大厅上方落下的灯光映得陈津白表情不明。

他眼皮一撩道："正常说话。"

熟悉的嗓音令随宁心跳不已，冲击着她的耳膜，她伸手按住胸腔，深呼吸。

"多少钱能开麦陪我打游戏，你给个价。"

虽然依旧是悦耳的嗓音，但感觉却截然不同。

周围蓦地安静下来。几个队友互相对视几眼。

陈津白淡定地喝了一口白开水，又将水杯放下，然后慢悠悠地问："是吗？多少都可以？"

"……"简单到随宁愣住。

原来真是钱出少了。原来富婆真的可以为所欲为。

新晋富婆随宁很想说"是的，想说多少就多少"，但她也怕这男人说出一个天价。她试探性地开口："就……不要太离谱就行。"

大概是这句话的语气导致随宁刚刚的理直气壮变得气虚了一点儿。

陈津白哂笑，又道："看来你没有想好，挂了。"

听到忙音的随宁一脸问号。

她想好了啊！她就是犹豫了那么一下！这男人这么难搞吗？

陈津白扔了手机，周围几个队友瞬间围了上来，叽叽喳喳地打探消息。

"白哥，刚才是谁啊？"

"你打算多少钱答应下来？"

"这应该是个真富婆吧，声音是真好听啊，白哥，你不会打算趁火打劫，狮子大开口吧？"

庄帆摸了摸自己的脑袋："怎么没有女孩子来找我打游戏，我的水平也不差啊？"

陈津白瞥他道："声音好听吗？"

"特别好——"庄帆点头，话还没说完，就被段归一撞，猛地回过神来，"我要去训练了，段归，我今天是不是还没练好？"

等离开了大厅，段归才意味深长道："就你还听不出来，以前白哥有这么和人说过话？"

"也没怎么说话啊，不就那么两句。"庄帆纳闷儿。

段归拍他头说："等你成年，你就知道了。"

庄帆哼声："别欺负我未成年啊，现在小学生都会谈恋爱了，怎么，你歧视我啊？"

段归点头道："是啊。"

"……"

打闹过后，庄帆又羡慕、嫉妒、恨："今晚白哥必定连跪。"

不远处的教练蒋申走过来，一听见他这话，不高兴了，说："说什么呢，晚上不准熬夜打游戏，还有，你以为他像你？"

庄帆："？"他哪里连跪了？

庄帆偷偷摸摸地说："有人花钱找白哥打游戏！"

蒋申想了想说："我也算花钱请津白打游戏。"

庄帆说："蒋哥，你又不是女生。"

得益于他的大嘴巴，不仅教练知道了，就连保洁阿姨都没瞒过。居然有富婆花钱让陈津白陪她玩游戏，还随便开价？怪事年年有，今年特别多。就连很少过问战队训练事宜的老板也打电话过来询问："陈津白真被人包了？他居然同意了？"可见这事传播得多广。

陈津白本人不为所动，仿佛当事人不是他。

陈筱发微信过来道歉："哥，大哥，是我错了，我不该直接打电话的。"

陈津白垂眼问："微信没给？"

陈筱心想，她哪儿敢啊。这想法才刚冒出来，回到游戏里，就听见嗓音诱人的小姐姐在问自己："宝贝，你哥微信，有吗？"

"没有！"她下意识地回。

随宁被她逗笑了，道："你怎么这么可爱。"

她清清嗓子说："而且你哥让我想好，不就是等我想好，想好当然要联系他，你不给我联系方式，我怎么和他说想好了，每次都找你吗？"

陈筱说："……好像也是。"

随宁蒙人很有一手，轻而易举就要来了陈津白的微信号，不过，她还没想好陈津白那句话的意思是什么。

什么价格才叫想好？999单的价格还不够吗？随宁第一次遇到这么苦恼的事，连做PPT的心思都没了。

陈筱给完微信，当即就后悔了，可是已经来不及撤回，只好瑟瑟发抖地给陈津白发消息："我已经给出去了……"

她本以为会怎么样，没想到就得到一个句号。

陈津白："。"

没了？和陈筱想象的"火葬场"不一样啊，难道他的意思不是不能给微信吗？她总觉得好像哪里不对劲。

随宁将要来的微信号记进了备忘录里，决定先晾个几天。

周一上午有四节专业课，她做完PPT后就成了甩手掌柜，负责讲的不是她。刚上完课，随宁从教室里出来，发现微信上有别人发过来的一个链接。对方是她的老粉，看到这篇通稿就发过来了。

"随随，我在逛公众号的时候发现这个，这娱乐圈也太过分了吧，把我给看吐了。"

随宁点开，里面是一篇林秋瑶的通稿。

"天空直播"的女主播很多，但是热度头牌的也就那么一两个，随宁是唯一没露脸却排得上号的。而这个林秋瑶是原先的"天空直播"一姐，随宁还没进直播这行她就在直播了，走卖萌的路线。后来，随宁异军突起，林秋瑶的热度不可避免地下降，直播时间撞上的时候，总会被比较。

之前，论坛里不知道哪个看热闹不嫌事大的弄了一个投票，原本也只是小打小闹，却被粉丝发现。意外地，随宁的票数超过林秋瑶，从此两家粉丝几乎称得上结了仇。但那次投票，随宁真觉得自己很无辜。

如今，他们攻击最多的点，无非就是随宁是一个不敢露脸的丑女。不过，"天空直播"乐得看两个女主播打擂台，因为闹得越大，他们获得的利益越大。

随宁翻到通稿最底下，下面写着一行字。

"……林秋瑶技术好，又肤白貌美，一定能胜任这一次的王者'天空杯'的解说。"

"天空杯"是"天空直播"平台内部的比赛，不仅主播参与，和平台签约的职业战队也参与。末了，还提到随宁不露脸，隐晦地暗示她长得一般。

随宁："……"

林秋瑶发通稿也就算了，还拉踩她？真是给脸不要脸了。

解说这一行，国内的女解说数都数得出来多少个，让所有人都满意的更没几个。但《王者荣耀》的比赛本身开始也没几年，发展不说完美，但也才刚趋近于成熟，以后会越来越好。

随宁发了句语音回复："没事，不就是一个小比赛，她要能当上 KPL 的解说，我都恭喜她。"

听完语音的老粉感觉到了嘲讽。不过，这姑奶奶嘲讽人的时候，声音都好听得不得了。KPL 的解说，想也知道不可能啊。

想起 KPL，随宁就又翻了翻官博发出来的比赛时间，就在几天后，她可以去现场看。这次季前赛，前几天是线上赛，她实在没兴趣。但是后面是线下赛，刚好有 YU 的比赛，随宁早就在等着这一天的到来了。她之前就没去现场，遗憾肯定是有的，现场和视频是不一样的感受。

粉丝又发消息："你如果露脸，哪里会被拉踩，说不定解说也是你的。"

随宁本想回复"没兴趣"，但又改了主意，回道："有道理。"

季前赛开始前夕，各个战队都秘密训练中。一支队伍最重要的是合作，陈津白和队友们磨合的时间还不够长，自然不可以浪费时间。

终于等到休息时间，庄帆松了口气。陈津白坐在电竞椅上，手里捏着一瓶汽水，面前的屏幕上放着 QA 卫冕冠军的那一场比赛视频。庄帆见他太过专注，偷拍了一张照片。他琢磨着要美颜一下，但是仔细一看，修图都是浪费了这一张神仙侧颜，就直接发到了微博上。

随宁看到微博的时候已经是吃完晚饭的时间了。她之前关注了 YU 的所有人。不过陈津白十天半个月不发微博，最新一条还是上次胜利之后转发官博的。但中单庄帆不一样，是个无敌话痨，一点事也会发微博。自从陈津白被邀入队之后，他微博十条里有八条都是"白哥"，俨然一个迷弟。

YU 帆船："我现在最怕听到白哥对我说——'上号'。"

他还配了张图。

"真懂事。"随宁嘀咕，眼眸清亮。

照片中，陈津白坐在电竞椅上，不知道为什么，黑发有些凌乱，半边轮廓鲜明、凌厉，无故增加了随性恣意。捏着汽水瓶的手修长、苍白。

随宁心跳不知不觉地加快，给微博点了赞。这样一张得天独厚的脸，配上比赛时超神的操作，更教人沉迷于他，又觉得不能玷污他。随宁又唾弃起自己给他找替身的做法。不过，现在这做法也没法实施了。

因为 YU 现在才刚重回大众视野，庄帆的微博粉丝也不多，评论才几百条。

"庄帆，你是不是忘了你上次反向闪现进人堆的事了？还搁这儿天天冲浪！"

"图收了，太好看了！"

"@ 陈津白，麻烦向队友学习，多上上网。"

随宁把照片保存下来，拖进了单独的相册。她又拖出来上次记进备忘录的微信号，复制、搜索、添加，只等对方同意。

同一时间，陈津白一进微信就看到了红点。点开后，是个陌生人的申请，对方的头像是个动漫女生，名字叫"随随"。

"比赛还在放呢，白哥？"庄帆见他低头，探头想过去瞅两眼，可惜只看得到微信界面，其他什么也看不到，"谁的消息啊，这么认真？"他好奇。

"金主。"

"……什么？"

随宁刚从卫生间里洗完澡出来，一边用毛巾擦头发，一边打开手机，热气将她脸映得绯红。

无聊终止在看到好友申请被同意之后。聊天框里干干净净的，除了系统自带的那一句话，什么都没有。

随宁深思熟虑之后，给他转账两千元。

陈津白收到转账后，饶有兴趣地看着屏幕，慢悠悠地发了句语音。

"老板，您有什么要求？"

随宁发完两千元转账之后，怀疑自己是洗澡被热水熏蒙了。她从来没干过这样的事，这是她点过最贵的一个陪玩，偏偏自己还乐在其中。没喝酒但比喝了酒还出格。

等感觉到手机振动时，随宁的心一下子跳得飞快，迅速地点开了那条语音。

第一感觉，好听。

第二感觉，这就是陈津白的声音。

随宁栽了，她觉得这个声音完全值两千元。她在心里找了个合理的理由，现在物价飞速上涨，陪玩涨价似乎也可以理解。只要各取所需，心甘情愿就好。

主要是……这个男人的声音真的好像陈津白。随宁仿佛能感觉陈津白本人就站在自己面前，对她说了这么一句话。

想象破灭后，随宁将这条几秒的语音听了好几遍，然后冷静下来，发了条十分符合"老板"这一身份的消息。

"跟我说句话——'上号'。"

这还是从庄帆的微博上学来的，她想知道，陈津白和队友说这两个字到底是什么样的。

收到消息的陈津白有点儿蒙。好奇怪的要求。他看着这句话，没忍住，笑了起来，心想对面的小姑娘的脑袋瓜里到底在想什么。

陈津白问她："为什么要说这个？"

没承想，对面的人恼羞成怒道："老板让你说你就说，哪儿来这么多问题，快说！"

他都能想象到她是什么样的语气。乖乖软软的声音发着怒。

陈津白垂下眼睑，掩住一双黑眸中的情绪，按着语音，说了这两个字。不知为何，他觉得有点儿怪异。

旁边，听到这两个字的庄帆几乎一个激灵，下意识地坐正了，丧着脸。

"白哥，又要上号？教练说，不准熬夜打游戏！咱们今天就歇歇吧，不上号了？"

陈津白冷漠地说："练你的英雄。"

庄帆噢了声，长舒一口气，不是找他就好。

等了半天的随宁终于得到了回复，小心翼翼地点开。男人的声音和上次听到的不太一样，但依旧清冷低沉，带着独有的磁性。声音顺着听筒，直入她的耳朵里。随宁下意识地想登录游戏，可回神之后又有点儿怅然若失，再怎么像，也不是本人。不过是个声音的替身罢了。

她闭上眼，心道：自己买声音，对方说话，最简单不过的金钱交易而已。

KPL 春季赛季前赛的第一天是线上赛。正好赶上随宁下午没课。本来有体育课的，但是老师有事，体育课就不上了。

虽然没有 YU 的比赛，但是随宁还是决定看看。她直接在直播间里开了KPL 的直播间，里面有两个解说在，她就没怎么说话。

"今天怎么看比赛了？"

"随妹都开始看 KPL 了，我的青春结束了。"

"林秋瑶都要去解说了，你还在这儿直播呢，直播一辈子。"

"带节奏的滚！"

"就那屄样还解说？"

和蛋糕猜的一模一样，林秋瑶在昨晚的直播中就说了解说的事，应该是板上钉钉了。她的粉丝们"狂舞"了一晚上，准备来随宁的直播间炫耀，结果发现随宁没直播。这就很尴尬。

今天好不容易逮到随宁提前开播，立马就发起了弹幕。

随宁瞄了一眼弹幕，漫不经心道："不要在我的直播间吵架，禁言了。"

"看官方直播间的弹幕还挺热闹。"她"啧"了声，"这些人真上去，连河蟹①都抢不到。"

"哈哈哈，夺笋啊！"

"没有河蟹怎么了！我玩上单从没抢过河蟹！"

"哈哈哈，前面的那个笑死我了。"

"上单的灵魂居然就这么被你放弃了！"

职业比赛一局时间并没有多长，一点儿失误就会被放大。

今天的比赛结束得意外地早，因为有一方被剃了光头，引起哗然。结束后，

---

① 河蟹：指《王者荣耀》的河道蜥蜴。被玩家戏称为河蟹。击杀河蟹可以获得不少的金钱。

解说还在那里回顾分析。

随宁一直没说话。一直等到官方直播间进入广告阶段，大家才听见随宁轻轻地笑了声，犹如百灵鸟清鸣。

"解说，还挺好玩的。"

这一句话好像就是随口说的，粉丝都没放在心上。但一直盯着屏幕的黑子们感觉好像不对劲——这是在夸官方的解说，还是在说其他的？

比赛结束后，随宁就关了直播。她敲了敲周纯的房门说："周纯，出去吃晚饭。"

周纯应了声，飞快地从房间里出来道："走、走、走，不过，今天你没提前告诉我，不然我就带你去吃烤肉了。我新发现的那家烤肉店可火了，还要排队。"

随宁笑道："下次呗。"

出去时，路过玄关处的镜子，她随手扎了个低马尾，显得她十分温柔。

吃完饭后回到公寓已经是晚上八点。随宁慢悠悠地开了直播，心情不错道："今天单排上分，等我改个标题。"

她把标题改成了"单排101"。101星不是最高星，但对他们来说，是最基础的"毕业"。晚上人多，随宁排了两分钟左右就顺利进入游戏里。她这次用的号名字没带"随随"，除了认识她的，基本上都不知道这是她的号。

随宁一开听筒，就听见熟悉的女声在说话："我要玩中路，你们都不要和我抢啊。"

紧接着四楼和五楼也开了麦。

"听着好像是林秋瑶，是你吗？"

"你想玩中路你玩呗。"

不只他们认出来，就连直播间的网友们都认了出来。

"林秋瑶？"

"世纪大战！我在现场吃瓜！"

"我这就去叫我兄弟来看！"

随宁会让别人吃自己的瓜吗？当然不可能。再加上她和林秋瑶还有私仇在，她从头到尾就没有开麦，只是在选英雄前十分嚣张地发了个漂亮的胜率。

在游戏里，一切都看实力。随宁发完高胜率又预选了辅助大乔。

听筒里一时间安静下来。

"要不，让三楼玩法师？"四楼是个上分奴，果断改了口，"这我更有安全感。"

五楼紧跟其后说："是啊，三楼，你别辅助，你玩法师吧，还是谁胜率高谁来。"

屏幕前的林秋瑶差点儿被气死，偏偏在直播，还不能露出什么除了微笑的表情。然后她选了个瑶："好吧，让三楼小姐姐玩法师。"

随宁开了直播延迟，所以等林秋瑶收到"三楼是主播随随"时，已经选完英雄。

所以随宁故意抢她的中路？林秋瑶闪了闪眼神，重新打开了语音："是随随吗？居然能和你排到一起，真巧。"

七十星以上的玩家就那么点儿，很容易排到一起。但她们两个基本上不重合，这还是头一回撞上，而且随宁还占了上风。

随宁发了句："是挺巧。"

然后又补了一句："不是故意抢法师的。^_^"

这可是他们自己让出来的。随宁后面的那个微笑表情在林秋瑶看来就是嘲讽，把直播间的粉丝都给看笑了。

林秋瑶不喜欢随宁。随宁声音比她好听，技术比她好，比她入行迟，还能和她在同一地位。甚至不少人都说，"天空一姐"的位置应该是随宁的才对。

不过，林秋瑶又笑了一下。随宁至今没有露脸，应该是不敢的，以前平台有过翻车的女主播，一露脸就糊到底层。林秋瑶找到了这个点，瞬间自信起来。

这期间，其他三个玩家就在那儿装鹌鹑。不知道是不是因为随宁在，林秋瑶接下来没有开麦，想必是在直播间里说话。

没多久，她们两个排位偶遇的事，全"天空直播"都知道了。

蛋糕火速给她发消息："稳住！"

蛋糕："她的粉丝带节奏的本事就跟老母猪戴罩似的，一套又一套。"

随宁用电脑微信回了条消息："有句话说，'在绝对的实力面前，一切阴谋诡计都没用'。"

直播间的观众自然看不到他们的对话，只能看见游戏界面。

随宁这次玩的是嫦娥。嫦娥这个英雄长得很漂亮，设计得很奇妙，只要有蓝，最厉害的就是她的坦度^①，可以说是最肉的法师之一。

林秋瑶玩的瑶，后面就跟马可去了。

中途团战时，马可进人堆里转大^②，然后死在里面，就剩下随宁、林秋瑶和对面三个半血。林秋瑶盯着屏幕看了几秒，果断走开道："我这个血量太低了，先回家，免得被一波。"

留下随宁的嫦娥被三个人围着，弹幕里一群发"？？？""完了，瑶守家"的网友。可等了半天，嫦娥没死，反而回血、回蓝，本身她的伤害就高，磨得对面残血，然后三秒换装备，反杀、团灭对方。

林秋瑶的瑶出了水晶，就听到了三杀的声音。

随宁这一波操作不说多精彩，但也没任何问题，粉丝自然看得神清气爽，掐起黑粉来。

"基本操作，基本操作。"

"熊猫没吃的就是你干的。"

"就这战绩还要让？"

"刚才瑶根本不用回去的，套个盾，甚至都不用复活甲！"

"瑶守家有用吗？"

而林秋瑶的直播间就不那么美好了，首先是她选了瑶，当然可以理解，毕竟马可配瑶无敌。但刚刚那一波，明明不应该卖队友，明明血量还有两格，她却直接跑路了，就显得有点儿怕死。再说，嫦娥死了，就剩一个高地，她一个瑶也守不到队友复活，还不如拼一波。

随宁的战绩十分亮眼，一个人慢悠悠地推水晶，懒洋洋地回复弹幕——

"峡谷里除了自己，其他人都不可信。

"我能 C，为什么不能拿？

"要我让的，这么慈悲，圣母玛利亚没你我都不看。"

游戏结束，随宁又很快开了新的一局，依旧是漫长的几分钟排队等待时间。

微信嘀嘀两声。房管发消息："你猜刚刚谁来你直播间了？"

---

① 坦度：一般可以理解为英雄的防御能力和血量，坦度高的英雄即为"坦克"，负责在团战中为队友承担伤害。

② 转大：放大招。马可放大招时会转动，被玩家称"转大"。

Chapter 03

跟个圣僧似的

自己说他像和尚……一个男人被说像和尚，会是什么反应？

如果不是一个重要的人，蛋糕应该不至于这么问自己。随宁心头一跳，问："谁啊？"

正好游戏还在排队，随宁干脆翻起直播间的记录来，但是因为刷得太快，她也看不出谁来过。倒是弹幕给了信息。

"我刚才是不是看到帆船了？"

"不是吧，这时候，他应该被'押'着训练吧。"

"@帆船，你冲浪就算了，还看女主播？"

"虽然我们看同一个主播，但我也要谴责你！"

原来是庄帆啊。随宁有点儿疑惑，他怎么会来自己的直播间……而且，庄帆看自己的直播，别人也会看到吗？

她不知道。随宁问："他来干吗？"

房管也很想不通，猜测道："他们不是刚签了'天空直播'吗？你直播间在首页，随手点进来的吧。"

"也可能是偷看女主播被发现了。"庄帆的职业名字实在是太显眼。

房管没把这事放在心上，转而叮嘱她千万别因为林秋瑶的事发火，被人带节奏。他盯着弹幕到现在，看到大家刚才还在吵林秋瑶的事，现在已经转移了话题。

随宁回了个"噢"，终于翻到了庄帆来的那条记录。比赛还有几天，庄帆现在居然还有时间看直播……会不会陈津白也在看？

随宁问："陈津白以前看过直播吗？"

房管蛋糕直接回了"不可能"。

随宁很疑惑。很快，答案就给了出来，他发了一段语音。

"据我所知，陈津白不关注女主播。

"这事老早了，在你还没进直播这行的时候，你不提我都快忘了。当时，其他平台的一个知名女主播排位遇到他，说了半天，陈津白不为所动，最后来了句'不认识'，你瞧瞧，是不是跟个圣僧似的。"

主要是这事太稀奇，那个女主播后来还在直播里说过这事，不然他也不知道。

随宁回了个"=3="的表情。房管抖了抖，这表情他害怕。

虽然这是一件关于陈津白的很久之前的事，好像也没什么特别的，但她就是开心。网友们发现随宁的心情好像很好，而且变温柔了。

"随妹不吹了，爷青结。"

"怎么忽然这么温柔，搞得我鸡皮疙瘩起来了。"

"温柔的随随好可爱！"

"今天居然听不到随随叫'宝贝'，睡不着了。"

随宁装模作样了一晚上，深感矫情的难做，林秋瑶居然能十年如一日，真不容易。自己要向她学习。

退出直播间的庄帆长出一口气。他居然登了大号。

自从前段时间战队和"天空直播"签了合约后，他们每个人就有了自己的账号，都是平台认证过的。以前 YU 签的"云朵直播"，庄帆有小号，习惯一登录就直接用，压根儿忘了在"天空直播"登录的账号是大号。刚才随宁和林秋瑶的直播间热度很高，就在首页。他瞅见标题，就点了进去。

庄帆马上创建了一个小号，又重新进了随宁的直播间。这时候，刚好是新的一局开局，看见正好在选英雄阶段，他立马发了条弹幕："可以继续玩嫦娥吗？"

庄帆玩得最好的是干将，嫦娥玩得一般。他这一条弹幕被淹没在无数弹幕中，别说随宁没看到，就连其他人也没注意到。还看个什么直播。

　　他拿着手机往卧室那边走，刚好和出来的陈津白撞上。陈津白伸手，把庄帆的手机拎走瞄了一眼。

　　"有看直播的时间多看看比赛视频。"

　　庄帆辩解："我这回看的是技术！"

　　陈津白不理会他的狡辩，将手机丢给庄帆。庄帆连忙接住手机，就那么短时间没看，随宁选的是貂蝉，已经进了游戏。

　　"白哥，你就不会看主播打游戏吗？"他问。

　　"像你？"陈津白眼皮一撩。

　　庄帆还能再狡辩："女主播玩法师的多，我学习，我只看技术主播的。"

　　陈津白面无表情地看了他一眼。

　　庄帆怪委屈的，他说的是真的。不过，他从来不敢告诉白哥，自己在看主播打游戏，因为他从没看过白哥看女主播。就之前有比赛的女主持人想要陈津白的微信，陈津白没给，想给陈津白她自己的微信，陈津白没要。

　　哪天白哥看女主播直播，他能在峡谷一打五。

　　晚上十点，随宁结束直播。她到网上看了下，果然因为"抢法师"那一段，林秋瑶的粉丝在微博上闹了起来。

　　一种说法是说随宁肯定进去之后就听出来林秋瑶的声音了，然后就故意抢中路。

　　"她既然准备玩大乔了，还发什么胜率？"

　　"不是故意的可以不拿啊，最后还不是拿了。"

　　"你爹想玩啥都可以，不服，你也发胜率啊。"

　　一种说法是随宁太嚣张、太自信，不是故意的，就算不是林秋瑶她也抢。

　　随宁看得点头。这个人倒是说对了，她就是故意的。因为林秋瑶的技术出了名的差，大多时候是躺，carry① 的时候很少，随宁可是要上大分的人。再加上还有拉踩的仇在那儿呢。

　　两方粉丝吵起来之后，林秋瑶粉丝理亏，毕竟最后林秋瑶的瑶丢下随宁的嫦娥跑路了。但万万没想到，林秋瑶粉丝牛头不对马嘴地说起解说的事，嘲讽随宁一辈子也就是个主播的命了。

----

① carry：指在游戏中带领队伍取得胜利。

随宁粉丝一脸问号。我和你说排位的事，你说解说的事，离谱。随宁刚才没看私信和评论，现在一点开，全是调侃，还有人发她游戏翻车的截图，修成了表情包。

"@随随，快出来，帆船都看你直播了。"

"实不相瞒，我已经做好随随可能明天就去打职业的准备。"

"随随：职业？无趣。"

"哈哈哈！"

她一边吃棉花糖，一边回前排的评论。吃完最后一颗糖，随宁翻出替身的微信，上次她给他改了个备注，简洁明了。

W。陈津白公开的游戏 ID 是 White，她取了首字母。

一时半会儿也不会睡觉，深夜适合打游戏，尤其是可以听自己喜欢的声音，更合适。所以随宁发了条消息过去。

YU 基地已经安静下来了。陈津白穿着睡衣坐在桌前，关掉电脑，按了按太阳穴，漆黑的屏幕映出一张闭着眼、清冷的脸。

键盘旁的手机振动两下。他手指一点，就看到了随宁发来的消息。

随随："在？"

陈津白挑眉，回复："在。"

过了会儿，随宁才发来新消息："打游戏吗？"

随随："我下了 999 单，就玩了一次，可不可以用那个抵账？"

陈津白看着这行字，轻轻地敲了敲桌子。

W："不可以。"

瞧着这句冷漠绝情的话，随宁面无表情——行吧，看来还是要用钱才可以。

她正要准备转账，聊天界面却出现了新消息。

W："晚上不打游戏。"

随宁可不想听到这个答案："加钱？"

发过去之后，她又想起陈筱之前说的她哥有工作，大晚上打扰人好像是不太好，万一明天他还要上班呢。随宁只好放弃了"富婆行为"。

随随："算了。"

在没打开聊天框时，她没什么感觉，但一打开，就能想起上一条语音的声音。随宁点开仅有的两条语音，重新听了一遍。

明明这段时间降温，今天白天还在下雨，冷得惊人，她却脸发热。

这种感觉似乎会上瘾。随宁摸着心口，不行，她不能上瘾。要克制住。

陈津白意外随宁的放弃，毕竟在他的印象里，这个花言巧语一堆的小姑娘很有毅力。

他半合眼，靠在椅背上。上次"陪玩"的那一局清晰地显现在他的脑海里，有点儿糯，但又带着丝狡黠。还有股……浑然天成的张扬。

也许是因为临睡前的聊天，早上随宁还在做梦。她梦到自己找替身的事尽人皆知，还被林秋瑶嘲笑了整整一年。

"果然是噩梦。"随宁揉揉脸，咕哝着下床洗漱。

今天上午没课，只有下午有课，周纯一大早就去学校了，她是学生会的成员，一天到晚忙得不见人影。她在桌上留了张字条："粥在锅里，没关电，你记得吃。"

随宁大一进的社团早就退了，乐得自在。她喝完粥，收拾好厨房，然后上了"天空直播"的后台。平台每周可以提现一次礼物打赏的钱，她已经两个星期没提现了。虽然不像别的主播带粉丝打游戏来刷礼物，但她收到的礼物却不少。

临要退出，随宁的手停了下来。她的私信界面不知何时多了个"YU 庄帆"。昨天他看自己的直播，今天还发消息给自己，职业选手和自己一个女主播有什么关系？随宁一下子想歪了。不过点开私信，里面内容很简单。

YU 帆船："你好~"

随宁点进主页看了下，虽然很新，但的确是庄帆本人。他居然直接私信她了。

"你好。"

对面的人大概正在玩手机，回得很快。

庄帆很激动，这还是他第一次主动和女主播聊天，尤其是和自己游戏打同一位置的。

"我昨天看到你玩的嫦娥，你玩得很好。"

"那个，我想看你再玩嫦娥，可以吗？"

这句话倒是看起来挺乖巧的样子。她对这个没什么想法，玩几把嫦娥也没什么，庄帆不会是想从她这里学什么吧？

最主要的是——庄帆是陈津白的队友！爱屋及乌嘛。而且，她之前还经常从庄帆微博看陈津白的消息。

随宁大手一挥："可以，我今晚会直播的。"

庄帆立刻应道："晚上……不太方便。"

陈津白管得严，他不敢"顶风作案"。

闻言，随宁愣了一下，莫名想到房管那句"跟个圣僧似的"，忍不住翘唇。

"那现在来一把？"

"好。"

庄帆没想到她这么好说话，居然答应了，毕竟昨天在直播间里，她可是很嚣张的。他拿了专用机，上了个高星号，然后把ID发给了随宁。

庄帆才刚回到游戏界面，肩膀就被拍了下。陈津白站在他身后，在基地，陈津白穿的常服，上两颗衬衫扣没扣，一只手插在兜里，无端有些许风流。

"这么用功？"他问。

现在才十点，陈津白觉得这么早起床不太符合庄帆的作息。

庄帆不禁心虚。说自己刚刚找女主播打游戏，头都会被打掉吧？他张了张嘴，不知道要怎么狡辩，半晌憋出来一句："要不，白哥，你也来？"

"双排？"

"……双排！"庄帆苦着脸，偷摸给随宁发"有事不能来"。

陈津白将一旁的电竞椅转了个圈，坐了下来，语调有点儿懒："行啊。"

他随口问："多少星的？"

庄帆答："八十二星左右。"

陈津白找了个号，漫不经心地嗯了声。

收到庄帆的"借口"，随宁有点儿无语。主意改得也太快了吧。随宁都已经上了游戏，干脆单排。上午一向没什么人打高星局，她以为会排队好几分钟，没想到，没一会儿就进了。

她刚禁完英雄，就看到了四楼的ID，和刚才庄帆私信发她的一模一样。

随宁用的是昨天撞车那个号。名字叫"别吃我线"，意思不言而喻。

现在《王者荣耀》里中路号称"大舞台"，几乎人人都爱蹭线，如果是工具人法师也就算了，比如张良、王昭君一类，可以理解。但随宁单排很少玩工具人，她要把胜负掌握在自己手上，除非多排才会改主意。

别吃我线："帆船，你不是有事吗？"

庄帆："……"

这叫什么事？！自己为什么要上这个号？换个低星的不好吗？乱杀不快乐吗？

陈津白意味深长地看过来。庄帆硬着头皮回复："刚好队友要和我双排。"

这一把，随宁是三楼，一楼、二楼是随宁之前碰到过的，随宁就知道和他双排的是五楼。五楼三个常用英雄是瑶、小明、蔡文姬，应该是 YU 的辅助段归，职业辅助还是很有安全感的。随宁想不到，五楼的背后是陈津白，继续打字。

别吃我线："昨天你就出现几秒。"

别吃我线："走得那么快。"

随宁想了想，小心机地补充："是不是你那个和尚似的队长不让你看？"

此时，对面已经禁了英雄，正轮到庄帆和陈津白禁英雄。庄帆刚禁完镜，看到自己楼上飘出来这么一行字，差点儿一屁股从椅子上掉下来。

和尚似的？队长？庄帆机械地扭头看自己旁边的位子，周围一片暗色家具、电脑下，男人的侧脸显得过分地白。

手机里传出游戏的声音。陈津白眉头微拧，看着那行白字消失，轻嗤了声，倏地转向庄帆问："这是谁？"

"……"

要遭，庄帆心想。他挠头找补道："呃，一个之前匹配遇到的……"

陈津白说："没兴趣。"

庄帆闭紧了嘴，心想，随随说得也没错，可不就跟个和尚似的，一切妖精都不在眼里。他回复道："你真爱开玩笑，哈哈哈。"

庄帆又补充一句："队长才不是那样。"

这发言尬到他抠出芭比梦想别墅。随宁自然没放在心上，她本来就是故意说的，也不知道两人的对话，点了"请禁用伽罗"。

她要玩嫦娥，能把伽罗禁了就禁了。不禁当然也可以，就是游戏体验感太差。

《王者荣耀》里的有些英雄拥有血条和蓝条，血条即是血量，为 0 时英雄死亡。而技能释放是需要消耗蓝量的，蓝条低到一定程度就会放不出技能。伽罗这个射手天生克嫦娥，一箭下去，嫦娥的蓝条就能少一半，所以嫦娥玩家最讨厌伽罗。

庄帆偷瞄，刚才随随都那么说白哥，白哥应该不会禁的吧？

没想到，陈津白在最后一秒禁了伽罗。

这时候，一楼和二楼都发起要玩发育路和对抗路的提示。

一楼："不打野，要打公孙离战力。"

二楼："谁不是呢。"

随宁正打算问那谁来打野，实在不行，她打野，让庄帆去中路，本身他就是玩法师的。

就在这时，五楼已经让帮抢了娜可露露。上分奴·随宁十分怀疑他的能力，庄帆是玩辅助的，有限的几次表现出来的打野技术都一般，说不定还不如她。

别吃我线："你可以吗？"

庄帆连忙打字："白哥打野，你放心。"

等他反应过来自己刚刚发了什么，随宁的下一句话已经出来了——

别吃我线："白哥？"

别吃我线："你队长？"

敲出后面这三个字的时候，随宁都不敢相信。五楼居然是陈津白？居然是陈津白！那岂不是自己刚刚发的什么都被他看见了？

自己说他像和尚……一个男人被说像和尚，会是什么反应？随宁闭眼仰头，这简直是大型社会性死亡现场，背后说人坏话，谁知道正主就在一旁看着。

绝了。

庄帆正打算回复，看见陈津白回了个"嗯"字。

随宁一骨碌从椅子上站起来，眼睛却一直盯着屏幕，仿佛要把他看出朵花来。她打开对话框，但是半天也没写一个字。随宁又翻了翻刚才的聊天记录，待看到自己那一句"跟个和尚似的"，再也忍不住，脸红起来。

公孙离："哈哈哈。"

芈月："噗。"

他们目睹了一场大戏，太好笑了。

气氛逐渐诡异。一直到进入加载页面，随宁被惊喜和尴尬充斥着的小脑瓜终于恢复正常运转。陈津白应该不知道她是谁吧。她得去叮嘱一下庄帆！随宁上了"天空直播"的后台，给庄帆发了条"不准把我的名字说出去"的私信。

回来时，游戏刚好开始。

第一次和偶像打游戏是什么体验？

随宁可能会回答：紧张。她看过无数次陈津白的打野视频，也知道他能力有多强，刚走出水晶时，娜可露露和嫦娥一起从中路走。仅仅是两个英雄站在一起，随宁就有点儿欣喜。

玩过嫦娥那么多次，她从不怕翻车，这一次却不同。随宁想秀，在陈津白的面前秀起来。

不过，游戏开局就很热闹。因为对面选的是云中君，一个前期反野很强势的英雄，再加上对面的辅助又是刘禅，控制很多。

庄帆选的是张飞，也就只有一个二技能套盾。

随宁放了个二技能清完兵线，直接去了蓝区，果不其然，云中君已经和他们打起来了。

"怎么敢呀。"随宁笑起来，窗外的阳光将她的皮肤映上柔软的金色。

嫦娥四级前基本没人能打得过，伤害极高。对面也是自信，但他没料到法师和上单支援来得那么快，两个人哪里打得过四个人，没多久，血量就见了底。这时候想跑可就没办法了。

随宁喜滋滋地收下两个人头，这时候才发现，娜可露露刚才已经死了，蓝buff在她身上。要是平时，她肯定心情好，因为没有嫦娥玩家不爱蓝的。陈津白已经来了中路，随宁和他一起打了河蟹，然后就见他直接回了红区。随宁眨眨眼，发了条语音转文字。

别吃我线："打野，你可以蹭我线的。"

"蹭线"就是蹭兵线，可以分别人的金钱，当然，一个人独吃的金钱肯定比两个人高。

庄帆一脸蒙，他很想问随宁，这个"别吃我线"的名字是摆设吗？他以前没看过随宁的直播，昨天是第一次，也没有听到她说过什么话，所以不知道随宁的性格。直播里，随宁从来不会这么说。

庄帆悄悄扭头："白哥，她叫你蹭线。"

陈津白懒得搭理他。

"人家玩嫦娥的，还让你蹭线！"庄帆的脑神经忽然就清醒了，"应该是道歉吧。"

毕竟刚才当着白哥的面说他像和尚，哈哈哈。他开始叨叨："你为什么不蹭她的线？以前，白哥你经常蹭我的线，我懂了，我就是工具人……"

"闭嘴。"陈津白声音冰冷。

对面没有克制她的英雄，随宁又打得激进。她和陈津白一起在对面的野区待着，看着草里的两个人蹲在一起，忍不住弯唇。

随宁看过那么多次陈津白的视频，很熟悉他的打法。他一旦发育起来就是直接性的压制，节奏带得很强，快而狠，完全让对面喘不过气来。才几分钟，对面就节节败退。八十星的排位，在陈津白的手下像钻石局。

"你真冷漠。"庄帆说。

"有这说话的时间，你能多套一个盾。"陈津白面无表情。

被精准打击的庄帆满脸不赞同："白哥，随随她嫦娥很厉害，虽然我就只看过一次，但是——"

……随随？陈津白动作一顿。他右手继续攻击主宰，左手手指一伸，打开小地图看中路那边，刚刚团战已经结束，嫦娥残血站在野怪边上用回城。然后，陈津白就看到随宁被野猪打死了。

随宁点开死亡回放，哭笑不得。刚才公孙离在打她边上的野猪回血，野猪就攻击离得最近的随宁，直接把残血的她打死了。这个死法太过滑稽，队友们都乐了。

公孙离："*抱歉，不是故意的，哈哈哈。*"

芈月："*牛啊，牛啊。*"

庄帆惊讶问："*你怎么被猪杀了？*"

随宁回了个省略号。正好这时游戏里传出娜可露露击杀主宰的提示，她又没忍住，补了一句。

别吃我线："*刚看主宰，没注意。*"

意思应该足够传递了吧。随宁撑着脸，等复活时间。

庄帆碰了碰陈津白的胳膊，小声说："白哥，她在看你打龙，被猪打死了。"

陈津白瞥他道："我没瞎。"他在公屏上发了个句号。

游戏大顺风，庄帆就得意起来了。反正都已经暴露了，还不如抓紧时间和女主播聊聊天，还不忘告诉："都这时候了，白哥，你赶紧让个蓝。"

然后又在游戏里发："*随随，快来打蓝。*"

随宁义正词严地拒绝。

别吃我线："不用。"

别吃我线："露露也要蓝。"

别吃我线："我不需要。"

庄帆看她直播那次，每一局她都会拿蓝的，毕竟可以乱杀，今天居然不要。

他调侃道："难道你要出圣杯？"

正常出装的嫦娥并不出圣杯这个装备。每个嫦娥玩家的梦想就是能拥有一整局的蓝 buff。出圣杯的嫦娥是没有灵魂的！

随宁捏了捏耳朵。

别吃我线："我拿对面的。"

"……"庄帆还真没料到这嚣张的回答。

这话说得张扬，但她的战绩也有自信的底气。随宁发出这两句话，也不由得笑了起来。要是自己的粉丝看到今天这局游戏，恐怕直播间弹幕都会爆炸，比如：

"随随不要蓝，爷的青春结束了。"

"说好的，我 C 了，不让蓝的打野不配赢呢？"

"以前的随随：打野自觉点儿。"

"……"

虽然对面崩成那样，但也没吵架，打得还挺快乐。尤其是在知道自己的对手是职业选手之后，就心态平衡许多，不是他们菜。是人家太强。

从头到尾，随宁都觉得陈津白好像没注意她和庄帆的聊天，她鼓着脸，叹了口气。是游戏。这样很正常，他们又不认识。

随宁和射手在中路二打三，敌方蓝 buff 刚刚被他们的打野拿了，然后又被公孙离击杀，所以在公孙离身上。

随宁打算去清小兵回蓝。她估计还有几分钟这局游戏就结束了，待会儿说不定就排不到一起了吧，说不定还可能在对面。

嗯，对面好像也不错。说不定，她还能反杀他！

随宁的耳机中忽然响起一道男人的磁性嗓音，打断了她快要飞上天的思绪。

"过来拿蓝。"

声音熟悉到令她耳根发热。这是陈津白的声音，不是随宁花钱买的替身的声音。虽然陈津白没说主语，但随宁知道是在说她。这可是他给的，不要白不要。

"白哥，你居然让蓝……不是，你居然开麦了。"庄帆惊奇。

随宁正往那边走，屏幕上忽然出现对面法师的暴躁发言。

[全部] 妈妈救我（小乔）：对面打野和法师是不是 CP 啊。

[全部] 妈妈救我（小乔）：嫦娥你不去支援，干吗每次都和打野一起蹲我。

看见这话，随宁停在原地，待了两秒。刚才，她和陈津白连续蹲了小乔三次，小乔几乎是满血刚出门就被送回了泉水。

"CP"两个字是随宁唯一关注的点。她心跳莫名其妙地加速，小地图上，陈津白正站在蓝 buff 面前，蓝 buff 被打得就剩一滴血。

"好家伙，你俩这默契比我俩的还高……"庄帆随口吐槽，这一开口就停不下来。

"每次都能碰到一块儿去。

"她玩的嫦娥和我玩的嫦娥不一样。"

简直就是杀神级别，去哪儿哪儿死人。一局十八个人头，百分之八十都在他们两个身上，其他人像是打酱油的。

陈津白三指操作，漫不经心道："巧合。"

他余光瞄了眼公屏，正巧看到随宁的回复。

[全部] 别吃我线（嫦娥）：不是 CP。

过了几秒。

[全部] 妈妈救我（小乔）：噢，那就是情侣了。

[全部] 妈妈救我（小乔）：嫦娥，能不能让你男朋友别杀我了。

小乔大概是一个话痨，不知道是男生还是女生，说出来的话还蛮有趣。

很快小乔又补了一句。

[全部] 妈妈救我（小乔）：去蹲射手。

小乔的射手队友缓缓打出一个问号。

随宁被逗乐，正打算回复，耳边忽然响起游戏中的语音提示"法师来拿蓝"。

她这才想起来，自己在原地没动。随宁连忙到了蓝区，看到娜可露露还待在草里，她隔着墙，用一技能拿了蓝 buff。

他居然等这么久！随宁总算知道，为什么网上那么多游戏视频那么火，每次底下网友都发"啊啊啊""嗑死我了"的评论。

到自己身上时——她也想尖叫。陈津白居然给她打蓝！

随宁从没一次拿了蓝那么快乐过，唇角抑制不住地上扬，连忙点开快捷栏。

陈津白看见嫦娥的头上冒出一句"谢谢你"。他挑眉。如果真是他想的那个随随，会做出这样的行为吗？

"白哥，你为啥不澄清？"庄帆很好奇，"以前是不是没遇到过这样的事？还让蓝。"

这可太稀奇了。庄帆绝不承认自己是故意想看的。毕竟白哥做他们队长以来，留下的都是"不近女色"的印象，昨晚还批评他看女主播。

"我没给你让过蓝？"陈津白嗤了声。

"那不一样啊，这次是打到只剩一滴血，以前我都是自己辛辛苦苦用技能打的。"

法师打蓝比打野打得慢多了。

陈津白略抬眼道："所以，你想我下次帮你打？"

"……"庄帆闭了麦。

随宁轻轻松松拿了蓝之后，就忘了还有小乔的事。他们一路推上高地，没有浪费时间，小乔最后一波团战，依旧死在陈津白手下。

[全部] 妈妈救我（小乔）：我恨情侣。

可惜她没能等到什么回复，因为游戏已经结束。水晶爆破后，绚丽的特效释放在屏幕上。

"白哥，你们居然这么早就在训练？"

刚进大厅的段归惊呆了，揉揉自己的眼睛说："庄帆，你今天居然这么早！"

"我不能起早？"庄帆立刻瞪他。

他得意道："我可是和白哥双排的。"

陈津白仿佛没听见两个人的对话，在看结算界面。

"你们都醒了？"蒋申从外面进来，看到几个人都在，微微一笑道，"那正好来开个会。"

"津白，先别训练了。"

"嗯。"陈津白颔首。

随宁出游戏后就准备继续打，犹豫了会儿，点了邀请庄帆，结果最近玩家那边，两个人都离线了。

不打了？随宁顿时也失去了上分的兴趣。

这次会议内容无非关于季前赛。蒋申对于这次的比赛十分上心，毕竟是陈津白第二次正式在职业赛场上出现。更为直接的一个原因是，外界的质疑。

"……QA 的比赛经验丰富，虽然上届冠军后经历过低谷，但实力肯定不容小觑，你们千万别掉以轻心，给我认真点儿。"

末了，蒋申又给他们发鸡汤，说得振奋人心："……我们 YU 一定能拿下最后的奖杯，一定！"

从会议室出来已经临近中午。庄帆已经完全忘了刚才排位的事，心里全是对冠军的向往，恨不得现在就去训练。等回到大厅，坐下来时，他才冷静下来。

YU 的训练时间其实很规律，不会太紧凑，再加上最近比赛将近，反而放松了一些。大概就是平时努力，赛前放松。

时间不早，众人一起了餐厅。YU 老板豪横得很，餐厅里的菜单一星期都不带重样的，而且配备了营养师，务求在食、住上做到完美。段归一边吃一边说："我昨晚在贴吧上看到说 QA 打野和射手两个人似乎闹了矛盾。"

"那岂不是会出问题？"庄帆问。

"不一定吧，矛盾肯定不是突然有的。"方千秋评价，"说不定是障眼法。"

"一个老战队，也不至于出这种事吧。"

陈津白平静道："他们闹不闹矛盾和我们有什么关系，打好自己的就行。"

三人点头，不再说这事。

吃完饭后，有两小时的午休时间。回卧室的路上，庄帆这才想起来自己和随宁的事，有点儿意犹未尽，不能和她打游戏了。他打开手机，登录"天空直播"，准备解释一番，然后就看到了随宁的警告——不能暴露她，不准说她的身份。

显而易见，是指不能说给除他以外的人听。庄帆心想，怎么会暴露，队长从来不问女生的事，随随肯定是想多了。他刚觉得好笑，耳边一凉。

"嫦娥是谁？"

庄帆下意识地扭头，对上陈津白漆黑的眼眸。他回神，刚刚是白哥的声音吧？白哥居然问……嫦娥是谁？

"……哪个嫦娥？"庄帆装听不懂。

陈津白神色淡然地看着他。直到庄帆被看得头皮发麻，半真半假地开口："就是我以前排到过的一个人。"

"是个女生！"他又强调。

陈津白状似无意道："你叫她随随？"

语气平静，仿佛只是顺口一提。但不知为何，庄帆从中听出了一种微妙的危险感，他将之归结于"白哥以为我不务正业，偷谈恋爱，影响训练，影响比赛"。

他很感动。但是更不能暴露女主播的身份，否则有理说不清。庄帆点头道："嗯，她叫随随，其他的我就不知道了。"

陈津白漫不经心地嗯了声。

庄帆心虚，直到视线转走，才大大地松了口气。自己真是乌鸦嘴，说什么来什么。

下午，随宁有课，抱着两本书去了学校。周纯在上课前姗姗来迟，一屁股坐到她旁边说："还好赶到了，点名真烦人。"

她碰了碰随宁问："你想什么呢，这么出神？"

"我今天打游戏遇到陈津白了。"随宁实话实说，"我在看他打龙的时候，被猪打死了！"

虽然周纯不打游戏，但平时听多了，也知道这话什么意思，好笑道："在喜欢的人面前出糗也不是你一个人。"

随宁忧愁地叹了口气。

周纯说："你这哪里是粉职业，明明就是暗恋别人。"

随宁心跳漏了一拍。她内心深处觉得周纯的话是对的。比起像粉丝，她更像一个暗恋者。

"真是奇怪，哪有没有见到本人就喜欢上的。"周纯摸摸她光洁的额头，"你是不是发烧了，你喜欢他什么？"

随宁抿了下唇。她喜欢陈津白什么呢？

"可能是声音吧。"随宁弯了下月牙儿眼，"或许我是'声控'？"

周纯半信半疑。

随宁打断她的追问："老师来了。"

上课铃响后，专业课老师进入教室，这个老师上课很严格，而且还喜欢随机提问。好在今天没有提问到随宁头上。不过快要下课时，她又布置了做 PPT 的作业。

周纯收拾好书说："我待会儿要去学生会，你要回去，还是我们先去吃点儿东西？”

"回去吧。"

"行，晚上见。"

和周纯分开，随宁就打开微信，打算看看小组这次怎么分配 PPT 的工作。刚解锁屏幕，就看到了刷出来的消息。

苏晴晴："不如，这次 PPT 还要随宁做吧？"

随宁以为她在问自己，正打算回复，却又见几条新消息争先恐后跳出来。

她这个小组总共四个人，是这学期重新分组的。

苏晴晴："我跟你说，上次老师夸她做的 PPT 好，夸了好久，显得我们其他的成员就跟什么都没做似的。"

苏晴晴："既然她做得好，就一直做呗，咱们给她出风头的机会。"

苏晴晴："反正都是同一个小组，她应该不介意吧。"

久久没有等到回复，她又问。

苏晴晴："文文，你觉得这样行不行？"

看到这一句，随宁就知道她是发错了，私发给别人的，结果发到了小组群里。

她玩味地发了一句话出去："我觉得不行。"

其他两个没出来的同学简直头皮发麻，这也太尴尬了，居然能发错群，还被正主看到。

几秒后，微信里不停地出现消息撤回的提示。群里迅速沉默下来，屏幕里只留下随宁的那一句，显得十分突兀。

随宁很快就接到了苏晴晴的电话。

"随宁，我刚才说的话你别放在心上，我就是觉得你做得很好，你做了，咱们平时分也能高一点儿是……"

"可是，我不愿意呢。"随宁声音依旧温柔，可说出来的话却冷静，"苏晴晴，你是不是觉得我好说话？"

苏晴晴的确是这么想的。做同学两年时间，她印象里，随宁乖乖巧巧的，说话温柔，也很少生气，还爱笑。所以她觉得自己道个歉，这事应该就过去了。

"我都道歉了，我又不是故意的……"

"你道歉和我有什么关系？"随宁打断她的话，"你是不是故意的，反正在我这儿是故意的。"

她浅笑道："妹妹，别在心里骂我了。"

手机这头的苏晴晴脸色一阵青一阵白，和她同行的同学听了半天，都觉得随宁和平时不太一样。

"我没有……"苏晴晴心里骂，嘴上否认。

随宁懒得听她废话，直接挂断了电话。

小组的工作有她一份，但不该有的、别人强加的，她绝对不会接受。如果一开始没有发错群这回事，苏晴晴好好和自己说，她还是很乐意负责做的。

随宁很小心眼儿的。

午休过后，庄帆训练时用了嫦娥。不过，长时间不用还有点儿手生，他打算翻几个随宁的视频看看，就想起中午被陈津白询问的事。他想了想，再次登录"天空直播"，找到随宁的私信。

YU帆船："我没有和白哥说你的身份，你放心。"

YU帆船："他问我也没说！"

YU帆船："这就是我们两个之间的秘密！"

随宁看到消息时已经回到了公寓。看着屏幕上的最后一句话，她感觉手在抖，不知道是激动的还是气的——

有那么一瞬间，随宁觉得说出去也好。如果陈津白知道自己的身份，会有什么反应呢？以他对直播不上心的样子，应该不会去关注一个女主播吧，不论那个主播叫"随随"还是叫"小花"。

想到这儿，随宁的心情沮丧到底。一遇到陈津白，她就无法像直播时那么恣意，大概是近乡情怯，她也有胆小的时候。

周纯说得对，她中毒了。一种名为"陈津白"的毒，似乎无解。

随宁当时回答周纯的并不是假的，她喜欢陈津白的声音，至于是因为声音喜欢人，还是因为人喜欢声音，她自己也不清楚。

随宁退出"天空直播"时，目光扫到桌面上的日期。今天是周五，那应该正常的上班族都下班了吧。随宁手比脑快，已经上了微信，点开了W的聊天框，发了两个字出去。

"在吗？"

过了一分钟左右。

W："在。"

这样的对话，随宁总感觉似曾相识，上次是不是也这样？

她直接给他转账五千元。

随随："来打游戏。"

陈津白猝不及防又收到一笔巨款，多看了两眼。

W："上号。"

随随："对了，我还有个问题要问：你介意有其他人看你陪玩游戏吗？"

W："介意。"

行吧，随宁绝了待会儿直播的心。

看着对面没回复，陈津白又想起上午意外遇到的同名"随随"，眉头微拧。

随宁再低头的时候，聊天界面多了条语音。

这么自觉？这么上道？随宁飞快点开。

"老板有没有别的要求？"

男人声线低沉清冽，嗓音和上午听到的那一句话的嗓音仿佛重合到了一起。

明明他们是两个人。随宁捂着心口，心想发明找替身的前辈真是个天才。

随宁想起今天的事，一边告诉自己要克制，一边又想起"陈津白帮她打蓝buff"的事。

她也发了条语音过去。音甜声糯，语气却理直气壮："你帮老板打十个蓝（buff）。"

Chapter 04

耳朵炸烟花

嗡。

随宁只感觉自己的耳朵像炸烟花一样。

随宁充分地利用了自己"老板"的身份。

陈津白没料到她会发语音过来，因为从上次电话之后，她发的就全是文字。

耳机不在身边。他轻眯眼，调低了音量。清甜中带着点儿妖娆，不过，和对女生说话的声音有点儿不一样，起码陈筱就每次都被她迷惑。

打十个蓝？这是什么奇葩要求？

"我好像听到了女人的声音。"庄帆耳朵一竖，探头探脑，但是没听清是什么，就只有那么短的一句。

而且方向还是自己的左边……白哥那里。庄帆偷偷摸摸观察，差点儿没叫出声来，不会是自己刚刚听错了吧："白哥？"

"你幻听了。"陈津白面不改色。

"……是吗？"

"是啊。"

陈津白发了句"段位"过去，然后将手机息屏，丢在了桌上，起身离开了椅子。

"哎，哥，你要去哪儿？"

"找耳机。"陈津白头也不回。

庄帆一点儿也不知道发生了什么，其实，他们在基地里训练，很少会用到耳机。

随宁上了个小号，王者低星。她是做主播的，号自然不少，其中还有一些老粉的号，都很乐意让给她用，毕竟用了就意味着可以免费让段位上升。

随宁有点儿可惜，如果能直播多好。她在直播间动态挂了个请假，不过一会儿那下面的评论就已经接近一千。

"我刚来就请假？"

"开播我送战舰，播不播？"

"怕不是知道林秋瑶刚开播。"

"那随随好好休息一下。"

随宁随便翻了翻，瞥见"林秋瑶"三个字，翻了个白眼。

她正打算去看看林秋瑶最近在搞什么，就见微信上 W 发来一条王者组队的消息。随宁心念一转，进了游戏。

游戏里对方开着听筒。她清清嗓子，打开语音："哈喽，能听见吗？"

随宁并不抱希望对方现在就开语音。毕竟，她之前找他开价时，他那么冷淡，看起来就像是一个被金钱所逼迫的人。随宁故意提醒："要开麦的，老板我花了钱。"

戴上耳机之后，女声似乎全部都汇进了陈津白的耳朵，没有丝毫的外溢。

"嗯。"他开了语音。

随宁刚才架子还摆得足足的，听到这一模一样的声音就不由得沉沦其中。

不可以！替身要有替身的作用！随宁冷静下来，这又不是陈津白，她可以尽情地让他多说话，以后自己说不定就有抵抗力了。

"十个蓝，一个都不准少。"她咬牙切齿。

陈津白听出她压低的声音，有些好笑道："所以，是一局结束，还是一局一个？"

她还真没想过这个。

"一局！"随宁很快就考虑好。如果来十局，恐怕价格上是不是要更高一点儿，她得节制点儿，不能多余消费。一局够了，要节省点儿。

陈津白轻笑道："好。"

随宁立刻关了语音，在房间里不禁发出呜呜呜的声音，这男人的声音简直和陈津白一模一样！

如果不是确定陈津白不可能当陪玩，她肯定会觉得这就是本人。

如果是陈津白对她这样笑呢？

怎么会有这么像的声音，居然还被她给遇上了。

选英雄时，随宁直接禁了伽罗。低星局，一切都不能妨碍她秀起来。

看见禁的英雄，陈津白眯了眯眼，什么也没说。

本来随宁打算直接选嫦娥的，毕竟昨天和陈津白打游戏用的是嫦娥，但被对面选了，就干脆选了貂蝉。

陈津白选了橘右京。这是个没有蓝条的英雄，用来让蓝最好不过了。

随宁其实蛮喜欢有修罗皮肤的橘右京的，看起来帅，英雄语音又好听。游戏进去后，她正常清兵，然后去边路支援，一分钟时回到中路抢河蟹。随宁本来打算去下路支援射手的，结果就听到了游戏提示——

法师来拿蓝。

她还没反应过来，就听到耳麦里的声音："过来拿蓝。"

随宁的心怦怦跳。这不就是昨天陈津白的台词吗？！好家伙，这都能一样？！

"一蓝你可以不用给。"随宁耳根发红，连着声音都变得软了，"知道吗？"

这一刻，听起来就像个乖女孩儿。

"知道了。"陈津白唇线一扯。

随宁的激动非但没有得到缓解，反而越来越严重了，干脆闭了麦，要等冷静下来再开语音。

就在这时，公屏上出现一行字。

摘天上星（瑶）：她不要，可以给我吗？

随宁看了下，瑶还是满蓝的，有什么好给的，如果是蔡文姬，给还差不多。

陈津白直接惩戒了蓝。不得不说，他这个陪玩还是非常敬业的，几乎每一次蓝 buff 刷新时，随宁都会听到耳机里的声音。

"来。

"过来。

"拿蓝。"

每一次的话都不同，但意思都一样。随宁由一开始的兴奋变成了有一点儿波澜，不禁深思——果然听久了是有点儿抵抗力的！即使每一次她最开始还是会心跳加速。

六分钟时，对面中路二塔被推掉，蓝刚好刷新，陈津白在对面野区打蓝。

"过来。"他叫她。

随宁立刻操纵着貂蝉跳了过去，一个技能收了蓝。

公屏上不知何时出现两行字。

摘天上星（瑶）："貂蝉不是要出圣杯吗？"

摘天上星（瑶）："你怎么不出圣杯？"

虽然看起来是普通的疑问，但随宁却蓦地笑起来，清浅的笑声顺着网络发散。

"你说，她是不是羡慕了？"

随宁嗓音一转，不知不觉就变成了直播时的状态。队友大概也是吃瓜状态，射手也发消息："这还用说，打野肯定和法师有关系啊！"

随宁点头。她可是花钱买来的蓝，还需要出什么圣杯。

陈津白看到她回了三个字："就不出。"

他垂眼问道："你上一次的号，是叫'随随没有心'？"

"你还记得呀。"随宁嗯了声。

陈津白问："你叫随随？"

"……小名吧。"随宁警惕起来，"你问这个干什么？"

没等他说话，她又警告："不要试图打探老板的消息，这是陪玩的本分。"

相当冷酷又无情。

陈津白："……"

一局游戏结束，随宁的心情已经发生了巨大的改变。

周纯当初想的真没错，找个替身真是好主意，就是花的钱有点儿多。不过质量摆在那里，打得舒心，随宁也没有其他要求了。第二天，她没有再找 W，因为下午有 YU 的比赛，虽然是线上赛，但她也不会错过。

下午，随宁就开了直播间。

"咦，今天这么早？"

"我有种不祥的预感。"

"主播能露脸吗？"

"不能，打游戏露什么脸。"随宁拒绝，改了直播间的标题，"今天看 KPL 的比赛。"

她是掐着时间点开播的，比赛马上开始。屏幕上放出了两支队伍的成员，还有解说的身份。随宁一眼就看到了陈津白。这种大头像也好看得不行。

"……好了，废话不多说，比赛马上开始，让我们来看看他们的 BP^①选择。"

因为是第一局，两支队伍似乎都没有太冲动。

"怎么没有禁镜，QA 果然选了。"

"YU 这什么乱七八糟的选择，放了盾山。"

"大结局，大结局。"

几百万人在官方直播间里观看，弹幕自然就五花八门，有加油的，也有骂人、带节奏的。

"YU 的阵容还是有点儿激进的。"解说也有点儿吃惊，"可能想来个开门红，不得不说，对于今天的比赛，大家是非常期待的。"

随宁看到这个英雄选择，挑眉。

"宝贝们，咱们来打个赌，第一局谁赢，押上你们的小豆子。"

她开了"天空直播"的功能，弹幕立刻覆盖整个屏幕。

"哈哈哈，我肯定大赚！"

"好家伙，随随绝对输成光头。"

"打起来，打起来。"

很快比赛正式开始。

不知道是不是 QA 不太熟悉 YU 加入了陈津白后的打法，再加上他们打得比较保守，第一局，YU 意外地胜利。

"？？？"

"QA 是在峡谷梦游呢吗？"

"以前的冠军都是怎么打来的？"

赢得开局的胜利，庄帆禁不住叫了声。这次春季赛，他们的压力不是一般的大，昨天晚上他都紧张得睡不着。

"白哥，我们赢了！"

"只是第一把。"陈津白的声音冷冷的。

两个解说也在分析这一局的战绩。

---

① BP：电子竞技比赛术语，是 BAN/PICK 的简称，指玩家禁用和选择的英雄。

"White 的打野确实节奏带得非常好，一旦被他抓住机会，就会把这个机会放大，他的伤害打得很满。"

"下一局 QA 的压力不小啊。"

第二局，QA 从选英雄方面就注意了起来，在进入游戏后，就蹲了庄帆一次，又抢了河蟹。

镜头给过去，解说道："第一个河蟹被抢节奏有点儿断，不过还行，能接受。"

但很快就发生了改变，QA 能卫冕成功是有理由的，他们似乎发现了庄帆是其中稍微薄弱的点，连着抓他。

直播间里，随宁皱眉道："这局不太好。"

果然，她的说法得到了验证，十二分钟时，双方在下路打了一波团战，短短几秒时间就分出了胜负。

陈津白后手进场，一次收割三个人头。三杀！只可惜，他也因为法师的残存伤害死在原地。

"挺可惜的，如果他没死，这局胜负还难料，现在大局已定。"解说唏嘘。

比分打平，最后的胜负就看第三局。

"你们问我谁会赢啊？"随宁看着弹幕，笑眯眯地说，"那当然是 YU 啊。"

"YU 刚输。"

"还是太年轻。"

"刚刚 YU 头都被打飞了，好不？"

"主播不会是 YU 女粉吧？"

基地内，庄帆脸色有点儿白地道："是我的问题。"

"有你。"陈津白瞥他，"但不是全部。"

庄帆感觉被安慰了。

陈津白冷静道："QA 没那么简单，他们的打法再怎么变，其实还是会保守，但是他们射手今天打得比较冲。"

两局下来，他足以发现一些问题。第三局中，双方的英雄选择更加慎重，最后的陈津白出乎意料地拿了阿古朵。

一开始是相当平常的开局。

"把我都给看困了。"

"怎么两边都不打架的？"

"YU 怎么变猥琐了。"

就在这时，中路边上忽然打了起来，对面可能看法师残血，往前冲了一点儿，却被阿古朵留在了狭窄的区域。

转眼之间，"double kill（二杀）"响彻峡谷。镜头很快回放了刚刚那一波团战，阿古朵拿了双杀。

"White 吧，我印象中好像他每个英雄都玩得不错，我听说他全能？"解说问另一个解说。

"是啊，我以前排位碰到过他，被秀得满脸血，简直成了他的提款机，一转眼，他已经在职业赛场上了。"

陈津白打完"一条龙"，将之前的节奏完全收了回来。

很快，对面射手和辅助两个一起在野区被留住。掉了两个人，QA 又崩不少。

十三分钟时，游戏最终定格。水晶爆炸之时，两个解说异口同声。

"让我们恭喜 YU ！"

官方将 MVP[①] 给了 White 陈津白。

陈津白伸手扯了耳机，听到庄帆的尖叫，他还想着来抱他，被一眼盯了回去。

"我手心全是汗，从没这么紧张过。"庄帆竖大拇指，"白哥，你是真牛啊！"

庄帆又想起什么，说："你刚刚还给我打了个蓝 buff。"

陈津白仰头喝水。

庄帆说："我感觉到了妹子的快乐。"

"……"

蒋申红光满面地从后面过来说："后面几天都没有比赛，对了，我约了今晚的烤肉，请你们吃。"

"那要是输了呢？"庄帆问。

"输了当然不请你。"蒋申白他一眼，"等回来，你给我把第二局好好反省反省。"

"我都说了。"随宁关了官方直播间，"这还不信我，我分析得有错吗？

---

① MVP: most valuable player 的缩写，即对胜利最有贡献的游戏玩家。

没有吧。"

网友们无话可说。虽然每次随宁只是短短两三句话，但全部都在点子上，而且没出过错，神了。

随宁正打算直播巅峰赛，没料周纯打电话来。

"比赛赢了没？"

"赢了。"随宁关闭直播间道，"你居然记得比赛这事。"

"不错、不错，我记得的事可多了，对了，你快出来，我现在就在烤肉店，还有十桌就到我，你主队赢了，你这个女粉丝不得好好庆祝一下？"

随宁歪了歪头道："好。"

于是，她又在直播间挂了请假条。

周纯说的这家烤肉店很有名，每晚排队都会好几百桌，随宁到的时候，外面全是人。她提了提口罩，踏入其中。烤肉的香味弥漫在店里，随宁吸了吸鼻子，还真感觉饿了，低头发消息给周纯。

"你在哪儿？"

周纯收到消息站起来，看到过道上乖宝宝似的随宁，立刻招手道："随随！"

看到周纯，随宁眼睛一弯。

烤肉店的灯光明亮，杂音遍布。陈津白坐在最后一个隔间，扭头看向别处。女孩儿的马尾在空中晃过，脸被口罩遮住，露出一双漂亮微弯的眼睛。

"白哥，你在看什么？"

庄帆顺着陈津白的视线东张西望，什么也没看到。

"没什么。"陈津白收回目光。

他看到那个女孩儿坐在了靠窗的座位，距离他们这里有两条过道，一坐下来就什么也看不到了。那一声"随随"像是落入池塘中的水滴。

随宁快步走到周纯那桌，烤肉店里被烘得很热，才站一两分钟就燥了。

她脱下外套坐下来问："人也太多了，你排了很久吗？"

"我下午就公众号排队了，刚刚好差个十几桌。"周纯眨眼，"我就知道你肯定会来。"

"那是赢了，要是输了呢？"随宁笑问。

"那就化悲痛为食欲嘛。"周纯立刻说，"而且，你不是天天说他们很厉害吗，怎么会输。"

随宁一愣，随后轻轻弯唇。自己平时念叨的话，居然被她放在心上，而且从别人的嘴里听到"怎么会输"这样的话，就很开心。

"下次现场赛赢了，我请你吃火锅。"随宁许诺。

"好嘞，我可记下了。"周纯笑眯眯，"我点了不少肉，还有五花肉，不准浪费，全吃了。"

这家店的五花肉特别有名，配上调料和泡菜、生菜，就算不爱吃肥肉的随宁也吃了一小盘。她摸了摸肚子。好像还能再吃一点儿！

"下学期我是不想再去学生会了，累死我了。"周纯抱怨，"你天天过得比我幸福多了。"

随宁将烤肉送进嘴里，含混不清地道："早就让你退了。"

"我这不是才发现你是为我好。"周纯说。

其实，学校里对于周纯和随宁两个人关系好，甚至还合租，都觉得挺神奇的。大众印象里，随宁是个乖学生，说话柔，长得也乖。而周纯则雷厉风行，尤其是在布置任务的时候，还有过把犯错的部员说哭的时候。当初刚合租的时候，有人还猜测过是不是随宁被压迫成了周纯的小保姆。

周纯听到的时候都气笑了。她成了随宁的小保姆还差不多。但是嘛，随宁长得好看，又会撒娇，周纯乐得投喂她，这等好处，她当然不会告诉别人。当然是要自己一个人独吞了！比如现在，周纯就负责烤肉，她觉得很快乐，这比在学生会里忙活有意思多了。

"你一口吃多了，脸颊鼓起来的样子好可爱。"周纯盯着她，"快吃。"

"……"随宁哭笑不得。

周纯忽然想起什么，打开手机看了眼说："我点的奶茶应该快到了，你待会儿拿一下，我去洗手间。"

随宁点头道："行。"

哪知周纯走后没多久，她的手机就响了，是外卖电话。随宁按了接通："我在店里，你在哪儿？"

外卖员听着声音有点儿吵，大声道："我已经进来了，您站起来我看看在哪儿吧。"

"行。"

随宁当即站起来，一眼就看到另一条过道上戴着黄帽的外卖员道："我在这儿！"

外卖员扭头。烤肉店内的隔板并不高，偶尔还有客人在上面放两盘肉，或者饮料一类的。他将奶茶和袋子提高，想走过去，结果刚好店员和一拨新客人进来，过道变得拥挤。

"哎，我还有其他单子，我递过去，你从那边接一下。"

随宁蹙眉道："好吧。"

距离还是有点儿远的，她伸出手，没碰到，袋子就被隔板那边的一只手拎了过去。

"哎——兄弟，你帮个忙，谢谢了。"

外卖员出了声，那男人就抬起了头。随宁对上一双漆黑的眼。

男人坐在里面，随着他侧脸看过来，黑色碎发往后落了落，露出清冽的眉眼。陈津白的视线落在她身上，十分直接。女孩儿站在另外一边，乌黑的眼瞳闪着碎碎的光，鼻尖小巧，唇色和脸上的绯红添了抹艳色。

随宁呆住了。这……陈……陈津白？他怎么在这儿？隔着视频看了无数次的人出现在自己面前，她几乎是一瞬间就认了出来。这就是本人，是让她想去现场看他比赛的人。

随宁下意识地想伸手遮住脸。刚刚吃烤肉，唇边没有沾上什么东西吧？那岂不是形象毁尽？手抬到半空，又猛地回过神来，这太欲盖弥彰了。

随宁深呼吸——冷静，冷静。

YU 的庄帆、段归几人都停下了筷子，偷偷观察情况。

这么漂亮的女生很少见，而且巴掌大的脸红红的，也不知道是在烤肉店里熏的，还是害羞的。庄帆冒出这么个想法，又看了眼身侧的陈津白。

好像也很有可能？她漂亮，白哥也很帅啊。

"回神了！"庄帆促狭道。

热气顺着随宁的脖子往上升，她装作若无其事般指了指陈津白手中装奶茶的袋子。

"你的？"陈津白晃了晃塑料袋。

"嗯……"随宁点头，声音被店内的嘈杂盖过去，依稀能听见一点儿清悦。

修长的手指勾着袋子到了隔板上方。随宁下意识伸手接过来，指尖不免碰到他的手指。她蓦地笑了起来："谢谢。"

"不客气。"

随宁转身回自己的位子。陈津白靠在椅背上，余光随意一瞄。又见到了在空中划过的马尾。

等随宁消失在众人视线里，段归才斥责庄帆："你就知道瞎起哄，那是路人，陌生人。"

"说不定真是害羞。"庄帆狡辩，"她一直在看白哥。"

"肯定是热的，说不定就是见到帅哥多看两眼，你这么说，人家心里不舒服怎么办。"

"好了……好了，别说了，吃肉。"

"白哥，你不吃了？"段归问。

"饱了。"陈津白敷衍道。

庄帆一听，立刻将两盘肉放到了自己面前，他正是在长个子的时候，胃口极大。

刚才的事，很快就被 YU 其他几人忘在了脑后。

周纯回来时，见到桌上的烤肉煳了："随随！你在干吗！肉煳了！"

她一边赶紧挑出来，一边无奈道："不会我一走你就不会烤肉了吧，赖上我了？"

随宁不为所动。

周纯没听到回答，挥了挥手道："哎，回神了。"

"周纯，你猜我刚才看到谁了。"随宁声音慢吞吞的。

"看到谁？"周纯侧头，没发现有熟人，"让我猜猜，能让你这么走神的……难不成是——"

她睁大眼道："这里都有他？！"

陈津白这男人怎么阴魂不散啊！

随宁被她这大反应逗得笑起来："你真聪明。"

"我希望不聪明。"周纯吐槽，"看到就看到，又不是洪水猛兽，要个签名，合个照呗。"

随宁摇摇头。

"你就是胆小！"周纯说，"你一个敢在直播间里骂人的，居然在这事上这么胆小。"

"我也不想，我也想和平常一样。"随宁两条胳膊撑在桌上，捧着自己的脸。

"谁让你喜欢他呢。"

"他们战队里的庄帆，他之前还看我直播，居然没认出来我声音。"随宁歪头。

"他耳朵不行。"周纯评价。

"可能吧。"随宁顺着她的话，心里给庄帆记了一道，刚才居然调侃自己。下次让他知道调侃自己的下场。

中途，随宁向陈津白的方向看，但是被隔板挡住，什么也看不到。等她和周纯吃完，走时绕过那边，那一桌已经坐了新的客人。

"看完了这几个视频，你们觉得怎么样？"

一个中年男人终止了投影仪上的视频播放，然后转向桌边坐着的几个人。

大屏幕上放的是今天 KPL 的比赛视频。看上去没有什么不一样。但实际上，有很大的不同，因为视频右下方的一串数字是随宁的直播间 ID。

会议室里鸦雀无声。中年男人继续说："昨天 KPL 的比赛，有不少主播都转播了，在自己的直播间里解说，我为什么让你们看这些，你们应该也看出来不一样了吧。"

下面有人开口说："这几个视频里，随随这个主播的直播间热度虽然不是最高的，但是质量却是最好的。"

"那你们觉得她解说得怎么样？"

"……虽然随随她视频里话说得不多，但不管是预测还是分析，都是正确的。"

这一点当然非常难得。

"经理，你是不是有意想推她去解说'天空杯'？"很快就有人反应过来了。

"被你看出来了。"中年男人没隐瞒。

"可是，不是定了林秋瑶吗？"有人立刻皱眉道，"现在临时换人不好吧，而且这个随随还有个问题，她没露过脸。"

"是啊，林秋瑶和她热度差不多，但长得漂亮，又会卖萌，玩家们肯定愿意看美女的。"

"她不愿意露脸算个什么事？"

"虽然声音好听，但我们到时候可是要大幅推荐的，总不能什么都不搞吧。"

桌边坐的几人都规劝起来。

林秋瑶和随随两个女主播的事，直播界都知道，"天空杯"定下林秋瑶不仅因为热度，还有一个原因就是脸。

"行了，这事就讨论一下。"中年男人也没想到他们都没同意，"看后面几天的比赛。"

"天空杯"的解说还没有公布，就还有转圜的机会。如果随随接下来依旧这么出彩，他肯定会扛下压力，举荐随随的，而且——林秋瑶脸好看，不还是和没露脸的随随热度一样。

他们做直播这行的，晚上上班是常事。中年男人回了自己的办公室，立刻叫来了随随的经纪人包尚："你去问问随随，愿不愿意露脸。"

"杨经理，她肯定不同意的。"包尚摊手，"这事我不止说过一次了，没用。"

随宁是和"天空直播"签约的，来过总部一次，自然有个别人就知道她长什么样。

杨经理至今还记得唯一的一次见面。那张脸像一张绝美的画作，美得让人移不开眼。杨经理沉声说："你跟她说，如果露脸，'天空杯'解说就会是她，她会选择的。"

"'天空杯'解说？"包尚忍不住惊讶。

"天空杯"是平台接下来比较重要的一次比赛了，他也听说了目前属意的是林秋瑶，网上都有通稿了。居然还有意随宁？

包尚嘴上答应，心里根本没抱希望。他是随宁的经纪人，公司里没有谁比他更清楚随宁的脾气，她就不是个暴露三次元隐私的人。这小姑娘更像是将直播当成了玩乐，就是随宁明天跟他说再也不直播了，他也不觉得稀奇。

不过，让这个机会溜走，包尚也觉得可惜，离开办公室，他就立刻决定，这次要好好劝劝随宁。随宁今晚请假的事他知道，明天说正好。

吃完烤肉身上不可避免地会有一股味道。周纯和随宁又洗澡又洗头，把衣服全丢进了洗衣机里，忙完都已经十点多了。

"你手机刚刚响了，应该是有人给你发消息。"周纯想起来什么，对刚吹完头发的随宁说。

"知道了。"随宁应了声，这么晚，谁找她？

她回到自己房间，窗外明亮如昼，在这座不夜城里，不知道有没有人和她一样在看星空。随宁打开手机，一愣。

W："游戏吗？"

四十分钟前的消息。一见到这个W，她就想起今晚遇到的男人，令她心跳不已，又喜不自禁。随宁敲字："今天这么主动？"

她调侃的意味十足。对于一个素未谋面、仅仅只有声音让她起波澜的网友替身，随宁本性恢复。

估计对方不在手机面前，她又故意发了两句话。

"之前你不是陪玩，现在入行了吗？

"不会还是只有我一个吧？"

随宁放下手机去阳台收衣服，回来时已经多了条新消息。

W："不多。"

随宁好奇心骤起："那就是生意还算行？"

这次消息回得挺快。

W："只有你一个。"

W："够捧场了。"

随宁看到这句话，愣了一下，看着好像很正常的话，但又说不上的感觉。她挑了下眉，怎么感觉好像渣男的话？不过字面意思来说，他说得好像也对。

自己的确很捧场，毕竟一句话、一局游戏都转账那么多，普通人很少会这样，而且随宁又想起来他是有本职工作的。说不定就是因为缺钱，正好自己找上门，就当个陪玩兼职赚赚钱，一个固定的老客户就够了。

随随："你不是晚上不游戏吗？"

这还是上次拒绝她的理由。

W："今晚有空。"

随宁意味深长地噢了声，反正对面又看不见，她其实还挺蠢蠢欲动地想问，他是不是故意的。

怎么说，自己的声音也是很多人喜欢的吧。就好像她喜欢他的声音，如果有男人喜欢上自己的声音，随宁一点儿也不意外。

距离还是要保持的。但最终因为对于陈津白声音的渴望,随宁还是同意了。

登号之前,她去点了份水果切,今晚吃了烤肉,又喝了奶茶,得吃点儿水果解腻。

YU 基地内。庄帆瞅见拿着耳机回房的陈津白,亮起的手机屏幕上正是游戏界面,不由得发问。

"白哥,今晚你还打游戏?"

今天他们赢了 QA,蒋哥说可以休息一晚,没想到队长还是坚持每天的习惯。这就是他是队长、自己是菜鸡的缘故吗?

陈津白扫到他身上的睡衣问:"你反省完了?"

"……"庄帆立刻闪身,回了身后自己的房间说,"我好累,明天起早一定好好反省。"

两人的房间是对门。陈津白收回视线,推开自己房间的门,手机上方闪出一条消息提示:"人呢?"

他一手关门,一手进了组队。

随宁这次上的是"随随没有心"这个号,这个号上次直播时被她打到了星耀,虽然 W 上的是王者号,但也能一起打。

"你打野?"她问。

"可以。"陈津白回。

他打野自然更顺手,低星局很多人都不太会玩,一个会玩的打野更容易带飞。总不至于,他一个职业选手当个陪玩还翻车。看见"随随没有心"的 ID,陈津白又想起今晚听到的那一声"随随",以及那个扎着马尾的女孩儿。

她只说了几个字。即使周围嘈杂,他却认出来了她的声音。

随宁直接开了游戏。不过这次不太巧,匹配到的三个人用的都是法师和辅助,再点详细资料,坦克和射手都不玩。好在随宁在一楼,直接点了貂蝉。

这个段位,大家很少有关于英雄克制的概念,对面也没选东皇一类。这局算上钟馗辅助,就有了三个法师。

随宁嗯了声:"打野,你努力点儿。"

一进去,对面就迫不及待地发消息:"送分局?"

随宁直接回了一句:"你们送分?"

对面立刻不说话了。

虽然有三个法师，但是控制多，随宁不知道打得多快乐，连自家打野都没怎么看。如果看了，她也许会发现一些痕迹。

一局结束，随宁意犹未尽，乱杀的感觉就是爽，更何况，打野还在给自己让人头。这个陪玩找得真没错。

随宁看了眼外卖的送达时间："外卖快到了，不打了。"

"这么晚？"陈津白状似无意地问，"晚上没吃？"

随宁一边领东西，随口道："夜宵。"

语音里只有游戏的背景乐。陈津白轻轻地噢了一下，而后压低声音道："你晚上吃的什么，吃夜宵不会多吗？"

嗡。

随宁只感觉自己的耳朵像炸烟花一样。她听到自己的声音在回答："当然不会多，我点的水果切，晚上吃的烤肉，太腻……"

不能再聊下去了！陪玩都知道利用自己的声音了！随宁砰的一下退出游戏。

陈津白听到声音忽然断了，屏幕上的游戏只剩下他自己的头像在那里。

她走了。

陈津白合上眼，唇边溢出一丝笑。吃的烤肉？他果然没听错。

随宁退出游戏后才冷静下来。

应该是偶然的吧？他肯定不知道自己找上他的真正原因是什么，他可能单纯知道自己声音好听，所以才压低声音。这大概就是传说中的渣男音？

渣男什么的，随宁可不怕，反正她就只是听个声音而已。

水果切到后，她分了一半给周纯，然后端回自己的房间，一边吃，一边看网上的消息。

今天 QA 和 YU 的比赛之后，YU 算是证明了他们获胜是靠自己的努力，不是一次偶然。随宁翻到相关的超话里，里面全都是感叹号。

"YU 真赢了？"

"陈津白太厉害了吧！那波三杀，看得我人都傻了。"

"之前说 YU 是送分队的人呢？给你爹滚出来！！！"

"家人们，速速把牛 × 打在屏幕上！！！"

"带节奏的滚啊，两队都是有实力的，都不需要你们在那儿瞎说。"

当然，除了对成绩惊艳的人，还有陈津白的女粉丝。

随宁直接点进陈津白的超话，这里面已经有一万三千个粉丝，其中女生恐怕占了百分之八十。

"我白的大头贴真的好看。"

"听说后面还会放每个战队的定妆照，等着了。"

"陈津白这个名字注定闪耀在赛场上！"

"当初他还没进职业的时候，我就在榜上看见他了，关注的不少主播都夸过呢。"

……

随宁有看到一些以前的截图，上面是陈津白的ID——White，从未改过。不过，现在这个ID前面多了一个YU的前缀。

随宁又想起今晚看到的陈津白本人，那个画面特别清晰：他给自己递奶茶，自己好像碰到了他的指尖。她耳朵蓦地红了。

随宁立马登上"天空直播"的后台，给庄帆发消息："你们今天赢了，有没有去庆祝？"

她就是明知故问。

庄帆是个夜猫子，还没睡呢，正在看直播，快要睡时才看到她的消息。

YU帆船："去吃烤肉了。"

随宁看到这条消息时，已经是第二天早上，她回了一句："你们出去不怕碰到围观的粉丝吗？"

对面没回。估计他还在睡觉。

周纯正坐在桌边喝粥，看见随宁心不在焉的样子。

"YU战队沉寂许久，引入新人White，加入新鲜血液，成功赢下KPL的第一场胜利！"她提高了音量，读出微博上看到的新闻，"White本名陈津白，两年前成名，单排国服，霸榜许久，不仅如此，他还拥有一张——"

"周纯！"随宁扭头道，"好好的，念什么？"

"我还以为你没反应呢，刚刚叫你也不回我。"周纯慢悠悠地喝粥，"就记得陈津白。"

"我只是在想事情。"

"你敢说想的和这男的无关？"

"……"

周纯耸肩道："看吧，我就知道，昨晚偶遇到，你肯定会恍惚好几天，今天出门小心点儿，别撞电线杆上。"

随宁无语道："这里哪有电线杆。"

周纯再也忍不住笑起来。

今天是周五，上午有专业课，她们选修课有不同的，但专业课是一样的，两个人吃完早餐就去了学校。一下课，随宁就被苏晴晴拦住。

"那个PPT我们做好了，这次你上去说吧。"

"我还以为你们没做呢，行啊，我负责讲。"随宁微微一笑，"PPT上应该不会缺什么吧？"

苏晴晴道："……不会缺！"

随宁说："噢，我就是随口问一下，别在意。"

苏晴晴从来没想过随宁居然这么气人。

"她惹你了？"周纯问。

"她上次当我是软柿子，被我嘲讽了几句。"随宁三两句将上次的消息发错群一事说了下。

周纯也无语道："这得是多坏。"

随宁根本没把苏晴晴放在心上，她每天要做的事可多了，和她斗不如和自己的粉丝聊天。

今天是季前赛第二天，有YU的比赛。至于其他战队，随宁打算随便解说个两句，正好也看看他们怎么样，所谓知己知彼。虽然是YU的粉丝，但也不能两眼一抹黑。否则到关键时候，一点儿黑历史都翻不出来。随宁午睡了一会儿，醒来就开了直播。

得益于上一次YU的成功，今天对上的是一支成绩一直很平庸的队伍，YU直接2：0剃了他们光头。随宁看得喜笑颜开。她就知道他们可以。

而弹幕里依旧是夸的夸，酸的酸，无非是那些话。随宁心情好就会延长直播时间，她干脆随意在大厅里发了句消息："五排，来四个人。"

很快她就收到了四个求邀。短短十来秒，五排已满，两个男生开了麦。

"怎么是软辅？"

"走了、走了。"

"女生除了软辅就不会别的，就知道挂头上。"

"一楼，要不你退了。"

两个人一唱一和，颐指气使，都给随宁听乐了。

她这个号上的常用英雄是孙膑、大乔和蔡文姬，不说软辅，起码前两个算功能辅助吧。

直播间的网友们立刻发起弹幕。

"？？？"

"他们错过了一条大腿。"

"那个让随随退退的傻家伙吧，这是随随组的队！"

"兄弟，这是我组的队。"随宁开麦。

听筒开着的两个男生停了叨叨，似乎是在确定刚刚说话的是一楼。

"那个……软辅也很好。"

"你可以选瑶，我带飞。"

刚才还在说着让一楼自己退的男生瞬间改了主意，他没想到这女生声音这么好听。

"本事不大，心挺大。"

"怎么好意思的？"

"这就是普信男吗？听到好听的声音就忍不住了？"

"……对，这是你的队，你不用走，刚才的话你别放在心上，我们说的不是你，你的声音真好听。"

"噗。"

两个男生正绞尽脑汁地说着，忽然听到耳机里清悦的笑声，酥得心都麻了。

"但是你的声音太难听了。"随宁嗤了声，"自觉点儿，自己退，麻利点儿。"然后她就把这两个人都给踢了。

随宁又重新开了组队，这回有两个妹子，不过，带妹也很快乐，她直接开了游戏。这就巧了，对面正好是刚才那两个男的。随宁对着直播间，张扬道："他们刚刚是不是说'带飞'？那是没遇上我呀。"

队里的妹子非常听话，都跟着她。随宁把对面野区反光，让对面打野无野怪可吃。

"哈哈哈,撞车了!"

"干得漂亮!"

对面打野终于忍不住:"你是故意的?"

随宁回:"是啊。"

推水晶前,她又发了句:"就你,还带飞?"

"爽了。"

"爱了,爱了。"

"虽然我玩牛牛公主和颇颇公主,但也恶心这种人。"

随宁直播了两小时,正好赶上比赛开始。这次没有 YU 在,她就随意多了,每场比赛两边都被她说了遍,有夸有损。直播间的观众不减反涨。

看完比赛关掉直播,周纯发消息说今晚不回来吃晚饭,随宁干脆叫了这边最好吃的鸭脚煲外卖。但是要一小时才能送过来。

她翻了翻朋友圈,退回聊天界面,就看到了比较显眼的 W,因为界面中就只有他的名字唯一是个字母。随宁随手转账两千元:"速来游戏。"

她偷偷减少了一半的费用。

和她的作息相比,陈津白的时间要规律许多,今天比赛赢了,他们复盘几小时后就各自休息。因为明天是季前赛第三天,有他们的比赛。回去的路上,陈津白打开手机。

W:"上号。"

随宁进入游戏,发了条游戏组队邀请。她刚点"开始匹配",微信就又收到经纪人包尚的消息。随宁和经纪人平时联系不多,但是能让他这么急的,肯定是什么重要的事。

包尚:"在不在?"

包尚:"看你游戏在线,正好有事和你说。"

包尚:"发了求邀,同意一下。"

随宁回到游戏界面,她连忙点取消匹配,不忘和陈津白说:"有朋友找我,先不玩了。"

匹配一被取消,包尚就赶紧又发了求邀信息。随宁顺势把他拉了进来。

新的头像一进来,陈津白就看到了,轻轻眯眼:"随随的……小宝贝?"

这名字，意思太明显。

"嗯，就他。"随宁说。

这名字还是和直播间的房管们一起改的，个个都带着"随随的××"的马甲，有叫"小甜甜"的，有叫"小可爱"的。

陈津白的手停留在屏幕上。

"行了，你退队吧。"随宁随口道，才刚说完，就听见耳机里的男声。

"你男朋友？"

Chapter 05

三月的天气说变就变

　　随宁心想，见到本人的时候，才会意识到，所谓的替身，不过就是饮鸩止渴而已。源头从来都是在这里。

　　随宁被问得愣了一下，而后没忍住好笑道："我男朋友？你怎么会这么想？"

　　她故意道："不准过问老板的隐私，知不知道？"

　　女孩儿的声音软软的，又带着点儿蛊惑人心的味道。陈津白不是头一次听。

　　当初，陈筱果断出卖他的资料时，这个随随就利用了她声音的优势，手到擒来。没想到会用在他身上。

　　屏幕前的男人略蹙眉，不过片刻后，又舒展开来，退了游戏队伍。

　　随宁叫了包尚两声，包尚没应，估计是刚才切出游戏界面了。她的目光忽然停留在包尚的名字上，点开始的手跟着就停在屏幕上。

　　我男朋友？替身同学该不会是看到包尚这个 ID 就觉得是情侣 ID 吧，好像……也有可能。随宁禁不住笑，现在还有这么单纯的人吗？

　　她拉了包尚进来。

　　"我刚刚怎么求邀半天没反应？搞得我还以为你是不想带我上分呢，快开，冲冲冲。"

　　包尚话很多，他也年轻，毕业就去了"天空直播"，带的第一个新人就是随宁。随宁第一回见到这个小胖子的时候，就觉得他特别好欺负，果不其然，包尚性格很温和，而且不独断。

　　"开。"她心情不错，"刚才有人在。"

　　"怪不得，我说我怎么第一回被拒绝了。"包尚说，"你怎么不直播打游戏？"

随宁说："刚刚和陪玩排的，不适合直播。"

包尚："？"

包尚问："你之前不是还有专门的点陪玩的环节吗？"

随宁和他说不清，而且这件事也不宜告诉其他人，显得自己很痴汉。

"不说这个了，你找我是有什么事？"

包尚很快被转移了注意力，说："是关于'天空杯'那个解说的事，杨经理让我劝你。"

"女解说不是林秋瑶吗，怎么还找上我了？"随宁纳闷儿道，"我可不和林秋瑶共事。"

"你前两天不是突然开始解说 KPL 了吗？杨经理他们看了你的直播，觉得挺好的，就商讨了一下。"

随宁拖长了调子："噢——"

既然是用的"劝"字，那肯定是还有争议。

"说吧，是要劝我干什么。"随宁说完，又猜测道，"让我想想，有什么可劝的，让我露脸？"

包尚立刻点头道："你还真猜对了。"

他又叹气道："林秋瑶毕竟占了个露脸的优势，你看，现在哪个解说是不露脸的，杨经理让我跟你说，你要是露脸，这次'天空杯'解说就是你。"

饼倒是不小。一个让平台全线推广的"天空杯"，她要是当解说，人气肯定能更上一层，成为名副其实的"一姐"。但随宁不想露脸，她不想暴露自己的三次元。直播这一两年来，粉丝们除了知道她居住的城市，其他的什么都不知道。

"你告诉杨经理，要我露脸也可以。"随宁忽然转了音，漂亮的眼睛眯起来，像只狡黠的小狐狸。

"真的？"包尚惊喜道。

"如果他能让我解说 KPL 的话。"随宁又说。

"……"包尚仿佛当头被泼了盆冷水道，"那这等于拒绝啊，KPL 哪有这么容易让新人去解说……"

不过他也做了被拒绝的准备。

"嗯啊。"随宁笑眯眯地说。

虽然和包尚一直在说和游戏无关的事，但她手底下的操作还是秀得对面头皮发麻，八分钟推了水晶。包尚正打算再蹭上分，队伍就被解散了。

微信里收到随宁发来的消息："刚才陪玩给钱了，不能浪费，你自己玩。"

包尚："？"

什么陪玩这么上心？他恨！

随宁最终还是没能和 W 打游戏。

W："欠着。"

W："早点儿休息。"

看着这两条简短的消息，随宁看了眼时间，这时候都还没到十点，哪个年轻人会睡这么早？而且明天还是周六，上班族应该不需要上班吧。不会是老年人吧？随宁坐在床上，认认真真思考了两分钟，觉得非常有可能，声音可信，声音的主人不可信。给自己泼了盆冷水后，她就淡定多了。得益于今晚没有娱乐活动，随宁自个儿也很快就睡了。

季前赛首周总共有四天的比赛。今天是第三天，YU 的比赛晚上七点半开始。对 YU 来说，迟点儿也好，他们前期可以有更多的时间观察其他队伍的比赛。

蒋申从外面进来，说："刚才，官方那边跟我说了下，之前拍的定妆照，后天官博会发出去。"

庄帆立刻道："又能看见我的帅脸了。"

段归头也不抬道："放心，没人会关注你的，大家看的都是白哥，你就是配角。"

庄帆："……"

这种定妆照，其实他们战队之前就拍过，不过重新拍又是不一样的感觉。虽然电竞选手有些颜值并不高，但是美颜一下，精修一下，再加上电竞的滤镜，也还可以。

"咱们不好高骛远，保 B 争 A 就好。"蒋申拍了拍手。

这次的季前赛有个分组的规则，比赛时抽签分 X 和 Y 组，每组的前三名以 S 组身份进入后面的常规赛，而四至六名是 A 组。

"蒋哥，几天前，你明明不是这么说的。"

"就是，那时候，你还说'冠军'呢。"

蒋申瞪了一眼段归和庄帆道："我这不是怕给你们压力，你们自己发挥好就行。"

等他离开后，陈津白看向面前的队友们。

"这次，我希望我们能进 S 组。"掷地有声的嗓音仿佛唤醒了众人的激情。

比赛开始前，官方微博和直播间都在预热。随宁提前知道比赛时间，就没有早开直播间。掐着时间，等到七点半才慢悠悠地开直播。

看到熟悉的标题，粉丝们不禁调侃。

"怎么回事，这么迟才来。"

"马上都打完了，随随才来解说。"

"合理怀疑是偷懒。"

"有理有据猜测，随随是来看陈津白的。"

随宁心想，还真是。她打开官方直播间，两个解说正在分析两支战队。

"前两天的比赛，YU 的成绩斐然，今天不知道能不能继续上次的辉煌。"

"我相信，不少观众都被这支战队惊到了吧，一鸣惊人，虽然才两天，但能看到他们的潜力。"

"说起来，White 的女粉又增长了不少，我都羡慕了。"

弹幕里飘过不少"哈哈哈"。

随宁想起昨晚自己看的超话里的上万个粉丝，猜测可能一晚上时间，就不是那个数字了。她好像有好几万个情敌。

"你们觉得，我的解说怎么样？"随宁忽然想起包尚说的事，"其实我就是随便说说。"

她的声音带着笑，仿佛不甚在意。

偷开小号盯着随宁直播的林秋瑶气得捶了下键盘，随便说说？随便说说就能威胁到自己！

比赛很快开始，双方 BP 都很正常。第一局就不太妙，因为 YU 这边的阵容前期要弱一点儿，没多久，下路相遇，打了起来。好在陈津白残血收了人头，稳住了节奏。随宁也不可避免地松了口气。

"好像听到了随随松口气的声音，哈哈哈。"

"随随：我比选手还紧张。"

"笑死了。"

"我不紧谁紧张呀。"随宁仗着网友看不到自己，吸了口奶茶，"这输了我骂他们，我可是押了全部身家。"

当然，结果如了她意。虽然打得不像昨天那么漂亮，最后一局拖了很久，双方前后都拿过风暴龙王，就差那么一波团的机会。但胜利天平终归偏向了 YU。

随宁有种说不上来的感觉，耳边是官方解说们激动的声音，她摸了摸胸口。这是一个以热血为基础的圈子。那些喜欢某个战队、某个选手的粉丝，是不是和她这时候一样的感觉？

比赛结束后，YU 基地内并不如外界想象的热烈。蒋申正板着一张脸道："你们还是配合不到位，这一局如果打得好，不至于拖这么久，一旦拖久就危险，最后一波就差一点儿，你们就输了。

"庄帆，你失误了一次就算了，段归，你是葫芦娃吗，去救爷爷？"

两个人被训得不敢说话，庄帆忍住偷笑。

"还有陈津白，你个人很优秀我知道，但是和队友还需要磨合，毕竟你单打独斗那么久，才刚入队。"

蒋申叹了口气道："明天是首周最后一天，我希望好成绩能一直保持到最后。"

他离开后，庄帆说："蒋哥的说法都是一天一个变，上次还说保 B 就好呢。"

陈津白神色不变道："好了。"

庄帆看不出他在想什么。

因为今天比赛时间本来就迟，结束得更迟，所以只进行了简单的一轮复盘，其他的明天再说。陈津白脱了外套，随手丢在床边。他倒了杯水，仰头灌了一口，喉结滚动，闭上眼还能想到不久前的游戏情节。

桌上的手机振动了一下。半晌，陈津白放下水杯，走到桌边，顾长的身形站在窗前，还能看见基地下面的路灯。

是"随随"的消息。

随随："还债。"

随随："在不在，来一把？"

陈津白本想拒绝，最后还是发了个组队链接。

随宁没想到连着两晚这个说"晚上不打游戏"的替身同学都同意了，她觉得奇怪。不过，似乎今天他兴致不高，一直到选完英雄，进入加载页面，也没开麦。

随宁问："不方便开麦？"

她的声音意外地温柔，像春日的粉樱，在人心上留下浅浅却又难以忘记的记忆。

陈津白说："没有。"

他无法拒绝这样的嗓音。陈津白这局用的是澜，和比赛时最后一局一样的英雄。

随宁的注意力却不在他的话上，而是音色上。纵然听了多遍，她依旧会为这样的声音而心动，仿佛和她打游戏的是陈津白本人，而不是一个声音替身。随宁不得不承认，她是一个彻头彻尾的声控。一旦遇到她想要的声音，就沉沦其中。

不过五分钟后，随宁的注意力转到了另外一件事上——刚才那波团战的情况让她觉得有点儿眼熟。

"问你个问题。"

随宁操纵着自己的嬴政站在了暴君边上，看着 W 打龙。

陈津白："什么？"

随宁躲进草丛里："你看了今天的 KPL 吗？"

陈津白的动作一顿："怎么了？"

"也没什么，就你刚才的打法，跟一个职业选手挺像的。"

随宁说着，觉得自己好像发现了什么，声音也跟着扬了起来："连用的英雄都一样。"

"职业选手。"陈津白重复这四个字，轻轻笑了声，"哪个？"

这一声笑像是从鼻腔中滚出来的，带着哂然。陈津白的声调中混了些故意的疑惑，仿佛那个问号都有了实质的声音。随宁一时听迷糊了。

"Y——"一个音节从她的嘴里跳出来，将自己的注意力拽回来，"……我记不得了。"

她临时改口。如果把陈津白的名字说出去，是不是这人就可能发现她是把他当成陈津白的替身？正常人是不是都不会乐意做这样的事？而且……随宁也担心，他万一恼羞成怒，告诉陈津白怎么办，岂不就是公开处刑？

"记不得了？"陈津白眯眼。

"就随便看了一眼，有什么好记的。"随宁又恢复了漫不经心的语气，"你给我打个蓝，快点儿。"

"……"

语音关闭后，陈津白哂笑。

说不记得肯定是假的，她能记得他当时的英雄，就连操作都记得，仅仅是随便看一眼？那她知不知道声音是一样的？也许不知道，季前赛这几天都是线上赛，无法听到比赛队伍成员的声音。

游戏过半，陈津白忽然问："那个选手……他打得怎么样？"

仿佛只是随口。

随宁当然知道陈津白有多好，但她还是镇定道："挺好的呀，赢了嘛。"

她的声线很浅，掺杂着雀跃。

陈津白手指动了动，弯唇道："照你这么说，我似乎可以去打职业。"

他头一回做这种事，还挺自然。

"得有战队要你才行。"随宁说话一点儿也不留情。

陈津白嗯了声，道："你说得有道理。"

随宁被他这么谦虚搞得也想笑，突然当起了心灵导师，道："其实吧，这个圈也不是多好。"

"哪里不好？"

"拿不到冠军，就等于白打。"

陈津白掩下眼中的情绪道："是这样。"

"也没关系，退役了可以去直播，也挺赚钱。"随宁可不想和陪玩聊这些影响心情的话题。

桌前的男人笑了起来。沉重的话题就被她这么一句话改了氛围，她的思维似乎过于跳脱，但又有理有据。他想起那天看见的那张脸。很小的样子。陈津白表情忽然一滞，她成年了吗？

在蓝 buff 还剩一丝血时，他状似无意地问："你看起来只有晚上有空，在上班？"

随宁警惕心降低。

"上学，没什么课。"

陈津白心里有了数。

"不准打探老板隐私啊。"随宁又敲打，尾音一扬道，"你妹妹说你在上班，你工作是不是不好啊？"

不然怎么会答应高价陪玩。

陈津白故意说："还行。"

随宁噢了一下，笑嘻嘻地说："那你努力点儿，我这个老板还是可以让你赚点儿零花钱的。"

陈津白失笑。她倒是大方，他当初其实是随口说的。

一局游戏结束，随宁看时间也不早了，就没再继续打，转头就将陪玩替身放到了脑后。

随宁没把"天空杯"解说的事放在心上，但别人却不是。

杨经理和包尚的对话虽然没其他人知道，但是通过之前的会议和视频也能泄露出来一些消息。林秋瑶的经纪人知道的时候就觉得不妙，他立刻找到了林秋瑶道："杨经理前天找包尚，几乎办公室人人都见到了，这次可能会有变故。"

"不可能！"林秋瑶肯定。

她紧皱着眉头道："我难道不是最适合的吗？随随会什么，就知道勾搭网友。而且不是都说板上钉钉了吗？我连通稿都发出去了。"

经纪人无语。通稿什么的，他之前也赞同的，但谁知道半路杀出个程咬金，他怀疑随随直播解说 KPL 是故意的。说不准就是为了抢这次的"天空杯"解说。

而且，随随比林秋瑶好在哪儿，看网友们就知道了。光知道卖萌是没有用的，技术到现在也没什么提升，他当初签的是随随就好了，白白丢给了不懂经营的包尚。

他问："前两天，随宁解说 KPL 的直播回放，你看了没有？"

"我看这个干什么，游戏区解说 KPL 的主播多了去了。"林秋瑶摇头，"我最近在看解说该干什么。"

"……"经纪人恨铁不成钢道，"你不看别人解说，看这些做什么？"

"KPL 的比赛你给我天天看，要是行，你也直播 KPL 解说，压过随随的热度。"

林秋瑶被他说得不高兴。但是他是自己的经纪人，话还得听。

"行了，我准备准备，明天把时间提早到比赛开始的时间，肯定会比随随好。"

经纪人虽然还是觉得不妙，但也没有办法。

他唯一庆幸的就是，随随没有露脸，没人知道她长什么样，网友们总是对露脸的美女更有包容心。

还好杨经理的提议被大部分人否决了。经纪人回到公司的时候碰上包尚，两个人手底下的主播是对手，自然他们也不可能关系多好。

他上前拍了拍包尚，问道："小包，随随没想过露脸吗？"

包尚笑着说："怎么，你想看随随啊？"

"哪个不想看随随长什么样，你跟我透露一下，她漂不漂亮。"经纪人故意小声说。

"我帮你问问随随啊。"

包尚说着打开了随宁的聊天框，输入一行字："*林秋瑶的经纪人想问你长得漂不漂……*"

经纪人："……"这是缺心眼儿还是故意的？

他立马按住包尚的手，笑道："别了，哪天随随愿意露脸，我就能看到了。"

包尚点头道："好吧。"

"其实吧，现在只要长得不是特别丑，咱们的美颜都是可以弄成仙女的，随随不用怕露脸掉粉。"经纪人离开前又补了一句。

等他离开后，包尚才翻白眼，又把刚才那行字发了出去："*……还好当初我签了你。*"

随宁："*多谢包伯乐。*"

随宁："*如果要到露脸的时候，我会露的。*"

季前赛首周最后一日的比赛随宁没看到。因为这次辅导员要开会，所以她们整个班级都被关在教室里，一直到六点才走。当时，YU 的比赛早就结束了。

随宁很失望，但是看到比赛赢了之后，心情又变好了，对周纯说："走，请你吃火锅。"

周纯正在和部员们发消息，头也不抬道："你的心情就跟这天气一样，一会儿好，一会儿不好。"

"女人都是善变的，就说去不去。"随宁笑眯眯道。

"去、去、去，当然去。"

随宁顺手拦了辆出租车，两个人直奔最近的观景大厦里的海底捞而去。

观景大厦距离这里不远，几分钟车程。因为现在比赛还没结束，所以暂时看不到回放，随宁只能去搜一些视频片段。末了，她又输入和陈津白有关的关键词。微博实时区的网友评论大多是粉丝在夸，当然也有个别在骂，想必是那个人支持的主队输了吧。

随宁的视线忽然在屏幕最下方的一条微博停住。

花生牛奶不好喝：*啊啊啊！我刚刚偶遇 YU！姓陈的男人怎么这么帅！我要去合照！*

配图是被偷拍的 YU 几人，陈津白也在其中，灰白的队服搭在肩上，他正弯腰从贩卖机里拿可乐。这是四十分钟前发的，定位在四百米外的观景大厦。

侧脸杀。精准地杀到了随宁。随宁又翻了下这个博主的微博，半小时前，她发了条文字微博，说 YU 在这里聚餐。

她看向车窗外，不远处，"观景大厦"四个字十分惹眼。

他们也在这儿？上次聚餐偶遇，这次又遇到，这得是多大的缘分。

随宁看着手机里的照片，又忍不住想，自己过去的时候，他们应该已经聚餐结束了吧。也许还没有吃完呢。

"周纯，陈津白他们也在这儿聚餐。"随宁开口道。

"你不会吃火锅是借口，看男人是真的吧？"周纯恍然大悟，"得，赚你一顿火锅，陪你去看偶像。"

随宁没解释，展颜一笑。她今天扎的双马尾，本来脸小显嫩，现在看起来更像是个乖宝宝，一双狐狸眼明亮灵动。临到门口，随宁忽然胆怯，长叹一口气。

周纯扭头，一看就知道她在想什么，道："宝贝，看个男人这么纠结做什么……哎，那是不是陈——陈——"

"人家叫陈津白。"随宁认真地告诉她答案。

"就是他。"周纯将她的脸掰到右边，"看。"

她们下车的地方在观景大厦对面，正好前面是一家二十四小时营业的连锁便利店。随宁远远看到庄帆他们几人站在门口打闹，而陈津白的身影消失在门内。

"我们装作去买东西。"

随宁心思一动，拉着周纯进了便利店内。

庄帆正在门口发呆，一看见她们的身影就拽了拽段归道："那个女生好眼熟。"

段归想了想，问道："是不是上次在烤肉店遇见的？"

"好像是吧。"

"好巧，又遇到了。"

"她的双马尾好可爱。"庄帆是个动漫迷，想起来一些经典的角色，"好想揪。"

店内白炽灯明亮。陈津白站在货架前，一只手插在兜里，微低着头，队服随意地搭在身上，看起来有丝不正经。

"随随，你过去。"周纯小声道。

随宁的心怦怦直跳，往常的张扬被掩在喜欢背后。她不仅想看他，还想和他说话。随宁心想，见到本人的时候，才会意识到，所谓的替身，不过就是饮鸩止渴而已。源头从来都是在这里。自己不该是个胆小鬼，她又不是骗人感情的渣女。

随宁深呼吸，离开周纯，从另一边绕过去，轻轻地走到他旁边，冒出个无关的想法。

他怎么这么高！随宁上前，微微仰头，看见他优越的颈线，突起的喉结，既性感又禁欲。她组织好勾搭人的措辞，轻轻开口："哥哥，可以帮我拿一下上面的东西吗？"

这个声音。昨晚，前晚，都出现在陈津白的耳边。忽然就成了实体。

半晌，陈津白手搭在货架上，缓缓站直。他偏过头，看见身高到自己胸前的姑娘仰着头，盛满了碎碎星光的眼睛，正巴巴地看着他。

陈津白扫了眼她的脑袋。

双马尾。好可爱。

随宁不是第一次在别人面前装乖，老师同学都曾是她装乖的对象，但她头一次在陈津白面前装乖。今天的妆容应该很适合吧？

与此同时，外面忽然响起庄帆的叫声。

"白哥，你买好了吗？外面好像要下雨了，完了，咱们没有带伞啊！"

下雨了？没伞？随宁能听到自己乱撞的心跳，不知过了多久，她才被陈津白的声音叫醒。

"什么？"他问。

她眨眼，看见光线将这人的五官分割成细碎的阴影，添上了一层朦胧感。

随宁没能很快回过神来。

陈津白的手从货架上拿下来，盯着她，又问了一遍："你刚刚说了什么？"

"我想买那个。"随宁指了指最上面的薯片，声音轻轻地，"哥哥，可以帮我拿一下吗？"

她特地选了货架上最高一层的商品，自己是碰不到的，做戏自然就是要做全套。纵使看起来万无一失，随宁还是忐忑。

哥哥？陈津白舌尖绕着这两个字。

他面无表情，伸手轻而易举地拿到了一袋薯片，塞进她手里："够不够？"

随宁听见他稍扬的尾音，心尖又是一麻。这男人的声音简直太好听了。修长的手指捏着那一袋薯片，随宁能看见分明的骨节，还有露出的一截腕骨，精瘦漂亮。她感觉到自己耳后根发热，应该快要控制不住地红了吧。不行，再待下去就会暴露了。

随宁乖乖点头道："谢谢哥哥。"

比谁都像个高中生。声音也细细的，软软的。陈津白放肆地打量着眼前的小姑娘，白嫩的一张脸有点儿疑似浅红，看起来跟未成年似的。

当然，他记得不是。也许是发型的缘故吧，比上次显小。

"谢谢哥哥"？陈津白记忆中，打游戏会命令人的女孩儿，好像从来没有这么乖巧过，小丫头还有两副面孔。但又非常……可爱。

随宁察觉到他的目光停留在自己这儿，但又似乎不是在看她，不知道在想什么。她现在要个微信会怎么样？欲速则不达，也许要再等等。

庄帆从外面推门进来道："白哥，你买啥啊，要这么久，便利店被你掏空了吧……"

看到随宁，他就怪叫一声："小妹妹，你好眼熟。"

随宁无语。庄帆比她小，还敢这么叫她。

"去结账。"陈津白随手将货架上一罐桶装薯片扔给庄帆，庄帆忙不迭地接住。

YU 其他几人在门外，透过玻璃橱窗往里瞅。陈津白低头问："还要不要？"

随宁愣住，没想到他忽然又回头跟自己说话，微微摇了摇头，本就是一个借口而已。

陈津白"噢"了声道："胆子这么小。"

随宁："……"她怕自己胆子大起来他都害怕。

就在这时，外面还真下起了绵绵细雨。庄帆结完账，又回头吆喝："完了，真下雨了。老板，你这儿有伞吗？借我几把。"

"几把？"老板反问，翻找之后又说，"一把也没有了。"

"啊？"

"你们真运气不好，前两天天天在下雨，这边雨伞就被人都借走了，还没还回来。"

随宁脑袋瓜转得飞快，道："哥哥，我带了伞。"

"……"

"你……你要是不介意的话。"随宁捏捏薯片袋，发出哗啦的声音，"刚刚谢谢你。"

陈津白手插回兜里道："不怕我不还？"

随宁表情一顿，摇头道："你看起来不像是这种人。"

陈津白唇线一扯，耳边是她乖糯温柔的声音，面前是她这张极具欺骗性的脸。两边的马尾随着摇头的动作晃了晃。

陈津白移开视线，接过了那把伞。手心被硌了一下，他低头，看见一只手指长的钥匙扣硌在伞柄和他掌心里。是只俏皮的小狐狸。

随宁扭头，看到周纯在那边冲她挤眉弄眼，给她递了个眼神，只可两人意会。

"好了吗？"周纯立刻就从一旁过来，十分自然地拉走了随宁。两个人很快就结账，出了便利店，身影变小，陈津白只能看到活泼的双马尾在她脑袋后跳跃。

周纯拉着她过了马路，随宁的心依然跳得很快。周纯打探消息："我看你刚刚把伞递给他了，怎么，进展这么快，要微信了吗？"

"没要。"随宁摇头，"不适合。"

那显得太刻意了。

周纯笑道："你是不是被美色勾引得忘了自己的目的啊。"

随宁瞪她。

"别瞪我。"周纯笑嘻嘻，"你现在这副样子瞪人就是在勾引人——你没照镜子吗？"她从包里掏出一面小化妆镜递过去。

随宁低头看了眼，也一怔，自己的脸红红的，跟个红富士似的——不会吧？

"没有，骗你的，刚才在店里不是这样。"周纯笑够了，终于大发慈悲道。

随宁松了口气道："你的火锅没了。"

周纯一脸问号。她就是调侃了一下嘛。

雨不算大，是不用打伞的地步，随宁望向马路对面，看向不远处的那家小便利店。陈津白他们已经出了门，站在檐下。他懒散地站着，倒是他身旁的队友们不知道在说什么，嬉嬉笑笑，尽显少年的青春气。真好啊。

随宁的视线穿过拥挤的车流，很快就看不见那副场景了。不过她也很满足，第一步跨出去，后面似乎就没有那么难了，这还多亏了替身同学。钱花得值。

"我看这男人确实长得不错。"周纯忽然开口，"我现在支持你喜欢他了。"

随宁睨她一眼。

"以前总以为是美颜的，没想到真人真这么帅。"周纯为自己的狭隘道歉，"就是高了点儿。"

她停顿了一下道："他刚刚在你面前像爸爸带女儿。"

随宁："……"

周纯憋笑道："好吧，逗你的，像哥哥和妹妹。"

随宁哼了声，道："这还差不多。"

她那一声"哥哥"可不是白叫的，她还从来没叫过别人"哥哥"，自己同母异父的那个都没怎么叫过。

刚到火锅店里，外面本来就小的雨忽然停了。随宁打开手机，里面好几条未读消息，有粉丝发的，也有经纪人和房管发的。她点开包尚的聊天界面，是一张林秋瑶的直播截图。随宁一眼就看到上面的标题有几个关键字：解说 KPL。

随宁嗤笑了声，连了 Wi-Fi 后就直接上网，搜了林秋瑶的直播回放，她粉丝不少，回放也被传到了其他视频网站上。

平心而论，林秋瑶的声音自然不差，是大众爱听的软妹音。这种转播官方直播间的解说其实对常玩《王者荣耀》的主播来说并不困难，因为官方解说一直都在说，所以他们就只要补充即可。这也是随宁前两天解说时说话极少的缘故，因为大多数话都被官方解说说了。

她没戴耳机，声音开得有点儿大。直到随宁听到了林秋瑶的一句话。这句话怎么听着那么耳熟呢？

周纯正在大口朵颐，忽然咦了声，道："这不是你经常挂在嘴上的话吗？这也不是你声音啊。"

"就是这个。"随宁陡然清醒。

林秋瑶在学她。在学她前两天的解说和她的口头禅。

"啧。"随宁瞬间没了兴趣，关掉视频，她给包尚发消息："太优秀的人总是在被模仿的路上。^_^"

包尚："别发颜文字。"

随宁觉得他没眼光。

包尚："虽然这么说，但是也不能掉以轻心，外人又不知道她是在学你，而且就一句话，洗白也容易。"

随宁："那就替她宣传宣传呗。"

早在拉踩她的时候，就应该知道，得罪她是没好果子吃的，她又不是无私的菩萨。

包尚表示了解。

三月的天气说变就变。火锅没吃多久，刚才停下来的雨忽然又淅沥沥地下了起来，还有变大的趋势。店里面的 BGM 也应景地变了，是周杰伦的《不能说的秘密》，歌词被说话的嘈杂声遮挡，变得断断续续。

有借有还，才有后续。当然，不还也还行，反正随宁又不缺一把伞。

她们这次正好坐的是靠窗的位子，随宁拍了张窗户上滴水的照片，发到了朋友圈里。照片刚好拍到了楼下被树叶遮挡一小半的便利店招牌，像是意外闯进照片的。随宁在文案里配上了周杰伦那首歌的歌词："最美的不是下雨天，是曾与你躲过雨的屋檐。"

她点了发送，复而支着脸。也许自己和他，也算打过同一把雨伞。随宁以前不喜欢下雨，因为下雨天穿的裙子和鞋都会被弄湿，不可以出门玩耍。但现在，她从未如此期待过下雨。

与此同时，YU 专门负责出行的车里，庄帆还在和段归说刚才便利店的事。

"那姑娘肯定没成年！"

"……"

他的嘴巴噼里啪啦，倒豆子似的说个不停："哎，你说我们两次都碰上了，她是不是我们的粉丝，或者这叫缘分？"

"碰上你就没缘。"段归嘲讽。

"她的双马尾好可爱，想揪。"庄帆用手比画，"而且……"

剩下的话被堵在了嗓子里，因为陈津白的视线正轻飘飘地掠过他，有点儿让他发凉。车窗是不是没关好，漏风啊？

庄帆还在找借口，就听见队长闲闲的声音："要不要给你也扎个双马尾？"

段归和其他几人都大声笑了起来。

"白哥这提议太好了，下次打赌输了，就直播穿女装，你那些妈妈粉肯定爱看。"

"多的是选手穿女装，你扎个双马尾也没什么，别怕，我们会给你刷礼物的。"

大多数职业选手都穿过女装，原因各不相同，在这个圈子里不算稀奇，粉丝还会截图当表情包，一直流传下去，直到这人糊了。

庄帆感觉自己挺委屈的，道："我就是夸人可爱，不揪了还不行？白哥，你真冷漠。"

他可不想女装，拒绝！

"而且，白哥刚刚还和人说话呢。"他迅速转移注意力，"别说，帅哥美女站一起还挺搭。"

"你完了，你人要没了。"

"我这也是夸人！"

几人又嬉闹起来，什么话题都成了几秒的记忆。

陈津白靠在椅背上半合着眼，宽大的队服平摊着盖在身上，额前的碎发往边上滑落，露出过分白皙的面孔。他不开口，就没人敢问刚刚说了什么。

半小时后，到达目的地。YU 的基地不在市区，而是在郊区，再往边上一点儿就有一个生态公园。老板特意选的地址，要绿色，要环保，让队员们生活舒适。

外面的雨越下越大，雨珠打在车窗上噼里啪啦地响，窗外雾蒙蒙的一片。车进了基地，停在外面。

段归正给基地里的人打电话，让他们送几把伞过来："……就五六把，应该够了。"

他话音刚落，凉风携着几丝雨水吹进来。一直坐在后面的陈津白撑开了伞，抬脚下了车，修长的身形屹立在水幕中。

车里几个人都看着他，庄帆这才想起来，好像之前从便利店出来的时候，白哥手上就多了一把伞。他盯了几秒，发现了秘密，那把看起来平淡无奇的伞，柄下缀了一只红色小狐狸的钥匙扣。

这表明，是女生用的伞。

庄帆也想蹭伞，在车里等他们送伞过来好无聊，先回去，先快乐，喊道："白哥。"

陈津白单手撑着伞，小狐狸晃了晃。他回头睨庄帆一眼道："干什么。"

"带带我，好哥哥。"

"……"

车里几人喷笑。

段归问："你是张飞吗？"

《三国演义》里张飞的表情包非常流行，尤其是"哥哥"这一称呼都变得粗犷起来。

庄帆瞥他们，义正词严道："这叫队友情。"

然后他就听见自家队长冷漠地回答："不带。"

"……咱们还有没有队友情了？"

陈津白语气很敷衍："没有。"

Chapter 06

阴阳怪气

像是无意，又像勾引。

陈津白最后还是一个人走了。基地的人来得不算迟，和他就是前后脚，庄帆刚才示好不成，反被队友调侃。

他迅速地分享了秘密："那把伞是女生的，肯定是便利店那个女孩儿的。"

"白哥长得这么好看，有人送伞也正常。"

"我上次说她脸红可能因为是白哥的粉丝，你们还不信。"

"说不定，连着两次遇见都是她故意的。"

段归拍了拍他的头道："兄弟，我们聚餐都是自己决定的地点，别人怎么知道。"

庄帆心想也是。

他回到基地里，却没有看到那把狐狸伞，十分失望。

随宁平时不发什么朋友圈，也就只有出门时才会发点儿，上一次还是吃烤肉那次。她当时偷偷发了条仅自己可见的朋友圈，兴奋于见到陈津白本人，而且和他有了接触。

这一次，随宁意有所指。

陈津白看到她的朋友圈时是晚上十点。那张照片里的景色眼熟到无话可说，又为他之前的猜测加了一个强有力的证据。随随就是那个女孩儿。只不过，网络上的随随似乎要活泼许多。陈津白尽职地扮演一个陪玩，而随随是一个十分逼真的金主，两个人的角色扮演从未停止过。

随随似乎很喜欢他的声音。对于这一点，陈津白几乎很肯定，因为当初第一次陪玩，他只说了一句话，后来，随随就主动找上门。

唯一的原因可能就是那句话。

只是，在网络上，她还从没有那么乖巧过，也从没叫过"哥哥"这样的称呼。

这张朋友圈的照片似乎是随手拍的，就连文案也是歌词，看起来仅仅是为了附和天气。陈津白垂眼，给朋友圈点了个赞，又评论了一句话。

过犹不及。慢慢来。

十点多，随宁打开微信，看到朋友圈那里出现了一个数字，她点开，是 W 的点赞。还有他的评论：构图不错。

随宁戳他："今晚游戏吗？"

W 回得并不快："可以。"

随宁顺势发了个链接过去，她今晚心情特别好，想和别人分享自己的心情。但她又不能说具体，所以在 W 入队后，随宁问："我拍的照片怎么样？"

陈津白说："挺好。"

"我也觉得不错。"随宁将自己的小心思都掩藏在那张照片后，"当代摄影师就是我。"

陈津白哑然失笑。他又有意问："你喜欢那首歌？"

因为这个问题，随宁的心跳漏了一拍，但又很快笑起来道："以前不喜欢，现在喜欢了。"

会喜欢多久呢？可能要一直到不喜欢陈津白为止吧。随宁耳朵又红了，好在现在没人看到，娇着声命令："这局我玩瑶，你打吧。"

游戏里，W 没有说什么。

随宁挂在他的澜头上，一想起今晚和陈津白的对话，就忍不住翘起唇角。

他喜不喜欢自己叫"哥哥"呢？会不会觉得她看起来太小，可能像高中生？随宁的烦恼似乎又增添了许多，打游戏也心不在焉，快速地结束了今晚的陪玩。

退出游戏后，陈津白目光一偏。几小时时间，那把伞已经晾干，他伸手，漫不经心地把玩着那个钥匙扣。这只红色小狐狸似乎是定制的，很特殊的表情，似笑非笑，狡黠灵动。和它的主人很像。

便利店偶遇一事逐渐淡去，天气也变晴了。

因为 KPL 的事，随宁已经很久没有正常直播。这几天，终于到了比赛休息的时间，所以她就恢复了日常的直播，顺带也点起了陪玩。

连续带飞了三个妹妹之后，随宁获得了一大波"好姐姐"的称呼，还有个陪玩本来写的是"技术主播"，结果反被带飞。

她平时也不会向粉丝透露陪玩的身份。"天空直播"是有隐私模式的，随宁的粉丝订阅量极高，稍有不慎就可能形成网暴。

当然，也会有一些粉丝去加该陪玩的好友，随宁反正一向是不提倡的。

上次有人想去加筱筱，但是筱筱这名字一看就是带了符号的，不是单纯的两个字，必须要复制 ID 才可以。

"随随，快给嫦娥的皮肤投票！"

"投第一个！"

"第三个！绝美！"

"第二个'落花微雨'啊！绿色的！"

弹幕里因为新皮肤的投票一下子吵了起来，有说第一个颜色太普通，和原皮很像的，有说第二个和诸葛亮的新皮肤颜色一样，还有说第三个的脸不是嫦娥的……

随宁从游戏里点开了投票的界面。这次新皮肤是六块钱就能有的，很多人投稿自己的设计，目前最终阶段就定下来三个。

"你们这让我投给谁？"随宁苦恼，她有三张票，"成年人当然是都想要，这下面的一些没被选中的设计得也不差。"

"王者：当我是暖暖啊？"

"呜呜呜，看看第三个吧。"

"实不相瞒，我觉得这几个都可以，出哪个我都买。"

这三个选择其实差距已经拉开，这时候除非刷票，否则基本没法追回了。

随宁最后给每个都投了一票。一些带节奏的弹幕她就直接无视了。

晚上九点，随宁关了直播。她登了小号在"天空直播"《王者荣耀》专区逛了逛，原本打算看一些小主播的，结果就见到了第二排的林秋瑶的直播间。

标题写着"全王者都爱的辅助"。随宁慢悠悠地念出来，扑哧一声笑——这也太好笑了吧。

虽然主播们为了吸引观众，通常会起夸张的标题，比如"国服 ××"，比如"99胜率"，这些都很常见，但像林秋瑶这种的，她还是第一次见。随宁干脆进了她的直播间，正好看到她在玩瑶，在打一千八百分的巅峰赛。她把链接分享给了经纪人。

包尚回得倒快："她是荣耀水晶吗，全王者都爱？"

随宁又被逗笑。

包尚显然还记着她学随宁说话的事，心眼儿极小道："要不然就是对面的水晶咯，人人都想赢，想上分。"

包尚："你如果能不露脸就拿下'天空杯'解说，她会气死的，看她怎么学你。"

包尚："什么都是从普通开始的，KPL 的解说也是，今年不行，明年可以嘛。"

包尚："我相信你。"

随宁的目光逐渐变得认真起来。她闭上眼，浮现出许久之前那一次线下赛时的视频，陈津白第一次出现在舞台上。如果自己也在，是不是可以站在他身边。

随宁："我知道。"

包尚惊喜："那你露脸吗？"

随宁："当然不。"

随宁："这次 KPL 就当是我的练习册了。"

她想要的是别人承认她的解说能力，而不是靠一张脸吸引目光，这和靠声音去吸引别人不一样。

这也许是她未来的事业。

随宁小学时曾跳过两级，所以比大多数同龄人年级都要高点儿，已经大三，下学期就没什么课了，这也是她现在下定决心的原因。

随宁虽然不追星，但是无比赞同网络上流传的一句话："为喜欢的人，成为更好的自己。"

所以在最后，她还是给了包尚一针强心剂："如果过段时间效果好，我会露脸的。"

这又叫锦上添花。

几天后，季前赛第二周的比赛如期开始。随宁的时间表却忽然紧凑起来，她在学校里也不是什么事都没有，一些老师就很喜欢找她。

"这可能就是当乖学生的坏处吧。"随宁趴在周纯肩上，嘴上说着别人都嫉妒的话。

周纯笑道："不就是错过比赛了吗？都有视频的，有空再看一遍就是了。"

"不一样的，当场看和事后看的差别太大了。"

"我只知道，现场看和网上看是有区别的。"

随宁赞同地点头道："这个差别更大。"

两个人一起回了公寓，今天风不知为何有点儿大，随宁的头发被吹得乱糟糟的。她一边用梳子慢慢将好，一边看今天的比赛。

今天是第二日的比赛，随宁已经知道了昨天的成绩，YU 以 1：2 的成绩输了。胜败乃兵家常事，但粉丝看到却心塞。

随宁又庆幸自己忙，没有看到家里水晶爆炸的一幕。但一方面又遗憾，没有亲眼看他们比赛。她从没有得失心这么严重过。也许是首周四胜的成绩让她见不得失败了吧，随宁也不想看见陈津白失望的表情。她更想看他意气风发地出现在后面的比赛里。

今天一早，随宁给庄帆的"天空直播"账号发了两条私信，让他们今天加油，放宽心。

屏幕上的比赛正白热化。两队的比分 1：1 平，就看这一局了。

随宁举着梳子，盯着电脑，半天后才手酸地反应过来，坐下来看比赛。

陈津白这局用的镜，是当前版本的强势英雄。对面当然也不差，打野和下路强行越塔，送段归他们回家，就连支援的庄帆也黑了屏。

弹幕逮着机会，立刻嘲讽起来。

"好家伙，这就是 YU 的新阵容吗？"

"废物队友，废物战队。"

"就这还想赢？都不看小地图的？"

"你行你上！"

满屏的垃圾话嘲讽让随宁不禁皱眉，她直接砸了个战舰。特效瞬间占满了整个屏幕，让屏幕前的网友们都惊呆了，还有人在官方直播间砸钱的？

"谁这么有钱？"

"是 CG 的粉丝吧？"

"刚刚团战不是 CG 赢了吗？"

大家的注意力很快被转移，游戏里，陈津白和庄帆两个人迅速将中路一塔推掉。游戏在八分钟左右结束。

这一局的闪电战让刚刚骂街的网友们发了无数个问号，CG 居然后面团战接连失败。陈津白的镜拿下三杀，然后一波压高地，点掉了 CG 的水晶。

随宁心情好，又送了架飞机。她再次打开微博的时候，KPL 官博已经宣布了一部分进入 S 组的战队名额，YU 赫然在列。

稳了。

随宁是高兴了，她自己直播里被鸽的粉丝们等得花都谢了，这几天没听到她解说，都开始不习惯。

等 YU 赢了，一大批粉丝去她微博留言。

"YU 都赢了，你还在睡觉吗？"

"粉的队都进 S 组了，随随，你还在划水。"

"林秋瑶比你还敬业，都解说三天了！"

随宁回了一句："放屁，今天才第二周第二天。"

不过，YU 现在应该很高兴吧。随宁翻到庄帆的微博，果然，几分钟前，他转发了官博的微博，表情很嘚瑟。

陈津白的微博依旧在长草。什么时候，他才会发一条新的微博呢，拿到冠军吗？还是……退役的时候？

"没拿到冠军，怎么可以退役。"随宁咕哝着。

虽然和陈津白说不上话，但是在没有见到陈津白的日子里，她还有个替身可以用。就是要花钱，"不入虎穴，焉得虎子"，钱乃身外之物。

随宁想和陈津白说话，比如聊聊今天比赛的事，比如恭喜他们进入 S 组。

但打开 W 的聊天框后，她又不知道说什么。毕竟这不是陈津白，那些事又没办法和他说。

随宁忧愁地发了两个字："在吗？"

对面回得倒不算慢："。"

随宁大概了解句号的意思，给他发了条游戏链接，高冷地命令："上号。"

但下一秒，聊天框里出现三秒语音。

随宁现在已经可以做到云淡风轻地点开了。

"我在开会。"一道极其低沉的声音和她解释原因。

简短的几个字，让随宁的手指触了电似的，酥酥麻麻的感觉传至身体各处。

这声音……太犯罪了吧？！随宁头一回听到这么低的男声。她无法想象，如果是陈津白本人用这么低的声音和自己说话，耳朵会不会当场"怀孕"。

随宁食髓知味，听了好几遍。

很快，第二条语音又发过来了。这一次，随宁做好了心理准备，揉揉发热的耳朵，小心点开。

"晚点儿好吗？"声音的主人在征求随宁的同意，和以前比，是没有过的温柔。好像他就在她的耳边和她说话一般，似乎都能感觉到对方吐出的气息。

像是无意，又像勾引。

随宁并不想承认被勾引，依旧保持高冷："行吧。"

这两个字有种冷淡感，还有种不耐烦，正是她目前能想到的最合适的泼冷水式回答。反正也没人知道她会对这个声音产生无限联想。网络就是有这个好处，随宁十分满意，又主动发了条彰显老板宽容的回复。

随随："开会专心点儿，不准开小差。"

收到消息的陈津白弯了弯唇角。

"陈津白，你看什么呢？开会还不听？"

头顶传来教练蒋申阴森森的话，连带着整个会议室的队员都看了过来。

陈津白面不改色地息屏道："看评论。"

蒋申将这句话自动理解成他在看微博上一些粉丝恭喜他们进入S组的评论。他也高兴，故作镇静道："评论是可以看，但是现在在开会，等回去看也不迟。"

"嗯。"陈津白颔首。

他又瞄了一眼息屏的手机，蒋申的声音在会议室内回荡，依旧阻止不了他想起一个问题——她认出他的声音了吗？陈津白回忆了一下之前便利店的碰面，总觉得哪儿有问题。自己能认出她的声音，是他耳朵尖。但看她的样子，似乎是没认出来自己。难不成，自己的声音经过网络之后会有一些变化？

蒋申站在最上面，没喝酒也像喝了酒："我们一定要拿冠军，让那些质疑、谩骂的人无话可说！"

庄帆和段归说悄悄话："蒋哥前两天还不是这么说的，还让我们放宽心来着。"

段归说："理解一下中年人的梦想。"

庄帆闷笑道："懂了、懂了。"

会议在半小时后结束，蒋申终于抒发完自己的长篇大论，大手一挥，让他们早点儿休息。

成功进入 S 组，大家都很开心。庄帆正哼着歌，忽然听到身旁队长的声音："庄帆，游戏里，我声音有变化吗？"

他一愣，问道："啥变化？"

庄帆确定陈津白是在问自己："能听出来是你的声音啊。"

等陈津白若有所思地离开后，他还摸不着头脑，拽住段归问："白哥怎么会问这样的问题？"

段归想也不想道："你问我，我咋知道。"

庄帆白眼道："要你有何用。"

两人争论了半天，还是没能搞清楚为什么陈津白会在会议结束后问这样一个风马牛不相及的问题。

随宁并没有等 W 开完会。她一个花钱的老板，岂能卑微地等陪玩结束会议？她早在回完消息后不久就睡了。

一夜无梦，十分安静。

第二天醒来时，微信里好几条未读消息，都是包尚发的。

包尚："重磅消息！"

包尚："今天下午，杨经理要就'天空杯'的事开场会，我估计除了一些事项，还有就是解说的人选了。"

包尚："醒了回我。"

"天空杯"的时间是在四月份，现在已经三月下旬，没有多长时间了，是该早日定下来解说人选。

随宁还要吃早饭，干脆打了语音电话。包尚接得很快，说："你终于醒了，我之前发的消息你看到没有，这是我猜的，但八九不离十。"

随宁"嗯"了声问："林秋瑶呢？"

"你最近是不是没关注，哈哈哈。"包尚忍不住笑起来，"林秋瑶的解说被搬到了贴吧里，好一顿嘲。"

随宁想象了一下，是挺可怕的。这个圈子里，嘴臭的人不少，稍微一点儿不尽如人意就会被喷得狗血淋头。

"我的视频没人喷？"随宁问。

"之前有，现在不搜就见不到，而且大家都觉得你说得不错。对了，林秋瑶昨晚直播时说的都是没什么用的废话，网友们说，她解说《海绵宝宝》都说不清楚。"

随宁扑哧笑出来。这些人嘴还真毒，林秋瑶怕是气死了吧。这大概就是同行衬托？她都不用做什么。

随宁还在高兴的时候，林秋瑶一早上没吃下早饭，尤其是得知今天下午"天空直播"开会的事。面对经纪人的抱怨，她也火，道："我和随随解说的没什么区别，那些人就是看不惯我，黑我。"

"怎么没区别？"经纪人反问，他举个例子，"前两天那局，就是团战赢了，打了个龙，你就说这局基本定了，结果你说的被反推一波。"

林秋瑶都记不清有这事了，道："失误一次很正常啊。"

"你可以不说这多余的一句，但说了就是给人递刀。"经纪人无语，"随随就没你那么笨。"

林秋瑶一听这话就不高兴了。

"我上次让你去找随随的照片，你搞到了吗？"

"没有。"

"如果她的长相不被大家接受的话，那她解说得再好也不会掀起什么水花。"

照片肯定是有的，只可能从包尚那里要到，他和随随签约的，不仅有照片，还有身份证照。经纪人按了按眉心，真搞到，不说解说，这个"'天空直播'一姐"的位置也能拿到了。

网友们嘴上说看她技术，听她声音，但如果她真是个丑八怪，网友们就会比谁都现实，土豪粉也会迅速转投砸钱给其他女主播。人都是看脸的，没人能避免。

随宁挂了语音通话，又登录"天空直播"后台，发现收到了庄帆的回信。

YU 庄帆："啊啊啊！谢谢小姐姐！！"

看起来，庄帆很高兴能接收到她为他们加油的信息，还说如果可以，他会转达给其他人的。

庄帆确实很激动。他没想到，千万粉丝的女主播竟然私底下是 YU 的粉丝。

随宁连忙打断他的意图道："还是不要了，我这个身份不适合，你知道就好了。"

"好吧。"庄帆倒是很听话地打消了这个念头。

随宁顺势夸了夸他们最近的表现，确实很出色，作为一支沉寂多年的战队，回归时能有 6-1 的成绩，谁敢说不好。

庄帆感动地回道："等比赛结束，我们可以一起打游戏。"

随宁没想到还有意外收获。和庄帆打游戏，他队里就那几个人，"曲线救国"一下，和陈津白一起打游戏还远吗？

庄帆本人很高兴，走路都带风。

一直到被队长扼杀在半路上："你是脚下安了轮，停不下来了？"

"……"庄帆说，"我是开心。"

他本来想说随随的事，后来又想到随随不让他说，只好瞒住这点儿小秘密。

陈津白目光落在他身上道："下午还有比赛，你开心这么早，确实不错。"

庄帆觉得这是在嘲讽自己，立马安稳地坐了下来。

一旁的段归立刻小声地告诉他："他早上起床后心情就好像一般，你今天小心点儿。"

庄帆狐疑，难不成是起床气？没听说白哥有起床气啊。庄帆深刻地想，成年男人的心情真是像三月的天，说下雨就下雨。

说的就是他们队长!

下午，随宁和周纯去上课，两节课结束，刚好四点多，今天肯定能赶上 YU 的比赛。她今天戴了副没度数的眼镜，看上去书香味十足。下课后，随宁和周纯走在校园里，没注意到学校里对着她拍照的同学，那同学转头将照片发了出去。

随宁在学校里也算是名人，基本上全校都知道外语系有个大美人，装扮还经常风格不一样，时而清纯，时而优雅。

其实，表白墙上对她告白的男女生不少，但真正到随宁面前的男生不算多。大概是因为觉得太遥远吧。

五点，随宁准时开播。

"瓜子、可乐蹲蹲。"

"今天 YU 会赢吗？赌我的豆豆。"

她回来得不是太早，比赛已经结束一局，YU 是 0 : 1 对方，这会儿官方直播间的弹幕不堪入目。

"……问我 YU 的缺点啊。"随宁嗯了声，声线甜蜜，"当然很明显，他们配合得不够好，帆船还年轻，容易上头，辅助还好……White？"

她舌尖卷了下，眉目如画。

"White 要放开点儿。"

随宁学英语多年，从没觉得这个单词这么动听，从自己嘴里说出来，令她着迷。当然，她说的话也没错。陈津白毕竟是单人单排那么久，入队几个月的时间，会习惯性地因为团队合作而迁就队友。

毕竟《王者荣耀》是一个团队游戏，以往单排输了就输了，一颗星而已，十几分而已。但在比赛现场，输了就是真输了。

随宁从桌上摸了颗糖，目不转睛地看着第二局的比赛，这一局，两边打得都很谨慎。YU 不想被剃光头，而对面想 2 : 0 赢。即使 YU 已经锁定了 S 组，随宁依旧希望他们继续赢。

"……待会儿大概在龙坑那边遇到，只要鲁班大师控到两人以上，那就是决胜点。"

几乎是随宁话音刚落，龙坑就爆发一波团战。段归的鲁班大师很出色，控到了三人，YU 射手、法师紧跟其后，这时候的伤害已经很高。

"666"

"预言家，预言家。"

"就不能翻车一下吗？"

随宁两口嚼碎硬糖，嘴巴里咯吱咯吱地响，唇角是掩饰不住的上扬弧度。

"我在吃什么？我在吃糖。"

"我粉的主播直播吃糖，取关了。"

"YU 要是输了，看你还吃不吃得下去。"

"天！我也变成 YU 粉了？？"

成功扳回一局，下一局就好了许多，最终，YU 在第三日的比赛中以 2 : 1

战胜对方。

随宁笑眯眯地关了直播。她摸出手机，被好几个群压下去的 W 的聊天框里有一条昨晚的消息，她一直没回。

W："睡了？"

随宁盯着这两个字，摸摸下巴。片刻后，她回了几个字："我写作业去了。"

此时，陈津白正在看刚才第一局输了的比赛回放，垂着眼睫，看着手机里的消息。

上一条是昨晚十点多。回复是在今晚。

他顿了下，比赛视频还在播放，敲了一行字过去："那你作业写完了？"

庄帆扭过头来，问道："哥，你是不是又在看网上的评论啊？"

陈津白淡淡道："嗯。"

庄帆说："咱们成绩这么好，肯定是夸我们比较多，我微博都涨了好几万粉丝了……"

他絮絮叨叨，陈津白低头。

屏幕上是新回复："写完了。"

至于写没写，两个人都心知肚明。不过是一个借口，成年人都看得出来。陈津白没料到，那边居然又发了消息："老板作业太多，最近没空打游戏。"

随宁有心想放置他一段时间。她本意是为了找个声音替身，但这个替身疑似想要勾引自己，就……很为难。

钱货两讫的交易，居然变了质。想起陈津白本人，随宁又谴责自己的行为，也许到这里结束也差不多，以后，她会找机会勾搭本人的。

为了佐证，随宁秒发朋友圈。配图是一摞专业书和两篇准备翻译的文章，写了几行，看上去很像回事。潜台词：我要学习了，没事不要打扰我。

陈津白沉默。聊天框里也跟着安静下来。

随宁装模作样地结束，又偷偷听了他昨晚上发的语音，不禁闭眼想象，这就是陈津白。反正没法撤回，她可以随意听。

随宁回过神来时，微信上多了条新消息。

W："。"

W："你是个好学生。"

随宁皱眉，感觉他是在嘲讽自己，这年头，陪玩都可以胆子这么大了吗？

她打字："我是你的老板。"

又补了一句："禁止对老板阴阳怪气。"

陈津白失笑。带动胸腔震动，闷闷的，显得声音低沉好听。

随宁很快收到替身有点儿阴阳怪气的消息。

W："那说什么？"

W："我想想。"

明知故问。

然而想了半天，随宁也没等到答案。这不会是在暗示自己转账吧？随宁一面谴责这陪玩心思不纯，一面又忍不住伸出去手，迅速转账两千元。

随宁意图收买："别打字，发语音，老板不方便看手机，懂事点儿，可以吗？"

这理由已经假到离谱。但作为挥金如土的老板，还是没人敢揭露她的。

随宁看到对面正在输入，支着脸耐心等待，等来了一个并不想要的答案。

W："今天不太方便。"

随宁反手一个问号发出。

W："嗓子坏了，老板担待。"

随宁一点儿也不相信 W 这句话。他的嗓子昨晚还好好的，早不坏、晚不坏，就在这时候坏了，故意的吧。

随宁漂亮的眼睛弯了弯。不愿意说？当然可以啊。跟她斗智斗勇，是不是以为她是好骗的小姑娘？随宁回了个"OK，正好我要写作业"，然后将手机屏幕熄灭，这次是真的要写作业，不是找借口。

陈津白以为她在说笑，没承想，人真的不见了。

果然是只狡猾的小狐狸。他按了按眉心，敛目思考。

一旁东张西望的庄帆问："白哥，你头疼啊？"

"没什么。"陈津白神色淡然道。

"下个月就开始有线下赛了，我们应该可以看见去现场看我们的粉丝了。"庄帆期待起来。

他比陈津白早一年入队，但一直是在二队，一直到去年初，才正式成为主队成员。

那些现场粉丝的尖叫、兴奋是他想看到的。陈津白看着庄帆还显稚气的脸庞，揉了揉他的头发道："会有你的粉丝的。"然后他站起来，离开了大厅。

"刚刚白哥是不是摸我头了？！"庄帆摇着段归道，"你看到没有，刚刚白哥不仅摸我头，还安慰我！还说我马上会有粉丝！"

"……看到了，看到了。"

"谁说的白哥今天心情一般，我看明明就是很好才对。"

翻译文章对随宁而言不是难事，这一翻译就到了深夜，她揉了揉脖子，打算去睡觉。打开手机时，微信上多了条消息。

W："明天。"

半小时前发的。

随宁笑了声，她不由得好奇起对面的人来，到底是怀着什么样的心情和她聊天的。她忽然翻了个身，上网用关键词搜索。很快就看到，有人投稿给某某博主，说她的陪玩最近天天撩她，附上撩人小事若干。

底下评论几千，还算不错的数量。

"陪玩：只想勾搭富婆而已。"

"他爱的是你的 $。"

"醒醒啊，姐妹！！你只是他海里的一条鱼！还是会撒钱的那种！"

"果然没人能抵抗得了富婆的魅力，我的陪玩也是，天天用低音炮说话，以前没这样。"

随宁看完前排几十条评论，大彻大悟。

W 应该就是在勾引自己。他大概是看中了自己的钱包，毕竟从一开始，他就是一个"出个价"都回她没想好的人。后面更是几千一局。

正常人都无法拒绝这么高价的游戏陪玩工作吧，毕竟一局最多半小时，快的话就十分钟以内。

"你可以假装被他勾引，让他当免费陪玩。"

"牛啊，楼上姐妹！"

"学到了！学到了！"

随宁翻到了下面，就看到了奇怪的主意，挑了下秀气的眉毛，这主意其实还真可以实施。

"就是，不符合我。"随宁退出微博。

有和 W 斗智斗勇的时间，不如去勾搭陈津白本人，这才是她真正想要的人。

随宁脸有点儿热，埋在枕头里。

什么时候可以再见面呢。

第二天，随宁睡了个懒觉，外面艳阳高照。

"终于晴了，下雨烦死了，我的鞋好脏，还要刷。"周纯正在客厅里练瑜伽，跟她抱怨。

"下雨天多好。"随宁道。

周纯抬头看她，正要问她是不是睡傻了，忽然反应过来道："噢，我知道了。"

她促狭地笑道："下雨天，某男人就可以一直打你的伞是不是？一看到伞，是不是就会想起送伞的人？"

随宁一向脸皮厚，这下却意外地脸红了。她就是这么想的。一下雨，是不是陈津白就会用她的伞？

周纯见她更添几分绯色，哼了一声，在心里狠狠啐了口陈津白，什么都不做居然就拐跑了她家小姑娘。没天理啊，真是。

"对了，你那个陪玩呢，怎么样了，有没有厌倦他的声音？"周纯想起来。

"就偶尔玩一局游戏，听听语音。"随宁洗漱完，又说，"我怀疑他想撩我。"

虽然嘴上说怀疑，其实有五分确定。

周纯大惊道："声音好听的男人都长得丑。"

随宁不赞同道："和他声音一样的陈津白就很好看。"

"那是意外，网络上的十个低音炮有九个都是不好看的，你还是喜欢陈津白吧。"周纯立刻改口道。

随宁没忍住笑道："你变得真快。"

周纯义正词严道："那当然啊，陈津白好歹是我亲眼认定的，对了，那个陪玩，你别让他发照片，会吓到你的。"

随宁正要说话，手机响了。一接通，包尚激动的话语就从里面传出来："定了！定了！'天空杯'解说是你！"

"这么快？"

随宁手还在搅动牛奶。

"这还快吗？今天会议一开始，站在林秋瑶那边的不算少数，后来杨经理拿出了实在的数据。"

包尚歇了歇回道："是后台的数据，不是你们前台的人气。"

一个直播平台，真正的人气是不可能放在公众面前的，这些事，随宁早就清楚。

"林秋瑶前两天解说时人气陡降，虽然前台看着没区别，但是后台一直在往下降。"

这样的情况下，谁也不敢说还选林秋瑶。

"对了，待会儿我拉你进一个群，后面一些事你自己看，我转达肯定是不如你亲眼看的……"

包尚就在办公室里打的电话。林秋瑶的经纪人坐得离他不远，看到他眉飞色舞，就知道他在和谁说话，气到差点儿昏厥。早知道，还不如不让林秋瑶去学随随解说KPL，这下人气没涨，"天空杯"解说还丢了。

"包尚，你在和随随通话吗？"他沉着脸上前。

"怎么了？"包尚警惕。

"没什么，我就是恭喜一下，毕竟随随可是这么容易就拿到了'天空杯'解说啊。"

随宁在手机里也能听到他的话："你把手机递过去。"

包尚迟疑，但还是依她所言："随随要和你说话。"

随宁确定对方能听见，先说了句"谢谢"，然后才笑意盈盈道："当然，最该谢的还是林女士。"

"……"

后续是包尚转达的，他说，林秋瑶的经纪人脸都气青了。包尚心里十分舒坦。踩人上位恒被踩。林秋瑶当初踩着随宁发了多少个通稿，随宁都懒得搭理她，"天空杯"解说也是凭个人本事拿到的。

随宁最在意的并不是这个。她想借此为跳板，进入解说一行。就像包尚之前说的，总有一天，她会成为KPL的解说。

下午，随宁就进了"天空杯"相关的群，群里除了她以外，还有另外一个男解说。对方叫方明朗，并不是业余的。他在几年前是职业选手，后来退役，去当了解说，签约了"天空直播"，和随宁算是同事。

随宁有心向他学习，便私聊他询问。人前她就是一个乖学生，几乎没人会讨厌好学的人，所以方明朗对她的印象很好。他打算教教自己的新搭档。

"其实，解说最重要的是要熟悉每一支战队，包括成员拿手的英雄、打法等，如果能记住一个人以前某个高光时刻，那也不错，可以经常提一下。"

随宁乖巧回道："我知道了。"

方明朗问："比如就这次的YU，我看你好像也解说了几天，你对他们的新打野有什么看法？"

随宁没想到，他一问就问到了重点上。

新打野？除了陈津白还能是谁。随宁本想简单回复，但最后发出去时，却是整整一大段话，她眨眼道："好像一不小心写多了。"

方明朗惊了。这是做了多少功课啊？他都没有这么熟悉White，毕竟不经常看他的视频，还是上一次了解的。

方明朗回复："不多、不多……"

随宁翘唇，发现这个新老师还挺好玩的。

方明朗告诉她："等你以后解说多了就行了，而且和战队成员们熟悉了，解说起来更简单。"

随宁看着那行字，狡黠一笑。

结束和她的对话，方明朗没忍住，敲了敲YU的教练蒋申："White最拿手的真是李白？"

蒋申："你怎么知道的？"

蒋申："他当初第一次拿的国服就是李白，很早了，现在不怎么用，这事知道的没几个。"

方明朗："我新搭档说的。"

蒋申："？"

方明朗和他说了随随的名字，蒋申有点儿印象，毕竟是知名女主播，只当是一件小事，没放在心上。

晚间，随宁结束直播。是时候兑现昨天晚上的两千块钱了。她给W发消息："在？"

陈津白正在看之前和"天空直播"的战队合约，手指搭在纸张上，翻过一页。

直到手机振动。寂静了一天的聊天框，再度复苏。

随随："上号？"

陈津白想起昨晚上的事，眼神一闪，同意了邀请。一进游戏，他就听见女孩儿娇甜的嗓音："怎么样，一天过去了，你坏掉的嗓子好了没？"

她似乎是故意的，又有看好戏的意思。

陈津白的视线掠过桌上那个小狐狸钥匙扣，缓缓开口道："好多了，你能听出来吗？"

耳机里的声音有些哑。甚至于，还有一丝性感。

随宁偷鸡不成蚀把米，反而自己被蛊惑，她捏着耳朵，咬牙道："能啊，听着是好了。"压根儿就没坏过的样子。

"什么药这么管用，能介绍给我吗？"随宁的声音忽然软糯起来，令人心尖一软。

"……没吃药，自然好。"

"噢，是这样啊。"

"嗯。"

耳机里就安静了下来。

禁英雄时，随宁预选了嫦娥，让队友帮忙禁伽罗，四楼没有应，五楼直接禁了嫦娥。随宁发了个问号。这人是有什么毛病吗？不说她发问号，队友都觉得不太妙。五楼又发了个"我玩中路"，然后预选安琪拉，随宁冷笑，直接就选了貂蝉。

"帮你老板抢。"谁还不是个小公主咋的。

陈津白自然点了。

到五楼选英雄时，她换了好几个法师，队友们都忍不住让她好好打，选个辅助。

五楼依旧选了个妲己。

一进游戏里，她就和随宁抢起中路来，而且还在频道里叨叨，嗲里嗲气。

随宁直接发了句："挂机吧，妹妹。"

妲己："呵呵。"

随宁："少你一个，这峡谷照样有人逛。"

随宁："不会吧，不会吧，真以为自己是苏妲己？"

两个旁观的队友都在屏幕前笑。

随宁是语音转文字的，两句话说起来十分流畅，速度极快，陈津白都能听见。还是头一次听见她这样说话。

他不由得想起之前一次，听到她骂人那次，陷入沉思，今天好像还算文静。

随宁长叹一声："无敌是多么寂寞。"

陈津白："……"

大概是随宁那句"苏妲己"嘲讽到了对方，妲己好久没有再打字干扰，毕竟不是随宁的对手。

一直到后期，陈津白的李白拿了四杀。最后一个人头被随宁给抢了，整个峡谷被他秀得满脸血，游戏里全是队友们按的夸奖。

团战结束，随宁站在中路草里看装备。陈津白去了敌方野区打蓝。

不知什么时候，妲己跑到了那边，沉寂许久的队伍公屏又冒出来好几行字。

妲己："李白好秀啊。"

妲己："可惜五杀被抢了，一点儿眼力见儿都没有。"

妲己："李白哥哥，可以给我一个蓝吗？"

妲己："好不好呀？"

随宁关掉装备界面，瞧见这腻死人的文字，"扑哧"一声笑，发了一句话。

"我给你一只野猪，好不好呀，妹妹？"

妲己："我又不是和你说话！"

妲己："多管闲事！"

她不知道两个人组队的事，自然也不可能知道他们的关系，也不知道他们此刻就在语音通话中。

"你敢给试试？"随宁哼了声，有点儿得意扬扬的尾音，像小猫挠人心。

陈津白手停顿了下，按普攻的动作都了迟一秒。

很快，随宁听见 W 的回答，遮掩在头发里的耳朵一抖。

"不敢。"

他认真地询问："这个回答可以吗？"

Chapter 07

危险了

居然还糊弄不过去了。

找替身被替身本人知道，这好像是一件很尴尬的事。她从没遇到过这么尴尬的场景。

随宁很喜欢这个回答，因为是她最喜欢的声音。她甚至会想，世界上怎么会有声音一模一样的两个人？随宁点过那么多陪玩，遇见过和周纯声音像的，遇见过和明星声音像的，但都有细微区别。

唯有 W，让她发现不了区别。

当然，随宁也想过，因为自己不熟悉陈津白本人，仅仅只是凭借比赛视频，也许两个人的声音还是有区别的。但是，她现在发现不了。

"比以前自觉啊。"随宁笑眯眯道。

"是吗？"陈津白问。

随宁干脆不看装备了，二技能跳跃到蓝怪边上，在妲己之前，一个技能收走蓝 buff。

"你是我花钱买来的，你的蓝也是我买的。"她悠悠道，"你没有决定的权利。"

自己就算想要红 buff，那也理所当然，虽然她并不需要。

她说这话的语气虽然软软的，却有种女王的范儿，陈津白觉得反差挺大的。这大概就是反差萌？

随宁的话，队伍里的妲己是听不到的。她等在蓝边上，看李白忽然停下，还以为是让蓝给自己，结果被貂蝉拿走了，瞬间不高兴了。妲己开了语音："你是不是故意的？你离那么远，跳过来抢蓝，你好意思吗？"

她的声音是那种现在网络上流行的女声，随宁点陪玩里十个有八个是，据她们说，很多男老板喜欢。就是听起来有点儿气虚，随宁听着不太真实。

"李白哥哥明明是让蓝给我的，貂蝉，你怎么这么不要脸？！"妲己又骂了一句。

大概是她这样的声音以前得过好处吧，叫"李白哥哥"的时候比骂随宁的语气要软很多。随宁嗤了声，开了全队麦："我就是故意的啊。"

妲己正要继续矫情，就听见这么一道温柔的女声。

"你问问李白哥哥，他凭什么给我，不给你。"随宁的声调不高，但却让妲己噤了声。

随宁光明正大地叫人："李白哥哥，你给谁的？"

被点名的陈津白正垂着眼。虽说她叫的是李白哥哥，但他的注意力都在后面两个字上，和便利店那一声重合。

队伍里很快出现了答案。李白："貂蝉。"

这答案不符合妲己的预期，她气急："你是不是听她声音觉得好听才这么说的，明明我当时就在你旁边，凭什么她……"

这么说，她也知道她的声音没自己好听？随宁觉得好笑。"凭什么？"她一笑，"凭他是我买的。"

当然，最主要还是因为花了钱，反正她不说也没人知道，这就是富婆的魅力。

队友们纷纷打字。毕竟本来选英雄时，这个妲己就过分，禁人家的预选，这会儿抢一个蓝也算正常，更别说别人愿意给她。

"别吵了，马上就赢了。"

"妲己要什么蓝，出个圣杯……"

妲己没明白"买"是什么意思，但她对两个人之间的关系有了点儿了解，便咬牙闭了麦。

还让她出圣杯，人家貂蝉出圣杯还要蓝，不该骂吗？随宁改回组队麦，陈津白"知好歹"地没有说话。

因为她今天用的是王者低星那个号，所以这局打起来很快，反观对面没什么节奏。一直到回到队伍界面。随宁点了下妲己的主页面，看到"她"居然是个男性，有点儿无语："这是开变声器装女生？"

真不看不知道，一看吓一跳，游戏里，她都没怀疑对方的性别，对方以前应该没少干这种事。保不准，不少妹子的名声都被这样败坏了。简直无语，没看主页前，谁知道这是个装嗲的男人。

陈津白慢条斯理地开口："遇到这样的人，屏蔽就可以。"

"屏蔽干吗，我又不是骂不过他。"随宁不在意，"而且，我的声音比他的好听啊。"她反问，"难道不是吗，李白哥哥？"

"……"陈津白半合眼道，"是。"

他早就知道，她当然清楚自己的优势，也是存心，小狐狸从来就不天真。

小狐狸能有什么坏心思？陈津白轻笑。

结束游戏，随宁再度回归生活。她现在基本保持着每周和 W 打一把游戏的状态，不会过度沉迷，但也不至于遗忘。

现在已经三月下旬，随宁的直播时长基本不用担心。她干脆最近减少直播时间，有空余的时间就去看一些官方比赛的直播回放，认真听那些解说的话。

当然，并不是每个解说都值得学习。有些网友就觉得某某解说不合格，有些又觉得某某是带了粉籍的，反正这圈并不平和。

随宁用笔戳了戳脸，她应该也算带了粉籍？

不过对于比赛的解说，她是不会有失偏颇的，解说再怎么说，打比赛的还是职业选手。

方明朗是真心喜欢这个学生。他年纪不小了，如今官方比赛里的女解说少得可怜，要是出一个好的，那肯定皆大欢喜。

随宁加入群没两天，收到一个新的好友申请。

居然是林秋瑶。随宁有心想看她弄什么鬼，点了同意，对方很快就发来了消息，违心的"恭喜"。

她挑眉，回了个"谢谢"。

不过林秋瑶话锋一转，很快就变成了阴阳怪气，明面上看没什么问题，但实际上"茶言茶语"的。

随宁好笑道："我截图了啊。"

林秋瑶迅速撤回。

随宁道："撤回也没用。"

手机前的林秋瑶气得揪下来好几根头发，她现在人气下降的事，经纪人说了，都是因为随宁，所以她才恼羞成怒加随宁好友的。

随宁回她"别心虚"，屏幕上却是红色感叹号，自己被删了，十分无语。

包尚得知这事，差点儿笑岔气，道："这是什么没脑子的操作！"

"不是吧，一个解说而已，她自己说得那么差，还反过来学你，怎么好意思的？"他想不通。

她之前怎么在平台地位那么高的？包尚认真思考，怀疑是因为她长得也不差，声音也还不错，加上会卖萌，平台又推。前几年，这一套很吃香，现在不行了。现在的网友都精得很。

"谁知道，说截图一吓就跑了。"随宁删了林秋瑶的对话框，回到方明朗的私聊界面，刚才他发了条新消息过来。

"最近他们应该挺有空，毕竟直播时长摆在那儿，没比赛的时候，肯定要完成合约。"

随宁记得这个，她也关注过几个职业选手的直播间。但是，她从没看过陈津白直播，庄帆倒是季前赛没开始前，天天播巅峰赛。战队合约也会有陈津白这样的例外？

方明朗不知道自己只是一提，随宁就想了那么多，回道："有空我带你去各战队基地转转。"

去基地？随宁浅浅笑答："好。"

庄帆的微博有发过一些YU的战队基地的照片，财大气粗不说，设备也很好。当然，她想看的不是基地，而是基地里的人。

最近天气放晴，她的伞也用不上了，随宁开始期待下一次还伞的偶遇。

此时，YU基地，庄帆正拉着段归，小声问："你有看到上次那把伞吗？"

段归问："哪把？"

一旁听见对话的魏茂凑过来道："他说的肯定是妹子借给白哥的那把啊。"

"对、对、对。"庄帆点头，"这段时间也没见到，上次下雨也没见他打伞，不会偷偷见面，还了吧？"

"应该在房间里。"段归说。

三个人偷偷摸摸地回了休息区，打算去瞄一眼，结果正好遇上陈津白出来，魂都吓飞了。庄帆这时候眼尖，瞅见被折得整齐的伞。还有垂下来的一抹红色。

原来还真在房间里呢。

和方明朗学了两天的随宁就像一块海绵。她下定决心要做一件事情，就不会再随意对待，拿出了考试拿奖学金的状态。想想未来，就很明媚。

周纯对解说不算了解，问道："这个职业怎么样？"

随宁想了想说："当然不差，现在手游占据市场这么多，官方比赛只会越来越多，解说永远不会没用。"

除非这个游戏糊了。但随宁估计，很长一段时间内，《王者荣耀》是不会糊的，毕竟这不是那种氪金就能全服无敌的游戏。

"那还挺好，以后还能在比赛上看到你。"周纯这么一想，又觉得非常不错。

"下次常规赛，我带你去现场看看。"随宁说。

周纯本来想拒绝，毕竟自己不玩游戏，但转念一想，去看一次也无妨。

两个人回到公寓，时间还早，周纯最近将学生会的工作放给了手底下的人，所以比较清闲。见随宁开始看视频，她干脆重新下回了早就删了的《王者荣耀》，这游戏有那么好玩吗？

没多久，"TiMi"的声音在客厅里响起来。随宁扭头，见周纯居然开始玩，说道："不是吧，你现在居然玩，早说我给你一个满级号了。"

"不要，自己打才有乐趣。"

"等你没铭文被满铭文虐，你就有乐趣了。"

周纯不信邪，因为她还没有体验过游戏的险恶。

其实，她也是懂一些的，因为以前经常看随宁玩，一些关键词她还是知道是什么意思。但知道和操作是两回事。

她这个号是随宁去年帮忙建的，有那么几级，也打过十来场排位赛，战绩看起来还挺唬人。自己的室友是大神，她耳濡目染，也不是太差吧。

周纯信心满满地去开了一场排位，选英雄时，选了她经常看随宁玩的貂蝉。

随宁出来倒水时，她正在磨磨蹭蹭地清兵。清完兵后，就被对面的镜杀了，第一次黑屏，只来得及开了朵花。周纯心态好，复活了又回了中路，她还知道支援，然后又在支援的路上被镜抓了，再度黑屏。

"我——"

随宁出来去洗手间时，看到周纯扔了手机道："垃圾游戏，迟早要完。"

她没忍住笑，问道："被虐了？"

周纯倒在沙发上道："对面的一个人好烦，一直追着我杀，我就那么容易杀吗？”

她只能看到花里胡哨、窜来窜去的人，压根儿就打不到。全程就只听见"非礼啊"这句语音。

随宁凑过去看了眼，是挺惨的。这局游戏基本没了挣扎的可能，对面镜16-0，早就超神，他们这边都等于提款机。光周纯一个人就被杀了八次，当然，她的队友也差不多，一整个队里，五个人都是1-8、2-7的……

"对面疯了。"周纯评价。

随宁说："要不，我带你？"

周纯本想拒绝，但最后还是屈服道："好、好、好。"

随宁回房间的时候，周纯摸索到了结算界面，盯着对面的镜看了半天，心里面又骂了两句。结果退出的时候，手滑点到了"+"号。周纯本来不知道什么意思，但没想到对面居然同意了好友申请，就有了提示。

随宁上了号，余光一瞥，看到W在线。可能对方也看到了她，发了组队邀请。

随宁想了想，同意了。一个人带肯定没两个人带保险，而且周纯也知道他的存在，所以没关系。

"今天有空？"随宁问。

"嗯。"陈津白应了声。

随宁没继续说什么，去了客厅道："周纯，我加你好友了，你同意一下，我找了个野王带躺。"

"谁啊？"周纯问。

"你说呢。"随宁眨眨眼道。

两人好友那么久，十分默契，周纯迅速意会道："懂了，懂了，是那个替身陪玩，是不是？"

"嗯啊。"

屏幕前，陈津白听得一清二楚。

随宁在等周纯同意好友，坐到沙发上，低头看手机屏幕，心里一个字脱口而出。

草，一种植物。她游戏语音竟然！一直没关！刚刚她和周纯说了什么？

好像说了替身……随宁下意识地心头一紧，有点儿慌张，但很快又不露声色，打算装无事发生。

于是她又开了麦道："稍等，我拉个朋友。"

"好。"

很平静。随宁觉得，W似乎没听见刚才的对话，安心地戴上耳机。

就在她放松警惕的时候，对面的男人用她最喜欢的声音，问了个她不喜欢的问题——"替身陪玩是谁？"

随宁之前都做好被问的准备，结果他当时没问。等她已经放下心来，以为他没听见那句话的时候，他又忽然来了一句。好阴险的一个男人！

"你说什么呀？"随宁佯装听不懂的样子，又叫周纯，"你同意我好友申请了没有？"转移注意力，永远是最佳选择。

周纯问："在哪儿同意好友申请啊？"她是一个纯新手，也只看过打游戏局中的环节，只听到游戏声音，不知道加好友是在哪里。

"我听见了。"陈津白说。

随宁："……"

居然还糊弄不过去了。找替身被替身本人知道，这好像是一件很尴尬的事。她从没遇到过这么尴尬的场景。

随宁揉了揉脸，道："知道答案很重要吗？"

陈津白尾音稍扬反问："你觉得不重要？"

"对啊。"随宁将手机放在腿上，"我觉得这不是什么问题，我们不就是老板和陪玩的关系？"

她出钱了，他出力了，就该到此为止。唯一不光彩的地方，是她的目的不纯。

老板和陪玩，陈津白当然知道，并且当初还是因为自己同意，才有的这一关系。

耳机里安静下来，随宁甚至可以听见对面人的呼吸声。

好像没生气？毕竟自己给的钱也不少啊，随宁觉得自己很厚道，哪家陪玩可以这么有钱又自由。她正想着，清沉的一道声音突然跃出。

"我像谁。"

这三个字异常直接，直冲随宁的心底，甚至于都不是疑问句，而是他已经确定了。随宁有一瞬的慌乱，似乎是陈津白本人在问。她晃了晃脑袋，明白对面的 W 很重视这个问题，慢吞吞地开口："那我说了。"

随宁冷静下来说："你说话和我喜欢的人挺像的。"

喜欢的人？陈津白咀嚼着中间四个字。

游戏始终末开局，背景音乐一直回荡在两个人的对话中，但他们都没有注意到。

随宁说完，反而轻松了起来。她唇角一翘道："你要是不愿意，我不强求。"

陈津白敛目，无声地嗤了声，问："既然有喜欢的人，为什么要找……替身？"

这个词他不喜欢。

"这很简单啊，因为没追上呗。"和一个网友说感情的事，随宁倒是不尴尬。

陈津白本人才刚见过她两面，她还没追上。

"不准再问了啊，这局我依旧是你老板。"随宁见他没说话，道，"再生气，这局也得给我打蓝。"

"……"

随宁又准备催周纯快点儿，低头一看，周纯不知道什么时候已经开了，问道："你自己开始了？"

周纯茫然道："这不是你吗？"

随宁无语，点她屏幕看了下，和她组队的是个打野，玩镜的，名字是空白。

"这人你认识？"她问。

"我以为是你，还在想你怎么玩我讨厌的英雄。"周纯这局玩了瑶，待在那儿蹲草。

随宁好笑，转回自己手机，道："快开。"

价值两千元一局的游戏，就算 W 不愿意当替身，她也得把这钱给花值了。

但是，进游戏里之后，W 就沉默了下来，沉默地刷野，沉默地抓人，只会发个"进攻"。

随宁要这替身有何用！她趁他打红的时候蹲在隔壁，嫦娥的衣裙飘飘，随宁糯声道："敬业一点儿，可以吗？"

陈津白冷声道："替身不想说话。"

"……"随宁扑哧一声笑道，"你怎么这么好玩。"

她忽然放松了不少，道："老板我想让你说话，你也必须说话，我花钱的，不然哪个老板像我这么大方。"

"……"陈津白按了按微皱的眉心。

他说话和她喜欢的人像，哪里像？陈津白从没遇到过这种事，"替身"两个字一直和他无关，直到这一次。

这局节奏异常快，六分钟，对面崩到高地塔掉。

随宁收走了W打的蓝buff，正想着待会儿五杀，听到他微低的嗓音："你喜欢的人怎么说话？"

她取下一只耳机。

怎么说话的？就像这样说话，一模一样的声音。

"就这样说话。"随宁等心跳平息，又重新戴上耳机道，"你问这个干什么？"

陈津白噢了声道："说话方式？声音？"

他从没想过，有朝一日，自己竟然会做别人的替身。

有个想法飞快地闪过，稍纵即逝。这时间，陈津白也没有耽搁游戏，团战顺利团灭敌方，队友直奔对面的水晶而去。

"原因你都知道了，其他的我不想多说。"随宁忽然声音变得清冷道，"我给你时间思考。"

她像女王似的，丢下一句话，退了游戏。陈津白正要说话，发现就剩自己一个人了。他气笑了，怎么感觉她比他理直气壮？

随宁离开游戏后，看到周纯还在打，周纯没戴耳机，声音外放，正好镜拿了个五杀，响彻客厅。

"这就是被带飞的感觉吗？"周纯心情舒爽道。

"这谁啊？"随宁问。

"不知道，我点了一下'同意'，就进了游戏里，我刚刚不是以为是你吗？"

这局结束后，随宁翻了翻她的战绩，明了了。好家伙，这上一把乱杀周纯的镜，这一把居然带她飞，这年头，开小号的人都会带小白了吗？

游戏还在匹配，周纯本想走，最后屈服于被带飞的渴望。

"反正他现在是我队友，又不会乱杀我，刚才那把已经可以抵消上上把了。"周部长很精打细算。

随宁没忍住笑道："行吧，你和他继续上分。"

周纯抬头问："对了，你刚刚和那个陪玩，是不是我说的话被他听到了？"她叹气，"我不是故意的啊。"

"我知道。"随宁躺倒在沙发上，"本来就没什么大不了的，最大损失就是以后听不到一样的声音了。"

她还有点儿不舍。随宁从没想过自己"声控"得这么严重。

"不过也是，一般人确实很难接受自己是替身，即使是花了钱的，要不，你再威逼利诱一下？"周纯说。

"等两天吧。"随宁说。她放下手机，打算去写点儿作业清醒清醒。

周纯不忘提醒她："等我游戏打完了，我们出去吃东西，这边新开了家过桥米线。"

随宁应了声。

与此同时，陈津白将手机丢到了桌上。

他做了一个替身陪玩？如果不是意外听见，恐怕还会被蒙在鼓里。

陈津白太阳穴跳了跳，想起她不甚在意的声调，果然表面上的乖都是假的。便利店里叫"哥哥"的和她仿佛是两个人。人前那么乖，人后学人找替身？

陈津白像被泼了盆冷水，打开手机看了眼，对方压根儿没有继续解释的意思。

"笃笃笃。"

庄帆的声音从外面传进来："哥，吃饭了。"

陈津白闭眼又睁开。

庄帆没听到动静，正准备再敲，门却突然从里面被打开，男人的声音毫无感情："走吧。"

一直到陈津白率先进入走廊，修长的身影在转角处消失，段归拽住庄帆。

"白哥好像心情不好？"

"之前进房间时不是心情不错吗？我还看到他笑了一下呢。"庄帆不懂，他猜测道，"游戏输了？和家里人吵架了？"

段归敲他头道："你以为和你一样？叛逆？"

两个人说了半天也没搞懂什么情况，跟在陈津白后面去了餐厅，今日的晚餐气氛比平时要凝重许多。庄帆小心翼翼地问："白哥，你刚刚游戏输了？"

"没有。"陈津白冷淡。

"和家里人吵架了？"

"没有。"

"那你怎么心情不好啊。"

陈津白看他道："你饭吃完了？"

庄帆闭麦，专心当个干饭人。

YU 其余队员装作没听见两人对话，挤眉弄眼。

正在这时，陈津白的手机响了一声。他顿了顿，解锁屏幕，是蒋申发来的消息，让他们别忘了晚上上分的事。陈津白眸中深沉。退回微信主界面时，朋友圈那边有个红点，他随手点了下，正欲息屏，又改了主意。

那个头像，太眼熟。

随宁和周纯到米线店几分钟，过桥米线一上来，她就拍了张照片，加了个滤镜发了朋友圈。分享美食是人生大事。

陈津白身子懒懒地往后靠，目光落在照片上露出的一节皓白手腕上。

纤细，干净，柔若无骨。好像他轻轻一折，就能断。葱白的手指搭在桌上，指甲上漂亮的粉格外诱人，给人一种安静乖巧的感觉。

当然，事实截然相反。

陈津白的视线又转到诱人的过桥米线上。他的后槽牙忽然有点儿痒。好像找替身被发现对她来说不是个什么事，还能悠闲地出去吃东西。上次便利店里，他看得清楚。明明吃得不少，怎么还那么瘦。陈津白平复情绪，关了手机，端起一旁的玻璃杯。

"哎，错了——"庄帆连忙叫起来，接触到他的眼神，示弱道，"那是我刚倒的水，哥，你喝吧。"

"不喝你的。"陈津白又放下。

他倏地起身，大步离开了餐厅。

庄帆瞧瞧他的背影，又瞧瞧自己的水杯道："我就说白哥今天不对劲，难不成叛逆期来得这么迟？"

吃完饭后，庄帆几人回到大厅。

距离常规赛开始还有几天时间，这几天，各大战队的职业选手都在上分。

休赛期间，除了训练以外，他们做得最多的事就是上分，要么单排，要么双排。

庄帆打了两小时的巅峰赛，决定缓缓。

他掏出一个高星号，眼睛在队友中转了圈，将目光放在了"大腿"的身上，叫道："白哥？"

陈津白正在看官方发布的比赛回顾视频。他头也不侧，问道："干什么？"

"我正好想想练练嫦娥，要不要一起上分，你在，我有安全感，伽罗也不怕。"庄帆吹"彩虹屁"。

嫦娥？陈津白不想看见这英雄，因为很容易想到随随的嫦娥。他冷声道："你要学会自己上分。"

庄帆一脸蒙。他很失望，决定去找一个新野王，可惜自己的队友都在打巅峰赛，无人搭理他。

庄帆思来想去，想到了随随。这时候，她应该在直播吧？庄帆登录了"天空直播"，不过才发现，今天随随早就直播完了，他发了条私信："随随，打游戏吗？"

三分钟后，他收到回复。

随随："几排？"

庄帆："双排。"

随宁有点儿意料之中的失望，状似无意地打探："你怎么不和你队友一起双排？"

庄帆是个没心眼儿的小屁孩儿："他们都在自己打，队长有自己的事要做。"

随宁叫他上号。

她和周纯吃完米线回来后直播了会儿巅峰赛，临近月底，正是上分时，演员[1]也多。所以直播了会儿，她就没继续了。主要是因为今天找替身意外被发现的事，她或多或少还是有点儿心虚的。

庄帆回到游戏界面，等待的时候，又看向隔壁的队长，不知为何，他觉得白哥今天尤其不对劲儿。队长傍晚从房间出来后，表情就没松过。好像有什么心事。

难不成在担忧常规赛的事，庄帆暗暗下决心，自己一定要好好打，不让队

---

[1] 演员：游戏里不配合队友团战，甚至故意送人头的玩家。

长失望。

随宁很快进入队伍，笑着问："今天又想看我玩嫦娥？"

庄帆连忙说："不是，今天我想玩，我上次看你以前的直播，你最拿手嫦娥？"

"是啊。"随宁没隐瞒，"我玩了快万场。"

可能就类似于"本命英雄"吧，她大多时候直播都是用嫦娥的，虽然其他英雄玩的也不差。

"那确实。"庄帆点了开始匹配，虽然这会儿人多，但也要等个一两分钟。

很快进入游戏，禁完英雄后，他又开了口："随随，你打野吗？"

戴了耳机的人说话会不自觉地加大音量，大厅里那样吵，平时他们训练都戴耳麦，没什么影响。所以刚看完视频取下耳麦的陈津白是一个例外。

他慢慢转过头，撩着眼皮，看到了庄帆手中的游戏界面，叫了声："庄帆。"

庄帆听得模糊，取下一只耳麦道："啊？"

陈津白的手指搭在桌上叩了叩，盯着他，沉声问："你在和谁双排游戏？"

"就之前的随随。"庄帆没隐瞒。

闻言，陈津白眼睛微眯。

又是随随。陈津白"嗯"了声，不再看他。

反正都已经暴露过了随随，庄帆觉得没什么好隐瞒的，只是再次隐瞒了她是主播这件事。

他有点儿心虚，和女孩子打游戏是不是让白哥不高兴了。毕竟他是职业选手，心思应该都在比赛和训练上才对，居然还有闲心和女孩子打游戏。庄帆谴责自己几秒，听到随宁在说话："下次常规赛，你们准备得怎么样了呀？"

"常规赛？"他余光一瞄，立刻正襟危坐。

庄帆心跳如擂鼓，一扭头就能看到白哥悠悠地看着这边，蹙着眉，似乎是在深思。他更觉得心虚，虽然他也不知道自己为什么心虚，反正他就是心虚。

庄帆关闭游戏里的麦克风，小心翼翼道："要不，白哥，你监……监督我？"

"监督？"陈津白挑眉。

"我肯定不会说和队伍相关的事的，我嘴很严。"庄帆保证，又拿出耳机，换掉耳麦。

一人一只，将就一下。

陈津白手指捏着耳机把玩，庄帆以为他没兴趣，耳机又被扔回了他自己身上："你打你的。"

庄帆"噢"了声。

队伍里，随随大概是没听到他说话，又问了一下刚才的问题，耳机一分为二，声音也溢出不少，更显得主人的声线空灵。

"这些事不能往外说。"庄帆立刻严肃道。

"噢，这样啊，这问题也没什么。"随宁也没在意，"反正还有几天就要开始了。"

庄帆"嗯嗯"两声。

随宁这回选的是李白，毕竟庄帆要玩中单，她又想 carry，又不想玩容易挨打的射手。进去后不久都是正常开局。

"你多玩几局就好了。"随宁不觉得他不会。能被选中当职业选手，必然是在某方面有能力的，庄帆干将用得出神入化，其他法师比不上，但也不差。只是精和不精的分别而已。

庄帆大笑道："所以，我这不是就开始玩了，哈哈哈，我要是失误了你别嘲笑我。"他看过她直播回放，损人的话也挺多。

随宁好笑道："不说你。"

"哎——！"

没多久，庄帆正在打架，耳机被轻轻地拿掉一只，他也没办法，只好叫了声。

等架打完，他扭头，发现那耳机正戴在自家队长的右耳上，队长也不看他这边。好像就只是挂着，并不放在心上。

白哥真监督啊？

"怎么了？"随宁问。

"没事、没事，刚刚太激动了。"庄帆扯了个借口，"随随，这把打完……要不不打了？"

随宁原本打算说"行"，忽然眼神一闪，若无其事般问："怎么，你们队长不允许啊？"

"……"陈津白忽地将视频按了暂停。

见状，庄帆手抖道："哪有的事。"

"那你要练嫦娥，一两局怎么够。"随宁随口说，并没有把刚才的事放心上。

"明天吧，有空再来。"庄帆说。

陈津白慢慢偏过头，打量着庄帆。

少年脸上还带着稚嫩，说话也跳脱性很强，话瘠，没什么心思。

这两个人能因为什么有交集？好像只有一种可能。

随宁还不知道自己又被记了一件事。

她倒是对和庄帆打游戏没什么反感，毕竟YU是自己喜欢的队伍，里面的成员必然也是喜欢的。意见最大也只是有些恨铁不成钢，没有讨厌一说。况且庄帆嘴甜，又没有心机，跟个小弟弟一样。

自从和W意外说出替身一事之后，随宁就觉得替身这事估计是泡汤了，以后可能也听不见一样的声音了。她又得重新回到之前的状态了。不过也没关系，随宁俏皮一笑，再过不久，她就会进入解说一行，走到大家面前。

一局结束后，庄帆果然找借口溜了。随宁有些遗憾，退出了游戏，回到微信界面，一滑就能看到W的聊天框。

上一句还是关于嗓子坏了的事。随宁点开，滑到上面，翻到仅有的几条语音，戴上耳机，闭眼，又听了一遍。

声音是每个人独有的特征。可她就遇上了两个一模一样的。

随宁想起一些小说和电视剧，这要是偶像剧里的情节，恐怕对面真的就是陈津白本人了。

但现实中，这是不可能的嘛。

她拍了拍手机屏幕，W生气也正常，换作她被当替身，得把对面的人给打一顿。

况且，W这名字……还是跟着陈津白起的。

"我真的像一个渣女。"

随宁一骨碌从椅子上下来。她推开门时，客厅里的周纯正坐在沙发上打游戏，不知道在和谁说话："……我又不认识你，你又是谁啊。"

随宁过去问："谁啊？"

周纯抬头道："就今天一直杀我的那个，他刚刚问我是谁，我还想问他是谁呢。"

随宁"扑哧"一声笑出来。

好家伙，这带飞一下午加一晚上了，两个人才都想起来问对方是谁，怎么那么好笑。

周纯还在和对方互问是谁，还翻旧账，说她下午第一把在王者峡谷就被他乱杀以至于差点儿卸载《王者荣耀》的事。

她当学生会部长这么久，黑的也能说成白的。对面的男生俨然说不过她，听着她说了半天道："不是故意的，你比较脆①。"

不会玩的貂蝉太容易被杀。

他又停顿了一下道："我不是带你上了十几颗星吗？"

"也是。"周纯"噢"了声。

"……"对面无语。

周纯的《王者荣耀》已经到了限制时间，提示她快禁赛了："我要下了，弟弟，拜拜。"

她听出来他的声音有点儿嫩。

周纯摸索怎么操作退出队伍，正要离开，听见那个镜说："别叫我弟弟，我成年了。"

他有点儿咬牙切齿。

周纯敷衍地嗯了两声。

对方又说："等我打完国服，可以带你。"

"国服要打多久啊？"周纯问。

"三四天。"

"好，那我等你。"

随宁正在和包尚聊天，他们两个都是夜猫子。

包尚要说的事是和"天空杯"有关的。

"下个月公布解说名单，到时候肯定会有人攻击你，你应该知道怎么处理，就当没看到。

"林秋瑶那边要是发通稿什么的，我也会处理，解说人选现在是板上钉钉的事，没什么意外。"

除非出了丑闻。但包尚想不出随宁这边能有什么丑闻，反倒是林秋瑶出丑

---

① 脆：指在游戏中比较容易被杀。

闻的可能性比她大多了。

认真直播的女主播有，不认真的也有。每个直播间那些砸钱最多的大老板，都是抱有某种心思来捧场，得不到回应哪里还会那么执着。

包尚也不敢打包票，但随随肯定是没有丑闻的。因为就连他自个儿都不知道她在哪儿上学！至今也就只有她的微信、电话和微博。

"你直播完了？"周纯问。

"完了。"随宁说，"我感觉我像渣女。"

"你哪里渣了，你又没骗人感情，人家渣男找替身是欺骗感情，你就花钱买了个声音而已。"

周纯觉得自己说得很有道理。

随宁也觉得她说得很有道理："是啊，我为什么这么歉疚，我又没有让他做其他的。"她一秒恢复，"好，我去睡觉了。"

周纯："……"

随宁是真的洗洗去睡了，一觉睡到天亮，只是在清晨的时候做了个梦。

梦里，W不打招呼就发了张照片过来。随宁没看到照片长什么样，但是被吓醒了，盯着天花板，陷入迷茫的状态。

收到网友照片，人间最惊悚的事。随宁记得网上流传的那些话，不发照片，就可以脑补对方是金城武等大帅哥。一发，幻想瞬间破灭，就算是可以带飞也没法接受。

随宁摸到手机，打开微信。

还好还好，还好W没有报复，故意发张照片过来。

白天，随宁上课时给W发消息："你想好了没有？"

陈津白收到消息时，有点儿失语，回了个："没有。"

随宁见有回应，觉得还行："那你继续想。"

她怕他想不开，歪着头，补充两句："其实，你也没损失什么，又不是你一个经历过这种事。"

"……"陈津白头一回遇到这样的事，他一抬头，看到和段归勾肩搭背的庄帆，想起昨天他们两个的双排。

有人会找多个替身吗？

庄帆会不会也是像她喜欢的人？

她到底有多少个替身，一个没追上的人值得找这么多替身？

随随那个装乖的性格，找替身这种事被发现还能吃吃喝喝，好像的确做得出来这种事。

陈津白眉峰又皱起。

庄帆感觉敏锐道："白哥刚刚看我好几眼。"

"你看错了吧。"

"肯定是看你怎么还不训练。"

"完了，白哥要来暗鲨（暗杀）你了。"

队友们嘻嘻哈哈，庄帆赶紧坐回了自己的位子道："从现在开始，你们别打扰我。"

他刚打开手机，就收到随宁的邀请私信："今天要不要一起打游戏？"

庄帆瞅见队长没在看自己："来、来、来。"

段归和其他队友三排，陈津白回到了自己的位子，战队里是对分和星有要求的。他干脆单排。

随宁和庄帆三分钟后顺利开了一局，她想打野的，结果C位都被抢了，留了个辅助的位子给她。想着和马可打配合，她便选了个瑶。

进入加载界面时，庄帆吓了一跳。这对面宫本武藏的名字，不是白哥的号吗？！他迅速转头偷窥，果然看见了一模一样的加载界面，白哥玩的就是宫本武藏。

庄帆小声告诉随随："完了，我们可能要凉。"

随宁说："怎么会，相信我，我是国服瑶。"

虽然这是吹牛，她玩瑶的次数少得可怜。

"你就算是世界瑶，这局也难，对面我白哥，我队长。"庄帆实话实说。

随宁看向对面，是上次偶遇他俩双排的号。

和陈津白打了游戏，可惜是在对面。随宁靠在椅子上，有点儿失望，但还是认真打游戏，说不定她一个瑶还能捡漏，拿陈津白的人头。好像也不错。

她浅笑道："你自信点儿，万一我们赢了你队长呢。"

随宁没见过陈津白玩过几次宫本武藏，但他能拿出来，肯定也是不差的。

他还记不记得自己这个ID？

上一次小乔还打趣过他们两个，随宁记得，当时她还有那么一点儿隐秘的高兴。

"你队长单排吗？"随宁问。

"是吧。"庄帆猜测。

随宁这一把的队友还算正常，射手马可正常发育，打野虽然没节奏，但也没大崩。

只是几分钟后，野区还是打了起来。随宁和马可到的时候，马可见他们半血，立刻自信开大招，她都来不及取消附身状态，就被打了下来。

人太多，马可见状不妙，又用一个技能穿墙，果断离开。

随宁一脸蒙。马可这是什么意思？留她一个瑶被堵在墙里？

庄帆看小地图，十分同情道："马可丢下你跑了，你有被动吗，能跑掉吗？"

随宁说："有，不过不太可能跑掉。"

瑶的被动是只要有人用控制技能打她，她就可以变成一只小鹿，可以用二技能逃跑。

基本人人都知道。敌方也清楚，所以没用控制技能，只是对她普通攻击。

公屏上忽然出现对面射手的话。

[全部] 她还在等我吗（狄仁杰）：瑶瑶好惨。

[全部] 她还在等我吗（狄仁杰）：别挣扎了。

随宁基本没有挣扎的可能，已经认命地等待黑屏的到来。

可就在下一秒，宫本忽然一个大招砸下来，瑶迅速变成了免除控制的小鹿。随宁立刻用二技能，穿墙逃跑。

"白哥居然把大招给了你？"庄帆惊讶道，"好险。"

小鹿离开后不久重新变回瑶，随宁看着见底的血量，蹲在塔下回城，拉开小地图。

明明只要再打一下，她就会死在那里，宫本武藏这个大招控制，给了她逃跑的机会。

陈津白一个职业选手会犯这样的错误吗？

还是，他是故意放她走的？

Chapter 08

跟它主人一样，硌人

随随轻柔的声音响起："就有那么四五个，你知道的吧，咱国家人多。

"你比他们更得我心。"她强调。

陈津白怀疑，她可能对每个替身都这么说过。

随宁不得不多想，或者说，女生在这方面都容易多想，因为对面的人的身份。

哪有人用宫本武藏大招给瑶的！果然，公屏上那个狄仁杰又在打字了，无非是说他们的打野放水等，又进一步坐实了随宁的猜测。

当事人陈津白依旧正常打野。

随宁闭麦，呼出一口气，如果是陈津白，是不是就说明她还是让他有记忆的？

"那个宫本真是你队长吗？"随宁装模作样地打听，"是不是认错了呀。"

庄帆还真不确定了，白哥会犯这样的错误吗？他缩回塔下，一骨碌抬起上半身，探到陈津白那边，眯着眼想看他玩的是什么英雄。

直到当事人漆黑的眼眸悠悠地看向他，庄帆才心虚地坐正道："我就是看一下，看一下。"

他小声和随宁说："就是的，没错，估计是白哥心软，不忍杀那么悲惨的瑶吧。"

庄帆越说声音越小，在白哥身上，还能发生这种事？

随宁弯唇，露出一抹笑，不管怎么样，这事都已经发生了，而且还是对她做的。

游戏依旧正常进行。射手马可能做出自信转大的事，自然说明他看不太清楚状况，一局里射手不行，有百分之八十的可能性会输。果不其然，几分钟后，他们的高地塔被推。

随宁也无可奈何，这就是不当 C 位的无奈，看着逆风也没办法，瑶又没法乱杀。

"唉，要完。"庄帆叹气。

说完，他的嫦娥就被宫本一个大招选中，四面八方的技能扔在他身上，再肉也没了命。他宁可不要这大招啊！

听着庄帆的怪叫，随宁忍不住笑了。

水晶很快被对面推掉，她问："要不要继续打了？"

庄帆说："明天吧。"连着和女孩儿打几把游戏，被发现了真不好。

一局游戏结束，庄帆都忘了刚才的事，这的确是一个实在不会让别人记住的小事。

随宁离开队伍前，声音放柔，故意道："你们队长怎么可以放瑶走，打游戏不认真。"

庄帆一想，是啊。他退出游戏，放下手机，转向旁边身姿挺拔的男人道："白哥，有个事，我想问你……"

陈津白淡声道："别问。"

庄帆的问题被堵回了肚子里。不知为何，他总觉得白哥的心情看起来一时好一时不好的，有种像天气似的多变的感觉。不问就不问，反正白哥肯定放水了。

"白哥，你知道刚才和我打游戏的是谁吗？就你放走的那个瑶。"庄帆问。

"谁？"陈津白神色淡淡地道，"注意你的用词。"

庄帆噢了一声，好像用"放"这个字确实不太适合。他迅速改口："好的，就是你刚刚一不小心给了大招的瑶，就是之前的随随呀。"

陈津白瞥他道："有时间你就和段归他们训练。"

"……好嘞。"庄帆示弱，"白哥，你记得随随吗？"

他手里很快就被塞了一副耳麦，陈津白平淡道："多打游戏，少乱想。"

"……"庄帆觉得自己并没有乱想，他这是合理想象。

等等……乱想什么？他问的只是记不记得随随，和自己乱想有关系吗？是白哥自己想多了吧！庄帆腹诽结束，又好奇白哥刚刚在想什么东西。

一退出游戏, 随宁就穿了拖鞋往外跑, 啪嗒啪嗒地到了周纯房门外敲门。

"周纯, 周纯。"

周纯一把拉开门道: "怎么了, 卫生间堵了?"

"什么呀, 我有个事要和你说, 你给我分析分析。"随宁推着她进房间里。

两人穿着睡衣趴在床上, 随宁把刚才游戏里的事和她描述了一遍, 还不忘注解瑶的技能和被动技能是怎么回事。

"……你说, 他是不是故意的?"

周纯这个《王者荣耀》小白一听随宁单方面描述, 心里想那必然是有意的, 职业选手怎么会犯错。但她还是冷静道: "你这叫想太多, 可能就是随手的事。"

她语重心长地继续道: "人家网恋前就是你这样, 一句话都要做个阅读理解, 一个动作就得在脑子里写小论文。"

随宁眨巴眨巴眼道: "如果真是'恋', 那就好了。"

周纯拍了拍她的小脑袋道: "下次我也这么放你走, 希望你也会觉得我对你有好感。"

"你敢说你不喜欢我?"随宁眉眼弯弯道。

周纯受到美颜暴击, 躺倒。

这样的声音和脸, 问这样一句话, 谁能受得住。照自己想, 随宁去追那个姓陈的男人, 说不定就是手到擒来的事, 她一向大胆, 偏偏在这件事上胆怯。

喜欢一个人都是这样的吗?

心事和好友分享之后, 随宁心里放松不少, 虽然还是会想, 但不会像刚才那样, 满心都是。

第二天一整天满课, 晚上还有辅导员的心理课。随宁干脆在直播间挂了请假条, 九点左右才和周纯从教学楼出来, 打算去买奶茶喝。

还未出学校, 微信"嘀"了声。

宋云深: "清明节放不放假?"

好长一段时间没看到这名字, 随宁还有点儿没反应过来, 而后回了句: "放。"

宋云深: "回不回来?"

随宁想了一下: "看情况。"

宋云深: "妈想你了, 懂事点儿。"

随宁："？"她哪里不懂事了？

很快，宋云深的电话就打来了，说话的声调和方式仿佛是在公司里公事公办。

"四号下午我来接你。"

"我没确定。"随宁没好气。

"你一个学生，放假有什么事？"宋云深敲了敲办公桌，"还是你偷偷谈恋爱了？"

随宁反驳："说的我谈恋爱还得偷偷一样。"

宋云深嗯了声："那就是没谈。"

周纯一听见这声音就知道是谁。她和随宁刚认识时就见过宋云深，后来才知道两个人是同母异父的兄妹。他们的母亲当初还在读书时就是个风云人物，长得漂亮又温柔，但造化弄人，第一任丈夫意外早逝，当时宋云深才两岁。

随宁的爸爸喜欢她多年，一直未婚，后来暗中帮助他们孤儿寡母，两人日久生情。不过，他们一直等到宋云深懂事后才结婚，然后很快就有了随宁。所以宋云深和随宁中间差着将近十岁。

随宁能记事起，就很少在家里看到宋云深，那时候，宋云深在上学，后来又去留学。回国后，他又进了公司里，两人见面的次数十分少。

宋云深最后依旧搁下一句"四号下午来接你回家"，电话背景音里还有秘书在汇报文件的声音。

"他自己还没女朋友，还管我。"随宁挂断电话。

"要是我已经上班了，有个还在上学的妹妹，我也得操心，是不是有哪个混蛋想拐走我貌美如花的妹妹。"周纯捏捏她的脸道，"你哥哥大你十岁，又进了公司掌权，说话语气难免不容置喙了一点儿。"

随宁长叹道："我不想有两个爸爸。"

可能是因为老来得女，她爸特别宠她，她妈也受不住她撒娇。唯一例外的就是宋云深！

周纯"扑哧"一声笑出来。

"你说，要是你哥发现你喜欢陈津白，会不会约他出来，拿张支票。"她粗着嗓子，"一百万，离开我妹妹。"

随宁调侃道："一百万也忒小气了点儿。"

周纯说："那改成一千万，反正你家不缺钱。"

两个人嘻嘻哈哈地去了奶茶店。

回到公寓之后，随宁翻了翻 KPL 的赛程表。四号那天下午刚好有 YU 的比赛，她有现场票，就算晚上宋云深真的来接她，也赶得上。

还有两天，就要去现场看比赛，随宁挺期待。她以前没去现场看过比赛，只是高中有一次和朋友去看了场演唱会，氛围浓郁。

随宁上网搜了搜，这会儿都在说后天的常规赛。这次常规赛是在四个城市比赛，其中一个就是这里，免了她需要到处跑的可能。

第二天醒来时，窗外却在下雨。

"今天又没法出门了。"

庄帆和段归他们趴在窗边道："希望明天比赛的时候是晴天，要不然出个彩虹，寓意也不错。"

"天气和胜负有什么关系，迷信。"

"这不叫迷信，这叫正常想法。"

"……"

陈津白没扫他们的兴，径直回了房。之前那把雨伞还一直放在卧室里，毕竟见不到这把伞的主人，也没办法还伞。所以说，当初随随怎么没留联系方式？陈津白弹了弹吊在半空中的钥匙扣，移开了视线，又在几秒后重新看回去。

那天，随随是不是听出来了？他知道自己和陪玩是同一个人，但她不知道，所以她听到自己说话，会有什么反应……

会接近……

就如陪玩一样。

或许，当时也有意将他当替身。

陈津白嗤了声，这太荒谬了，他从没遇见过这样的事，他屈指弹了下小狐狸钥匙扣。

你主人这么狡猾？

随宁还不知道自己被冠上"狡猾"这个词，哼着歌在选明天去看比赛应该穿什么。上次的双马尾好像过于可爱了一点儿，这次不可以。

将选中的衣服挂在衣架上，随宁才打开直播，收到通知的粉丝们迅速赶来。

"随随明天去看比赛吗？"

"常规赛继续解说吗？"

随宁调整直播间的设置，顺便回了句："去看啊。"

"那岂不是可以碰见你！"

"我肯定能认出来！"

"啊啊啊，我要和随随拍合照！"

随宁轻笑了声道："你们又不认识我。"

况且因为之前的疫情，现在国内大多数人出门都自觉戴口罩，更难认出来。就算随宁现在放张照片，到时候口罩一戴，要是再谨慎点儿，戴个鸭舌帽，依旧没人能认出来。

随宁一点儿也不担心，只要说话别大声就好了。

"是不是可以去后台和选手合影？"

"我倒要看看 White 的照片是不是美颜过头的。"

"哈哈哈。"

随宁回忆了一下仅有的两次看到的 White 本人。那张脸，压根儿就不需要其他修饰。

随宁今天直播两千多分巅峰赛，还有几天就月底，又到了发"国标"的日子。她要做四月的成功人士。也不知道是不是今天运气特别好，随宁把把都能拿到中单，虽然中途也有队友吵架。一开麦，原来大家同为主播。那必然不能骂人，否则直播出去，就可能被挂。

随宁倒是不常说话，她只是偶尔报一下对面的净化、闪现，或者东皇的大招等等。连胜三把之后，她看了下国服榜，在榜，还行，后面几天再继续打就可以。

"明天要去看比赛，今天就播到这里。"

"？？？"

"比赛在下午，你现在就睡了？"

"好家伙！好家伙！"

随宁毫不心软，直接关了直播。

她打开微信，实在无聊，只好给 W 发了条消息："第三天了，大哥。"

随宁打字："过了这个村，就没这个店了。"

W："？"

随宁有意逗他："你就屈服了吧。"

她叉起一旁的哈密瓜，等着对面的回复。

很快，消息出现："你回答我一个问题。"

随宁"一指禅"回了个"OK"的表情。

W："有几个？"

随宁下意识地一个问号差点儿发过去。她慢吞吞地嚼着哈密瓜，反应过来他这句话是什么意思，思考回几个比较好。虽然 W 这个问题问得很莫名其妙。

说一个是不是显得自己找个替身就非他不可？说两个好像太普通了。说三个似乎还可以。自己作为富婆，要与众不同一点儿，要让对面充分感受到她的决心和"钞能力"。

随宁下定决心："不多。"

看到这两个字，陈津白晒笑，并不信任她的片面之言。

果然，聊天框里又多了条语音。随宁从没主动发过语音，这回是下血本了。

陈津白点开，随随轻柔的声音响起："就有那么四五个，你知道的吧，咱国家人多。

"你比他们更得我心。"她强调。

陈津白怀疑，她可能对每个替身都这么说过。

随宁说起这话来是得心应手，反正 W 又不认识她的现实身份，肯定也不知道她说假话。

陈津白打字："你对他们都说过这样的话？"

随宁自然回复"没有"。

毕竟，真正的替身就他一个，只和他说过，这是真的，他当然比那些无中生有的人更得她心。

陈津白又问："'选妃'的感觉如何？"

随宁"扑哧"一声笑出声来，原来 W 说话还挺有趣的，这时候都能调侃得出来。她敲了一行字："你说呢？"

随宁在网络上的性格比较肆意，符合名义上的浪，反正她觉得自己的行为并没有违背什么。只是小小地骗他一下而已。

W 很久没有回复。就在随宁以为他是又不高兴了时，又看到了新消息。

W：“我最近没时间。”

看到这条回复，随宁认真地思考了一下，这是推辞还是实话，最后她决定当成真的。上班族没有空也正常。正好自己未来一段时间都要关注 KPL 常规赛的事，还有接下来"天空杯"的解说，所以恐怕和他玩的时间也不多。

随宁告诉他：“没关系，我最近也有点儿忙。”

她想了想，又补充：“你忙你的。”

这样的"温柔"，陈津白轻笑了声。

他说的没空自然是接下来注意力都在比赛上面，没时间去做这"替身"的游戏。

或许从他答应陪玩开始，游戏就已经无法停止。

替身，自然就是没有得到正主时退而求其次的选择。陈津白看着窗外淅淅沥沥的雨，片刻后，无声地笑了一下，有些事，要看谁想。

有的人，也是。

“白哥，蒋哥说要开个会。”段归敲了敲门，“他说，十分钟后，大家都得到。”

陈津白"嗯"了声。

临走前，他将伞柄上摇摇晃晃的钥匙扣解了下来，随手丢进了口袋中。

小狐狸被藏了起来。

二十七号如期到来。

随宁没有起早，不过中午时，特地给庄帆发了条加油的私信，然后才开始化妆、换衣服。

她今天是黑长直的乖妹。随宁特地在眼尾处用了点点大的蓝星星亮片，像是美人鱼的颜色，戴上美瞳后，眼睛像漂亮的玻璃珠。她慢慢地戴上口罩，对着镜子里的人眨了下眼。镜子里的人眼睛闪闪发光。

随宁推门出去，等在客厅的周纯哇了声：“好家伙，真是靓妹出街啊。”

她摸了摸自己的脸。因为仗着戴上口罩不露脸，周纯连妆都懒得化，甚至还打算搞副眼镜挡着。

“看比赛需要戴口罩，你化妆也太精细了吧。”

随宁认真说：“无数事实例子摆在那里，不化妆的时候，最容易碰见喜欢的人。"

她绝不允许。她要随时绝美出场。

因为 KPL 常规赛的揭幕战是在晚上六点，所以现在还早，她们的时间并不紧。两个人先去吃了甜品，然后拎着杯奶茶去目的地。

昨天，雨下了一整天，今天却忽然出了太阳，早上甚至还能看到彩虹。

下午时分，YU 和对手 SSP 就已经各自乘车到达了比赛的场馆。

随宁特地带着周纯一起来，周纯最近玩《王者荣耀》也认识了不少英雄，正是想凑热闹的时候。

"这些不知道是哪队的粉丝。"看着外面鱼贯而入的人，周纯问，"YU 的粉丝多不多？"

"挺多的。"随宁说。陈津白的女粉占了多数。

她们两个来的时间不早不晚，刚好碰上 YU 的成员从车上下来，就在几十米外。

陈津白穿着灰白的队服，戴着黑色口罩，眉眼清沉。

曾经有网友戏言，别队的队服颜色都花里胡哨的，就 YU 的最寡淡，和国内校服差不多。可就这种衣服，越帅的人穿起来才越好看。

围观的女生们见到陈津白，尖叫声不断，传到这边时，随宁的心跳也跟着漏了一拍。

"你的情敌真多。"周纯啧啧两声。

随宁望着前面的几道背影道："是吧。"

这个男人每次见怎么都这么好看！

庄帆上一次打现场赛时，还没有这么多女粉，兴奋得不行："今天必须赢！"

他激动道："白哥！这都是你的女粉！"

陈津白扭头看了眼，朝粉丝点头示意，而后带头进入了场馆中，留下一道清俊背影。

两支队伍都有各自的休息室。距离比赛开始还有一段时间，蒋申也不由得紧张起来。庄帆和段归他们打打闹闹："反正上一次也是这么过来的，我们又不是第一次。"

蒋申说："我等太久了。"

他在 YU 待了快五年的时间，见证了 YU 从创立到落魄，再到去年的忽然崛起。一直落魄的话，就很少会有期望，但现在，蒋申对冠军有了念想。

接下来要比赛的这些队伍，没有谁不渴望那冠军奖杯，但冠军只有一个。

"今天出彩虹了，我们肯定会很幸运的。"庄帆坐在那儿，笑嘻嘻地对他们说。

见陈津白低头调试东西，他蹭过去道："哥，随随还让我跟你说，比赛加油。"

"噢。"陈津白声音淡淡的。

庄帆也不觉得意外，他哥就没对哪个女生温柔过。

他离开后，陈津白解锁手机看了眼。

祝一个替身比赛加油，也是她能做出来的事。

她还挺忙，时间管理得不错。他熄灭手机屏幕，合眼开始思考 SSP 的弱点。

陈津白单手插进兜里，掌心处硌着一个硬硬的小东西，就像它的主人一样。

硌人。

外面温度正好，场馆里却有点儿热。随宁有点儿庆幸自己穿得不多，和周纯摸到前排的位子，外套一脱，搭在自己的身上就行。

"这比赛一场多长时间？"周纯问。

"和正常游戏差不多，可能会快点儿。"馆内人多声音杂，随宁的声音并不高。

随宁左边的位子是空的。周纯旁边坐的是个蛮清秀的男生，见到两个女生不由得多看了两眼，目光不时地落在随宁身上。

"你们是支持哪个队的？"男生问。

"YU。"周纯没隐瞒。

"好巧，我也是 YU 的粉丝。"男生眼睛一亮，看向随宁，"我们可以加个微信吗？"

周纯乐得看戏。

随宁露在外的双眼忽闪道："不了。"

男生问："为什么？"

随宁声音带着笑道："因为我有喜欢的人。"

无意伤害了一颗单纯的少男心后，她将视线转回了舞台上，等待比赛开始。

不知过了多久，欢呼声忽然响起。随宁看了下台上，又看看手机时间。比赛快开始了。

主持人们从后面走出来，一唱一和熟练地说起了台词，不过没多少人在听。随后就是介绍比赛规则，还有这次的解说人员，过了许久，才扬声道："让我们欢迎两支战队！"

队伍分两边入场。上方的大屏幕给出了他们的身影，场馆内的尖叫声和加油声不绝于耳，分不清是在为谁加油。

随宁买的票是最前面的，不需要看大屏幕，她可以清晰地看见陈津白的脸。距离上一次见面，都过去好几天了。

选手们坐下来后，导播就将镜头不时地转在他们身上，这是赛前的准备阶段。主持人正在逐个介绍选手。

"不是我说，刚才我总感觉，陈津白的脸出现的次数有点儿多。"周纯有点儿怀疑。

随宁猜测道："毕竟长得好看的职业选手不多。"

脱了滤镜，真正非常好看的人屈指可数。

"……SSP 一向打得比较凶，和他们比起来，YU 还是不太凶，今天的比赛，观众们应该会看得比较舒服。"

"关键就是看前期节奏，YU 的 White 可是非常擅长带节奏的，他的英雄池也深，没人想得到他会用什么。"

"这一场揭幕战，希望两支队伍开个好头。"

舞台处的打光很妙。陈津白靠在椅子上，比赛专用的设备摆在桌上，工作人员正在进行最后的检查。他闭着眼，外人看来是在睡觉的样子。

庄帆趴在那边，眼睛直勾勾地看着下面的一些观众，眯着眼猜哪个是随随。随随没找到，但是上次的双马尾小姐姐他看到了。依旧好漂亮！

"随随可是说她会来现场的，可惜不知道她长什么样子，来了我也认不出来啊。"庄帆叹了口气。

陈津白忽地睁开了眼。

"让我们看看现场的粉丝们，他们好热情，导播，镜头往下面扫扫。"主持人暖场。

另一个主持人笑道："这次好像是我比赛现场见过女生最多的一次，哈哈哈。"

这时随宁身旁座位的主人才姗姗来迟，是个圆脸妹子，抱着好几个应援牌。

"我……我没来迟吧？！"

看到大屏幕上比赛还没开始，圆脸妹子长出一口气，扭头看了看周围。她兴奋地道："你们也是SSP的粉丝吗？"

不知道是不是不巧，随宁的前后，除了要微信的男生，全都是SSP的粉丝，还带了纸板。上面还写着SSP队员们的黑历史。

随宁来不及开口，圆脸妹子就将自己的应援牌分了两个过来道："我这儿有多的，给你们。"

周纯头一回摸到应援牌的实物，好奇地打量。随宁被丢了一张应援牌，打算还回去，没想到，圆脸妹子又全心全意分给其他同队粉丝应援牌，压根儿没听见她的声音。

行吧，随宁面无表情地想，将纸牌搁在腿上。

"……导播镜头给了前面的观众，啊，看起来好像是SSP的粉丝们，应援玩梗也越来越多了。"

随着主持人的声音，导播镜头停住。

随宁正看着台上，猝不及防，大屏幕上出现自己的脸。即使遮着半张脸，那漂亮精致的眉眼也让不少人蠢蠢欲动，想知道整张脸是什么样子。

随宁愣了下，而后弯了弯眼睛。现场更热烈，大家都爱看漂亮的女粉，尤其是举着自己主队的选手牌，那就更让人开心了。

"果然大屏幕都挡不住你的颜值。"周纯咦了声道，"那他们也能看到？陈津白也能看到？"

她无意间的话让随宁心思一动。

随宁转头，看到之前一直低着头的男人，也在看她这边，舞台灯光下，线条优越。他们之间隔着一个舞台。陈津白好像在看她。随宁越来越肯定，蓦地对上他的视线，心跳漏了一拍，耳根热得厉害，捏住了手里东西。

认出自己了吗？还是没有认出来……

场上的主持人和周围人在说什么，随宁都听不清，她的注意力都集中在一件事上。

她看到陈津白的眉轻轻地蹙了下。随宁心有所觉，低头看清自己怀中的应援牌，僵住。

上面写着——SSP 必胜！

随宁："……"

真糟糕。

Chapter 09

白桃

到底是什么味道，好像成了他们之间的小秘密。

随宁能怎么办，她只能神态自若地将应援牌背面翻过来，然后微微一笑。

虽然镜头中只能看出她弯弯的月牙儿眼。

殊不知随宁刚才这动作在陈津白看来，实在有点儿欲盖弥彰的样子，他移开了视线。

必胜？真敢写。陈津白若有若无地瞄向对面的五个人。

SSP 是 KPL 的老牌战队，之前拿过一次秋季赛冠军，三次春季赛亚军，成绩也算优秀。队员换过好几次，年龄最大的二十三岁，是留得最久的，打野位置。

陈津白打量了两眼，对面五个人长得都不一样。

直播间里，网友们弹幕刷个不停。

"SSP 女粉都这么漂亮的吗？！"

"这 SSP 不得赶紧赢一个？"

"YU 才是赢家，好不好！"

"看到这上面的字，我恨不得上场代打！"

中间夹杂着几条评论：

"随随不是说她去现场了吗，兄弟们，你们谁看到她了？"

"这么多人，哪个认得出来。"

"别看了，肯定没这路人好看。"

"好有道理。"

随宁昨天直播说来看比赛，当时直播间热度正是高的时候，很快，很多人就知道她今天会来场馆。但她从没露过脸，别人也不知道她长什么样。

随宁十分淡定，比赛场地内欢呼声很大，会盖过人说话声，就算旁边坐个她的粉丝，都不一定能认出来。

"SSP 必胜？"

周纯念出来，后知后觉，笑得后仰："你怎么刚刚还拿着这牌子，岂不是被看个正着。"

随宁也挺无语，她只是没来得及还而已。而且还被陈津白看到了。这才是最糟糕的，在这么严肃的场合，举着这个牌子，他可能真的以为她是 SSP 的粉丝。顶着个"对手粉丝"的称号，这以后见面怎么自然相处？

随宁深吸一口气，将应援牌还给旁边的圆脸妹子，义正词严道："我是 YU 的粉丝。"

圆脸妹子："啊？"

刚刚全世界都看到你拿着 SSP 的应援牌呢！

随宁当然不会对路人发火，只是在心中叹气，怎么就那么巧呢，就被看到了。还不如陈津白不看向她呢！

SSP 的几个队员都很兴奋道："这次我们粉丝还不少，必须得赢，才能说得过去。"

"人小姐姐都写了'必胜'！"

庄帆也瞅见了随宁的动作，道："双马尾小姐姐居然是 SSP 的粉丝，这不科学啊，咱们都偶遇过两次了。"

之前他一直觉得她是自己队的粉丝，在烤肉店那次，他还以为她喜欢队长呢。下次再碰见，自己得问问什么情况。

几分钟后，比赛正式开始，进入 BP 环节。

"上次，他们的中单比较薄弱，这回肯定没那么好进，这次重点针对他们的发育路。"

SSP 能进入 S 组自然不是光靠运气，也是有自己本事的，直接禁了季前赛时陈津白的拿手英雄。

YU 这边，蒋申一早就研究过 SSP，因为他们参加过多次职业比赛，选手的英雄、习惯都有无数人分析过，所以信息暴露得多，研究起来比较方便。蒋申之前开了好几次会，训练时也提过几个针对不同位置的阵容。

陈津白看了一眼 ban 位道："你们先选。"

英雄选择是两支队伍最谨慎的时候，有时候，一个英雄就可能有相克，被针对，从而导致游戏失败，比赛可不是排位。

庄帆选了周瑜，虽然这英雄没位移技能，但是可以控制，还可以烧塔，线权 ① 强。

等第二回 ban 位确定之后，段归也确定了鲁班大师，他们这局射手是孙尚香，上单吕布，对面是狄仁杰和老夫子。

SSP 的队长在语音里说："他们配合肯定不如我们默契，别针对 White，针对他队友。"

两个解说正在分析队伍的选择："YU 现在还差一个打野位，不知道会选什么。"

另一个解说道："SSP 选了张良，控制给足的话，这局会打得很舒服。"

前者猛地声音提高："娜可露露！这个英雄最近经常见到，但是还没见 White 用过……也许会出其不意。"

娜可露露新版本很强，在比赛中，出场次数比之前多了许多，很多战队都用过。这个英雄后期伤害很高，但前期相对一些打野英雄来说，是稍微显弱势的。

蒋申的手指点在胳膊上，他自然知道陈津白英雄池深，早在邀请他之前，他就调查过陈津白，后来又单独试训过。

娜可露露这英雄操作简单，越简单越看玩的人的思路，伤害高的话，乱杀就在一念之间。

进入游戏加载界面，陈津白的目光落在五个英雄上。

SSP 五个人，他都知道是谁，以前巅峰赛甚至还遇到过，只是之前比赛没遇到。

"待会儿反野。"

庄帆一愣道："好。"

SSP 五个人准备稳妥开局："他们前期应该和我们一样，谨慎点儿，别被

---

① 线权：对线中，能压制敌方控制兵线的权利。

抓了。"

打野说完没十几秒，就看到了自家野区的敌方英雄。

这就是一样？娜可露露居然还会来反野？直播间的观众们一看 YU 这边去蓝区就知道要搞事。

"这就去反野了？"

"好家伙！好家伙！"

"不会开局就送几个人头吧？"

周瑜放二技能清兵，然后直接去蓝区，刚好升二，一技能吹走了蓝 buff，SSP 的露娜等于白打。

庄帆再铺上火，虽然伤害不算特别高，但也没人敢一直站在火上被消耗。

场上变化得很快，最终，蓝 buff 被陈津白收下，而且 SSP 支援的上单也被他拿了一血，场馆内欢呼声四起。

随宁一眨不眨地看着，像是自己在打游戏似的。果然和现场比，看视频就是小儿科。

后面就平和了一阵，直到河蟹之争，露娜也没拿到，辅助还被打成残血逃生。直播间弹幕炸了锅。

"不要告诉我 0buff……"

"好惨好惨！"

"SSP 是傻子吗？"

解说也有点儿惊讶："今天……YU 还真不是一般的凶，大概 SSP 也没有想到吧。"

另一个解说嗯了声："经济差会被拉大的，就看 SSP 能不能把握机会追回来了。"

后面 SSP 就谨慎了许多，两三分钟之后，游戏依旧平和，观众们都开始催了。

陈津白看了下小地图道："小心抓上。"

话音刚落，张良就从墙边草里出来，闪现按人，他们这边终于拿了射手一血。

庄帆从小地图看见陈津白快到了，上前铺火引诱。

这一波引诱还是很成功的，SSP 本打算离开，被眩晕了一下，后面又蹦出来个娜可露露。一套技能下去，他和庄帆一人一个人头，最后，对面只有露娜残血回了塔下。

SSP的辅助也在语音里骂了句："刚刚不还在中路吗？怎么来得这么快？！"

解说激动道："虽然引诱上当的概率不高，但总有成功的一两次，帆船和White这波配合太好了！"

镜头给到了YU战队。庄帆猛地挥了下手，他旁边的陈津白却神色淡然，仿佛拿了双杀的不是他。

"亏得张良没了大，不然就是另一个故事。"

"回放看得我心肌梗死，SSP咋回事？"

"White怎么这么帅！"

"听说他没女朋友。"

庄帆全程听从指挥，顺利得他笑起来："白哥，你今天是不是想迅速解决他们？"

陈津白没说话，但很快和段归在野区杀了对方打野。这么一来，半边野区基本就成了陈津白的，他的经济和人头也是场上最高。SSP支援的张良大招给了鲁班大师，但是没队友补伤害，最后闪现跑了。

陈津白没追他，道："推上塔。"

两个解说对视一眼道："现在SSP落后YU将近五千的经济，有点儿惨，没有野区，不好发育。"

"讲真，这局YU挺凶，White对于时机的把握是真不错，打得比以前的SSP还凶。"

上塔被推了一半，在这之后，对面开始一直针对发育路，很快就反推了YU一个塔。

段归说："他们压得太狠了。"

不过，张良走支援太多次，中路一塔被庄帆烧得很快，转线中路，很快就推掉了。后来两队各自拿了龙，试探了几回没结果，都是互相消耗，老夫子倒是带线偷了一个塔，这时候，装备成型，基本胜负就是一波团战的事了。

"你看，现在能控到人吗？"庄帆问。

"应该行。"

说着"应该"，但段归却是趁其不备，闪现控到三人，陈津白早就等在一旁，娜可露露一屁股坐下去。

张良立刻给了大招，但仅剩露娜飞了一套又溜，两个人最后都选择了后退。

陈津白丝血存活，反杀张良。

两个解说也没想到这么快："娜可露露四连超凡，这把MVP非White莫属。"

"这个战绩太优秀了，鲁班大师控得也好！大局已定，下路二塔已经被推掉，平推过去就行了。"

这场比赛几乎没有什么可以翻盘的可能，在十二分钟就结束，SSP的水晶爆炸。

这次常规赛是BO5[①]，所以距离结束还早。大屏幕上开始回放刚才的游戏片段，两支队伍离开舞台，进入中场休息阶段。

SSP开始前被应援的高兴劲全没了。尤其是打野，控诉道："我还能再惨点儿吗？后面连自家半个野区都吃得心惊胆战的。"

队友们拍拍他的肩膀："大家都惨，White不是人。"

教练看得心、肝、肺都气疼了："刚才那局打完放下，下面好好打，对得起写'必胜'的粉丝吗？"

五个人都低下头。

"刚才陈津白四杀的时候，你旁边那个妹子眼睛都亮了。"周纯悄悄告诉随宁。

随宁扭头，果然看到她在看陈津白。

她侧了侧身，还能听到她在嘀咕："White真帅！呜呜呜，我要扛住！"

"……"

随宁在心里哎了声，情敌真多，她得努力。

不过，今天SSP是不是太弱了点儿，不太符合她之前的观察啊，这种比赛又不可能放水。

随宁多看了SSP两眼。他们不至于用输一次来麻痹YU吧？

台下尖叫热闹，台上听得清楚。

庄帆虽然就拿了俩人头，但是他特别高兴道："白哥，你今天也太秀了吧！真猛，今天把SSP剃光头吧！"

段归说："你大话说的当心对面直接冲过来杀你。"

---

① BO5：best of 5 games 的缩写，即五局三胜制。

两个人说了半天，转向旁边。

"白哥，你怎么不说话？"庄帆问。

"有什么好说的。"陈津白声音淡淡的。

庄帆竖大拇指，这境界，他就做不到，怪不得白哥的粉丝都是"女友粉"，他的都是"妈妈粉"。

他忽然想到之前的应援牌，嘿嘿笑起来道："咱们开门红这么帅，双马尾小姐姐现在也得给我们转粉。"

"也不知道随随坐哪儿了。"庄帆转而嘀咕，随随从没露过脸，他也不认识。

不过，就算是不好看，那也没关系。

陈津白忽然撩眼皮，看了台下一眼。从他这个角度，正好看到随宁微仰着下巴看 SSP 那边，秀眉微蹙，不知道在想什么。他轻飘飘的眼神落到了对面的桌上。

SSP 五个人刚刚互相打气完，打算下把给 YU 点儿颜色看看，就对上了陈津白的目光。

中单连忙碰了碰辅助道："刚才对面打野看我们这边了。"

"是在看我，我感觉到了杀气。"射手紧张道，"下局他是不是要一直来抓我了，你们要保护我！"

打野愤怒道："明明是在看我，肯定是盯上我的 buff 了。"

"被看两眼有什么好争的？"教练听得无语，是警告，也是激将，"说不定 White 是在看下局选谁当受害人。"

其他人竟然觉得教练的话听起来很有道理。

这次 BO5 的赛制比起之前的季前赛肯定是长很多的，同时也有翻盘的机会，输一把 SSP 并不气馁。

蒋申反而觉得，陈津白上局太冒险，他整个心都是提着的，虽然后面也很兴奋。

"待会儿稳点儿。"他叮嘱道。

"嗯。"陈津白声线平静。仿佛之前的四连超凡不是他打出来的。

庄帆笑嘻嘻道："能拿个五杀就天秀了。"

但比赛上的五杀很难得，有时候想要的时候得不到，不想要反而会有了机会。季前赛就有选手拿了五杀，精彩回放的播放量特别高，庄帆也想自己职业生涯中有点儿精彩集锦。

趁着中场休息的时间，随宁抽空上微博。

大概是因为 YU 打得太凶，所以实时里好多人都在讨论这件事，还有在骂 SSP 的真爱粉。

"我想去洗手间，你去吗？"周纯靠过来。

随宁关了手机道："一起去吧。"

随宁在洗手台那边等她，顺便看看自己的妆花没花。两个女生从里面走出来，正在聊天："第一把也就是运气，待会儿肯定不会再这样。"

"我怎么觉得，今天可能会被剃光头呢？"

"你想的太夸张了，SSP 又不傻。"

洗完手的女生继续说："打得不行，要是掉 A 组了，我会被气死的，天天去官博骂他们。"

隔着层口罩，随宁勾唇。

YU 比起 SSP 底子不够，但现在爆发力十足，这个圈子就是后浪推前浪。

两个女生离开了洗手间，对话还能听到一点点。

"那个 White 长得真的好帅！"

"今天打得也帅，我差点儿就看脸转粉了……"

周纯出来后，随宁和她一起回了座位。

两个解说正在聊天："第二局还没有开始，两支队伍正在休息，我们可以看到，刚拿了四杀的 White 好像心情很随意。"

闻言，随宁抬头。

陈津白正靠在椅子上，手似乎插在兜里，和旁边嬉闹、玩手指的队友对比明显。

很快，开始 BP 环节。陈津白垂着眼，不时地说几个字，不过离得太远，随宁看不清他的口形在说什么。

认真的男人太有魅力了。随宁心念一动，打开手机摄像头。

配合舞台的打光，耳麦、队服等同于最大的滤镜，显出了陈津白深邃的轮廓，尤其是下颌线。这颜值冲击，谁扛得住。

随宁正透过镜头拍得入神，猝不及防，舞台上的男人微微偏了下头，似乎是要和队友说话。

却不经意间看向了这里。

又好像没看这里。

随宁的心跳漏了一拍，将手机放下来，专心看比赛。

这把 SSP 比上一局的禁选英雄还谨慎，毕竟连着两局输的话，就有点儿说不过去了。

也许是第一把的手感还在，这局 YU 依旧顺延了上局的优势，打得很快，直接拿下了第二把。

一来就 2：0 的战绩让不少人都震惊了。弹幕里 SSP 的粉丝都骂翻了，常规赛第一场就这样，各种不带脏字的金句频出。

第三局时，所有人都不禁紧张起来，要是 YU 再赢一局，这可就直接结束了两支队伍今天的比赛。

"公孙离。"陈津白说。

韩同点头，又问段归："你用什么？"

鲁班大师已经被禁了，对面又拿了大乔，所以段归选了个张飞："这个。"

陈津白这次不是最后选的，直接选了澜。

选英雄时，导播的镜头一直在转。

随宁再次入镜了，镜头高清，眉眼精致，这次，直播间里的观众比之前还要多。

"真想叫'老婆'。"

"导播麻烦多拍两次。"

"弹幕说出了我心中所想。"

进入游戏后，现场安静下来。

没几秒，两支战队的粉丝都各自叫喊起来，因为 SSP 的劣势，他们的粉丝像打了鸡血一样。

随宁作为一个 YU 粉，插在 SSP 粉丝中央，怪尴尬的。尤其是耳边都在叫 SSP 必胜，就让她想起刚才被陈津白看了个正着的应援牌。

解说端水点评："看 SSP 似乎气氛还行，连着两局，这把应该有点儿数了，熟悉了 YU 的打法。"

镜头顺势给了两支队伍的几个成员。

"这第一条龙打得好像不太顺利，SSP 往后撤了下，选择稳点儿，YU 好像也没上把那么凶。"

一局比赛最长也就几十分钟，快的更快。

几分钟时间，两队的试探就好几回，优势各有。随着游戏里一句长的英文播报，解说扬声："抢龙成功！YU 竟然抢成功了，SSP 打了次白工啊。"

"还好另外一边 SSP 双杀了，挽回了点儿损失，他们应该是有点儿想法的。"

SSP 注意力并没有放在陈津白身上，而是从其他方面击破，双方有来有回。

接下来的一次团战时，大乔二技能和大招配合及时，YU 的状态跟不上消耗。

YU 的中二塔很快就被干扰强推掉。

"果然还是那个 SSP。"

"啊！这掉得也太快了。"

"头都打烂了，回家玩消消乐去吧。"

"反正都是输，我上我也行 @YU。"

随着弹幕的争吵，游戏里又已经打了起来。陈津白在高地塔双杀，依旧没挡住 SSP 拿下第三把。

现场吵吵闹闹的，随宁听到旁边的圆脸妹子正在和同伴聊天。

"我之前听说 YU 去年差点儿解散，除了主队的都回家了，也不知道是真的假的，不过，去年后面还是参加比赛了……"

随宁并不知道这件事。

她关注 YU 的时间很迟，是在陈津白进入 YU 之后，在这之后找过 YU 的信息，像这些内幕是被隐藏的。

圈子竞争大，没成绩的队伍多的是。但坚持的人也更多。

随宁喟叹了一声，看向台上，她相信陈津白。

第四把刚开始时，镜头给了 YU，陈津白正在和庄帆他们说话，表情很冷静。

这次又和之前不同，SSP 直接针对起陈津白。

两个解说都语速加快了不少："……White 开局就有点儿难受，丢了个 buff，SSP 看来这局打算集中火力对付他。"

几分钟后，龙区再次打起来。

"……打起来了，太乙给了大招——哎呀，SSP 被龙拍了一下！真是运气不佳，YU 抓住机会反打！帆船开大跟上，伤害直接打满，收割人头！"

陈津白躲了法师的技能，SSP 中辅后撤，这条龙顺利拿到手，节奏又回到了他的手上。

随宁呼出一口气。

周纯说："我看你比他本人还紧张。"

随宁摊手道："谁让我是他粉丝呢。"

大屏幕上时间一分一秒过去。

陈津白打法一直很强势，节奏回来后不久，他们就连着推掉了对面两座塔，迅速拉开了经济差。

连锁反应带来的结果是好的。两次团战之后，YU 推上高地，直接点到水晶，即使 SSP 复活两人，也没有挡住最后的失败。

解说惊呼一声："一波了——让我们恭喜 YU ！"

"这一局打得很稳，太优秀了，节奏开始被丢，但很快就被抓了回来，恭喜 YU 拿下揭幕战的胜利！"

"666。"

"牛 ×。"

"这就是野王吗？"

水晶爆炸的绚丽色彩中，庄帆扯掉耳机，丢在桌上，其他人也兴奋地击手。唯有陈津白拧开瓶盖，仰头喝水。

屏幕上的 MVP 给到了他，出现他之前拍的定妆照，出色的容貌让人脸红心跳。

观众席上不少人都站起来欢呼。

随宁也站了起来，当即落在了明亮的灯光下。

她今天穿的是素色的裙子，带点儿淡雅的碎花，外搭的短针织衫下露出一截被勾勒的腰线。

平淡无奇的一条裙子在她身上尽显春日的明媚。

周围不少人看过来。随宁没在意，乌黑的头发柔顺地披在背后，即使戴着口罩，鼻梁的弧度依旧明显。直到那人看过来。

随宁慢慢地眨了下眼睛，飞走的魂终于回来。对上那双漆黑淡然的眼睛，她轻轻拉下口罩，下唇一翘，对他露出个浅浅的笑容。

乖乖巧巧的，很温柔。

当得上"笑靥如花"四个字。

陈津白目光下移，看到她拎着的包，上面也有个挂坠，很小，离得远看不太清，只能看到一抹红。

他眼神一闪。想必是同一样东西。

庄帆瞅到随宁，没错过那一抹笑，哼了声："双马尾小姐姐应该成功转粉了。"

陈津白瞄他道："你又知道了？"

"她都对我们笑了。"庄帆理所当然道。

闻言，陈津白嗤了声。心想，脸还挺大。

随宁慢吞吞地坐下来，想起来自己之前定下来的事，连忙打开微信。

她昨晚加了个这边几百米远的蛋糕店微信，订了个蛋糕，差不多该做好了，正是时候送过来。

当然，不止这一点。

随宁眼睛中狡黠尽显，叮嘱店主："就算大的没到，小的也必须到，卡片必须要保护好。"

店主发了个"放心"。

周纯才玩《王者荣耀》没两天，还是第一次看现场比赛，比谁都平静，甚至还开始自拍。

忙完才拉随宁道："现在走吗？"

随宁摇头道："等会儿。"

工作人员已经上了舞台，正在那边记录和整理东西，解说都还在回顾今天的比赛。

兴奋半天后，庄帆终于回过神来。

他看到双马尾小姐姐，猛地想起随随，拿回自己的手机后，就上"天空直播"的后台私信她："你在哪排呀？"

庄帆又问："要不要来后台？"

比赛的后台这边都是工作人员和战队成员，其他无关人员是不能进来的。

随宁一直是在后台开着"天空直播"的，所以他一发消息就看到了，回复了一句："要有工作证才可以进后台的吧？"

她这次是观众，肯定没工作证。比赛场馆的后台怎么可能随便什么人都能进，这样粉丝不早就挤满了后台？

随宁也挺想去的。不过，如果去了，是不是他们就会知道自己是谁了？她还没做好这个准备。

庄帆很快回道："没事，我和他们说一声。"

随宁正好借此拒绝了他："没事，反正去不去，你们都赢了，我给你们订了蛋糕。"

庄帆呆了，道："啊啊啊？"

随宁叮嘱他一定要拿之后，才关了手机。

庄帆压根儿不知道台下的双马尾小姐姐就是随随，还难过自己没能见到本人。

两支战队比完赛都没有离开，赛后还有采访时间，不过，要等主持人过来，所以就去了休息室。

迎面撞上SSP时，大家都点头示意。陈津白和SSP队长握手，别的也不需要多说，比赛胜负太正常，这才常规赛第一天而已。

各自进入各自的休息室时，SSP的队员聊起天来。

"他们队长真有范儿。"

教练说："杀你们的时候更有范儿。"

SSP众人："……"

要不要这么扎心啊。

YU休息室。

蒋申神清气爽，正在说聚餐的事："你们说想吃什么，我这次不拦着，错过了可就没了。"

"怎么没了，下次还有呢。"

"以后经常有才对！"

蒋申也没打击他们，任由他们吹，今天确实打得漂亮，他自己也想吹，但还是要顾及教练的威严。

正说着，敲门声响起，他顺手打开。

工作人员探头进来道："外面有个送外卖的，说是粉丝给你们买的蛋糕，我让他在走廊上等着了。"

蒋申："？"

庄帆耳朵尖，一骨碌跳下沙发道："我来了！"

他挤开教练，三两步就冲出门，看到了外卖员，问道："是不是给 YU 的，一个女孩子订的？"

外卖员点头道："对。"

蛋糕盒很大，庄帆一个人拎着都要用力才行，不由得感慨随随还真是实在。

看到他进来，蒋申皱眉道："待会儿还要去聚餐的。"

正常情况下，比赛前夕他们都不会吃东西，要保持精神，以免比赛的时候犯困。

庄帆说："粉丝的心意。"

"说是粉丝你就信。"蒋申面无表情，"万一投毒怎么办？"

"不是吧，蒋哥，谁给我们投毒啊。"

"哈哈哈！"

"蒋哥，你太谨慎了。"

庄帆见蒋哥是真的不给他们，急了，找人支援："白哥，你也不想吃吗？"

陈津白正闭目养神道："你见过我吃甜品？"

庄帆哪记得这种事，但是仔细想想，还真没有。

庄帆偷偷白眼，只能自己想办法道："不是，哥，这是我认识的朋友给我的。"

他拉着蒋申到一旁道："我认识的主播。"

蒋申将信将疑道："确定？这种事不能开玩笑啊。"

庄帆把手机给他看，道："你自己看，是不是，不过，她说不要告诉别人，所以我才告诉你一个人。"

聊天框里，随随说*"订了个蛋糕"*。

随随？

蒋申对她有点儿印象，上次方明朗还问了句，好像是对陈津白了解很深，原来是他们 YU 的粉丝，怪不得。而且又是知名主播，自然很安全。他松了口："行吧。"

庄帆拎走了蛋糕，其他三个人也一窝蜂围上来，巨大的蛋糕盒也被飞速打开。

"还有个小盒子。"段归伸手。

"等等，上面写了字。"韩同咦了声，凑近认出来，"这是单独给——白哥的？"

"好家伙，颜粉来了。"

"等等，拍张照发微博，把字修一下，当成我的粉丝。"

"什么鬼，被当众戳破，你就在 KPL 出名了，兄弟。"

"白哥，你不吃完对得起这句彩虹屁吗？"几个人齐齐看向沙发上的陈津白。

陈津白眼皮都不带撩一下。

"这是特地给白哥的？特殊对待？"庄帆怪叫。

他立刻想起来去问随随，一打开"天空直播"后台正好看到随宁在几分钟前的留言——

"小的是给你队长的，你不准偷吃。"

给队长的？

两个人有什么关系？

庄帆回忆了一下之前的两次，好像没什么特殊交集，但是他记得白哥放水了随随一次。

他转了转眼珠，把小盒拿走。

"哥，粉丝给你的。"

陈津白没搭理："你自己吃。"

庄帆当着他的面打开，盒子里装着一块果冻状的甜品，他也认不出来是什么。

旁边有张可爱的猫猫卡片。庄帆看清楚上面的字，酸里酸气地念出来："夸白哥帅的。"

休息室里立刻响起几声叫。

蒋申早就在之前就离开了，把快乐的时光留给他们。

随随写给白哥的？

说白哥好帅！

庄帆感觉受到了很大的欺骗，压低声音道："白哥，你和随随什么关系？

她居然有这样的留言！"

他没忍住，说了随随的名字。

陈津白懒洋洋地半倚在沙发上，道："什么什么关系。"

他偏过头，往庄帆手上看。

两相对比，这个盒子是真的小，仿佛是买那个大蛋糕，店里福利，送了一个小的。

"别装不知道，人都夸你帅了，还偏心给你专门准备了一个小蛋糕……不过，你不吃甜的。"

"肯定是今天在现场看到你打得好，我也打得好啊，我最后那会儿多秀，都不值得吗？"

庄帆嫉妒两秒，伸手要拿勺子去挖。

几乎是同时，旁边劈过来一只手，抄走了他手里的盒子，就连那只勺子都没有放过。

"你干什么？"陈津白冷眼看他。

庄帆："……"

这话应该是他说吧？

庄帆眼巴巴，强烈暗示："我帮你吃。"

陈津白径直坐起来，语气不咸不淡："我有嘴。"

他将卡片捏出来，上面仅有一行字——"White，你好帅。"

这行字是不是随随写的，陈津白不清楚，但内容肯定是。

刚才比赛结束时，她也看到了他，所以是在那时候决定加上这卡片和小蛋糕的？

"哥，你和随随什么关系啊？"庄帆问，"你们不是就打过两次游戏吗？"

他记忆里，两个人也就有这两次交集，第一次是当初他和白哥双排偶遇随随，第二次是他和随随双排，对面是白哥。

两个人压根儿就没什么文字交流过。

陈津白蓦地将卡片放回盒子里，多看了等着回答的庄帆两眼："粉丝行为。"

他声调懒散，真实性不可知。

"哥，你飘了啊。"庄帆又瞟那卡片一眼，"说这话肯定是你粉丝。"

"你不是有？"陈津白反问。

"那些能一样吗？我们是要互相分的，你的是单独有的。"庄帆刻意加重"单独"二字，"说不定，我们那么大的蛋糕都是附带的呢。"

陈津白"嗤"了声。

庄帆嘀咕着离开沙发，和段归、韩同他们切蛋糕去了。

陈津白挑了下眉，目光落在不远处。休息室的桌上摆着一个三层蛋糕，是动物的模样，周围嵌着一些水果做点缀。

"……给我切这块，写了 YU 的！"

"这是我的，你才刚来就想要！"

"你们怎么跟饿狼似的……"

陈津白又坐回沙发上，用勺子挖出小盒子里的蛋糕，迟疑几秒后才送进嘴里。

肯定不至于下毒了，随随有那么多替身，广撒网下，现在说不定是在收买他。如果真是什么都不清楚，那他还真是被套路了。

入口是清清淡淡的桃味，陈津白蹙眉，有些甜了，良久，他才舒展开。

休息室的门很快又被敲响。

蒋申和工作人员还有女主持人夏白薇走进来。夏白薇笑着说："我们这边要进行赛后采访了，你们现在……方便吗？"

她看到他们都在吃蛋糕。

庄帆和段归连忙放下手里的小碟子道："方便。"

这时候，直播间并没有关，采访也是直播的，不过，现在观看的网友数量没之前多。

尤其是等了这么久以后的采访。

"这就吃上蛋糕了？"

"我看到白薇走过去，庄帆还偷吃了！"

"赢了就吃咋了？哈哈哈。"

夏白薇的镜头在休息室里转了一圈，沙发上的黑发青年进入镜头中，她笑意渐浓。

"那我们先从 YU 战队的队长开始好了。"她走过去，"White，首先要恭喜你们拿下揭幕战的胜利。"

陈津白颔首道："谢谢。"

直播间的弹幕陡然增多。

"声音这么好听！"

"我看到夏白薇耳朵红了！"

夏白薇是第一次主持有 YU 的比赛，也是第一次见到陈津白本人，和其他职业选手相比，他那张脸像一个明星。

她回过神来，问："对于今天的比赛成绩，有什么想说的吗？"

陈津白神色平静道："SSP 打得很好。"

"端水大师。"

"打得很好 = 还是输给我们了。"

庄帆他们见没采访到自己，又低头吃蛋糕，一晚上没吃东西确实很饿，蛋糕和奶油都很撑肚子。

没多久，夏白薇才转移采访对象。

采访也没几个问题，主要是问一些官面上的话，但大家还是很高兴，因为今天可以以胜利者的身份回答。

她挥手让摄影师先走，自己落后一步。不在镜头前，夏白薇的语气就变得随意起来："你们今天真的打得很好，下周继续加油噢。"

庄帆几人哎哎应了两声。

采访完怎么还不赶紧走，他们还想吃蛋糕，他们好饿，实在不想再多说什么。

夏白薇还想再说，但他们的注意力似乎都不在自己身上，更别提那边独坐的陈津白。他和其他人都不像是一个世界的人。

她咬了下唇，临走前，往沙发上看了眼。

庄帆他们在休息室没待多久，蛋糕吃完后还要收拾一番："白哥居然全吃掉了！"

因为陈津白出去了，其他四个人围着茶几。

"我记得他自己说不吃甜的。"

"这说不定不是甜的。"

"肯定是，我都闻了，这么香的味道，而且还是粉色的，怎么可能是苦的。"

庄帆不相信随随会送苦蛋糕："……等等，那个卡片呢，你们没扔了吧？"

"我没收拾这里。"段归摆手。

韩同迟疑道："被白哥自己带走了？粉丝送的心意，怎么可能丢在这里。"

庄帆想了想，很赞同这话。

他们没再耽搁，收拾了一下，就直接坐车回基地，外面还有零星等待的粉丝。

因为今天的比赛很晚才开始，结束时又不早了，所以随宁和周纯回到公寓的时候，已经快半夜。

随宁躺倒在沙发上道："官方应该提前点儿才对，这么晚，粉丝回去多危险。"

周纯也是这么想的，道："而且还推迟了快半小时。"

随宁翻了个身，想起什么，打开"天空直播"的 KPL 官方直播间，里面正在播其他队伍的比赛。

"你不是都看过了吗？"周纯问。

"我忘了赛后采访。"随宁将手搭在眼皮上。

那么重要的事她居然忘了，她脸红，说不定能看到陈津白吃她送的蛋糕。

陈津白会吃白桃慕斯吗？

随宁不知道他的口味，所以是按照自己口味和他的性格选的，味道比较清淡。

她舔了舔唇，其实这个味道很好吃的。

随宁给庄帆发私信："蛋糕你们吃了吗？"

以庄帆话痨的性格，应该会和她说小蛋糕的。

果不其然，十分钟后，庄帆发了一段话过来："蛋糕好吃！谢谢你，随随。对了，随随，你是我们队长的粉丝吗？你单独送的蛋糕好漂亮、好可爱！我想吃都不行！"

随宁安抚他："下次给你送一个。"

送蛋糕多大点儿事，重点是其他的。

庄帆的话透露的信息足够了，他没吃到，YU 的其他人都是性格很好的，应该也和他一样。

是陈津白吃了？

随宁忍不住从沙发上跳下来，啊了一声。

周纯在洗手间卸妆，闻言赶紧跑出来问："怎么了，怎么了，突然叫这么大声？"

"没有，我高兴。"随宁唇角上扬。

"不就是姓陈的赢了，用得着回家还要激动大叫……"周纯十分无语地吐槽。

随宁又躺回沙发上，回答庄帆："对，我是你们的粉丝，被你队长圈粉了，你记得说，蛋糕是我送的。"

随宁又期待又忐忑，又想他别说自己的身份，种种情绪交织在一起，考试时她都没想这么多过。

庄帆问："你今天在现场，我都没看到。"

随宁说："下次应该就能看到了。"

官方赛程早就已经放出来，YU在S组，揭幕战之后的比赛在第二周，还有好几天时间。

一直到快结束时，庄帆想加个微信。

随宁同意了，天天在直播平台私聊也不算回事。她对庄帆没什么想法，他敬爱的队长才是她的目标。

加完好友，随宁翻了翻庄帆的朋友圈。

他半小时前发了一条，照片上是她送的蛋糕，还有几个队友吃蛋糕的样子。但是陈津白没入镜，随宁有点儿失望。

庄帆一加上好友，就管不住嘴，敲开了陈津白的房门："我问随随了，她说是你的粉丝！"

陈津白刚洗完澡，手拿毛巾擦头发。一头黑发被揉得凌乱，却让他多了些肆意风流。

"这还用问？"

"怎么不用问，她说是被你圈粉的，还让我跟你说，蛋糕是她送的。肯定是哥今天的操作太秀，我当时就说了……"

陈津白忽然打断道："她让你说的？"他调子渐低，"你和她联系这么频繁？"

庄帆道："啊？不然呢？"

陈津白面无表情道："没什么，回去睡你的觉。"

庄帆被砰的一下关在了门外。

"……"

庄帆对着紧闭的门，有千言万语想说——

你知道随随是谁吗？千万粉丝的女主播！被你圈粉了就等于千万粉丝也是YU的粉丝！

太气人了。

陈津白回到房间里，桌上还斜斜放着那张写了字的卡片，他伸手拿起来。

之前不还举着"SSP必胜"的牌子吗？后面就改成他好帅了。

桌上的手机振动一声，陈津白打开，是随随发来的消息，他冷笑，说不准自己的两个身份都是替身。

陈津白眯眼，回忆了一下SSP的成员。他没找到自己和他们的相似点，也许她只是单纯地支持SSP。

随随："考虑得如何？"

随宁打算每晚睡觉前都问一下。

W回得挺快："这么重要的事，不值得思考几天吗？"

随宁无语："这都四五天了。"

陈津白慢悠悠地回："没到十天就不算。"

随宁这下懂了。

好啊，他就是仗着抓住她想要的点，在这儿回击呢。

她关掉手机，慢慢想吧，自己又没什么对不起W的地方，钱都给了，还有什么不满意的。

难不成他还想谈感情？这可不行，她是喜欢正主的，不是喜欢替身的，虽然没揭露前，这个替身是很好。

于是，她打算晾他两天。

第二天没有YU的比赛，下午起床后，庄帆他们就开始给自己的号上分。

"你们是不是忘了直播时长了？"蒋申提醒。

段归叹气道："我记得这个月是不是还有好几十小时……"

庄帆惨叫一声，但很快又激动起来："昨天比赛赢了，今天是不是粉丝会变多？！"

季前赛没打之前，他直播时，日常观看的就十几万人，还不如一些小主播。

季前赛之后，观看的人变成了三十多万。昨晚之后，起码得翻个倍吧，庄帆心想。

"白哥呢，我都没见过他直播。"韩同问。

蒋申十分淡定道："你们不一样，之前就说了，他有特殊原因，下个月才会开始直播。"

庄帆几人不清楚，但也没问是什么事。

基本上，大多职业战队都是和直播平台签了合约的，比如他们之前是另一个平台，现在转到了"天空直播"。

这些合约规定了每个月必须直播多长时间，之前因为一直在比赛，这个月的份额没完成。月底几天得抓紧时间"临时抱佛脚"了。

庄帆一开播，不少粉丝就冲进来，昨天比赛赢了后，也有很多人转粉的。

他一边上分，一边回答弹幕上的问题。

"赢了当然开心咯，一晚上没睡着，哈哈哈。"

"蛋糕是谁送的？一个新粉丝送的。"

"为什么不分给队长，这个……"庄帆迟疑了一下，"当然是因为队长有单独的小蛋糕啊。"

随宁进来时，里面正热闹。

"……没看到不要紧，我问了，今天采访视频就能出来，你们可以重新看。"

随宁耳朵一动，没想到一进来就听到想听的。

"队长最近不直播，他下个月才会开始，我也不知道为什么，我们不一样，可能这就是他是队长而我不是的原因吧。"

左下角小图里，庄帆摊手。

他正在基地里，其实还能看到后面的基地背景，但周围的人是看不到的。

随宁电脑开着直播，上了微博。一搜采访视频，居然有人录屏了，而且评论、转发都不少，甚至有好几千。

这就出圈了？随宁不知道该做何感想，好像自己喜欢的人忽然被那么多人喜欢，她开心，但又不开心。

视频点开，是夏白薇刚进 YU 休息室的时候。随宁能看到桌上刚切开没吃多少的蛋糕，庄帆的嘴角都还有奶油没擦掉。

她耐心等待，很快，镜头中出现了黑发青年。

随宁不眨眼地看着，这和自己在比赛现场时看到的那个陈津白又不一样。

他脱了队服外套，里面是件黑 T 恤，依稀能从领口那儿看见锁骨，他懒洋洋地靠在那里，清清冷冷的表情。

看了半天的采访，随宁发现，她压根儿就静不下来心去听清楚采访的内容。

因为镜头里的那个人。

也许是声音，也许是脸。随宁回神，听到夏白薇正在问问题："刚刚进来时，看到你们在吃蛋糕，这是庆祝吗？"

"算是。"陈津白嗯了声。

夏白薇又问："所以是比赛之前就有信心能赢，所以提前订的蛋糕吗？"

这个录屏的人是开着弹幕的，所以能看到半屏幕的白字在不停地飘动。

"这什么鬼问题？"

"问当然是有信心啊。"

"能不能换个主持人，问题都这么尴尬。"

随宁戴着耳机，听到陈津白很轻地嗯了声，随后是慢条斯理的声调。

"一个粉丝送的。"

随宁依旧心动于这个声音。

夏白薇夸道："YU 的粉丝真贴心。"

陈津白眉梢一挑，没说话。

后面跟拍的摄影师看到沙发旁的茶几上有一个四四方方的小盒子，里面装着一小半的蛋糕，镜头在那儿移了一下。

"好小，哈哈哈。"

"黑粉送的吧，队长不值得。"

"感觉好好吃，谁送的，能不能给个链接？"

随宁有点儿苦恼。

没吃完，难不成是不喜欢白桃乌龙慕斯？

好像有可能，这个蛋糕表面像果冻，颜色是充满少女心的嫩粉。

夏白薇还在继续采访："我们都知道 SSP 的打法一向是比较凶的，注重前期，但你们今天看起来更凶，是临时改变，还是一早就制订好的计划？"

陈津白抬眸看着镜头。仿佛和屏幕前的人在对视。

片刻后，他忽地笑了一下道："临时改变。"

陈津白慢悠悠地道："看见现场 SSP 的粉丝相信他们必胜，也想着能有粉丝可以相信我们。"

弹幕一片"啊啊啊"飞过。

YU 如今也算是苦尽甘来，这样的话简直是在虐粉，杀到了一众观看的网友。

随宁听得一怔，心中五味陈杂。她真正认识陈津白时，YU 还没什么成绩，去年年底，他赢的那次，也依旧不被人放在心上。更多是被评价出其不意、运气好、偶然……

这一次 KPL，从季前赛到常规赛，他们的成绩是有目共睹的，没人会再说什么。

YU，终会万众瞩目。

听第二遍时，随宁的注意力又被转移到别的地方去了，瞬间变得面红耳赤。

她怎么感觉——陈津白这"必胜"是说自己举的那个牌子？

随宁打算再看一遍，能听到本人的声音，看着像是解药，实际却是更上瘾。

"我旁边是白哥……队长。"

庄帆的声音拉回了随宁的心神，抬头看向电脑屏幕。

"镜头转过去。"

"啊啊啊，快点儿让我们看看！"

虽然没看到人，但粉丝们显然不放弃。

时隔将近半年的现场赛事，陈津白本人长得多好看，操作多犀利，都让她们见到了。那可是无滤镜的真人！现在网上、超话里都有陈津白的图，有现场粉丝拍的，也有的是官方镜头里的。大家一致认为这就是小说男主的长相。

庄帆才不会真的转镜头去拍陈津白，这是作死行为，但他对粉丝很贴心。

即使这些粉丝的注意力都是自家队长。

"昨天有谁看出来了是什么蛋糕吗？"

"当时都吃了一半了。"

"强烈建议以后蛋糕盒上写清楚味道和名字。"

"哪个姐妹送的？好心公开一下。"

庄帆认认真真地念出了她们的问题："白哥，粉丝问你想吃什么味道的蛋糕。"

"问这个干什么？"陈津白检查好设备。

"当然是想给你送啊，这还不简单。而且我昨晚都没看出来那是什么。"

"不知道。"

庄帆扭头问道："你不是吃了吗？"

"谁跟你说吃了就知道？"陈津白登录游戏，低着头，手搭载椅子边缘，"你们都不用送。"

"呜呜呜，White 好贴心。"

"我懂，不让我们乱花钱。"

"都吃了也不知道啥味吗？"

"是这样吗？"

庄帆抬头看镜头，表示无能为力。

"不过。"陈津白忽然抬头，语气有点儿随意，"昨天那个味道，还可以。"

Chapter 10

太阳系的奇迹

陈津白也会拥有奇迹。

因为庄帆靠得近，所以这句话也清楚地被录进了麦里，随宁听得一清二楚。

就只是还可以吗？说得这么勉强。随宁眨了眨眼，以她之前听他们两个的对话模式，他的夸奖一般都是很吝啬的，所以只要自己知道不错就可以了。

"啊，所以到底是什么蛋糕啊？"

"能不能让我也吃！"

"White，你就说个味道吧，行不行？"

弹幕里一瞬间全是在问蛋糕是什么味道的，随宁看着，心里面有点儿甜。

到底是什么味道，好像成了他们之间的小秘密。

陈津白自然能看到庄帆屏幕上的文字，粉丝基本上把各种出名的甜品都给说了个遍。

还真没人提到桃子。难不成，这种很少见？陈津白若有所思地移开了视线，他不吃甜品，但家里有个年纪小的堂妹，可以一问。

陈筱很快收到了堂哥的一条消息。

"你吃过桃子味的蛋糕吗？"

这是什么问题，陈筱直接回了个"没有"，她只吃过桃子，没吃过桃子味的蛋糕。她在蛋糕店里买过草莓味的，买过杧果味的、榴莲味的，就是没见过桃子味的。

一秒后。

陈津白："上课玩手机？"

陈筱欲哭无泪，再也不回复他。

陈津白训了堂妹认真听课，这才重新切回游戏界面。游戏背景音乐环绕在耳边，他却靠在椅子上想别的事。

连陈筱都没吃过这个味道，那是真的很少见了，随随她是怎么选中这个味道的——

是她自己喜欢吃？也有可能。陈津白舌尖似乎还残留着清甜的桃味，那个蛋糕对别人而言不算甜，对他而言算甜。

随宁后来就挂着庄帆的直播间写作业，其实也还挺好看的，毕竟是职业中单，总有技术在。偶尔翻车也是很有乐趣的事。

其实，职业选手和主播在一个平台的话，如果关系好，也是可以一起直播的。

庄帆结束一局，偷偷发微信："随随，你那个蛋糕到底是什么味道的啊？"

他闻着有点儿桃子味。

随宁弯唇："不告诉你。"

庄帆也不气馁，继续说："下次比赛，你会来后台吗？"

随宁想去，但是估计宋云深要来接她："如果有事就不可以，到时候告诉你。"

庄帆回了个"OK"的表情。

他还记得之前的事："我说了是你，但没说你是主播，你上次不是不准我说吗？"

随宁自然记得。她敲了行字，又一一删除，但最后还是又敲上："你们的蛋糕都吃了吧？"

这个问题，庄帆自然清楚。他不知道随宁用小号在看直播，所以还是知无不言，言无不尽："都吃了！！"

随宁没回复，耐心等待。

果然，两秒后，庄帆又发消息："队长也吃完了！"

随宁这才笑逐颜开。

庄帆瞄了眼身旁正在上分的陈津白，感觉是真的帅："你那张卡片居然这么直白地吹'彩虹屁'！"

随宁没隐瞒："这不是实话吗？"

庄帆问："你真转粉了呀？"

随宁糊弄小孩儿，睁眼说瞎话："这还看不出来吗？我都去现场给你们加油了。"

庄帆心想，他也没看着啊。随随压根儿就没告诉他她坐在哪儿。

不过，那张写着"White，你好帅"的卡片也不知道是丢了还是去哪儿了，他不忍随随伤心，就没说。

于是庄帆说了件好事："我跟你说，白哥之前还说他不吃甜的，都是假的。"

随宁真不知道这事。目前，陈津白在外界透露的信息是最少的，比如庄帆，甚至连他家里几口人都被扒出来过。

他们的喜好基本上都有透露过，除了后加入的陈津白。

随宁回了个"我知道了"。

不吃甜的，但吃完了。这点更让她欢喜。

常规赛的后面几天比赛进行得如火如荼。

随宁已经算拜了方明朗为师，虽然没有明说，但方明朗还会给她布置作业，比如最近的作业当然就是解说常规赛。

她现在除了上分，就是直播解说，直播过后，房管会剪辑视频，发到其他视频平台上。随宁就可以偷懒，不用自己剪辑，直接发给方明朗。

有季前赛在前，她的粉丝和一些路人观众已经习惯了逐渐向解说靠近，结果没有掉粉，反而涨粉了。

周四时，随宁睡了个懒觉，醒来时看到包尚给她发的消息："待会儿十点官博公布解说人选，会 @ 你，记得转发。"

随宁回复："OK。"

"随随，愚人节快乐啊，有没有人和你表白？"周纯从外面拎着袋子回来。

"今天是愚人节啊。"随宁后知后觉道。

她拍了下脑袋道："难怪，今天早上有几个新的好友申请，还有找我私聊，发来一堆奇怪话的同学。"

不是班级群的，是校友群的。

随宁想起什么，给包尚发消息："今天愚人节，大哥，你刚刚不是驴我的吧？"

包尚："……"

包尚："我再问一下经理？"

随宁被逗笑了，过了两分钟，包尚才回了个肯定的回答，的确是今天公布。

她难得地忐忑起来。做直播这么久，黑她的人也无数，甚至还有私信谩骂和丑图的，她都可以无视。但随宁希望，在解说这里，她是靠自己能力的。

包尚没骗人，"天空直播"的官博定时在十点发了微博。

"'天空直播'：第四届《王者荣耀》'天空杯'即将开赛，天空将会全程独播。让我们期待@方明朗 和温柔声甜的@随随 的精彩解说……"

后面是官方直播间的房间号。

配图两张，前一张是赛程，第二张是随宁和方明朗的微博头像和简介。

虽然"天空直播"的官博粉丝有不少是买来的，但还是有很多真粉的，评论区一下子炸了。

方明朗来解说他们知道。另一个居然是随随？

"愚人节？"

"吓我一大跳，如果是真的，竟然还有点儿期待。"

"是林秋瑶才对吧，官博也太会搞事了，事后一个愚人节就可以过去。"

随宁翻了翻评论，大多都觉得这是愚人节消息。

她在几分钟后才转发的，文案写道："虽然今天是愚人节，但真不是愚人的 [可爱]//@"天空直播"：……"

这下才算是佐证了这消息。

除却粉丝们的期待，剩下就是路人网友。

"不是，随随不是打游戏的吗？还解说？"

"讲道理，随随这段时间的解说水准不错啊，我反正看了，林秋瑶不行，杠我就是你对。"

"随随牛，一下子就抢了林秋瑶的解说位。"

"我喜欢随随啊，她的声音也好听。"

"所以这次会有照片吗？想看她长什么样子，没有瑶瑶好看不行。"

随宁的一些直播界的好友立刻转发、点赞，一个愚人节过出了春节的效果。

很快，随宁担任解说的事就基本传开了。

林秋瑶早就知道今天会公布，看到自己的名字只能出现在评论区，甚是咬牙切齿。

之前她虽然没公开说过，但粉丝也隐隐知道她会担任解说。这一下忽然换了人，就觉得莫名其妙，不停地去私信她，然后又去质问平台官博。

林秋瑶装作没看见，等他们冲锋陷阵。

她倒要看看，随随能说出什么花来。

"天空杯"自然和 KPL 的比赛时间是错开的，而且还是线上赛，所以和普通的直播区别不大。

参加比赛的主播早就报名了，所以随宁只要了解这些主播，解说起来就不算难。

职业选手知道这事也不困难。庄帆看到消息都惊呆了，随随不是直播的吗，一眨眼就跑去解说比赛了？

他趴在床上发消息："你要解说了？"

随宁看到时忍不住笑，笑意从她唇角漾出去。

她问："怎么，不相信我？"

庄帆否认："当然没有。"

随宁想了想，回了一句："也许不久以后，我们会在同一个舞台上见面。"

这个"我们"包括你的队长。

庄帆自然没听懂这层深意，但他确实有点儿惊讶，同一个舞台指的是职业赛事？

这还是有一点儿难度的吧……

但他不能打击随随，况且她还是他们的粉丝，他可是连夜看了她的直播回放的！

随宁弯了弯唇。

短短几小时的时间，官博评论就多了不少：

"愚人节公布，我笑死了。"

"换个人好歹要求发张美照吧，@'天空直播'看不到我们粉丝的要求？"

"速去偷照片出来。"

"@'天空直播'，你要有梦想，你要搞比赛，不要线上赛，勇敢点儿线下赛，让随随去现场。"

公司那边确实没想到公布随随之后，热度还挺大，骂的有，但更多的是期待。他们也松了口气。但是要照片，这还真做不到，合约也没规定这一条，随随不乐意，谁也没办法。

庄帆看到这些时，也想要照片。

他约了随宁打游戏，问道："随随，你这次还是不发照片吗？"

庄帆也挺好奇，她是不是真的不漂亮。

随宁问："你是颜控吗？"

庄帆犹豫了一下："应该是……吧。"他连忙补充，"但是，我不是那种长得不好看就不喜欢的，我自己也长得一般般嘛。"

"懂了。"随宁操纵着李白，笑了声，"你下次比赛不就能见到我了？"

庄帆不是不明白，没再在这件事上追问，而是转开了话题。

有时候，越隐藏反而越让人好奇。庄帆在网上搜了搜，发现她是真的从没暴露过，倒是有一些执着的黑粉拿她和林秋瑶比。

这话就不好听了，他就不喜欢林秋瑶。

庄帆又回到微信上，安分守己了十分钟，终于摸去了随宁的朋友圈。

朋友圈是一个月可见，但是里面就两条。

一条是恭喜 YU 的，一条是歌词加配图。

庄帆知道这句歌词，打开照片，照片里，什么人都没有，只有下雨的窗户，还有窗外的景色——

等等，下面那个店好眼熟。

陈津白从走廊中出来，就被庄帆拉住问："哥，这家店，我们是不是去过？"

他目光落在照片上。

这照片他自然认识。

"好像是吧。"陈津白嗯了声，又看向庄帆，漫不经心地问，"照片从哪儿来的？"

"朋友拍的。"庄帆瞎掰。

朋友？陈津白哂笑。这个朋友怕是共同好友。

庄帆正在震惊于和随随去过同一家店的事，也不记得具体日期，不知道随宁就是当天的双马尾女孩儿。

他正乱猜，猝不及防听到耳边的声音。

"又是随随的？"

庄帆迟疑了一瞬，想到随随都已经转粉了，而且还夸白哥帅，应该说出来没事。

"……是随随的朋友圈。"他承认。

只是庄帆和随宁电竞圈共同好友过多，陈津白的点赞和评论淹没其中，并未被庄帆发现。陈津白见庄帆并未发现自己的评论，又想到自己一向不爱社交加电竞圈微信，笃定自己和随宁是好友的事情并未被发现。

空气沉默下来。

庄帆莫名其妙地忐忑。

直到陈津白再开口："乱加网友，胆子挺大。"

他语调平静，听不出是责怪还是什么。

庄帆小声说："我就……刚加她好友没多久，就翻翻朋友圈，我没别的意思啊。"

他怕白哥想歪，因为在白哥眼里，随随只是个和自己打游戏的女网友。加女网友微信确实不太好，容易出事。其他战队有不好的事，这些事粉丝不知道，但圈子里都能听闻，所以 YU 不允许。

他认真解释："随随是我们的粉丝呀，你忘了吗，她还给你送蛋糕，还夸你帅。"

陈津白"噢"了声。

庄帆退出去，摊开手机给他看，道："你看，上次我们常规赛赢了，她还发朋友圈庆祝。"

屏幕上是一条文字"恭喜"，还带了烟花表情。

肉眼可见，是真心的。

陈津白顿时停住，看着那条简单的"恭喜"。

他怎么没见过这条朋友圈？

陈津白瞥了下日期，是比赛当晚发的。

仿佛是为了求证，他打开自己微信上随随的朋友圈，除去那条下雨借伞当天的便利店照片，剩下一片空白。

他被分组屏蔽了？

做得真谨慎，原来替身的生活现状是这样的。

庄帆看他一直在看手机，也想看，但还是忍住了。

"白哥——"

庄帆叫了声，陈津白猛地关掉手机。

他冷声道："说不定是做样子。"

然后大步离开了走廊。

庄帆挠挠头，看着他的背影，又低头看屏幕上的"恭喜"朋友圈嘀咕："这是做样子吗？"

白哥对随随也太苛刻了吧。

好歹随随还写了张"White，你好帅"的卡片呢，真是不值，要是写给自己多好。

陈津白直接到了自己的位子，将椅子一转，坐下来。

之前，随宁经常把"不要打探老板隐私"这句话挂在嘴上，他也以为是说说而已。

原来朋友圈还会分组。

这条恭喜 YU 的有什么不可见的？

陈津白曾经想过，他作为陪玩的这个身份，能被随随听到的除了声音就只有说话方式。

他半眯起眼。

如果没有见到随随举着"SSP 必胜"这个牌子，他可能还会自恋一下，是自己的替身。

SSP 必胜，太明显了。

庄帆还一直说她是 YU 的粉丝，他看是之前两次碰到自己，现场又下决定改的想法吧。

陈津白解锁手机，屏幕上还是随随的朋友圈。

他冷冷地哼了声。

找那么多替身，也不怕阴沟里翻船。什么人值得她这么上心，还得不到？

陈津白现在发现，当初就不应该答应陪玩那件事，他揉了揉额角，随随的声音太有诱惑力了。

他找到堂妹的微信："*把之前的单退了。*"

陈筱："*？*"

陈筱："*噢，我知道了，是998那个吗？*"

陈津白十分疲惫地回了个句号。

陈筱确实早就心里不安，毕竟998单可是大价钱，而且那个富婆小姐姐还不找自己玩了。

她找到随随的账号："*姐姐，我把之前的陪玩单退回去哦，我又不陪你玩，拿着我家里人说我。*"

随宁看到消息的时候是在下午。她想了想，没拒绝，反正又没法让W抵扣。

随宁问："*你哥让你退的？*"

陈筱："*你怎么知道呀？*"

随宁的狐狸眼灵巧地动了动，摸不准W是什么想法，一直不回应还做不做替身，现在又让妹妹退钱。

难不成，是真不想做了？

她手指点到他的名字，又忽然停住。

随宁收回手，轻轻哼了声，她为什么要被他拿捏，不做就不做，她反正已经快要和正主见面了。

替身什么的，先冷着吧。

陈筱退完款后，又给堂哥发了条消息，表示已经做完："*哥，你不要骂我啊。*"

陈津白："*？*"

他骂她做什么。

陈津白等了会儿，陈筱回了个可爱的表情包以外就再也没消息了，不仅如此，随随也没了消息。

他扔了手机，眼不见为净。

庄帆看了看随随直播间的动态，发现她今天发了个四月成功人士的截图。

国服到手。

庄帆十分羡慕。昨晚，他巅峰赛连跪五场，简直了，因为月底演员非常多，虽然Q区比较少，重金之下还是有的。

如果演得太明显，他作为职业选手，是可以直接向官方举报的，他昨晚就录屏了两局。

太惨了。为什么成功人士不能多他一个。

庄帆逛了逛王者区的主播，看到一个国服周瑜八连跪，心态瞬间就平衡了许多。

他满意地离开"天空直播"，然后才从走廊上回到大厅，路过陈津白的位子时，猛地停下。

庄帆只看到镜在人群里花里胡哨地穿来穿去，然后就出现了对面团灭的提示。

好凶。好残忍。还好自己不是白哥对面的。

随宁还不知道自己把 W 分组的事被发现了。

因为没了替身的陪玩时间，她现在除了上课就是解说 KPL，而且明天 YU 有比赛，但在另外一个城市。她去不了。

因为明天的专业课会点名，关乎自己的奖学金和成绩。随宁虽然很想去现场，但她分得清楚事情的轻重缓急，爱情虽好，自己的成绩也重要。

再说，四号也有 YU 的比赛。

第二天一早，随宁就接到了方明朗的电话："今天有 YU 的比赛，你作为解说，可一定要注意，不要有失偏颇。"

她乖乖应道："好，不会的。"

随宁现在比当初更谨慎，因为当初刚解说季前赛，是自己临时决定的活动，没人在意。

现在不一样，解说身份公布，无数人都盯着。

尤其是林秋瑶，估计就等着自己出错，然后把自己拽下来好让她自己上位。

随宁笑得明媚，她才不会给人机会。

比赛时间是在晚上六点，所以先前的两小时，她都在直播单排上分。过几天，这个赛季就结束了，她距离一百零一星毕业还差十几颗星，快的话，也就两三天的事。

"随随今天解说 KPL 吗？"

"今天有 YU 的比赛哦。"

"最近热度高了好多，直播间带节奏的也多了。"

随宁说："当然，我最近很努力地在打工搬砖。"

她说得调皮，弹幕也笑起来。

今天上分不太顺利，总是遇到奇葩队友，开局赢了一把之后，后面三连跪。

"我们要温和，不要骂人。"随宁说着，打出一行字，"你妈妈没叫你回家写作业吗？"

她笑眯眯地说："我没骂人呀。"

这已经算她说的很平和的话了，甚至都算不上羞辱。

好在之前的分比较高，所以保星之后只掉了一星，随宁看了一眼时间，正好五点五十。她迅速退了游戏，直奔官方直播间。

解说们正在暖场，和现场看比赛不同，有些现场可以看到的，在直播间里是不播的。今天的比赛是 YU 和 QA 的。他们之前在季前赛就对打过，那时候是初出茅庐的 YU 赢了，所以这次很多人都关注。随宁也担心，QA 肯定没那么简单。

有官方解说在，她就没有说太多，只是开始前点评："QA 的位置和之前不一样了，应该是做了针对性的调整。"

果不其然，开局 YU 就有点儿被动。

在揭幕战的时候，QA 就认真地研究过这一场比赛，开了好几次会，还和其他队伍打了友谊赛。

赛季改版之后，打架就很容易频繁，即使职业比赛他们会刻意避开，避免不必要的消耗，但掉人就很麻烦。

"他不该去这里的，草丛里肯定有大汉。"随宁的糖都捏在手里忘了吃。

陈津白在龙区被蹲到，直接被杀。

随宁呼出一口气道："他犹豫了，但队友那边信息给得太迟，QA 这波打乱了 YU 的节奏。"

都是职业选手，节奏一乱，想要再回去是很难的。

和随宁想的一样，纵使 YU 拿了条龙，但团战失败，还是被点爆了水晶。

第一把就这样，她作为陈津白的粉丝，心里的确难受。

"随随不高兴了吗？"

"输赢很正常啦。"

随宁瞥见直播间里的弹幕，轻轻笑了声道："没有，有赢就有输，这才是竞技，也是魅力所在。"

没有人是永远的"常胜将军"。

即使每个粉丝都希望自己主队可以是，但现实会教他们做人。

BO5 的赛制让粉丝们心理承受能力都高了不少，就是战线拉得太久，结束以后，时间已经很晚了。

第二把，YU 吸取了教训，一改常风，保守起来。

QA 抓不到人，反而自己接连掉人，这次轮到他们乱阵脚了。

随宁说："比赛嘛，玩的就是心跳，风水轮流转，上一把小鸟在这里蹲White，现在被蹲了回来。"

"White 是不是故意的？"

"哈哈哈，莫欺少年穷？"

随宁也被逗笑，忍住。正好看到庄帆一个大招，解决对面的脆皮法师，她认真说："经济高的干将一刀一个小朋友，不然就是刮痧。"

庄帆拿出拿手英雄，自然不会弱。

这局，观众们都看得很尽兴，最后以 YU 赢了结束。

随宁在休息时间抓了点儿薯片吃，嚼得嘎吱嘎吱的，可把直播间的网友们馋坏了。

她觉得，今晚的比赛，YU 没那么容易赢。打得是好，但别人也不差，更何况别人配合得更有默契，再加上一些阵容优势。

几乎和随宁预测的一样，最终是打满了五局，QA 以 3：2 的成绩战胜了YU。

QA 的粉丝高兴，YU 的粉丝失落。

随宁没有退出，而是等赛后采访。上次错过了，这次才不会放过。这次是直播看陈津白，她捧着脸，盯着屏幕，听他言简意赅地回答，状态似乎还可以。

"这次怎么没蛋糕了？"

"输了还吃什么，哈哈哈！"

"打得什么玩意儿。"

等采访结束后，随宁才看到了吵架内容："有意思吗，小学生似的，有这时间多上两颗星。"

她吐槽了两句，然后关了直播。

这次输了，蒋申并没有生气。坐车回基地的路上，他温和道："除了第一局有点儿问题，后面都很正常，是我们还要继续努力，下次会赢的。"

庄帆和段归他们都低着头，心情不怎么样。

陈津白反而显得轻松，一个人坐在最前头，手里把玩着小玩意儿，蒋申都没看清楚。只能看到一点儿暗色。

"白哥，白哥。"庄帆扒着椅子，小声地叫。

陈津白头也不抬。

庄帆说："随随说，我们今天打得很好。"

陈津白"噢"了声道："和我说干什么。"

庄帆心想，那不是因为整支队伍就他们两个和随随是认识的吗？但他没敢说。

好歹还是你的粉丝呢，这么冷淡。

庄帆偷偷给随宁发消息，委婉暗示："**下次不要送蛋糕了，不要浪费钱啦。**"

白哥不值得！他太冷淡！

随宁收到消息时哭笑不得，她第一反应是庄帆嫉妒了。不过，她是不打算送蛋糕。

第二天，趁着下午没课，随宁拉着周纯去逛街："我想去买点儿巧克力。"

周纯满心都在上分上："网上买不行吗？"

"不行。"随宁说。

"我快王者了。"周纯炫耀。

随宁惊讶地看过去，她最近都在关注解说和 KPL 的事，都没怎么看周纯的游戏状态。

周纯说："弟弟打游戏是真的厉害，就是还要上课。"

《王者荣耀》太好玩了！她收回之前和随宁吐槽的话。

随宁好笑道："沉迷了？"

周纯给她看聊天记录道："你看。"

随宁一眼就瞄到她上面备注的"上分工具人"，莫名其妙地同情那个未知的弟弟。

两人的聊天记录太干净了。

弟弟每天都在叫"姐姐，上分"，要么就是"上号，姐姐"，周纯就大概回"来了""马上"。

还真符合这个备注。随宁才不管他们的事，看起来，这两个人都像是乐在其中。

今天是清明假期第一天，所以商场里人很多，她们直奔零食区域。随宁买了好几盒巧克力，里面是有坚果的，她很喜欢。

这些其实是买给庄帆他们的，买给陈津白的，她早就准备好了，是之前买的惑星巧克力。

里面装的是太阳系星球状的圆形巧克力，精致漂亮，味道也各有不同，十分特别。

晚上直播解说结束后，随宁选了张卡片。她认认真真地写下一行字——

"你是太阳系的奇迹。"

上个月，随宁看了部英国的纪录片，就叫《太阳系的奇迹》。物理在某方面是浪漫到极致的，尤其是和宇宙相关的。在打算送这盒太阳系外表的巧克力时，她就想到了这个。

陈津白也会拥有奇迹。

都说清明会下雨，但第二天却是个晴天。

随宁扎了个丸子头，穿了件卫衣，底下配了条短裤，刚好超过卫衣一段，露出白皙纤细的小腿。

她将巧克力放进纸袋里，然后和周纯去了体育馆。因为 YU 的比赛比较迟，所以随宁她们到得也不早，那时候，体育馆里已经有了不少人。

庄帆早就在发消息："说好来后台的！""这次，你可以进来！"

随宁思考了一分钟，果断同意："好。"

庄帆立刻激动起来。

段归瞥见他不正常的情绪道："没事吧你，这么兴奋？"

"你不懂。"庄帆说。

"就你懂。"段归无语。

庄帆和随宁约好地点，会在外面等她。

随宁确定没问题后，才去了后台。

那边有工作人员在检查，她报了庄帆的名字，工作人员向他那边确认之后才放她进去。

外面其他队的比赛还在进行，后台显得很安静。

随宁按了按口罩，走过一个转角，就看到了庄帆站在门外张望，看到她时，还愣了一下。

这双眼睛他肯定忘不掉，因为太漂亮了，而且算上上次比赛现场，都第三次看见她了。一直到随宁停在他面前，他还在走神。乍然近距离接触双马尾小姐姐，庄帆结巴起来道：“请问……你……你是有什么事吗？”

小姐姐怎么进来的？上次好像应援 SSP 来着，今天 SSP 是在另一个城市比赛来着，不应该来这里啊。难不成，她变成了他们今天对手的粉丝？

随宁眨眼道：“不是你一直催我来吗？”

这声音，庄帆极其耳熟。他昨晚还看了随宁的解说直播，今天就听到了本人的声音，随随长这样？！

不是……随随是双马尾小姐姐？！

庄帆张着嘴，指着随宁，半天只说了个“随……随……随”。

“我叫随随，不叫随随随。”随宁好笑道，“你好，庄帆。”

庄帆的眼睛都瞪大了，他拍了拍头，满脸惊奇道：“对、对、对，我太惊讶了，我真没想到，这也太——”

话音未落，休息室的门忽然被从里打开。随宁和庄帆一起转过头。

“白哥？”

纵然随宁做好了会见到陈津白的准备，也没料到现在就碰上，脑海中有一瞬的空白。走廊上明亮的灯光下，他的容貌渐渐清晰。灰白色的队服敞开着，袖口卷到手肘处，很随意的样子。

陈津白目光一顿，居高临下地看她，四目相对，随宁庆幸自己戴了口罩。否则岂不是会被陈津白看到自己脸红？

随宁回忆自己的妆容着装，应该是没问题的吧？自己进来之前应该照一下镜子的。

上次她能叫出“哥哥”，现在却一句话都说不出来。

“哥，你还记——”庄帆准备解释随随就是烤肉店和便利店遇到的那个女孩儿。

这是缘分啊。

瞧他兴奋的样子，陈津白睨他道："教练找你。"

庄帆话被打断，连忙从他让开的位置钻回了休息室，转了几圈也没找到蒋申在哪儿。

段归无语道："蒋哥都不在十分钟了。"

庄帆后知后觉，他被欺骗了？

随宁还在思考待会儿该说什么，还是叫"哥哥"吗，是不是太刻意了？回神，看到他垂眼看自己。她耳朵控制不住地泛红。

陈津白斜斜地倚在门边，一片安静中，他忽地开了口："我记得你。"

随宁心尖一颤。然后她又听到他轻轻笑了声："前……SSP的粉丝？"

随宁没想到他还记得上次应援牌的事。一时间不知道高兴还是尴尬。

为什么当初自己要拿着"SSP必胜"的牌子？随宁真的很想回到那时候，直接把那个应援牌丢给原来的主人，就不会出现那个尴尬的场面了。

这回还有个"前"字。

随宁想了想，认真地解释："其实不是。"

陈津白好整以暇地看着她。

随宁打的腹稿是自己拿的旁边人的应援牌，但这话说出来似乎很没有说服力。牌子都举了，还有借口？

陈津白心想：看，这就说不出话来了。

随宁有心提醒他，眉眼弯了弯道："对了，上次在便利店，我有借过伞给你。"

"不巧，没带过来。"陈津白说。

"没关系。"随宁听到他的答案一点儿也不难过，她今天又不是过来要伞的。

她声音不大，显得很甜，今天穿得又显小，再加上头顶那个小揪揪，看着就想让人欺负。

任谁和随宁说话都会不自觉地软下来。

当然，都是假象。

陈津白扫了一眼她拎着的纸袋，看不出来里面装的是什么，问："给庄帆的？"

"……"

随宁小幅度地摇头，慢吞吞地开口道："是送给你们的，我现在是 YU 的粉丝。"

她刻意强调道："还有你的。"

陈津白听她这语气，乖得像是没出社会的瓷娃娃。

"给我们的？那也有我一份了啊。"庄帆立刻从后面挤出来，"白哥，你刚还——"

"你确定要在门口说？"陈津白凉凉地出声。

庄帆话未说完，又被说了，反应过来道："对、对、对，还是进来说话，进来说。"

这和随宁预想的情况不太一样，但结果差不多。她依旧进了 YU 的休息室。

陈津白倚在门边，手插在兜里，只是换了个方向，露出容一人通过的位置。

随宁从他面前经过时，心几乎要跳出胸腔。比上次和他手指接触时还要紧张。随宁能感觉到自己走过去时，一道视线落在自己身上。

今天应该披头发的，她控制不住自己的耳朵，如果红了，就会被看到。

进入休息室后，随宁松了口气。里面站着的几个人都是自己熟悉的，她挥了挥手，笑眯眯道："哈喽。"

她晃了晃纸袋道："这是送你们的。"

段归立刻上前道："小姐姐是我们的粉丝是吧，没必要送礼物的，花钱多浪费啊，来看比赛就很好了……"

"对啊，对啊，破费了。"

"之前遇到过你，你是不是那时候认识我们的？"

漂亮的粉丝就在眼前，他们平时再没个定性，这时候也会注意起形象来。

随宁将口罩拉到下巴下方，露出脸，下巴尖被遮住道："我叫随宁，你们叫我随随就可以。"

"随随？"

"随随，听着好耳熟？"

庄帆见状不妙，随随毕竟是"天空直播"出名的女主播，虽然名字大众，但是肯定会被认出来。

他打断道："上次蛋糕是她送的。"

几人露出原来如此的表情，没过几秒，又齐齐看向陈津白。

上次他的蛋糕可是特别对待的，而且里面还有张夸他帅的卡片——她是队长的颜粉？

有点儿嫉妒，他们也想要这样的待遇。

"白哥，你记得的吧，之前我们和随随打过比赛的，好巧又偶遇过。"庄帆解释。

"噢……"陈津白拖长了调子道，"是你啊。"

真的，好几个巧合。

随宁被他这声音勾得出了神。她无法用言语来形容这样的声音，像蒲公英被风吹飞，令她心乱如麻。

陈津白忽然伸出手。随宁啊了声，明白他的意思，递出去。

陈津白接过她手里的纸袋，目光从纤细的手移到皓白的手腕上，柔弱清瘦。他垂下眼，将纸袋给了眼巴巴看着的段归和庄帆。

"站着不累？"庄帆问。

"……还好。"随宁摇头道。

陈津白没说话，只是下巴朝窗边的沙发点了点。

随宁还是在沙发上坐了下来，后知后觉，这个位子好像是陈津白的专有位子。两次赛后采访，他都坐在这里。有时候，仅仅是这点，就足够让人心生欢喜。

休息室的门刚关上又被敲响，是蒋申和工作人员："马上就比赛了，做好准备。"

看到有个女孩儿在屋里，他一愣，目露询问。

庄帆说："这是粉丝，上次送蛋糕的。"

随宁站起来，和他打招呼。

蒋申对于白嫩的女孩儿自然不会像对皮实的男生一样，声音都放小了不少："谢谢你啊，破费了。"

他又转向其他人："快点儿准备。"

现在蛋糕也不便宜，蒋申说："下次不用这样了，能来现场就已经很好了。"

蒋申又问："你是在这里休息，还是……"

他剩下来的话没说。

随宁抿唇笑笑，瞄了眼陈津白道："比赛快开始了，我也要去观众席那边的。"

正好一起走。随宁觉得这样不错，要是让陈津白当众打开礼盒，看到那个明信片，她会害羞的。

会被他看到，会无所遁形。

段归他们一前一后出了休息室，只是到转角处，随宁走的是另外一个通道。

她停在那儿，叫了声："White。"

随宁念英文很好听，带着种缱绻的味道。

陈津白原本就走在后面，脚步停了下来，又扫了眼旁边的走廊，忽然开了口："注意安全。"

随宁愣了一下。

不过很快她就回神，仰起下巴看他，余光掠过后面偷听的庄帆等人，放轻了声音。

"哥哥，加油。"

陈津白回到队伍里时，庄帆酸得不行："随随刚刚跟你说什么了，我怎么听到了'哥哥，加油'几个字。"

"粉丝都亲口鼓励了，怎么可以输！"

"今天必须把对面打趴下！"

几个人你一言我一语地放狠话，蒋申在最前头琢磨着，真要这样气势十足也挺好。

韩同促狭地学起随宁的语气："White。"

庄帆白眼道："你这发音都不标准。"

"不行，不好听，你没那声音。"段归听得耳朵疼，"别折磨你队友的精神了。"

陈津白闲闲地看着他们四个人道："这么想学英语，可以安排一下。"

"……"

庄帆他们熟练地闭麦，但一分钟后又故态复萌道："White，你可不能辜负你的小粉丝。"

"都叫你'哥哥'了，不能让妹妹失望。"

陈津白面无表情。

段归他们又和庄帆打听随宁和他是怎么认识的，庄帆避开了主播的身份，就说排位遇到的。倒是他们没联想到主播随随身上。

随宁回到观众席那边时，现场座无虚席，而且灯光各色各样，这次还有不少 YU 的应援。

周纯眼尖看到她道："我都打完一把了，你才回来。"

"我进休息室里了。"随宁坐下来道。

"怎么，看到本人，有没有晕厥？"周纯调侃。

随宁没好气地瞥她，正要和好姐妹说说刚才的事，就听到耳边一阵掀翻天的尖叫声。

这回，她们旁边坐的是 YU 的粉丝了。

一直到陈津白他们坐在了位子上，欢呼声变小，主持人和解说的声音慢慢地才清晰起来。导播的镜头也放慢了。

随宁刚刚才和他近距离相处过，现在却又隔着一段距离，感觉完全不一样。

太阳系拥有奇迹，他也可以。

比赛的流程都和之前的差不多，BP 结束后，周纯就在问随宁两边的阵容怎么样。

随宁沉思了下道："各有千秋吧，看他们能不能抓住 YU 这边下路当突破点。"

她这是习惯性分析。

一旁听到的女生转头道："姐妹，你的声音听着好熟悉。"

随宁心里咯噔一下，故意改口道："你可能听错了吧。"

场外吵闹声加上她刻意的改变，女生也迟疑了起来道："可能是吧，不好意思啊。"

随宁没在意地摇头。

第一把比赛，陈津白用的是娜可露露，这个英雄现在上场很频繁，也不可能每把都禁。上次输了的比赛，她事后回看过两次，说 YU 没失误当然不可能，人都有失误的时候。这次他们更谨慎。

稳扎稳打的第一局，在团战赢了之后又打了条龙，然后平推掉了水晶。

随宁露出一个笑容。她低头回宋云深的消息："**可能要到十一点左右。**"

宋云深皱眉："**这么晚？**"

随宁没隐瞒："我在看比赛，真要接我，那就只能等到比赛结束了。"

宋云深："什么比赛？"

随宁打了个马虎眼："就是游戏的比赛，在体育馆，我估计十一点才结束。"

她发了个地址。

宋云深直接发了条语音过来："什么比赛时间这么晚，你是没看过社会新闻还是自信自己能得过成年男人？"

他的语气很严肃，快要发火。随宁也不好反驳，乖乖地回道："好了，我知道了，这不是你晚上来接我嘛。"

宋云深发了个微笑表情。

随宁感觉受到了嘲讽，她琢磨可能是宋云深是"老年人"，不太懂这个表情的意思。

第二把结束时，她看了下时间："周纯，要不你先回去，不然打完太晚了。"又说，"这样，等宋云深来接我，送你回去，我再和他一起回家，这样安全点儿。"

周纯说："就我自己回去吧。"

随宁摇头说："我想了想，还是第二种安全。"

一个人回去太危险了，到时候顺道送一下，也没多麻烦。周纯也没和她一直纠结这事。

两局比赛结束，战况1:1。

第三局开始前，随宁看了下舞台。

庄帆搜寻了半天，看到她就挤眉弄眼，同一区域的粉丝被他逗得大笑，都以为他在对他们搞怪。

随宁一瞥，陈津白也看了过来。她立刻坐得比谁都正经。

随宁之前叫"哥哥"，现在不敢和正主对视，便利店那时候叫是装勾搭，陈津白不认识她。刚才是一切清楚之后叫的，意味不同。

随宁听别人说，男生都喜欢女孩儿叫他们"哥哥"，也不知道陈津白是不是一样的。

他会把她当妹妹吗？随宁乱想了会儿，第三把比赛已经开始了。

这波单杀太精彩，解说跟着回放也在吹："我本来以为 White 会后撤，毕竟他经济是落后的，没想到，现在的选手都这么有自信，我被秀了一脸。"

这一局段归和韩同拿了公孙离和大乔，再配上节奏极快的陈津白，YU 这边拆塔的速度很快。

不到十二分钟，就拿下了这局。

有了这样的势头，接下来的第四局虽然中途龙被抢，还守高地，但最后被抓住机会，陈津白单杀了对方的打野。

庄帆他们跟上打团，控制给足，一波翻盘。

翻盘局最让人感慨。

"让我们恭喜 YU，重现揭幕战，以 3 ∶ 1 的战绩拿下了今晚的比赛。"解说扬声。

体育馆里一片尖叫声。

随宁如此真实地感觉到 YU 的粉丝真的变多了，不再像是季前赛刚开始的时候。比揭幕战第一天还要多。

当然，女生比较多，这个圈子女粉很多，加上 YU 里几人颜值都还不错，尤其是陈津白，超出圈子的好看。从颜粉到真爱粉，转变得不会慢。

因为他们今天比赛开始时间就不早，虽然只打了四把，但现在比想象中结束得早。有些粉丝是直接在周围宾馆住的，有些是提早离开的，剩下的就是等到现在的。

体育馆太吵，随宁给宋云深发文字消息："比赛已经看完啦，你到了吗？"

好歹来接自己，自己要友好点儿。

宋云深："十五分钟后到停车场。"

随宁回了个"OK"。

今天的赛后采访是一个有经验的主持人主持的，结束得很快，时间太晚，蒋申没多说，赶紧带队回基地。基地的车就停在停车场。

临走时，他们都不忘带上随宁送的礼袋："盒子还挺大的，好像是巧克力。"

"有粉丝真好。"段归感慨道。

早在去年时，他们的粉丝跑了不少，不温不火，转眼半年时间而已，今晚就满目全是。

就算是为了他们，也要好好打比赛。

因为赛后采访的时间，停车场里空了大半，YU 的老板有钱，出的车都不是大巴车。

"庄帆。"庄帆冷不丁被陈津白叫了一声。

地下停车场有些昏暗，陈津白表情不明，庄帆看不到。"问她怎么回去。"

庄帆反应过来这个"她"是谁。他忙不迭地给随宁发消息：**"这么晚了，回去不安全，要不让我们这边送你？"**

她虽然很想，但还是拒绝："有人接我，不用担心。"

不宜进展那么快，她心里是有数的，自己现在明面上只是一个粉丝而已。

庄帆收到回复，小声说："随随她说有人接。"

他要偷偷告诉随随，白哥很关心她的安全。

听见他这话的段归靠过去道："这么漂亮的妹妹怎么可能一个人回去，她不是和朋友一起来的？"

今晚，随宁和周纯坐在前排，他们都看见了。

随宁到停车场时，已经迟了两分钟，她拍了拍脑袋，以宋云深的脾气，肯定会念叨她。

果然，才刚出去，电话就来了。随宁一看这架势就不太妙，虽然不怕他，但被训还是不快乐的，她清清嗓子，准备好。

又乖又依赖他的妹妹，他舍得发火吗？随宁先发制人，柔声问："哥哥，到了吗？"

"撒娇没用。"宋云深一早就料到她惯用的套路，冷声报了停车位子。

随宁边走边看停车场的 B 区在哪儿，还不忘说："我都叫你'哥哥'了……"

没想到还没看到 B 区，倒是看到了走出来的庄帆他们。

就和随宁隔着一个柱子的距离。

陈津白站在人群中，扭头看着几米远的地方，女孩儿挽着朋友，在和谁通话。

居然也叫对方"哥哥"。

不知道她到底有几个"哥哥"。

Chapter 11

小心眼儿

小心眼儿的男人会记得更深。

随宁看到陈津白站在那儿，愣了一下，而后挥了下手示意，电话里，宋云深还在催促。

庄帆他们都笑嘻嘻地和她道别。

随宁点头，小声和宋云深说："马上就来了。"

她没料到会在停车场遇见他们，自己刚刚声音也不小，也不知道他们听见没有。

好像自己没说什么不对劲的话吧？

随宁回忆了一下，自觉很安全，临走前还笑着对陈津白眨了下眼睛——虽然戴口罩也只能看到眼睛。

一直到离开他们的视线，周纯才哎了声，道："那个陈津白，他今天比赛是赢了吧？"

随宁放下手机道："是啊，你不是看到了吗？"

周纯噢了声，道："那怎么瞧着看不出来高兴的样子，还是这么晚打完比赛累了啊。"

随宁思考道："可能是累了吧。"

没走两步，就看到宋云深的车，他正站在边上打电话，离近了还能听见他训斥下属的内容。

"……有事明天说。"宋云深挂断电话，目光落在随宁身上。

他手指叩了叩腕表："看比赛看到十一点，挺有能耐，上次也是这么晚？"

随宁摘了口罩，狡辩道："我又不是一个人。"

十一点确实有点儿晚。

周纯不插足哥哥教育妹妹，适时地露出一个笑容，作为蹭车的人，少说话比较好。

有外人在，宋云深没再继续说，只是用食指戳了下她的额头，也没用力，显得有些亲昵。

"那个是她男朋友吗？"

不远处，段归瞅见三个人站在一起，问庄帆。

他们剩下来的人还没有上车。

庄帆啊了一声，道："你问我，我问谁去？我和随随认识也没多久，她怎么会告诉我这样的事。"

"应该是吧。"韩同也凑过来道。

"看起来蛮有精英气息的，西装革履。"段归看了半天，点评道，"就是好像对她发火了。"

他们这个角度看到的是面色不虞的宋云深，第一反应是这样，想不到其他方面去。因为也没听见随宁叫"哥哥"。

唰！车窗忽然打开。

陈津白冷凝的脸出现在车窗后，道："要是不想上车，你们就在这儿住一晚上。"

三个人忙不迭地上了车，坐下来。

相处这么久，他们都能听出来队长的情绪，现在似乎不太高兴，没敢再说闲话。

车很快驶出停车位，转了个弯。

刚才庄帆他们瞧见的也映入了陈津白的眼帘，他眯了眯眼，看着最后上车的宋云深。

宋云深似有所觉，看向这边。

两人对上视线，仅仅只是一眼，宋云深就移开了目光。

陈津白合上车窗，隔绝了一切，车内暖黄色的灯光落在他微沉的面容上。

他能看出来那个男人是社会精英。随随之前提过，她还在上学。两个人之

间的差距似乎有点儿大，就像段归说的，不平等之下，发火也常有。

陈津白闭着眼，面沉如水。

"刚刚那边有人在看这里，是你认识的？"宋云深一进车里就直接问。

随宁歪头道："可能吧。"

她琢磨着可能是庄帆他们。

"先送你朋友回公寓，剩下的待会儿再说。"宋云深俨然有秋后算账的打算。

随宁噢了声，道："也没什么好说的呀。"

宋云深立即瞥过来一眼。

随宁是继父和母亲年龄渐大之后才拥有的孩子，过于宠溺，在金钱上面从不含糊，富养长大，对她百依百顺。

宋云深见多了一些富家子弟变得纨绔，由一些小事出错，到大事上出现问题。但他不会让这种事发生在随宁身上。

随宁不好触霉头，和周纯偷偷当着他面发微信。

周纯："哥哥帅是帅，就是凶了一点儿。"

随宁："这不叫一点儿。"

周纯："那这也可以理解，这么晚了，妹妹还在外面，担心是应该的，爱之深，责之切。"

随宁回了个"你好好说话"的表情。

她又想起之前宋云深的话，想了想，还是给庄帆发消息："你们上车了吗？"

几秒后，随宁又打字："我刚刚好像看见 White 不太舒服。"

她本想问怎么了，但是不太适合。

庄帆收到消息时，偷偷瞟陈津白："可能心情不好。"

下意识地回答，但他不清楚原因。

比赛赢了为什么心情不好，随宁也没明白，只好叮嘱："巧克力记得快点儿吃完哦，不然会化。"

提到巧克力，庄帆口水分泌。

他回了个"好"，丢掉手机道："段归，段归，快、快、快，打开纸袋，咱们看看随随送的巧克力。"

几个大男孩儿一下子兴奋起来。

随宁送的巧克力很大一盒，打开之后，里面的数量不少，他们四个人吃也绰绰有余，甚至还能分给教练和工作人员。

"底下还有个纸袋。"庄帆眼尖。

他一拿出来，发现这个纸袋外面贴了个蓝色的便笺，上面写了一行字——给 White。

这下不用多说，他们都明白了。

"我嫉妒了。"段归心理不平衡，摸着心口躺倒，"这就是野王长得帅的好处吗？"

上次还可以说是因为操作太秀，这次可以说是非常明显了，随随就是队长的粉丝。

庄帆看了看休憩中的陈津白，又看看段归，语重心长道："差距太大，你没希望了。"

"说得你很有希望似的。"

"得了，咱们都是失意人群，为什么要互相伤害。"

"……"

庄帆和随宁的关系是多一层的，自然是会做到她想做的事，把特殊礼袋小心地收好。

从体育馆到基地要将近一小时时间。这期间，段归他们已经把巧克力吃得七七八八，庄帆手慢，只抢到四分之一不到。

"你们简直就是饿死鬼投胎。"

段归摇头道："太好吃了主要是，妹妹的品位真好。"

他们又将目光放在了还没拆开的最后一盒上，怂恿道："要不，打开看看？"

庄帆真怕了他们，但自己也蠢蠢欲动。因为他们吃的和单独给白哥的这盒完全不一样，上次里面是个小蛋糕，这次会是什么。

四个人凑成一堆，正要做坏事。忽然伸出来一只手，把纸袋连便笺都给捞走了。

"谁啊？"庄帆气道，扭头。

陈津白懒散道："我。"

庄帆立刻心虚道："白哥，你醒了啊，这是随随给你的，我们就是看看，看看。"

"有什么好看的。"陈津白漫不经心地道，揭下了便笺。

几个人都伸长了脖子。

陈津白把纸袋打开到一半，又突然停住了。这时车到基地了，他在他们无比渴望的眼神中径直回了卧室。

"……"

庄帆失望道："白哥要一个人看。"

将周纯送回公寓后，车里就只剩下司机，还有随宁和宋云深，哥哥的质问虽然推迟，但依旧来了。

"看游戏比赛到这么晚，你有想过安全问题吗？"

随宁早就打好腹稿，道："体育馆里有保安，出来可以直接打车回去，不会在外面逗留的。"

宋云深睨她道："理由还挺充分。"

"这叫实话实说。"随宁理直气壮。

"什么游戏比赛？"宋云深忽然转了话题。

随宁迟疑几秒，和他说了《王者荣耀》，毕竟自己已经打算入这行，后面还会做解说，家人早晚都是要知道的。

宋云深越听眉头皱得越紧。

倒是前面的司机听得插了句嘴："《王者荣耀》？我儿子好像在玩这游戏。"

"开你的车。"宋云深说。

司机闭嘴。

随宁没忍住，笑了起来道："很多人都在玩。"

宋云深不是刻板的人，不觉得游戏这行有什么，他有朋友就在做游戏制作。

"所以，你现在在直播？"他问。

"嗯，用课余时间直播。"随宁乖乖点头道。

她特别好奇，问道："你平时看直播吗？"

宋云深面无表情道："看会议直播。"

随宁"扑哧"一声笑出来。

宋云深确实不知道她在直播这件事，因为随宁瞒得很严，而且随宁关于游戏的朋友圈他看到也只当消遣。

万万没想到，妹妹都要去做解说了。

随宁软声道："哥哥，现在这个职业很有前途的，说不定，我以后赚的钱比你还多。"

"呵。"宋云深乐了，"口气不小。"

他手底下是上市公司，他不知道她要怎么做才能超过自己。

做梦比较快吧，他心想。宋云深瞥了一眼端坐的女孩儿，巴掌大的脸上笑起来温暖天真，明亮的眼眸如夜空的星子。

说起来，她叫"哥哥"的次数并不多。只要一叫，必然是有原因，要么是让他帮忙，要么是躲避某些事，看似乖巧，实则狡黠。

"我知道直播。"宋云深缓缓开口，"你确定很好？"

如果公司里的人在这儿，就知道他在她面前的生气只是冰山一角，算不上什么。

随宁认真地和他解释自己没露脸什么的。

"……说不定过段时间，你就能在新闻上看见你妹妹了，电视上也可以。"

一听没露脸，没其他的，宋云深面色好了点儿，具体的他要等看过以后才好说。

至于什么新闻上会看见随宁，他压根儿没当回事。宋云深莫名其妙地失笑，只要不是在什么年度搞笑新闻上看见她，就是好事了。

他们回到家里时已经接近十二点。

"爸妈睡了，你也早点儿睡。"宋云深松了松领带，又叮嘱，"晚上不准熬夜。"

随宁比了个手势，飞快地回了自己的房间。

宋云深看着她小鹿跳跃似的背影，按按眉心。

恢复自由后，随宁长出一口气，在微信上和周纯报了个平安，又和庄帆聊了两句。有人时刻管着自己真是件头疼的事。

而另一边，宋云深扯掉领带，给助理发了条长语音。

包括但不限于调查"天空直播"、让娱乐分公司负责人明早准时联系他等。

陈津白拎着个纸袋回了房。

白炽灯下，他垂眸，将礼盒从里面拿出来，一张纸片也跟着掉落在地面上。

他弯腰，捡起来明信片。明信片很新，也很漂亮，正面写着一行字——"你是太阳系的奇迹。"

都说见字如面，这么秀气漂亮的字，能看出来它的主人是个腹有诗书的女孩儿。

陈津白看了半天，忽然从桌边拿出来另一张卡片。

上面字完全不一样，恐怕这次是自己写的，上次的是蛋糕店的人代劳的。

"太阳系……奇迹？"陈津白含混不清地念了句。他没听过这句话，但大致意思能理解，是在夸他。还有这么夸人的？

听着有点儿腻歪。

陈津白又想起今晚比赛前夕，走廊上那一声"哥哥，加油"的娇柔嗓音，目光幽深。

敲门声忽然响起。

门没锁，庄帆开门探头进来道："白哥，我就是来告诉你一声，随随已经到家了。"

陈津白没搭腔。

庄帆见到桌上的纸袋和长方形礼盒，心痒难耐道："随随给你送什么了啊？"

陈津白的语气轻描淡写道："巧克力。"

他放下明信片，转过身问："你还有事？"

庄帆迟疑道："没事……"

"那就关门。"

"……"

庄帆半晌才回过神来，说："肯定不止巧克力吧，上次她还写了张夸你帅的卡片呢……"

他忽然清醒道："噢，我可以自己去问随随。"

陈津白走到门边，气势太足，庄帆不禁退后，直到退到走廊上，看着门即将被合上。

"早点儿睡觉。"

庄帆："……"

庄帆正打算离开，余光从还没关上的门缝中瞥见桌上的纸张，又八卦起来：

"那就是新的'彩虹屁'吗？"

不知道这次随随写了什么。

"不是。"陈津白敷衍。

"那是什么？"

"情书。"

房门被关上，留下被这两个字震惊到的庄帆。

白哥都会说骚话了……

他才不信！他要去问随随！

陈津白坐回桌前，弹了弹明信片。

写的句子看起来很有真情实感。

刚才对庄帆的话只是随口一言，不过以庄帆的性格，可能会直接和随宁说。

陈津白微微挑了下眉。说不定有些事还真有可能得到答案。

随随会送情书吗？

不会吧。庄帆想了半天，他其实对随宁了解得不深，大多是通过看直播了解到的，剩下的就是那些聊天。看起来是个很好说话的女孩子，而且就他之前见到的本人，好像比在网络上更容易害羞……庄帆突然悟了。

是白哥的粉，写个情书也很正常吧？

如果真是这样，那之前烤肉店他看见的脸红是真的脸红，不是被热气熏红的。

原来随随是这样的！

庄帆仿佛发现了什么大秘密，直接回了自己的房间，本打算问随宁的，但是一看，已经半夜，就消停了。他上了个视频网站，把随宁最近几个月的直播回放都倍速看了一遍，顶着熊猫眼，兴奋异常——

果然，随随就是粉他们 YU 的！还是白哥的粉丝！

随宁醒来时是九点，才打开手机，就看到了十来条未读消息，全是庄帆发的。

上面几条问的是送了什么，中间问的是是不是又有卡片。

随宁写的时候，也没觉得他们看不到，看到了也可以，她也没写什么不该写的情节。

后面几条才是重点。

庄帆："你是不是真是白哥的粉丝呀？颜粉？女友粉？"

庄帆："那 SSP 那个……"

庄帆："我就是问问，可以不回答。"

庄帆："白哥都没给我们看。"

随宁一下子就清醒了。

她早就想过庄帆会问这个问题，之前只有庄帆知道她是主播，他自认为她是 YU 的粉丝。

当然没错。随宁和他解释起来不含糊："那个 SSP 应援牌是当时旁边人的，不是我的。"

庄帆熬了一夜，终于得到回答。

随宁直接发语音："如果你看了我的直播，那你应该知道我是哪支队伍的粉丝。"

她的声音虽软，却掷地有声。

"没有转粉这回事，一开始就是。"

"啊……真的啊。"庄帆蒙蒙的，感觉自己熬夜熬傻了，"你是我们 YU 的！"

"是 YU 的粉丝，少了个词。"

随宁笑了起来，但如果真是 YU 的，那也不错嘛，她努力成为 YU 的家属。

想到这里，她的心跳就快了几分。不知道实现的可能性有多大。

庄帆说："没什么区别，只要是我们的粉丝，就是我们的家人，上次白哥还看到你了！"

他反应过来说："啊！他可能误会了，我会帮你解释的！"

随宁说："好。"

有庄帆开口，比自己说好很多。一想到上次，陈津白说记得她是前 SSP 的粉丝，随宁就尴尬得脚趾抠出三室一厅。她在他面前会不自觉地语塞。

随宁丢掉手机，捂着脸倒在床上，如果哪天她能在陈津白面前随性自然就好了。

昨晚的明信片他应该看到了吧？随宁写的时候觉得很正常的一句话，现在被庄帆一问，又觉得好像太缠绵了。是不是太明显了……

她正胡思乱想，门忽然被敲响。

宋云深等了会儿，见到开门的随宁，上下打量两眼，狐疑道："你脸怎么这么红？"

随宁眼也不眨道："噢，被子蒙脸睡的，热得。"

宋云深将信将疑。

随宁推他道："我马上换完衣服下去。"

等她到楼下的时候，宋云深早就去了公司，只剩下父母在餐厅那边吃早餐。

随父问："你和哥哥吵架了啊？"

随宁惊讶道："没啊，怎么这么问？"

"也没什么，听见他打电话说要找个人管你，不让你乱来，这我可不管的。"随父笑眯眯的。

"他就是操心。"

随宁估计宋云深说的是签约"天空直播"的事，他那边肯定要调查一番，她的经纪人要是专业的当然不错。

严格来说，包尚并不算她真正的经纪人，而是"天空直播"负责和她对接的直播经纪人。

随父佯装斥责："怎么能这么说哥哥。"

随宁眨巴眨巴眼道："好，不说哥哥，哥哥最好。"

反正之前"哥哥"都叫出去了，多叫几次也没事。

女儿撒娇谁不喜欢，但后面那话随父就不爱听了："最后四个字可以不要。"

随宁忍不住笑起来。

YU基地此时还寂静无声。

保洁阿姨悄悄地来到了大厅，估摸着昨天比赛结束，今天他们都得睡到下午三四点。

她刚给垃圾桶套完干净袋子，就看到了从走廊出来的陈津白，队服松松垮垮地披在身上。最近天气还是有点儿凉的。

"今天起这么早？"阿姨问。

"提前醒了。"陈津白眼皮半搭，睡眼蒙眬。

"这边都打扫完了，你过去吧。"保洁阿姨又多看了他两眼，心想，难怪最近基地附近多了一些女孩子。

陈津白"嗯"了声，拖开椅子，懒散地窝进去。

半小时后，保洁阿姨去走廊打扫，碰见站在那儿不停打哈欠的庄帆。

"小帆也醒了啊，怎么黑眼圈这么重，你们打比赛赢了也不能一晚上不睡啊，现在才两点，不去多睡一会儿？"

庄帆反应缓慢道："噢噢，也？谁醒了啊？"

阿姨说："你们队长。"

庄帆一个激灵，清醒过来，他早上和随宁聊完后实在太困，就又睡了几小时，刚刚还困意绵绵。

他到大厅就看到了陈津白的一小半身影。从他这个角度看，陈津白桌上的电脑屏幕亮着，不像是比赛视频，也不像是直播。

庄帆穿着拖鞋啪嗒啪嗒地走过道："哥，你怎么醒这么早，你在看什么，研究新战术吗……"

他的话在看清屏幕上的内容后戛然而止。

这是——科幻片？

庄帆迷茫地看了几秒，发现又不是科幻片，好像是和什么宇宙星球相关的电影？

陈津白取下耳麦问："有事？"

庄帆迟钝道："呃……没事。"

陈津白点头，又重新戴上耳麦。

将近两分钟后，庄帆终于神志回笼，大惊小怪道："白哥，你在看什么，这啥？"

白哥在看星球片！

他看了两分钟，只看到几颗星球，漂亮是漂亮，可是和他们打游戏没什么关联。

"纪录片。"陈津白随口道。

"……这纪录片很好看吗？"

"挺好，陶冶情操。"

"……"

庄帆认真地询问："叫什么名字，我也去看看？"

安静了十秒。陈津白语气平静道："《太阳系的奇迹》"。

庄帆："？"

听见纪录片的名字之后，他反而更迷茫了，原来现在陶冶情操都需要看这种类型的吗？

庄帆坐在了自己的位子上，打开微博。

自从常规赛之后，他一发微博评论就可以到千评以上。昨晚比赛胜利，庄帆发了个剪刀手表情，现在评论都有三千条，热评前三是恭喜。后面几个全是在问"White 爱吃什么""队长平时爱做什么"等爱好询问。

庄帆抱着让大家也蒙的心态回道："看纪录片。"

得到回复的粉丝："？"

没过多久，陈津白超话里的粉丝们就看到了这条回复的截图，反而哈哈笑。

"看纪录片多好！"

"White 的老干部生活。"

"我也爱看纪录片，我可以推荐，啊啊啊！"

清明节假期总共有三天，但随宁回到家里的时候，已经是第二天深夜，五号晚上就得回公寓，因为六号她还有课。

下午两点，宋云深让人把她接到了公司里。

随宁自从上高中之后就很少来公司里，好几年没见，现在还对公司有点儿陌生。

他们走的总裁专用电梯，仅有几个秘书看到她，也都知道她的身份是宋总的妹妹。

随宁问："有没有说是什么事？"

秘书说："宋总已经为您安排了经纪人还有专业团队，现在都正在办公室里。"

和随宁想的差不多。她推门进去时，里面有好几个人在，看上去都是非常干练的，尤其是为首的职业装女人。

"宋小姐。"对方微笑。

随宁看了一眼宋云深，好笑道："叫我随宁就好。"

宋云深面无表情。

"她是你后面的经纪人，有什么事，直接和她说，不要像个傻子，被人卖了都不知道。"

随宁"噢"了声道："知道了。"

在这么多人面前，她得给他点儿面子，争执不好。

新经纪人叫孙钰，今年四十五岁，手底下本来有一个正值上升期的小花和几个新人，现在都被推掉了。

说实话，她知道专心带宋总妹妹的时候，一点儿也不觉得轻松，反而更觉得复杂，很多事都要谨慎。

直到她听宋总说——妹妹在做直播。孙钰在看到随宁的第一眼就知道，这张脸去娱乐圈都可以秒杀大部分恃美行凶的女明星。

她容貌惊艳，却没有丝毫强势的侵略性，如同一块柔光下的美玉。

孙钰说："直播这行我也了解，不过不露脸的话，相对而言还是很好处理的。"

她一开始好奇不露脸的原因，后来一想，这是宋总亲妹妹，有钱有颜，露脸干什么。更何况，随宁直播的还是游戏，又不是那些需要靠脸、靠身材去吸引粉丝的人。

"……至于解说这个职业，我稍后会好好了解一番。"孙钰认真道，等于给自己放了个假吧。

比带小花轻松多了，带薪休假似的，宋总相当大方。

随宁和孙钰他们认识之后，又被宋云深打包送回了公寓里，来回都不用自己折腾。

在孙钰找到包尚之前，她先和包尚提了这事。

包尚："？"

过了会儿，随宁又收到新回复。

包尚："*只要不是跑路就行。*"

随宁当然不可能跑路，她和"天空直播"的合约当初签了三年，现在还剩下两年。

当初签的时候，"天空直播"给过几份不同的合约，十年的，八年的，还有五年的。

随宁不蠢，不会把自己捆在"天空直播"里。

当然，就算如今她解约，家里也付得起违约金，不过"天空直播"条件还算不错，她也没必要闹得不愉快。

包尚还真是松了口气，他就怕她跑。

随宁现在是他手底下的"摇钱树"，说起来不太好听，但真的是咖位最大的一个。签公司而已，多大点事儿。

随宁回来时，周纯正在打游戏。

"……啊，这么突然，去打职业吗？"

不知道对面回了什么，周纯问了一句："那以后都不能和你打游戏了啊？"

随宁端水杯出来时，又听见周纯说："我难过啊，弟弟，难道你听不出来吗？"

"……"随宁心想，弟弟听不听得出来她不知道，她倒是能听出来，没怎么伤心。

周纯安抚了弟弟之后，退出游戏道："他说有人找他打职业，打职业这么容易的吗？"

她对《王者荣耀》的职业完全不清楚。

"打得好，有排名就很容易被邀请去试训，至于成不成，还要看具体情况。"

随宁解释完，又问："弟弟多大啊？"

周纯侧头道："十八，真年轻。"

"才比你小两岁。"随宁无语。

"找个上分工具人不容易啊，弟弟嘴甜，又包容，还会放风筝，给我报仇。"周纯越想越可惜。以后打职业了，哪里还能见到。

随宁喝了两口水，临回房前好心提醒："你这么冷漠地撩个刚成年的弟弟，当心被报复啊。"

周纯才不承认，自己明明很温柔。而且她也没撩，就是对能带自己上分的人态度好而已，把对方当比自己年纪小的弟弟来对待。他就比随宁小一点点呢。

清明节假期一结束，"天空杯"的赛程日历就被放了出来。

随宁早在上周就知道比赛时间，还有参赛的主播，如果她不解说的话，其实也是会参赛的。

"官方直播间里会有你们的解说直播间链接，到时候就在首页，引流很方便。"

包尚——和她解释。

随宁知道这个链接，之前 KPL 比赛就在首页横幅上，进来的人一眼就能看到。所以林秋瑶才千方百计想拿到这个位置。

就因为这个事，随宁现在都忘了还有替身的事，微信里偶尔一点到，想到本人，又停了。

W 好像也不找她了，估计是不愿意吧。

比赛前夕，随宁的直播间很热闹。

"所以，明天可以看到随随？"

"去解说还不如去比赛，拿个冠军回来不好吗？"

"也不看看自己配不配。"

"除了抢别人的，还会什么？"

林秋瑶那边反而是砸飞机的一堆，个个都在心疼她。

随宁当然看不到带节奏的弹幕，因为弹幕太多了，蛋糕作为房管，直接给那些人上了三百六十五天的禁言套餐。

"线上解说，你们都懂，安全第一。"

随宁的语气很轻松："晚上早睡，后天来看我解说。"

她瞄了眼最新的一条，漂亮的手搁在桌上道："说不定，我解说比游戏做得更好呢。"

说这话的时候她嗓音和平时没什么两样，但就莫名其妙地让人觉得信服力十足。

结束直播后，随宁找到方明朗道："后天第一次上正式的，我要是说错了，师父一定要帮忙挽救。"

方明朗笑着说："让你别叫'师父'，什么年代了。"

"那不行，你教了我，不然，叫'方老师'也可以。"随宁古灵精怪地说，"方老师也很顺口。"

她又甜甜地叫道："方老师，方老师。"

方明朗感觉自己瞬间要承担起老师的责任来。随宁这丫头撒起娇来，他还真挡不住，难怪粉丝这么多，他都想去看她直播了。

"天空杯"是瞅着 KPL 常规赛的间隙举行的。比赛是晚上六点开始，随宁早在五点时就在和方明朗，还有"天空直播"的工作人员沟通调试。

直播间里已经蹲了几十万人。

工作人员让随宁试麦，随宁清清嗓子："喂、喂、喂？"

她听不到自己的声音，但正等得百无聊赖的网友们却听得一清二楚，耳朵都忽然清醒。

"刚才那个声音是谁啊，好可爱！"

"哈哈哈，我听到说'喂、喂、喂'了。"

"是随随，直播间 ID23888。"

"我们随妹声甜技术佳，入股不亏！"

就连房管都发消息来夸她可爱，随宁这才知道刚才试麦的声音被听到了。不过没事，说不定还能涨粉呢。

庄帆和段归早就已经约好今晚不打巅峰赛，一起双排上星，六点一到，就上了直播后台。

"这个解说'天空杯'的，也叫随随，那天我就是想说她和粉丝的名字挺像的。"

段归一边开直播间，一边说。

庄帆刚好闪过首页海报问："解说？"

上周，"天空直播"的 App 开屏和首页海报宣传就直接带上了参赛选手的名字。从昨天开始又换成了随宁和方明朗。他仔细一看，还真是随随。

庄帆瞅着首页上的"天空杯"三个字，拍拍段归的胳膊，果断道："今天不上星了。"

段归一脸问号。

庄帆直接打开了天空杯的官方直播间，甫一进去就听到了主持人在说话。

"你在这儿看直播也不上星？"段归质问，又提醒，"白哥待会儿洗完澡就过来了。"

庄帆将耳麦移开，小声说："你不说谁知道。"看上去就和比赛视频差不多。

段归正要继续说，韩同他们从后面跑过来，庄帆听到脚步声，还以为是队长，下意识地去关直播间。

"这么紧张，在看什么不该看的？"

"不就是比赛视频吗？"

几个人打打闹闹起来，往常他们在基地里就习惯了这样，没几秒，耳麦就被拿走了。

同时，陈津白出现在大厅里，黑发还有点儿湿漉漉的，眉眼被光线裁剪得十分清俊。

他瞄了一眼几人，没在意。

和刚才肆无忌惮不同，韩同他们收敛了些许，回头打招呼："白哥。"

当然还有告状的："白哥，庄帆不训练，看女主播直播！"

庄帆："……"

他心道不好，打算关了直播间，其他地方却被韩同他们压着，手忙脚乱地开了扬声器。

比赛正好在 BP 环节。

"……看来他们还是很忌惮游壳的老虎的，哈哈。"方明朗的声音从音响里传出来。

官方赛事他解说过，他们都很熟悉他。

紧接着，一道女声接上："不过，游壳拿手的也不只这一个英雄，两边肯定都想《王者荣耀》怎么没有一百个 ban 位。"

是随随在说话。

"……"糟了，庄帆十分心虚。

虽然他觉得自己好像没什么好心虚的，隐瞒随随主播的身份又没什么，但他就是心虚。

直播间中男声和女声一唱一和。韩同他们只觉得这声音有点儿耳熟。

乍然听到这清甜的嗓音，陈津白路过他们往边上走的脚步一顿，慢慢地转过身。

"庄帆。"他叫了声。

"……哎。"庄帆终于找到键盘上的静音键，直接按下，大声道，"我马上就训练！"

陈津白没搭腔，手撑在椅子扶手上，视线掠过他看向屏幕问："看女主播直播？"

"……"

他不紧不慢地问："谁的直播？"

听见陈津白的话，刚才还在嬉闹的几人你看我、我看你。

白哥居然在问是谁在直播，不对，是在问哪个女主播在直播——

在问女主播！

"我没听错，不是男主播吧？"段归低声问。

韩同轻轻点头，似是感慨："是啊，你没听错，居然会问女主播的名字。完了，我的青春结束了。"

段归促狭地偷笑。

庄帆见他们没心没肺，心中更凉。他只能硬着头皮说："就……'天空杯'比赛的直播。"

陈津白眉梢一扬。

庄帆干脆破罐子破摔道："哎，我就是刚刚看看，然后发现这个声音有点儿熟悉。"

其他人还没说，韩同他们都已经说开了。

"对、对、对，我也觉得熟悉。"

"这个女解说是谁啊？"

段归已经直截了当地开了口："就叫随随，我就记得这个名字，和咱们那个粉丝一样的。"

他还点回了"天空直播"的首页。

陈津白一瞄就瞄到了那个头像图标下的名字，"随随"两个字尤其显眼。他瞥向庄帆，"有空看直播，你分上完了？"

庄帆低头道："没有，马上上。"

现在他就怕队长问自己知不知道随随是主播，说实话，他觉得对随随不太好，不说实话，又得撒谎。

陈津白又轻飘飘地看了眼其他几人。

韩同他们还等着问点儿八卦，一收到这眼神，都赶紧站直身体道："马上就去，现在。"

他们一溜烟儿都跑光了。

陈津白嗯了声，坐了下来。

庄帆也将椅子转正，偷偷用余光瞟，见队长正常地整理耳麦，然后又正常地打开了游戏。

——不问问？这么平静？他之前还觉得白哥对随随有点儿不一样呢。

庄帆长出一口气，正庆幸自己没被质问，就听见一道清冷的声音："之前就知道？"

庄帆心里咯噔一下，明知故问："知道什么？"

陈津白撩起眼皮，看了他一眼，脸上似笑非笑。

庄帆一见到这表情就害怕，道："'天空直播'的比赛让随随解说吗？其实我也是才知道的，段归提醒我的。"

这句话表面上没问题。陈津白噢了声问："才知道？"

他轻轻笑了声，也没说信还是不信。庄帆听得欲哭无泪，这事他总感觉没什么，为什么现在有种风雨欲来的倾向？

随随是主播、是解说，不都挺好的吗？！

"你丧着个脸，有什么事？"段归十分不理解。

"你不懂。"

"不就是拽了你耳麦的事吗？有啥好生气的。"

"……"

两个人絮絮叨叨的。

陈津白戴上耳麦，锐利的目光放在了电脑屏幕上，忽地打开了桌面上的直播软件。

当初签约后，蒋申统一给他们下载了。

那道声音是随随的。

除非世界上还有和她声音一样的人。

和庄帆认识的是随随，陈津白记得当初庄帆说是匹配到的队友，高星匹配到很正常。

《王者荣耀》有解说是叫随随的吗？

陈津白并无任何印象，手底下按键迅速，"随随"两个字才打出，下面自动关联了随随的直播间。

显示正在直播。

桌前的男人眸中情绪不明，点开了直播间。

"天空杯"的比赛还在打第一局，正热火朝天，随宁说的话比之前多了许多。

"……平淡无奇的峡谷狙击手。"

"……下路线可以卡一下，打条龙，高地基本就可以推掉了，看我预言得对不对。"

由耳麦传至耳朵里的嗓音绵柔，却有力。

往常这样的声音是活泼的、肆意的，说各种各样的句子时是理直气壮的。

弹幕不时飘过。

"这声音好好听，救命！"

"爱了，爱了，马上去关注。"

"随随一听就是可可爱爱、善良的女孩子。"

陈津白哂了声，面无表情地关了弹幕。

原来她既是解说，也是主播。他手叩在桌上敲了敲，回忆起之前的一些对话，和这样的身份对起来，似乎毫无违和感。

第一局比赛结束时，随宁作为解说，还在和方明朗继续后面的分析，比如MVP给了谁。

一直到进入休息阶段，她才终于喝了口水。

随宁有些亢奋，这和自己解说着玩是完全不一样的感觉，她想知道，自己的解说是不是让非粉丝的路人喜欢。

她取下耳麦，盯着屏幕看。

方明朗给她发了消息：*"状态很好，继续保持。"*

他确实很满意，能接梗，而且对于比赛的局势把握得也很准，不用扶持。

玩这游戏的女生很多，女主播也多，但更多、更有名气的还是男主播和男解说。职业赛事上很多局也多是双男解说，有男女解说搭配的次数不多，通常还会被网友骂。方明朗被骂过很多次，近两年才好许多。

随宁收到鼓励，忍不住弯唇，回复：*"谢谢方老师。"*

她抽空去网上搜了自己的名字，实时里关于她的，大多是说解说得不错，没故意卖萌，等等。

当然，这个频繁程度和 KPL 的比赛受众是有很大区别的。

随宁翻了翻，心满意足地放下。

等"天空杯"的所有比赛结束，她势必会进入一些业内人士的视线里，距离自己的目标又会近一点儿。

距离她和陈津白站在同一舞台上的时间也缩短了。

随宁双手捧着自己的脸，眼前全是前几天陈津白倚在门边，冲她轻笑的模样。

她吹出来一口气，掌心里温热。

从视频里跳脱出来的陈津白，会不正经地穿队服，会偷懒不让位置，还会……小心眼儿。

随宁却越加喜欢。

小心眼儿的男人会记得更深。

在外面听见屋里安静下来的周纯敲门，探头进来问："我点了奶茶，你要不要喝？"

随宁伸懒腰，撒娇道："要、要、要！"

周纯贴心地给她送进来，又趁机揉了揉她的头发道："随随，你现在好让人有保护欲。"她捏随宁的脸。

随宁救回自己的脸道："快走、快走，我要打工'搬砖'了。"

周纯才离开没两分钟，后台那边工作人员提醒了一声，随宁瞬间重回工作状态。

庄帆和段归双排了两小时，掉了两颗星，他失望地说："从今天开始，我和你恩断义绝。"

"……幼稚。"

庄帆冷呵一声："还是找白哥比较保险。"

他说着扭头，隔壁座的男人低着头，看不清手上的动作。

庄帆问："白哥，白哥，要不要双排？"

没听到回答，他半个身子都往那边歪。好巧不巧，看到了一半手机屏幕，是游戏界面——准确来说，是直播间的游戏界面。

底下的一串数字，格外眼熟。

这不就是自己经常看的吗？不就是随随的直播间吗？！

庄帆仿佛发现了惊天大秘密，他之前熬夜几乎把随宁的直播回放看了个完全。

"白哥，你在看直播吗？"他小心翼翼地问。

"你知道我在看什么？"陈津白抬眸问。

庄帆不想知道。他泄气，干脆实话实说："随随是主播的事你也没问，我就没说，她一直是我们的粉丝。"

陈津白轻描淡写道："你又知道了。"他险些冷笑。

提到这个，庄帆无比肯定道："是真的，她之前季前赛就一直相信我们会赢！"

这点一定要让白哥相信，随随可是他的粉丝。

陈津白没说话。手机上播放的正是前天的直播解说，没有 YU 的比赛，她说得有些随意，心情似乎很好。好几条请假条还挂在动态上。一眼看过去，似乎都是有 YU 比赛的日子。

"哥，你看这个，这个。"庄帆实在心急，伸手就去滑动屏幕道，"这一天的直播。"

陈津白眯了眯眼道："你好像很清楚。"

庄帆："……"

糟了，一不小心暴露了。

但他今天格外幸运，陈津白懒得追问，低头点开了季前赛时的直播回放。

他倒要看看真假。

庄帆摸了摸额头不存在的汗，坐回自己的位子，打开了手机，发现"天空杯"的比赛刚刚结束。

那随随也结束解说了？

段归递过来手机问："是这个直播间吧？"

庄帆看到手机屏幕上是随随的直播间，不过因为已经结束，屏幕上只有弹幕。

"是这个。"

段归"啧啧"两声，也点开了最新的直播回放。对于随宁这个粉丝，他们都很有好感，现在又多了个主播的身份，他和韩同他们更觉得有种亲近感，况且随随这么好看。

段归唏嘘："上次休息室里我听名字熟悉，原来真的是这个随随，长得那么好看也没露脸。"

《王者荣耀》直播区多的是不露脸的主播，但不露脸的女主播还是非常非常少的，而且能闯到她现在这个和林秋瑶对打的地位，不得不说她自身的实力过硬。

"这叫自信。"庄帆吹捧。

"不过，她居然是咱们的粉丝，果然还是我们太优秀。"段归眉飞色舞道，"一个大主播是咱白哥的粉丝。"

"还夸他帅来着。"他挤眉弄眼道。

"这是实话。"庄帆接话。

段归压低声音道："没说不是实话，你说，这么漂亮的女主播，还贴心地送礼物，白哥就不动心吗？"

两个人齐齐看向陈津白。

半晌，庄帆义正词严道："白哥不是这样的人，随随是粉丝，你把他想成什么样了。"

"好像也是。"段归"噢"了声道。

话题中心的男人并没有听见他们的对话。

陈津白在想，他到底是做了谁的替身，之前存疑，现在可能有了新的答案。

另一个当事人最清楚。

他垂下眼，切回微信界面。

几局比赛解说结束，随宁的嗓子已经有点儿痒。

她以前自己直播时说话次数也没有这时候多，而且那时候多是说几个字，现在却需要好几句好几句一起输出。

离开直播间时，她趴在桌上，缓缓呼吸。

一直要分析准确、精神高度紧绷，不能出错，所以现在连带着随宁的脑袋都有点儿迟钝。她趴了半分钟，穿着拖鞋，慢吞吞地去外面接水。

周纯早就回自己房间了，随宁灌了半杯水，又找出两颗润喉糖扔进嘴里。

她回房时，看到桌上的手机一直在振动。

随宁站在桌边，单手解锁手机，是庄帆发来的消息，又是将近十来条消息。也不知道他怎么这么多话。该不会是深夜亢奋吧？

随宁点开，直接滑到最上面，还在嚼着润喉糖的牙齿猛地一合，"咝"了一声。

糖好硬，她买到假糖了吧。

庄帆："白哥知道你是主播了。"

庄帆："我真没说！是意外！"

庄帆："总而言之，真的是意外，刚好被白哥听到了，他认出来是你了……"

庄帆："随随，你今天解说得很棒！QAQ"

他还用了个颜表情。

接下来就是庄帆一连串解说陈津白如何知道她是主播身份的过程，看得随宁心情和坐过山车似的。

她心跳扑通扑通的。

知道自己是主播，有没有可能看了她的直播？

正常人应该是有这样的好奇心吧？随宁闭眼，想起自己之前肆无忌惮地说YU会赢，是个人都能分辨她是YU的粉丝。

但是被正主看到……随宁揩着腮帮子，敲了几个字发出去："然后呢？"

庄帆几乎是秒回："我和他说，你一直是我们的粉丝，不是SSP的，放心！"

随宁心情难言。

过了片刻，她抿着唇，故作轻松回道："那挺好啊。"

庄帆在看到这句话后终于松了口气，她没生气就好，不过，随随真是脾气好。

他想了想，又说："对了，白哥之前还在看你直播回放，估计也会自己发现的，哈哈哈。"

看直播回放？

看她的直播回放？！

这么重要的事不早说！

随宁盯着这行字，眼睛半天才轻轻眨了下，顺势倒在床上，揩着心口，眼前是雪白的天花板。

她好想大叫两声。这是随宁之前设想过的事情，但真发生了，她心里又充满了高兴和羞赧，太复杂了。

下次见面会是什么样？随宁怕自己会说不出话来，简直要眩晕了。

她最喜欢的职业选手，在看她自己的直播回放，好像流星忽然从她面前划过。

幸运和快乐一起落进她心里。

房间里安静得随宁只能听见自己的呼吸声和心跳声，直到手里的手机又振动了一下。

她的心跳猛地一动。要冷静，随宁告诉自己，期待地打开微信。

W："在？"

原来是他的消息，随宁十分失望。

之前她还记得他，问过两次，这段时间太忙，都差点儿忘了他的存在，还以为这替身撂挑子走人了。

就跟一盆水浇在随宁头上，让她冷静不少。今天怎么会突然找自己，难道是后悔了，还是又想起老板的大方了？

随宁直接打了"不在"两个字，但发出去前又删除了。

不对，替身还是有用的。

自己正纠结下次和陈津白见面怎么淡定、理智，眼前就是一个很好的练习靶子。

随宁财大气粗地转账："上号。"

Chapter 12

故意

这个姓氏，足以让他百分之百确定。

他勾了下唇角，故意问："陈什么？"

陈津白从大厅回了休息区，但并没有回房，而是站在落地窗前，正好可以看见基地外远处的城市灯火。

这里是寂静的区域，和那里形成了鲜明的对比。

队服外套松垮地搭在身上，手机屏幕忽地亮起，显示出随随发来了一条新消息，陈津白停了几秒才打开。

随随："上号。"

还附带转账两千元。

陈津白对转账视若无睹，只是看着"上号"这两个字。

他翻了翻聊天记录，两个人之前的对话几乎没有重点信息，刚加好友那时几乎没说话，直到前段时间，在替身的问题上缠了好几天。

窗外的夜色和走廊上的灯光相互交叠，地面倒映出修长的影子，站在窗前的男人面色晦暗不明。

很快，对面又发来条邀请组队。

陈津白无声哂笑，大步离开了落地窗前，回了卧室。

随宁今晚全是解说比赛，还没打游戏，一边领东西一边等着 W 上线。她还在房间里放起歌来。

好像一切都很顺利呀，按照自己想的来。随宁笑得眯起眼来，想到庄帆刚刚说的事，心里面又害羞，又甜蜜，又紧张。

回到队伍里，多了个人。

ID 是 Black……

随宁自然一眼就认出来什么意思，第一反应是，它的反义词是 White，好巧啊。

她忍不住开麦："你怎么改这个名字啊？"

隔着网络，随宁听见他开口。明明是她早就熟悉的声音，这会儿却多了些雾蒙蒙的感觉，空蝉深远。

陈津白说："这个名字不好？"

随宁无话可说，半晌回："不错。"

她闭麦，认真地寻思了十几秒，还真是挺符合的，陈津白是 White，W 是替身，又是 Black。

真巧啊，随宁再次感慨。难道这就是所谓的缘分吗？让自己发现有声音这么像的人，又被她当作替身。

她点了匹配，这次用的号的段位不高，很快就匹配进去。

游戏背景音乐在两人的耳机中响着。

陈津白禁完英雄，目光落在位置在三楼的随随。她的头像下面没有麦克风的提示，应当是闭麦状态，也可能是因为没说话。

他没有开口，而是等着她主动询问。陈津白相信，她会问的。

他顺势靠回椅子后背，挂在那儿的外套被压出些褶皱，主人却没有要去整理的意思。

片刻后，少女清冷的声音响起："你今天找我，是不是同意了？"

也许是今天晚上说话太多，随宁现在刻意将声调放低了许多，显得更加绵软。

"替身吗？"陈津白问。

他听见那边传过来的歌声，好像是英文歌，女歌手唱的，调子轻柔温和。

"嗯。"随宁应了声，"不然还有什么。"

"还行吧。"陈津白说。

游戏开始，随宁操纵着嫦娥去中路，说："你好像很勉为其难的样子，我又没有强迫你。"

手底下的英雄正在说语音。

陈津白平静道："既然如此，我问问正主相关信息，也应该是可以的？"

随宁谨慎地问："你打听这个干什么？"

"更相似？"

陈津白的语气中带着若有若无的引诱。

随宁这会儿没听清，嗯了声，道："这么上道啊……行吧，你问，但有些问题我是不会说的。"

她自有判断。

屋顶的明亮灯光映着陈津白轮廓鲜明的脸，他眸中漆黑，扯了扯唇线："他是做什么的？"

她是 YU 的粉丝。

在季前赛之前就是。

陈津白不知道她什么时候粉上 YU 的，从直播回放来看，她确实很多行为都是粉丝的表现。所以那两张明信片到底是写给他本人，还是想让他本人也做现实里的替身？

他要得到答案。

陈津白无比好奇替身的正主到底是谁，在看完直播回放，他又勾回了早前的疑问。

他会是他自己的替身吗？

答案只可能有两个，是或不是。

陈津白合上眼。

如果是后者，那他最不希望。

如果是前者，那自然皆大欢喜。

随随喜欢他，然后找了个和自己声音像的替身，只是凑巧这个替身是他自己。

这中间的差距，让陈津白不禁磨牙。

而且之前的种种事情，什么四五个替身，听着就头疼，他都要搞清楚。

还有——

"哥哥"叫得好听，其他的"哥哥"又是什么人。

随宁想也不想，直接一口回绝了这个问题："职业有什么好说的，问点儿别的。"

陈津白缓缓道："那换个问题，他也打《王者荣耀》？"

"打啊，他水平很高。"随宁随口道。

"噢……那你为什么不和他打游戏？"

"这个不行，换个问题。"

"好的，为什么没追上？"

"我感觉你在内涵你老板。"

"没有，你听错了。"

陈津白极为平静地否认了这句话的意思，重新回归到正题："之前你说我说话和他像，声音像？"

这是他唯一觉得有问题的地方。

替身的身份和他本人是同一个声音，随宁找他做替身，又是 YU 的粉丝，他很难不多想。

"……"

随宁想了想，一般打游戏的人其实很难听到职业选手的声音，除非一直关注比赛，因为比赛中途有那么几秒的队内语音。她感觉 W 也不像是有空去看职业比赛的样子，他妹妹不是说他是上班族嘛。

随宁笑起来道："被你发现了啊。"

她尾音扬着，像森林里跳跃的小鹿，天真、单纯，一点儿也没有察觉到前方的危险。

陈津白手指动了动，野怪三两下被打死。

他冷声问："他玩什么英雄？"

问题冷不丁变了，随宁也听出他声音的变化，心里有数，替身有气也是正常的。她以前看的替身"火葬场"文学里，女主角发现自己是替身时可气了，都是直接提分手。

随宁说："都玩吧，以前用李白。"

陈津白双眼半眯问："最近呢？"

"镜。"随宁想也不想就回答。

这是上一次常规赛里陈津白最后一局用的，往前数，每一局比赛他用的是什么，她都记得清清楚楚。

陈津白心下有了数。

他上次似乎用的就是镜。所有的巧合看似简单，但全部聚集到一起就不再是巧合，而是……蓄谋已久。

替自己的身吗？真有意思。

陈津白低着头笑了声，胸腔震动。

网络这头的随宁听得耳朵酥麻，手下的英雄差点儿因操作失误死掉，没好气地问："你突然笑什么？"

"没什么。"

陈津白的声音里依旧带着笑意。

过了会儿，他又开口，嗓音里夹杂着说不清、道不明的意味："那我下一次用李白，下下次用镜？"

随宁差点儿呆住，慢吞吞地回复："不用这样……"

她想起之前 W 和陈津白在 KPL 上相似的团战方式，又对这个提议充满了期待。

果然，钱是万能的！

做陪玩敬业，做替身也这么敬业，价格高她也接受了！

"你的提议不错，我喜欢。"随宁改口，"你就玩李白，不过最近他伤害刮痧。"

陈津白轻描淡写："你的关注点又不在伤害上。"

"是这样没错。"

随宁被他说得都有点儿不好意思了："不错，不错，你很清楚自己的定位嘛，老板我不会亏待你的。"

"……"

陈津白后槽牙隐隐作痛，说出来的话却十分平静："那我谢谢老板了。"

和 W 说开后，随宁的心情更好。

难不成这世界只准男人找替身，不准女人找替身吗？而且她又没做什么。随宁说来说去也觉得自己很有节操，她只是让 W 陪自己打游戏而已，连撩骚的话都不用说。

干干净净的交易。

不过她确实没想到，W 这么好说话，还会自觉说可以学习正主——真的太敬业了。

一局游戏结束，她还发了个小红包，备注"奶茶钱"。

陈津白收到红包，又哑然无语。单从做一个老板来说，随随可以说是又大方又温和，只是遇上的顾客是他。

第二天醒来，随宁就忍不住分享给周纯听。

周纯咬着包子，听得目瞪口呆，道："不是吧，这难道就是富婆的意义吗，做什么都可以？"

随宁歪头道："大概是吧。"

"你小心点儿啊，当心他是故意报复替身的事，骗钱、骗身、骗感情，你可别被 PUA 了，男人都很记仇的。"

"不会的，我又不是笨蛋，只是声音交易罢了。"

周纯说："你自己心里有数就好，男人可都是会利用自己的优势的。"

随宁抬头问："你这句话说的，怎么这么懂啊？"

"这还用懂吗？都是这样。"

"不是这样的吧。"随宁喝了两口粥，猜测道，"我猜，是那个国服弟弟很会利用自己的优势？"

周纯用杯子挡住自己脸道："这都被你发现了！"

随宁摊手道："这还用发现，你们前段时间天天打游戏，还游戏挂了 CP 恋人情侣关系，改了情侣名，我能看见的。"

"噢，你能看到啊。"周纯恍然大悟。

"我不耳聋，我还能听到弟弟叫你'姐姐'，真甜啊。"

"他比我小，叫'姐姐'正常。"

随宁顿了顿，道："你没听过一句话，女生会对自己长期的聊天对象、游戏对象有好感。"

周纯说："我没有，是他黏人。"

"那你这样也不合适吧？"随宁说。

周纯认真解释："我也没做什么呀，和他挂 CP 的时候我是个很合格的 CP，没有任何问题。"

问题只是后面："不过，他去打职业第二天，我就删了他。"

周纯在微信上发给对方一段话，大意就是自己要回归三次元，以后可能不上游戏了，也不会去耽误他。她很擅长这样的话术，做足了戏。而且估计对方去打职业，也没空带她上分了，成绩更重要，那还不如提前做个了结。

随宁："……"

太绝情了吧，姐妹！

好家伙，没想到自己是装出来的，自己的好友才是冷酷无情的上分奴。

她都有点儿同情国服弟弟了。只是去打职业而已，心动的聊天对象兼 CP 就没了。如果随宁是对方，这会儿绝对会很生气，但她是周纯的朋友，她只能谴责一下。这可能就是双标吧。

这话题太不对劲，周纯直接转移，道："你现在就确定以后要去解说了，是吧？我还没确定要干什么。"

"你不是已经收到邀请了吗？"随宁记得这事。

"但我现在对那个工作没兴趣，而且我也还没毕业。"周纯在学校里雷厉风行，这次却是罕见的茫然。

随宁没搭腔，她无法替别人决定未来。

"《王者荣耀》玩了这么多天，感觉怎么样？"

"挺好的，就是容易让人发飙，特别是队友带不动还话多的时候。"

周纯之前确实很沉迷游戏，天天上分打到禁赛时间。有国服带着，很少能输，快乐十足。

"那比赛呢？"随宁又问。

周纯不知道她为什么忽然这么问："我只跟你去看过几次，感觉还可以，但怎么说，舞台还不够成熟。"

随宁放下汤匙道："但前景很好。"她看着周纯道，"听起来，你对游戏行业也不算排斥，最后一句说得没问题。"

周纯说："当部长当多了，习惯性发言，行了，这些事有空再说，还有半小时就上课了。"

两个人赶紧收拾好碗，快速往学校里赶。

这节课是选修课，不怎么重要，老师也很温和。

随宁在底下摸鱼玩手机，搜昨天"天空杯"的后续。

经过一夜的发酵，很多人都知道昨天是她在解说，顺藤摸到了她的微博上。

"我翻遍几百条微博，确定没有自拍。"

"昨天听了一晚上，声音好好听！"

"今天什么时候直播？"

"我想看点陪玩了，想念这环节。"

随宁这才想起来，自从 KPL 春季赛开始后，她点陪玩的次数屈指可数。常规赛后更是几乎没有，她要么在解说，要么在上分。

粉丝群里也有人在问这事，随宁想了想，干脆让蛋糕通知他们，以后这环节可能会被取消。毕竟她以后会将多数时间放在正事上。

上午四节课，下午两节课，随宁和周纯没回公寓，去宿舍待了一会儿，然后和室友们一起去上课。俗话说距离产生美，室友们和她俩的感情都很好。

下午三点多，YU 基地的成员们一个个出了房间。

没有比赛的日子，他们都习惯了昼夜颠倒，之前被陈津白勒令早休息，坚持了季前赛时的作息时间，后面就又固态萌发。

庄帆眯着眼去了大厅，里面已经有了人。

"哥，你这么早啊。"

陈津白漫不经心嗯了声，想起什么，指尖动作放慢，扭头说："上号。"

庄帆瞌睡全跑了，问："双排？"

"不然你想几排？三排？"陈津白反问。

"双排、双排！"庄帆直觉后面俩字危险，快速答道。

昨天和段归掉了两颗星，今天肯定能赚回来，说不定还会一次性完成战队的要求。

庄帆预言成功，两个人双排了三小时，连胜。

陈津白退了游戏，靠在椅子上闭眼小憩。

"真爽。"庄帆意犹未尽，并不觉得疲劳，"对了，白哥，你昨天看直播……怎么样了？"

陈津白半撩起眼皮问："你很好奇？"

庄帆说："就是问问。"

他十分好奇，知道随随是自己的粉丝，又是知名女主播，白哥的态度会有什么变化。

陈津白睡了半小时，醒来有随宁的未读消息。他凝视了许久，上了小号。

随宁刚直播完，瞧着时间还早，直接找上了替身同学，她还惦记着他用李白的事。

时隔许久，陈津白已经很久没公开用李白了。

随宁也是翻到很久以前的视频的，画质糊到没眼看，她现在颇有点儿像是没粮吃的小猫。

消息发出去半天没回复，她去打了把巅峰赛。结束后，W 的邀请就来了。

随宁进入队伍，道："隔这么久，我还以为你今天没空。"

"刚醒。"陈津白声音带着点儿苏醒后的懒洋洋。

随宁却格外喜欢。大概是在正主那边难得听到，现在有了替代品，自然就希望花样多多。

"开吧。"

陈津白说："稍等。"

随宁以为他是有事，但等了会儿，等到屏幕上方跳出的微信消息提示。

是 W 发来的一张图片信息的提示。

随宁滑下通知栏，确定是图片消息。

在微信上，表情包有表情包的专属性质，会被标成"动画表情"，从相册里发出来的就是图片。

W 给她发图片干什么？

是普通的图片还是照片？

随宁心中警铃大作，切回游戏界面，问道："你给我发了什么？"

陈津白漫不经心说："一张照片。"

"？！"

真是照片，随宁的猜测得到证实。

她闭了闭眼，压根儿没敢点开那条消息，生怕看到什么不该看的，比如很丑的照片——周纯不会预言成真吧。

随宁问："嗯……你发了什么照片？"

陈津白听出她莫名其妙的抗拒，原本"没什么"的回答改了口，有意逗她道："你自己去看。"

随宁拒绝道："没事不要发照片。"

她拿出了说教的语气："陪玩最忌发照片，尤其是自拍什么的，知不知道？"

陈津白挑眉道："好的。"

随宁满意，再问："所以你发了什么？"

"你去看了就知道。"

"……"合着说了等于白说。

越这么说，随宁越觉得这照片有问题，语气不由得严肃起来："不准发本人照片。"

陈津白没说话。

他听着她的声音故作一板一眼。

有点儿可爱。让他想起便利店那次，以那样乖纯的脸说这样凶狠的话，反差实在是大。

随宁不知道，继续说教："你要知道，我只是为了你的声音，只要不发照片，我就可以想象你是陈——"

她忽然停下来。刚刚一出口，随宁就知道自己的警惕心降低了，立即刹车，才没把陈津白的名字给说出去。都怪 W 把她吓一跳。

但对面人已经听见了她的话。

"陈？"陈津白没料到有意外收获。

这个姓氏，足以让他百分之百确定。

他勾了下唇角，故意问："陈什么？"

陈什么，陈什么……

随宁当然不能说陈津白的名字，一瞬间脑海中闪过无数个姓陈的男明星。

他们中间哪个比较帅来着？随宁之前能一口气说出来好几个，但现在竟然一个能顺口说出来的人名都不记得。

全是陈津白。

她鼻尖沁出点儿汗，热出粉色，猛地反应过来，自己作为老板，为什么要给陪玩答案？随宁立刻就轻松起来，道："陈什么和你又没有关系，你打游戏就可以了。"

陈津白"噢"了声。

随宁长出一口气，摸了摸鼻子。

"姓陈？"陈津白忽然问，声音很低。

"……"随宁刚落回去的心直接跳到了嗓子眼。

这声音……就好像陈津白本人在问她是谁，令她脸红心跳无法招架。

随宁用手扇风，让自己凉快了一点儿，一想到 W 胆子变大，没好气道："是啊，姓陈名世美。"

陈世美……陈津白笑了声，越想越好笑。

亏她想得出来。这个名字一看就是随便糊弄人的，如果是假的，就没必要隐瞒，所以只可能对方姓陈。

陈津白从不信世界上有那么多巧合。

一个人和他声音一样，就连姓都一样，连打游戏什么的都像，这是复制粘贴吧。

所以啊，他就当自恋了。原来当了这么久的替身竟是给自己当了。这么滑稽的事也能发生，陈津白一想起之前的情况就后槽牙隐隐作痛。他觉得，可能是智齿发炎了。

"笑什么啊，当心我扣钱，不好好打游戏，问些无关紧要的问题。"随宁冷哼。

"不敢。"陈津白顺口回。

过了几秒，他又说："这问题怎么无关紧要了？"

随宁没搭腔。

等选完英雄，进了游戏里面时，两个人都没想起来一开始事情的由头是看照片。

随宁脑壳疼，去抢他的蓝 buff。

陈津白在想"陈世美"的那些事，就失神了那么片刻，蓝 buff 还真的被她拿了。

"有意见吗？"随宁问。

"没意见。"陈津白说。

在这种关系下，老板做什么都可以。

随宁非常满意，得益于刚才的事情，现在杀心很重，当即带着全场仅有的两个蓝 buff 去了对面野区。

抢了一蓝，其实自己做得也不好。对面似乎不太会，随宁和辅助杀了打野，对面法师才姗姗来迟，她开麦："过来啊。"

声音有点儿娇，似是得意。

陈津白拖小地图看了一眼，对面的蓝 buff 还在，猜到了她想做的事，用技能跳过去。

等他拿了蓝 buff，随宁自夸："我真善良。"

陈津白对此不置可否。

这局游戏获胜对他们来说自然而然不是什么难事，中野全场乱杀，随宁死了就拖小地图看他。

她和 W 玩这么多次游戏，但从来没看过他用李白。

每个人在游戏上都是有自己的小习惯的，就看能不能让人认出来。随宁觉得熟悉是因为才在比赛里见过。和她看过的视频里以前陈津白玩李白时有点儿区别，但又给她一种熟悉的感觉。

随宁陷入深思。

陈津白听到麦里安静了许久，问："怎么了？"

"没什么，看你玩得挺好。"

"噢……像吗？"

听他这么问，随宁就感觉更奇怪，她将这点归结于 W 太上道，甚不习惯。

"还行吧。"她敷衍。

陈津白唇线轻轻一扯道："看来还要努力。"

随宁："……"

真的太别扭了。

随宁迟疑道："不用这样……就和以前一样就行。"

陈津白说："这样不尽责。"

"不需要尽责。"

"拿着那报酬我心虚。"

"我都不怕，你怕什么。"

随宁又趁机道："要不，降个价？"

陈津白反问："你觉得可以吗？"

随宁听着他是不是不乐意啊，就没再提了，毕竟找到个声音这么像的替身挺难得的。但今天实在不适合再和他打游戏了。这局一结束，随宁就退了游戏，她回到微信，又看到那个图片消息，犹豫两秒，还是打开。

不是自拍。

是一张截图，李白的皮肤选择。

就这？随宁闭了闭眼，搞半天就是这个，所以之前说那么多都是故意的，直接问她选什么不就好了。

这能说什么，作为替身，这个都要问老板，还得说一句"敬业"。

但随宁实在无语，学 W 回复："。"

她真的是无话可说。随宁当时还担心收到丑照，现在看来简直是浪费感情。

还好自己没说陈津白的名字，陈这个姓遍地都是，职业选手中也很多这个姓。让他去找也得找很久。真去找了，得累死他。

陈津白收到这回复时就知道她肯定是无语了，空气中响起了一阵低笑声。

换来一个姓氏。

蛮赚的。

因为白天直播过，所以晚上随宁就没有直播，而是去这些参赛选手的直播间观看。作为知名主播，他们都有自己强势的英雄，以前她经常在高分段排到他们。既然要认真解说，自然是越了解越好。

随宁在每个直播间停留半小时，看直播、看弹幕，甚至还知道了个别主播的糗事和梗。

到十点，她也看了好几个，揉了揉眼睛，退出"天空直播"。

自己长时间打游戏时不觉得，真一直看别人的直播怪伤眼睛的，也很累。

"天空杯"的战线没有 KPL 拉得那么长，加上决赛，这个月底就能结束，节奏相当快。所以随宁这个月实在是很忙。她翻了翻日历，还好这些时间都和自己的专业课不冲突，冲突的也已经定了其他的解说中和。总不能一直是她和方明朗，这样观众也疲劳。

随宁一觉睡到自然醒，连梦都没做。

她出去时，周纯正在外面榨果汁，看到她眯着眼慢吞吞的，不禁问："刚醒？"

"嗯……"

"你怎么这么丧？"周纯问。

随宁洗漱完，终于清醒，瘫在椅子上道："昨晚看好多人直播，看得我头晕眼花。"

"又不是一两天的事，急什么。"周纯顺手递给她一杯，"刚榨的，喝了。"

她又揉揉随宁的脸。

随宁乖乖接受投喂："好喝。"

今天外面出了太阳，从窗外撒进来，随宁舒服地晒太阳道："今天没课，真爽。"

周纯说："我下午要出去，给你带水果？"

随宁摇头。

她盯着周纯看，周纯正在收拾东西，温婉可人，丝毫看不出来说一不二的凌厉样子。

"哎，你删了国服弟弟，他没找你？"随宁好奇道。

周纯停下手道："之前我没留联系方式，微信号也改了。"

随宁听得一愣一愣的，直竖大拇指。

"网恋不可取，打职业就得认真点儿。"周纯说完，又感慨道，"不过确实搞得我很渣。"

随宁说："你知道就好。"

周纯说："反正他估计过阵子就忘了，我对他而言，可能就是游戏里一个声音好听的网友。"

随宁捧着玻璃杯道："我跟你说，昨天打游戏时 W 给我发了张照片，把我吓一跳，还以为他故意发自拍。"

W 是随宁备注的，和周纯说时也用。和好友之间互相叫男生们的代称是全世界很多女生都会做的事，要么用身高代称，要么用名字字母，又或者是其他有特殊意义的代称。

周纯听完之后哈哈大笑道："他是不是故意报复你，谁让你隐瞒找他当替身的事。"

随宁说："我都给他时间思考了。"

"说不定还是意难平。"

"我也给钱了。"

"钱要，其他也要。"

随宁摊手道："我才不管乱七八糟的，反正他要是后面做得不行，那我就直接踢了他。"

多大点儿事，替身没了就没了。

周纯深有体会道："男人都会蹬鼻子上脸。"

这是她最近得到的真理。

随宁觉得，有必要让 W 明白这件事的重要性，不能让对方觉得他是无可替代的。

　

整个城市都笼罩在阳光下。

庄帆和段归难得醒得早，在十二点左右穿着裤衩一起进大厅道："我敢说，我是最早的。"

"保洁阿姨比你早多了。"

"去掉保洁阿姨。"

两个人说说笑笑地来到大厅，老远就看到一台电脑的屏幕亮着，不用想都知道是队长。

陈津白的生活作息稳得很。

庄帆跑过去问："白哥，今天双排？"

他瞄到电脑屏幕，发现是有点儿模糊的视频，道："哥，这都是传了几手的啊，这谁？"

陈津白掀了掀眼皮问："认不出来？"

庄帆："……？"

他仔细凑近，终于看到了 ID，道："怎么看起来以前自己的视频了，追忆往事吗？"

陈津白没搭理他。

瞧，自己的队友都要过一会儿才能认出来。

庄帆没得到回应，扭头和段归说悄悄话："白哥在看他自己以前的视频。"

段归不在意道："这有什么好奇怪的。"

庄帆被说了一顿，想着好像是没什么稀奇的。

"兄弟们，你们看到咱们基地外的粉丝了吗？"韩同叫着从外面跑进来。

庄帆这才知道，原来他是最晚的。

"我早上起来上厕所看到了，不过现在，他们已经被蒋哥他们劝走了，你们只能看照片过瘾。"

韩同拍了照片，分享给其他人。

"下次我们出门，是不是路上会被要签名啊？"庄帆兴奋。

"你以为你是明星吗？"段归嘲讽道，"不过就算没那么夸张，应该也和以前不一样吧。"

他们都习惯了以前的YU，忽然多了这么多粉丝，其实和以前已经有了天翻地覆的变化。

"哈哈哈，那也很爽啊！"

"我也是大热选手了！"

"……"

陈津白刚好把视频看完，随手取下耳麦道："既然这么激动，就好好训练。"

庄帆问："白哥，你不高兴吗？"

陈津白说："多了几个就让你们这么激动？"

几人迅速当起鹌鹑来。

陈津白正要说什么，手机屏幕忽然亮起来。微信提示，随随发了条消息。

等他离开后，庄帆他们才纷纷感慨："白哥不愧是咱们基地最冷静的人，粉丝成千上万估计他也会不为所动。"

此刻最冷静的人正在走廊上。

陈津白打开了聊天框。

随宁发的是一条微博分享。

文案写着："王者峡谷声音好听，技术又好的陪玩小哥哥，一局三元，便宜又快乐。"

陈津白想了想，回："？"

随宁正坐在阳台上，这里放了个秋千，现在她靠在里面，两条细腿在空中晃来晃去。她收到回复，忍不住笑。

随宁故意回他："我有没有告诉过你，你是我几个陪玩里价钱最高的？"

陈津白自动把"陪玩"替换成"替身"两个字。

到底有几个替身，他也不清楚。上次说是四五个，谁知道是真的还是假的，替身找这么多干什么？

陈津白看过随宁的直播回放，每周都有陪玩时刻，不算上不直播的时间找的，遇到类似的声音可能真不少。

不说一样，但相似的应该有，他不排除这种可能。一想到有其他几个男人，说着自己说过的话，学自己，陈津白眼神渐凉。

世界上怎么会有这样的事。

W："一分价钱一分货。"

随宁看得咬牙，不承认："溢价太多。"

陈津白挑眉："俗话说，'便宜没好货'。"

随宁觉得他油盐不进，果然是个棘手的，还知道借机贬低对手，心机男。

不过，价钱是次要的事情。

W："几个替身，你时间安排得过来吗？"

随宁不接受质疑："当然。"

W："适当减少有利于休息。"

随宁觉得他这是想让他自己成为唯一，这个想法太危险，她不可能接受。

她回复："你没听过网上的一句话吗，喜欢一个人太累，所以要喜欢十个。"

随随："我四五个还算绰绰有余。"

随随："谁惹我不高兴，就踢了。"

陈津白面不改色，情绪藏掖在深处。

如果此刻挑明会如何？陈津白思考这个决定的可行性。

以随随的性格，可能会恼羞成怒，这件事太过神奇，到时候弄巧成拙。

随宁借机警告一番，收到"好的"两个字时笑了起来。

只要听话就好。

她打算打一棍子，给个甜枣，正要转账来玩一局游戏，就收到了方明朗的电话。

"随随，这周末有空吗？"

"周末？"随宁回忆了一下，"好像上午有两节课，然后就没有了，有空。"

方明朗听得笑起来。

随宁问："什么事呀？"

方明朗说："上次不是和你说，带你去一些战队基地里逛逛，既然周末只有两节课，你去不去？"

随宁一下子坐起来。她自己都记不得这事了，没想到他还记得。

"去，不过，方老师，你得告诉我去哪个战队，我好有点儿心理准备。"随宁趁机询问。

方明朗也没隐瞒："我和这次KPL的战队关系都还不错，最好的应该算WJ和SSP，还有个YU，你想先去哪儿？"

他用的是"先"，表示其实这几个以后都会去。

听到YU，随宁的眼睫颤了颤。

难道天气变好，带来的消息也会好吗？随宁想直接说YU，但又怕这样显得太急切、不矜持，一时之间陷入纠结中。她还在犹豫忐忑，方明朗已经替她做了决定。

"上次我见你对YU了解得挺深，而且我还听说你是他们的粉丝，要不先去YU？"

随宁掩不住唇角翘起。可说出来的话却是异常乖巧的，仿佛孺慕的学生一般："都听方老师的。"

方明朗听得高兴，当即结束通话，去联系蒋申。

他和蒋申很熟悉，平时也会联系，带个徒弟去基地逛逛，基本上也就是说一声的事。

倒是蒋申忽然来了兴趣，问道："随随想来？"

常规赛那次随宁送巧克力，这个随随就是送他们蛋糕的粉丝。

那女孩儿蒋申可喜欢了，又甜又乖。

蒋申道："来、来、来，随随我绝对欢迎！"

方明朗不知道他为什么这么激动，但还是告知了时间，又通知随随周日上午课后，他来接她。

"正好中午蹭饭，他们基地的餐厅被说成KPL战队里最豪华的，带你去尝尝。"

随宁收到消息后，忍不住从秋千上跳下来。

她兴奋地回道："好！"

随宁已经好几天没见陈津白了，有这样近距离接触的机会自然不可能放过。

基地里的陈津白会是什么样？

距离周末还有三天时间，随宁现在就已经开始纠结周末要穿什么衣服了。周纯回来时，沙发上好几条裙子。随宁正缩在最角落捧着手机看什么。

"怎么衣服都摆在外面，干吗，要扔了？"周纯瞅了一眼，要么是新裙子，要么是穿过一两次的。

随宁抬头道："我周末要去见陈津白。"

周纯："？"神进展？

周纯一连好几个问题："你们不是还没有熟悉吗，这就见面了，他约你的？这种是不是人品不太行？"

她可是知道这圈子里有什么约粉丝的。

随宁哭笑不得道："你想歪了。"

周纯等听完经过后才松口气道："那你认识的这个师父倒是真好，正好给你机会了。"

两个人折腾了几小时，最终还是没敲定。也是奇怪，随宁之前看比赛的时候决定衣服都挺快的，这一次却不停地改主意。

周末上午两节课时，随宁心不在焉。

她和陈津白见面几次，没说过几句话，也不知道陈津白对她是什么感觉。也不知道自己送的东西他喜不喜欢。随宁既期待又忐忑。

喜欢一个人很累，但她却甘之如饴。

下课铃声响后，随宁和周纯一起离开。

周纯给她加油打气："你看，你今天这么好看，陈津白要是看不上，我戳瞎他眼睛。"

随宁被她逗乐。

之前已经说好，方明朗的车就在学校外，随宁看到后，和周纯道别，然后上前去敲了敲车窗。

车窗滑下，方明朗疑惑，直到对方开口。

"方老师。"

方明朗惊讶道："你是随随？"

随宁点头道："不信呀？"

方明朗摇头道："不是，是吃惊，你看起来真小，而且这么漂亮，居然都没人知道。"

随宁上了车，闻言回道："打游戏又不看脸。"

"是，你是技术主播。"方明朗调侃道。

他是真惊讶，不少好友得知他名义上的小徒弟是随随之后，都有问过随随到底长什么样。方明朗哪里知道，因为随宁的朋友圈干干净净，什么都没有，这还是他第一次见随宁。

他比随宁大十几岁，不过随宁虽然年纪小，却很能聊天，两个人都不尴尬。

从学校出发时，方明朗给蒋申提了个醒。

蒋申一收到消息，就敲响了庄帆几人的房门："都快点儿起来，今天别睡了。"

"蒋哥，今天又没比赛。"

"对啊，昨晚我熬夜了。"

"蒋哥，你以前不这样的……"

蒋申听他们抱怨多多，冷笑道："待会儿有粉丝要来咱们基地，你们不起就算了。"

几个人全都从床上蹦起来。

"什么粉丝？搞活动吗？"

蒋申优哉游哉道："庄帆，你应该最熟悉。"

"？"

庄帆立刻收到其他几个队友的注视。

庄帆难得聪明地道："我最熟悉？我只认识一个随随。"

"对，就是她。"

"？！"

蒋申拍拍门道："随随待会儿和方明朗一起过来，中午会留在这儿吃饭，人家之前送了两次礼物，好好招待。"

他用眼角的余光一瞥，问道："陈津白呢？"

庄帆他们哪里知道，每天队长都起得最早，要么在训练，要么是在其他地方。

十点半时，基地外进了一辆车。

随宁坐在车里，看着一路经过的东西，越接近，好不容易平静的心跳就越快。

"到了。"方明朗说。

"嗯……"

随宁下了车，站在车边打量。她一扭头，蒋申和庄帆他们从不远处走过来。

陈津白不在里面，随宁忽然没那么紧张了。

因为今天温度还是有点儿低，所以穿连衣裙的可能被否掉，她就穿了长卫衣，娇小身子都被笼在里面。但和上次常规赛时不一样，这次随宁换了哪吒头，比上次更活泼，也更可爱。

方明朗和蒋申老友见面，在前面闲聊。

"随随，你还有师父啊？"庄帆问。

"算我老师，我还有很多要学习的。"随宁认真地说，"你们是不是都知道我是主播了？"

几人点头道："对啊。"

"你瞒得那么紧，怎么不直接说？"

"还是不小心发现的。"

随宁笑道："我只是粉丝，说身份也没必要呀。"

他们一起进了别墅里。

"你和他们聊会儿，我们有事要说。"方明朗又转向随宁道，"有事打电话。"

随宁点头道："好。"

他们一离开，庄帆他们就肆无忌惮了。

"我去年以前还看过你的直播，不过后来要训练，就没看了，真没想到你是我们的粉丝。"

"随随，你给白哥第二次写了什么？"

随宁惊讶，他们原来都不知道。她也含混道："没什么，就一些鼓励的话。"

"蒋哥他们说事估计要好久，要不，先逛逛基地，还是先打打游戏？"段归提议。

"打游戏，双排！"庄帆兴奋。

其他人瞪他道："咱们五排刚好。"

他们正说着，随宁故作镇定问："White不在吗？"

庄帆噢了声，挠头道："不知道一早去哪儿了，蒋哥也不知道，可能出去了吧。"

随宁有点儿失望，没想到人居然不在。自己来之前的精心准备都落了空，她在心里叹气，就当是穿给自己看了，也不错。

韩同促狭道："别急，中午肯定就回来了。"

随宁被他说破，只是笑了笑。

"那打把游戏？"

估计游戏打完正好可以去吃饭，半小时逛基地还是挺赶的，可以放在下午。

"这是我们训练的大厅，平时直播也在这儿，你要是想直播，也可以啊。"

随宁拒绝道："不要。"她在这儿直播不是说笑吗？

庄帆他们都各自坐下来，随宁看到有个空位子，走过去。

估计是他们哪个的位子吧，各种设备都是齐全的，还有件外套搭在椅背上。

韩同拿了几个苹果过来时，随宁已经坐下。

他好奇道："随随，你为什么喜欢白哥，不喜欢我，我射手乱杀不帅吗？"

"我法王不好吗？"庄帆不乐意道。

随宁眨眨眼道："你射手是很帅，庄帆，咱俩位置冲突。其实吧……女孩子大部分都喜欢野王。"

反正陈津白不在。

她笑眯眯道："所以我喜欢 White 不是很正常吗？"

随宁掰扯完理由，也没注意他们的表情，低头看着键盘什么的，问道："这个是谁的位子啊，蒋哥的？"

"我的。"

一道清沉的声音突然响起，由头顶落下。随宁顿住，拿手机的手收紧两分。

她顺着声音的来源缓缓抬头，陈津白站在椅子后面，居高临下，和她对视。

在这时刻，随宁仿若患上恐高症。

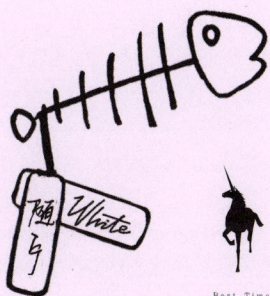

随心 White

Best Time

白马时光

跟时心动

姜之鱼——著

下

四川文艺出版社

—— 听说，你对我动心了？

—— 是啊。

XINDONG

8-1-0

他说她是狐狸，　♥♥
♥♥　　　他又何尝不是。

下卷

永远

I

永
远

Chapter 13

果然是只小狐狸

他很清楚，她是只狡猾的小狐狸。

陈津白垂眸看着她，正好可以看到她两个丸子头抵在椅子上，被压得有点儿松垮。看得他想伸手。

随宁回过神来，眼睛慢慢地眨了两下，飞出去的神思终于回归，道："是你的位子……"她就要从椅子上起来。

陈津白说："不用，你坐吧。"

随宁还未回答，他就已经去了别的地方，不知道是要做什么，背影挺拔如松。

"白哥让你坐，你就坐呗。"庄帆挤眉弄眼道，"偶像的位子，坐着不爽？"

随宁问："你们刚刚都不告诉我？"

"你又没问，再说了，白哥人不在，坐一下怎么了。"

"就是，他又没那么小气。"

"看刚才不是让你坐了吗？"

随宁不好和他们说，不过她心里也是有点儿高兴的，坐在自己喜欢的人的位子上。她好像那些高中时代暗恋男生的姐妹。

随宁不知道陈津白去了哪里，被庄帆他们催促上线，登录的时候，忽然想到一件事。陈津白什么时候到的？自己刚刚说喜欢 White 的事他听到了吗？随宁的指尖停顿了一下，这种明面上的告白和写明信片夸帅完全不是一回事。

不过……被听到了好像也很好，省得自己当面难以说出口。

"庄帆。"

随宁正想着，就听见陈津白的声音再次响起。她窝在座椅里没动，看见一只手端着玻璃杯伸过来，袖子卷在手肘处，腕骨极为好看。

随宁看得入神，见玻璃杯放在她手边。

放错了，还是……给她的？随宁下意识地扭头，陈津白却没看她，而是转身去拎了把别的座椅。

庄帆站起来道："哥，要不你坐我这儿？"

陈津白懒洋洋地道："坐你自己的。"

他又说了句："上号。"

"……可是，我们都和随随说好打游戏了。"庄帆难为情地挠头，"今天可以推后？"

随宁察觉到陈津白的视线落在了自己身上。然后他在她旁边坐了下来，她甚至觉得近到自己可以闻到他身上的味道。

陈津白的目光落在了随宁身上。他不着痕迹地勾唇道："那就一起。"

庄帆和段归他们面面相觑，几个人眼神一交会，迅速就达成了一致决定。

"我出去？"

"我们都出去！"

庄帆恍然大悟，让他俩双排！

"哎呀，不行啊，我们已经开了！"最远的韩同大叫一声，"刚刚我以为加我的是随随，直接开了！"

随宁："……"这么拙劣的把戏，他居然敢说出来。随宁忍着笑，决定下回给他们送点儿好吃的。

陈津白眉梢一挑，忽地看向随宁道："双排？"

随宁的心跳漏了一拍，伸手撩了下耳边的碎发，佯装镇定道："……可以呀。"

"叫什么？"他问。

"……随随有片海。"

陈津白没有丝毫意外。毕竟他知道，她还有个"随随没有心"的ID，和她在网络上的性格没什么两样。

但随宁说出这个名字后，就有点儿后悔了。她后悔的是起了这么个名字，也后悔自己应该说 ID 有符号，然后借机加个微信才对。世上没有后悔药，随宁在心里叹了口气，很快就收到了一条好友申请，她同意。

两人没多说话，直接开了游戏。随宁本想选法师的，但是被一楼直接抢了，她灵光一闪，继而选了瑶。今天是双排，她可以骑在他头上。和上次他放水不一样，但有异曲同工之妙。一想到这儿，随宁的耳朵就渐渐发热。等她注意力放在游戏上时，发现陈津白已经选了李白，用的还是最新的皮肤。

"选李白会不会没野区？"随宁问。

陈津白看她一眼道："没就没了。"

他都这么说了，随宁还能说什么。不过，游戏倒是正常开局，野区也还在，而且节奏十分快，她只要骑在他头上就可以。

低端局六分钟，对面全崩。对面死了三个人后，随宁从他头上下来，发现自己的蓝只剩下一点点。她眼珠子转了转。

"陈……White。"随宁改了口，"我想要个蓝 buff。"

她的声音有点儿小，更别提这里背景音里是庄帆他们几个大男孩儿的大惊小怪。陈津白没听见，问："嗯？"

随宁加大音量道："可以给我个蓝吗？"

她可以自己发快捷消息，可以自己去打蓝，但什么能比得上喜欢的人打给自己。随宁这点儿小心机还是有的。况且，用瑶要个蓝，和所有的都不一样。

不知道是不是陈津白的错觉，他总感觉她的声音比网络上听着更软和，也更撩拨人心。

"你刚刚说什么，再说一遍。"他的声音变得有些低。

她扭头看了看庄帆他们，都戴着耳麦。随宁耳根热得厉害，往他那边侧了点儿，乖乖糯糯地开口："可以给瑶瑶一个蓝吗？"

"……"陈津白的呼吸停滞了一秒。

这句话好像重现了便利店当晚的情景。他垂下眼睑，语气调侃道："瑶瑶公主都开口了。"

陈津白居然叫她"瑶瑶公主"。这话让随宁心跳更快。她拿了蓝 buff，挂在李白的头上，看着自己脚底下的蓝圈，还有李白脚底下的双 buff 圈。还好这个号有"遇见神鹿"的皮肤。

一直到这局游戏结束，随宁都在想这个问题。她想往自己期望的方向去猜测，但另一面又冷静地打破幻想，告诉自己，这只是很普通的事。

调侃熟悉的粉丝，很多选手似乎都会做。就连她平时直播也会开玩笑地让他们叫她"姐姐"，也会对听话的瑶瑶公主百依百顺。更何况是陈津白呢？

随宁抓起水杯喝了口水，又想起这是陈津白放的。

水杯是新的还是他的？随宁手也热得厉害，飞快地放下。陈津白坐在她右侧，他们两个等同于是坐在最后的位子上，庄帆不扭头就不会看到他们的动作。大厅宽阔，随宁却仿佛待在狭窄的空间里。

方明朗和蒋申从外面进来，笑呵呵地问："随随，怎么样，YU 是不是很财大气粗？"

"是啊。"随宁点头道。

"走，正好去吃饭。"

有熟悉的人一进来，随宁的情绪安定了不少，她蓦地从椅子上站起来。结果一不小心，把椅子上搭的外套蹭掉了。随宁赶紧伸手去捞，陈津白手一伸，两个人就碰到了一起，对方的指尖冰凉。

"你不冷吗？"

陈津白看她穿得严实，道："还行。"

随宁"噢"了一声，从里面走出去，听到身后人起身的动静，他和她走在一起。她的背僵了一下。

"随随，赢了没？"庄帆问。

"当然赢了。"

"也是，白哥带飞，怎么会输。"

随宁点头道："嗯，他很厉害。"她说起"他"时，连声音都软了几分。去餐厅的路上，随宁自始至终都能感觉到对方的视线若有若无地落在自己身上。

陈津白一直盯着那两个丸子看。随着随宁走路一动一动的，很可爱。

因为今天有客人来，所以餐厅里做的菜色要比平时丰富，蒋申问随宁："有没有忌口的？"

随宁摇头道："没。"

"说起来，你还是我们队的粉丝。"蒋申笑眯眯地道，"我们都去看了你直播。"

随宁只是抿唇笑。

方明朗笑道："有这么漂亮的粉丝，你们真是运气好。"

YU 基地的伙食确实很好，随宁都挑花了眼。之前有个战队因为伙食太差，还被挂了出去，被那个战队粉丝骂了几千条。难怪庄帆他们都胖了！

随宁又瞄了一眼陈津白，他好像一直是这样。

胖了……不知道会是什么样。她正想着，陈津白冷不丁往这边看了一眼。随宁猛地低下头。

陈津白瞅着她头顶，笑了一声，很轻。

饭吃到一半，蒋申忽然说："下午，你逛逛咱们这里，咱们基地好玩的东西不少，庄帆，你们给我收着点儿。"

庄帆举手道："你还不放心我？"

"最不放心的就是你，你还敢说。"蒋申没好气道。

其他人纷纷出声："我来、我来！我今天不直播！"

"我们一起，我看着他们！"

蒋申被吵得头疼，一扭头道："陈津白，你带随随逛逛。"

随宁都愣了一下。坐在对面的陈津白却慢条斯理地应了声："好啊。"

"这不正好，而且她还知道你以前玩李白，庄帆他们都不知道。"蒋申随口说。

"……"随宁彻底不想说话了。

庄帆眼珠转了转，问道："李白？"他记得上次还看到白哥在看以前李白的视频，这是不是有点儿……太巧合了？

陈津白"嗯"了声。他慢悠悠地瞥了一眼随宁道："是挺巧的。"

一顿饭吃得随宁差点儿心肌梗死，又不禁期待起下午来。

其实，今天方明朗带随宁过来就是熟悉选手们，以后就算解说时开一些玩笑，随随也会更轻松自如地面对。他放手让她自己去。

庄帆本想跟上去，却被段归他们拽走："你跟过去干吗？当什么电灯泡。"

他无语道："我怎么就电灯泡了？"

"人家随随都送两次东西了，意思还不明显？你过去凑热闹，不干扰随随追偶像？"

韩同感慨道："没想到有一天我也会成为'月老'。"

随宁已经和陈津白走出了餐厅。

"过来。"陈津白走进左边的走廊。

随宁跟上去，听见他的声音从头顶落下："那边是休息区。"如此不真实。

随宁问："你们平时会睡到下午吗？"据她所知，大部分打游戏的职业选手都是"熬夜冠军"。

陈津白偏过头问："我看起来像？"

随宁被迫和他对视，半天后才否认："不像。"

陈津白笑了起来，若无其事般说："不过，最近睡得比以前迟了。"

随宁猜测是因为常规赛。

两个人走在寂静的长廊中，陈津白忽然开口问："你为什么会是我的粉丝？"这个问题仿佛似曾相识。

随宁不像在庄帆他们面前，温暾道："你游戏打得好。"

"是吗？"陈津白挑眉道，"没有其他的原因？"

随宁不知道他想听什么。

陈津白却短促地笑了一声。她在他面前，也不说实话。

随宁听着只觉得好听至极，一不留神就落后了两步，忙追上道："等等。"

陈津白停住脚步，转身看着她朝他跑过来。光从随宁的身后四散，映得她明媚如风。

随宁仰头问道："White，现在去哪儿？"

陈津白没回答这个问题，而是突然提了个不相干的事："上次……"他低头道，"你不还叫'哥哥'的？"

男人居高临下，眸中倒映出她的身影。随宁心跳猛烈，从未想过会被这么问。她总共也就叫了两次，还都是在特定的环境下，乍然被他说破，十分羞耻。

一次存心勾搭。一次为他加油。

"……你比我大。"

陈津白"噢"了声："现在就不大了？"

因为离得近，所以随宁要仰着头才能和他对视。她不明白陈津白的意思，却乐得顺着这话往下接，嗓音是极致的悦耳："……哥哥，你要带我去哪儿？"

"哥哥"两个字被她说得婉转动听。陈津白极快地眯了眯眼道："总共就这么大点儿地方，哪里都可以。"

随宁微微睁大眼睛。她容易想歪。虽然不知道陈津白让自己叫他"哥哥"，是恶趣味，还是……有别的意思。但终归，是件好事。

陈津白带她转出走廊，去了休闲区。基地里有很多设备，就连健身房都有，自然而然也有小型影院等。随宁一开始还走神，后来就认真看了。说实在的，YU 的职业选手比其他战队的选手在生活质量上就高许多，吃、住都不操心。当然，其他战队也不差，只是好中也有更好而已。

随宁忽然好奇道："你为什么会来 YU？我听说以前有别的战队邀请过你。"

陈津白说："大概是看这里顺眼。"

这答案真简单。

随宁跟着他出去时，正好撞上不远处庄帆和段归他们吵吵闹闹地走过来。

"白哥，随随！"

"你们怎么这么慢啊。"

陈津白没搭腔。随宁唇轻轻翘起，双眼月牙儿似的弯。

接下来就没有二人的相处时间了，她和方明朗去了别的地方，但临走时又回到众人面前。随宁依次加了段归他们的微信。末了，轮到最后一位时，陈津白刚好端着玻璃杯回来，随宁顺理成章地有了正当理由，拿着手机走到他面前。

陈津白见她走过来，薄唇微弯。

随宁仰起下巴，她一如之前，只是放低了声音，不让其他人听见："哥哥，加个微信吧？"

那双漂亮的眼眸看着他，但她的话却让陈津白烦恼突生。

加微信……已经以另一个身份加过了，这怎么加？

随宁等了十几秒，也没见眼前人有什么反应。她心里咯噔一下，该不会是不愿意吧？是他不愿意，还是自己要得太突兀？随宁觉得自己这个时机把握得还算好，毕竟来基地逛了一圈，每个选手都加，多合理。

对上她的双眼，陈津白失语。他捏着玻璃杯，半晌才出声道："手机不在身边。"

陈津白思量这个理由比较可信。他刚从别的地方过来，手机丢在那里很正常。

随宁小声"噢"了一下，难掩失望地放下手机，心里面却是好几个想法一起冒出来。

是真的不在身边吗？还是只是最简单的拒绝？

"记不住微信号。"陈津白继续说。

"……"随宁不知道是笑还是失落。这个理由听起来很一本正经。她自然不会将情绪过于表现出来，抿唇对他浅笑，准备转身和方明朗一起离开。

"随宁。"陈津白低叫了声。

随宁扭头，听见他说："手机号要不要？"

手机号难道不是微信号吗？随宁摸不清这是什么情况，难不成刚才真是手机不在身边，微信号记不得？她忽然想，自己现在如果打电话会发生什么？

庄帆他们几个人正凑在一块儿聊天，压根儿没听见他们的声音，只看到两个人在说话。粉丝和偶像聊天，他们凑什么热闹！

陈津白伸手道："手机。"

随宁听话地将手机放在他的掌心，看着他修长的手指在屏幕上敲了十几下，然后递过来。她偷偷一瞥，看见一串数字。而联系人名字那里，是空白。随宁不知道陈津白是懒得写，还是故意将这个权利交给她，她要怎么称呼他？

她顶着陈津白的视线，低着头的眼中闪过笑意，输入了"哥哥"两个字，然后才和方明朗一起离开。

回去的路上，方明朗问："你们刚刚说什么这么久，要到了White的微信？"

"没有，但是有手机号。"随宁没隐瞒。

"手机号？"方明朗也一脸蒙。

给微信号和给手机号，哪个更私密？随宁不禁陷入深思。手机号应该更私人吧，微信可以加很多人，可以加游戏上的网友，但手机号应当不会给不熟悉的人。这么一想，随宁又觉得不错。

而YU基地里，陈津白已经拿回了手机，正坐在自己的椅子上。

随宁一走，段归和韩同他们就光明正大地翻她的朋友圈，他们没有被分组，这会儿能看到两条朋友圈。

"这条下雨的，不就已经透露了吗？"

"虽然是歌词，但我好像想歪了……"

说着，他们都齐齐地转向陈津白那边。

加上借伞这件事，随随这个朋友圈文案写的这句歌词的意思实在不得不让人多想。庄帆忽然想起来道："对了，伞是不是没还回去？"

"等等，这个不是白哥吗？"

段归的一声唤回了其他人的注意力，他一点那个熟悉的头像，果然转到了陈津白的微信主页。

"白哥什么时候评论的？"

"刚才吧。"庄帆当初看过这条朋友圈，只因共同好友的评论过多，内心只感叹随宁人气高，并未仔细留意。

段归啧啧道："他们刚才在那儿说半天肯定是加上微信了，点赞多正常，白哥还会看随随朋友圈呢。"

随宁回到公寓时已经傍晚。周纯正在打游戏，又失败一局，嘴里念念有词："这么菜，还抢什么中路，气死我了。"

她扭头道："基地踏青怎么样？"

"什么踏青啊。"随宁被她逗笑，回归正题，"感觉应该算是有进展的吧。"

"要到微信号了啊？"

"没有。"

"那进展啥，你们本来就没什么见面的机会，当然是赶紧用微信聊起来！"

随宁说："我拿到了手机号。"

周纯退出游戏问道："手机号和微信号有区别吗？"

随宁坐在她旁边，在微信搜索那里输入手机号，很快就搜到了一个微信号。但她不确定这是不是陈津白的微信。

"这应该是的吧？"周纯也不确定。

"我申请，问问。"

随宁说着，手指一点，但又忽然停住道："他没直接给我，我这么搜，是不是不太好？"

周纯无语道："姐妹，人家都给你手机号了，正常人去搜微信不是很正常的事吗，难不成你搜支付宝？"她"哎"了声道，"别说，还真有人靠支付宝聊天。"

随宁一想也是，她在理由那里直接问了，不过对面没有很快同意，估计没看到。正好今天还早，她开了直播。

"咱们今天继续上分啦。"

新赛季刚开始没多久，这会儿大部分人都还没上王者，不过作为主播，她在第一天就上了王者。这几天正在打巅峰赛。

"随随的声音都快要飞起来了。"

"今天心情很好？"

"心情很好？"随宁笑嘻嘻道，"我哪天心情不好。"她觉得自己是很正常的语气，可在看了她多年直播的老粉耳朵里，这声音绝对有问题。

"我一听就听出来少女心！"

"不会是恋爱了吧？？"

"这是我关注的最后一个单身主播了，千万不要被狗男人骗了！"

随宁这会儿正在上游戏，没看弹幕，压根儿不知道自己的绯闻已经满天飞了。粉丝们已经开始猜测恋爱对象是谁了。

当然，陈津白并不在内。

随宁今晚玩了几局中路，剩下都是补位，输了两局，其他的都赢了。她看了看排名，自己已经在前面，可以不急了。等她结束直播时，才看到好友申请还没被通过。

是陈津白没看到？随宁想了想，他们晚上可能在打游戏，没注意。但怎么想都不舒服，她又戳进了他的页面——这个应该是他的微信吧？

"周纯！"随宁跑去她房间，"好友申请还没通过。"

周纯正打游戏，头也不抬道："没同意就等着呀，你在网上那么甜，还怕他不进入你的鱼塘里？"

随宁趴在她床上，翻了翻陈津白的朋友圈。虽然没加上好友，但能看到十张照片，不过，她只看到了两张，都是国服界面图。

周纯终于打完这一局，见她出神，凑过来看道："这照片能看出来什么，游戏打得很厉害？"

"是啊。"随宁点头。

"我看看，头像还行，名字很符合'性冷淡渣男'，放国服截图，够吸引人。不过陈津白是个长得帅的男人，肯定不缺人追，你能喜欢上，别人也会喜欢上啊。"周纯实话实说。

随宁将今天在基地的事说了一遍，又道："其实，我想的是，他应该是对我有一点儿好感的吧。"

周纯揉揉她脸颊道："你想想，普通游戏网友一看这截图，肯定觉得这就是野王。反正你别陷进去，打听清楚，做好滤镜破碎的准备，别被骗了。"她担忧这个。随宁是聪明，可在感情上，每个人总会有不聪明的时候。周纯当初见随宁天天看陈津白的视频就知道，她肯定是对他有其他想法的，见到本人，一头栽进去也正常。

随宁一骨碌坐起来道："不管了。"

她确实得搞清楚。自己想象的陈津白和现实的有没有本质的区别，这完全影响到她接下来的一切。随宁不会允许自己对一个渣男上心。

她直接问庄帆："这是你队长的手机号吧？"

庄帆一看到手机号，震惊之余又回复："是啊，白哥居然把手机号也给你了啊。"

随宁旁敲侧击："有没有别的女粉加你们啊？"

庄帆："当然没有！"

庄帆："我很清白的！"

庄帆："不过，主要是因为以前战队成绩不咋样……"

随宁"扑哧"一声笑出来，想想他说得也没错。粉丝多是在陈津白进入战队后新增的，后面赢了之后，今年 KPL 期间是最快速增长的时候。

随宁又问："White 是不是不爱发朋友圈？"

庄帆想起今天她和队长加了微信的事："嗯，基本不发，看他本人还不像吗？"

随宁发给他一张图："记得这 ID 吗？"

庄帆当然记得，这是陈津白众多号中的一个。

得到肯定的答案后，随宁放下心，没有找错对象就好，她旁敲侧击："那你们现在在干吗？"

庄帆发了个游戏截图。他在观战，被观战的人正是陈津白，他在打巅峰赛。随宁就没再打扰他。

陈津白已经忘了自己还有一个微信号。他在进入 YU 之后就换了新微信，和以前的朋友不常联系，现在更常用的是这个微信。所以随宁加他好友的事，他完全不知道。

至于手机号，陈津白并没有换掉，只是这个手机号关联的是以前的旧微信。

　　游戏结束，他扯掉耳机喝水。另一只手将界面切回主屏幕，不管是电话还是短信，都没有新的——

　　她不打算要微信了？

　　随宁来找庄帆的事，他没告诉陈津白。他算是看出来了，随随是真的喜欢白哥，三句话不离 White。漂亮又温柔，怎么就不是自己的粉丝呢。

　　庄帆扭头盯着陈津白看。长得帅，声音好听，眼不瞎的人都会选他。

　　陈津白瞥他道："看我半天了，想说什么？"

　　庄帆嘻嘻一笑，当然不说真话，而是问："白哥，你什么时候把伞还给随随？"

　　陈津白喝水的动作一顿道："下次。"他忽而目光落到手机上。

　　下次，应该快了。

　　陈津白又去"天空直播"看了一眼，已经结束直播一段时间，估摸着随宁应该是睡了。

　　刚想着，微信里跳出一条消息。

　　随随："在？"

　　随宁确实睡不着，因为陈津白没给微信号这操作，被周纯一说，她觉得要好好想想。反正也是闲着，就找了 W。十分钟后，两人在游戏上碰面。

　　"现在已经十二点了，不睡？"陈津白问。

　　随宁嘴里还嚼着颗水果糖，回他："十二点睡什么，熬夜不是很正常吗？"

　　陈津白听出她吃东西的声音，有点儿可爱。

　　"你上次发个皮肤截图，我还没说你，搞得那么神秘，这是对老板应有的态度吗？"随宁翻旧账。

　　"……不是。"

　　"下次再犯，退钱。"

　　陈津白哑然失笑。

　　随宁今天玩的是婉儿，这还是他头一次见。本以为是正常的游戏，在开始几分钟后，陈津白改了这想法——她很不对劲。他思忖着开口问："心情不好？"

　　随宁没在意道："你怎么知道？"

　　陈津白说："杀心很重。"

　　随宁看了看自己的人头，全场最高，几乎有大就满场乱飞，的确杀心很重。

"哎，问你个问题。"她忽然道。

随宁吞下糖，认真地询问："有女生找你要微信，是不是不喜欢她，你就不会给？"

陈津白一听就知道这问题是在说今天的事，但这个问题问的限定词不对。正常情况，答案是肯定回答。

随宁等了会儿，终于等到回答："不好说。"

她"噢"了声道："就是说，你们不喜欢也会给，果然男人没一个好东西。"

"……"陈津白面无表情，反正这说的又不是他。

"再问你，什么情况下，你会给别人手机号而不是给微信号？"随宁放慢了语速。

陈津白谨慎道："记不得微信号。"

几乎一模一样的话，而且还是和陈津白一样的声音。随宁恍惚中甚至觉得自己对面的 W 就是陈津白本人。她回过神，想着记不住微信号这个可能，就算记不住，但他也没同意她的好友申请，也没用短信发微信号给她，是不是不想给？

"好了，算你通过。"随宁说。

陈津白思索着怎么挑开替身的事。贸然开口显得太突然，怎么看，现在都不算是最好的时机，甚至还不如今天下午挑破。他问："为什么心情不好？"

这问题答案很简单。随宁心想，自己叫了好几次的"哥哥"，居然连个微信都没要到，他也不主动发微信。可见，是白叫了。

"不该问的别问。"随宁拿了四杀后，回过味来道，"你是不是一直让人头给我啊？"

陈津白只是说："心情好点儿没有？"

他话中带着不明显的笑意和温柔。随宁听着这样的声音，心率慢慢加快，本来顺口就要回复，但陡然清醒过来。

他说话要比平时性感许多，仿佛撩到了人心里。难不成 W 是在撩她？他是想上位，还是像周纯说的那样，替身身份让他隐忍不发，等着哪天给她重重一击？

随宁越想越像，没忍住笑道："哎，你刚刚说话的时候，那个声音和语气，我可以怀疑你是在勾引我吗？"

随宁直接打了记直球。对于 W，她没什么好害羞的，两个人只不过是最简单的交易而已，用不着拐弯抹角。

　　但陈津白可以想象，如果是站在他面前，她绝对说不出来这话。他忽然好奇起来随宁平时私底下到底是什么样子，和她乖巧的模样反差这么大，却又丝毫不违和。

　　"勾引"这个词，用得可真妙。陈津白没承认，也没否认："你觉得呢？"

　　随宁见他把皮球又踢给她，就知道他肯定是故意的，道："我都问了，还用觉得吗？"

　　她自己觉得当然是肯定。W就是在勾引她！随宁当然见过类似的情况，以前点的陪玩有男的掐着嗓音说话，跟病弱到呼吸跟不上一样，故意撩她，直播间的粉丝们都起鸡皮疙瘩。随宁平时还会慢悠悠地杀人，搞直播效果，那局直接加快速度，几分钟速推，直接删了这陪玩。

　　不过今天这个……是完全不一样的。和陈津白同样的声音，低着声问她心情好不好，简直是在故意犯罪。随宁咬牙切齿，但又没办法。她无法抗拒这个声音，相似度太高了。

　　"可能是吧。"陈津白低笑了声。

　　"什么叫可能，是就是，不过你这样是没用的，我不会加价。"随宁撇嘴道。

　　"……"陈津白也不知道她怎么想到加价上去的。

　　"其实吧，你承认也没关系，反正你又不是第一次做这样的事了。"随宁调侃道。

　　陈津白挑眉道："什么叫不是第一次？"

　　随宁慢悠悠道："你自己心里有数。"

　　陈津白心里没数。她分明是在诈他，狡黠味十足，果然是只小狐狸。

　　随宁又说："你妹妹比你可爱多了。"

　　陈津白"嗯"了声，道："可惜你不需要。"

　　随宁轻轻哼了一下。这个人有时候说起话来还挺让人回不了的，一对比，他那个爱吹"彩虹屁"的妹妹太单纯。

　　游戏里胜负基本大局已定。屏幕上跳出队伍辅助瑶的卖萌，说给随宁听的。

　　瑶："婉儿，你好厉害！"

　　瑶："你来龙坑这里呀。"

　　龙坑？陈津白拉开小地图，看到随宁的上官婉儿站在主宰那边的空地上，瑶正在跳舞给她看。

峡谷里其他人打打杀杀，她们两个倒是悠闲自在。玩个游戏都能这样。陈津白觉得好笑，道："看来你现在心情不错。"

"嗯哼，有漂亮妹妹给我跳舞，为什么不开心，想男人有什么用。"随宁说。

"……"

闻言，陈津白捏捏眉心。

不过随宁和他纠结了会儿勾引的事，心情还真好了不少，隔着层网络，她也不知道 W 的真正意图是什么。也许，他也喜欢她的声音呢？这个游戏本身就有很多人听声音恋爱，随宁对自己的声音有自信，就算 W 承认想勾引，她也不意外。

可惜，富婆没有心。

游戏快要结束时，陈津白还是轻轻地说了句："没必要因为别人心情不好。"

随宁一怔，她是真没想到他会这么说。她云淡风轻地回："当然，又不是多大点儿事，对方一直没同意我的好友申请而已，忧郁几分钟就过去了。"

随宁也没觉得这有什么不能说的。

好友申请？同意？陈津白直觉不对，但随宁已经退出了游戏。

这个好友申请是对他发的吗？陈津白切回微信，他之前就和随宁是好友，不存在还需要好友申请这回事。

应当不是指别的男人吧？陈津白眸色渐深，靠在那儿没说话。房间里安安静静的，夜幕从窗外漏进屋子里，半个城市的夜景隐隐若现。

他的手机号。陈津白心念起，忽然退出了微信账号。

随宁退出游戏后就洗洗睡了。她平时熬夜也不会熬太晚，以免影响自己的状态和美貌，有黑眼圈会很丑的。等到她第二天醒来时，迷迷糊糊地打开微信。上面多了个聊天框。随宁揉着头发的手一停，这是陈津白？

他同意了好友申请？！随宁瞌睡全跑，径直坐起来，心跳怦怦，两人的对话框里只有一句系统发言。

自己应该说什么？陈津白现在是不是还在睡觉？随宁还从没纠结过如何和人打招呼，陈津白是个例外，"你好"太过普通，"早上好"显得不亲昵。

直接用"早安"？随宁打出两个字，一口气发出去，没有后悔药可言。她看着屏幕，一分钟内没有回复，干脆去洗漱，一出门，就看到在桌边的周纯。

"周纯，陈津白同意我的好友申请了……你在干吗？"

随宁看到她在打字。

周纯招手道："写简历呢，来，你正好看看，这边在招翻译，我打算去试试。"

随宁凑过去。上面写的是 RX 在招同声翻译，因为他们有个选手是韩国人，战队合约和平台直播时需要翻译，最好可以当家教。工资给的是时薪。

随宁知道 RX，是主打《英雄联盟》的俱乐部，但是去年也开了个《王者荣耀》的分部，只参加过一些小比赛，要等拿到 KPL 入场券才能进入真正的联赛。

她前段时间注意过两眼，《王者荣耀》分部那边新招了个射手还是什么，应该很快就能见到上场。

"你又不玩 LOL①。"随宁迷惑道。

"这又不冲突，我韩语没问题，等面试的这段时间我可以去熟悉，至于直播，我看你直播那么久，节奏还是知道的。"

周纯并不觉得这是难事。她想做的事就没有做不到的。而且工资给的不低，比她找一个外企都要高，又不需要天天坐班，这样的工作何乐而不为。

随宁点头道："那你去吧。"

周纯继续敲字，忽然又问："你刚刚要和我说什么？"

"他微信同意了我的好友申请。"

"同意那不正好，你是激动的吧，淡定，这不符合你的性格，你要云淡风轻，才能撩到人。"

随宁心想，这有点儿难。一旦知道对面是陈津白，她如何淡定，如果淡定下来，那就表明她不喜欢他了。

等随宁去洗漱后不久，桌上的手机忽然振动了一下。

周纯瞄了一眼屏幕道："有人给你发微信了，陈津白哟。"

没解锁，她也看不到发的是什么。

"啊！"陈津白回复她了？随宁飞快地从洗手间里出来，心如小鹿乱撞，很想直接点开看，但是又不知道他回复的是什么内容。

过了十几秒，她才解锁。

陈津白："早。"

陈津白："醒这么早吗？"

---

① LOL：*league of Legends* 的缩写，即上文提及的网游《英雄联盟》。

随宁看得唇角翘起，他的回复一点儿也不冷淡。虽然也很正常就是了。

她应该回什么呢。"是呀"吗？随宁觉得这样简单不行，她又不想做一个真正的粉丝，她是有目标的。她想了会儿，回复："*对呀。*"

"*我以为你们打职业的都会睡到下午。*"

话题要不能断，否则只剩一问一答，早晚会没意思，随宁深谙聊天的套路。

陈津白看到这句话，笑了一声。

满屏幕的话都透出一个字：乖。

她太乖了，和另一面张扬的随随完全不像是一个人。

陈津白垂眸，回复："*庄帆他们的确是。*"

这个回答太普通了。随宁撑着半边脸，果然还是想见到本人，如果是他亲口说这句话，她会更喜欢。

周纯扭头，好笑道："我简历都写完了，你还在思考呢？"

"你不懂。"随宁低头。

"*那你一个人起早，一个人训练吗？*"

陈津白："*嗯。*"

就一个字。

随宁正觉得这个字显得太过冷淡，没承想，屏幕上却又冒出来新的一句。

陈津白："*要不要一起上分？*"

要不要？

一起！

这两个词就很有感觉。随宁呜呜两声，她抵抗不住。

周纯从房间里走出来道："你还不换衣服，今天要点名的，要是被抓到了，可是要挂科的。"

"……"

为什么自己还要上学，随宁不高兴。她刚打算和偶像双排的心一下子破碎，只能给陈津白回复："*我要去上课啦，晚上吧。*"

她用的不是下次，而是晚上。因为下次，对方基本就会忘了。但晚上表示时间很近，就算陈津白不记得，她也可以借口去问他打不打。如果不打，那依旧可以用新的借口。

陈津白看到时，倒是没觉得这是借口，随宁还在上学的事基本人人都知道。

他回了个"好"。

随宁从来不知道"好"这个字能这么赏心悦目。

今天是满课状态，天不遂随宁的意。等她回到公寓时，已经是傍晚，今天又有"天空杯"的解说，她又得提神去工作。

好在已经熟练了"天空杯"的流程，再加上又都是熟悉的主播，随宁很快就能进入状态。

其实熟悉之后，她反而觉得解说挺简单的。可能是自己直播久了，只要稍微改改就可以，不像第一次那么青涩。

方明朗说："你最近的状态越来越好了。"

随宁心想，说不定是因为情场得意，导致她看什么都很美好，事业也跟着得意。

晚上九点，她结束解说。随宁本要退出，突然想起周纯发简历的事，问道："方老师，你知道 RX 俱乐部吗？"

"知道啊，你感兴趣？"

"就问问，他们不是新建了个《王者荣耀》分部吗，那以前的《英雄联盟》那边怎么样？"

方明朗沉吟了几秒道："我只熟悉《王者荣耀》分部这边的，但那边主部也不差，成绩不错，气氛也不错。分部这边上次招了个选手，信息挺少，据说是个新出头的，叫什么……叫甘灼好像，还没决定是发育路还是打野。"他终于想起来。

随宁"噢"了声，道："好，我知道啦，谢谢方老师。"

方明朗知道她肯定是有事，但他没问。

随宁对什么甘灼不感兴趣，她只是要打听好 RX 的情况，以免周纯进了个不舒服的地方。不过，方明朗都说不错，那应该还可以。

晚上九点多正是直播热闹的时候。

庄帆他们还在完成平台的签约时长，在休赛期间直播那么几天，也算是训练。和平时自己上分没区别，不过是被别人观看而已。

庄帆打完一局，余光瞥见隔壁的人开了个直播间。他连忙凑过去，发现不是别人的直播间，正是陈津白的直播间，标题都写好了——上分。

简洁明了。

"哥,你可终于直播了。"庄帆觉得稀奇,感慨道,"天天有人在我直播间里问。"

"合约总要完成。"陈津白轻描淡写。

他之前没开过,直播间关注粉丝却不少,一收到"YUWhite开播了"的通知就迅速闻风而来。

不到一分钟,直播间就有了几万人。

陈津白正在调试设备,直播间开了隐私模式,网友只能看到被平台遮挡的屏幕。

不过他们能听到他和庄帆聊天。

"呜呜呜,等了几个月,终于!"

"我之前差点儿以为这是假号……"

"为什么帆船他们直播快半个月了,你才开播?"

YU如今是女粉居多,陈津白的粉丝也很多是女生,这会儿都在弹幕上要看露脸直播。

随宁已经退出了后台,自然收不到通知。

她点了杯奶茶,决定好好慰劳一下过度工作的自己,然后又给陈津白发语音消息。

既然都决定了要双排,那就必须直接一点儿,不然机会就会从眼前溜走了。上午那会儿说晚上就是晚上。

轮到要发什么内容时,随宁认真思索了半分钟——首先,"哥哥"叫起来。

"哥哥,待会儿上分吗?"

收到这条消息时,陈津白刚调试完设备。

想到随宁以前干过的事,他有意逗她,回了四个字过去:"我在直播。"

随宁一看到这行字,就惊了。

他在直播?那自己刚刚叫"哥哥",岂不是都被网友们看到了?

随宁还未有过这么紧张的时候。

Chapter 14

占有欲

他原本还以为上次的"哥哥"又是另外一个替身，没想到答案竟然如此简单。

随宁想发消息问他给她备注的是什么。如果是"随随"，那可能全世界都知道她是谁了，还叫陈津白叫得这么亲密……

好像也还不错？随宁冒出个小心思。有点儿提前占地儿的感觉，随宁眼睛一眨，绯闻传着传着，她再努力努力，不就可以成真了吗？所以她应该顺水推舟发什么呢。

"哥哥，那你直播吧"？

好像这个就有点儿太刻意了。随宁苦思冥想，于是就导致了接下来一分钟时间里，聊天框都只有刚刚陈津白的那四个字。

陈津白等了会儿，她还没发消息。

不会是缩回去了吧？他忍住笑，正要说是骗她的，就收到了随宁刚发来的消息："那我不打扰你直播。"后面还跟了个难过的表情包。

随宁本来想后面加个"啦"的，但是这卖萌太显眼，有违自己表露在外的形象。她正打算切去看陈津白的直播间，就看到回复。

陈津白："骗你的。"

随宁："……"

陈津白："开了隐私模式。"

随宁经常直播，当然知道隐私模式是什么，观众们是看不到她的话的，她松口气之余又有点儿失望。

不过陈津白怎么回事！还会骗人！可是这样生动的人，更让随宁喜欢。

很快，随宁就收到了一条游戏组队的邀请。

而此时，直播间里已经弹幕满屏。

"还是隐私模式……"

"我听到微信的嘀嘀声了！"

"在和谁说话呢！"

陈津白退了电脑上的微信，又拿了专用机，然后再解除隐私模式。

"等个朋友。"他说。

因为是合约规定，所以他开了摄像头。镜头中，陈津白随意地靠在椅子上，眉眼清俊，即使只占了屏幕左下角一点儿范围，也让人惊艳不已。

他漫不经心地敲着桌面。

"这男人好帅！"

"游戏打得好，长得又好看，试问谁不喜欢呢？"

"呜呜呜，声音好好听！"

"我就是那个朋友！"

随宁翻箱倒柜，终于找到一个几乎没在粉丝面前露过相的号，名字叫"咬猫"。

队伍里只有他们两个，陈津白直接点了"开始匹配"。

……双排吗？随宁呜呜两声，他直播和她双排，自己当然不拒绝！只是……要不要开麦呢？随宁又一次陷入纠结，她怕自己在陈津白面前撑不住，一秒暴露，全网皆知。一想到自己和他直播双排，她现在心跳压根儿稳不住，怀疑自己的声音也是稳不住的。

等等再开语音吧。

随宁开了听筒，能听见陈津白在说话："……队友是谁？刚刚不是说了吗。"

他又念弹幕："男生还是女生？"

随宁不知为何，脸爆红。

陈津白看了一眼游戏界面闭麦却开了听筒的随宁，轻轻笑起来："女生。"

两个字一落音，弹幕炸了。

"女生？！"

"哪个女的！"

"女朋友吗？"

"这个女生是谁啊，有没有人知道？"

随宁几乎能猜到这会儿直播间里有多热闹，本想去开电脑看直播，但游戏已经开始了。算了，等会儿吧。

陈津白是打野，选的娜可露露，辅助是脆皮，所以随宁选了沈梦溪，强势一点儿。

刚才之后，陈津白就没怎么说话。随宁脸上的热度终于退去一些，有心决定要好好秀一把，别让人骂自己是废物。

清线、干扰对面打野、支援……还拿了一血。随宁平时玩沈梦溪不多，但技术也不差，好歹这也是高端局里经常见的英雄。她没开麦，就只能发信号。

"好家伙，闭麦双排。"

"White 也不说话了……"

"这沈梦溪怎么和我 0∶8 的不一样？"

新赛季过了一段时间，上王者的人已经不少，也不像之前排到的不是职业选手就是主播、高手，所以这一局很顺利。随宁的战绩已经到了 6∶1，打到后面，她就忘了直播的事，专心乱杀秀峡谷。

就在她从对面高地溜走的时候，游戏里响起"法师来拿蓝"的信号提示。随宁拖小地图看了一眼，陈津白正在打蓝 buff。但沈梦溪是个不需要蓝 buff 的英雄。随宁语音转文字："我不要蓝。"

陈津白挑眉。这会儿要是和替身那个身份打游戏，恐怕不用他说，她就直接以老板的身份拿走了。果然待遇差别太大。

"真的不要？"他问。

随宁顾大局了几秒，最终还是抵抗不住他的诱惑去拿了蓝，心情飞扬。虽然不说话，但是可以打字勾引人啊。她眼珠子一转，在屏幕上发了句。

"谢谢哥哥。"

陈津白瞄了一眼直播间公屏。网友们发出一连串的问号，纷纷对"哥哥"这个称呼表示非常震惊，不停地问是谁。

游戏结束，随宁直接退了游戏。一局就够了，关键在于精，而不在于多。

随宁游戏一退，立刻就打开了"天空直播"，正好看见陈津白重新开了一局。

"快说！妹妹是谁！"

"女生叫'哥哥'，是亲妹妹吧？"

"我记得 White 好像真的有个妹妹来着？"

这件事，还是庄帆以前直播时说漏嘴的。

不到一会儿，陈津白超话里就全是在关心叫"哥哥"的妹妹是谁，一方认为是亲妹妹，另一方认为他之前说了"等个朋友"，亲妹妹应该不算是朋友吧，所以是别的女生。超话里心碎一大片。

包尚："谢谢哥哥？"

包尚："好家伙，我还以为你要公开了。"

随宁看到包尚的话，差点儿笑出来："你怎么知道是我？"

包尚无语："你哪个号我不知道？"

随宁："噢。"

包尚："注意点儿影响，你是女主播，如果真的在一起了，请提前告诉我。"后面还附了一个"可怜"的颜表情。

看到最后的颜表情，随宁再也忍不住。连经纪人都相信她可以，她一定是可以的。

陈津白今晚直播没多久，两小时就关了，总共也就几局游戏而已。因为时间很晚，随宁也没继续找他聊天。但是因为今天发生的事，她失眠了，也不知道是什么时候睡着的。第二天，还是周纯叫醒她的。

"我敲了半天门，你不会是熬夜了吧？"周纯问。

"没有，哪有。"随宁不承认，"你那个简历发出去了吗？"

"发了，等回复，应该不会很快，我感觉我都看到了，肯定也有不少人看到了。"

"我昨天问了人，他们俱乐部条件不错。"

两个人边走边进了教室，这两天天气逐渐变好，随宁也开始穿裙子了，小裙子能让人快乐。

开学两个月，一切都进入正轨。往常随宁的时间是非常充裕的，除了上课、直播，还能有时间和周纯出去逛街。今年因为加上了解说，还有陈津白，都安排得满满当当。

今天坐在随宁前面的是别班的男生，之前因为两个班的活动，他们加过微信。

"随宁，我看你账号都已经王者了，真厉害。"

随宁"嗯"了声，道："还好吧。"

他们做主播的基本都是赛季第一天上王者。当然，学校里的人都不知道她在直播，或许可能怀疑过，毕竟声音很像，但一直得不到证实。

"你是自己打的吗？"他又问。

随宁正在看今天要上的课程，闻言抬头笑道："不然呢？"

男生见她对他笑，愣了一下，脸红道："噢噢……我就是问问，没别的意思。"

随宁没再搭腔。不管嘴上说的有没有那个意思，他当时间出口的那个语气就有点儿不信她。也是，在多数人眼里，把游戏玩得好的女生很少，这几乎已经是刻板印象了。

第一节课下课时，包尚发来了一张照片。然后又说了句："下周解说是她。"

随宁点开，发现是夏白薇，之前在比赛视频里看过她，她还采访过 YU。

"她去年开始解说的，今年已经解说 KPL 了，你努力努力，说不定今年就能上。"

当然，包尚这是极端乐观的预计。

随宁回他："说不定我下个月就上台了。"

包尚："……自信是好事。"

下个月？她这是做梦。

随宁笑了两声。这当然是戏言，但要真有机会，她也是会争取的。还有几乎一个半月的常规赛赛程，她如果出彩，未必没有机会，凡事皆有可能。现阶段还是解说好"天空杯"。

"好家伙，好家伙。"

"你在看什么，一直'好家伙'。"段归听到庄帆不停地感叹，终于忍不住问。

庄帆问："你没看昨天白哥直播吗？"

段归摇头道："我自己都还要直播，哪有时间看，再说了，后天就是比赛了。"

庄帆啧啧，把手机递给他。昨天陈津白直播他是知道的，但是没关注，今天一上微博，好多人问他昨天和陈津白双排的是谁。庄帆一头雾水，找到视频，看了半天，也没认出来。因为他也不知道这个叫"咬猫"的女生是谁。

"直播带妹，这操作你敢吗？"

"放心，不用我们问，蒋哥会问的。"

果不其然，蒋申真是被气到昏厥，他还是被人通知的，直奔陈津白这边。

"和女生直播，你也不怕出事？"

"能出什么事。"陈津白很平静道。

"是你亲妹妹吗？是女朋友，还是暧昧对象？知不知道这样有损形象？"蒋申一连串发问。

他说："真要是女朋友就赶紧承认了，职业选手谈恋爱也不是什么大事。"

他们又不是明星，谈恋爱没什么影响。除非哪个选手的女朋友作妖……作到所有粉丝都厌恶，那可能就很影响俱乐部了。

庄帆和段归默默吃瓜。陈津白笑起来道："我打好比赛就可以了。"

在蒋申发飙边缘，他又淡淡补充道："随随。"

蒋申一脸无语道："你和人家女主播双排，直接说不就行了，还扯这么多。"

"你说得太快。"陈津白一脸理所当然道。

蒋申冷笑了两声道："我看网上都不知道对方是谁，你最好直播的时候解释一下，免得吵起来。"

陈津白"噢"了声。他也没想到，昨天随宁不出声。真要开麦了，应该会被人认出来声音的。

庄帆已经找上了随宁："昨天和白哥双排的人真是你啊？"

随宁自然承认："怎么了？"

庄帆："就很震惊……你速度这么快，居然直接和白哥双排了！怎么不叫上我！"他也想躺赢。

随宁心想，叫你来干吗，来展示高瓦数电灯泡吗？

于是她很温柔地承诺："下次叫你。"

庄帆心满意足。至于下次是哪次，随宁也不知道呀。

她想了想，给陈津白发消息："今晚直播吗？"

随宁发出去后，深深吸了口气。她今晚是要解说"天空杯"的，不过只是前半段，八点多就可以结束，应该不会错过。

片刻后，得到回复。

陈津白：“来？”

随宁自然理解他的意思是找自己双排，但今天已经那么多议论，她得收敛一点儿。她清清嗓子，试了两句。确定说出来的声音好听之后才发语音："待会儿就要工作了，等哥哥过两天比赛结束吧。"

看见语音，陈津白意味深长地笑了声。他伸手点开。

随宁的声线本身就偏温柔，从微信语言里放出来又多了分娇糯。尤其是叫"哥哥"的时候。

旁边的庄帆凑过来，竖起耳朵，只来得及听到后面几个字。

陈津白瞥见他，拧眉道："干什么。"

庄帆说："我听到随随的声音了。"

陈津白随手关了手机，往桌上一搁，丝毫没有让他听的意思。

庄帆问："哎——随随和你说什么了啊，好歹她也算是我的粉丝吧，哥，你这样不好。"

陈津白撩眼皮道："是我的粉丝。"

庄帆："？"

明明是战队的粉丝，怎么就限定"你"了？又是双排，又是"我"的，他觉得这中间有问题。

陈津白回了随宁一个"好"字。然后开了直播，单排巅峰赛。

随宁收到他的消息后，哼了一下，她都发语音了，居然只是回复自己刚刚的话。不能也发语音吗？这点吧，W就很上道……当然大概率是金钱的力量。上次她觉得"好"这个字很好，现在已经不满足于此了。

随宁将手机放到一旁，今天她的解说搭档不是方明朗，所以等同于要靠自己了。好在她已经熟练，解说得越来越好。

KPL的解说每次一公布，都有人说谁谁不行，随宁甚至还被拉出来遛了一下。当然，也有人说她解说不行的。再火、再有质量的解说，也会有另类的人不认可，毕竟是每人的主观评价。

比赛休息时，随宁喝了两口水，而后又打开手机，"天空直播"给她推送了陈津白开了直播的消息。

她将音量调到静音，准备去看他直播。手几乎刚触击屏幕，耳麦里就传来搭档的声音："随随，要开始了哦，你还在吗？"

"在，我没走。"随宁来不及看，赶紧看向电脑，因为是平台的线上比赛，就不像 KPL 休息时间那么长。

她将手机推到不远处。等随宁将后面半段工作完成，已经是十几分钟后，她捏了捏脖子，忽然想起来陈津白的直播好像还没结束。随宁干脆直接打开了电脑上的直播软件。当然是用大屏看偶像！她右手鼠标按不停，左手摸到手机，关掉后台，然后去微信看未读消息。排在前面的就是包尚刚发的消息。

包尚："？"

包尚："宝，你就这么大号去 White 直播间？"

包尚："是不是忘了你大号会特效满天飞？"

随宁愣住，因为今天要解说，所以登录的都是大号，她抬头，账号进入直播间时的特效刚刚收尾。

她眨两下眼睛，回过神来。行了，这下真是全网都会知道了。

知道好像也没什么影响？随宁认真地思考了两秒，果断确定这个结果。

可能是没回消息，包尚又打电话过来："随随，你在不在啊？看到我的消息没？"

随宁道："看到了。又不是没人知道我是 YU 的粉丝，去看他们直播不是很正常的事吗？"

包尚毫不犹豫地戳破她："是很正常，但他们队五个人，四个人直播了半个月，也没见你去看过一眼啊。"

随宁自个儿都禁不住乐了起来。好像也是哦。

"哎呀，就说我是陈津白的粉丝呗。"她干脆直接开口。

"行吧，你别说什么不该说的事就行。"包尚也管不了那么多，他只是平台和她签约的经纪人。这种事情要她自己的真正经纪人处理。

随宁再看向电脑的时候，上面全是和她相关的弹幕。

"随随来看直播了？"

"我最喜欢的主播和我最喜欢的选手，绝了。"

"随随是 YU 的粉丝吧。"

陈津白眼皮一掀，就看到了上面的内容，心有所念，瞄了一眼贵宾席。

果然有随随的名字。花里胡哨的皇冠徽章等都缀在她的名字后面。

"随随？"他念道。像是不认识，却又微妙的语调。

随宁刚才没戴耳麦，但开了音响，声音回荡在自己四周，令她心驰神往。自己的名字有这么好听的吗？微信提示嘀嘀声唤醒了她的心神。

陈津白："看我直播？"

随宁早有预料被抓包的可能，但在他直播期间，给自己发微信——

有种当着所有人的面偷偷摸摸的隐秘快乐。随宁想起那些偷偷谈恋爱的明星，他们是不是也会有这样的想法？她点了点屏幕："是呀！"

发完，随宁又砸了两艘战舰，整个直播间都被特效占据。

这下，还在议论的网友们就基本确定，随随就是陈津白的粉丝无疑，这么大手笔，要不然就是被盗号了。

陈津白啼笑皆非："浪费。"

随宁却不以为意。主播的土豪粉和普通粉是完全不同的体验，这是她在直播第一天就知道的道理。

"谢谢随随的礼物。"陈津白又看向屏幕道，"不用送礼物，我每个月播的时间不多。"

随宁只想听前半段，不想听后半段。

她又听到他笑着问："听说，你是我的粉丝？"

明知故问！可随宁的心跳却扑通扑通的，哎了两声，还是没在屏幕上打出几个字。最后只是回："嗯。"

她的名字尤其显眼，基本人人都能看到。正好陈津白还没匹配新一局，微信上问她要不要双排，随宁想了想，还是拒绝了。今天不适合。

"随随怎么这么安静！"

"随随是技术粉还是颜值粉？"

"刚才 White 在干吗呢？"

"搞别的事吧。"

随宁送礼物的事，包尚自然也看到了。不过，他已经佛了，干脆打包了十来条微博和贴吧上的消息，直接发给了她。

随宁看到的最后一条就是——

"你们猜，White 知道随随长什么样吗？"

随宁："……"

为什么会关注这个问题，这能联系到一起吗？她往前翻翻，基本都是问随随为什么去陈津白的直播间的，大多数人都回她是 YU 粉。这也不奇怪，季前赛时随宁就没隐瞒这件事。再加上刚刚亲口承认，所以这会儿截图已经满微博都是，她自己的订阅量都涨了一些，好像自己蹭了个热度似的。

林秋瑶还在直播呢，就看到屏幕上飘过的特效和提示："随随在 YUWhite 直播间送了礼物"。

"……"

怎么在哪儿都能看到她？不是在解说"天空杯"吗？怎么又跑去 White 直播间了？

直播间网友自然也有看到的，本来在"天空直播"这边看女主播的网友们基本都认识随随，就顺口提了几句。粉丝立刻刷上去，房管直接禁言处理了。林秋瑶直播的心思瞬间就消了一大半。

陈津白结束直播前，随宁已经不在直播间了。他低头，给随宁转账过去。一抬头，庄帆和段归他们都在一旁，眼神幽幽。

"有事？"陈津白合上手机。

"随随为什么不来看我们的直播，为什么不给我们送礼物？我直播间都没有这么豪横的粉丝。"

"就是！一次都没来过！"

陈津白喝了口水，慢悠悠道："说了，她是我的粉丝。"

庄帆看着那张和平时差不多的冷淡脸，不知为何，今天看起来这么拉仇恨。

漂亮的女粉谁不想要呢。唉，都是命啊。

做这行的手机就不止一个，有赞助战队的，有平时训练用的，所以陈津白才登了两个微信号。他打开替身的微信号，随宁已给他转账不少。陈津白思忖着一个时间还回去。他回到房间里，长臂一伸，捞到摆在桌上的粉丝们送给战队的日历，大后天被圈了起来，是比赛日期。

陈津白瞥见那把伞，手指从桌上钩过来一样东西。

随后，曾经被他取下的小狐狸钥匙扣又被扣了上去。

随宁一早醒来就看到了转账信息。她也没向陈津白问这个事，想也知道肯定是昨天的礼物钱，这样好的人才是自己喜欢的呀。随宁又元气满满地出了房间。

周纯大清早就在打游戏，不仅有噼里啪啦的按键盘声，还有鼠标点不停的声音。

"好玩吗？"

"他们那边说，下周给我回复，我正好试试《英雄联盟》怎么样，感觉还行，不是很难理解。"

周纯不需要高技术，自己只要懂就好，这就比打游戏简单多了。

"早上玩了两局，用时比《王者荣耀》长很多……我这人胜负欲有点儿强，可我自己又太菜了。"周纯无奈摊手。

她玩《王者荣耀》总共自己单排的次数不超过十局。剩下的全都是第一天遇见的那个国服镜带她的，躺赢也比自己乱杀却输了的感觉好。虽然她乱杀概率等于百分之一就是了。

随宁调侃道："可惜，这回没有国服弟弟了哦。"

周纯白道："哪壶不开提哪壶。"

"说不定，国服弟弟这会儿正黯然神伤，你当初就应该先放放，指不定他会《英雄联盟》才对。"

网瘾少年嘛，周纯哼哼两声道："当断不断，必受其乱。"

随宁笑着去了洗手间。

她们今天的课不多，但是下午有一场院里的会议，辅导员让几个班都过去凑人数，还会点名。如果不去，学分就没了。奖学金必拿的两个人自然不可能错过。

会议总共几小时，外面请来的几个专家在上面说着复杂的话，随宁在下面偷偷开小差。她在看自己和陈津白的相关新闻。才多长时间，竟然就有小故事被编派出来了。随宁还是头一次看自己的"同人文"，尴尬得她脚趾发麻，但又想，真实现了这场景也不错。她得努力。

会议结束后，周纯抱着电脑要去学生会，问道："你自己回去？"

"嗯，行。"

随宁一个人走在校园里，包尚打来电话。

"我要告诉你一个好的和一个不好的消息，你想先听坏消息，还是好消息？"

随宁不假思索道："好消息。"

"好消息就是'天空杯'决赛推后两周。"

"坏消息呢？"

"决赛准备做线下赛。"

那包尚还真没说错。

线下赛的话，她这个解说如果想上场，就得露面。总不可能大家都在线下比赛，随宁一个解说却是在线上直播间里待着吧。别说别人觉得不好，代入观众的视角，随宁自己都不想看到这样的解说。

包尚说："因为今年看'天空杯'的观众比去年多了近一倍，公司那边不可能放过这个热度。"

"所以，有人让你来问我？"随宁挑眉道。

"是啊，杨经理问，要是你愿意公开露面，那线下赛的解说就还是你。"包尚传话。

随宁脸上露出似笑非笑的神情。杨经理其实是在逼她，当然也还不至于冷血到什么程度，还会询问她的意见。

"那就公开好了。"她说。

"你真愿意？"包尚又问一遍。

"既然都决定了踏入这一行，我就做好了后面会站在公众面前的准备。"

随宁又道："怎么，我这张脸拿不出手？"

包尚笑呵呵道："你拿不出手，那我岂不是要去跳江？那我就回杨经理了，到时候他会和你说流程的。"

"OK。"

包尚又提醒："对了，你解说的时候，千万注意，别带个人情绪啊，虽然这事你应该知道。"

"懂。"

挂断电话后，随宁呼出一口气。她还没想到会这么快。但就另一面而言，线下赛的举办无疑加快了她职业规划的进度，未必不是一件好事。

常规赛当天，随宁和周纯一起去的。周纯已经收到了 RX 的面试邀请，不过还没有去，这会儿也打算放松一下。

这次，两个人的座位在第一排。周纯眼睁睁地看着随宁从包里摸出来一个纸板，一脑袋问号："什么时候搞的？"

"昨天啊。"

随宁确定上面的字没有问题后，才放在腿上："这应援语怎么样？"

周纯念出来："White 战无不胜。"她竖大拇指，"不错，很好地表现了你对 White 的信任，以及对对手的蔑视，全场最佳。"

这怪异的语气，随宁笑着去打她。

耳边欢呼声四起，她一扭头，正好看见选手们上场。

陈津白将队服上衣拉链拉到了顶，和其他几个穿得松松垮垮、高矮胖瘦的队友一比，简直帅出新天地。

主持人在暖场介绍，陈津白忽然往台下看了一眼。

见他看过来，随宁立刻拿起纸牌，挡住自己半边脸，只露出一双灵动的眼眸。瞧见那几个字，陈津白觉得好笑。

"好家伙，好家伙！"庄帆有所察觉，拍了下段归和韩同，"看见没，看见没，这回连 YU 都没了！"

只写着队长的名字。

"战无不胜，写得真嚣张。"

"这你敢不赢？ White，是不是啊？"

几人齐齐瞪了一眼陈津白，羡慕又嫉妒。陈津白闭目养神，懒得理他们。

现在的对手基本都是老对手了，都很熟悉彼此的底细，对面也很谨慎。常规赛比到现在，YU 战绩斐然，一点儿也不像以前那么落魄，可见未来前途大好。

今天的比赛打满了五局。从 1：1 打到 2：2，来到定胜负的最后一局，时间已经过去了很久，场上的气氛却依旧热烈。这样的势均力敌拼搏才是竞技的魅力所在。随宁想看到 YU 真的战无不胜，却也想看这个圈子繁花似锦，只有一支王牌队伍的圈子必定是死水一潭。

二十分钟后，对面的水晶爆炸。随宁长出一口气，一转头，发现周纯已经歪在边上睡着了。她推了推周纯道："醒醒，回家了。"

周纯茫然地醒来，确定自己不在床上，才慢慢清醒道："打完了啊，总算打完了。"

随宁没好气道："你都睡过去了。"

周纯说："我太困了，昨晚熬夜掉分，怎么，我们现在直接走吗，不是还有那个采访？"

随宁正要说话，兜里振动了一下，她掏出手机，是宋云深发的消息："我正好在体育馆外面。"

来不及打字，又跳出一条。

宋云深："送你回去。"

随宁："？"

随宁："送我干吗？"

宋云深冷笑："外面在下雨。"

他又回："别以为我不知道你在想什么。"

随宁直觉冤枉："我可以打车回去。"

她怀疑是自己前两天给陈津白送礼物的事被他知道了，不然不可能说那句话。哥哥什么的，管得严真是烦恼。连她今天来看比赛他都知道！

宋云深今天是正好出差回来，半小时前刚落地机场，正好看到孙钰汇报的事——White 是个年轻男人。孙钰在文件里发了陈津白的照片。

难怪要天天去看比赛，宋云深对她了解至深。

随宁的拒绝没有任何作用。正巧庄帆发来消息："随随，待会儿采访结束，要不要一起回去，我今天看到你的应援了！应该加上我名字，段归他们就算了。"

随宁忍住笑："不行，有人接我。"

庄帆很失望："好吧。"

他抬头感慨："随随拒绝了我，有人接她。"

"之前是不是也有人接她？我记得那辆车还挺酷的。"段归摸摸下巴道，"小富婆呀。"

"说不定是她男朋友呢。"

"等咱们赢下冠军，就可以买辆车了，虽然价格可能只有它的几分之一。"

"你用白哥勾引试试，说不定随随见色忘友，回头跟我们一起走。"

"……"

采访还有几分钟才开始，他们在那里闲聊。陈津白一个人坐在窗边的沙发上。庄帆他们的话题已经很快转到了什么车最炫酷上，一扭头，看见陈津白出门，手上还拿着把伞。

他连忙上前拽住他衣服，道："哥，你要去哪儿，待会儿他们就要来采访了。"

庄帆恍然大悟道："你是不是去找随随？"

"你以为我是你？"陈津白弹掉他手指，庄帆"嘶"地缩回手。

"还伞。"他丢下两个字。

庄帆："？"所以，这有什么区别吗？

随宁没能拗过宋云深，磨磨蹭蹭地去体育馆外面。今天赛后采访是看不到了，不过还好这段微博上会有视频，勉强可以接受。

"我就光明正大地蹭车了。"周纯打了个哈欠。

"蹭吧，而且你在的话，他不会问我很多的。"随宁一想到这儿，心情又好起来。

外面是真的在下雨，不过并不是很大。随宁站在门口，宋云深的电话就来了："我让助理过去接你，你等在那里，别乱跑。"

"知道了。"随宁又忽然想起来道，"等等，多带两把伞。"

因为车是开不到这里边来的，宋云深来的时候停车场又全是车，就只能顺路停在了不远处。

没过两分钟，王特助的身影就出现在她们面前。

"宋总让我来接您。"他笑道，"刚刚回去拿另外一把伞，耽误了点儿时间。"

随宁摇头道："没事。"

周纯接过伞，道了谢。她们正打算离开，身后却忽然响起熟悉的嗓音："随宁。"

随宁下意识地回头："……陈津白？"她声音不大，淹没在雨声和周围的嘈杂声里。

陈津白自体育场馆内炽白的光线中走出，来到随宁的面前道："要回去了？"

随宁还没能从"他竟然一个人出来找自己"中回过神来，掩在口罩下的唇微微张开。

"嗯……"

看见她眼中的惊讶，陈津白勾唇。他不着痕迹地瞥了一眼对面撑着伞的男人，上次没看到，年纪看上去似乎有点儿大。

陈津白对她道："下雨了，上次管你借的伞。"

他递出伞。随宁伸手接过，小狐狸的钥匙扣在空中乱晃，其实这段时间，她都快忘了这把伞。

她又听见他问："这位……是你叔叔？"

随宁顺着他的视线看过去，发现他问的好像是王特助。

叔叔？怎么会认成叔叔？

王特助感觉到这个男人的目光落在自己身上，像是被 X 光扫描全身，不禁挺直背。以他混迹商场和在宋总手底下历经风雨多年的经验来看，对方绝对有敌意。还有叔叔……是什么鬼？陈津白的声音刻意压低了，但王特助还是听得一清二楚。

一旁的周纯差点儿"扑哧"一声笑出来，她使劲憋住笑，这个场面为什么这么好笑。

随宁都乐了，小声说："不是叔叔。"

陈津白"噢"了声，打算听她说出什么称呼来，不会当着他面叫这人"哥哥"吧？

随宁眨巴眨巴眼道："他是我哥哥的助理。"

我哥哥？陈津白品了下这三个字，蓦地问："你还有哥哥？"

"有，亲哥哥。"随宁点头。

王特助感觉这男人看自己的目光瞬间温和了许多，心下隐隐有数，合着刚才是把自己当什么人了。他可是宋总的助理。王特助立刻打断两人对话："宋总还在等，您看——"

随宁只好对陈津白挥手，又倾身靠近道："哥哥，我先回去了，今天打得很漂亮。"

陈津白"嗯"了声。看着他们的背影，他忽然溢出一声轻笑。他原本还以为上次的"哥哥"又是另外一个替身，没想到答案竟然如此简单。亲哥哥。挺好的。

"接个人要这么久？"

宋云深在车里等半天，合上平板电脑，抬头瞄他们。

随宁将了将被风吹乱的头发，轻描淡写道："遇上熟人说了两句话，是吧，王特助？"

被点名的王特助："……是。"

宋云深不咸不淡地开口："哦？"

见她有朋友在，他没有落她面子，以后有的是机会和她说这事，在他这里，这件事很严重。

总算糊弄过去了。随宁乖乖当鹌鹑当了半小时，到公寓时，丢了句甜甜的"谢谢哥哥"就飞速拉着周纯下车。

豪车驶离公寓楼。王特助想起今晚在体育馆外时，听见的"叔叔"二字，终于忍不住问："宋总，我看着很老吗？"

他也才三十几岁啊！

宋云深："？"

"White不在吗？"夏白薇没看见陈津白，忍不住问，她可是提前排好的班，才能再一次采访YU。

庄帆挠头道："他有事出去了。"

话音刚落，休息室门被打开，陈津白走进来，将队服径直往沙发上一丢。

夏白薇看得不错眼，微笑开口道："既然White回来了，那我们的采访就要开始咯。"

陈津白拧开水灌了口。

"White先来吧。"

"我？"他挑了下眉，有些恣意，"行。"

夏白薇红了脸，努力问出几个问题。

等到采访结束后，庄帆一把关上休息室的门。段归和韩同他们立刻凑到陈津白面前，促狭道："别以为我没看出来，刚刚那个主持人肯定是对你有意思。"

"没看出来。"陈津白不以为意。

"我们都看出来了。"

"她都脸红了。"

"果然长得好看的人待遇就是不一样。"

"美女主持人一见倾心，采访红脸，说出去肯定是爆炸新闻。"

陈津白抬眸道："你们很闲？"

"闲啊。"庄帆回嘴道，"对了，伞还了？"

"不然还能扔了？"陈津白嘲讽道。

庄帆"噢"了声，却掷地有声道："哥，你虽然和平时说话没什么两样，但我感觉，你心情不错。"

陈津白推开他道："回去了。"

"你有看到随随的男朋友吗？"他问。

"没看到。"

"真有男朋友啊。"

"不知道。"

随着一个好奇地问，一个敷衍地回答，YU 几人逐渐离开休息室，逐渐安静下来。

而另外一边，刚远离宋云深他们，周纯就大声笑起来，压根儿停不住。

"叔叔，哈哈哈！陈津白这男人怎么这么绝，故意的还是怎么着，你哥哥的助理没那么老吧？"

随宁无奈道："说不定就是顺口一问。"

"不、不、不，以我的阅历来看，我怎么觉得这是故意问的呢。"周纯摸摸下巴道。

"这就是所谓的两个'单身狗'互相聊感情，一个敢说，一个敢听吗？"

"放屁，我是情感专家。"

随宁毫不留情道："你是无心上分奴。"

周纯哼了声，这会儿瞌睡也没了，道："话说回来，你拿下陈津白很有希望。"

"谢你吉言。"

"我说真的。"

随宁趴在沙发上，翻了个身，道："我也是说真的。"

"快点儿吧，我的宝，你的情敌越来越多了。"周纯边说边去收了阳台的衣服去洗澡。

随宁幽幽叹气。茶几上，手机屏幕亮起来。是陈津白的消息："**到家了？**"

随宁回了个"嗯"，又问他到了没，得到肯定回答后又纠结下一句该说什么。

陈津白："**早点儿休息。**"

随宁红着脸回复："**好。**"

过了几秒，她又敲出一行字："**晚安。**"

哥哥不宜多，偶尔一次才会让人喜欢。

随宁翻了翻聊天记录，其实不怎么多，毕竟陈津白不是一个话多的人，但基本都会回。

她在想，他们现在算不算是在暧昧阶段？随宁没谈过恋爱，但却对这些很了解，她和陈津白目前绝对不是简单的粉丝和偶像关系。

可以说是在暧昧。暧昧着暧昧着，不就成了男女朋友？一想到这里，随宁热气升腾，蔓延至脖颈上，忍不住低叫了两声，又笑起来。

没过两天，"天空杯"决赛线下赛的事情被公开。

网友们倒是没觉得什么，林秋瑶看到这条消息就笑了："随随估计不会露脸的。"

几乎人人都信随随不是美女。

很简单，女主播露脸直播可以说是对人气增长非常有用的。随随放着免费的人气不要，至今都只露个手，说长得很漂亮，有证据吗？

林秋瑶仿佛出了口气。因为解说这一件事，随随现在直播人气比她还要高，基本上一对比，都说她屈居第二了。第一和第二是截然不同的待遇。

可就在第二天，"天空直播"的官博又发了条："很荣幸 @ 随随和 @ 方明朗能继续为'天空杯'线下决赛解说，让我们期待他们的精彩表现！"

"！？？"

"这怎么线下解说？"

"所以是能看到随随本人了？"

"不会是天空 ××× 吧？"

"好家伙，我打算去现场看看随随长啥样。"

这几条评论都被点赞上热门。随宁这边也收到了好几个主播的震惊询问，其实，他们也不知道她长什么样子。

她一一回了"是真的"。不到半小时，随宁即将在线下决赛出场解说的事就被宣传了出去，吸引了好多吃瓜群众。庄帆看到后喷道："等随随一出现，保管这些人大吃一惊。"

段归说："等他们知道随随和白哥的事，更会大吃一惊。"

"……？"

"什么事，我怎么不知道？"

段归像看傻子一样，朝前方努了努嘴道："你觉得他俩是正常的？聊天，双排什么的。"

　　这两天，随宁和陈津白双排了两次，不过每次时间都不长，有一次也是在直播时间。

　　视线尽头，陈津白刚打开"天空直播"。严格地说，又要开始打工了。

　　庄帆心想，还算正常吧。他一低头，看到 App 的推送消息，道："随随直播了，我要去看，今天不上分了。"

　　随宁刚开直播一分钟，吃瓜凑热闹的网友来了一大堆。

　　"……对，本人去。

　　"我长什么样，你去现场就可以看到了。

　　"不想去，那我和'天空直播'提议一下，这次不准实时直播，想免费看，想得美。"

　　随宁胡天乱侃，在标题上写："单排上分。"

　　"你多久没点陪玩了？"

　　"还带不带粉，不带粉我取关了。"

　　"不带粉，不撩人，不双排。"随宁义正词严，"优秀的人都是单排上分的。"

　　纤细白皙的手飞快地在手机屏幕上点点点。

　　微信上跳出来一条消息："来不及解释了，快上车！"

　　发组队邀请的人是陈津白。随宁眨巴眨巴眼，选择进入队伍。

　　"……"

　　"救命，打脸现场。"

　　"White 就从了随随吧。"

　　"我直呼'好家伙'。"

　　这还是他们第一次两个人都开了直播，之前都是陈津白，或者随宁开。

　　随宁开语音："庄帆他们不来吗？"

　　陈津白说："双排。"

　　随宁瞥了一眼自己直播间上乱七八糟的弹幕，闭麦，面不改色地道："能躺赢，绝不带飞。"

　　粉丝表示没眼看。

　　陈津白的语音是开着的，她还能听到庄帆的声音："我好了、我好了！速速拉我！我已经准备好了躺的姿势。"

"没位置了。"陈津白轻描淡写。

庄帆一脸蒙。

别以为我看不到上面三排只有两个头像啊。

陈津白看了一眼弹幕上的"随随"二字，还有质问他为什么和女主播双排的，各种各样的发言都有。

他懒洋洋道："不是你们天天要带粉？"

"？"

"我要的是带我。"

随宁听得想笑，对，她是粉丝。

还好她没有露脸，否则这会儿肯定会被看出来。

随宁刚才把麦关了就没有再开，直到进入游戏，一楼选了打野，二楼抢了中路，现在只剩个辅助给她。

"其实我不太想玩辅助，不过现在只能辅助了。"

"我听出你很高兴了。"

"是不是马上就要选瑶了？"

"好心机！以前你都发战绩抢中的！"

见陈津白挑了个成吉思汗，她干脆选了明世隐。

这两个是常见搭配，发育起来伤害很高，而且陈津白会玩，她不担心会翻车……翻车其实也还行。

偶尔主播翻车挨打，反而会刺激观众。

陈津白选完英雄就去倒水了。

游戏还在继续。

一楼开局选的是娜可露露，对面见他们的辅助是明世隐，可能起了反野心思，最后辅助是东皇太一。

他打字："三楼，开局不要和你老公连体。"

直播间观众看热闹不嫌事大。

"哎哟！"

"说清楚，怎么就是她老公了？！"

"我最讨厌开局连体婴了。"

随宁是三楼。

她过了两秒才反应过来他指的是什么。

今天陈津白用的不是职业号，他们两个都是双字 ID，正好意思又是相反的，看起来勉强像相爱相杀的情侣。

她刚刚居然都没发现。

遭到路人调侃，随宁不免心率加快。

这要是平时她可能就不解释了，但这会儿是在直播，好几百万人都在看，其中不乏黑粉，她不解释不行。

英雄全部选定后只有很短的时间调整，打字可能时间上来不及。

随宁干脆语音转文字发出："不是我老公。"

最后两个字说得她耳根发热。

她直播间里的众人听到的是这五个字。但《王者荣耀》这个游戏存在一个不容忽视的问题：如果语音转文字开太快，前几个字可能不会识别出来。

随宁没看清，手快发出去的一刹那就眼前一黑。

狗游戏！

语音识别不行，句号倒是不会缺！

陈津白端着水杯回来，转了下电竞椅，坐下不过一秒，抬眸瞥见公屏上随宁的头像冒出四个字。

"是我老公。"

Chapter 15

乌龙

对面的小姑娘可不是一般地有心思。

老公？谁是她老公？

陈津白倒了杯水回来就看到了这话，又是奇怪，又是惊讶，随宁不像是能在直播间说出这句话的人。

他直播间的网友们可是惊呆了，瞪大眼睛，这会儿还能看到屏幕上"是我老公"四个字。现在的女主播这么直接的吗？

"我？"

"随随这么野的吗？！"

"这就公开了？！"

"啥时候两个人在一起的？"

"哈哈哈，这么直接！"

"White 原来是有主的，呜呜呜，难怪天天双排。"

"承认了吧，主播。"

陈津白伸手，点开对话框，里面短短几行字，随宁应该是回答这个路人的。而对方口中的人指的应该是自己。

——随宁说错了还是故意的？陈津白一时之间都不太确定了，随宁偶尔也挺跳脱的，都能干出来找替身这种事。但"老公"这个词……陈津白不免笑了一下。他不动声色地收回了手，没说话。

"你都不解释的吗？"

"这是默认了吧！！"

"知名女主播与职业选手直播公开.jpg"

"呜呜呜，我还没开始恋爱，就已经结束了吗？"

随宁看不到陈津白直播间的情况，她自己这边都已经炸开锅了，毕竟亲眼见证了《王者荣耀》语音识别的漏洞。一个是"不是我老公"，一个是"是我老公"。这两句话的意思截然相反，天壤之别。

"王者：我不允许单身狗打游戏。"

"哈哈哈，随随！太搞笑了吧！"

"我以前也遇到过这样的事，我骂他'没妈'，给我识别成了'美吗'！"

"White：我不是，我没有。"

"仿佛看到了随随无处安放的双手。"

随宁本想开麦解释，结果时间到了，进入加载界面，只能待会儿再进去。

就这么点儿时间，两个直播间的网友已经互换了一些。

"这就是White老婆的直播间？"

"难道这就是传说中的"野王"吗，野路子王？"

"点关注，不迷路，这主播特别野！"

而陈津白那边就更热闹。

"随随的话，语音识别错了，不是真的啊。"

"在吗？《王者荣耀》给你发了个老婆，快点儿签收。"

"有生之年见证了一场意外的爱情。"

终于进入游戏，随宁开了语音："刚刚……刚刚是语音识别少了个字。"

陈津白还在等buff野怪刷新出来。

"哦？哪个字？的？"

"就是一开始……"随宁的话卡在嗓子眼儿，忽然反应过来他后面那个"的"字是什么意思。

是我的老公？陈津白居然调侃这个？！随宁整个人像是从烤炉里出来的一样，就连手指都忍不住泛上一点儿诱人的绯色。

"……是'不'字。"她声音不高。

被网络传过去后就显得更低，柔柔的，带着江南儿女的软糯。

陈津白不是第一次听她的声音。当初第一次陪玩时，随宁的嗓音是用软声说着张扬的话，平时声调不高，就回归了糯。

"原来是'不'字。"陈津白表示明白。

随宁："……"她怎么觉得他装的呢。

两个直播间的人看了一场大戏，从没觉得直播这么有趣过，尤其是刚刚的对话。

"随随：是我的老公。"

"White 故意的吧！"

"还'的'，想得美，随随是我老婆。"

"我怀疑 White 是借此说真话。"

随随是"天空直播"里出了名的声音好听的女主播，男女通吃，而 White 是公认的打职业里的帅哥选手。别说，还挺好嗑。

现在的网友闲暇时间很多，什么 CP 都能嗑，伏地魔和林黛玉已经不算冷了，就连鲁迅和福尔摩斯都有 CP 粉丝。更何况，两位是知名女主播和帅气职业选手。而且随随还承认过，自己是 White 的粉丝，多了这层关系，这样简直不要太好嗑。

因为"老公"这一意外，随宁接下来都没开麦。当然……其实她也想那话成真。反倒是陈津白似乎毫无影响，他甚至还给她让蓝。

"是《王者荣耀》的漏洞，我没有这么想。"随宁对着直播间义正词严道，"我会这么野吗？当然没有。

"White 和我是纯洁的粉丝和偶像关系，噢，说反了。

"那个说我心里这么想的，房管呢，给他一个禁言套餐。"她相当冷酷无情。

可粉丝们都认为是她恼羞成怒了。

一局游戏下来，随宁终于冷静了不少，陈津白之前估计只是调侃玩笑，为了直播效果吧。想也知道，他怎么可能真是那个意思。

可随宁只要一回想，还是会心跳加快。

游戏结束后，她找了个借口，装作淡定："不上分了，要去打巅峰赛了。"

陈津白挑眉道："好。"

随宁离开队伍，看了一眼直播间，十几分钟过去，刚才的语音错误已经被刷过去了。她这才开始了真正的单排上分。

等随宁和陈津白两个人下播时，"是我老公"的直播截图已经满世界传遍。

两个人的知名度在圈子里都不算低，理所当然地被传播。就连其他战队的职业选手，包括和 YU 他们交过手的都发消息过来说这件事。

陈津白关了电脑。早就等着的庄帆举着矿泉水瓶到他面前道："下面来采访一下 YU 的 White 选手，被随随叫'老公'是什么感觉？"

"是惊喜，没感觉，还是惊吓？"

段归几人在边上看着，笑岔了气。

陈津白拽过他手上的水，直接拧开了瓶盖："想知道？"

"想啊！"

"白哥，快说、快说！"

陈津白睨他们道："我为什么要告诉你？"

"……"

好吧，庄帆就知道自己得不到答案道："怎么我直播就没遇到这种情况，《王者荣耀》看不起我？"

陈津白点头道："可能是吧。"

庄帆："？"

打发了几个队友，陈津白拎着耳机回楼上，伸手点开了随宁的直播间，她已经下播了。

他思索片刻，去网上搜索。不到一秒，视频片段出现在面前。陈津白看到随宁点了语音转文字，随后那道温柔声线就开了口："不是我老公。"

他停在转角，又倒回去听了几遍。

随宁今天直播的时间刻意放短，她一下播就去微博搜索，果不其然，很多人在说这件事。包尚还发了消息过来。

"没想到啊，没想到啊。

"这下，人人都知道 White 是你老公了。"

随宁回复："意外！你还不知道是什么情况？"

包尚当然知道："我知道啊，不过我还知道，这也是你的心里话吧，哈哈哈。"

随宁不回他了。她控制不住地又回想今天陈津白的那句话，躺在床上翻滚了两圈，头发都乱糟糟的。

对了，这事被宋云深知道怎么办？加上前面的事，可能会被他新账旧账一起算。随宁古怪地想，周纯之前假设的"百万支票收买"场景说不定还真有可能实现。她忍住笑，陈津白会不会恼羞成怒啊。

随宁点开微信，给他发消息："今天的意外……是不是吓到你了。"

陈津白回得挺快："有点儿。"

随宁蹙眉，不会他真不高兴吧。

陈津白慢条斯理地又敲出一行字。

"你不会说这样的话。"

但她干得出这样的事，他知道。

随宁心想，她会说。就是时机不适合，要是现在他们俩真的在谈恋爱，她肯定敢说。

没想到自己在他眼里这么乖？这倒是一件好事。

随宁干脆顺水推舟："《王者荣耀》这垃圾识别功能，我要和官方提一下，快点儿改改。"

陈津白失笑，似乎透过屏幕看到了她恼羞成怒的模样。

随宁装模作样了一会儿，终于和他说了晚安。她可是要在乎人设的。

直播事故仿佛成了随宁的一个梗，每次直播都会被说一番，两三天后都没好转。她这两天都没和陈津白双排，太频繁了也不好，总是要避两天嫌。在这当头，"天空直播"官博先发了一条随宁出糗的那个调侃微博，随后又发了预售门票的日期。

包尚也是被通知的，忙跟随宁解释："管理官博的和我不是一个部门的，这事我也不知道，不然我会提前和你说的。你要是不喜欢，我和经理提一下。"

随宁自己心里清楚，她最近热度正高，还有昨天的事，"天空直播"未必没有存心用她营销的意思。不过，还算在她接受的范围内。

"不算太过分，只此一次。"随宁说。

只是孙钰那边就没这么善良了，直接联系了"天空直播"。随宁出场去解说可是要签约的。

"你在直播间解说和去现场是两回事，你是签约主播，但又没规定你需要去解说比赛。"

孙钰顿了顿道："我是你的经纪人，而且，宋总不会允许这种事发生的。"

"行。"随宁也没拒绝,她又不是慈善家。

当然,这种事谈起来也很容易,孙钰以前是混娱乐圈的,直播这行刚兴起没几年,很多事还不正规。

等随宁知道谈好已经是两天后。彼时,她正和周纯在外面吃饭,周纯刚从RX面试回来,感觉是稳过了,所以庆祝一下。

"他们知道我之前玩《王者荣耀》的,刚上手《英雄联盟》,但试了试,我了解的也不算少。"

周纯眨眼道:"主要是我韩语说得流利。"毕竟是语言学院的专业生,同去面试的还有自学韩语的,面试官当然更倾向于她。

"听说我的号还没到王者级别,说要是得空了,分部那边可以带我玩,职业选手带躺哎,我还没有经历过。"

"你经历过未来职业选手带躺啊。"随宁说。

"你怎么每次都提这事。"

随宁撒娇道:"好吧,下次不提了,我错了。想上分,我可以带你啊。"

"不一样。"周纯认真道,"你想想,几个职业选手带我。我之前看了网上好些小视频。"

随宁:"?"

周纯说:"想想就很爽啊。"

随宁没想到她竟然还有这种想法,好笑道:"说不定RX那个经理说的是场面话,等你离职了都没人带你飞。"

周纯一口小蛋糕塞进她嘴里。

"乌鸦嘴。"

自从不和陈津白双排后,随宁的生活就和以前没了什么区别,不过也有一项特殊的。那就是三天打鱼两天晒网地直播,不直播的时候就开小号去看陈津白直播。

四月快结束,陈津白的直播时长肯定还没完。随宁看了两天直播,手又痒了,看陈津白在打巅峰赛,唉声叹气两下,打算去找W饮鸩止渴。

正主不可以,替身还是可以的。她今天没直播,请了假,现在才九点而已。

随宁顺手给W发消息:"在不在?"

她等了半天，对面没回复。随宁很少遇到这种情况，因为 W 晚上一般都是在的，她有将近半个月没找他，也可能他最近很忙。

陈津白一局结束，看到了随宁的消息。他眯了眯眼，回了三个字。

W："不太行。"

不找他上分，找替身双排，这么闲？陈津白冷笑一声。

随宁洗了盘水果，扎了一块哈密瓜吃，一边问："忙？"

W："有点儿。"

随宁看到这三个字就想起陈津白上次的"有点儿"，这两个人在某方面还真是有点儿像。她抹去一丝惊奇："所以，今晚都没空？"

随宁又抬头看屏幕。直播间里，陈津白的号正在队伍里，没有开始匹配，而镜头中本人正在看什么东西。弹幕都在催促，或者问原因的。

手机振动了两下。

W："要等一会儿。"

W："你去做点儿别的事？"

看到这答案，随宁没失望，她手上都是水果滴的水，干脆回了条语音："行吧。"

她抽纸，低头擦手。

陈津白直播用的是另外一部手机，所以在收到语音时就戴了耳机直接听，不担心网友会听见。

他听到了游戏音乐。陈津白扯了下耳机线，目光掠过电脑上的音乐歌单，唇角扬起一个极浅的弧度。

随宁擦完手，继续看直播。陈津白单人直播时基本不说话，她看脸看这么久，自然也想听声音，不过瘾啊。

随宁给小号充值，搞了个闪亮的特效，然后用它发弹幕："White 能不能讲解怎么玩啊？"谁还不会伪装小白了。

五颜六色的 ID 在直播间里尤其显眼。当然，随宁没得到回应，因为陈津白压根儿没看弹幕。

她吃了两口，又发了一遍。手机却在此刻跳出条令随宁意想不到的消息。

陈津白："又请假了？"

又……随宁仿佛被他洞察了心思，触电般似的。她抬头，自己今天用的是小号，没有出错，他应该不知道，只是顺口问的吧。

随宁还来不及想，电脑连接的音响就有了动静，是他一贯散漫低沉的声线。

陈津白在直播间里问："随随，在吗？"

随宁心提到了嗓子眼儿，看向桌面。下方镜头中的陈津白也在看着桌面，刚才那句话很短，仿佛是一场幻觉。但她看到飘过的弹幕就知道不是幻觉，是真的。

"？？？"

"我听到的是随随吗？"

"这么光明正大地在直播间里问？"

"这是变相公开了吗？"

"我竟然嗑到了！"

随宁本来微红的耳垂如今仿佛要滴血，也热乎乎的。陈津白居然会在直播的时候叫她，难道这就是这段时间的成果吗，她算撩成功了？

不过，刚才用小号发弹幕，这样怎么可以承认，岂不是会被看到自己装小白。简直是"社死现场"好吧。随宁打算装不在，微信上回复："最近很忙。"

他的声音太让她上头，一上头就容易脑袋空白，她还是就近拿了 W 的话当借口。

"不在吗？"陈津白眉梢轻挑。

他"嗯"了声，得出结论："所以请假不是看我直播了？"

直播间里的网友一脑袋问号终于得到解答，原来重点在这里，他还知道随随请假的事。果然知名粉丝都会被偶像关注？

"White：随随是假粉。"

"呼叫随随，你偶像怀疑你粉籍。"

"哈哈哈，为啥这么好笑，White 竟然还有点儿自恋。"

"所以，随随最近经常请假去干什么了？"

随宁呼出一口气，用手拍了拍脸。这件事太出乎她的意料了，陈津白关注她请假的事就算了，为什么还会问她在不在直播间？虽然……她很开心就是了。但随宁完全没做好这个准备！

她实在忍不住："你怎么在直播间说这个啊？"

这行字刚发出去，随宁就觉得不好，这不是承认自己用小号在看他直播吗？

随宁闭眼拍额头，真是被冲击傻了，她赶紧撤回，希望陈津白不要看见。

但事与愿违，他还是看到了。陈津白："有空看直播，不上分？"

随宁破罐子破摔，顺其自然："在吃东西。"

陈津白没见过随宁吃东西的样子，但和她一起双排时，她吃过东西，斯斯文文的。他回："多吃点儿。"

随宁再抬头的时候，陈津白刚开一局。弹幕却还在讨论刚才的事，有人在问随随到底请假是在干什么，以前都没这么频繁请过假。

有人说她说不定真的开了小号在看直播。随宁顶着小号，还有点儿慌。就在这时，陈津白的消息又来了："所以，刚刚在直播间里也不说话？"

随宁呜呜两声："不在直播间！"

陈津白敷衍："噢，不在。"

明明只有三个字，随宁却感觉自己能看出他的无奈，甚至于耳边都有了他的声音。她果然是中了他的毒。随宁吃了口西瓜块，冰凉入口，整个人都凉了一分，脸颊一鼓一陷，打字回复他。

"以后不要直播叫我。

"这样不好，真的，哥哥。"

随宁抬头看电脑，陈津白刚进野区，正在游戏。

陈津白这次会回她什么呢？

她又去微博上搜了搜，实时里果然有网友在说刚刚的事，而且他的超话里也有。还有人说她这是粉丝的骄傲，毕竟被正主念了名字。

随宁有那么一点儿心虚，因为她不仅是粉丝，还是一个想把他吃入腹的"粉丝"。她很贪婪。

随宁继续挂在直播间，陈津白这局结束后却直接下了播，连多余的话都没说。她以为他有事，又收到他的话。

陈津白："哪里不好？"

随宁以前没见过他直播，猜测他可能不懂直播界的一些潜规则和舆论等等。

她解释："就是容易被议论纷纷什么的。"

屏幕前，陈津白再也忍不住，爽朗地笑了起来，他装作天真："叫粉丝的名字怎么了？"

随宁不知道怎么回。一来是他叫她的名字，她的确很喜欢。二来是他以后会不会也叫别的粉丝的名字？

随宁虽然看似温柔，实则对自己的东西占有欲很强，即使陈津白与她还没关系，她心里却对自己要求更多。她叹了口气，有点儿难搞。

过了两分钟，随宁又清明起来，如果她和陈津白就这么顺水推舟地绑定在一起……也不错？

原本随宁和陈津白上次语音识别错误的事已经被不少人遗忘了，但今天叫人的事情一出，又被提出来。而且还是陈津白主动叫的。有些人直接到随宁的微博底下骂她。

"能不能离 White 远点儿？"

"之前天天勾搭着双排就算了，现在还蹭热度！"

"不炒作不能活，是吧？"

"也不瞅瞅自己能不能见人，躲在屏幕后面，还不知道是什么恐龙样。"

自然随宁的粉丝也会反驳。

"搞清楚，这次是 White 提的。"

"一个巴掌拍不响，有本事让 White 别上车啊！"

"哈哈哈，蹭热度，随随需要蹭？"

"看着是个女生，结果叫别人'恐龙'，我看你相册里的自拍也不怎么呀，回去照照镜子？"

两方粉丝大战起来，随宁的微博都爆炸了。以前她的粉丝很佛，因为她平时除了发发直播信息，一个星期才可能发个日常，比如喝奶茶拍个照什么的。

这会儿最新一条直播通知，下面比娱乐圈吵架还热闹。随宁躺在床上看得津津有味。果然，圈子是看成绩和脸的，才几个月时间，陈津白的粉丝就超过了一些老牌战队。

而陈津白长草的微博也很热闹。热评全是发自己名字的，让他也叫叫自己的名字，一些让他别和随宁再排的评论都被压了下去。

随宁摇了摇头，粉丝是把双刃剑。

第二天醒来时，包尚那边又打来电话："……我知道昨晚的事不是你搞出来的，但你今天直播肯定会被人问。"他话锋一转，"所以，你昨晚在不在看他直播？"

"问就问吧。"随宁云淡风轻道，"我还怕这个。"

"你当然不怕，你怕过什么。"包尚吹了一句，又问，"我上个问题你还没回我呢。"

随宁笑嘻嘻道："在啊。"

包尚："……"他就知道。随宁平时除了上课就是直播，基本没什么事，请假时间又恰逢陈津白的直播时间。

"后面不准这么请假了！"他勒令。

"行，我控制控制。"随宁答应得轻快。

"光说控制有什么用，得实际行动，你实话跟我说，陈津白怎么突然叫你？"

随宁小脑袋晃了晃道："这我怎么知道，你要问他本人。"

包尚心想，自己要能问到，还要你吗？职业战队的合约和他们平台经纪人是没关系的，更何况他只是随宁的经纪人。

挂断电话后，随宁又笑起来。最近的事实在是太神奇了。她甚至都在考虑要不要删掉 W 了，好像现在要他并没有什么用了……不过还是留着以防万一吧。

随宁和陈津白的事，最终的焦点被吵成了她长什么样上。自始至终不露脸，就算有些路人想要维护她也会被人喷——长得丑才不敢出来。

粉丝的回击就直白多了：想要知道随随长什么样子，欢迎去"天空杯"线下决赛现场看，花个票钱就可以。可把他们气得够呛。

"这两天，随随热度够大，把预售门票日期提前吧。"杨经理笑得见牙不见眼。他才不管吵架，利益优先。官博发了门票的购买地址和链接，几乎是不到一小时时间，门票就抢光了。其实大多数人想法还是："'天空杯'会让丑人去解说？"男主播长得一般的很多，但网友们对女主播却要求更为苛刻，他们估摸着，随随可能化个妆才能见人，否则也不会被林秋瑶的粉丝攻击容貌这么久了。

"你和白哥怎么回事？！"

庄帆联系随宁时，她正在课堂上。

她轻描淡写回他："什么怎么回事呀？"

装不知道，随宁永远第一名。

庄帆打听了半天，反而自己被套了话，随宁已经知道陈津白今天要干什么了。原来自己是工具人，庄帆流泪。他当初要是没找上随宁，这会儿是不是就没这件事了？那自己还是红娘啊！庄帆立刻又恢复了自信，没再问随宁，雄赳赳、气昂昂地去敲陈津白的房门。

"白哥，哥！在不在！"

陈津白皱眉问道："什么事？"

庄帆晃晃手机道："要不要我帮你追随随？"

话音刚落，门在他面前关上，他差点儿贴上门面。

庄帆："……"好绝情一男人。

祸不单行，陈津白在直播间叫随随的事还没平息下去，另外一件事又冒出来了——

他被拍到和一女生走得很近。

随宁得到这消息，是在傍晚直播时。

她今天开播得很早，外面天都没黑，粉丝们都习惯了她这段时间反复的直播时间。不时有进来的网友问陈津白的事。

随宁手下动作不停，语气轻柔："我一开播就回答过了，想知道看直播回放吧。"

"放屁，你压根儿没说！"

"举报知名主播在线欺骗网友石锤.jpg"

"我看你是心虚了吧。"

"什么时候露脸，什么时候露脸，什么时候露脸……"

最后这条弹幕刷了屏，房管立刻禁言对方。

随宁刚刚双杀，看到这条弹幕，轻笑起来道："所以你是看我打游戏还是看我脸？"

这话是对的，但没有用。现在女主播轻易不好出头，能出头的基本都是露脸的，随宁有自信是因为已经巩固了粉丝。

随宁结束一局，没再开，而是说："再说了，谁知道你的美丑是以什么定义，明星还有天天被说丑的，我总不可能是每个人都说美的仙女吧？"

她"嗯"了声，道："我也挺想的。"

网友们哈哈哈地刷起了小礼物和小魔法棒。

随宁在直播间说得很完整，但直播还没结束，就被录屏片面之言发了出去——

说她自己想成为很美的仙女。

蛋糕他们发来截图时，随宁都被气笑了。这是什么迷惑行为。

直播界竞争也激烈，可能也有其他人在里面浑水摸鱼，想拉她下去，这件事居然还上了热搜。随宁好笑，免费宣传，挺好。听说买热搜要花几万呢，省钱了。

包尚："稳住。"

包尚："等线下赛，你就可以打他们脸了。"

现在网友们的期待值降到最低，等到时候一看到本人，效果会直线上升。随宁没理会带节奏和阴阳怪气的弹幕，继续上分，直到直播间的弹幕越来越不对劲。

"还在直播？"

"你的 White 都被人摘走了！"

"完了！你偶像和人约会被抓了！"

随宁一脸蒙。这话什么意思？陈津白和人约会被抓？！和谁？谁和 YU 走得近，她怎么不知道？

"约会"这个词一直萦绕在随宁心尖，她瞬间没了直播的心思，这话题实在太过劲爆，她现在就想去搞清楚。正好，她刚刚还在匹配排队中，干脆取消。

随宁抿了抿唇："今天直播就到这里吧，明天见。"

"？？？"

"这就跑路了？"

"去捉奸了？"

"所以，是真的约会被抓到了吗？"

"心疼随随！White 渣男！"

随宁人是下播了，直播间里网友还在聊天。实在是这消息太过令人震惊。

看到图片的一刹那，随宁怔愣住。照片背景看得出来是体育馆，光线不是很明亮，被红线圈出来的人不是在正中央。

关键是……这不是陈津白还伞那次吗？乍然以旁观者的角度看那天的情况，确实有点儿不对劲，因为王特助没入镜，周纯当时刻意站得远。

"我今天删照片，忽然发现了这张，这是 White 吧，在和女孩子说话！还递东西给她！"

照片中的随宁戴了口罩，陈津白被拍得清楚。

随宁"扑哧"一声笑出来。原来陈津白被抓到的约会对象是自己啊。

她拿着手机从房间出去时，周纯见她沉着脸色，心里"咯噔"一下，问道："怎么了？"

随宁没说话。

周纯担心道："你说话呀。"

"陈津白和人约会被拍了！"随宁沮丧着一张脸。

周纯张大嘴，果断替好友抱不平："我就知道打游戏的没什么好人！渣男！看清他，正好断了！

"他和谁约会？不会约粉丝吧？！"

随宁本来想回"和我"，又被后面这句话搞崩了。

周纯反应过来道："好啊，你是骗我的！"

"哪有骗你，他确实被拍了。"随宁拖长了调子，"约会对象是——我！"

周纯一脸迷惑道："搞了半天，我刚最后那个也没说差。"

随宁哼了声道："老色坏。"

等弄清楚事情经过和这两天的事情后，周纯摸摸下巴，故作高深道："看来，他对你有意思。"

"要不你直接追，别撩了？"她说。

随宁笑眯眯道："不，我想让他追我。"

她可以主动撩，但追还是要他来。

蒋申这会儿头正疼。这么大的事，他怎么可能不知道，正在想怎么处理，当然罪魁祸首得先问问。

其实吧，陈津白是打游戏的，又不是明星，谈恋爱也没什么，比赛打好就行。但关键是——前两天还和随随天天双排，现在又爆出约会，这不就被人当成了脚踏两条船。

"不是约会。"陈津白回他。

蒋申眼神紧盯道："都被人拍到了，不是约会也要澄清，这人是谁，我怎么不知道你们还有过接触？"

陈津白语气轻飘飘地道："你认识。"

蒋申道："兔子还不吃窝边草呢！"

陈津白"噢"了声。

严格说，随宁是他的粉丝，确实有那么一点儿意思。

蒋申："？"这么大的事就"噢"了声？

"所以这照片是真的，行，谈恋爱我不管，但你和随随又是怎么回事？"

"你俩流量都不小，又不是明星，需要炒热度什么的，你直播间提她，现在又被拍照片，你怎么可以劈腿？"

"虽然我不管你谈恋爱的事，但起码人品这一点，得注意吧，陈津白啊，我以前也没想过。"蒋申痛心疾首，没想到自己居然看错人。

陈津白轻笑了下。

"尽快澄清。"蒋申呵呵冷笑，"你以后就不要和随随再搞在一起了，她指不定会变黑粉。"

陈津白语调古怪道："……你没认出来这是她？"

"她？谁？"蒋申福至心灵，"随随？"他低头看看照片，又抬头看陈津白。

陈津白淡定地颔首。

蒋申骂了句："又是戴口罩又是侧面的，我就是孙悟空也看不出来是她啊！"

搞了半天，居然是同一个人。居然是随随！蒋申在屋子里走来走去，忽然琢磨起来道："等等，我怎么觉得不对劲，你和随随为什么关系这么好？"

不应该是庄帆和随随关系最好吗？据他所知，也是他们最先认识的才对，怎么现在天天都是 White 和随随有关？他停下来，盯着散漫的陈津白道："你给我交个底，你们俩是不是偷偷在一起了？"

陈津白否认道："没有。"

这话是真的。

刚说完，庄帆和段归敲门，探头进来道："蒋哥，照片应该是上次常规赛拍的，就下雨那次，白哥去还伞。"

他们也看到了外面的新闻。

主要是涉及私生活混乱上面，这种八卦很多人都在关注。

"对、对，很清白的。"

"当时没什么，现在有没有什么就不清楚了。"

"……"

真是几个小兔崽子。

蒋申深吸一口气，瞪了他们几眼道："我会联系随随那边，看怎么发个声明，既然是一个人，肯定就不用当渣男了……"

他话音落下，陈津白忽地站起来。

"你要去干吗？"蒋申问。

陈津白悠悠道："去吃窝边草。"

蒋申眼睁睁地看着人从屋子里出去。

"'窝边草'是谁啊？"庄帆问。

"这还用说，肯定是离得最近啊，那不就只有一个了。"段归拍了下他的脑袋。讲真，他们总调侃随宁和队长有关系，但谁也没想过这么快就成真了。

蒋申差点儿气倒，刚刚自己才说的"兔子不吃窝边草"，现在陈津白就回答了。

也是，他又不是兔子。蒋申甚至怀疑，这些事是不是都是他故意搞出来的……

陈津白离开会议室，外面夜幕低垂，走廊上灯光昏黄，他像是走在一条无人的路上。他低头发消息："**看到新闻了？**"

随宁正在看网友评论，看到他的消息，心口一跳。她本想回看到了，但想了想，等了半分钟，才故意回道："**什么新闻啊？**"

随宁狡黠一笑，看他怎么亲口说出来。

陈津白垂眸，目光落在亮起的屏幕上。

是真的不知道，还是故意的？对面的小姑娘可不是一般的有心思。

陈津白："**不知道就算了。**"

怎么能算了？随宁没料到他这么回，这么大的新闻居然说不知道算了，她可是另一个当事人。可是现在再说她知道新闻，他肯定就知道她是故意装的了。

随宁沉吟几秒，两分钟没回微信。这个时间假装自己去看新闻应该刚刚好。

数秒后，手机的振动让陈津白低头。

随宁："**他们怎么会觉得我们在约会！！**"

连用了两个感叹号。陈津白一时都陷入思索，她刚才是真的不知道？

随宁："**我发微博澄清。**"

陈津白顿了下，好奇："**你打算发什么？**"

随宁偏不告诉他，去自己微博上编辑了一条："**你们看图说话不及格，**

White 只是还人家伞而已。"

刚发出去就有人秒评论。

"还伞啊，怪不得递东西。"

"等等，我们都没看出来那是伞，你是怎么知道的？"

"这件事和随随有什么关系？"

"不是吧，随随，你不要信任渣男啊！"

"你是不是旁边站得远的那个女生？"

"蹭热度！"

"姐妹们，大胆点儿说，约会当事人就是随随。"

随宁早预料到这些评论，截图给陈津白："哥哥，到你发挥的时候了。"

隔着层屏幕，她说话都自然许多。

陈津白："原来如此。"

随宁开始好奇他会说什么，但没再等到消息，而是收到了微博推送的他新微博的通知。她切到微博上，是陈津白转发了她的微博。

——"约会过吗？"

这四个字可谓炸出了无数吃瓜群众。

"以我瓜中猹王的理解，这是在质问你们知不知道什么叫约会？就知道瞎传新闻！"

"我竟然觉得你说得很有道理。"

"原来如此，White 肯定在鄙视你们。"

"不是……难道你们就不认为这是在问随随吗？"当然，这条评论并没有得到赞同。

因为只有几个人觉得随宁是图片里的女孩儿，其他人都认为随宁是在为渣男开脱，或者是为偶像解释。

很快，庄帆那边也发微博，真的是还伞，因为他以前还想过蹭伞。

本来就只是不亲密的图，这么一解释，其实大多数人都信了，甚至图中的女孩儿也被认为可能是"基地员工"。

这张照片被网友放大又提高亮度，最后还是什么也看不到。再说真约会怎么可能在那里约会。就算有不懂的人，浏览下评论就知道这件事的始末了。

随宁真没想到陈津白这么发微博居然就这样解决了这张图的事，甚至都没暴露她是图中人。

还能这样？随宁佯装崇拜："哥哥，你真聪明。"

陈津白已经回到了自己的房间，一伸手就够到了曾经的两张明信片，他啧了声。那个纪录片他看完了，还挺好看。

陈津白勾起唇角："想好回答了没有？"

随宁疑惑："什么回答？"

陈津白丢了个微博截图。

随宁一怔，原来这个不是在嘲讽网友，是在问自己吗？居然是在问她约会过没有？！他是什么意思？是她猜的意思吗？

随宁被这一事故惊得忘了装模作样。看着输入框里的"正在输入中"一直没变过，陈津白慢悠悠地输入："不急。"

随宁却心跳更快了。她在思考他刚才这些话里的深意，不可避免地想，是不是他在试探自己……

他们会迈出新的一步？

随宁像一只被逗弄的兔子，却丝毫没有意识到，她屏息回复："绯闻约会？"她故意开玩笑。

陈津白笑了起来，有意赞同："算。"

随宁的眼睛触及这个字，捧着手机的手酥酥麻麻。这不怪她，是陈津白给她多想的机会。随宁的心怦怦地跳个不停，仿佛敲鼓。她尚且还能淡定回："时间不早了，哥哥早点儿休息。"

陈津白没戳破她："好。"

随宁当然没有休息。她翻回聊天记录和微博的转发，来回切着看，唇角的弧度一直降不下来。

好像自己距离恋爱不远了。

随宁意外地失眠了一整晚。天蒙蒙亮时，她才睡着，所以被周纯拽起来时还闭着眼睛，不放过这一分一秒。

"你熬夜去当江湖大盗了？怎么一副没睡够的样子。"周纯戳了下她的额头道。

"没有也差不多了。"随宁咕哝。

　　她掩着唇，打了个哈欠，不甚清醒地去下床洗漱，冷水总算让她清明许多。

　　周纯做好了粥，率先喝起来。看随宁出来，她说："今天你有课，我没课，我正好去 RX 那边，不过，你这样子我真担心过马路睡着了。"

　　随宁摇头道："才不会。"

　　周纯唉声叹气。随宁没睡醒，说话咕咕哝哝的样子好可爱，配上软软的嗓音，让人好想欺负她。这就是她当初想和她合租的原因，可以随时撸随宁！当然，这事她藏在心里。

　　"你昨晚干什么了？熬夜上分？"

　　"不是……"随宁喝了口粥道，"周纯，如果现在有个男人问你约会过吗，你什么反应？"

　　周纯说："看这人怎么样，长得帅、性格好，那自然认真回答，其他的，一概回答'约会过'。"

　　只要不感兴趣，没约会过都说有过。随宁若有所思地点头。

　　"怎么，有人问你？"周纯瞄她道。

　　随宁将手机递过去："就昨天跟你说的，约会被抓的事，给你看微博，你自己看。"

　　周纯两眼看完道："这还不顺水推舟？！"

　　随宁问："你知道他问的是谁吗？"

　　周纯翻白眼道："当然是问你啊，网友有什么好问的，一看评论就知道他们都不是正经的吃瓜猹。"

　　随宁没睡醒的脑袋还蒙蒙的，道："顺水推舟……"

　　周纯认真道："姐妹，打游戏的男人好追得很，看他现在已经被你撩得不行不行的。"

　　她说话很有信服力，随宁被鼓励得仿佛下一秒就能把陈津白搞成自己的男朋友。周纯不愧是部长。说不定当初的国服弟弟被删了，现在还觉得是因为周纯不想耽误他的未来。

　　吃完早餐，随宁抱着一本书去了学校。不巧，这回坐她前面的，又是上次问她是不是自己上分的男生，一见到她来就没再转过视线。

　　随宁秀眉微蹙，准备坐在那排空位的想法直接变了。

　　没想到，对方锲而不舍，坐到她前面道："随宁，你游戏打得这么好，有空一起打啊。”

随宁头也不抬道："最近忙。"

"那你什么时候有空？"他又问。

随宁翻书的手一顿道："最近都没什么空。"

她又补充一句道："我喜欢单机游戏，不喜欢和人组队，你找别人吧。"

这么直白的拒绝，为什么他听不懂？

男生"噢"了声，道："没事，那就等你空了下来再说。"

随宁："……"她这是碰到传说中的"普信男"了吗？

随宁干脆不搭理他，有这交流的时间还不如多背两个单词，说不定考试还能多得两分。

"……不过，你们最近的课不是和以前一样吗？你的选修课，我记得老师还请假了。"

随宁听到这句话，动作停了下来。

他还关注她的课程，选修课是刻意去查的吗？随宁以前高中的时候遇到过跟踪狂，每天跟着她回家，后来那人被宋云深教训了一顿。所以在听到他这话时，她就想多了。

随宁在心里叹口气，为什么世界上的女孩子出门要有各种危险。好在下课后，她留意周围，没见到那个男生。随宁松了口气。

"陈津白约会"一事在两天后基本消散，就和之前的"老公"错误一样。

随宁接下来的心神全都放在了"天空杯"线下赛上。

一旦她上去，就代表自己不仅要告诉网友们她的长相，也会被暴露三次元。

不过，三次元早晚会暴露，她要登上职业舞台，就需要做出取舍，以前直播一关，二次元与她无关的日子注定不会再有。

"这是当天的流程，你先看看，要是有不可以的地方可以提前说，后面晚了就不行了。"包尚提前提醒她。

随宁翻看完道："没问题。"

她想起来什么道："对了，我上次忘了提，门票有没有多余的？我想给我朋友。"

包尚说："当然，你没说我都替你要了几张。"

不过，他因为顾虑，就没要太多，毕竟大部分来看的还是普通网友比较好。

他们两个在一个城市，送票很简单。第二天，包尚就送来了四张票，位子都是比较好的前排，随宁请他吃了顿饭。

包尚趁机要她下次带上他躺赢上分，他可以用小号伪装他和直播间的观众一样。

随宁哭笑不得，同意了。

两人出去时，正好碰上上次的男生，随宁暗说"倒霉"，不过还好那男生没过来啰唆什么。

回到公寓，随宁给陈津白发消息："后天有空吗？"

陈津白稍一想，猜到她的意图，却转而回："那天已经有了安排。"

随宁很失望，又问庄帆。

庄帆自然说有空，随宁顺手把票给他："正好有四张，本来想给 White，但他有安排。"

安排？

庄帆心说什么安排，他怎么不知道。

随宁正打算说给他票，然后又收到陈津白的消息，是图片消息。

和 W 发图片那次不同，这次她很期待。

她甚至还猜测会不会是自拍，当然这个可能性太小了，随宁被自己的想法好笑到。她点开，是一张截图，是"天空杯"线下赛的门票。

陈津白："不巧。"

随宁忍不住啊啊两声。这男人的操作真是让她又骂又爱。

她要赶紧让他成为男朋友，让他没机会再搞骚操作。

随宁敲字："应该说巧。"

她拍了张四张票放在一起的照片发过去。

陈津白点开，吸引他注意力的不是票，而是随宁压住不让票翘起来的手。

他敛眸，他们似乎许久没见了。

线下决赛开始那天是周末。

庄帆一早就摸出自己最帅的常服道："怎么样，我穿这个是不是很帅，镜头扫到我，就是观众聚焦点。"

"呕。"

"吐了。"

"呸。"

三个队友齐齐鄙视。

庄帆扭头，看见陈津白戴着耳机从房间里出来，外套没拉上，雪白的耳机线垂到口袋里。

"你就穿这个？"他问。

陈津白瞥他问："不行？"

庄帆点头道："行，怎么不行。"

段归勾住他的肩膀道："别说，白哥随便穿穿都比我们好看，你就别想着上镜头了。"

今天去看比赛这事，他们都得到了蒋申的同意。

对大众来说，他们算是素人，出门都不用戴口罩，唯一引起关注的是陈津白，因为容貌优越。

林秋瑶一早就开小号等在官方直播间，她自己没买票，怕被认出来，便让别人去看，给她拍照片、视频。

"你就给我实时转播。"她叮嘱。

林秋瑶又笑道："不过，拍不到也没事，官方直播间肯定会拍她的，我就等着了。"

希望随随不要翻车太严重啊。

夏白薇也买了张票。她是 KPL 官方主持人和解说，认识的人不计其数，自然也认识直播平台里的负责人。

"……现在谁不好奇啊，外面有一大半的人都是冲随随来的，对了，随随到了吗？"

负责人说："好像到了。"

夏白薇说："那我先去看看方哥，拜托、拜托，让我进去吧。"

她和方明朗也合作过，这个要求不过分，所以一开口，就被允许去后台。

夏白薇转到后面，就看到了门口站着个女孩儿，她正在和方明朗说话。

"……我怕待会儿没有我说话的机会，全是尖叫了。"方明朗调侃，"随随，你真的准备好了？"

随宁弯唇道："好啦。"

她是随随？夏白薇蓦地睁大眼，打量着随随。

以前浏览过的"长得丑""不敢露脸"的言论全是假的，她完全称得上"肤白貌美"，一张脸在白炽灯下玲珑剔透，如同春夏枝头上盛开的花。

夏白薇忽然想知道——陈津白知不知道随随长这样？

"白薇？"方明朗已经看见了她。

随宁转过头，这还是她第一次看到夏白薇本人，之前都是在采访视频里看到。

她唇角翘起，好像她们两个还算情敌。

夏白薇笑了笑道："你就是随随吧，真漂亮。他们都说错了，保准待会儿大吃一惊。"

随宁只是"害羞"地抿唇笑。

夏白薇想起之前的绯闻事件，闪了闪眼神道："对了，随随，借伞给White 的人，你认识吗？"

她的语气仿佛只是单纯的好奇。随宁挑眉，在外人眼里，自己是 White 粉丝，她问自己这个问题是什么意思？

不管什么意思都没用。

随宁轻轻点头道："认识啊。"

她又装作想起什么，道："White 还说她长得特别好看。"

随宁模样乖巧，夏白薇没怀疑，不禁失落。

随宁眼也不眨地说瞎话，反正陈津白又不在这儿，夏白薇总不可能去问他吧，没人知道她是水仙自夸。

直到她听见方明朗意外的声音："White？你怎么也来了后台？"

随宁扭头，对上陈津白漆黑的眼。

……现在公益会接受捐嘴巴吗？

Chapter 16

暗示

"我有喜欢的人了。"随宁说。

"什么时候到的？"方明朗问。

"刚到。"陈津白说，"一分钟。"

公益接不接受捐嘴巴随宁不知道，她现在想挖个地道钻进去。自己夸自己就算了，还是借陈津白的名义，而且还被本人听得一清二楚。

方明朗不知道随宁刚才说的是假话，他惊讶道："你今天和庄帆他们一起来的？"

陈津白的目光从随宁身上掠过，道："嗯。"

随宁被他看得更心虚。

一分钟，肯定是被他听见了吧？这要是被庄帆听见也就算了，她可以三言两语糊弄他，但现在是陈津白。

随宁尴尬得脚趾能抠出一个新地球来。她不知道是不是该庆幸，只有他们两个知道这话的真实性，另外两个人都是不知道的。

夏白薇已经开口："White，你是一个人来的吗？"

她往他后面看了看，没看到别人，松了口气。

随宁对他小幅度地笑了一下，找回自己的声音："……White，你怎么来了后台？"

她脸上的笑容有些可怜。陈津白觉得好笑，刚才自己夸自己不是很快乐吗，这会儿知道心虚了。

"不欢迎？"他问。

随宁摇头道："没有。"

夏白薇见他俩旁若无人地对话，咬了咬唇，他们该不会真的像那些人说的，有什么暧昧吧？天天一起打游戏，她还转发微博，帮他澄清……

"都进来吧，站在外面不合适，距离开始还有一会儿时间。"方明朗邀请陈津白和夏白薇进休息室里。

随宁明面上谦让，落在最后进去。

陈津白慢悠悠地行至门口，声音并不大地道："我怎么不知道，我说过那样的话？"

"……"

随宁没想到质问来得这么快。她装无辜地眨眨眼道："可能哥哥你忘了吧。"

反正不承认，他也不可能逼着她承认——而且现在除了不承认还能怎么办？

走在两步外的夏白薇眉头一皱，她竟然听到随宁叫 White "哥哥"，这称呼太暧昧。难不成，自己真没机会了？

陈津白意味深长道："原来是我记性差。"

随宁煞有介事地点头，仿佛这样就能让他承认似的，娇媚的脸上染上一丝不明显的绯红。

陈津白看了两眼。随宁察觉到，以为自己脸上有东西，用手摸了摸，没摸到什么，心跳加快。她转移话题，声音小又软："难道我不好看吗？"

随宁冲他眨了眨眼。陈津白故意沉吟了声，然后在她乌黑眼瞳的注视下，轻笑道："特别好看。"

不是好看，而是特别好看。多了个修饰词，是完全不同的感受，而且还是随宁自己之前用过的词。她感觉脸上热热的，不知道是羞的，还是因为尴尬。

随宁翘起唇道："现在不就是你说过的了吗？"

陈津白挑了下眉。

休息室里没别人，只有他们四个，方明朗一转头，看他们两个在说话，似乎明白了什么。他也是上网冲浪的，最近的新闻他也看了。

"最近，你们确实不忙，下个月又要紧张了。"

"还可以，比上个月好。"

"……"

方明朗调侃道："我看你们两个还双排上分，也没说带我一个，我自己单排多费事。"

随宁下意识地看了陈津白一眼道："最近没有。"

"那就是以前。"方明朗不在意。

陈津白没说话。

夏白薇觉得自己在休息室里很多余，他们的话题自己插进去也有点儿费力，毕竟她和 YU 关系没有很熟。

没过两分钟，工作人员敲门提醒："方老师，随随，还有十分钟就要开始了哦。"

"这么快，那你们是在这儿，还是去观众席？"

夏白薇看向陈津白。

陈津白说："观众席。"

他起身准备离开，随宁也跟着站起来。

回到走廊上，她挥挥手，笑眯眯道："我待会儿要是说得不好，你不要告诉我。"

等回到休息室里时，夏白薇已经不在。

"你和 White 关系好像好得不一般。"方明朗说。

随宁倒是很乐意听见这种话，问道："真的吗？"

方明朗被她这反应逗乐："我懂了。"

和他没什么可隐瞒的，说不定还会给自己帮忙，随宁直截了当地承认，弯唇笑。她还告诉他，照片里的人就是她。

方明朗大吃一惊道："原来是你，怪不得你要发微博，我还以为你是怒发冲冠为偶像。"

随宁说："我才没有那么闲呢。"

"唉，年轻真好啊，真羡慕。"方明朗摇着头。

直播间里在进行最后的倒计时，现场也很热闹。几个男生坐在中间一排，讨论着："你们说今天会被吓到吗？"

"应该不至于吧，但是可能会幻灭。"

"幻灭……我可能就取关了，唉，还是很舍不得，但是我怕以后一打开随随直播间就想起她的脸。"

直播间的网友也在聊天。因为一些营销，这会儿只有极少数人关注这次哪个主播会拿到"天空杯"线下赛的冠军，更多的注意力都在随宁这里。

"还有两分钟！"

"讲真，随随要是只放照片说不定还可以糊弄，这一下直接来大屏幕，镜头下直播，翻身无望啊。"

"就算长得还可以，也可能存在不上镜的问题啊。"

"随随就算不好看，我也喜欢！"

"看打游戏又不是看脸！"

"那就不要去解说啊，解说就是看脸的。"

"这些人真是看热闹不嫌事大。"庄帆一看到那些说随宁的话就不高兴，"哥，你刚才去哪儿了？"

陈津白眼也不抬道："后台。"

庄帆差点儿跳起来道："你怎么不叫我一起，我应该去好好鼓励随随的，我也算她的粉丝了。"

"话真多。"

"……不要转移话题。"

庄帆正控诉着，忽然听到一声叠一声的吵闹，原来是远处的解说台上出现了人影。

解说台距离观众席有点儿远。

"那个穿裙子的是随随吧？"

"我看不到脸啊！"

"早知道我带望远镜过来了，失策。"

现场心痒难耐，这种看到人却又看不清最折磨人。

随宁和方明朗坐在自己的位子上，她瞄了一眼台下，满满当当的人，看不清他们的脸。她心中感觉奇异，深呼吸。

戴上耳麦后，工作人员在问："你们准备好了吗？镜头准备对着这边了。"

随宁"嗯"了声。

半分钟后，主持人介绍的声音响起，紧跟着，镜头和光线落在了解说台上。

直播间的弹幕前一秒还在吵架，忽然就变成了一片感叹号。屏幕上是随宁和方明朗两个人，这会儿，所有人的注意力都在右边的女孩儿身上。

随宁今天穿了条小礼裙，设计简单，却惊艳耐看，露出精致的锁骨。但最惹人注意的还是容貌。巴掌大的脸上带着微微笑意，电竞耳麦遮住了耳朵，让不少男生都捂住心口。

"这是随随？"

堪称一瞬间的颜值冲击。原先几个正在讨论脱粉的男生面面相觑，其中一个问："你们还脱粉、取关吗？"

"脱粉？我说过这话吗？"

"我一直是铁粉好吧，你脱粉吧。"

"……"

前面听得一清二楚的庄帆抬头挺胸，他们真没节操，还是自己最稳重。

他看向旁边问道："哥，你紧张吗？"

"嗯？"陈津白面无表情道。

"这么多人要抢随随了。"庄帆说，努努嘴巴，"喏，你的前后左右都是。"

陈津白说："你观察能力挺强啊。"

庄帆说："这不明摆着的。"

陈津白"噢"了声，道："那你有没有观察到，明天训练加倍的事？"

庄帆："？"

别说现场被惊到的观众，直播间看高清看得一清二楚的网友真是倒吸一口冷气。

"随随为什么现在才露脸！！！"

"原地出道！"

"别直播了，跟我回家吧！"

"从现在开始，我是随随的粉丝了。"

不到一分钟，微博上就有人发了直播截图。

主持人开口："惊喜已经给到了大家，现在是不是还没有回过神来，说实话，我今天在后台见到随随都惊了。"

随宁朝台下浅笑道："大家好，我是随随。"

随着她说话，乌黑的头发垂在胸前，遮住了一小半锁骨，皮肤在灯下被映得过分白皙。眉眼弯弯，乖巧温柔，加上之前就被公认干净悦耳的嗓音，让黑子们都开不了口。这张脸，他们怎么黑？

"我新女神！"

"为什么看起来这么像我校校花……"

"老娘独美。"

"原来每天'宝贝'挂嘴上的人长得这么乖？"

林秋瑶今天特地借口要看"天空杯"没直播，虽然有人觉得她是想看随随，但粉丝还是信任她。看到随宁出现在直播间里，她一口牙差点儿崩碎。这是随随本人？怕不是整容的吧？

林秋瑶以前发过很多随随长得不好看的通稿，两方粉丝掐架时，她的粉丝也这么说随随，随随从来没有澄清过。

长这么好看不澄清？林秋瑶感觉到了世界的恶意，她瞥见弹幕里被惊艳到的网友，有些迷茫。她还有机会超过随随吗？或许，从自己失去"天空杯"解说位置的时候，她和随随就已经不在同一条线上了。

因为比赛还没正式开始，随宁就没有说话。她不着痕迹地看向台下，轻而易举地就看到了第一排的陈津白，心中被欣喜充盈。

自己看他的比赛，而现在，他来现场看她。

随宁才不管他是来看"天空杯"这个可能。

方明朗促狭地问："看什么呢？"

随宁回神道："看偶像。"

方明朗反倒被她这么直白的话堵住嘴，他本来以为她不好意思回答的，他笑着摇头。

其实，解说席距离观众席远也有好处。随宁只要不刻意去看，就和自己在家里线上解说差不多，开头稍显紧张，不过几秒就适应了下来。她打过那么多场高端局，像是为她的精彩解说铺垫了基石。

方明朗的解说偏向温和调侃，随宁虽然是和他学习的，但风格却和他差异很大。随宁更犀利，每次都说在点子上，偶尔也冷幽默。虽然不同，但每次接梗却一点儿也不突兀。她不是那种没有什么水平的花瓶。

"……开局蓝区打起来了，娜可露露惩戒还没交，想最后挣扎一下，我看这蓝估计会被其他人拿到。"

随宁话音刚落,最后赶来的对抗路就意外地拿了蓝。

方明朗说:"只要兵吃了,就等于没死。"

团战时,随宁的语速很快:"打起来了,三打四,峡谷血战,鹿死谁手……好吧,一个人也没打死。"

主播们的战斗方式和职业选手是有区别的。

尤其是在这样的场合下,他们是想赢,也会想着秀一下,好留下出名场面。几分钟过后,团战十分密集。

时间过得很快,九点多时已经结束决赛。随宁取下耳麦,解说顺利得出乎她意料,好像也没有那么难,她伸手和方明朗击掌。

说了快两个多小时,喉咙干,她拧开瓶盖,仰头喝水。

观众们有的离开,有的还留在原地,夏白薇站起来看了一眼,看到陈津白的位子。她起身去到第一排,正好那边上的人离开了。

"White。"夏白薇露出一个笑容,"你们都还没走吗?"

庄帆笑嘻嘻道:"等等再走。"

夏白薇看向陈津白,想得很多,最后问出来的就一句话:"你不会是来看随随的吧?"

四周安静下来。庄帆瞅瞅她,又瞅瞅队长,感觉很难。

陈津白声线平静道:"所以?"

虽然是反问,但几乎是肯定了自己的问题。

夏白薇难掩失望,又看向台上的随宁,镇定道:"没什么,随随不是你的粉丝吗?她应该很高兴吧。"

她找了个借口离开。

"她是不是看上白哥了?"段归问。

"这还用问。"韩同摸着下巴道,"唉,夏白薇也是 KPL 的美女解说呢,吊在了一棵有主的树上。"

陈津白睨他一眼,几人迅速闭麦。

随宁跟着方明朗回了后台,也没有多停留,给陈津白发消息:"哥哥走了吗?"

过了会儿,陈津白回复:"走廊,过来。"

叫自己过去？

随宁和方明朗道别，往外面走。

她问："他们也在吗？"

陈津白："他们是谁？"

明知故问，随宁觉得好笑，自己问的除了庄帆他们还能有谁。

不过，这说明应该只有他一个人。孤男寡女约见面……随宁品了品，忍不住揉耳朵，待会儿见面该说什么比较好？她走得快，加上又低头看手机，一转角还没看清人，就撞进一个坚硬的怀里，手瞬间抓住面前的东西。

"不看路？"陈津白捏住她的肩膀，随宁堪堪站稳。

因为刚才的变故，她的手还没离开原位，好像抓的是腰。随宁有意多捏了下试探，还挺有料的，她的耳垂变红。

陈津白低头，目光落在她脸上，随宁听见他问："你是不是想趁机占我便宜？"

先回答是不是，当然是。占便宜也是真的。

做是做了，随宁不后悔，但热气依旧迅猛地涌上她的脸。随宁眼睫毛颤了颤，小声地疑惑道："占什么？"

反正死也不承认。

陈津白瞄她这副装出来的听话可爱样，还能见到出卖她心思的睫毛颤动。

他微弯腰，问道："你说占什么？"

随宁心尖发抖，张唇："不知道呀。"

她收回手，背在自己身后，眼神糯糯地看着他，像个上课听话的好孩子。随宁攥了攥手，刚才的手感是真的不错，腰是好腰，只是她没有机会再摸摸了。只愿早日成为男朋友，早日享受好腰。

陈津白当然想不到，随宁已经想歪，对她这副软软的样子起不来什么气。没有谁会当着这样的随宁发火。

随宁趁机转移话题："怎么在走廊这里，不去休息室？"

陈津白"嗯"了声，问道："你还要待在这里？"

随宁摇头，确实没什么事了，她又不需要去恭喜冠军他们："庄帆他们呢？"

"走了。"陈津白敷衍道。

"这么快，那岂不是要让你一个人回去？"随宁惊讶，怀疑他说的是假话。

庄帆怎么可能走这么早，以他的性格，一心想着来后台找她还差不多。

不过，陈津白都这么说了，她姑且当真，他们平时见面机会那么少，二人世界也不错。

"一个人回不去？"陈津白笑问。

随宁眨眼道："一个人不安全。"

陈津白一猜就知道她的意思，他转而问："之前和你一起来的朋友今天没来？"

"没有，她今天有事。"

"所以，你也一个人。"

随宁想了想道："好像是。"

"天空直播"这边肯定不会派人送她回去，顶多方明朗问问，她可能会直接拒绝。不过……现在可以和陈津白一起。

随宁想问夏白薇的事，最后还是没问，说不定陈津白对她本身没什么印象，问了反而加深了。

从同性角度看，夏白薇有着和她一样的想法。可惜，随宁从不会让出自己喜欢的，她好不容易才和陈津白拉上关系，怎么会放弃。她才不想回到每天和替身打游戏的日子。

随宁和他从走廊离开，问："哥哥，你坐在下面，有没有听到观众们夸我？"

陈津白十分绝情道："没有。"

"我不信。"随宁俏皮道，"你都说我特别好看，他们肯定也有眼睛的。"

陈津白沉思了会儿道："想起几句，他们说要脱粉。"

随宁："……"

她期待了几秒，就等来这么个答案。

"不过，最后没有。"陈津白慢悠悠道。

"嗯哼。"随宁哼了声。

两个人从通道出去的时候，正好碰上工作人员，他睁大眼看着他们，十分惊讶。

随宁伸手，放在唇上："嘘。"

陈津白没什么感觉，只是任由她。

工作人员了然地点点头，看着两个人的背影，也没觉得有问题，郎才女貌，旁人生不出反对的心思。

原来网上说的是真的啊，White 和随随真有关系。这都一起单独走了。

馆内人几乎散得差不多。庄帆和段归他们是打车过来的，坐基地的车很容易被认出来，虽然在馆内也被人认了出来。

没关系，随随是 YU 粉丝，他们来看她解说，很正常。

庄帆上车时还十分不情愿道："我都没见到随随，这么走了，票价都没赚回来。"

"得了吧，你的票不是免费送的？"段归无情道。

"噢，是噢，我忘了。"庄帆挠头，又瞬间转移注意力，"白哥肯定是去看随随了！"

偷偷一个人，不带他。

一直打算找家奶茶店的关新忽然开了口，他指着外面的人影，脸贴到车窗上道："庄帆，过来，你看那是谁？"

他按下车窗，四个人凑过来，四张脸挤一堆。不远处，陈津白和随宁走在一起。从庄帆的角度看，随宁在笑，配上她今天的造型，简直漂亮到极致，初恋女神般。

他捂住心口道："白哥真不是好兔子。"强烈谴责吃窝边草行为。

"你搞错了对象，随随是兔子才对。"段归像煞有介事道，"就看什么时候兔子被抓回来了。"庄帆被他描述得翻了个白眼。

他们挤在一起的画面太引人注意，随宁一偏头，正好看见，回过神来，对他们挥挥手。

庄帆叫了声，她没听见。

随宁问："他刚刚说什么，你听见了吗？"

陈津白说："说他回去训练。"

随宁怀疑这话的真实性，忍不住笑，她觉得自己今天和他的关系比之前近多了。明天会不会还有人拍到他们走一起的照片？随宁转了转眼珠子道："哥哥，你可以送我回去吗？"

她仰头看着陈津白，大有他不同意就泪洒当场的倾向，她心跳不免加快。

这个要求……有些明显。他会答应吗？

陈津白静静地看着她，眼眸漆黑，透出一点儿明亮。

"好。"他的声音依旧低沉，很冷静。

给人安全、信任的感觉。

回到公寓已经接近十点。

随宁快到楼下时就给周纯发消息："陈津白送我回家了。"

周纯："进展这么快？"

她立刻跑到窗边等着，很快就看到一高一低的身影。

周纯怂恿："邀请他上来喝咖啡。"

这句话当然不是指真的喝咖啡，在国外和国内一些较为开放的城市，可以说是暗示和邀请。随宁看到这句话，立刻偷看陈津白一眼。

她发了个问号给周纯。

随宁："正常点儿。"

周纯："哪里不正常？"

她又发："对了，家里好像没咖啡，但是我提前泡了柠檬水，要不请他喝柠檬水，我可以躲在屋子里装不在家。"

她真是"中国好闺密"。

随宁被她说得心慌意乱，立刻关掉手机，动作难免大了些，陈津白看过来。

他视线下移，在随宁越来越紧张的时候，慢条斯理道："你好像很慌？"

陈津白尾音拖长，仿佛洞察一切。

随宁眨眼道："没有啊，哥哥看错了吧。"

到目前为止，陈津白听过她叫"哥哥"的次数不止个位数，也有了数，装乖的时候最爱叫。他眯了眯眼，早晚会知道。

随宁和周纯住的公寓在小区中间。大概就送到这里了，但不知道是不是被壮了胆，还是被周纯的提议怂恿的，随宁脱口而出："你渴吗？"

陈津白一脸丧。他回答："不渴。"又问，"你渴了？"

随宁脸不禁红了道："没有。"

陈津白见她脸色绯红，如成熟水蜜桃，诱人采撷，眸色深了深，移开了视线。

　　越熟悉，越忍不住。

　　随宁将"要不要上去喝水"吞进肚子里，这辈子都不会说出来，简直尴尬死了。她闭紧嘴巴，刷卡进小区。

　　门卫正在岗亭里，一看到后面跟着个陌生面孔，叫道："非小区业主晚上进去要登记的啊。"

　　他又转向随宁道："这是你男朋友吗？"

　　门卫对随宁印象很深，因为她和室友是这个小区里长得最漂亮的，和他说过好几次话。

　　"……"

　　随宁倒是想回答"是"，但还是答："不是……是哥哥。"

　　门卫打量两个人几眼，长得一点儿也不像。

　　陈津白"嗯"了声，道："哥哥。"

　　明明是很普通的声音，他也应了，但随宁不知道为什么后背被盯得僵硬。

　　她小声说："就到这儿吧。"

　　陈津白笑了声："行。"

　　等她走后，门卫见他站在原地，问："你们真是兄妹？"

　　陈津白挑眉道："不像吗？"

　　门卫摇头，当然不像。

　　陈津白轻笑道："过段时间可能就不是兄妹了。"

　　门卫正好奇这话是什么意思，但男人已经转身离开。

　　随宁回到公寓里，被周纯堵在门口。

　　"没上来？"她问。

　　"上来干什么，不安全。"随宁换上拖鞋。

　　周纯摸了摸她的脑袋道："安全意识很高，不错，但这样是不是有点儿内涵他不安全？"

　　随宁哼了声，道："你这叫曲解我的意思。"

　　周纯道："世界上没有安全的男人。"她凑近，提醒道，"尤其是对你图谋不轨的。"

　　随宁推开她道："一天到晚老色坯发言。"

"我今天去 RX，里面全是比我小的弟弟，电竞这行真的是看年龄，陈津白多大了？"

随宁不用思考就回道："比我大两岁。"

周纯"嗯"了声："那还算可以。"

"可能他也不会打几年吧。"随宁垂下眼帘，"他单打那么久才进 YU，这本来就很奇怪。"

她不知道原因。但在这最热烈的几年，随宁会陪着他。

说到这儿，随宁想起和陈津白回来这一路她都没有上网去看新闻，不知道自己解说的反馈怎么样。

她先去的自己微博，这会儿热评第一是夸她绝美的。随宁又在实时里搜自己的名字，很快就跳出来刚刷新的微博，大多是路人。

"我全程只顾看随随了。"

"谁跟我说'天空直播'林秋瑶比随随好看的？"

"好家伙，我没看到随随，前天刚出了票。"

"随随真的是太温柔了，啊啊啊，我想听她继续叫'宝贝'！"

怎么都没人关注自己的解说，随宁蹙眉。往下翻了半天，她终于看到几条："顶着那张脸说这么犀利的解说，我真是爱了。"

"随随来 KPL 吧，我肯定局局不落。"

"@KPL 官博，快出来邀请。"

随宁终于松了口气，笑得眼睛月牙儿一样弯。即使她很满意自己今晚的状态，但还是想看见观众对她的肯定，这样才能证明她是真的可以。那她离最终目标就又近了一步。

因为线下决赛露了脸，第二天随宁开播时，直播间涌入无数新观众，罕见地卡住了。包尚乐得见牙不见眼："我让技术部加容量了！你现在的流量已经可以说是排名前三了！"

以前，随宁虽然是女主播里前二，但直播里，还是男主播比较出名，订阅的粉丝多。而今天随宁有了质的飞跃。

包尚又偷偷看了眼林秋瑶的经纪人，对方从早上就一直沉着脸，这会儿他的脸色更是黑如锅底。

他偷偷和随宁分享："宝？什么时候再露脸？！"

随宁："没脸。"

包尚："？"

随宁回完微信，抬头看向电脑屏幕，读弹幕："我为什么不把镜头上移？因为镜头便宜，动不了。"

"？？？"

"哑！这种话你都说得出来？"

"我看手看了两年，已经心如止水，希望随随能让我再有心跳加快的机会。"

随宁冷漠无情回道："没有。"

以前还有黑粉会来带节奏，可这个世界是看脸的，尤其是直播这一行，畸形又无解药。网友们对她的容忍度比之前提高了不止几层楼。

随宁直播依旧提前结束："明天见。"

"好了，去 White 直播间吧，她准在。"

"我一定要抓到她的小号。"

"White 快从了随随吧，这都去看她解说了，还不上？"

昨天，陈津白和庄帆他们坐在一排，被路人认了出来，现在全网皆知 YU 全队不训练，去看随宁解说。

CP 粉喜极而泣。

随宁没去看陈津白直播，因为他今天压根儿就没直播。

据庄帆说，他们昨天请了假，所以今天要训练加倍，这会儿正在练新阵容，煎熬挨打中。随宁对他们请假表示开心，言语上鼓励了一番。

可她现在真想和陈津白说话。有了昨晚的亲密相处，随宁得寸进尺，不再满足于最简单的微信闲聊。更何况，今天还不能打扰他。

随宁犹豫半晌，还是找了 W。她心怀罪恶，这样对陈津白似乎不好，但一方面又说服自己，她只是听声音而已，又不是真的喜欢 W。

W："今天不行。"

随宁："男人怎么可以说'不行'。"

屏幕前的陈津白指尖停住，果然是网络上的另一个随随。

庄帆问："哥，你怎么了？"

陈津白随口回："没什么。"

W："别急。"

随宁意外地想到了陈津白上次说的"不急"两个字。

真的好像他。随宁不止一次发出这样的感慨。

之前声音像，后来她和陈津白熟悉了，越发觉得 W 和他说话、微信发言都像。世界上会有这么像的人吗？

随宁自问自答，肯定没有，又不是朝夕相处的双胞胎。

那 W 越来越像的原因是什么？随宁盯着屏幕沉思，片刻后仿佛醍醐灌顶——

W 不会是知道了正主是陈津白，所以现在是在学他吧？

随宁越想越觉得这个猜测的可信度极高，甚是头疼，W 学正主还能有什么原因，几乎不用问。她本不想这么揣测，但 W 有这个前科，当初还问他像不像正主，如果被他发现了陈津白，故意模仿的可能性非常大。

做个单纯的替身不好吗？只要出卖声音就有钱赚，不用被骗感情。

随宁思考许久，慎重地打字。

刚结束一局的陈津白听到了微信提示振动声，他伸手拿过来，看清后，低笑出声。

随随："你别学他了。"

随随："学不会的。"

随宁是故意发这样的话的。

她没有点出"他"是谁，如果 W 是无意的，那还可以有挽回的机会，如果他故意的，他很清楚"他"是谁。

不过，自己这发言好像太像渣男了点儿……随宁摇摇头，盯着屏幕，等着 W 回复，他刚才回得不慢，所以人是在手机前的。

十秒后，对话框里跳出新消息。

W："他是谁？"

随宁心想还明知故问，你都这么像了，还不知道吗？可能性是不是太小了点儿。

她撇嘴："你不知道？"

陈津白单手敲字。

W："你又没说过。"

随宁是没说过，但无意中透露过，W如果不笨，有心去找，应该是可以找到的。尤其是陈津白现在已经十分出名。当初她无意透露的时候他还不像现在这么有热度，那时候她不担心，现在则不一样。

随宁谨慎回复："你自己清楚。"

陈津白并不担心会暴露，和她兜圈子："不清楚。"

庄帆和段归他们结束训练之后就去外面溜了一圈，吃了点儿好吃的，逛回来后忙道："哥，继续？"

"休息几分钟。"陈津白说。

"噢。"庄帆没怀疑。能休息，当然是休息好啊！

早在随宁加微信的那天，陈津白就有意让替身这个角色渐渐消失，所以她找他时，他时常会说忙。等时间久了，这个角色就自然被遗忘了。

陈津白也没有暴露的必要，至于那些转账，送去她直播间或者以后慢慢不经意地转回去都可以。但事情往往和计划不一样。随宁既然加上他本人了，还偶尔找一两次替身，让他无言以对。不能找他本人吗？

今天也是。他想不到她再来找替身的必要，难道还有别的原因？

陈津白半眯起眼，目光落在前方，手指缓慢而有节奏地敲击着桌面。

随随："我信你就怪了。"

随随："你现在越来越像，说没学，谁信啊。"

W："你今天是来质问我的？"

随宁当然回："不是。"

她只是发现了问题，不问清楚万一以后出现问题怎么办。

W："既然如此，不如到这里结束。"

随宁有点儿吃惊，她没想到W会这么说。因为在他发现自己是替身的时候，他都可以接受。但到了现在，反而提出结束。

随宁认真思考了起来，还没有回答，又看到W的新消息："算了，当我没说。"

随宁："？"

说了就说了，反悔又是怎么回事。她本来还想顺着这句话正好断了这事的。

他们本来就只是普通的交易，钱货两讫，虽然这价钱高了点儿，但她还算满意。

陈津白更改了主意。

W："反正受伤的又不是我。"

一开始，随宁还不清楚这句话的意思，等结束对话后反应过来，他是在说她找替身的事，对正主不好。

好像还真是……如果以后真的和陈津白在一起，知道自己曾经找过一个替身，好像也太渣了。可她并不渣，找替身本就是为了听像陈津白的声音。

W一说起话来还真是戳人心，随宁哼了声，直接关闭手机，不打算再找他了。她叹口气，知道自己做得不好。

随宁拍了拍陈津白的头像："哥哥在忙吗？"

替身的微信没收到新回复，自己的微信却有了消息，陈津白唇角勾起一抹笑。有时候，有个马甲好像也不错。可以达到意想不到的效果。

陈津白忽然觉得，陪玩和老板的关系可以再维系一段时间。

随宁对陈津白心有羞愧。毕竟找了个替身不是多么光彩的事。

陈津白和她说今天要训练，和庄帆说的没区别，随宁也只是问了两句就没再打扰。

最近她没课的时候是一个人在公寓。周纯三天两头去RX那边，有空还会打游戏，她们玩的两个游戏完全不一样。

随宁上游戏看了眼，发现周纯在线。她便发出邀请，不料被拒绝了。

随宁给周纯发消息："你怎么在线，不用工作？"

周纯抽空回："我在RX呢，上次不是那个经理说可以让他们带我玩吗，我正在调铭文、买英雄。"

随宁："和他们玩，你只要随便搞个英雄就可以。"

周纯才不乐意，她有一颗自己想要秀的心。

她又问："你要不要来，我去问问行不行？"

随宁拒绝："我和RX的人不熟，算了，你自己去吧。"

周纯也没再继续说，按照网上的设置调了几个新买英雄的铭文。总不能在职业选手面前丢脸吧。

她来RX没两天，刚认识全本部《英雄联盟》的几个职业选手，对分部那边一无所知。毕竟她就只是同传声译和家教。

"好了吗？好了我拉你进群。"经理脾气随和，加上周纯又优秀、又漂亮，他对她印象很好。

周纯"哎"了声，回道："好了。"

她被拉进了一个微信群里，里面好几个人，在群里有自己的备注。周纯也改了下。

带人上分也不是什么大事，对职业选手而言很简单，更何况对方还是个漂亮姐姐。

"甘灼，你在看什么？"队友问。

甘灼说："我认得这头像。"

"这种图网上到处都是。"

"快点儿上号了，我等不及了。"

周纯等了会儿，见有人发了组队邀请，兴奋地进入队伍。队伍里已经有了四个人，她也不认识，耳机里叽里呱啦的，好几个人在说话。

"能开麦吗？"有人问。

"可以、可以。"周纯忙回答，"我不太会。"

"没事，躺着就行。"那人笑嘻嘻的，又问，"甘灼，你好了没，发什么呆？"

周纯不知道他们谁是谁，干脆只听不说。

没过一会儿，被叫"甘灼"的人终于出了声："好了。"

戴着耳机的周纯一惊。这声音怎么这么熟悉？很像那个只处了没两天的国服 CP 啊。周纯的记忆力很强，尤其是那段时间天天打游戏开语音，这声音，她记忆犹新。

说要去打职业，所以就进了 RX？这么巧的吗？

甘灼盯着队伍里熟悉的头像，果然是她，还说回归三次元不玩游戏，不耽误他！这会儿和职业选手上分，很快乐嘛。

他叫了声："姐姐，你玩什么位置？"

周纯听着熟悉的嗓音叫着熟悉的称呼，头疼，她不知道他听出来自己声音没有。都叫"姐姐"了，应该听出来了吧？

队友调侃道："'姐姐'都叫起来了。"

甘灼语气平静道："不然叫什么，第一次和翻译姐姐打游戏总要礼貌一点儿。"

"是噢，是噢，你年纪小。"

"叫'姐姐'可以啦，叫我'哥哥'更可以。"

"搞快点儿开始。"

第一次？周纯敏锐地听到这个词，心想他是不是没认出自己。游戏里的网友一段时间不在一起玩，忘记了也很正常。

不过……他是逮着谁都叫"姐姐"吗？周纯正要和随宁说这件事，他们已经开了游戏。

因为他们都各有各自的位置，所以最后她捞了个辅助，他们催着她选了瑶。这可能就是随宁和她说的，秀的人都想带个瑶冲进去乱杀，毫发无损回来。

她跟着中路清了兵，拿了河蟹，然后去了发育路。

说实话，周纯不太想过来，因为射手公孙离是甘灼玩的，她虽然觉得自己理直气壮，但是又莫名其妙地心虚。五分钟后，周纯的愧疚消失殆尽。

"姐姐，你怎么一个人冲出去了。"

"姐姐，我不是故意的。"

"姐姐，人太多了，我害怕。"

死了一次又一次的周纯看着黑屏，闭眼深呼吸，告诫自己要冷静，切不可发火。

全队送了五个人头，四个是她的，一个是甘灼的。

队友纷纷谴责起甘灼来："你是不是太浪了？"

"瑶跟我吧，别管他，放生他。"

"让他挨一顿打就知道后果了。"

闻言，周纯开麦，语气纯良天真："没关系，我就一个辅助，死了就死了。"

才怪。她复活后利落地骑上了甘灼的公孙离，卡了下被动的时间，然后在团战前溜了。

公孙离惨死在人堆里。周纯在一墙之隔的地方回城，解释道："哎，我不是故意的，我只是想刷盾。"

甘灼："……"

一整局结束，周纯和甘灼包揽了对面仅有的十个人头，对面的战绩看上去才不至于那么惨烈。

随宁收到周纯消息时正在学校里。

周纯："我一开始觉得他没认出我，后来发现我错了，他肯定是认出来了！"

周纯发来了一张图片。

周纯："你瞅瞅这战绩，这是国服打出来的吗？"

周纯："故意报复我！"

周纯："还好我机智，反打回去了。"

随宁点开大图看了一眼，好家伙，三个队友超神乱杀，几乎没死。周纯和射手在下路，射辅联动送人头。她没忍住笑，这俩人也太好笑了吧。而且周纯怎么那么巧就碰上国服弟弟了，世界真小。真要是对方认出来，这"冤冤相报何时了"。

随宁安抚她："也可能是换了位置不顺手。"

周纯："放屁。"

随宁又问："你不是说，你删他的时候理由很合情合理吗，那他不应该这样啊？"

周纯也不知道，她当时确实结得没有问题啊。

随宁让她把原话重复一下，发过来之后，她笑了，虽然没问题，但看起来就是特别官话。可能是周纯当惯了部长，发言向那方面看齐。

随宁："别管他了，今晚有辅导员的课。"

辅导员的课每周晚上两节，这是她们都不敢逃的，辅导员管得很严。

周纯回了个"OK"。

因为这节课结束就已经接近五点了，随宁不打算回公寓，想先去食堂吃晚饭，再回教室里打会儿游戏。

这时候，教室里没人。随宁坐在了最后一排靠门边，低头打开游戏。

两局一结束，她抬头看到自己的位子上有杯热水。她往周围看了一眼，都是同学，拍了拍前面人的肩膀问道："这瓶水是谁的，你知道吗？"

"给你的吧，我看到有个男生进来了，不过那时候，你在打游戏，没看到。"

男生？

随宁问："你认识吗？"

"认识啊，就四班的，我在走廊上碰见过好几次。"

她一说四班，随宁就猜到是谁了："苗苗，你可以帮我把这个还给他吗？我不渴。"别说是这种打的热水，就是外人给的矿泉水也不安全，更何况，她觉得对方的殷勤没必要。而且，他怎么知道自己在教室里？

苗苗"噢"了声，道："行。"

她去还的时候，随宁也去了，只是在一个不起眼的角落里看着，对方看到没动过的水，表情有一瞬的阴郁。随宁正打算离开，却猝不及防地对上他的视线。两个人都一惊，对方却很快回了个笑容。

随宁当即扭头就走，苗苗一无所知，回来后问："他也没问我什么，只是说可惜。他是在追你吗？"

"我有喜欢的人了。"随宁说。

她想起自己还有对方的微信，之前好几次他发消息，她都没回，但昨天他还在发。随宁皱了皱眉，决定发条朋友圈。暗示一下。

如果他真的关注她的任何情况，朋友圈肯定也会关注。随宁发了条语焉不详的朋友圈，正常人都能看得懂，她是有喜欢的人的。

这条她也没屏蔽陈津白。如果他来问，那更好，说不定直接捅破窗户纸。

但没想到，先找她的不是陈津白，而是 W。

W："*要去表白了？*"

随宁没好气："*不要打听老板的隐私。*"

W："*好的。*"

W："*你确定他不知道你找替身？*"

随宁没想到是这个问题，深思熟虑后回复："*这件事你不说、我不说，谁知道？*"

W："*那不一定。*"

随宁："*那就肯定是你说了，你这样叫没有职业素养。*"

职业素养？陈津白心如止水，找替身被说和 White 有什么关系。

Chapter 17

男人心，海底针

她所有的目的、缘由，陈津白都知道。

他竟然可以看着自己一直深陷却不告白。

随宁谴责了一番 W，不再和他多聊。

如果长时间地和一个异性聊天，女生很容易会对对方产生依赖感和好感。

随宁从不和 W 聊超过十句话。除了游戏的时候。当然他们每交易一次也可能只玩一两局，最多三四十分钟，不会有培养感情的机会。随宁很清楚自己找上他的目的。

不过……今天 W 忽然提起陈津白知不知道替身的事，是什么意思，难不成，他在威胁自己？随宁一时间脑补许多。除了 W 说出去，她不知道陈津白还有什么途径知道替身的事，她自己又不可能说出去。这件事得找个完美的解决办法才行。

陈津白吓唬了随宁一顿，心情尚好地开了直播。

"来了、来了！"

"今天直播什么？"

"可不可以你在屏幕中间，游戏界面在右下角？"

"今天心情很好？"

"好。"陈津白回了一句。

除了发那条弹幕的，其他人都不知道他这个字是在说什么。

因为今天有课，随宁早就请了假。她现在露过脸之后，有人已经知道她的学校了，经常有人在她班级外等着问一些事。还有人从学校大群里加她，问关于她自己，关于其他主播，各种各样的问题。

随宁的课表别人也很容易就能打听到，所以她今天请假没被说。

随宁回到公寓后，光明正大地去了陈津白的直播间。特效闪过后，她看到陈津白这局游戏已经开始八分钟，对面还有两路高地塔，应该还要再打一会儿。

随宁开着直播间去洗漱。

陈津白结束这局时，抬头看了下弹幕。

"你的粉丝来了！"

"随随已经盯你五分钟了。"

"快带粉双排！"

弹幕太多，他这里看得眼花缭乱，筛选出几条最新的。

"带粉双排？"陈津白念出声。

他低头给随宁发消息："上分？"

随宁人正在刷牙，哪里有时间，只用手回了个拒绝的表情包，简单到极致。

"不带粉。"陈津白开了口，"单排。"

他再次开了巅峰赛。

"刚刚干什么了，又不带粉？"

"我知道了，肯定是被拒绝了。"

"他只想带随随。"后面附上"滑稽"的表情。

随宁漱完口，拢着头发去客厅，收到新消息，是陈津白发来的图片。

陈津白："选一个？"

随宁点开图，心跳漏了一拍。

图上是英雄池的截图，他的位置是打野，待会儿要玩什么英雄让她来决定。

随宁很轻易妥协："李白。"

陈津白："行。"

他答应得那么干脆，随宁的心怦怦跳。直播间里，陈津白果然选了李白。

"这个分段用李白吗？"

"White 的李白我怎么没见过？"

"一看就不是老粉。"

这种暗戳戳的暧昧让随宁无法拒绝。

她投了点儿礼物，不多，但是特效连起来看很漂亮，而且名字很亲昵。

自从进入职业战队后，陈津白就没怎么用过李白，比赛时更是一次也没有，直播间里的一大半人都没见他玩过。他不管弹幕争吵，垂首游戏。当战绩8-1-0时，直播间里质疑的弹幕已经没了。

李白这个英雄出得很早，建模原画都很帅，也是最出圈的一个英雄，是万千男女玩家的本命英雄。随宁就很喜欢。

也许是陈津白也有个"白"字，他用李白的时候她更喜欢。

这局结束后，陈津白喝了口水，将结算截图发给随宁，上面战绩13-3-4。

在高分段来说，这已经很难得。

陈津白："幸不辱命。"

随宁正要夸，就收到这四个字，被秀得心花乱放。果然是她喜欢的男人。

随宁正在沙发上躺着脸红，周纯开门进来道："随随！"

"怎么了？"

"我要辞职。"周纯面无表情。

随宁坐起来道："辞职干吗，不会是因为国服弟弟吧？"

周纯冷笑，坐到她身旁道："现在可不是弟弟了，人家叫甘灼，牛得很。"

"你这话说得咬牙切齿的。"

"我今天下午上了十颗星。"

"那不很好吗？"

"但我死的次数比平时单排还要多。"

随宁一愣，而后哈哈笑起来道："好惨啊，姐妹。"

周纯被不干活儿的部下气到时都没这么气，道："你说这是什么道理，我又没有渣他。"

"我记得单方面解除CP是不可以的。"随宁说。

"对啊，所以我删了他好友。"周纯摊手。

随宁拍拍她肩膀道："那就不要和他们打了，我带你上分，你给我刷一千个仙女棒。"

周纯："？"

她仰头叹气道："我感觉，我的上分之旅要到此结束了。"

新工作的俱乐部里碰见前CP，还是被她单方面删了的，怎么看都很危险的样子。今天下午就是前车之鉴。周纯忽然想起那个微信群，一打开，通信录里有红点，该不会是甘灼加她吧？原来是另外几个人。甘灼居然真的不加她了？

随宁看她一会儿皱眉，一会儿白眼的，不想打扰，抱着平板电脑回了自己的房间。陈津白直播多久，就和关新去双排了。

随宁今晚没有打游戏的心思，把直播放在床头，陈津白偶尔会说几个字。

她看着看着就睡着了。

陈津白结束直播时，给随宁发消息："还挂在那儿？"

十分钟也没得到回复。而直播间里随随的大号还在贵宾席。一看就是人不在直播间前，陈津白猜测她是不是睡着了，或是有事。

他发了个"晚安"。

随宁今晚睡得格外香。等天色大亮时，她才清醒，一伸懒腰，胳膊撞到了边上放了一夜的平板电脑。

"好家伙，挂了一夜？"

"这得是真爱粉吧？"

"肯定是不记得了，不然下播怎么可能不知道。"

随宁："……"

看直播看睡着了，是不是不太合适啊。她光速退出直播间，装作什么事都没发生过，云淡风轻地发了条微博："昨晚睡得好香……"

随宁又回到微信，看到了陈津白的消息。空落落的，没有自己的回复。

随宁咦了一下，捏捏自己的耳垂，盯着最后"晚安"两个字，眼唇轻弯。

过了片刻，她回："早安。"新的一天从美好心情开始。

周纯正在外面喝粥，看见随宁，一脸迷惑道："不是吧，你上个洗手间都这么高兴？"

"洗脸刷牙开心，不好吗？"

"……"

吃完早餐，两个人拿书去学校。路过小区大门时，门卫从岗亭里探出头来道："随小姐，你男朋友昨晚送你回去后，等你好久。"

他主要是惊奇，因为这个男的还没上次那个"哥哥"好看。

随宁一脸蒙道："我还没男朋友。"

门卫疑惑道："我这样叫他，他也没反对啊。"

周纯直觉哪里不对，问："什么男朋友，长什么样子？"

门卫这会儿也感觉不对劲了："就长得和我差不多高，瘦瘦的，穿着蓝色的卫衣。"

随宁的脑海里跳出来一张脸。她抿住唇，提醒道："那不是我男朋友，我也不认识他，千万别让他跟着我进小区。"

门卫的表情也跟着严肃起来。

一直到过了马路，周纯才问："你知道是谁？"

随宁点头道："之前我们班和其他班不是搞过活动，而且前两次，那个男的还坐在我们前面。"

这么一说，周纯好像也想起来了，似乎经常出现在她们前面的人是同一个，看多了眼熟。

"叫冯劲聪，是吧？"周纯说。

"嗯，对。"随宁道，"我昨天还发了条暗示我已经有喜欢的人的朋友圈，不知道他看到没有。"

"你这样不行。"周纯摇头道。

"以前天天坐前面也就算了，现在还搞起跟踪这操作，这是正常人会做的吗？"周纯严肃道，"直接去找他辅导员。"

随宁没拒绝："好。"

她干脆直接在微信上把这人删了，留着就是隐患。

上午的两节课一结束，随宁和周纯直接去了辅导员的办公室。她们班和四班辅导员不是同一个，但是两个辅导员办公室在一起。

辅导员也惊了道："……我找他过来谈谈，你们要听吗？"

随宁面无表情道："不了。"她可不想见到对方。

随宁离开办公室，又给宋云深发消息："哥！给我找个保镖！"

宋云深："？"这么容易叫"哥"，准没好事。

随宁："可能有人跟踪我，我很害怕。"

宋云深原本看到上一句还以为她是找自己要保镖做什么事，看到这一句，沉下了脸。这件事也不是第一次发生了。宋云深直接打电话过去，随宁三言两句解释完，他松了口气道："今天下午就可以，你现在在哪儿？"

"我和朋友在一起，准备回公寓。"

随宁被他一提醒，回头看了一下自己周围，没看到冯劲聪的身影——他很可能还在辅导员办公室里。上次，随宁和包尚一起去吃饭时，好像也碰见过他。

这么一想，真是每次都很巧。

挂断电话后，随宁整个人都笑起来道："好了，找个保镖，有谁来都揍他到生活不能自理。"

周纯羡慕道："有哥哥真好。"又皱眉道，"现在神经病怎么那么多。"

下午六点时，宋云深找的保镖来了，他特地选了个很唬人的，长得人高马大，一脸凶相。随宁打开门时，还以为是有人上门寻仇。

"宋总让我来这里找您，叫我'大洪'就好，接下来一段时间，您的安全就由我负责。"

随宁"噢"了声，道："那你晚上住哪儿？"

大洪一指脚下："就在楼下，宋总安排的，有什么问题，您随时给我打个电话，我二十四小时待机。"

随宁先让他进来坐，正好自己直播时间快到了。

大洪之前就被告知她的身份，自个儿坐在客厅里，用手机看直播，等她直播结束出来后，忍不住道："您真厉害。"

随宁好笑道："你也玩游戏啊？"

大洪挠头道："玩，不过技术不好，太菜了。"

随宁看了下他的战绩，好家伙，玩的全是安琪拉，这是对安琪拉有多大的执念。

"有空带你上分。"

大洪本不想不务正业，但最后被诱惑答应。

这个"有空"到了十点就实现了。随宁本来直播结束得早，打算和陈津白双排的，结果问了才知道，他今天出门了。她今晚又空闲了。随宁干脆上了个小号，拉大洪进队，问道："会玩其他英雄吗？"

"不会。"

"瑶也不会？"

"我平时不怎么玩，就只会这一两个。"

随宁一想也是，毕竟他的主要职责还是保护人。

她又给 W 发了组队邀请："速来。"

过了两分钟，W 姗姗来迟："上个号。"

陈津白刚回到战队，才打开房门，还来不及用自己大号找随宁，就被她找上了门。他一进入游戏队伍，就看见里面还有其他人，微蹙眉，问："是你朋友？"

随宁随口答："是啊，玩安琪拉。"

陈津白眉头舒展，看这人的常用英雄，应该是女孩子。

直到他看见这人没开语音，而随宁的麦里传来男人粗犷的声音："我还是玩安琪拉？"

男人？陈津白一怔，还在一起？这么晚了，还待在一起？

"不带别人。"陈津白沉声。

随宁说："你别欺负他，小心我让他揍你。"

陈津白"噢"了一下，语气毫无波澜："是吗？"

随宁不知为何，听出他不高兴的意思，愣了下，这好像是头一次，之前也没有——

说实话，她也没见过陈津白生气。不知道这两人生气是不是也很像。

"是啊。"随宁顺口解释，"我新找的保镖，武力值很高。"

保镖？陈津白意外地挑眉，这个身份倒还可以。

大洪接下来就没再说话，十分沉默，偶尔发两个信号，今天他的战绩倒是意外地可以。

随宁游刃有余，问："你最近又不忙了？"

"今晚有空。"陈津白拿了个三杀，放低声音道，"你今晚不和他玩？"

随宁哼道："哪壶不开提哪壶。"

偏偏陈津白今晚没空，却遇上 W 有空，真是绝了。

陈津白轻笑两声。因为队伍里多了一个人，有些话题就避开了。

"蒋哥，白哥什么时候回来啊？"庄帆发消息给蒋申。

蒋申："？"

蒋申："不是十分钟前就回了？"

难不成，是他看错人了？

庄帆："？"

他怎么不知道。

庄帆去大厅里绕了下，没看到人，但是从工作人员那里知道，队长是回了卧室。

他敲了敲陈津白的房门，叫道："白哥，你在吗？"

房门并不隔音。陈津白回来时太过匆忙，没戴耳机，第一时间闭麦，正好这局差不多快要结束，没他也没事。

他打开门，皱眉道："叫魂？"

庄帆缩回手道："我就是确认一下。"

他眼瞅着不对劲，一溜烟儿回了自己房间。自己就是拍门叫两声，没必要生气吧，又不是在睡觉，他可是看到了在打游戏。

陈津白闭了闭眼，回了桌前。

这回他戴上了耳机，语气平静道："刚刚有没有听到什么？"

随宁感觉好像听到了动静，但又没听清是什么，但他这么问，无疑透露了刚才可能有问题，或者有比较重要的信息的意思。

"声音？有什么声音？"她顺势问。

"没什么，鸟叫声。"陈津白指尖点了点屏幕。没听见就行。

半晌，他点了"取消匹配"，道："今晚先到这里，早点儿睡。"

随宁"噢"了声，没在意。反正她和 W 平时也就排一两局。

随宁退出游戏，和大洪说："我一个人带你打两把，然后就该睡觉了。"

大洪摇头道："不了。"哪能耽误雇主休息。

随宁也不勉强，毕竟人家是来当保镖的。

大洪临走前又想起来什么，道："对了，我刚刚听见了。"

随宁正在领游戏账号的东西，问道："听见什么？"

"就刚刚游戏里的。"他说话语速放慢道，"我听力不错，是有人说了句'白哥，你在吗'。"

随宁的手猛地停住，扭头看他道："白哥？"

这个称呼算不上特殊，却让随宁不得不上心。

"你是不是听错了？"她问。

大洪低头道："没有听错。"

随宁喉咙发干，问道："这是在叫谁的，你知道吗？"

大洪摇头道："只听到有人叫。"

至于是叫谁的,这怎么可能听得出来?

随宁没说什么,大洪也察觉了哪里不对劲,心想自己是不是做了件坏事,离开了公寓。

白哥……白哥……随宁最近听到这称呼是在庄帆和段归他们这些 YU 的队友的嘴里,偶尔"白哥"和"哥"混着叫。如今,W 的麦里却有这样的声音。

他名字也有白字,正好也被人叫"白哥"——还是他就是陈津白本人?

随宁手都拿不住手机,之前 W 和陈津白偶尔的相似,被她当成了是他在学陈津白,但 W 没承认。

会是陈津白本人吗?但是如果是他,为什么要一直不戳破?

随宁的脸色很差,一来是羞恼。她和 W 说起话来无所顾忌,放在别人身上无所谓,反正以后是不见面的网友关系,但放到陈津白身上,简直是"社死现场"。

二来是难以置信。陈津白如果是 W,以前她和陈津白不熟时没说没问题,可是他们现在那么熟悉,为什么不说?

随宁实在搞不清这之间的缘由。她闭眼发呆,思绪乱飞,直到周纯拍醒她:"在外面躺着睡着了?这里不能睡。"

"……噢。"

"怎么了,这么苦恼?"周纯好奇道。

随宁压根儿不知道从哪儿说起,半天憋出来一句:"周纯,你说,W 会不会是陈津白?"

周纯想也不想道:"不可能。"

"为什么?"

"是他,还要多此一举干什么,知道你是他粉丝,不早就顺水推舟开始谈恋爱了?"

随宁觉得有道理,但是大洪听到的那句话让她无法忘记。

周纯说:"你要是怀疑,就试探下。"

随宁"嗯"了声,她也是这么想的。但一想到陈津白可能是 W,她就禁不住捂脸,压根儿不想和陈津白见面,这不是尴尬现场吗?

问他是不是 W?

你是不是当了你自己的替身?

随宁的话简直堵在嗓子眼儿，难受得紧——这怎么开口啊。

她回到自己床上，来回翻看陈津白和 W 的聊天记录，两相对比，发现都很简单。不过，陈津白似乎要比 W 话多一些。而且也会调侃。两个人像又不像。

之前 W 问她有没有听到声音，到底是什么意思？如果他是陈津白，一直披着这张皮，是自己不好开口，还是在拿她当玩笑？听她说自己找他当替身，什么感想？随宁知道有些男人会因此得意，因此而炫耀，但她不愿想陈津白是这一类人。

还是要自己去找证据。

随宁这一夜睡得不安稳，做了个梦。她梦见自己找替身的事被陈津白发现，而且被好多人知道，一时之间，大家都在说她。随宁摸了摸额头，真是噩梦。

她打开微信，里面是陈津白发来的早安，和平时毫无区别，今天，随宁回个"早"字都心颤。

自己应该怎么试探比较合适？随宁转了转眼珠子，得找个万全的法子才行，别到时候试探出来不是同一人，自己反而暴露真相了。

法子没想到，好消息先来临。

方明朗："我把你推荐上去了。"

推荐到哪儿去不用多说，随宁清楚。随宁笑眯眯地道谢。

方明朗告诉她，官方好几个解说不是直接当解说的，之前当过主持人，或当过采访主持人，后来才转了解说。随宁心里有了数。

方明朗："你不用担心，你如今和之前不一样了。"

"天空杯"线下赛结束后，不说他，就连别人都有来问她的，而且随宁观众缘不错、粉丝也不少。

这样的人有意成为官方解说，怎么会被拒之门外，差的不过是经验和历练而已。这些都是可以学习的。

因为有了这件事的插曲，随宁沉重的心情总算变好，和周纯一起去了学校。大洪也跟着。三个人刚到教学楼外，就看到二楼窗边站着个人。

周纯皱眉道："冯劲聪。"

随宁头也不抬道："不要理他。"

那道目光一直如影随形，大洪捕捉到，恶狠狠地看了冯劲聪一眼，这才让冯劲聪离开窗前。

有大洪在，随宁感觉过了两天安生日子。她也遇到过冯劲聪几回，和之前情况不太一样，被发现时，他却没什么顾忌，毕竟确实像偶然遇见。

一直到第三天，辅导员找上她。

"现在不少人都知道你是主播了，之前没觉得什么，最近两天，不知道为什么，多了一些不好的流言。"

随宁好笑道："流言？"

辅导员"嗯"了声："这样下去，奖学金……"

随宁听懂了，她笑起来道："辅导员，这事我知道谁做的，八成和冯劲聪脱不了干系。"

她现在也就和他有仇。

发生这样的事一点儿也不奇怪，有些男人就是心眼儿小又心理扭曲。

随宁虽然声音温柔，但说出来的话语气却很严肃："我是没抓到他把柄，否则我直接当场报警。"

她离开后，四班辅导员脸色也不太好看。

"我问问冯劲聪。"

随宁直接打电话找宋云深，这事他俩都没告诉父母，免得父母担心。后续她不用过多操心，等周一再去学校时，听说冯劲聪被学校严重警告处分。

因为宋云深拿到了监控。加上还有门卫的证明，这事几乎是板上钉钉，甚至于他还报警了，所以冯劲聪又被拘留了一天。原因也很轻易就问到了。

一开始，随宁没觉得异常，是冯劲聪的确没做什么。后来，冯劲聪见她和好几个男人经常单独出去，流言就是这么出来的。

两个辅导员都悻悻的。

"真没看出来，冯劲聪是这种人啊？"

"他还造谣随宁一天一个男朋友……"

学校里的同学以前只知道随宁家境不错，哪里知道她是宋云深的妹妹。

"好了，我出名了。"随宁摊手。

"反正快毕业了。"宋云深不在意道，"大洪也没什么别的事，就让他跟着你到学期结束。"

随宁点点头，大洪虽然长得凶，但人憨，也怪好玩的。

冯劲聪被放出来后，多少避着别人走，毕竟会被议论。随宁这段时间都碰不见他了。这事一解决，她整个人都轻松不少，原先被有意放下的事就又冒上了心头。

试探不是一件容易的事。

随宁打开陈津白的对话框。怎么问比较好呢？

此时的 YU 正热闹。

这个月的常规赛他们发挥得不错，水平很稳，如今他们也算是夺冠热门了。这和几个月之前几乎不可同日而语。但庄帆最近总觉得，队长对他眼睛不是眼睛，鼻子不是鼻子的，这一切都要从之前说起。

日常训练结束，陈津白捏了捏眉心。最近几日，他和随宁几乎没什么联系，常规赛她也没去现场，和之前完全不同。难不成是发现了什么？陈津白思忖着当时的情景，隔着一扇门，手机应该传不清庄帆的声音吧？他也有点儿后悔留着"替身"这个身份了。

直到陈津白收到随宁的消息："你们战队今天有空吗？"

他松口："有。"

随宁试探："那我去你们基地玩？"

陈津白勾唇："好。"

他瞄向庄帆。庄帆被看得后背发凉，问道："哥，怎么了？"

陈津白拇指摩挲着手机屏幕，声音淡淡道："如果有人问你昨晚叫没叫我，就说没有。"

"……啊？"庄帆蒙。

陈津白危险地看了他一眼。

庄帆秒点头道："懂了、懂了。"

好奇怪的叮嘱。

随宁现在和他聊天都心怦怦跳，一想到自己可能找替身找到他身上，就头皮发麻。世界上怎么会有这么恐怖的事情！她宁愿 W 和陈津白是两个人！

五月份天气有些热，随宁换了件紫色的法式连衣裙，一个人乘车去了 YU 的基地。

周纯其实也想去，但 RX 今天要直播，她要去翻译，出发的时间比随宁还要早——上次说辞职，最终是没有，毕竟 RX 给的报酬丰厚。

打工人为钱屈服。

随宁去 YU 的路上，周纯就在和她聊天："……甘灼那小孩儿还以为能算计到我，呵，天真！"

"你在 LOL 那里，和《王者荣耀》分部闹什么。"

"两个在一个基地啊。"

周纯回完话时，刚到 RX 俱乐部这边，来过不少次，她已经熟门熟路，直接去了目的地。

这段时间那个韩国选手 Unicorn 已经可以说几句十分流利的中文了。

直播三小时，她坐在那儿翻译了三小时。其实也不累，因为不是每时每刻都说话，偶尔翻译几句弹幕过去让他回答。

结束时，Unicorn 问她要不要一起打两局。

周纯还没回答，电话就来了："姐姐，不是约好了吗？"

周纯："？"

她什么时候和他约好了？

还有，他从哪儿搞来的她电话？

Unicorn 没听懂，听旁边队友解释了一下，"噢噢"两声，磕磕绊绊道："那你、你去！"

周纯拿着电话走到室外，问道："你胡说什么？"

甘灼说："我在老地方等你。"

被挂断电话的周纯一脸蒙。

什么老地方，说得不清不楚的，她怎么不知道？

搞的跟秘密会面似的。

半小时后，随宁坐的车停在了 YU 基地外。

她深呼吸，就算陈津白是 W，也得给自己捋顺了，找好机会甩锅。

随宁一下车，就见到了靠在墙边的陈津白，他今天只穿了简单的黑 T，站在那儿低头看手机，像街拍模特。

她一下子就被冲击到了。

随宁绷着脸，佯装镇定地挥手道："哥哥。"

陈津白抬头看过来，目光落在她被阳光照耀闪烁着光芒的星眸上，心蓦地发软。

"进去吧。"

"嗯。"随宁边走边问，"你昨晚什么时候回来的啊？"

陈津白不动声色道："九点多。"

他余光瞥见身旁的女孩儿正在思索。

随宁估摸着这个时间，比她和 W 三排上分的十点多早，是有机会被叫白哥的。

两个人你来我往。

"哥哥，你平时忙吗？"

"算忙，训练集中。"

"你妹妹会来基地玩吗？"

"她要上学。"

一直到基地大厅，随宁什么也没问出来。

陈津白被她提醒了一遭，想起了陈筱那边，一问她现在正在学校里寄宿，不准带手机。

他眉梢一扬，这个规定不错。

随宁虽然是第二次来这里，但感觉和上次不一样。

段归他们都在打游戏，回头和她打了声招呼。

等陈津白回房拿东西时，随宁就将目光放在了庄帆身上。

她装作不经意地问："昨天，White 在基地吗？"

庄帆顺口回："在啊，后来回来了，不过他回来得很晚，没告诉我们。"

很晚？

随宁又问："你是不是偶尔叫他'白哥'？"

庄帆点头道："也会叫'哥'。"

"昨晚他回来后，你也没找他一起玩啊？"随宁问。

庄帆本来想回的是去找了，没结果。

但话将出口，心里"咯噔"一下，这怎么和白哥叮嘱得一模一样，原来这个"有人"指的是她。

他头疼道："没有。"

随宁不知道是失望还是庆幸，随口扯了句："那你失去了上分的机会呀。"

过了会儿，庄帆又听见她问："你们每天训练，是不是每个人都有很多号？"

"对，和你们直播的很像。"

随宁打算问问他认不认识 W 和自己玩的那两个号，陈津白从走廊上出现，打断了她的思路。

庄帆现在只想离两人远远的。

一看就有什么猫腻。

随宁看着陈津白向自己走来。

直到陈津白低沉的声音响起："你看我很久了。"

随宁回过神，耳朵一下子红得鲜艳起来，蔓延至后脖颈，散发出一种甜美的气息。

"不是要打游戏吗？"她转移话题。

"对。"

随宁坐下来后，娇小的身子塞进他们战队偏大的电竞椅里，显得更加小，紫裙子被黑色一衬，多了种韵味。

她冷静下来，登录游戏。

却在下一秒改了主意，给 W 发消息："在？"

随宁立马瞄向陈津白那边。

没动静。

随宁又给陈津发消息："几排？"

这次，桌上的手机屏幕亮了。

陈津白打开微信，看清后又侧脸看她："我就在你旁边，怎么不直接问？想双排？"

随宁本意是为了试探，哪料到这回答，面红耳赤。

她故作不在意道："都可以啊。"

陈津白让她稍等，从庄帆那边拿回来专用机，下午他拿去用了。

他这才发现两分钟前随宁发的消息。

陈津白顿了顿。

人在自己旁边，又给替身发，又给自己发，是什么意思？

他很清楚，她是只狡猾的小狐狸。

如今，这只小狐狸在试探。这么说，她昨天是听见了？

随宁这一出什么也没有探出来。

两个人双排进了游戏，随宁打眼一看，前面一、二楼都是法师。"这么多法师。"

二楼问："重开吗？"

随宁忽然打字："重开什么，五楼带飞。"

她本来写的是"我带飞"，后来还是改成了"五楼"。

"……"

随宁抬头，看向陈津白道："哥哥，你肯定可以的吧？"

陈津白低笑道："不可以又怎么办？"

随宁说："被骂两句。"

当然可能不止两句。

她补位了射手，让一、二楼拿了辅助和法师，看上去阵容没有什么不对劲。

这局开局还算顺利。随宁甚少补位射手，但这不是高分局，也不算太难，有辅助保着，又有打野抓，十分舒心。

对抗路看得羡慕："打野不能帮帮我？"

随宁忍不住笑。

他们只排了一局，正好结束时，庄帆他们也结束了几排，随宁被叫去多排。

一些话自然就不能多说。

他们打到一半，对面不知道怎么认出来他们是 YU 的职业选手，在公屏上合起影来。

庄帆和段归他们倒是很热情，陈津白和随宁不为所动。

随宁没料到的是，他们这局还没打完，截图已经被发了出去，还有人评论。

"五排吗？"

"看起来不像。"

"王者又没有四排！"

"嗯，不会是随随吧？"

"段归说，他死也不会玩明世隐的！"

"肯定是随随！"

"这个号我在以前的直播里见过。"

随宁还在基地待着的时候，全网已经流出她和 YU 战队五排的消息，纷纷吃瓜，为她和陈津白的 CP 又添了一块砖。

随宁一无所知，还在一边游戏，一边想着怎么问陈津白他是不是替身的事。

这一出神，蓝 buff 就被她抢到了。

"你怎么不用惩戒啊？"随宁回过神，小声。

陈津白同样低声道："给你的。"

他们两个没有开麦，而是靠近说的，有种在众目睽睽之下说悄悄话的氛围。

随宁喜欢又觉得刺激。

她一时之间忘了那回事，专心游戏，牵着陈津白全峡谷乱遛，什么也不需要做。

随宁下午来的时间就不算早，打几把游戏之后就傍晚了，干脆在这儿吃晚饭。

吃完晚饭，她打算回去。

庄帆几人很有眼力见儿地找借口，飞奔离开现场，只剩下她和陈津白两个人。

陈津白低头道："吃饱了？"

随宁点头。

她走在他边上，忽然问："哥哥，你会骗我吗？"

这个问题很要命。

但答案也只有一个可说。

"不会。"

随宁乖乖地"噢"了一下，让陈津白的呼吸滞了一瞬。

在上车前，她转过身，俏生生地对他一笑道："你要是骗我，我也会骗你的哦。"

随宁不等他回应，上了车。

陈津白站在原地，咀嚼着她那句话的意思。

果然是小狐狸，绝不吃亏。

随宁意有所指地威胁了陈津白一顿。

她打开微信，W 还没有回她的消息，也不知道什么时候才会回，如果不是一个人，那倒是很容易。

两个男人只要没交集就可以。

随宁坐上车时，才想起自己的目的还没达到，感觉自己是被美色诱惑了，忘了正事。

她找到陈筱的账号："你哥哥是做什么的？"

没得到回复，可能陈筱不在。

随宁敲了敲手机屏幕，陈津白真的看起来一点儿也不像是当了自己替身的样子。

可"白哥，你在吗"这句话到底是有问题的。

十分钟后，随宁收到了新消息。

W："有事？"

随宁的心提到了嗓子眼儿，这时候的陈津白会在做什么？

随宁低头："昨天，我听见了。"

屏幕上方跳出来这条消息，陈津白眉心一皱，忽然明朗，因为怀疑所以才一直在试探他？

他一顿，顺着问："什么？"

随宁继续："有人叫你'白哥'。"

陈津白早有预料："谁和你说是在叫我？"

这反应和随宁想的不一样，她摸不准对面到底是不是陈津白，毕竟没有最直接的证据。

随宁迟疑："那叫谁？"

W："原来真是他。"

W："找到了。"

随宁："？"

十几秒后，她忽然明白 W 这句话的意思。

她这是被套话了？

她对这个称呼的在乎，让 W 确定了他找到的人是对的，他发现他替身的正主是陈津白了。

随宁："……"

还有这样的？

一直到回公寓时，随宁还顺不过气来。

屋子里的周纯同样和她一样气不顺，正在咬牙切齿地吃西瓜："随随，吃！"

随宁不手软。

两个女孩儿面对面坐着，齐齐地叹了口气。

"你今天去 RX 怎么样了？"随宁率先问。

"不怎么样。"周纯把甘灼阻挡她 LOL 上分的事添油加醋一番，"他现在是放飞了啊！"她吐槽，"在我身上安监控了还是怎么着。"

随宁迟疑了一下道："可能是那个……就是国服弟弟知道那个韩国选手什么时候结束直播的。"

周纯说："不好好训练，盯着 LOL 的直播干什么。"

当然是等你啊，随宁心想，还没来得及说出口，就被周纯问："你今天怎么样？"

她双手捧着脸，语气幽幽道："什么也没试探出来，可能是我方法不对，从本人入手不太行。"

"那就从别人入手。"

"我已经找了他妹妹，但是妹妹没回我。"

周纯感觉她比自己还要心累，道："别这么颓，仔细想想，如果是同一个人，那岂不是窗户纸都没了？"

"……？"

好像也是。随宁被她提醒，认真一想。

W 早就知道她喜欢他的声音，而如果是同一个人，那就是陈津白知道她喜欢他的声音。

这还用暧昧吗？直接开始谈恋爱吧！

随宁咕哝："就是有点儿社死。"

如果找替身找到本人身上……

"让他成你男朋友，你就不怕社死了，在男朋友面前怕什么。"周纯怂恿道。

"再说了，实在不行，让他也社死，你们两个互相社死，就会不约而同地遗忘这件事。"

随宁给她竖大拇指道："姐妹，真强。"

不愧是渣了国服的女人。

她社死，他也社死，一起社死。

被周纯一提醒，随宁忽然变成了"人间清醒"。

W那个套话是不对的。

看上去有点儿别扭，不自然。

除非他们真不是同一个人，W一直真的在寻找正主是谁，说不定还想告诉陈津白。

随宁认真地思考了一下，感觉很不对劲。

如果是试探她正主是不是陈津白，用不着叫一句"白哥，你在吗"这样的话。

这解释倒像是刻意的补充。

随宁现在反而更倾向他们是同一个人。

接下来这几天，随宁都在思考怎么解决这件事。

她对陈津白太宽容了，如果他真不是W，那对他宽容是可以的，如果是，她绝对不可以再宽容。

方法没想到，方明朗先带来了好消息。

KPL官方那边有意让她去做采访。

随宁瞌睡全无："真的？"

方明朗："骗你做什么。"

方明朗："不仅是赛后采访，前面也还有你发挥的时间，要做好点儿，知不知道。"

随宁答应得非常快。

他是提前告诉她的，事实上，周六时，官博就公开了这个消息，她被安排在第八周的常规赛。时间还很充裕。

官博底下，评论很多。

"哇！又能看到随随了吗？！"

"是我的@起到作用了吗？？？"

"美女，冲！"

"我就爱看采访。"

"虽然不太合适，但我想看她解说。"

"此处应 @White。"

随宁没想到一切都这么顺利。

她甚至还收到了夏白薇的恭喜，虽然两人有点儿情敌意思，但随宁并不讨厌夏白薇。

她将截图发给陈津白，什么也没说。

陈津白："好。"

随宁："好什么？"

陈津白："什么都好。"

随宁看得脸红心跳，但又迅速清醒，他们俩之间还有事没解决呢。

正巧今天各大学校放假，陈筱终于拿到了自己的手机。

她一打开微信就看到好多条消息，最前面的就是堂哥的，她认真地听完，有点儿蒙。

不能和随随说他的信息？

陈筱这会儿连随随是主播都不知道，因为她已经很久没上线陪玩软件了，就是三分钟热度。

她往下翻，又看到随随的消息，不知道回什么，就只好回了个表情包。

随宁却看得及时："妹妹，一起玩把游戏？"

困在学校将近一星期没玩手机的陈筱立刻答应了！

几分钟后，两人在王者峡谷会面。

随宁没浪费时间："之前你是不在吗？"

陈筱"嗯"了声："要上学，不让带手机。"

"那还是学习比较重要。"随宁说了一句，问出自己的目的，"之前找了你哥哥，我想问问你哥哥是做什么的。"

陈筱早被陈津白叮嘱过，这会儿知道什么不该说，虽然她也不清楚为什么。

"上班呀。"她回答。

这事随宁早就知道，其实她挺想直接问她是不是陈津白妹妹的，但怕打草惊蛇。

对于陈津白的妹妹，外界也没什么信息，毕竟是三次元隐私，更何况不是一母同胞。

真巧，W有个妹妹。

陈津白也有个妹妹。

"妹妹，玩瑶。"

随宁让她玩瑶，自己用的貂蝉，在人堆里跳来跳去，血条蹦来蹦去，把陈筱的心都惊得一颤一颤的。

"刺激吗？"她问。

"刺激！姐姐好厉害！"陈筱夸道。

"妹妹，你姓什么啊？"随宁见缝插针。

"我姓陈。"陈筱压根儿就没有警惕心，注意力都在游戏上，三言两语就被问出了答案。

随宁笑眯眯地"噢"了声。

姓陈啊，真巧，又是一个巧合点。

巧合到了一块儿，有些事似乎就不是那么巧了。

早先，她被美色在眼睛上蒙了层布，现在答案直接撕碎了那层布，摆在了她面前。

W和陈津白百分之九十九是同一个人。

陈筱天真单纯，听陈津白的叮嘱，不透露他的消息，但压根儿忘了他们同姓陈。

一局结束，随宁用悦耳的嗓音夸了她两句。

退出游戏时，她呼出一口气。

剩下的百分之一，随宁想到了新的试探方法。

片刻后，随宁又叫大洪上来道："大洪，你听力好，如果再让你听一次，你能不能听出上次那个说话的声音？"

大洪没说绝对，说："应该可以。"

随宁立刻弯眉，找到庄帆："来上分。"

庄帆惊喜："你和白哥带我？"

随宁："就我们两个。"

庄帆犹豫："这不好吧？"

瞒着白哥，他不太敢。

随宁没那个耐心："不来算了，以后都别想。"

庄帆麻利地上号、进队伍，看到还有一个人在，问了句："这是谁啊？"

随宁说："我保镖。"

"保镖？还有保镖的？会功夫吗？"庄帆化身"十万个为什么"，"你为什么要找保镖啊？"

"最近遇到了点儿事，有保镖多有安全感。"因为这局是为了听声音，随宁话就多了些，"庄帆，我下周采访的事你们都知道了吗？"

庄帆说："知道！真没想到，不过想想就很兴奋，以后我们参加职业比赛，你是不是可能会解说到我们？"他又补充道，"对了，我还告诉白哥了。"

随宁扭头看向大洪。

大洪点头。

随宁闭了闭眼，这么久的猜测得到证实，她反而没那么冲动，意外地冷静。

不久后，她才柔声开口："不要告诉 White 咱们一起打游戏呀。"

庄帆说："知道，知道。"

他可不敢告诉白哥，自己和随随双排……不是，还有个保镖。

"那你找我上分干吗？"庄帆蒙了，忽然明白过来，"不会是拉我过来带你保镖的吧？"

随宁说："答对了。"

庄帆："？"

还能这样？难怪不让告诉白哥。

接下来，庄帆发现随宁又变安静了。

不仅如此，说好的上分竟然只是打一局！虽然是带人，也应该相信他可以继续带下去啊！

女人这么善变的吗？

最后百分之一的答案，随宁已经得到。她让大洪回了楼下，切回微信，看着被放在一起的 W 和陈津白的对话框，半天都没有说话。

随宁盯着盯着，就没忍住笑起来。

自己的运气好像不错，一找个替身就找到了本人头上。

她忽然露出一个奇异的笑容。

自己为什么要心虚呢，满打满算，她只是找了个声音替身，这点和 W 声明过好几次。

她只是单纯地为了陈津白的声音找的替身。

而陈津白一开始不知道，后面还装替身装这么久，知道自己喜欢他，知道自己是他的声控粉丝——

他应该更怕被发现才对。

随宁忽然理顺了逻辑，之前如果不是同一个人，那她被发现可能还要解释一番。现在确定是同一个人，她所有的目的、缘由，陈津白都知道。他竟然可以看着自己一直深陷却不告白。

随宁漂亮的眼睛眯起来，整个人都清明起来，思考该怎么剥下陈津白这层皮。

两个不同的微信，同一个人……

随宁亮了亮眼睛。

她说过，他要是骗她，她也会骗他。

而另一边，游戏结束后，陈筱找到陈津白："哥，随随姐确实问了，不过我什么都没说噢。"

陈津白眉宇舒展，"嗯"了声。

他再次打开随宁发的截图，再过不久，他们就可以在同一个舞台上，以新的身份见面。

陈津白回到室内，对上庄帆忙不迭地缩回去的眼神。

庄帆装作没事发生，但肩膀被拍的时候还是惊了一下，听见队长在问："躲什么？"

"……没躲啊。"

陈津白的微信适时地响了起来。

他低头，修长的手指一滑，就到了微信界面，发现最上面多了一个三人群。

群名还没改，是三个人的微信名。

陈津白目光僵住，这标题十分眼熟。

这个群里，有随宁，有他。

……还有个替身。

两个人的群，明面上有三个人。

随宁觉得，微信拉人入群不用对方同意的这个设置很好，这一下就拉了 W 和陈津白。

他现在看到没有？会是什么反应？

随宁觉得好笑，却又止不住想要恶作剧的心思。

陈津白之前一直瞒着他是 W 的事，她怎么可以这么简单地放过，岂不是很没有面子。

W 和陈津白，谁先会在群里冒泡？

她在等。

随宁原先是想给两个人都发游戏的组队邀请的，但是万一两个人都不进，就达不到目的了。还是拉群比较合适。

陈津白没料到随宁这操作，看着三人小群，陷入沉默。

她在想什么？是发现了问题，还是在打算别的事？

随宁之前说听见了，在怀疑，又问了陈筱，虽然没有得到准确答案，但大概率她猜测他们是一个人了。

陈津白垂眸，这要怎么开口。直接承认他们是同一个人？她建群就是想知道是不是吧。

陈津白小幅度地摇了摇头，随宁的心思很灵动，却不难猜，他倒是可以顺着她的心意。

本身就是他一直在瞒着。

陈津白思索许久，私聊："那个群？"

随宁一直将手机放在桌上，看到有新消息，立刻点开看，秀气的眉毛挑了起来。

他还在装呢。男人啊，果然心如海底针。

随宁想了想："哎，好像是我拉错了……"

借口随口就来。

陈津白："那退了？"

随宁当然不想见到这回答，拒绝道："别呀，咱们可以一起上分，他也很厉害。"

陈津白当然知道自己很厉害。

但是这话是夸另外一个人的，就显得有点儿神奇。

随宁又给 W 发消息。

半分钟后，陈津白摆在电脑前的另一部手机亮起来，是随宁刚发的消息，但话却不一样。

随随："抱歉抱歉，拉错了群。"

W："。"

随随："没关系，你们同为替身，一起学习进步。"

随随："不过，他要比你高级一些。"

手机这头的陈津白："……"

又多了个替身？

他这时都不确定了，她到底是发现了还是没发现。对着两边说着不一样的话，还真是有两副面孔，陈津白都摸不准她在想什么。

提前打预防针？还是自己真的是别人的替身？

陈津白的眉头慢慢锁起，他不会是网上做了别人的替身，三次元又做了别人的替身吧？

世界上有这么悲惨的事吗？

但陈津白隐隐也猜测，以前随宁是不想让替身知道他是谁的，现在却丝毫不拒绝，极有可能是发现了他们是同一人。

可能性太多，他难以辨别。

随宁收到陈津白的新消息。

陈津白："最近要训练。"

盯着屏幕的随宁"嗯"了一声，果然拒绝了，毕竟是同一个人，哪里能三排。是怕她发现吧。

随宁又看到陈津白问："群里另外一个是谁？"

她再也忍不住笑起来，点了点手机："一个朋友。"

陈津白："噢，朋友啊。"

随宁："我和他说你是我哥哥。"

看到这行字，陈津白哂笑一声，这就是传说中的"见人说人话，见鬼说鬼话"吗？

随宁又回复 W："等有机会，一起三排，你就知道你和高级替身的差距在哪儿了。"

W："……"

随宁两边回复，简直要乐死。

只要不是当着陈津白的面，她都可以随心所欲地说，更何况，这会儿他应该最心虚。

陈津白都被气笑了。

庄帆一扭头，看到他表情不对，凑过来问："哥，你怎么了，遇到事了？"

陈津白忽地转向他问道："随随有没有问你问题？"

庄帆有些惊讶，他怎么会问这个，犹豫了一下道："就问我 KPL 主持人的事，我说我已经告诉过你了。"

没撒谎，陈津白看得出来。

他思忖着，没问那天的事情，那随宁应该不知道那道声音是庄帆的。

因为如果知道是庄帆的声音，也就是知道了替身是他本人，她还需要拐弯抹角地问陈筱吗？

根本没必要，属于多此一举。所以，随宁是还不知道他们是同一个人这件事，拉群可能是没办法中的验证办法。

但拉群这件事，陈津白有些头疼。

三排，他可不敢。

陈津白进退两难，要是当初早在知道的时候就捅破，也许现在是另一番情况。

时机不对，结果也可能不对。

况且，"高级替身"这事陈津白虽不相信，但也心有顾虑——万一是真的呢？

万一呢。

随宁敲打了 W 一顿，又甜甜地和陈津白聊天。

睡前，她甚至还给陈津白发了"晚安"，当然，W 没有份儿。

随宁今晚还丢下第二个替身的"地雷"。她开始期待，陈津白现在会不会在思考"正主"是谁，自己未来揭下陈津白那层马甲的时候，他会是什么反应。

第二天，周纯发现她心情特别好，问道："陈津白表白了？"

随宁一口水差点儿呛在嘴里："没啊。"

"那你眉飞色舞的，大清早的，难不成——"周纯忽然语调变了个味道，"做春梦了？"

随宁白了周纯一眼道："我确定，W 和陈津白是同一个人。"

周纯说："那不挺好，直接一步到位。"

随宁却不说话。

周纯感觉肯定不对劲，直到听见她说："我没质问，装没发现，把他俩微信拉到了一个群里。"

周纯一脑袋问号："这难道就是传说中的'修罗场'？"

虽然是假的。

随宁想了想道："是吧。"

陈津白和 W 应该此刻心里是慌张的修罗场。

周纯惊讶之后，差点儿笑岔气，道："牛啊，姐妹，拉群这操作你是怎么想出来的？"

"这个很平常啊。"

"这还平常？"

"之前不是有新闻，我学习了一下。"

"哈哈哈。"周纯简直被点了笑穴道，"最基础的三角恋关系已经具备了。"

随宁煞有介事地点点头。

就是不知道陈津白这会儿是什么感想。

随宁给周纯看了她和 W 的对话，周纯看得瞠目结舌，直点头，表示厉害。

正主一朝又沦为"高级替身"。这操作，骚啊。

之前，周纯觉得陈津白隐瞒自己是 W 的事不好，现在却觉得不错，给了姐妹大显身手的机会。

"你打算什么时候戳破？"她问。

"当然是要逗一逗了。"随宁笑弯了眼。

她喜欢陈津白不假，W 这个身份也没有骗她什么，只是偶尔她觉得 W 在撩她。

她觉得根本就是陈津白披着 W 的外皮撩人。

随宁又不禁闭眼，一想到自己以前那些"社死"发言，就觉得她再见到陈津白都说不出话来。

她会羞臊死的。

为了自己，还是让他也社死吧。

因为确定了身份，随宁就没有那么多顾虑，可以把心神都放在接下来的采访上。

采访席每次并不是固定的哪个人。随宁上次还看到一个采访席的女孩儿很新手，问问题不专业，也紧张，导致评论里都在骂。

她倒不怕紧张，只要问题专业性过关就不会被骂。

这点，随宁因为本身就是玩游戏的，又兼职解说，自然比采访席上的个别新手要好。

随宁翻看了前两年的采访记录，大致有了数。

其实无非是几个方面，再根据选手本身的情况来提问即可，难的是出彩。这是随宁在 KPL 第一次露脸，她要做到最好。以此为跳板，快速进入官方解说行业。

第八周的常规赛如期举行，早在之前，官方就公开了这周要比赛的队伍，其中就有 YU。

但第一天随宁采访的对象并没有 YU。

因为是要官方出镜，随宁穿了白黑相切的连衣裙，不算礼服裙，有点儿偏日常，开拍前，她和几个选手都打了招呼。

其中战队里的法师没忍住，说："以前和你一起巅峰赛排到过，你抢了我的中路。"

随宁抿唇笑："那你发战绩啊。"

法师说："比不过啊！"

几个人笑成一团。

随宁准备了提示卡，但她其实都背了下来。

"有主持人的微博吗？"

"现在还有人不认识随吗？ @随随，快努力出名！"

"怎么感觉随随比他们还自然啊，哈哈哈！"

"随随问的时候，好像英语老师和我们聊天。"

随宁一结束采访，就收到了庄帆发来的评论截图。

虽然有的很好笑，但是评价都是好的。

庄帆："准备好了吗，下次？"

随宁当然知道他的意思："你好好打游戏。"

前提是赢了。

庄帆本意是调侃她和白哥的，看到回答的这句话摸了摸脖子，她不会蓄意报复自己吧。

不会吧，她不会这么小心眼儿吧？

随宁又发消息给陈津白："哥哥，看我采访了吗？"

她本来想问有没有看完，但是感觉这样显得自己很自恋，不太合适。

现如今，她叫的"哥哥"是十句话里就有一次。

陈津白看到她的话，眼里带了点儿笑意："看完了。"

他没有说多余的话。

过了会儿，对面的女孩儿忍不住了。

随随："没有评价吗？"

随随："是不是其实没看？"

这会儿的她总算不像之前拉群时狡黠，陈津白眼前浮现刚才直播里侃侃而谈的随宁。

和平时的乖糯又不一样。

陈津白嘴唇的弧度渐深，手指在键盘上快速地跳动。

陈津白："我比较期待明天。"

意思表达得到位。

这还差不多，随宁很满意，其实她也很期待明天，而且她还有新的计划要实施。

见面了，总要看看他慌的表情吧。

听庄帆说"明天"时，随宁没什么感觉，听他说"明天"时，随宁却充斥着一种坚信他可以赢的感觉。

随宁将自己即将跳跃而出的鬼主意赶紧搂住，继续乖巧地当他可爱的"妹妹"。

"你有没有害怕的问题？"

陈津白好笑："有。"

随宁好奇："什么啊？"

陈津白："告诉了你不会问？"

随宁心想，那可不一定，她要看情况询问，但是她真的好奇陈津白怕什么。

他在她心里，似乎没什么怕的。

但最后陈津白也没说，随宁恶趣味地想，不会是怕自己的马甲被戳穿吧？

第二天的比赛是在晚上进行。

今天直播间的网友却比之前要多一些，工作人员有注意过流量，被询问时，将信将疑地回答。

"听说是想看随随和 White 同框……"

弹幕上不少人都是这么说的。

有人问："万一 YU 输了呢？"

这个问题没得到回答。

昨天，随宁的采访早就被传播开，评价很好，让方明朗和后面的人都松了口气。

首先，也觉得她属于可塑之才。

随随长得漂亮，又会解说，游戏打得好，而且大场面也不怵，官方解说也莫过于此了。只是，一下子直接去解说太快了。

随宁纠结了一下午的造型，最后灵机一动，扎了第一次叫陈津白"哥哥"时的双马尾。

也算回忆青春？

随宁到比赛现场时，不少人都侧目看过来，工作人员纷纷表示漂亮、可爱。

看到的观众则是直接拍照发微博。

"好家伙！双马尾！"

"双马尾 yyds（永远的神）。"

"要可爱死我吗？"

"我严重怀疑这是为了 White。"

"@White 好好打，你不能输。"

比赛前，蒋申没收了他们的手机，导致他们也没看到微博上的消息，也不知道随宁今天的装扮。但今天的比赛，他们是绝对要赢的。

常规赛打到第三轮，YU 已经习惯了任何可能发生的意外，最终 3 ：2 拿下了比赛。

这次赛后采访不是在休息室。

随宁却提前去了休息室，伸手敲门道："在吗，在吗？"

门被从里打开。

庄帆见到双马尾，忍不住大叫一声。

随宁从他边上进去，道："鬼叫什么。"

室内，陈津白的视线投来，和她的撞上。

随宁先前做足了心理准备，可被他看的时候，心跳依旧会怦怦加快，好似有人在催促。

她走向沙发时，马尾也跟着动弹，幅度并不大。

真可爱，陈津白想。

他在便利店看到随宁时，就发现了自己这个不为人知的喜好。

"来这儿时间够吗？"陈津白问。

"还可以吧。"随宁无意地歪了下头。

陈津白用眼角的余光瞥了一下，又不动声色地收回来道："提前来贿赂我，待会儿好好说话？"

"当然不是。"随宁否认。

"那干什么？"陈津白故意打破砂锅问到底。

随宁卡壳了。

难不成说她是来勾引他的？

随宁原本只是想过来，但什么腹稿都没打，也没想他会问自己来干什么，灵机一动，转被动为主动。

"约你晚上三排。"

"……"

重点是"三排"，不是"约"。陈津白心里有不好的预感。

前几天，随宁没有提群的事，仿佛遗忘了，陈津白自然不会主动提及。

随宁说出口后也沉默了。但她很快反应过来，去看陈津白的表情，虽然平日里看不出什么外露情绪，可她能察觉到。

还有这样的意外收获？

随宁轻轻弯了弯唇道："你们每个赛季，战队里是不是有分和星星的要求？"

"嗯。"陈津白言简意赅。

多说多错，他是知道了。

随宁在心里快笑死了，看到陈津白难得有一丝的窘迫，只觉得他好可爱，哥哥怎么会这么可爱。

"那不正好上分嘛。"她眨眼道。

陈津白只觉得可爱的双马尾也无法吸引自己的目光了，道："赛季末还早。"

随宁点头，柔声道："也是。"

有工作人员来敲门："随随，快到时间了哦。"

她进来这里是不少人都看见了的，工作人员没有开门，直接在门外叫了随随，还被不少人听见了。

随宁耳朵有点儿发热，站起来。

"待会儿见。"

陈津白勾唇看她道："好。"

随宁离开 YU 的休息室后再也忍不住，陈津白被发现把柄的时候，反应好可爱。

他还故作淡定，心里肯定很慌。

随宁想起之前自己被他看穿，而现在占据主导地位的换成自己，就看是谁会先忍不住了。

其实，她也觉得时机差不多了。

这种事瞒不了多久，随宁还想谈恋爱呢。

"刚刚随随约上分，怎么不同意啊？"庄帆实在看不懂，"多好的双排机会。"

陈津白看了他一眼，问道："你很想要？"

庄帆听不出他什么意思，赶紧摇头拒绝："我不想要。"

就是想要也不能说要啊，这不是把自己往火坑里推？

陈津白"嗯"了下。

"你觉不觉得，今晚白哥不对劲？"段归小声问。

"心不在焉。"关新一语点出。

"可能是随随走了，心也跟着她走了，毕竟随随这么可爱。"庄帆感觉自己发现了真相。

"……"

采访时间在几分钟后。

随宁几乎是和陈津白同时到那边的，她还俏皮地冲他眨眼。这会儿，直播间里的观众全在等待。两个人一同框，台下起哄的占大多数。

"站一起还真养眼。"

"White 是 KPL 的脸了，打游戏的长这么帅。"

"仔细想想，要我是随随，我也喜欢他啊。"一个男生说。

周围几人开始起哄。

随宁公事公办，提了几个问题："……今天是再次和 QA 做对手，有什么想说的？"

陈津白是队长，自然他先说。

"他们很优秀，很荣幸。"

"哈哈哈。"

"QA：这夸得好不走心。"

"QA 碰见 YU 又输了，要气死。"

随宁又问了两个问题，是庄帆回答的。

庄帆要活泼许多，之前的采访是段归上，他憋得久，顺了一大段话，看得网友们都嫌啰唆。

随宁不时点头，仿佛听得很认真。

完了没再问他，又问陈津白："今天最后一局，White 拿下五杀，非常秀，那 White 觉得自己有失误的地方吗？"

她微仰头看陈津白。

在台上的他像是在发光。

陈津白回答："有。"

随宁等了等，没等到接下来的回答。

没了？

"怎么觉得随随今晚好像特别高兴？"

"这不高兴谁高兴。"

"White：只要我不说，谁也别想问。"

"随随：说个'有'，谁知道下面怎么接？"

陈津白一个字的发言让大家纷纷发言。

有失误的下一句不应该自动说自己失误在哪里吗？但陈津白偏不接上。

随宁只好自己转移了话题。

采访的时间不长，结束后，镜头离开，蒋申在那边催回去，随宁将话筒塞给工作人员，

她叫了声："White。"

因为有别人，她不好叫"哥哥"。

陈津白转过身，定眼看她。

随宁想了想，还是认真询问："你今晚有失误吗？"

她看完了全程，今晚可以说是打得非常好，几乎是他这段时间以来最好的一次。

没看出来哪里有失误啊。

陈津白见她好似在纠结，好笑道："有啊。"

随宁顺势问："哪里？"

陈津白沉吟了一会儿，随宁也跟着皱起秀眉，他才慢条斯理地开口："骗了只小狐狸。"

随宁下意识地"啊"了声。

"啊什么？"陈津白摸了摸她的头发。

随宁从来没有染过发，也精心护养，所以发质很好，摸起来的手感非常好。

小狐狸？

今晚没人用妲己啊？

职业赛场上谁敢上妲己，自己没先被打死，也能被直播间的观众和粉丝喷死。

随宁现在的心思都还在比赛和采访上，压根儿没往别处想。

"晚上早点儿回去。"陈津白说。

她有时候聪明，有时候也小糊涂。一直到陈津白离开自己的视线，随宁才被工作人员提醒："随随，结束了？"

随宁回过神来："噢。"

她出去的路上碰上不少和她打招呼的工作人员，还有专门等在外的粉丝。

随宁早让大洪在门外等她，免得出现意外。

大洪打了把伞，道："刚刚外面忽然下雨了。"

随宁目光落在他手里的伞上，这是她来之前放在车里的，因为天气预报有雨。

大高个儿拿着还有点儿搞笑。

随宁的目光定在钥匙扣上，反应过来。

她曾经借伞给陈津白，伞上的钥匙扣没有拿掉，所以——陈津白说的小狐狸是她？

一定是的吧。

随宁的脸后知后觉地泛上微红，"小狐狸"这个称呼，好像有点儿与众不同的黏糊。

"小姐？"大洪叫了声。

"走吧。"随宁回神。

一直到上了车，她打开微信，看到陈津白的头像。

他承认骗了小狐狸。

是不是在向她服软？

随宁觉得自己心很软，看在他主动承认错误的分儿上，今晚就放过他好了。

YU 是从停车场走的，庄帆抱怨道："蒋哥催得真急。"他又问，"对了，哥，你今晚有失误的地方吗？"

"我觉得很好啊，还拿了五杀，这还失误，那我们岂不是满场失误？"段归跟着说。

"哥，你真谦虚。"

陈津白瞥他们，没解释，他那叫反省。

他打开手机，给随随发消息："上车了？"

随宁回了个"嗯"，又想逗他："哥哥，今晚上分吗？"

手机这头，陈津白沉吟片刻，回："下次。"

随宁好笑："双排也不行吗？"

陈津白一看这回答，笑了声。她是不是察觉到什么了，活像只狡黠的小狐狸。

随宁逗够了，又道："算了，今天刚刚比赛完，还是休息吧，我也要早睡。"

陈津白顺势："嗯。"

他担心他俩上游戏之后，随宁又给替身发邀请。

两个人不约而同地将三排上分的事给遗忘了。

陈津白松了口气。

随宁这会儿一和他发消息，就不可避免地想到小狐狸的事，连连唉声叹气。

她真扛不住陈津白。

幸好这会儿他们是微信聊天。

随宁犹豫几秒，问他："为什么叫我'小狐狸'？"

陈津白笑起来："终于发现了？"

随宁意外地窘迫，她好像是当时忽然迟钝，一点儿也没有她平时的聪明劲儿。

她放下手机，对着后视镜照了照，没有晕妆，自己这样看着也不像小狐狸啊。

就在这时，她瞥见了一个身影。

可等随宁扭头去看时，那边又没有了，只有路人。

大洪问："小姐在看什么？"

随宁迟疑道："好像看到了冯劲聪……但又没认真看，一回头就看不到了。"

大洪皱眉道："又是他！"

随宁说："这两天，你就跟着我。"

宁可错杀，不可放过，警惕些总没有坏处，谁知道冯劲聪被警告了之后会不会气不过。随宁可不敢拿自己的小命去试探。

虽然恶意揣测别人不太好，但她清楚，现在新闻上因为一些小事就报复的太多了。

有了这个意外，随宁的兴奋被浇灭了一些。

过后几天，她去学校上课时，都有刻意留意自己周围，但什么也没发现。好像那天真的是她看错了一样。随宁心里留了根刺。

周末，方明朗告诉她有个好消息，随宁一想，干脆直接请客，也算犒劳他教她这么多。

方明朗也没说什么废话："他们的确是想安排你秋季赛上台，时间够充裕。"

这其实没什么问题。

夏白薇之前就是，半年后上的正式比赛解说，从那之后就一直留在了解说团队里。

随宁知道，不能操之过急。

"那也不远了。"

方明朗挑眉道："我还以为你想这次上。"

"我是这么想呀，但太急肯定没用。"随宁摊手，"方老师，你不要逗我了。"

"没逗你，还有个好消息没说。"方明朗卖起关子。

随宁猜不到，但肯定和KPL脱不了关系："快说吧，说完我下次继续请你。"

方明朗优哉游哉地喝了口茶，慢悠悠地告诉她："我既然当你师父，那还不得替你争取。"

争取？

最快是秋季赛，争取什么？

随宁听得心立刻扑通扑通跳起来，好消息是什么，她可能猜到了一点儿。

"接下来的两周，常规赛最后两周，你先上评论席。"方明朗直接道，"我可是牺牲了自己，保证不出问题的。"

"上过评论席后，没有问题就可以试水解说了。"

他没说绝对，如果效果出色，肯定还有后面，提前说容易让人有心理压力。

随宁笑弯了眼，道："谢谢。"

真的感谢。

方明朗扎根职业解说多年，有自己的人脉，能让她这么快上去，肯定背后使了不少力。

"你可不要让我失望。"他说。

随宁摇头道："不会的。"

就算别人允许失误，她自己也不允许。

随宁由衷地感谢方明朗，感叹自己有多好的运气才能碰上这么个老师，非亲非故的，却真心为她打算。

她迫不及待地想和别人分享这个消息。随宁想直接发给陈津白，但最后还是止住了手，还是等官博公布再说吧，以免发生变故。

她打电话给周纯。

周纯一接通电话就听见银铃般的笑声，一头雾水："怎么，陈津白答应和你交往了？"

"……什么啊。"随宁反驳道，"我可能下个月就解说 KPL 了。"

如果按照这个速度的话……周纯愣了一下，尖叫一声："宝，你也太秀了吧。"

她玩游戏关注比赛之后才知道有些事的区别，哪有这么快的，这才两个月时间。可她好友就做到了。

随宁"嗯"了一声，道："快点儿回来，请你吃大餐。"

周纯"哎"了声，道："这我必须不能错过啊。"

两个人直接在外面碰头。

随宁随口问："你最近好像从 RX 回来的时间变晚了。"

周纯动作停顿了一下，道："有吗？没有吧。"

随宁没发现，道："你教得怎么样了啊，天天在汉语环境下，他应该学得很快吧。"

她估计得不错。周纯的任务快要结束，但 RX 给她发了邀请，所以不出意外的话，她毕业后就直接去他们那里入职。

她以前从未想过自己会进入游戏这一行。

常规赛最后两周，随宁露面的次数不少。

原本天天在她直播间号的观众也不号了，反而一见到有人发弹幕就说："去看 KPL 直播啊。"

人都是看脸的，随宁早就知道。

评论席每次有三人，基本都是解说，每次都会安排一个女生在，随宁还是头一次和别的解说共事。不过，她发现也没什么区别。

KPL 官方那边对于她增加的一些流量也心里有数，早就认真分析过她业余的解说，还有"天空杯"线下赛的直播视频。再加上方明朗的推荐，他们就松了些条件。

如果真的优秀，又何必等到下一次官方赛事呢。所以在这之后，官博就发了条新微博，随宁将加入 KPL 官方解说团队，第一次解说时间在季后赛。具体时间还没定。

这下，网上评论炸锅了，有质疑太快的，有恭喜的。

随宁那时候正在和陈津白双排，孙钰之前就提醒过她这件事，但那时候还没定哪天公布。

她还不知道网上的事。

这把结束后，随宁看了下对面的战绩，对面三排的，一直连胜，直到刚才才输了。

她感慨道："三排上分确实稳。"

陈津白眼神深邃，问道："你想三排？"

该不会又想让他和替身三排吧？她干得出来。

随宁"哎"了声，反应过来他应该是理解错了，眼珠子一转，将错就错道："不好吗？"

"挺不好的。"他说。

"哪里不好？"

"哪里都不好。"陈津白淡淡道。

随宁也不知道他说的是什么不好，但不妨碍她猜。

隔着网络，不在眼前，她胆子变大，故意问："哥哥，你是在吃醋吗？"

语音里只余下游戏的背景音乐声。陈津白靠在椅子上，目光从桌上的明信片上掠过，回到游戏里，低笑。

"恭喜，答对了。"他坦然承认。

Chapter 18
喜糖

他虽然不吃甜，但这是她给的。

一如许久之前的桃味蛋糕。

"恭喜，答对了"。

这五个字，好像一下戳破了随宁心尖上鼓起的气球。

他对她坦然承认了吃醋，丝毫没有遮掩，连带着背后的意思也透露了出来。

随宁是故意问的，但没想过得到的答案会是怎么样。

听见他的声音，她比往日更紧张，手指捏着手机，心中偷乐，又不知道该回什么。

问他吃醋的感觉怎么样？

还是说什么？你吃醋我开心？

怎么这么难回答，随宁感觉考试都没这么难。

"……答对没有奖励吗？"半天，她脸上烘着热气。

真要命，她问的这是什么。

随宁听见陈津白在笑，刚刚淡下去的绯红再度涌上脸颊。

明明是在游戏里，隔着十几千米或者二十几千米的距离，她却有种他在她面前的感觉。

"没有奖励。"陈津白问，"怎么办？"

随宁说："那算了。"

她又"偷偷"抱怨道："小气鬼。"

她的声音不大，很小，却是能让人听得见的程度。

随宁害羞归害羞，但该有的小心机却是不会少的，单单讨论吃醋，肯定话题就断了。

以奖励为话题，可以接续。

陈津白"嗯"了声，道："我听见了。"

他又道："提前预支一下奖励也可以。"

男人低沉的声线顺着耳机传至随宁的耳朵里，她呼出一口气，越来越好听了怎么回事。

他是故意的吗？

周纯回来时，见随宁满脸通红，怪异道："你在看什么东西，这么激……动？"

临看到游戏界面，她的最后一个字迟迟迸出来。

随宁根本没法儿降温，都怪天气太热。

"打得太激动了。"她闭麦说话。

"这话可信吗？谁家打游戏能激动得面红耳赤的。"周纯翻了个白眼。

随宁挥开她道："你知道还要乱说。"

周纯嘻嘻笑道："我这是关心姐妹的感情问题，陈津白又在故意撩你吧？快点儿拿下啊。"

随宁也想快点儿拿下，可想和做不是一回事啊。

她又重新开麦："还要继续吗？"

随宁转移话题，陈津白勾了下唇，方才她的胆子那么大，现在又像是小年糕，松松软软的。

他直接问："明天有空吗？"

两个毫不相干的问题，随宁的心跳漏了一拍。

是要约自己见面吧，要说什么，大抵是借着今天的吃醋事件，正好捅破窗户纸？

"……明天满课。"随宁失望。她又问："哥哥明天不要训练吗？"

陈津白说："当然要。"

临近决赛，每天都需要训练，但也不是每时每刻都在训练。

随宁又期待又忐忑。

喜欢他这么久，追上当然好，但她又担心，在比赛前夕忽然谈恋爱，会不会影响到接下来的比赛，马上决赛就要到了。

感情最能影响一个人的状态。比如随宁现在就没心思打游戏了。

随宁从了自己的心："后天下午没课。"

陈津白听懂了暗示："好，后天。"

随宁摸了摸自己的额头，有点儿烫，如发烧一样："后天到时候我再告诉你？"

陈津白"嗯"了声："随时都可以。"

这个"随时"让随宁愣了一下，意味太明显。

退出游戏后，她窝进了沙发，用手扇风，打算物理降降温，可惜没有什么作用。

随宁打了一行字，又删除。还是后天见面再说吧。

虽然没提什么，但两个人似乎有了默契。

明明是同一个人，却偏偏要说"吃醋"，这男人怎么这么会撩人，随宁即使清楚，也不免动心。

晚上，周纯就知道了今天发生的事。

她叫了两声，严肃地告诉随宁："后天约会，你得给我打扮好了，必须美到他心神迷乱，神志不清。"

随宁："？"

周纯哈哈笑起来。

时间一转眼到了第三天，随宁上午没在意，打算中午回来好好选选衣服。可就在出发去上课时，她收到了消息。

陈津白："什么时候下课？"

随宁回个时间，又问："问这个干什么呀？"

她猜，该不会是要和她一起吃午饭吧？

陈津白："猜不到？"

随宁被戳破，故意回："猜不到。"

过了会儿，陈津白："那算了。"

还用了她前天晚上说的台词。

随宁哼了声，没有再问，而是抓紧时间选衣服，毕竟可能没时间再回公寓了。

YU 日常训练的时间是在下午两点以后，因为游戏少年们下午才会醒过来。

陈津白上午习惯了起早。他知道随宁的学校，这已经是全网公开的信息，甚至她的教室在哪儿都有人说过。

"哥，你要去哪儿？"

庄帆罕见地起早，是被饿醒的，正揉着眼睛，就看见对面男人穿着整齐，帅得他晃眼。

"去锻炼？"他问。

"嗯。"陈津白敷衍了一下。

等人离开后，庄帆还相信他的话，但是等到中午，陈津白一直没回来时，他才知道——

锻炼锻到外面去不回来了？！

上午四节课，随宁刻意逼自己集中精力。

周纯问："以前你也没这么紧张啊，不还是同一个人，最多表个白，怕什么，又不会吃了你。"

随宁说："紧张啊。"

"万一他不表白怎么办？"周纯问。

随宁摊手，她怎么知道。

最后一节课是专业课，大学老师基本没拖堂的，铃声一响，人人都往外走。随宁顺着人流出去。

今天，陈津白并没有联系问她在哪栋教学楼，或者在哪个校门口见面，她觉得不大对。学校可是有好几个校门的。

直到随宁疑惑地出了教学楼，看见外面站着的身形挺拔的男人，目光再也离不开。

几个女生抱着书，过去要微信。

陈津白目光往里瞄了一眼，看到了刚出来的随宁，轻描淡写地说："我在等人。"

随宁听到了，眨了眨眼。

周纯用手肘捅捅她道："我先走了，你好好约会。"

随宁的唇翘着，轻轻地掐了她胳膊道："走就走，还多话。"

事不宜迟，周纯顺手把她怀里的两本书抽走，给她递了个眼神，快速溜走。

陈津白视线停在随宁身上，对她挑了下眉。随宁清清嗓子，走到他面前。

"你怎么知道我在这里？"她问，声音甜甜的。

"问的。"陈津白看她道，"手机没开？"

随宁"啊"了声，打开一看，下课前才发的消息，她没看到。

"上课怎么可以玩手机。"随宁故作严肃道，"我是好学生，不能让老师失望。"

"原来如此。"陈津白笑了声，如果他是老师，也会喜欢这样的学生。

随宁问："去吃饭？"

陈津白"嗯"了声，和她一起走在校园里，问："有想吃的吗？"

到底吃什么随宁并没有头绪，她没有忌口的东西，很多东西都可以尝试。但"约会"嘛，肯定得吃点儿正常的，不然带着火锅味和烤肉味一起去逛街？

随宁可不想。她思考半天，提了家餐厅，陈津白颔首。

大学期间，随宁和周纯来过这家餐厅好多次，但今天总觉得口感变了，变得比以往好吃。她心中叹气，"秀色可餐"是真的有道理。

吃完饭，两个人一起出了门，又回学校逛了会儿，聊了些游戏和比赛的事。

快出学校时，陈津白叫了声："随宁。"

随宁嗓子眼儿干干的，心道，重点来了？

"你好像有点儿紧张。"他说。

"……"

随宁并不否认。

陈津白笑起来道："我也有一点儿。"

随宁一怔，对上他漆黑的眼眸。

她认识他几个月时间，无论是在现实，还是在比赛场上，都没见过他紧张的样子。

现在，他告诉她，他在她面前紧张。

随宁弯了弯唇道："哥哥在紧张什么？"

陈津白"嗯"了声，装模作样地思考起来，在她一双星亮的眸子下，慢悠悠道："怕被小狐狸骗。"

"你也骗过小狐狸。"随宁耳垂醺红。

"两清了。"陈津白说。

他微弯腰，倾身，凑到她面前，离她很近很近，轻声说："真可爱。"

随宁第一次与他这么近。

陈津白喉咙动了动，认真道："现在说好像太简单，我想到了一个很合适的地方。"

随宁："？"

她都做好被表白的准备了。

陈津白摸了下她的头道："等等。"

随宁明知故问："噢，等什么？"

陈津白说："总决赛。"

随宁怔愣住。

虽然没有直接说，但是她明白他的意思了，他想在那时候，在那个万众瞩目的时刻。

并不是拖延，而是重视。

随宁喃喃："……冠军？"

陈津白的表情里带了些调笑，道："不信任我？"

随宁忽地笑了起来，如夏日池塘里摇曳的清荷，道："当然不会，我等哥哥的好消息。"

一颗心都在颤动。

她当然相信，她一直相信 White 战无不胜。

在几个月前，随宁从没想过自己会遇到这样的事。

有个人会对她说，等总决赛。

总决赛的舞台上，冠军注定万众瞩目，陈津白也在告诉她，他可以拿到第一。

作为粉丝，随宁欣喜。

而作为喜欢他的人，她更期待。

"喂喂，回来后就一直走神，宝，在一起了没？"周纯挥了挥手，"醒醒。"

"没有。"随宁回。

周纯一屁股坐下来，问道："什么？这还不在一起？他只想玩玩？不会真是渣男吧？"

随宁嗔道："什么呀。"

她趴到周纯耳边，笑眯眯道："总决赛那天，你一定要去，到时候你就知道了。"

周纯原本听得懵懂，忽然反应过来，手拍在沙发上，惊呆了道："不会吧，陈津白想那样？！"她耸肩道，"还好他不是明星，不过要是今天说，就早谈恋爱十几天。"

随宁"噢"了声，道："给你选，你选哪天？"

周纯不假思索道："那当然是总决赛！"

这还用选吗？

因为有了一件在不久后值得期待的事，随宁现在做什么都很有动力，恨不得马上到那天。

原本她解说的时间是在季后赛第三周。等同于决赛前一星期。随宁大着胆子找到方明朗，认认真真问："方老师，我可以上总决赛吗？"

方明朗惊了。

随宁说："我可以。"

方明朗相信她，但是官方那边很难同意，望着她坚毅的眼睛，他最终妥协道："好，你和我一起去。"

这件事几乎没人知道。

夏白薇那天正好在，看到他们一起过来，再意外地听到事情后，张着嘴，半天没出声。

随随也太敢了吧。

一直到傍晚，随宁才和方明朗一起出来。

事情尘埃落定。官方公布调整那天，网上爆炸。

"直接上总决赛？"

"妈呀，都不提前试试小比赛吗？"

"背后有人吧？"

"啊！这……"

粉丝庆祝，网友一惊一乍，怕她搞砸总决赛，但又希望她可以。

总决赛会发生什么，仅仅是随宁和陈津白的秘密。

随宁发消息给陈津白："哥哥，不准逃课。"

此时，YU 内部正热闹。

庄帆一蹦三尺高："好家伙！好家伙！"

他都不知道该说什么了。

"之前不还是季后赛吗？突然一眨眼，变成总决赛了，随随也太牛了吧？"

"都不知道是官方胆子大还是随随胆子大。"

"随随都上总决赛了，咱们可是她的主队，还不得一直走到最后？是吧，白哥？"

众人扭头，看向陈津白。

陈津白的目光停在手机上，闻言，道："是。"

他手指轻敲道："随老师的课，不敢逃。"

陈津白没想到她会如此有行动力。

联想到她曾经的种种行动，他低头轻笑，合上手机。叫他怎么能不努力。

随宁做足了准备，解说前夕，给陈津白发出邀请："哥哥，今晚双排吗？"

陈津白表示今天要训练，为了冠军努力，说得很是义正词严，仿佛美色会让人堕落。

随宁被他说得羞赧。

等她回了个"好吧"之后，陈津白又说："骗你的。"

又逗她，随宁无语。

她狡黠一笑，怎么，只能他逗自己，她不能逗他了吗？

随宁思索了几分钟，终于有了个好方法，她翻出来近段时间从未联系过的 W 的微信。

她严肃地发了一条："好聚好散。"

然后删了他的微信。

随宁又立刻给陈津白发消息，写了篇百字小论文，论文也是有目标的，其中夸他厉害夸了八十个字。

这要是高考，属于离题零分作文。

剩下可怜的二十个字，随宁说了两个重点。

一、她之前瞒着他找了个替身。

二、她幡然醒悟，刚刚删了替身。

还有第三个最重要的事情，随宁边写边笑："哥哥，我今天才发现，我好像对他动心了。"

他，自然指的是 W，替身。

陈津白一局游戏结束，打开微信，看到长篇大论，和最新的两条偏短的语音。

他犹豫，后又点开。

"哥哥，我好像不能以女朋友的身份和你一起拿冠军了……但我还可以作为粉丝，为你加油。"

随宁刻意掐出来哽咽的声音，没哭，但令人揪心。

陈津白听得又好气又好笑。

"对他动心"？

她对谁？

陈津白还没来得及看小论文，也不知道是谁。

这是故意气他的吧，明明之前还甜甜地叫"哥哥"，这会儿又开始说对别人动心。

他闭上眼，呼出一口气，冷静。

陈津白再度睁眼，往上翻，看长篇大论的小论文。

前面那些句子不知道是怎么写出来的，夸得他眉梢直挑，直到后面，总算和刚才听的语音以及那条心动消息对上了。

原来如此。

陈津白又重新点开语音。

这次他听出来了，随宁的声音是装出来的，即使如此，他还是跟着心揪了一下。

在故意逗他呢。陈津白按了按眉心，上一段对话，他们还在聊双排和总决赛的事，转到这里来十分突兀。

为什么装，很明显，因为她早就发现了。

不过，随宁那一句"对他动心"，陈津白这会儿不慌，反而十分了解她的意思。

她没生气，甚至用这个来开玩笑。

陈津白曾经最担忧的莫过于，她对他没有直白地告诉她他是那个替身一事心存芥蒂。

而现在，她隐晦地告诉他，她没有。

陈津白和随宁的默契早在之前几个月的游戏里就培养出来了，况且两人都是聪明人。

他说她是狐狸，他又何尝不是。

这件事之前是他们之间的定时炸弹，但从现在开始，就不是了，而是感情的催化剂。

陈津白以替身身份和随宁游戏时，不少次被她提醒，不要勾引她，她不喜欢他。她喜欢正主。

这会儿又在正主面前故意演喜欢替身。陈津白顺水推舟，满足她的表演欲望。

他敲了个："我知道了。"

四个字好像很平静，但又无端透露出点儿失落的情绪。

随宁一猜就知道他在演戏，翘起唇角，打字回复："哥哥，对不起。"

她加了个大哭的表情。

随宁继续激励："你一定要拿冠军。"

陈津白乐了，好笑出声："他一定很荣幸。"

随宁被他这句话说得脸红，他居然借着机会这样说，等同于在向她表白了。

她顺着他话："真的吗？"

过了几秒，随宁仿佛察觉到什么："哥哥，我不是故意的。"

陈津白回她："我需要冷静冷静。"

随宁真想发个问号给他，她都对他另一个身份表白了，不是都说很荣幸了，还冷静冷静。哼，男人。

轻描淡写地将这事揭过去，是她现在的想法。反正他们都要在一起了。

随宁也发了个"我和哥哥一起冷静"，她知道，以他的聪慧和吃醋的心，能这么平静，肯定是了解了她的意思。

如此的默契，让她喜欢。

随宁喜欢上陈津白是件很意外的事情，她是先听见他的声音，继而去找了视频，然后看到他的比赛回放，从此陷入其中。

人在没有见到本人或者熟悉本人时，会不自觉地脑补、给对方加滤镜。随宁也不例外。

但他们认识之后，反而自己更喜欢陈津白。

如今多了个替身 W，随宁倒是不讨厌，反而觉得他这个人变得鲜活许多。

其实，他在不知道自己是替身的时候，还挺容忍她的，是不是那时候也算对她有好感？

陪她玩了场替身的游戏。

在知道的初始，随宁是有一瞬间的生气，还有后面无数次的社死尴尬感。

但后来，她改了主意。

随宁记得，在和庄帆组队时，意外排到陈津白，他给她打蓝 buff，这个事情是他平时不会做的。

而对她做，是因为 W 的身份里，她每次都要他让蓝 buff。又何尝不是另外一种缘分。

随宁现在更想知道，陈津白是什么时候喜欢上自己的。

是自己选定的他，百般强求他同意当替身时？他当时同意，是不是已经有些许的好感？

如果不是喜欢，何必拿时间来浪费。

或许，W 这个身份，对于陈津白而言，是一个可以获得她喜好的途径。也是一个可以和她另类相处的时机。

随宁第一次体会到那些爱情鸡汤虽然看起来鸡汤味很浓，但有些话也是对的。

比如，原来双向的喜欢这么让人快乐。

总决赛悄然来临。

这两天时间里，随宁都没有再联系陈津白，一来是马上要比赛了，她不想再转移他注意力。

二来，她自己也很忙。

为了解说好这场总决赛，随宁的压力是大的，即使她自信，但也怕有意外情况发生。

冠军只有一个，她也有一点儿担忧。

但就算失败了，随宁也会答应他，不过这样，可能需要她来主动开口了。

下午时分，随宁就到了目的地。

这次的解说方明朗也在，也算是一个保障，和老搭档一起解说，比和其他人肯定发挥更稳定。

"紧张吗？"方明朗问。

"紧张。"随宁点头。

"放宽心，也就和平时一样的比赛，记得，不要有站队偏向。"方明朗安慰道。

随宁哪里好意思说她紧张的不是这个，而是比赛结束后会发生的事，会被打的吧。

"我记得。"

她低头，按捺住心情，走到走廊上，拨出了一个电话。

YU 的休息室里，气氛也很紧张。

蒋申有意想让他们放松，庄帆他们故意打闹，但心里其实都一个比一个紧张。

看见手机屏幕上的名字，陈津白推开门出去。

"哥，你去哪儿？"

"快点儿回来啊。"

背后有大惊小怪的叫声。

陈津白按下接通，随宁清浅的呼吸声传过来，令他有些燥热的心忽地冷静了下来。

"陈津白。"她叫道。

陈津白低声应："嗯。"

随宁一字一句，声音温柔却认真："你们一定会成为这里最闪耀的队伍。"

场馆外还在排队，场内正在有条不紊地准备着。

随宁偶尔出去看一眼，就能看到无数的应援灯光，上面写着选手、战队的名称。

场馆内正在播放一些之前的比赛片段，有以前夺冠的视频，也有之前录的精彩片段。

现在播的是前两天刚录的，还很新鲜的赛前采访。

YU 基地的背景，庄帆抢了陈津白率先说话的机会，说："去年就在想，今年一定要回到总舞台，哥哥们带我实现了这个愿望。"

段归笑了笑道："以前离开的粉丝们也可以回来了，我们会带来一个全新的 YU，这次，我们会不负所望。"

轮到陈津白时，他只是平静地道："拿个冠军。"

庄帆凑过来道："哥，这么直白不太好吧？就这一句？"

"你不想？"陈津白淡笑道，"其他的，当获胜感言。"

最后一句话让现场观众发出感慨，因为这个圈子只有赢家才会有发言的机会。

"太好哭了吧！"

"White，你一定要给我赢了！"

"好自信！我喜欢！"

外面正热闹，随宁和方明朗他们已经去了解说台。

他们是提前去解说台的，两个人到的时候，台下声浪一波又一波，和常规赛是完全不同的气氛。

没多久，选手出场。

随宁在这里能看到陈津白，灰白的队服上"YU"两个字母格外显眼，今天她会在这里解说他的比赛。

她也很荣幸。

夏白薇是这一次的主持人，道："各位观众朋友们好，欢迎大家来到第十届 KPL 的总决赛现场……"

很快，BP 界面开启。

方明朗开口："希望今天 YU 和 OET 都能发挥出色，献出 KPL 最精彩的时刻。"

第一局是 OET 先选。

随宁配合着方明朗分析两支队伍的阵容，这对她这经常玩游戏的人来说并不是很难。

能到这里的都不俗，对方队伍中存在的缺点和失误是他们唯一可以赢的机会。

加载界面过后，正常开局。

随宁说："第一局，不知道他们是选择和平发育还是搞事……OET 似乎想要搞心态。"

几乎是在同时，OET 三人过来反野。

陈津白先前有意想拿河蟹，惩戒用得早，虽然没有伤亡，但导致这个蓝没有拿到手。

单 buff 开局，算是微微劣势。

对面直接选择抱团，强攻了发育路，拆了三分之一的下路一塔。

陈津白和他们反着来，蹲在他们回去的路上，无伤反杀了他们的法师，穿墙离开。

"White 并不恋战，杀完一人就走，估计是在寻找下一次暗杀机会。"随宁说。

下方观众们起哄地笑起来。

果不其然，没过多久，方明朗就叫了声："OET 的小辉心态要炸，怎么边上几个人，就抓他一个。"

这赛季，一局游戏节奏很快。没多长时间，两队基本经济差就十分明显，YU 多了四千的经济，比对面多拆两座塔，多拿三条龙。

陈津白将对面中路抓爆，支援不比庄帆，自然节奏会一直掉，滚雪球似的。

OET 团灭时，随宁心里忍不住高兴，笑道："恭喜 YU 拿下第一局的胜利。"

结束后，庄帆拍胸口道："好险，刚刚我最后差点儿死了，多亏白哥帮我挡了一下。"

要是被诸葛亮乱杀起来，那很危险。

陈津白喝了口水，说："待会儿稳点儿，支援时小心点儿，打不过就放塔，别一直掉队。"

他甚少会说多，今天格外冷静。

随宁也在和方明朗聊天，方明朗调侃："我刚刚可听出来你差点儿握拳了。"

"太激动了。"她耳朵红。

方明朗怪异道："我怎么觉得，你今天好像不是一般的不对劲？应该不是 YU 赢不赢的事。"

随宁眨眼道："当然是。"

"是吗？"

"是啊，方老师，你不信我吗？"

方明朗想信，但直觉让他选择不信。

第二局要比第一局更胶着。

YU想拉大比分，OET想追回第一局的失利，一个比一个谨慎，又想拿分，互相试探消耗。

随宁都解说得乐了。

最后由OET拿下第二局的胜利，比分1：1平。

接下来的比赛大家都没怎么意外，两支战队你一局我一局，十分"公平"。

随宁看着陈津白在闭眼休憩，也不免紧张。

"最后一局决胜局，关键时候。"

台下的观众们比选手本人还要紧张，恨不得自己上手，又恨自己技术不行。

比赛开始前，两支战队各自有喊加油的。

解说台上，随宁禁不住说："我很紧张。"

方明朗说："大家都知道。"

直播间弹幕迅速飘过。

"哈哈哈！"

"干吗戳破啊！"

"随随：我不要面子的啊！"

"一针见血，哈哈哈！"

"随随：我只是紧张比赛，不是紧张YU。"

气氛忽然被一个玩笑缓解。

最后一局，两边都想拿下。

OET的五人格外紧张，没想到YU这么难缠，尤其是White，几乎抓不到他失误的时候。

"冲了。"队长说。

而YU这边，庄帆手都在抖，道："哥，我害怕。"

从季前赛到常规赛，再到季后赛，他都大大咧咧，打法大胆。可这时候，他忽然害怕起来，他怕自己失误，导致YU与冠军擦肩而过。

陈津白转过头，问道："害怕什么？"

庄帆说："怕我出错。"

陈津白拍了拍他的肩膀，道："忘了告诉你，比赛前，随随跟我说了句话。"

庄帆立刻好奇："什么，什么？"

"她说——"陈津白拖长调子，"我们会是最闪耀的队伍。"

庄帆听得一愣一愣的，看向解说台，随宁正在和方明朗说话，侧脸温柔恬静。

她肯定说过这句话，是她的风格。

再说，白哥不会骗自己的。

"好了，现在这局是巅峰对决，没有BP环节。同位置的选手直接选英雄。"

随宁点头道："不知道OET这次打算用什么阵容，应该是提前考虑过的。"

最后定下来时，YU选的是鬼谷子和马可。

鬼谷子是段归的成名英雄，一拿出来台下粉丝就忍不住欢呼起来。

陈津白用了娜可露露，是他之前在赛场上发挥最优秀的英雄，但上次的五杀不是用它拿的。

开局两队都比之前更谨慎。

几分钟过去，YU才拿到了一血。

段归的鬼谷子可以不停地开视野，对OET来说是个限制，导致OET打得偏保守，但中途也故意骗了YU一波。

两边你来我往，精彩万分。

二十分钟过去，风暴龙王都出来了，他们还没有分出胜负，龙王是肯定要拿的，就看谁能拿到了。

随宁捏了一把汗道："YU少一个人，可能抢龙会比较棘手。"

显然OET也是这么想的，抓紧时间卡位置和打龙，段归在周围转，寻找开团机会。

打龙注定不能离太远，不然容易拉脱。

陈津白盯着屏幕，看到龙的血量还剩一点儿，沉声道："段归，准备。"

"好。"

几乎是下一秒，鬼谷子就开加速冲了进去，将最近的两人拉到，其中正好就有打野。

有关新的肉坦顶着，娜可露露和马可一起进去开大，他们两个后期的伤害极高，根本就挡不住。何况陈津白还用了惩戒。

随宁惊喜叫道："抢到了！White抢到了风暴龙王！"

方明朗都惨叫起来："哎呀，这一波OET掉人了啊，跑不掉了！龙王又丢了，不知道还能不能守一波。"

OET的打野看着黑屏道："回来，回来，清线，守住，等我复活，千万别掉人。"

但射手和打野都死了，法师清线又慢，后期的兵线一两下就能打死一个脆皮。

庄帆激动道："我复活了！"

陈津白"嗯"了声。

时间越紧张，他手下的动作越快，眼花缭乱。

"回一下状态。"韩同抓紧时间打野怪回血，又换了名刀，预选复活甲，最后一波了。

对面三个人在水晶前分开守家。

有鬼谷子，他们不能离得太近，但这就造成很容易掉队，只能往后退。

陈津白眸中闪过碎芒道："直接上。"

方明朗语速加快："YU显然打算直接结束比赛，小辉往后退了！但White直接换了他，小辉死在了泉水前，White真是太凶了！他们打野还差四秒复活！"

他看向随宁，将最后的机会留给了随宁。

还有一个小兵没被清掉，随宁看着水晶的血量一点点降低，提高了音量："让我们恭喜！YU！"

水晶炸裂，胜利的音乐响起。

还差一秒复活的OET打野捶了一下桌子。

随宁的声音有点儿抖，她抿住唇道："恭喜YU获得第十届KPL职业联赛总冠军，英雄归来，他们值得。"

场馆内几乎是爆破的尖叫声。

庄帆一把抱住陈津白道："哥！赢了啊！！！"

随宁取下耳麦，再也忍不住，看着YU的队员们站上舞台，站在了冠军奖杯前。

"太好哭了！"

"呜呜呜，英雄归来，我就知道！"

"前两年我一直没脱粉，YU 终于没让我再失望。"

随宁的耳朵疼得厉害，好像快耳鸣了，但她挺开心的。

台下周纯发微信："搞快点儿！！"

夏白薇眼神复杂，拿着话筒站在几人边上，深吸一口气道："恭喜 YU，White 作为新上任的队长，拿下第一个冠军，现在有什么感言？可不能只说几个字哦。"

台下有人大叫，有人让他多说两句话。

偶尔嘈杂，偶尔安静。

陈津白沉默了几秒，而后缓缓开口，丝毫不在意接下来的话会造成什么影响。

"先前答应了随随，拿冠军。"

"她以女朋友的身份，和我一起。"

陈津白说出"随随"两个字，场上就尖叫起来。

几乎人人都知道他俩之间有那么点儿关系，但官方不给解释，又没有一起秀过恩爱。

直播间弹幕刷屏，看不清内容。

"啊啊啊！"

"好苏！啊啊啊！"

"我才刚粉上，就有嫂子了？？？"

"呜呜呜，女朋友，随随敢不答应？！"

导播也不知道是不是故意的，镜头忽然转到了解说台上。

随宁看到自己出现在屏幕上，一愣。

这下被所有人看到自己面红耳赤了！随宁能看到陈津白也看向自己，脚趾都忍不住蜷了蜷，心尖酥酥麻麻的。

她是提前有准备，但这一刻，准备毫无作用。

好在镜头很快转回去，但随宁羞赧到雪白肌肤通红的脸还是被人截图下来，几分钟后发到了网上。

现场观众们更为激动，好大一个恩爱。

有女友粉失落，但更多的是看热闹的和起哄的，从众心理下，反应会逐渐趋同。

一下台，YU几人都跳来跳去。

"哥！你也太大动静了吧！"

"随随还没说答应呢！"

"我要是随随，肯定答应啊，偶像拿冠军和我表白，人要晕过去了，好吗！"

陈津白无语地推开他们。

他想起刚才随宁乖乖发愣的样子，唇角轻扯。

"好啊，我知道了，你是一直紧张这个是吧。"方明朗得知真相，"难怪一定要解说总决赛！"

随宁双手合十道："方老师，放过我吧。"

她乖巧求饶，方明朗哪里生气得起来。

"我又没生气，年轻人真是太冲动了，但很热血。你是离开还是和我们一起去恭喜YU？"

"我才不走呢。"随宁嗔道。

方明朗怕她恼羞成怒，没再说，笑着带她一起去后台，同行的还有其他人，随宁作为小辈，又是刚刚风波的当事人，理所当然地遭到了调侃。

她也不还嘴，只是弯着眼，听他们说。

然后再偷偷落后一点儿。

随宁心跳飞快，从没降低过速度，越接近YU休息室，跳得越快，鼓点密集。

前面，方明朗他们已经敲门进去。

"恭喜啊，White不在？"

"庄帆，你是不是哭了？"

"才没有，别造谣。"

随宁停在门口，陈津白不在，她干脆暂时不进去，打开微信，打算问问。

她往边上的转角走，猝不及防，迎面撞上陈津白。

陈津白的队服解开了，松散恣意，他眉宇间是难以掩饰的少年意气，热烈张扬。

他将她拦在原地，角落无其他人，只有他和她。

陈津白倾身靠近她，忽然问："现在呢，还想好聚好散？"

自从他将她堵在原地，随宁就只能靠着墙，脸上的温度一直在上升，到他开口。

明明就几个字，被陈津白说得那样动听。

随宁在心中大呼，自己不能这么尿，这可是他自己递上来的把柄，应该她反客为主才对。

她鼻尖耸了耸道："我没和你说过好聚好散呀？"

随宁装乖可是有本事的，晶亮的眸子看着他。

陈津白心思一动，伸手捏了下她的鼻头，很小巧白皙，和他的手指对比。

"还装？"他说。

说到这儿，他也觉得戏剧性蛮强的。

或许，从一开始，他们的缘分就注定了。

随宁实在想笑，耳朵却热得厉害，尤其是他说话的时候，"哥哥，你就不心虚吗？"

陈津白想了想："有点儿。"

如果不是害怕告诉她，她可能会后退，他也不会一直没有说。

随宁"噢"了声："那你还这样和我说话。"

陈津白乐了："那怎么说？"

随宁认真说："我得好好想想。"

好不容易有个机会，怎么能放过，自己的暗恋全被他知道，地位可是不同。

陈津白就知道她没那么简单回复。

不远处传来方明朗和庄帆说话的声音："随随呢，之前不还跟在我后头，走了？"

"我哥到现在也没回来，他俩不会偷偷去约会了吧？完了呀，待会儿还有采访呢。"

两个当事人都没说话，安静地对视，一直到随宁开口，声音放轻："他们说，你在和我约会。"

当着他面这么说，她有点儿害羞，嗓音也跟着软了许多。

陈津白喜欢极了，但他一贯克制，今晚才外露些许，他放低声音，问道："不算？"

随宁撞进他黝黑的眼眸。

她想起很久之前，微信上关于"约会"的聊天，那时候说，绯闻约会也算，现在却不是绯闻了。

他在总决赛的舞台上，在所有人的注视下，让她以女朋友的身份和他一起拿冠军。

随宁粲然一笑道："算啊。"

视线中是她白皙的脸庞，陈津白甚至能看到那双黑葡萄里自己的倒影，他喉咙动了动。

他微微偏过头道："回去吧。"

随宁听到了自己放大的心跳声，她刚刚被他看着，差点儿以为他要亲自己。

等走回去时，她脸比之前还要热，要不动声色地深呼吸好几次才能缓解。

休息室的门大开着。

两人甫一出现，YU的成员们就叫开了："庄帆，还真叫你猜对了，果然在一起！"

"哈哈哈，不知道偷偷去哪里约会了。"

"过了今天，有的是时间啦。"

随宁绷着脸，才能稳住自己，瞪了眼庄帆。

休息室本身就不大，站了这么多人也有点儿挤。

蒋申这会儿正春风得意，不时接到电话，哪里还顾得上陈津白表白的事。但每个打电话的人都会问一句："White表白成功吗？"

他们都看了直播的，而且这时候热搜都上了。

蒋申太阳穴一跳一跳的，毫不客气地说："你说成功没成功，都出去约会了。"

听得一清二楚的随宁："……"

因为还有采访，所以他们没留多长时间，出来时，方明朗问："这么轻易就答应了？"

随宁叫了句："……方老师。"

"要我说，就得让他追一段时间，今天刚拿到冠军，又让他拥有女朋友，双丰收，我嫉妒。"

"……"

方明朗说："当初我追我老婆追了好久呢！"

他就是羡慕，好好的一个小徒弟，还没带多久呢，就成了别人的女朋友。

他和蒋申关系好，去过 YU 基地无数次，对于陈津白，不说非常了解，但也很熟悉。

陈津白看起来冷情，偶尔还毒舌，谁承想他会有今天的样子。

方明朗又看向随宁，乖乖糯糯的，两个人怎么就凑到一起去了，真是未解之谜。他们认识也没多久吧？难不成还是自己带她去 YU 基地促成的？

随宁还不知道他脑补这么多，兜里的手机在一直振动，她拿出来，上面是宋云深的电话。

她脸都皱了。

该不会是知道发生了什么事吧？

随宁这时候真不敢接宋云深的电话，他如果是为了表白一事来的，肯定正火上头。

她挂断电话，然后发消息给他："我还在现场，要晚上才能接电话啦。"

宋云深一看到这个"啦"字就知道她心虚。

十分钟前，有几个交情较好的公子哥儿打电话给他。

"云深，我记得你妹妹是在玩主播的吧，我好像在热搜上看到她了。"

"有人向她表白哎。"

就连最新的合作对象都委婉地过来询问："宋总，热搜上那个是不是你妹妹啊？"

热搜？

宋云深当即去热搜看了一眼，果然看到了"随随"两个字。

一点开话题，热搜里面还不是直接写她的，而是一个视频，他拧着眉打开。

"呜呜呜，好像小说情节。"

"随随是谁啊！路人进来都觉得好甜！"

"指路……"

"我嗑的 CP 没有白嗑啊！！"

宋云深记得陈津白，孙钰之前就提过。

早在之前，随宁就和他有交集，还有绯闻，不过那时候，他没有当一回事。一段时间没看，就发展到这样了？

宋云深瞧着这视频就不高兴。

被随宁挂断电话后，更是怒到了极点，还好她知道发微信过来，说了个借口。

宋云深想了想，决定告知家里这件事。

"什么？恋爱啦？"那头的中年女人高兴道。

"……？"

"和哪个男孩子啊？"她问。

"一个打游戏的。"

"打游戏？打什么游戏的？随随网恋吗？"

"……那倒不是，一个职业选手。"

虽然他们的母亲还不清楚职业选手，但也猜到大概意思："不是未成年和老男人就行。"

"……妈，您在说什么。"

"我说随随动作比你快多了。"她啧啧两声，"随随都大学了，你操心那么多干吗？"

"她才十九岁。"

"十九岁谈恋爱刚好啊！我去看看随随男朋友是什么样子的，云深啊，你也老大不小了，你看什么时候带个女朋友回来给我看看……"

宋云深感觉这操作失误了。

他按了按眉心，找借口挂了电话，长出一口气。

逼婚，真是永恒的矛盾。

原本总决赛的热度就高，现在又爆出了表白的事，一大拨人顺着链接拥入了直播间。

官方你看看我，我看看你。

"还真没选错……"

"随随当初是不是就知道这事啊？"

当时随随说自己可以，列了好些理由，还经得起他们的考验，非要推迟上。

他们还害怕总决赛会出意外，结果意外没出，流量大增。

陈津白并不是明星，也不是爱豆，在总决赛上宣布恋爱，是会被恭喜的事。

当然，也有一些接受不了的女友粉在超话里要脱粉。事业粉表示无所谓，随随技术好长得漂亮，又没有绯闻，而且不作，还是学霸，听说家世好像也不错。

——该不会他们 White 配不上随随吧？

她们仔细对比了一下，觉得这个担忧是正常的，White 现在就只有冠军。

陈津白长草的微博底下，瞬间多了不少评论。

"宝，好好把握。"

"好好挣钱啊，拿第一有奖金！"

"我好担心你没钱养随随。"

"万一随随买裙子你都没钱，怎么办？"

随宁的粉丝看得哭笑不得。

馆内还在进行赛后采访。

周纯一直等在观众席上，冲出来的随宁招手道："宝贝，现在心跳怎么样，需要急救吗？"

随宁戴了口罩，怕被围住。

"你摸摸。"

"当众被表白，是不是要昏过去了？"

连周纯这会儿都十分心动。

不是心动人，而是单纯地心动这个行为，为好友开心，这样的场景是女孩子梦寐以求的吧。

尤其是随宁喜欢了陈津白那么久。

旁边人还好是个女孩子，听到声音一下子认出来，对于她们的话题脸红。

"随随，可不可以合照啊？"

随宁点头道："好啊。"

她取下口罩，和她自拍了一张，又重新戴上。

女孩儿心满意足，红着脸让出自己的位子道："我到我朋友那里去，你坐这里吧？"

随宁都来不及拒绝，她就飞速跑了。

她只好坐下来，看着台上的人，回答周纯刚才的问题："是啊，要昏过去了。"

随宁嗓音温柔："但不能，我还要和他一起。"

以女朋友的身份。

赛后采访的主持人其实想问绯闻八卦的，但克制住了，只问了一些平常问题。

陈津白作为今天发挥最出色的，又做出大事，成为焦点，自然是采访的重点。

比起之前，他态度很松。

"你们发现没，White 今晚笑的次数不少。"

"拿冠军，还有女朋友了，不然哭吗？"

"随随呢？说好的一起，怎么不上台？"

"White 话多了。"

"老婆在看，必须多说话！"

采访时间不长，YU 几人没从停车场直接离开。他们是从外面走的，周围还有没有离开的粉丝，欢呼声一直没停过，这里灯火通明。

庄帆贴着窗户道："里面肯定有我粉丝。"

段归毫不留情地戳破他："百分之九十都是白哥的粉丝，剩下的还有一半战队粉，再剩下的咱们平分平分差不多。"

"段归！你是叛徒吧？"

"我微博好几百评论是假的吗？"

"你自己看看多少在问白哥的，你心里没数吗？"段归笑起来道，"不过，从今晚开始，不一样了。"

几人看向外面，他们的粉丝会越来越多。

现在已经算夏天，天气热，开着空调吃火锅正是最舒服的时候，蒋申一早定了家火锅店。

赢了，就当庆祝；输了，就当安慰。

好险，他没有输。

陈津白坐在最里面，低头发微信："庆祝，来不来？"

随宁当然想去："合适吗？"

陈津白瞧见这行字，唇边轻扬，发了条语音过去。

几秒后，收到语音的随宁心怦怦跳，从周纯那儿借来了耳机，她要单独听。

"作为家属，当然合适。"

男人的声线低沉，却又含了丝温柔。

随宁将要溺死在这浅浅的温柔里，无法自拔。

火锅店距离场馆并不远，主要是可以有包间，对今天的他们来说，最合适不过了。

"随随来了哦。"庄帆趴在窗口道，"这里。"

随宁一上车，段归有眼色地指了指后面道："喏，后面特地留给你们的。"

他们做出给嘴巴拉拉链的手势。

随宁好笑道："我又不是第一次认识你们。"

"那不一样，身份不一样了，以前还能做粉丝，以后得叫'嫂子'了。"韩同促狭，"嫂子好。"

四个人齐齐叫"嫂子"，声音洪亮。

随宁还没经历过这阵仗，忙不迭地走到了后面，这谁顶得住四个大男孩儿的调侃。

陈津白坐在那儿，耳机线还搭在衣服上道："过来。"

随宁坐到陈津白边上，窗帘拉着的，只有车里的灯亮着，她拿出糖，说道："周纯买的，要不要？"

据她意思，美其名曰"喜糖"。

随宁没理会她。

"嗯。"

陈津白不动声色地将眉头舒展开，剥开糖，还行，是他可以忍受的甜。他虽然不吃甜，但这是她给的。

一如许久之前的桃味蛋糕。

到火锅店时，几个人全都放飞了自我。

肉是点了好多盘，别提其他的，蒋申只申明不准浪费，其他的一概他们自己选。

庄帆叫嚣着："我要喝白的！我肯定酒量特别好！"

关新正在吃店里的水果，不想说话，旁边的段归和韩同一唱一和："吹牛倒是特别好。"

"你就喝点儿白开水吧，弟弟。"

庄帆："？"

他将目光扭向陈津白，陈津白想了想道："你喝啤酒。"

庄帆蔫了，过了一分钟，又活蹦乱跳。

随宁看着，用手机给他们拍了一张照。

少年热血扑面而来，会为了一次输赢哭或笑，在以后，这会是最珍贵的一段记忆。

啤酒上来了不少。

陈津白倒了一杯，随宁放下手机，也将自己的杯子递过去道："哥哥，我也要。"

"你也要？"陈津白问。

随宁软软开口："不可以吗？"

陈津白将啤酒瓶放下，认真问："你酒量怎么样？"

随宁眨眼道："很好啊。"

其实，她只喝过几次气泡酒和葡萄酒，还是周纯买的，其他的酒还没机会尝试。

既然庆祝，喝一点儿应该没事。

之前不知道谁点的酸奶，陈津白拿过来，放到她面前，提醒她："我不是正人君子。"

Chapter 19

永久占有

> "我给这次心动限了时，可是被陈津白改成了永久。"
>
> 安静许久，陈津白开口："我想，陈津白一定很荣幸。"

随宁一愣，而后明白他的深意。

这么张扬，她耳郭泛红，在店内光线下，像一只刚成熟的水蜜桃，香甜可口。

"哥哥是流氓吗？"随宁问。

周围庄帆他们都还在说话，她却和他在这里调情，让她回想起高中，有些同学就是这样谈恋爱的。

"不介意当一个。"陈津白含笑。

反正现在是正大光明，有合理身份。

随宁张了张嘴，还是没想出这话该怎么接。

陈津白垂眸看她，眼里闪过笑意，替她拧开了酸奶盖道："喝吧，小朋友。"

小朋友？

之前还叫小狐狸呢。

以前随宁见过这些称呼，还觉得他们情侣真腻歪，可是自己男朋友叫起来，就觉得好甜。

她故作冷静道："我可不是。"

但随宁手却接过了酸奶，陈津白还插了一根吸管。两个人坐在角落里，和其他人的热闹完全不同，他们也完全没有过来打扰的意思。

吃到一半，随宁想起来自己好像忘了给宋云深回消息。她暗道不好，给他发消息："哥哥晚上在家吗？"

宋云深："不在。"

随宁一猜就知道这是假话，这个时间，他肯定不是在应酬，他每天都会按时回家的。

她说："你接我回家。"

过了会儿，宋云深回复她："男朋友干什么吃的？"

随宁没忍住笑出来，虽然是在毒舌陈津白，但又意外地符合了她的想法。

"笑什么？"陈津白问。

"我哥让你送我回家。"随宁一本正经。

陈津白挑眉，摆明了不信。

随宁看他警惕，翘唇道："我骗你干什么，你自己看。"

聊天记录当然不是那么回事，他一眼就能看出来。

损了一句后，宋云深又发消息："地址。"

随宁说："男朋友都答应送我了。"

宋云深："？"

随宁看了看陈津白，改口："还是哥哥来接我吧。"

宋云深心想这还差不多。

随宁把地址发给他，等他到这边估计他们也吃得差不多了，刚刚好。

"白哥，快来喝酒。"庄帆伸手。

陈津白没有扫他们的兴，随宁就坐在边上喝酸奶，吃自己的，不知不觉，他就喝了不少。

随宁甚少参加这样的聚会，即使她不说话，但氛围也让她开心，她希望以后可以每次都有这样的时刻。在如今的年纪，肆意张扬。

火锅吃得差不多了，大家一起准备离开，空气里满是火锅味，还带着点儿酒味。

随宁小声说："我去洗手间。"

这家店二楼人不多，大部分吃火锅要的是氛围，都在一楼，更何况，二楼还是包间。

洗手间在最尽头，还要拐个弯。随宁出来，在洗手台前面补妆，吃完火锅，自己的嘴唇都是红的，又掏出从桌上摸的陈皮糖。准备好了，她才离开。

一出门，就看到了靠在墙边低着头的男人，一条腿弯曲，侧脸精致清俊。

"好了？"他扭头。

随宁"嗯"了声，走到他边上，把糖给咽下去。

陈津白喝了酒，身上有淡淡的酒味，却不知为何不难闻，也许是她爱屋及乌。

"到这里来干什么？"随宁问。

陈津白从喉咙里溢出一声叹："等你。"

随宁心想洗手间有什么好等的，但这会儿刚谈恋爱，每一分钟她都觉得很甜。

"快回去。"

她就要从他面前走过，离着一步距离

"隔这么远？"陈津白忽然弯腰，贴着她脸颊，声音和呼吸一起流进她的耳朵深处，"上次不还偷偷占我便宜？"

一提到这事，随宁就怪不好意思的。占便宜还被发现，居然还记到现在。

"你再说？"她眯眼，作势要伸手捂住他的嘴。

"不说了。"陈津白十分听话，让随宁反而觉得不对劲，果然下一秒，他又开了口。

"不过要收回来。"

陈津白视线掠过她纤细的手腕，伸手抓住，将她顺势往怀里一带，轻而易举制住她。他低头，温度微凉的薄唇落在她的唇瓣上。

随宁都来不及反应，清清浅浅的吻令她意乱神迷，却又在不久后渐深，长驱直入。她尝到了一丝酒味，还有清淡的甜味，好像是她之前给的糖果。

周围亮着暖黄的灯，光晕笼罩住两人，随宁伸手抱住他的腰，几乎要喘不过气来。

好像无数次幻想的情节成了真。随宁自觉是个普通的女生，在暗恋一个人的时候，想过和他谈恋爱，想过和他接吻。

甚至也想过将来。现在一切都成了真。

不远处，忽然响起脚步声。随宁迷蒙的神思清明了一瞬，推了推陈津白，可他好像没听见，反而趁机攻城略地。脚步声越来越近，她也越来越紧张。直到陈津白蓦地松开她。

随后，一个穿着高跟鞋的女人从转角处走来，随意地看了两人一眼，然后进了洗手间里。

随宁还没这么心惊肉跳过："陈津白！"

"嗯。"他应了声。

这还是随宁第一次当着他的面叫他的本名，怪好听的，是他喜欢的声音。

"你肯定喝醉了。"随宁捋了下头发。

陈津白笑了声，道："啤酒怎么会醉人。"

两个人一起回去，其他人还在包间里，临开门的时候，他忽然凑近她耳朵道："刚偷吃糖了？"

"……"

门被推开，吵闹声四溢。

"白哥，你可算回来了！"

"我们准备回去了，随随，你今晚回哪儿？"

"蒋哥先去结账了，马上就回来。"

随宁尚且还在陈津白那一句"偷吃糖"里，颊边如补了腮红，添上一抹姝色。

他怎么知道她吃了糖？亲出来的？

随宁几乎要晕厥，陈津白肯定是故意的。

"随随——"

随宁回过神，回答他们的话："啊，我哥过来接我。"

"噢，你有哥哥。"庄帆醉呼呼道，"我也有哥哥，我有四个哥哥，一个两个三个两个……"

随宁惊了道："他酒量这么差？"

陈津白想了想，道："可能是第一次喝吧。"

随宁真没想到，庄帆还真挺乖，也可能是基地里管得严。

"你哥到了？"他问。

"到了。"随宁打开微信，宋云深两分钟前发的消息。

众人一起下去，几个喝了酒的男孩儿在那里大声地聊着天，路过大厅时被蒋申训了一顿，才住了嘴。

一出门，随宁就看见了外面的车。

她扭头，抬起下巴道："那我走啦。"

陈津白说："好。"

随宁转身往那边走，才到车边，车窗就按了下来，宋云深看了她一眼，又看向她后面。陈津白和他对视上，轻颔首。

"还不上来？"宋云深说。

"小心我回去告状。"随宁威胁，"说你凶我。"

"……"

随宁上车后，探出头和他们挥手。

直到车子远去，庄帆搭上陈津白的胳膊道："这下是亲哥哥了，白哥，你什么时候才能送随随回家？"

陈津白收回目光道："有空关心这个，不如练练酒量。"

庄帆差点儿咬到舌头。

段归他们狠狠地嘲笑了他一番。

回去的路上，随宁悄悄摸了摸唇。一想到之前的吻，她就心尖酥软。

宋云深自然不知道，只是看她面上笑容满面，说："别人一说，你就同意了？"

"哪里有问题啊？"随宁问。

她故意说："哥，你不能因为自己没有女朋友，就不让别人谈恋爱吧？"

宋云深被气到。

随宁笑起来道："我都十九岁了，谈恋爱怎么了，妈妈天天都操心你，别人家这么大都有孩子啦……"

"……"

宋云深从没想过，她也能这么啰唆。

过了许久，车行驶到安静的路上，他才开口："你知道他什么家庭，家里人怎么样吗？"

随宁认真道："哥哥，我只是谈恋爱，你想的是结婚的要思考的问题。"

她知道他有个妹妹。妹妹性格那么好，和他关系也好，肯定他家里也不错。

"谈恋爱也要思考。"

"不需要，我和他这个人恋爱。"随宁弯唇道，"以后的事以后才知道，我只知道，现在我很开心。"

宋云深偏过头，余光看见她眼眸中星亮的光芒。

车内蓦地安静下来。随宁没听到接下来的话就知道他不会再问，低头回周纯的微信："我今晚不回去了。"

周纯震惊："？？？？？"

这才在一起第一天……

随宁一看这好几个问号就知道她肯定是想歪了，连忙回："我回我自己家。"

周纯："吓我一跳，我正打算提醒你安全措施呢。"

随宁嗔她："想什么呢！"

周纯却来了兴趣："什么什么，这不是情侣间很正常的事吗？害羞干吗？试试陈津白技术怎么样。"

"男人都是下半身动物。"

随宁同意这句话，但是对上一句并不回答，而是说："我们今晚接吻了。"

和好友说起这个事，她一点儿也不害羞。

周纯问："怎么样？"

随宁抿了抿唇，什么也没说："我觉得你可以试试。"

周纯发了个白眼。别看她在学校里人缘好，追求者一大把，但真正恋爱，一次也没谈过，她觉得学校里的男生都不咋样。

长得好看的太油腻，长得不好看的她不考虑。

这会儿周纯又羡慕起随宁来："我也好想体验一下，又是公开又是接吻的！"

随宁提醒她："你去找人。"她忽然想起来，"前两天官方那边有甘灼的照片，就是他吧，真好看，年轻有活力。"

周纯："？"

随宁和她提了一嘴，RX 应该再过不久就可以进入 KPL 队伍了，到时候不会是现在这样没什么人气。

手机又振动了一下。是陈津白的消息："到了吗？"

随宁："没有"。

她想起之前拍的照片，发给他："你看，你们的眼睛里是不是都有星星？"

是胜利的光。

还有自信的光。

陈津白点开照片，注视了许久，点了保存。

随后，随宁关注的 YU 的官博就发了这张照片："今晚，他们是这片夜空下最明亮的星辰。"

短短几分钟，评论迅速过千。

"啊啊啊！拍得好好！"

"明明那么开心，我却落泪了！"

"我等 YU 等了两年，谢谢你们一直没放弃，以后我还会继续陪你们走下去的。"

"问题来了，照片谁拍的。"

"福尔摩斯来了，最右露出来的是一个包，没记错是小香的款，YU 我记得没有女领队经理吧？"

"除了随随，没有别人啦！"

"女朋友一起去，White 是不是快要开心死了！"

"别的不说，嫂子拍照挺好，以后可以多拍点儿吗？"

"我不介意天天看你发十条微博，@随随，可以勤快点儿去 YU 基地吗？"

随宁很快就被抓了出来。

她干脆直接转发了这条微博，没有多说什么，只是放了个微博自带的表情。这也没什么，问题出在两分钟后。

周纯一个电话打过来："姐妹！你火了！"

随宁刚到家，正在换鞋，闻言说："我一直很火，你在说什么屁话，看看我粉丝量。"

"屁，陈津白那么骚吗？"周纯怀疑。

"什么？"

"你上微博啊。"

自从上热搜后，周纯就在看今晚 KPL 的事，还点赞了随宁的微博，又刷到了别人的截图。

随宁以为有什么大事，电话都没挂，直接上了微博。

原来是陈津白转发了她的微博。

公开了，这很正常，问题是他一个常年不发微博的人，用了微博新出的表

情：[暖一下]

是两个人头凑在一起，上面有个爱心。

随宁先前回粉丝评论时还用过这个，但放在陈津白那里，就怪让人吃惊的。

"我文盲，有人可以念给我听吗？"

"念不出来，我可以表演一个。"

"White……你变骚了。"

"我当你在暖一下粉丝。"

"这是随随发的吧，一定是！"

随宁：？

怎么就是她发的了。

她截图这条给陈津白："有人造谣。"

陈津白漫不经心："你可以辟谣。"

随宁发了个噢，又发："男朋友为女朋友辟谣不是应该的吗？"

陈津白觉得她说得有道理："好的。"

过了片刻，发评论的网友收到了一条回复，她没在意，以为是其他粉丝赞同她的观点。

打开后，她尖叫出声："啊啊啊！"

White居然！回她了！

就是这话好炫耀！！

"她说不是她。"

这条评论很快被人注意到。

一个又一个问号发出来，表示粉丝眼里，陈津白以前高冷的面具被摘掉。原来恋爱后的White是这样的人。可对上视频里他的脸，好像又不违和。今晚很多人注定无眠。

随宁洗漱完爬上床，催促陈津白睡觉，因为他今天喝了酒，虽然只是啤酒。

陈津白倒是听了她的话。

随宁自己毫无睡意，去逛微博和贴吧。今天发生的事太多了，让她亢奋。

一直到深夜，周纯逛完微博。她发来一句感慨："随随，真奇妙，几个月前你天天和我说陈津白时，他们的粉丝都没多少，我记得你还说过你是第多少个粉丝来着。"

周纯那时候偶尔看两眼，也没开始打《王者荣耀》，都没注意。

她以为随宁睡了，其实没有。随宁认真地看完了周纯的话，心中五味陈杂，又是酸涩，又有骄傲，她认真回复："**现在，万众瞩目，光芒万丈。**"

随宁发出去后，躺倒在床上，随后登录了游戏，她现在的状态，可能要输两局才能安稳去睡。

她登录了一个小号。才刚上去，就收到了一条组队邀请。随宁打眼一看，是 Black，她曾经吐槽过的，和陈津白的 White 相对应的 ID。

现在再看到，她笑了两声。当时他肯定是故意改的。

随宁同意了，进队后开麦问："不是本人？"

YU 基地内，今晚灯火通明。陈津白靠在沙发上，听见她的询问，开了麦，轻笑问："听说，你对我动心了？"

随宁心跳漏了一拍，弯唇："是啊。"

甜蜜渐渐流淌在无形的网线中，她的声音越加温柔："我给这次心动限了时，可是被陈津白改成了永久。"

安静许久，陈津白开口："我想，陈津白一定很荣幸。"

随宁"嗯"了声，开了游戏，也没问他怎么没睡，或者怎么知道她会登录游戏的。

进入游戏后，她忽然想起很久很久以前，问道："那时候，你为什么让我别说话了？"

语音中忽然沉寂下来，过了片刻，随宁听见陈津白的清沉嗓音："大概是因为……"

他好似在她身侧，在她耳畔，附耳回应："我忍不住。"

随宁心脏战栗。

随宁和陈津白深夜双排的事被传了出去。

这事还是因为随宁自己的粉丝，看到了她半夜打游戏，一打开看，里面有一个黑。

黑对白，那不就是 White 吗？

"这名字为什么这么好笑？"

"哈哈哈！Black。"

"不会吧，不会吧，还有人不知道 Black 就是陈津白吗？"

网络上人人都是福尔摩斯，再加上今晚大家都兴奋得睡不着，一看到截图，正是深夜吃瓜的好时候。

博主特地记录了每局的情况。

他们玩的是匹配，并不是排位，队友和英雄都很随意。

第一局，陈津白乱杀赢了。陈津白今晚喝了点儿酒，虽然不醉人，但确实比平时要冲一些，再加上女朋友在队伍里。谈恋爱第一天，女朋友被杀了，自然要报仇。

随宁这次玩的是嫦娥，可巧对面有吕布和伽罗，而且伽罗还走的中路，和她杠上了。

虽然随宁就没抱着要赢的心态打游戏，但和他确定关系后第一次双排，总要有点儿与众不同。

"哥哥，你去杀了伽罗，好不好。"她娇声撒娇。

以往，随宁会说：伽罗又怎么样，她杀过的伽罗可以绕峡谷好几圈。

陈津白勾唇，道："好。"

他玩的打野，切这种没有位移的射手最容易。

随宁得手一次，越发得心应手，进而得寸进尺："哥哥，我还想要红 buff。"

她补充："要对面的。"

两个人去对面红区蹲着，对面射手复活来打红 buff，还没用技能就惨死当场。

随宁愿望实现。

匹配的对手段位是不固定的，有很厉害的钻石，也有很菜的王者，偶尔都不喜欢常规操作。

快要结束这局时，队友纷纷点赞，他们虽然没看到这两人的情侣关系，但就这战况，必定是热恋小情侣啊！对面伽罗头都被打飞了。

网上也很热闹，因为第二局战绩太可怕，随宁乱杀，人头都在她这里，而陈津白全是助攻。

"White 是不是被女朋友哄到不认识东南西北了。"

"哈哈哈！二十五个助攻！怎么回事！"

"这是打野吗？这是辅助！"

"惊！KPL 新晋野王改行当辅王。"

第三局更是惊掉别人眼球。随宁和陈津白是辅助和射手，全队二十几个人头，只有八个和他们相关。

"游戏与我无关。"

"这都能赢？"

"梦游峡谷谈情说爱。"

随宁和陈津白玩了三把，时间已经接近凌晨。陈津白取消匹配，道："去睡觉吧。"

随宁压根儿就没有睡意，但确实时间不早了，乖乖应道："好，晚安。"

说过无数次"晚安"，都没有这一次甜蜜。

退出游戏后，陈津白揉了揉太阳穴。

"哥！哥！看我合照帅吗？"庄帆举着手机跑过来道，"你也和我拍两张，和这个一起。"

奖杯自从拿回来，就一直没安稳放过。

"不错。"陈津白说。

庄帆十分惊讶，因为这要是平时，估计只说最普通的话，说不定还会毒舌他。

"果然谈了恋爱的人就是不一样。"他啧啧称奇。

陈津白瞥他，道："你又懂了？"

庄帆理直气壮道："没吃过猪肉，也看过猪跑吧。"

陈津白只是睨了他一眼，起身离开了位子。

第二天随宁是被电话叫醒的。这次还是久未联系的包尚打来的电话："宝，你昨晚是不是和 White 一起双排了？"

她还没清醒，问道："什么？"

"和 White 甜蜜双排！昨晚！现在全世界都知道了 White 有个小号叫 Black。"

听起来怎么那么好笑呢。随宁清明不少，问道："情侣双排怎么啦？"

包尚听她这语气，酸得很："果然，和偶像在一起了，说话都底气十足了。"

随宁"扑哧"一声，道："有事说事。"

"是公司让我问你，就那个你现在的热度，还有 White 的，公司这边想让你们一起直播双排，或者是做做其他活动。"

包尚实话实说。商人见到的是利益。

随宁躺在床上，窗帘拉着的，房间里一片漆黑，她闭着眼道："White 那边呢？"

"没呢，那边不是我问，好像还没问。"包尚说。

"噢，那你们问了再说。"随宁道。

她自然不会替陈津白做这样的决定，更何况，她和"天空直播"仅仅只是有着直播签约关系。

包尚早就清楚她的回答："我会和公司提的。"

挂断电话后，随宁就没了睡意，一骨碌坐起来，又重新拿起手机，现在是上午九点。还不算太迟，她打算给陈津白发消息。

"早"这个字在对话框里被随宁删除。

既然都已经是男朋友了，以女朋友的身份勾引勾引，不过分吧，她清清嗓子，发出语音。

YU 基地此时十分安静。几乎通宵的几人和工作人员，一直到凌晨四五点才睡，这会儿都还在睡梦中。

陈津白第一次任由他们胡闹，固定的生物钟被打破。十点多时，他才堪堪转醒，不甚清醒地打开手机，一夜过去，未读消息很多。

最上方的是随宁一小时前发的。他伸手点开，播放语音。随宁的声音仿佛带着清晨的露水，晶莹剔透，如同叫声鸣脆的鸟儿，清晰地从手机中传出来。

"哥哥，该起床了哟。"

陈津白的脑海一下子清明起来。他睁眼，看向屏幕。

随宁在学校上课的时候，收到了一条语音消息。看到发送人是陈津白时，她心不可避免地多跳了两下，他应该是刚醒，会回什么？

现在是上课，不能播放。随宁心痒难耐，灵机一动，碰碰周纯，小声询问："宝贝，带耳机了吗？"

"带了啊。"周纯递给她，仿佛知道她想干什么，"好学生，上课做其他的事？"

"说得好像你在看书一样。"随宁不客气。

这节课是选修课，周纯看的是下午的专业课。

周纯撇嘴道："你现在比以前能说多了。"

随宁戴上右耳的一只耳机，刚好今天散着头发，挡住了莹白的耳朵，不会被发现。她期待地点开语音。

"怎么醒得这么早？"

熟悉的低沉男声从耳机里传出，直直地往她的心底钻，带着男人刚睡醒的微哑。难以掩饰的性感。

随宁握着笔的手在书上画出一道浅浅的痕迹。

怎么这么好听，又勾引人。她分辨不出来陈津白是故意的，还是真的刚醒，十分自然的沙哑，让人幻想声音的主人此刻的模样。随宁耳根滚烫。她又播放了一遍，加大了音量，这一次，就好像陈津白贴着自己耳朵说的。随宁脸颊也红了。半天，她才呼出一口气，将将从这个氛围里脱身出来。

随宁取下耳机，回答他的问题："在上课。"

回复完，她关闭屏幕，抬头看讲台。只是再怎么样，被诱走的心神也难以集中，随宁深深庆幸还好这是无关紧要的选修课。

没过多久，手机振动一下。

陈津白："乖乖听课。"

随宁觉得他变了。和以前的陈津白不太一样。大概是戳破了两边的马甲，对各自的性格都一清二楚。他们的相处和以前截然不同。

他知道她装乖，她知道他没那么正经。不过这样也合随宁的心意，不可能一直蒙着一层面纱和他相处，他们是谈恋爱。

正好下课铃声响起，周纯连声："哟哟哟。"

明明她没说什么，随宁却觉得羞赧，瞪了她一眼道："你赶紧看你的书吧。"

"下课了，不看。"

"……"

"你现在和之前状态可完全不一样。"周纯说。

"肯定呀。"随宁歪了歪头道，"现在叫人生赢家。"

周纯："……"

真好意思说。

下午两节课后，随宁接到了陈津白的电话。

"今晚有聚会，来不来？"他问。

"昨晚不是才有吗？"随宁迟疑。

也不知道是怎么的，她听到了庄帆放大的声音："蒋哥是不想出钱了，但是昨天半夜太激动，一被怂恿，就又同意了，酒醒之后一直在说后悔呢。"

随宁笑了，道："你们逮着他一个人薅。"

庄帆嘻嘻笑，赶紧跑走。

两个人又说了会儿，随宁挂了电话，庄帆又凑过来问："随随来吗？她说了什么？"

陈津白看也不看他，随口说："小孩子不要问题那么多。"

庄帆："……？"

谈恋爱了不起哦？

过了会儿，陈津白去大厅的时候，就听见他在造谣自己："你有没有觉得，从昨天开始，白哥就跟换了个人似的，他不是被谁魂穿了吧？"

段归回道："可能太兴奋了吧。"

韩同点头道："原谅他第一次恋爱，初恋嘛，亢奋。"

"说起来真是，白哥这么帅，居然才第一次恋爱，啧啧，说出去谁信啊。"

三个人在那里聊得开心，一扭头，对上面无表情的陈津白，心都被吓飞了。

"……哥。"

陈津白直接从他们面前走过。

几人松口气，几秒后，他又忽然回头。

陈津白说："把你们衣服收了，乱糟糟的。"

他离开后，庄帆他们面面相觑，果然，人都变温柔了。

挂断电话后，随宁就往目的地去。

她能理解他们的放松状态，时隔许久的冠军，值得放肆两天。过了这一刻的放纵，他们就必须再度认真起来，面对接下来不久的比赛。

压力从不会消失，反而会一直存在。

随宁比谁都清楚，没拿第一的时候，为了第一而努力，拿了第一，为了卫冕，为了满贯……

为自己，也为粉丝。

随宁出了校园，这会儿太阳还没下山，依旧高悬，她抬头看了眼，眼睛微微眯起。艳阳高照，真是个好天气啊。

今天的人比昨天多了许多，还有基地的工作人员，也有青训的小孩子们。

这次吃的烤肉，蒋申包场了一家烤肉店，一楼大厅好几桌全是 YU 的人，还有其他人的女朋友。

随宁到的时候，里面正在聊天，吵吵闹闹的。

店内，灯光暖黄色，空气中弥漫着五花肉被烤炙的香味，偶尔还能听见油的嗞嗞声。随宁并不讨厌这种吵闹，反而很喜欢，她目光一转，看见了窗边的陈津白。今天没穿队服，而是常服。随宁其实很少看见穿常服的陈津白，他衣品很好，再加上本身是个衣架子，简素的 T 恤都能穿出潮流味。

似有所觉，他抬头。

站在过道上的女孩儿抿唇浅笑，陈津白仿佛看见了当初第一次见面，他拿了她的奶茶。也是在烤肉店里。

随宁走过去，路过的人都和她打招呼，有叫"随随"的，有叫"嫂子"的，五彩纷呈。

陈津白边上留了个位子。

"书呢？"他问。

"被周纯带回去了。"

他坐在最里面，外面有人，随宁干脆打算跨过长椅进去。

但人是进去了，却没有站稳，歪了歪身体，手下意识地按着陈津白的肩膀固定。

夏季衣裳单薄，她指尖能触到他的肩胛骨。

陈津白靠在边上，笑着看她。

"又想占我便宜？"

随宁脸热了热，没松开手道："那又怎么样？"

反正他们现在都知道对方是什么真面目了。

陈津白想了想，道："不怎么样。"

随宁坐下来，他给她夹了剪好后烤熟的五花肉。

"会长胖的。"她小声道。

昨天吃火锅就她吃了不少肉，今天又是烤肉，烤肉烤肉，不吃肉，一点儿灵魂也没有。

"不会。"

陈津白微眯眼，昨晚的手感似乎还残留。

盈盈一握的腰肢，仿佛一掐就断。

随宁吃了几口，五花肉卷上泡菜，再用生菜包着，实在太好吃，她忍不住。

陈津白偏头看她小口吃东西。

好可爱。他又多投喂。

随宁拒绝道："够了。"

听到她的话，陈津白还没开口，后面的女生们就说话了。

虽然不是非常熟，但都在聊天，也认识随宁，还对随宁招手道："随随，过来吗？"

"我想和你合照。"

"我有好多话要和你说，悄悄话！"

她们的桌子就在后面，离得不远，随宁转个身，跨个椅子坐下来就行。

随宁抬手道："好，马上就来。"

她盘子里还剩下两块肉，又吃了一块，要吃最后一块时，忽然扭头道："你张嘴。"

陈津白看了看她手中卷好的肉，想到了什么，低笑一声，依言张嘴。

随宁慢悠悠地把肉递到他唇边，眼中闪过一丝狡黠，又缩回来，直接往自己嘴里送。

"哥哥是个大人了，要自己动手，才能丰衣足食。"

不想，还没到嘴边，手腕被抓住。

陈津白圈住她的手腕，倾身向前，看着随宁，眼尾一挑："真要我动手？"

那就不只这一点儿了。

> 随宁就知道他这个人很难被糊弄，还说她是小狐狸，他是老狐狸才对。

随宁直觉这话不对劲。

她迅速瞄了一眼旁边的人，虽然好像没人在看他们，但好像很容易被发现。

随宁眨巴眨巴眼道："这样不好吧？"

陈津白"噢"了声，道："哪里不好？"

随宁手还被他抓着，也不知道是不是她感觉错误，总觉得那里有点儿麻麻的。

"你松开。"

"我还没吃。"陈津白说。

随宁没辙，又怕被看到，后脖颈都温度升高，小声说："给你吃、给你吃。"她往他嘴边送。

陈津白觉得好笑，就着她的手吃了那块肉。

随宁很少观察他吃东西，她包得不小，但到他那里好像就只是一小口似的。

"好了。"她说。

随宁准备起身去后面桌子，一抬头，看到对面的庄帆不知何时在看着他们这里。

刚刚还在大吃特吃的庄帆眼睛都快瞎了。

没看错吧，随随在喂白哥？

等等，问题是，白哥吃东西还要人喂？

庄帆鼻尖全是烤肉的味道，但嘴里吃到的感觉是恋爱的酸臭味，曾经什么都不假人手的白哥居然也要投喂！

真可怕。

随宁一眼就看出来庄帆的表情，本来还有点儿被小屁孩儿看见的尴尬，但很快又被庄帆好好笑替代。

什么表情啊。

随宁去了后面那桌，和她们打招呼。

女孩儿们也是刚刚才凑到这桌的，之前都和男朋友坐一起，现在不想喝酒，只想吃烤肉，嫌男朋友们耽误她们吃。

"随随，坐这里。"

"之前一直想见你，但是老赶不上机会。"

有人问："你和 White 是什么时候开始的呀？"

随宁说："你们不都知道吗？"

"我不信是在总决赛上，你们的直播我都看了，一看就不是正常的双排。"

随宁无辜道："哪里不正常了。"

她那时候和陈津白最多算暧昧。

"我总觉得你们还有我们不知道的事。"一个女生露出神思的表情道，"直觉。"

随宁自然不会把替身的事说出去。

其实现在回顾，除了各自"社死"，也不失为他们之间的秘密和小情趣。

"White 会黏着你吗？"

随宁想了想道："不会。"

陈津白就不是这个性格的人。

闻言，好几双眼睛露出了失望。

随宁："……"

大家都怎么回事。

随宁喜欢漂亮女孩子，安慰她们："说不定过几天，他就开始黏人了，男人嘛。"

吹牛随口就来。

就在这时，她放在桌上的手机屏幕忽然亮起来，是一条新微信消息。

陈津白："过几天？"

随宁没承想这都能被听见，准备糊弄过去："什么？"

陈津白："原来你喜欢黏人的。"

随宁就知道他这个人很难被糊弄，还说她是小狐狸，他是老狐狸才对。

她干脆直接回复："真喜欢怎么办？"

随宁可不觉得陈津白会变黏人，人的性格摆在那里。

她放下手机，抬头继续和女孩子们聊天，等半分钟后，手机屏幕再度亮起。

陈津白："怕你受不住。"

"……"

受不住，他真敢说。

随宁偏了偏头，左后方的陈津白刚好被人叫着喝酒，丝毫看不出来刚才在发消息。

她脸有点儿红，这样偷偷摸摸，怪刺激的。

斜对面的女生瞅见，说："随随，要不你坐我这里吧，我这儿有空调，你脸都被熏红了。"

其他人附和道："是哦，好红，但是好可爱。"

"我倒是没感觉到热。"

"每个人的受热程度不一样吧，随随肯定怕热。"

"怕热"的随宁听着她们一句接一句，说不出话来，又被她们当成默认的意思。

总不能说是被男朋友撩红的吧。

烤肉吃完天已经黑了。

因为吃得多了，蒋申要他们自己走到地铁站去，别总想着坐车，不运动等着变胖。

随宁和陈津白走在最后。

晚间的风有些微凉，她想起包尚之前说的事："'天空'那边和你说了直播的事吗？"

陈津白"嗯"了声，道："双排是吧？"

随宁点头道："包尚和我说，我没直接同意，也没拒绝，他说那边会问你的意见。"

毕竟是双排，不可能一个人同意。

陈津白似乎刚想起来道："这个月的直播时长还没完成。"

随宁自然也是有时长规定的，不过，她每次都能完成，这个月的早就超额结束了。

他侧脸看过来道："同意吧。"

随宁说："那直播，好多话都不能乱说了。"

陈津白"嗯"了声，笑着问："你想说什么？"

随宁原本想的是普通的，被他这么一笑，有点儿想歪，摇头道："你想说什么。"

"噢。"陈津白停顿了一下，一本正经道，"还以为你要说什么别人不能听的话。"

"……"

随宁想着要扭转地位，问："什么叫别人不能听的话，我以前还叫'宝贝'呢。"

陈津白点点头。

然后在随宁的注视下，说："以后不准叫。"

随宁故意问："为什么？"

陈津白神色淡然道："你现在是有男朋友的人。"

自从确定关系后，他们之间说话比之前要直白不少。

随宁"噢"了声道："好吧，男朋友吃醋了，那不叫了，明天粉丝问起，我还要解释一下。"

陈津白见她点头确定，哑然失笑。

她还真会搞事。

回去之后，随宁和他就同意了和"天空直播"直播双排的事，时间是在两天后。

官方通知宣传时，不少人都表示期待。

以前看他们双排每次就一点点，这次是官方要求，最起码得撒点儿"狗粮"吧？

"想看 White 怎么哄女朋友。"

"这不是我们能看的吧？"

"能看女装吗？"

"？？？"

这消息一漏出去，庄帆满脸羡慕。

晚上他就找随宁一起上分："随随，你就这么抛弃了咱们的友谊吗？"

随宁问："看见我的 ID 了吗？"

庄帆疑惑："什么？"

ID 没什么啊。

随宁认真解释："'和哥哥上分'几个字还不明白吗？"

庄帆："……"

感觉被秀到了。

一局结束，他再也不想和她一起打游戏。

庄帆坐在陈津白边上，等到他这把巅峰赛结束，酸道："我也想和哥哥上分。"

陈津白稍偏头："我没有弟弟。"

庄帆说："你也没有妹妹，随随的 ID 改成了'和哥哥上分'。"

陈津白看着结算界面，声音一如既往地平静："这世界上还有种情侣称呼叫'哥哥'。"

"……"

真不要脸。

双排直播那天，随宁要露脸。

周纯也听到了这事，说："宝，支棱起来，闪瞎女友粉的眼睛，做到全场最美。"

随宁听话地点头道："好的。"

她原本不紧张的，毕竟之前他们就一起直播双排过。但两个头像一起摆在队伍里的时候，她看着自己改的 ID，就莫名其妙地心跳加快。

好像有点儿太明显了啊。

随即她又理直气壮，现在都公开了，在 ID 上示爱那么一下怎么了，她还没改情侣 ID 呢。

"哎？"随宁说着自己，把这事记住，以后改情侣名。

周纯当初处 CP 的时候，可是送花改名一条龙，就连头像都变成了情侣头像。

她和陈津白已经算低调了。

"怎么了？"陈津白问。

"没事。"随宁回。

他们这次上的是高星号，排位要匹配好久，再加上现在不少人都在打巅峰赛，人更少。

"'和哥哥上分'？'哥哥'是谁？"

"随随好像有个哥哥，我记得她说过。"

陈津白的直播间人很多，弹幕密密麻麻。

也不知道是怎么回事，他就看见了那条弹幕，轻描淡写地回复："是我。"

"？？？"

"什么是你？"

"哦？"

"这就是传说中的'情哥哥'吗？"

陈津白沉吟一秒道："是吧，要不然你问问她。"

屏幕前的网友们：

"？"

"我怎么感觉 White 好像换了个人。"

"他变骚了！"

"情哥哥都敢承认！"

"不是我说，真的有点儿太嚣张。"

直播间里议论纷纷时，游戏已经排进去。

随宁是刚改的 ID，还没人认出来，但陈津白的号是常用的 White，三楼就认了出来："White？"

陈津白回："？"

三楼："我是小辉。"

是 OET 的中路，他这次 ID 是"峡谷一枝花"。

三楼："好巧，这都能排到。"

陈津白礼貌地回了个"嗯"。

总决赛时，小辉接连被他抓了不少次，毕竟中单和射手是最容易被打野抓的。

小辉这会儿也在直播："太好了，还好不是在对面，我已经做好躺的准备了。

"这把我肯定很安全，你看帆船，每次都大大咧咧从草里走，我终于可以体验了。"

他也没看弹幕。

随宁坚持了一秒："我玩辅助。"

"？"

"不发战绩？"

随宁温柔道："我相信小辉的中单。"

"放屁。"

"你就是想和 White 连体。"

大实话能说但不能应啊，随宁说："不要瞎说。"

不过最后，她连辅助的机会都没有，反而去补位了射手。

对面这局辅助是鲁班大师，很冲，打野二级就来了发育路，随宁就缩在塔下清兵。

开局倒是还和平。

几分钟后，小辉去发育路那边支援时，在野区被对面的人给蹲了。他这次玩的是弈星，幸好还有被动。

小地图那边陈津白似乎发现了打斗，正位移过来。小辉一下子感觉到了希望，和直播间的观众说："White 往我这边走了，穿个墙就行，我还能再挣扎一下，反杀。"

他很乐观。

与此同时，随宁在下路，辅助不在，被鲁班大师拉到，习惯性地叫了一声。

说完她又反应过来，赶紧闭嘴。

"哈哈哈！"

"紧急闭麦。"

"也太好笑了吧！"

"White：嗯？"

陈津白也听见了一声短促的叫声，料到她这时候的反应，唇角微勾："怎么了？"

随宁手指弯了弯，有点儿不好意思。

看见弹幕调侃她，她胆子又壮起来，乖乖糯糯地开口："……哥哥，我被抓了。"

随宁第一次当着所有人的面，公开这么叫他。

网友们看着镜头里的女孩儿问，都听得脸红心跳的，飞速打字。

"我心都酥了……"

"White 还不快去！"

"你老婆在叫你！"

"我要看看 White 到底去哪儿！"

不知道是因为网络，还是因为其他什么，在陈津白耳里，她的声音多了丝娇。

又好像夹着点儿不好意思。

陈津白喉结轻轻滚动了一下。

"来了，来了！"

小辉等了两秒，然后他就看到在还有一点儿距离的时候，镜穿墙去了别的地方。

他原地去世。

小辉打字："你刚刚怎么走了？"

紧接着，屏幕上提示镜击杀了对面的狄仁杰。

随后他看见公屏上冒出新的一行字。

White（镜）：迷路了。

这三个字一出来，直播间网友笑疯了。

"小辉：嗯？"

"神迷路。"

"小辉缓缓打出一个问号。"

"《王者荣耀》史上最可怕的一次迷路，竟导致了小辉的死亡。"

"小辉，支棱起来！叫哥哥！"

"什么啊，叫哥哥。"小辉瞄了一下弹幕，没看懂。

他当然不会信 White 这句话，还以为是为了直播效果，或者是有其他的原因。

小辉甚至还在问："White 不会真迷路了吧？"

好歹也是 KPL 最出色的选手哎，不可能是路痴。

直到弹幕告诉小辉，射手是随随。随随叫了声"哥哥"，就把 White 拽走了。

小辉瞬间明了，一拍键盘："好啊，难怪迷路，这么准地迷路到下路去，真是迷路中的王者。"

他连连晃着头。

随宁没想到他真会来，因为他离小辉比较近。

虽然自己死在那儿了，但是亲眼看到他过来杀了狄仁杰，还是非常快乐。

随宁看了一眼弹幕，小声问："这样不好吧？"

陈津白道："嗯？"

随宁说："小辉死了。"

陈津白说："看到了，没办法。"

"哈哈哈！这种话都说得出来！"

"妈呀，脸皮不要了吗？"

"陈津白：老婆最重要。"

"小辉，这不卖他一波，亏不亏？"

随宁也没忍住笑。

小辉在公屏上问："随随，你也堕落了。"

随宁回他："怎么说？"

小辉道："曾经的你会自己单杀。"

弹幕里全是赞同这话的，随宁眼珠转了转，来了玩闹的心思，回他："有现成的工具人，不用白不用啊。"

"？"

"White：？"

"老婆又要开始养鱼了吗？"

队伍里其他两个路人也看到，纷纷直呼"好家伙"。

陈津白自然也看到了那条回复，再看到网友们问他这会儿有何感想，他沉吟了声。

在万众期待下，开了口："你们连工具人都不是。"

"？？？"

"怎么回事？"

"你是不是在内涵帆船啊？"

"@随随，你老公全场乱杀。"

随宁听到这话时，"扑哧"一声笑出来。

她喜欢陈津白的一点就是，他并不像他表面那么高冷，会开玩笑，很接地气。

第一局有小辉，显得热闹点儿。

后面就是偶尔撞车主播了。同平台的主播很清楚怎么回事，也趁机在游戏里问东问西，比网友还八卦。

男主播是真的会玩，知道网友们最想看什么。有一个是玩刺客的，正在一边吃晚饭，一边打游戏，没注意加载界面的ID。杀了随随一次后，粉丝提醒他：你完了。

主播一脸蒙。他再次打开面板，这次看到了ID，连忙打字："**大哥，我不是故意杀你老婆的。**"

随宁看见了道："等我蹲他。"

陈津白说："好。"

他回："没关系。"

吃瓜网友看热闹不嫌事大。

对面主播放心了，不怕White公报私仇，专心游戏。

然后他就被随宁连着蹲了两次，杀了两回，团战时好像也挨了最毒的打。陈津白的确没动手，他只是给了她两个buff。

还有的主播故意在直播间里说："我补位了辅助，我就跟着随随去支援，看White什么反应。"

网友吃瓜，非常乐意看。

主播救了随宁两次，意外死了两次，黑屏之后打字："我以身救你，有没有什么感言？"

其实第一次是真的没跑掉，第二次是他太浪，残血又回头，被抓住了。

他告诉网友："随随起码得谢谢我吧。"

随宁还没回复，陈津白给了回答："别送。"

主播："？"

直播间里的网友们都笑死了。

"哈哈哈！"

"好绝情的男人！"

"你别救随随了，你救他说不定还好点儿。"

有了这回事，随宁也自然了许多。毕竟本身她就不是个忸怩的性格，直播了这么久，害羞个十几分钟就算很久了。

察觉到他们两个似乎都没那么端着，网友们八卦心起。

"你们谁追谁的？"

"White 怎么追你的？"

随宁笑着说："你们两个打一架吧。"

她和陈津白之间哪有谁追谁，她主动靠近，他趁机接近，可能算互相勾引吧。

有人又问，为什么叫"哥哥"。

随宁嗓音依旧如之前温柔："他比我大呀。"

网友表示不信。

随宁装听不懂："你不信，那没办法。"

"天空直播"策划了这次露脸双排，就知道很多问题避免不了，包尚早就让他们提前做准备。房管都封了好几个趁乱带节奏的号。

两个直播间的热度这会儿是《王者荣耀》区第一、第二，甚至在全平台都是数一数二的。

"宝贝，White 吻技怎么样？"

随宁也是眼神好，在一众五颜六色的弹幕里瞥见了这条。

吻技？她和陈津白总共也就接了一回吻。

随宁抿了抿唇瓣，当初沦陷的感觉还记忆犹新，她一本正经开口："直播间不准说颜色话题啊。"

"哈哈哈！"

"如果没有肯定就直接说没有了！"

"所以就是亲过咯！"

"这才两天吧？ White 就没忍住？"

弹幕分分钟就转移到了这上面去，看得随宁都忍不住脸红起来，还好镜头没有放大。

她干脆甩锅："你们去问 White 啊。"

"别急，马上问。"

"我开了 Pad 和手机，两个我都问。"

"问我什么？"陈津白在语音里忽然问。

他那边暂时还没看到。

"你马上就能看到了。"随宁不好意思说。

"看不到。"陈津白回。

"White 就要听老婆说。"

"我也想听随随亲口说。"

"妈呀，好刺激，好刺激！"

随宁听得耳朵痒，心思都不在游戏上，还好这会儿是在自家野区打红，不会有危险。

陈津白又问："怎么不说话了？"

随宁故作镇定道："有人问你……吻技怎么样？"

最后几个字她说得又快又不清楚。

陈津白却听得一清二楚，一下子就明白了她的情绪，笑了声道："……吻技？"

网友们纷纷竖起耳朵。

他声线清沉道："这问题问我有用吗？"

锅又被丢回了随宁身上。

随宁正迷失在他的声音里，乍听到，小脸一正道："有用。"

陈津白"噢"了声，没说话。

就在随宁以为这话题要过去时，他却又开了口："我以为女朋友应该更清楚。"

这话一出，弹幕炸了。

"啊啊啊！"

"随随，快给我回答！"

"我流下了好嗑的泪水。"

"White 不愧是妈妈的好大儿，撩人有一手！"

用手机看直播的还好，用电脑看的，这会儿清晰地看到，镜头里随宁的脸肉眼可见地红了。

原本白皙的脸上像加了滤镜似的，绯红可爱。

"我才不清楚。"随宁说。

粉丝们被她萌得一顿呜呜呜舔屏乱叫。

以往都是听她声音的，而且也是张扬撩人的，哪里见过这么乖、这么害羞的随宁。

两个直播间里特效乱飞，清空了弹幕内容。

陈津白和随宁没双排直播多久，大概也就两小时，但效果是非常好的。

包尚发了好几条消息："宝！你也太给力啦！"

他一直在盯着直播间，热度一直没下降过，反而还不停地上升，大大出乎一开始的预计。

随宁一结束直播，他就拨了电话："直播效果真好，我看其他人都羡慕了。"

"那要是下降，我岂不是和陈津白得回家种地了。"

包尚想了想道："那也不会，起码他还能打比赛养你。"

随宁说："怎么就不可能我养他。"

包尚还真就认真地思考了几秒，发现这话的可能性非常大，谁让随宁是个富婆。

"不和你说了。"随宁就要挂断电话。

包尚道："好的，好的，不耽误你和 White 煲电话粥。"

随宁："……"

别说，挂断他的电话，陈津白电话就来了。

随宁这会儿坐姿十分不雅，抱着腿坐在椅子上，问："打电话来干吗呀？"

陈津白："……"

大概是察觉问题不对劲，随宁果断改了口："哥哥，你们不要训练吗？"

他轻描淡写道："晚上会各自上分。"

随宁明白了。

他们约了明天晚上去吃饭，随宁没拒绝。

第二天，随宁果断请了假，粉丝已经习惯了她偶尔的请假，但问题是有人说陈津白也请了假。好呀，这是一起请假约会去了吗？

因为随宁下午满课，所以傍晚一起去吃的晚饭，陈津白选的地方离学校很近。

吃完饭后，一起散步回公寓。

随宁正大光明地和他牵手，这是她以前想过无数次的，他的手很大，可以完全包裹住她的手。

牵手好快乐！

回到小区门口已经是晚上八点，小区门口倒是没什么人。

这是陈津白第二次见到门卫。上一回临走前，他说过，他们很快就不是兄妹了。

门卫自然记得这么一张脸，问随宁：“他也要进去吗？不登记不给进去的啊。”

随宁说：“我来吧。”

写的时候，门卫问：“上次他还说了一句话。”

随宁好奇道：“什么？”

门卫偷偷摸摸把那句话告诉随宁，见她耳朵红彤彤的。

随宁回头，看了眼几步外的陈津白，浅浅一笑道：“是啊，现在不是哥哥了，是男朋友。”

门卫：“？”

现在的小年轻谈恋爱都这样的？

两个人一起进了小区。

陈津白说：“我听见了。”

随宁回答：“然后呢？”

陈津白说：“挺满意的。”

随宁抿唇笑，没想到他谈恋爱起来还有点儿幼稚，她有点儿信他是第一次恋爱了。

小区里很安静，路灯昏黄。到公寓楼下时，随宁不知为何想起之前周纯说的上楼喝咖啡的事。

她扭头问道：“哥哥，你渴吗？”

陈津白挑眉道："不渴。"

"还准备带你回家喝茶呢。"随宁佯装叹气。

陈津白就知道她是胡编乱造，女朋友主动邀请，他确实心动，但现在不是时候。

"我到了。"随宁说。

陈津白站着没动。

随宁问："怎么了？"

陈津白说："突然想起了昨天直播的事。"

随宁不知道他想起了哪件事，准备从他手里抽走自己的手，却没有成功。

她才动了一下，陈津白就转了身，和她面对面。公寓楼下的路灯在后方不远处，门口这里有些暗，气氛莫名地营造成功了。

陈津白的手指顺着她的手上滑，捏住她纤细的手腕。

随宁心跳快了几分，耳垂鲜红，有些猜到会发生什么。

很快，她听见他问："不问问什么事？"

随宁想到了吻技的事，目光落在他唇瓣上……想亲。

她明知故问："什么？说你吻技好不好的事吗？"

陈津白低头看她，她眸中明亮璀璨，狡黠遮掩不住。

就知道她是故意的。

"昨天你说不清楚。"陈津白磨着她，咬了一下她的唇，"今天呢？"

他低声道："熟能生巧。"

Chapter 21

唇齿间

她现在是意乱情迷。

随宁原先还沉浸在吻技的事情上，猝不及防听到一句"熟能生巧"，忍住笑。说得好像也挺对，亲得多了就会了。

她尚且来不及反应，就被陈津白吻住，随宁微微仰起下巴，手抓住了他的衣服。

这一次和上一次接吻截然不同。上一次在火锅店里，随宁时刻担忧会被人看到，比如被出来的庄帆他们见到。而这次，没人认识他们。周围空旷无人，随宁手下感觉到陈津白的体温，鼻尖全是他的气息，温和而诱惑。

熟能生巧，随宁不知道是不是真的。但她现在是意乱情迷，他强势地掠夺了她的呼吸，将她吞没在唇齿间。许久，随宁被松开。她轻轻喘着气，竟然有点儿腿软，随宁撑着陈津白的胸膛站稳。两个人的手机同时地振动起来。

"感觉还不错。"随宁说。大抵是因为刚才的深吻，她说话的气息并不是很稳，在陈津白耳里，更像是引诱。

"还？"陈津白问。

随宁笑开了，故意地，就是不说其他的，主动说确实有点儿不好意思。

难道说，她很喜欢吗？随宁想了想，好像也不是不可以，都是男朋友了，说点儿甜蜜的情话没问题。

她招招手，没等他弯腰，自己踮脚。随宁凑到他下巴上，唇和他的下颌极近，说话的呼吸都落在皮肤上："哥哥。"

"实不相瞒……我很喜欢。"

随宁仰着头，眨巴眨巴着眼睛和他对视。然后在他要动作时赶紧退开，开始赶人："哥哥，时间不早了，你该回去了。"

"我觉得还早。"陈津白深深看她一眼。

随宁暗示他："家里还有人呢。"

陈津白觉得好笑，他又没说其他的。不过在她的星星眼下，他还是点头道："嗯。"

随宁在他的注视下进了楼，正好有电梯，直接到了楼上，她心思一动，来到电梯间的窗边。不远处，陈津白修长的身影走在路灯下。好像电影画面，沉静而美好。这个人，现在是真的属于她了。

随宁几乎是跳着回公寓的，高兴地哼起了歌，被在家的周纯听了个正着。

"跑调了，跑调了。"她提醒。

随宁"噢"了声，又换了首歌。

周纯："……"

五音不全的人换什么歌都是五音不全的啊，这不是换首歌能解决的问题。

"你今天不是去 RX 了吗？"随宁忽然想起来问。

周纯说："提前结束工作了呗。"

随宁点点头，倒了杯水问："那还是挺早，甘灼没找你？"

周纯"嗯"了半天，才回答："他今天忙。"

随宁意味深长地看了她一眼，没再问，周纯的这个回答透出来的意思可太多了。说不准，过两天她又能看到周纯游戏挂出来 CP 关系。说真的，随宁还真没想过，甘灼居然还挺动心的，居然还想着破镜重圆。谁能逃得过漂亮弟弟的死缠烂打呢。

因为临近期末，课就变少了。随宁上了两天课，学校就停课了。期末考试的时间也通知下来，每门课考试时间间隔好几天，横跨将近大半个月的时间。因为要复习，随宁和陈津白约会的时间都没有了。所以，每天相处最多的反而是直播双排的时候。

今天刚考完一门专业课，这是最难的一门，随宁长出一口气，一离开教室就给陈津白发消息。

"晚上直播！"

刚巧，陈津白今天意外地起早直播，毕竟他的直播时长还差很多，不过，上午的人比不过晚上的人多。微信消息弹出来，直播间的人都看到了。

"直播≈双排"

"老婆约你打游戏。"

"随随从学校逃出来了吗？"

"我猜 White 是不是好久没见随随了，哈哈哈。"

陈津白看见弹幕，修长的手点了点鼠标，语气平淡："是有点儿久了。"

他单独直播时甚少说话，也很少回弹幕。

平时直播间都是粉丝们自己在那儿聊天，乍然得到回应，一个个都问起有点儿久是多久。

是多久？陈津白开了一局，在匹配间隙，随口道："六天。"

"哈哈哈！"

"好久！"

"热恋小情侣分别六天是有点儿久了。"

陈津白无视掉这些弹幕。他开了隐私模式，给随宁回消息："好。"

网友们一看这架势就知道他和随宁聊天去了，纷纷截图发到网上谴责这种行为。有本事就聊天给他们看啊。

陈津白当然不予理会。随宁这时候才发现"天空直播"给她推送的陈津白正在直播的消息，心想居然这么早就开播了。她回到公寓时刚十一点，干脆去了直播间。

直播间里正热闹，投雷要带粉。随宁认识这些账号，因为都是老粉了，名字都很熟悉。不过，今天直播间里多了一个陌生的土豪网友，问收不收徒弟，可以砸好几艘战舰。

她进去的时候，满屏特效。有随宁账号带来的，也有刚巧那人投的战舰礼物自带的。

陈津白打完一局，抬头看到礼物，又看到对方的"收不收徒弟"的话，眉峰轻拧。

"不收徒弟。"

"不带粉。"

陈津白又说："礼物会退回。"

有些主播是会收礼物带粉的，靠这个挣钱，但他不需要，他只需要好好直播，好好打比赛。

"天空直播"给他安排的房管会处理礼物退回的事。

随宁也凑热闹发弹幕："一个合格的主播怎么可以不带粉？"

"是吗？"陈津白瞄到她的弹幕。

他思索了几秒："偶尔带粉也可以。"

"随随给我们挣福利了，哈哈哈！"

"希望随随天天来，爱了、爱了！"

"我是粉丝，带我、带我！"

陈津白靠回椅子上："不单独带女粉。"

"？"

"你看清你粉丝的性别。"

随宁作为女朋友听得倒是很开心。

周纯给她打电话："我刚好在外面吃了，石锅拌饭，好吃得很，给你带？"

随宁说："好！"

挂断电话，她就用电脑登了直播间，也开了直播，写了个简单的标题——"吃饭前播个一小会儿。"

刚开始，就有不少粉丝闻讯而来。

也不知道是不是缘分，随宁开的这局和陈津白遇上了，只是陈津白在对面。

"你老公在对面。"

"好戏来了，哈哈哈！！"

"玩嫦娥！我去看 White 玩不玩伽罗！"

"想看我玩嫦娥，White 玩伽罗的，是黑粉吧？"随宁读出来弹幕，"我就知道。"

陈津白那边也知道随宁在对面。他照常选了常用打野。

轮到随宁选英雄时，队友是马可，发了半天的"拿瑶"，她在中路和辅助之间纠结了两秒，选了瑶。粉丝们表示，这再也不是他们的随随了。

随宁作为瑶，确实很好动，开局中路清完兵后满场跑，但又每次都在对面来打她时溜得特别快。对面视野没了，气得牙痒痒。

几分钟后，陈津白来抓人，正好法师在草里，没抓射手，抓到了随宁这边的法师。

团战打起来时，法师死了，她也刚好被打出被动。

射手躲在塔里回血，随宁在外面，原本打算逃跑的，但最后换了三技能。

小鹿立刻趴在了地上。

与此同时，公屏上出现一行字。

[全部] 别吃我线（瑶）：**腿断了。**

[全部] 别吃我线（瑶）：**没有亲亲起不来。**

"？"

"？？？"

"你也学人家碰瓷！"

随宁声音轻快："我这是在给你们示范，遇到野王应该怎么吸引他的注意力。"

"？"

"当我打出问号，不是我有问题，而是你不对。"

随宁不理会他们。

陈津白在游戏里回了个句号给她。随宁逗到人了，笑得不行，又在被动快要结束的时候，连忙隔墙上了马可的身。

这局打的时间不算长，随宁的队友知道对面是陈津白之后，也没输得发火，还说待会儿要截图，这算不算在打 KPL。

一局结束，周纯刚好回来。

因为今天下午没有考试，所以午睡醒后，随宁就和陈津白开始直播双排。

打完两把，庄帆他们终于睡醒。

"我也想打。"他凑过去。

听到他的声音，随宁问："庄帆吗？"

陈津白"嗯"了声。

随宁说："好久没见庄帆了，一起玩呗。"有庄帆在，他们也热闹点儿。

庄帆喜极而泣，自己的要求居然被同意了，虽然他不知道这是随宁说的。他立刻上号进入队伍。

也是意外，这局一楼和二楼是情侣，一个拿了打野，一个拿了中路，丝毫不让。随宁懒得吵，毕竟在直播。

"我去对抗路。"庄帆选定猪八戒，扭头和段归说话。

白哥的射手他也很有信心。

随宁深感在四楼的不好，自己要是一楼该多好，这种不说话、ID 腻人的情侣，很容易让人慌啊。尤其是占据了两个 C 位。

"瑶。"陈津白忽然出了声。

随宁哼了声，道："你玩瑶还差不多。"

说做就做，她直接选了公孙离，还不忘笑着命令："瑶妹，搞快点儿。"

等庄帆聊完天回来，一扭头，看到队伍里辅助是瑶，他再看一眼，这名字——

"哥，你玩辅助？"

庄帆的直播间里这会儿弹幕全是"哈哈怪"。

"哈哈哈！"

"帆，是时候你带飞了。"

"帆船：不是，我想躺赢的啊？！"

"下面，见证 KPL 新人王在排位中当国服瑶的时刻到了。"

有调侃，自然也有带节奏的。随宁无视一些黑粉的评论，房管禁言了几个。

庄帆说："我就是峡谷最牛的猪。"

随宁和陈津白并不想理他。她玩公孙离的次数还没有马可多，当初因为蜜橘之夏这个皮肤多玩了几次。

几分钟后，庄帆感觉自己活起来了。

"我来了，我来了，马上传送过来。"

话音刚落，只听游戏里传出来"开始撤退"的信号声。正是陈津白发出来的。

庄帆："？"

什么意思啊这是？

"这还不懂？"

"当电灯泡是没有未来的。"

"为什么要伤害一只猪呢！哈哈哈！"

随宁憋住笑道："我这儿没事，不用过来。"

陈津白"嗯"了声，道："好好守你的塔。"

庄帆："？"原来你们是这样的人。庄帆的脸皱成痛苦面具，看着小地图上他们黏在一起乱杀，压根儿没他的戏份。这局打得很轻松，他几乎没参几次团就赢了。打完了这局之后，他果断退出了队伍。这三排，还不如自己单排呢，一点儿游戏体验都没有。

陈津白偏过头，淡声问："不打了？"

"不来！"

随宁见队伍里又剩下自己和陈津白两个人，问："庄帆他不打了呀？"

"嗯。"陈津白点开始，说，"他以后都不来了。"

以后都不来了？随宁想不出庄帆会说这种话："好吧。"

她其实想笑。随宁自然能听出来陈津白的意思，没想到他对队友这么绝情，越想越好笑，最后憋不住了。

直播间的弹幕和她差不多。

"你想笑就笑，哈哈哈哈哈。"

"我已经笑了一分钟了！"

"全世界最惨队友·庄帆小宝贝。"

一旁听到的庄帆心想，自己真的是给自己找罪受，他为什么会觉得和情侣一起打游戏会快乐？

他真是异想天开！

白哥那句话真是，庄帆恶狠狠地想，心真黑啊，怪不得和平时一点儿都不一样，原来打的这个主意。

没了庄帆，双排就比较腻歪了。随宁现在仗着自己以前热情的人设，想说什么就说。反正大家都知道了。

打完两局后，最后一把，碰上了老熟人夏白薇。夏白薇显然也知道他们两个是谁，她这会儿也在直播，心里有点儿尴尬。她当初还喜欢过White，只是他好像压根儿就没多看她两眼……

随宁倒是一开始没认出来这是夏白薇，见她常用是辅助，就选了法师。陈津白又补位了射手。

夏白薇本来想选其他英雄的，但怕不太会，会坑队友掉分，还是选了辅助英雄。她三级后就跟着陈津白了。

弹幕看热闹不嫌事大，尤其是当初夏白薇采访之后，网上也有传闻，随宁瞄了一眼弹幕："吃醋？干吗要吃醋呀。"

她又不是不认识夏白薇。人已经是自己的了，随宁自然相信陈津白，再说夏白薇也不是这样的人。一把游戏而已。

随宁问陈津白："哥哥，你有什么看法？"

陈津白正在打龙，淡声道："闲的。"

随宁笑道："女孩子和女孩子在一起不好玩吗？"

这局里夏白薇甚至还救了她好几次，是个合格的辅助，她也没说话，只是发信号。

随宁不喜欢的是故意在情侣面前发嗲的女生，但认真打游戏的女孩子，就算菜一点儿，她也喜欢。

人家认真，只是技术不好而已。

结束之后，随宁还给夏白薇点了个赞。

夏白薇心情更复杂，因为随宁和陈津白是组队语音，所以她听不到，但同在直播，网友会传达每一句话。

没想到，随宁看着娇娇的，人倒是很大方。

结束今天的直播后，随宁关了直播间，躺在床上打电话给陈津白："庄帆哭了没？"

"你就问这个？"陈津白问。

"这不是关心你队友嘛。"随宁笑眯眯道，"哥哥，你怎么连你队友的醋也吃啊。"

陈津白平静开口："队友也是男人。"

"……也是。"随宁应着应着就不好意思了。

毕竟有点儿太直白了。

没听到什么动静，陈津白笑了声问："又害羞了？"

随宁才不承认，说："我在想晚上要去复习的事。"

"好好考试。"

陈津白偶尔也会产生他似乎有点儿罪恶的感觉，因为随宁才十九岁，下个月才刚好生日。

他捏了捏眉心，十九岁好像也不小，他自己也没多大。

最后几门考试时间离得比较近。随宁在考前已经安排好了自己接下来暑假的行程，比如先在学校这边留几天，然后回家待半个月。

开学前去 YU 基地玩两天，再找下学期的实习单位。

提前找好，搞定实习，加上大四上学期没课，她就可以很轻松地去写论文了。

不过，实习的事被宋云深否了。

"自家有公司，去外面干什么？"宋云深无语道，"要搞什么励志奋斗人设？"

随宁："……"

还挺直接，有道理。

随宁坐在副驾上，说："我懂了，难怪你找不到女朋友。"

宋云深冷笑一声。

随宁从来没关心过他的感情状况，但现在自己都有男朋友了，他居然还是单身。这不太合适吧。

"你有没有美女秘书啊？"随宁好奇。

宋云深说："有。"他一听就知道她在想什么，笑，"我有五个秘书。"

随宁一愣，笑起来。

她去公司了几次也没注意。都怪被周纯看的总裁小说灌输的知识。

实际上，宋云深的秘书室里男女都有，女秘书有时比男秘书更细心，做事也更认真，更合他心意。

"你男朋友不来接你？"他问。

"你干吗老针对他。"随宁抱怨道，"你都来了，他再过来，岂不是要受你气。"

宋云深一想，好像也是。他的确有点儿不太乐意看见陈津白，长得好看，闷不作声就追到了随宁，还是在他眼皮子底下。

但妹妹要谈恋爱，他也不可能强硬拆开。这都 2021 年了。

随宁给陈津白发消息：**我哥夸你了。**

"你在干什么？"宋云深问。

"发消息呢。"随宁立刻坐正，人在车上，不得不低头，"哥哥，待会儿吃什么？"

宋云深瞥她一眼道："西餐。"

因为知道今天宋云深要去接她，所以陈津白就待在基地里，正在直播单排。

微信消息也投屏出来。

"哈哈哈，大舅子怎么夸的？？"

"随随真的有哥哥呀，那还叫'哥哥'？"

"有几个哥哥都看自己呗。"

"快问问夸什么了，长得帅还是什么！"

陈津白刚好结束这局，慢条斯理地顺着弹幕，回复："是吗，夸了什么？"

随宁既然开口了，自然就做好了他会问的准备。

她直接回复："他夸你长得好看。"

陈津白一看就知道这只小狐狸是在诓他。

他见过宋云深本人，从第一眼看到就知道那男人对他没什么好心，毕竟他抢了他妹妹。

夸自己帅？说他丑还可能性高点儿。

但直播间的网友却信了。

"哇！哥哥这么开明吗？"

"我怎么没有这样的哥哥！"

"White 靠脸得到了大舅子的认可吗？这世界果然是看脸的。"

陈津白没有戳破他们的想法。

等宋云深看到网上的消息时已经是晚上了，公关部那边发给助理，助理又发给他看，是几张截图。里面是随宁和陈津白的微信对话，然后就是弹幕在真情实感地夸他。

宋云深表情诡异。他就知道随宁在车上发消息的对象是陈津白，但没想到内容和他有关。宋云深深吸一口气，他可不能跟随宁计较。

随宁本来计划考完试和陈津白约会两天，因为宋云深的强势介入失败了。

回到家里时，父母早就等着问她。

"那个男生家里是做什么的？"

"打游戏就一直打下去吗？以后打不动了怎么办？"

"听说长得很好看，是不是？"

"什么时候带回来给我们看看呀，宝贝？"

随宁听得脑瓜子嗡嗡的，伸出手道："爸，妈，你们一口气这么多问题，我怎么回答呀。"

随母点点头道："那先回答我的问题。"

随宁笑眯眯道："当然长得好看了，我是个颜控呢，保证符合妈妈您的眼光。"

"不错，不错。"

随母其实早就看过照片和直播视频，也觉得女儿眼光不错，那男生确实很好看，而且公开告白的操作也让她很满意。再者，两个人现在只是谈恋爱，一些更深层次的事，她没有那么直接地想问。

随父关心得更多的是陈津白的事业和家庭方面。

"爸爸，您问得太多了。"随宁对于陈津白的家庭没有特意了解，"等我知道了再和您说。"

随父："？"

什么叫知道了再说？都谈恋爱了还不知道？

随宁无辜地看着他们两个，明亮的一双眼睛盯着他们，两个人就心软得不行。

老来得女，不仅是随父宠，随母也不忍苛刻。

过了父母这关，随宁松口气，如放飞的鸟儿一般，"噔噔噔"地上楼，回了自己的房间。

时间一眨眼就到了生日那天。

十八岁那年，随宁办了盛大的成人礼，过后的生日就比较"普通"，当然，这普通是相对于同等家庭情况的人而言。

中午在家里吃完饭后，她拆了一大堆礼物。

晚上，陈津白过来接她。

他看见她出来的时候，穿了条绿色连衣裙的女孩儿，像动漫镜头般，轻快地到了他面前。

"看什么呢？"随宁挥手道。

"没什么。"陈津白收回心神道。

随宁怂恿他道："要不要进去？"

陈津白摸了下她的头，问道："你想什么我不知道？"

随宁眨眨眼道："我没想什么。"

两个人一起从寂静的小区离开，很快就将那些别墅甩在了身后，进入热闹的城市中。

也不知道是不是庄帆他们故意的，她到 YU 基地时，几个大男孩儿拿着炸彩带的东西。

随宁有种新人出场的错觉……

陈津白环视一圈，问道："你们没事干了？"

几个人一点儿也不害怕。

"这不是随随生日吗？"

"对啊，对啊，快、快、快，白哥给你准备了蛋糕！"

"随随，这可是白哥自己选的，都不告诉我们什么味道的。"

随宁扭头，她好像没告诉过他，她爱吃什么味的蛋糕。

她抓着陈津白的手道："走呀，去吃蛋糕。"

基地空间很大，随宁被陈津白拉着走了很久。

她从来没有和朋友以外的人过过生日，这次是第一次，而且是男朋友。

随宁一推开门，注意力被大蛋糕吸引。

她回头问："这能吃掉吗？"

庄帆他们挤在门口道："没关系，我们帮你吃。"

"不用理他们。"陈津白说，伸手要关门。

庄帆他们急了，急忙忙冲进来，大声祝福随宁生日快乐，明明只有几个人，营造出了十个人的错觉。

随宁轻轻弯唇。

以前，她送了块小蛋糕给他，现在，他还了一个更大的。

随宁松开陈津白的手，笑盈盈地"指挥"他："哥哥，快关灯，我要许愿了。"

她这次会许个与以前完全不同的愿望。

Chapter 22
答案

随宁许的愿望很简单，她想和陈津白走到最后。

随宁许的愿望无人得知。

以陈津白的性格，他是不会问的，而庄帆他们几个好奇心旺盛的人问，随宁自然不说。

她自己切的蛋糕，动作很慢。

吃完后，随宁靠近陈津白，小声问："你不想知道我许了什么愿望吗？"

陈津白瞥她问："你会说？"

随宁笑眯眯道："不会。"

陈津白早就知道她淘气得很，所以压根儿不用问。

晚上随宁是要回公寓的，陈津白送她回去，这条路他们走了好几次，已经十分熟悉。

夜里没什么人。

随宁偶尔抬头看陈津白，他其实话并不多，但有问必答，更多的时候沉默寡言。

其实，光看脸就很高兴了。

随宁许的愿望很简单，她想和陈津白走到最后。

女生对自己的第一次恋爱，总是会有点儿幻想的，即使知道愿望这种东西是心理上的。

但未来，谁又说得准。比如，随宁和陈津白能结婚，是很多人都没想过的事。一来，他们恋爱的时候，两个人年纪都不大，随宁更是还没有毕业，才十九岁。二来，他们这个圈子里，分手的很多。尤其是主播和职业选手这样的搭配，很少有走到婚姻里的，粉丝虽然叫着"结婚"，但基本不会真的设想。两个人恋爱超过两年，粉丝也觉得很久了。

随宁这时候，已经很少天天直播了，她作为官方的职业解说，露面多在于比赛中。偶尔会和陈津白，或者和庄帆他们一起打游戏。

其实，早在大四那年寒假，随宁就见过陈津白的父母了。那次是陈筱的生日，也是一次合适的契机。严格来说，陈筱也算是他们的小红娘了，虽然陈筱一点儿内幕也不清楚。

在知道第二天要去见他的家人时，随宁还是有点儿紧张的。她纠结了半天，问了一些废话。

陈津白听完，然后平静地告诉她："他们不会说你，只会觉得我拐带了你。"

随宁笑弯了眼，问道："是吗？"

"之前他们就提过了。"陈津白按按太阳穴。

先前陈筱无意间说漏嘴，而随宁的照片满世界都是，稍微一搜就能看到。

随宁脸嫩，气质又乖巧，非常受老师和家长的喜爱，他父母自然也不例外。

儿子不谈则已，一谈就找了个还在上大学的。上大学也还行，毕竟快毕业了，然后他们就又知道，对方二十岁都没到。

这不得怀疑是自己儿子的问题？

所以在随宁到陈筱家时，陈津白的父母还有点儿忧心，网上说，她很优秀呢，又是好学生。自家儿子也优秀，但现在去打什么电竞了。

陈家不算大富大贵，但也算书香世家，母亲是知名大学教授，父亲是科研人员。对于这样的家庭，随宁是很敬佩的。

陈母一见随宁，就喜欢上了这个乖糯的小姑娘，尤其是她叫"伯母"时，好听极了。

陈父比较内敛，但也笑了。

"你居然没有去当科学家。"随宁偷偷和陈津白咬耳朵。

陈津白耳朵痒痒的，忍耐住道："小时候天真地想过。"

但后来，他的兴趣实在不在这上面，他的性格不适合，没有热爱，何谈工作。

随宁说："我小时候也想过。"

难不成全世界小朋友的第一个梦想都是当科学家？

"随随姐。"陈筱打招呼，小声问，"我是不是当了月老？"

随宁点头道："是啊。"

陈筱很自豪，又想起自己的事："我自己还没恋爱呢，等会儿我要许愿谈恋爱。"

随宁被她逗笑。

她今天是寿星，说什么都可以。

晚间离开时，随宁收到了陈母的红包。她收过家里和亲戚的无数红包，没有哪一次这么紧张过，这代表着什么，她明白。

随宁也不好拒绝，询问陈津白。

"收好就是。"

随宁收到红包也没打开，反正一大沓，挺厚的。

在回去的车上，她偷偷打开看了一眼，数不清，好像很多人家见儿子的女朋友，习俗上要给女方红包。

这红包要怎么用呢？留着？

见她在那儿纠结，陈津白倾身过去问："很烦恼？"

他亲她的耳朵，这是随宁的敏感点，她浑身酥软，她推他，他是故意的。

"反正不给你。"她说。

毕业后两年，随宁琢磨着，要不，带陈津白见家长？

这个见家长不是普通的见家长，普通的见面已经有过，这次是想结婚的那种见家长。

这样想想，自己好像比陈津白迟好多。

周纯知道后大笑道："渣女。"

随宁扭头反问："那还能比得过上分奴吗？"

周纯："……"

这事过不去了，是吧？

甘灼都不记得这事了，自己姐妹每次都要拿出来损她一下，果然是好姐妹。

她去 YU 基地时，大厅里敲击键盘声和说话声不绝于耳，非常热闹，电竞基地就是这样。

随宁都习惯了，坐在陈津白边上看他打游戏。他正在直播打巅峰赛。

镜头只拍到有人路过，她个子小，椅子又大。

随宁看了会儿，看法师空蓝了，随口说："你看，你又不用，给法师一个蓝，行不行？"

陈津白还没说话，直播间噼里啪啦弹幕爆炸。

"我老婆也在？"

"前面的这么早就开始做梦了？"

"一个麦，嗯。"

"随随多说两句话吧，不如你来解说 White 的巅峰赛。"

"法师：我爱随随。"

随宁看到弹幕变多，伸手点了下鼠标。

镜头随即拍到她入镜的手，纤细白皙，在漆黑的鼠标上，更加惹人注意。

陈津白抬眸看了眼。

直播间更是热闹。随宁已经很久没开直播了，这会儿看到她，却是在 White 的直播间，那不得好好问问。

"什么叫你老婆？"随宁声音轻扬，"不要乱叫，我是有男朋友的人，知不知道。"

弹幕说"不知道"。

随宁不搭理他们，收回手，又不在镜头里了。

陈津白已经打了一小时巅峰赛，再打两局就可以结束今天的时长，但现在，大家都不想看他打游戏了。

大家想看他秀恩爱！

陈津白十分冷漠，不仅没打游戏，还提前结束直播了。留下直播间一群粉丝对着黑屏刷问号。

他们早应该知道的！

陈津白关了镜头，抓住随宁作怪的手，低声问："今晚怎么突然来了？"

隔壁庄帆和段归在双排。好像没人注意他们……也可能是已经习惯了。

"有事要告诉你。"见陈津白挑眉，随宁眼唇一弯，"明天，我带你回家吃饭呀。"

明天？回家？陈津白一怔。

随宁坐在椅子上，凑到他面前道："乖乖跟我回家吧。"

陈津白忽然笑了起来，并不明显，但眉眼都生动绝色，随宁一时看呆了。

"可以。"他说。

这一次的家长见面，随宁和家里面提过。

两年时间过去，宋云深也没时间干涉她的恋爱了，因为他自己也有了女朋友。

虽说是家族联姻，但联姻对象很是与众不同。

随宁对他女朋友的印象还停留在"国外修学的美貌大姐姐"上，听说是宋云深出差时认识的。是对方先追的他，宋云深也觉得她是自己的理想型，随即恋爱了三个月，然后分了。

女方说要回家联姻了。宋云深不知道说什么好，一回来，干脆也接受了家里安排的"相亲"，刚好对面是前女友。

这不就巧了嘛。随宁觉得，他应该没什么心情管自己了。

出发前，她见陈津白好像和平时不一样，眼珠子一转，问："哥哥，你也会紧张的吗？"

"为什么不会？"陈津白用问代替回答。

"你都见过我哥哥了。"

"嗯。"陈津白顿了片刻，"待会儿不要叫'哥哥'。"

免得被亲哥哥听见，心生怒气……

随宁听得好笑，点头道："好的，哥哥。"

不过，一切都和想象中的不太一样，他们到的时候，宋云深并不在，因为他还有个会议。

随宁父母对陈津白很温和。尤其是知道他的家庭，还有他父母对随宁的态度之后。

他们问的问题不简单，但陈津白会给出合理的回答，冷静又沉稳，随父很满意。

宋云深姗姗来迟。

随宁眨眼叫："哥。"

宋云深看她一眼，目光就停留在陈津白身上，还没开口，就听见他也叫："哥。"

"……"

宋云深露出一个在商场上惯用的笑容。

随宁心里都要笑死了，没想到陈津白来这么一句，她哥在众人面前是不会说什么的。

这顿饭吃得还算平和。

有父母在，宋云深也不会多开口。不过吃完饭后，他就找借口把陈津白叫了出去。

随宁没料到这个情况，等他们一走，就想跟出去听听，最后还是忍住了。

"耳朵都快贴门上了。"随母促狭道，"你哥又不会把他吃了。坐好，刚刚就吃那么点儿，多吃点儿。"

随宁坐正道："哪有，我就是好奇，好奇而已。"

也不知道他们会说什么。随宁心想，他们应该不会打起来吧，也不知道他们打起来，哪个能胜利。

她在里面猜测，外面气氛很平静，两个人站在走廊上，对面便是落地窗，俯瞰城市夜景。

两个人平日环境不同，导致个性相差十万八千里。

宋云深打量半天，其实心底是满意陈津白的。

以他们的家境，自然是不可能让随宁嫁给普通人的。而同家境的人中，同龄的一些富二代公子哥都还不成熟，太幼稚了，与她不合适。

他忽然开口问："什么时候结婚？"

陈津白被问得猝不及防，这个问题很重要，他沉吟片刻，回："看随随怎么想。"

"我是问你的想法。"宋云深毫不退让，表情倏地一下凝重起来，"难道你从没想过？"

陈津白："……"

这话好像不太对劲。

"……想过。"陈津白开口。

宋云深见他没迟疑，这才略过这个问题。既然随宁和他一直在一起，他也没什么好阻止的，就算以后出问题了，也还有家里可以帮到随宁。

——当然，他觉得不太可能。

陈津白其实挺合他性格，只是一想到陈津白"拐走"了自己妹妹，他就开心不起来。

宋云深忧郁了许久，说："尽快定下来。"

如果不结婚，又谈那么久的恋爱，岂不是在耽误青春。

陈津白唇角不动声色地勾了勾，道："好的。"

看上去非常听话。这招还是和随宁学的。

等回去时，随宁就坐不住了，十分好奇两个男人说了什么，她不好问宋云深，只好眼神询问陈津白。

陈津白给了个安抚的眼神。

这顿饭结束时，随宁没有回家，而是和陈津白一起出去了，等离开父母的视线后，她就没忍住。

"你们说了什么？"

陈津白说："你猜？"

"猜不到，这我怎么猜？"随宁使出"撒娇计"，"快点说，哥哥，我等不及了。"

陈津白看着她瓷白的脸，却没开口。

他将随宁送到公寓楼下时，思考了一路的脑袋十分冷静，道："你哥哥问我结婚日期。"

冷不丁听到答案，随宁愣住。

"你怎么想？"陈津白低声问她。

随宁反应过来问道："我……你这算求婚吗？"

她耳朵都红了。

结婚？居然是在聊结婚日期！

陈津白被她懵懂的样子逗笑，摸了摸她的头道："如果你觉得算，那就是。"

"……我想……想想。"

随宁都结巴了。

"好。"陈津白挑眉，故意说，"明天再问你。"

随宁下意识地回："这也太快了吧！"

陈津白心中好笑道："一夜还不够吗？"

"当然不够……"随宁反驳，然后反应过来，他是故意的吧，但看他脸色又好像很认真。

结婚……

她想过，但被问，却从没想过。

回到公寓后，随宁依旧心不在焉。

周纯盯着随宁看了半天，忍不住提醒："随随，再继续发呆你马上就撞上茶几了。"

"……"

随宁被叫醒，但还是时不时神思不在身上。

周纯问："怎么了？"她心里"咯噔"一下，不会分手了吧？不太像啊，他们两个不是一直都如胶似漆吗？

随宁忽然扭过头，抓住周纯的手，问："宝贝，你有想过什么时候结婚吗？"

"结婚？"周纯都被问得一蒙，"没想过，还早呢，遇上就结，没遇上就不结。"

"甘灼呢？"随宁问。

周纯沉默了会儿，说："他还小，也说不定。"

婚姻和恋爱不一样，甘灼年轻、热情，但他也有幼稚的一面。他适不适合婚姻，是一个很重要的问题。

再说，她也没想这么早结婚。

不过想到这儿，周纯确实挺纠结的，弟弟有弟弟的好处，她现在还挺喜欢甘灼的。被全心全意爱着的感觉太好了。

"等等，你问这个……你要结婚了？"周纯反应过来，

"没有，就是问问。"

"你这个问问绝对有问题。"

在她的逼问之下，随宁没扛住，只好回答："我哥今天问陈津白，什么时候结婚……"

周纯惊讶，问道："陈津白怎么说的？"

随宁摇头道："他没告诉我。"

这还不说，周纯正要教育一番，随宁又小声地告诉她刚才楼下的对话，深深地叹了口气。

周纯无语道："想结就结呗。"

随宁捧着水杯问道："这么早吗？"

"不好的人再迟也会离，好的人再早也可以。"周纯轻飘飘地开口，"自己开心就好。"

随宁长叹一口气，抱住她。

好难哦。一想到她要和陈津白结婚，好像睡觉都会笑，但考虑结婚的现实，她又害怕。如今是网络社会，公众人物的私生活都摊在大众面前。

周纯没继续说话干扰她，这种事还是要独立思考的，毕竟是她自己的人生。

随宁本以为自己会睡不着，但没想到竟然意外地睡了个好觉，还做了个短梦。

醒来时，她还有点儿茫然。随宁拉开窗帘，外面阳光明媚，还有叽喳的鸟叫。

她翻开手机，陈津白在半小时前给她发了消息："醒了没？"

随宁回："刚醒。"

对面似乎正好在手机前，回得很快："去吃早餐。"

随宁回了个"好"，唇边的笑意怎么也掩饰不住。

周纯已经出去了，但她留了粥在锅里，随宁边吃边想，结婚好不好，总要体验了才知道。就像吃东西一样，尝了才知道。这么一类比，随宁好像一下子想明白了，眼前豁然开朗，喝粥的速度都快了不少。

她等不及了。

因为上午有两节课，所以随宁是下午去 YU 基地的。

她到的时候才刚一点，庄帆和段归他们还在睡梦中，估计要两点以后才会起床。基地内很安静。

随宁到时，给陈津白发消息："我在外面。"

陈津白以为这个"外面"是基地大门外，实际上并不是，他才刚出别墅门，一个人影就跳了过来。他忙不迭地伸手接住。

随宁搂住他脖子道："惊喜还是惊吓？"

是惊吓那也不能承认，陈津白鼻尖嗅着她身上的清香，说："你说呢。"

他问："怎么过来了？"

随宁趴在他肩上，被他抱着往房子里走，她贴着他耳朵说："不是你昨天说，只有一夜的思考时间吗？"

男人的耳朵被染上热气。随宁看得心动，想动口，但又怕引火上身，只好转移视线道："我已经想好了。"

她就是不说答案。

陈津白老神在在道："嗯。"

随宁心里急啊，他居然都不急着听答案吗？

两个人比谁更稳，最后还是陈津白顺着她的心意开了口："怎么想的？"

随宁笑起来。半天后，她才把下巴搁在他肩上，嗓音轻柔道："不是说了嘛，想好了，就是好啊。"

良久，陈津白才低笑出声道："鬼灵精。"

随宁眯着眼。

不是叫自己"小狐狸"吗，那不得坐实了。

确定了各自的心意之后，后面的一切都好像变得简单起来，两家开始商谈结婚事宜。随宁仿佛成了甩手掌柜，什么都不需要做。没过多久，她就被通知去拍结婚照，拍完回来领证，然后准备好参加婚礼就可以了。

嗯，这基本是宋云深的原话。

随宁有时候想，结婚好像也没那么累……大概这就是家里操心好一切的好处？

因为拍结婚照需要时间，所以陈津白请了假。

他们准备结婚这件事，YU 内部其实还不知道。得知陈津白要请五天假时，蒋申只觉得惊讶，旁敲侧击道："是家里发生了什么事吗？"

陈津白说："不是，我自己的事。"

这话说了等于没说，蒋申问："那你说清楚干什么，不然五天也太久了点儿。"

沉吟了会儿，陈津白实话实说："拍结婚照。"

蒋申："？"

他幻听了？

看清陈津白淡定的神色，他脱口而出："和随随？"

陈津白蹙眉看他，嘲讽道："不然和你？"

"……"

这话有点儿太不客气，蒋申倒不在意，半天没说出话来，全是在啧啧："够快啊，真快。"

"不早了。"陈津白垂目。

蒋申听得乐了，没看出来啊，这么急，

不过，谈了两年，确实时间也不短了，虽然之前很大原因是随宁年纪太小。蒋申同意了请假，并且告诉他，如果时间不够，可以继续延长。

等陈津白两天没在基地出现时，庄帆他们总算察觉不对劲了——

两天，也太久了。

他给队长发消息："哥，你不来基地了吗？"

这消息一直到晚上才回的。

陈津白："。"

陈津白："假期结束后。"

因为白天他和随宁在拍照，根本没时间看手机。

国内的好景很多，所以他们并没有出国，而是去了一些人没那么多的地方。

随宁甚至都不用操心婚纱，她试了几套，全给带上了，还有一些没试，但尺寸是对的。

拍了两天，她累了。

"要不，就拍这么点儿？"随宁小声问。

陈津白将水递给她，只说了句："你确定不后悔？"

随宁就着他的手，小口咕哝喝了好几口，认真地想了想："那还是继续吧。"

她不想最后就只有几张结婚照。

两个人只在电竞圈里小有名气，就算偶遇了人，也没几个认识他们的，所以结婚照都拍完了，消息也没传出去。

但陈津白几天没训练的事被传出去了。

随宁上微博的时候，风向十分诡异。

"你们说，是不是要坐'冷板凳'了？"

"不会吧，White上次比赛成绩很好啊……"

"年龄也不小了，又拿到满贯了，是不是要退役了？"

"那不至于，YU到现在还不找新的打野啊？"

"说不定找了，只是你们不知道。"

"你们就不能猜点儿好的，万一是和随随去旅游了呢？"

"他们这两年就没怎么旅游过啊。"

"不会分手了吧，心情糟糕，没法儿训练？"

"好有道理。"

有人迅速截图了随宁的微博和直播间。

"他们有两星期没有互动了，随随不直播正常，但她也不在 White 直播间出现，这频率不对劲。"

随宁看到这条时，心想那是因为她前段时间天天要试婚纱，忙得很呢。

后来，她连 YU 基地都很少去了。

粉丝们果然信了这个说法，一时间，超话里乌云遍布。

"完了，我粉了两年的 CP 就要没了吗？"

"我又有机会叫随随老婆了吗？"

"啊，一时间不知道是 White 退役让我难过，还是和随随分手更让我伤心……"

关于 White 是否退役，以及和随宁是否分手的猜测，网上众说纷纭，大家都倾向于后一个。

随宁回头，陈津白正在看今天的照片。

她靠过去，慎重提醒："完了呀，哥哥，你被分手了。"

陈津白抬眸问："你好像很兴奋？"

Chapter 23

草莓印

这场由声音开始的爱情，从没让她失望过。

随宁睁眼说瞎话："有吗？没有啊。他们说你和我分手了，我怎么会兴奋？我很气愤。"她伸出手拍了下手机。

又幼稚又假。

陈津白视线在她手机屏幕上看了下，最上头的一条评论就在说"分手太好了"。

"……"

"最近没比赛，他们太闲了。"陈津白下结论。

随宁觉得有道理："其实吧，他们这么猜也正常，有些夫妻明星，没一起同框就会被猜离婚了。"

这样一想，被分手还算好的。

"等过几天，他们就会被闪瞎眼。"随宁说。

她看向陈津白。陈津白一下就猜到随宁在想什么，恐怕，她想着公开婚纱照，公开结婚证什么的。

"随你。"

"随我，跟我姓吧。"随宁俏皮道。

因为是在外地拍摄，所以他们住的是酒店，是宋云深公司下属的，等于在眼皮子底下。九点一到，陈津白就得回隔壁房间。

其实，两个人还没有发生关系，以前是顾忌随宁还小，后来想着干脆结婚了以后再……说不想是不可能的。他将平板留给随宁，道："你选吧。"

随宁接过来，直接放在床上，见他起身要走，直接一跳，伸手挂在他身上。

"还早呢。"她仰头看他道，"陈津白！"

陈津白沉声说："不早了。"

随宁笑嘻嘻道："怕什么，你亲我，宋总又看不到。"

她直接要站起来，床很软，她歪了一下，干脆借着力道把陈津白压在床上。

他不亲，她来。随宁喜欢和他亲吻，耳鬓厮磨间的亲昵，比起任何情话都要让她情不自禁。不知道是什么原因，她总觉得陈津白身上有种勾引她的味道，让她一靠近就会酥麻。

一吻结束，目光有些迷离。陈津白注视着她，伸手撩起她垂下来的黑发，手捏住她圆润的肩膀道："我是个男人。"他微哑着开口。

"你是……你是。"随宁回复，她还微微地喘着气，笑起来真像只勾魂的小狐狸。她躺在他身上，不重，轻飘飘的，问题是……她的绵软就贴在他胸膛上。

陈津白问："你觉得我自制力很好？"

"是吧。"随宁眨眼道。

对上他幽深复杂的目光，随宁最终自己先败下阵来，有点儿紧张他会真的忍不住。她正在想，上方忽然落下阴影来。陈津白俯身压下来，细密地吻着她的唇瓣，顺着到耳垂边，随宁禁不住，脚趾蜷缩。可就在她以为会发生什么时，他却没动了。

"过段时间再收拾你。"他咬她耳朵。这次不是悄悄话的那种咬耳朵，而是真的咬她的耳朵，没用力，反而轻轻地，像羽毛拂过。

陈津白起身离开，整了整衣服。随宁躺在床上，看着他的动作，微微眯着眼。别说，这时候他还真挺斯文败类的。皮相勾人。

关门前，陈津白回头道："明天见。"

"明天见。"

明天会是什么样，随宁充满了期待。

因为这段时间没打游戏，作息规律，所以第二天，随宁醒得特别早，八点就醒了。她还没给陈津白发消息，先看到了不少未读消息。

包尚："你和 White 分手了？"

方明朗："分了？"

不少圈内好友都发出了同样的疑问，并且询问她现在状态怎么样，女性朋友则多说了几句话，譬如"男人多的是"这种。

随宁还有点儿迷茫。昨晚不还只是粉丝们的猜测而已，今天早上怎么就全世界都以为他们分手了。

随宁问包尚："你在哪儿看到的假新闻？"

这时间包尚已经在公司了，毕竟他要上班，回复："全网都是啊，原来是假消息啊，吓死我了。"

随宁无语："你有什么好吓的。"

又不是他谈恋爱。

包尚："你就当我也是 CP 粉好了。"

包尚："所以，你和他到底怎么回事，没分手，难不成是冷战了？吵架了？"

他从来没听过两人吵架，一想还真有可能。

随宁也不怕吓到他，笑眯眯地回复："没吵架，没冷战，只是去拍婚纱照而已。"

包尚："没吵架就好。"

包尚："等等！"

他差点儿一骨碌从椅子上跳起来，把旁边工位的同事吓了一跳，问："什么大事？"

包尚盯着屏幕。上面几个字确实写的是"婚纱照"没错。好家伙，他直呼"好家伙"，这可不就是大事！网上猜分手，正主去拍婚纱照，太绝了。

"没什么……没什么……"包尚念叨着坐下来，噼里啪啦打字，"结婚了？"

随宁心情很好道："快了。"

回完他之后，她下床洗漱，没换衣服，穿着睡裙拉开酒店的窗帘，入目便是无边泳池。外面日光正好，水面波光粼粼。

他们住的是套房，里面几个房间，随宁推门出去时，餐厅那边已经放了早餐。陈津白正在倒水，随宁笑着坐下来道："早。"

熟悉了之后，她连"安"字都省了。

陈津白给她也倒了杯白开水，平淡地说起现在的传闻："今天早上收到了不少询问分手的消息。"

"你怎么回的？"随宁好奇道。

陈津白瞥她道："你说呢。"

除了实话实说，还能有其他的答案吗？传出去也好，省得网上有些人整天惦记着，之前还有人建微博，取名就是他们分手了没的名字。

不论是他的粉丝，还是她的粉丝，陈津白都不喜欢这样。他们又不是明星，公开毫无影响。

"我也是。"随宁捧着水杯，像小猫喝水似的，一小口一小口地，特别可爱。

她举手道："我今天要发微博。"

陈津白点头，又迟疑道："不要太夸张。"

随宁笑，保证道："绝对不浮夸。"这浮夸的范围定在哪里，那还不是她说了算。

今天的拍照任务并不繁杂。不知道是什么原因，今天特别出片，摄影师的快门声就没有停过："今天太顺利了。"他忍不住开口，"成片肯定特别好看。"

摄影师有让摆姿势，但也抓拍了一些，有时候抓拍的比摆出来的姿势要更漂亮、自然。

告一段落后，随宁坐在树荫下乘凉。陈津白正在接电话，从她这个角度看，他的侧脸精致，轮廓英挺，被阳光分割成明暗两面。真好看啊，随宁想。

等陈津白转身时，就看到女孩儿躺在地上，看着他发呆，他唇角扬起几分。

晚餐是在餐厅外吃的，刚好可以看落日夕阳。

随宁拍了食物的照片，又福灵心至，拍了张陈津白的手，发到微博上。

"随宁发微博"的消息迅速被传开。本以为是澄清谣言，大家一进微博，只看到一张图，而且第一眼看到的还是美食。

等仔细一看，这不是男人的手吗？

不多时，评论数量猛涨。

"这是 White 的手吧？"

"楼上是不是假粉，连 White 的手都认不出来了。"

"真的在旅行，笑死，最不可能的成了真。"

确定两人没分手后，粉丝们悬着的心终于落回原地。

至于旅行，两年了小情侣都没远程旅行过，这次没比赛了，出门长途旅行怎么了？这叫感情浓厚。粉丝们在微博底下盖起了楼，叫随宁和陈津白不要回来了，在外面过一个月都没事。

看到这消息的蒋申一脸问号。

谁说的一个月没事？不训练了？

庄帆还真的以为队长请假是去旅游了，十分羡慕，询问蒋申："蒋哥，我也可以请假去旅游吗？"

"旅什么游，给你报个老年团，要不要？"蒋申问。

"那算了。"庄帆又问，"为什么白哥可以？"

蒋申眼睛笑得眯起来，问道："你知道他请的是什么假吗？"

庄帆摇头。

"人家是去拍婚纱照的。"

"……？"

"你可以吗？你连法定结婚年龄都没到。"

蒋申最后一剂扎心针，让庄帆仿佛重回十七岁时，所有人都说："你还没成年，不可以。"

现在变成了，你还没到法定婚龄，不可以。

庄帆忧伤十分钟，忽然发现哪里不对劲，声音一下子扬高："结婚？拍婚纱照？"

没过半小时，陈津白请假去拍婚纱照的事在基地里传开，就连一天来一次的保洁阿姨都知道了。

"白哥真是闷声干大事。"

"我昨天问，都不说拍婚纱照。"

"这就结婚了吗？我连女朋友都没……"

虽然蒋申说别透露，但是两天后，外界还是模模糊糊地知道了。

真是平地起炸雷。之前猜测那么多，从没猜过两人是去结婚的，因为圈里真正走到最后结婚的太少了。

比如前年，几乎与随宁同时宣布和职业选手恋爱的女主播，不仅分手了，还闹得特别难看。

随宁和陈津白的甜蜜已经让大家够吃惊，但都比不过这一刻的震惊。

拍婚纱照和结婚没区别——妈呀，他们的 CP 真的原地结婚了？

网上热闹时，随宁和陈津白已经回来了。

在车上，她就在看评论。

"结婚？？？"

"好家伙，这就结婚了？"

"不是拍婚纱照吗？"

"所以上次说偶遇的朋友是真的啊，我还说她眼睛有问题……我马上道歉。"

"White 真狗啊。"

陈津白看到这条评论时，回了个问号。

被回复的网友激动地截图："这么多评论不回，单单回我的，肯定是我戳中了他心思。"

底下全是哈哈怪。

虽然这看着像歪理，但大家都同意这逻辑。

随宁也看到了，差点儿笑死："哥哥，你被看透了。"

陈津白关上屏幕，心平气和地回她："也不知道谁更狗。"

他还意味深长地看了她一眼。

随宁："……"

怎么好像要翻旧账的样子。

虽然"社死"已经成为过去，但被翻出来还是会尴尬的，随宁立刻转移话题。

"看，民政局。"

这转移十分生硬，但又非常有用。

随宁从来没关注过民政局在哪儿，也是第一次知道他们回去的路上刚好路过民政局。

民政局外面人不是很多，但能看到几对新婚小夫妻，有的在拍照，有的在说话。

自然，除了新婚夫妻，也有一眼看起来就是离婚的，正在吵架，面露不耐烦。而他们，看起来并没有多大。

婚姻百态，都可以看到。

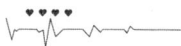

随宁本是转移话题，但自己的注意力却被转移，虽然多的是新婚夫妻，但她却不由自主地关注离婚夫妻。

他们不知道在吵什么，女方歇斯底里，男方难堪不耐地看着她，已经没了和对方说话的兴趣。

也许不久前，他们还在热恋中。

陈津白见她忽然安静下来，顺着目光看过去，明知故问："在看什么？"

"没什么。"随宁摇头。

因为车速没放慢，路边的人很快成为过客，离开她的视线，再也看不到。

随宁转过头，看着陈津白。

她想象不出他露出不耐烦神色的样子。

如果他们两个吵架，应该是冷战吧，随宁想，自己也不可能做到歇斯底里。

陈津白猜到她在想什么，没干涉。

有些事不需要说，只要行动就可以，再多的话也只是耳朵听听，不一定会成真。世界上，言语巨人多的是。

因为这件事，随宁原本雀跃的心情变得冷静下来，回到家里后，没了以前那种冲动劲儿。

好像成长了那么一小下。

这些烦恼不适合和父母说，随宁就给周纯打电话："宝，现在有空吗？"

"等我两分钟。"周纯说。

随宁听到嘈杂的声音，很快安静下来。

估计是那边选手们在游戏对话吧。

出发拍婚纱照前，随宁和周纯正式退租了之前的公寓，RX 俱乐部给周纯提供了房间。

两年前的合同也提过可提供住宿，只是因为周纯那时还没下定决心，再加上房租没到期。而且和随宁住，比其他人住更快乐，所以这一拖就拖了两年。周纯现在算是正经的 RX 人了。

俱乐部那边一开始还不知道她和甘灼的关系，后来得知后，经理都一愣一愣的。

年轻人真会玩。

周纯去了走廊上，问道："你是回来了？"

随宁"嗯"了声，道："刚回来。"

她趴在床上，两条腿晃来晃去，道："今天路过民政局，看到了离婚的人，挺感慨的。"

"果然是要结婚的人，会注意这些了。"周纯调侃，秒懂她的意思，"所以你就担心了？"

"第一次嘛。"

"好家伙，不是第一次，难道还是第二次吗？"

"……"

周纯忍住笑，认真道："烦恼是正常的，婚姻本就不简单，多的是因为鸡毛蒜皮的事耗尽爱情的。"她话锋一转，"如果陈津白睡觉打呼噜怎么办？"

随宁愣了下，道："他不打呼。"

周纯无语道："……比如，比如知道吧。"

"你还不如假设他抠脚呢。"随宁好笑开口，思索说，"这个好像更可怕一点儿。"

"行，假设他抠脚，他挖鼻屎什么的……"周纯一口气说了好几种猜想。

随宁真是听不下去了，道："算了，还是就这样吧。"

周纯不知道为什么笑起来，道："是不是头皮发麻？哈哈哈，宝贝，风光霁月的偶像也是凡人，他难道就不担心你有同样的问题？问题是双向的。"

随宁不知道陈津白会不会想这个问题。

结束通话后，她想了会儿，给陈津白发消息：**"你睡觉会睡姿不雅吗？"**

陈津白刚到基地，正在整理东西。

他拿起桌上的手机，看清内容，眉梢一扬，回复：**"那我不知道，没和别人一起睡过。"**

随宁不信："**哥哥，你猜我信不信。**"

陈津白回了个句号。

领证那天，随宁睡过了头。

大概是因为前一晚熬夜打游戏，第二天早上没能起得来，于是时间推到了下午。

下午也很好嘛。

随宁和陈津白停在民政局门口。

今天日子好，虽然是工作日，但情侣也有几对，他们来得迟还要排队。大家都戴着口罩，谁也不认识谁。

随宁给周纯发消息："还要排队。"

周纯："*最后的逃婚时间，晚了就进入婚姻围城了。*"

随宁："。"

她和陈津白在一起的时间久了，发现句号真是太好用了，好像什么话都能回。

随宁关上手机，严肃地叫了声："陈津白。"

陈津白偏过头看她。

"你还有最后的反悔时间。"她说。

"……"

半晌，陈津白告诉她："你没有。"

随宁正要说话，里面有人叫他们："……到你们了。"

陈津白牵住她的手往里走。

步骤看着感觉很复杂，因为提前准备了照片，实际上拿到红本本，不过就是眨眼之间的事。

随宁眨眨眼，有点儿晃神。

照片上她和陈津白凑在一起，红底，喜气洋洋。

桌上放了一盘喜糖，工作人员递给了他们两颗，笑着开口："恭喜。"

来结婚的夫妻多，颜值高的让人印象比较深刻。这对小夫妻可真好看。

随宁等不及道："哥哥，你一起拿着，我拍照。"

她发到朋友圈里，随后又发了微博，文案没什么，几个字，然后@了陈津白。

大下午的，在上班、上课的粉丝摸鱼看到微博，都愣了一下。

结婚证？

虽然之前就知道两人拍了婚纱照，距离结婚不远了，但是看到结婚证，还是会激动。

"啊啊啊！"

"结婚啦，恭喜宝贝！"

"这对真是我看着结婚的，我还没有男朋友呢。"

"谁不是呢，看别人恋爱真快乐。"

"当初谁能想到这一天呢。"

"以后'随随老婆'只有 White 可以合法叫了，咱们都是不合法人员了。"

也有理智分析粉。

"照片的手一看就是 White。"

"肯定是随随拍的。"

"White：我是个无情的摆拍机器。"

陈津白很快就转发了这条微博，成为他仅有的几条微博里最有分量的一条。

圈子里不少人都来祝福。

即使是不粉 YU 的网友，那也看过陈津白的比赛，也听过随宁的解说，都认识他们了。

从第一次获得冠军，到现在大满贯，无人不知 White。

从公开恋爱，到如今的结婚，也足够让人羡慕。

庄帆一个人转发了三条，从感叹号到呜呜呜，他的微博底下成了网友们又哭又笑的地方。

随宁收了手机，剥开喜糖，说："味道还不错，哥哥，你也吃。"

面前的人没回答她。

她抬头，问道："怎么了？"

陈津白目光灼灼，语调听似平静："我在想，现在，你是不是应该改口了。"

改口？随宁迅速反应过来，他指的是"哥哥"这个称呼的事。

现在可以叫"老公"了。

其实，很多情侣之间也会有这样的称呼，或者打游戏时，会有人问是不是老公。但随宁其实并没有真正叫过，她习惯了叫哥哥。

"改口是两个人的事，你也要。"随宁眼睛笑成月牙儿弯，"谁规定我先改口。"

她明示他。

陈津白听她说了一串，明白她的意图，面上云淡风轻，丝毫不显，弯腰靠近她。

他们距离不过一厘米。

他轻轻开了口："老婆。"

随宁被叫得满脸通红。

当晚，两人去吃了烛光晚餐。

而晚上，他们回的不是各自的房子，而是婚房。

这个房子从落地到装修，都是随宁亲眼看着的，是她自己喜欢的风格，里面的东西都是她选的。

家里的阿姨白天进来打扫过，在里面放了一束花，还在桌上放了一盘喜糖。

对于今晚会发生的事，随宁十分清楚。

说起来，恋爱时，她还强吻过陈津白呢，但这时候，也不知道为什么，她就怂了起来。

这里的衣服不多，睡裙只有两条，随宁挑了半天，结果进浴室后忘了带进去，内衣也忘了。

她也没叫陈津白，穿着浴袍偷偷出来。

不承想，陈津白正坐在床上，他边上是她的睡裙……

"……"

好像一切都水到渠成，即使和随宁想象的不一样。

被陈津白放倒在床上时，随宁天旋地转，忽然就放松了，甜滋滋地叫他："老公。"

这谁能忍得住。

陈津白说："再叫一声。"

随宁叫了好几遍："老公、老公、老……"

剩下的话被他堵在口中，淹没在唇齿间，她的手抓住他的肩膀。

随宁的指甲不经意地划在陈津白的背上。

她的指甲修剪得很圆润，像轻轻地挠痒痒一般。

陈津白眼中有说不出的情绪，手指勾到系好的浴袍腰带，轻轻一扯，顺着溜进去，触碰到的腰肢纤细柔软。

随宁后知后觉哪里不对，她是不是还没穿来着……

陈津白的呼吸停了一瞬。

随宁漂亮的眼睛眯起来，随着他轻轻拂过的手，身上起了层鸡皮疙瘩，膝盖想要弯起，却被他挡住，而且明显感觉到有东西硌在那里。

是什么，她猜到了，从耳朵到脸颊都蔓延出粉色。

陈津白轻笑了声，亲她唇角，渐渐向下，从下巴到脖颈，再到一片柔软。

随宁眼前不知为何模糊起来。

这场由声音开始的爱情，从没让她失望过。

次日清晨，陈津白率先醒来。

也不知道是随宁睡姿不太对，还是因为昨晚的事，这会儿她是趴着的，枕着他的胳膊，身体贴着他。

室内温度不高，被子滑落几分，随宁白皙的背有四分之一露在外面，乌黑的头发散落在上。黑白交织。

不是胳膊抽不出来的难，而是清晨面对这么活色生香的景色，陈津白作为正常男人，生理反应挡不住。偏偏他一动，随宁又往他这边缩了。

等到随宁醒来时，她看到陈津白一直在看自己，蒙了有十秒的时间，才钻进被窝里。

陈津白好笑道："怕什么。"

随宁瓮声瓮气道："你怎么不穿衣服？"

陈津白挑眉，问道："你要不先看看你自己？"

随宁："？"

她可是穿了衣服的，虽然昨晚后面也是他给她穿的。陈津白干脆直接下了床，随宁又没忍住，昨晚她没注意看，这会儿光线正好，看着他线条流畅的后背。

嗯，还挺好看。

就是上面有浅浅的红色指痕，好像是她抓的，脖子上好像也有，今天出门会被看出来吧……

随宁又低头看自己。

行了，半斤八两，干脆都别出门了。

Chapter 24
仲夏之月

拥有了太阳系的奇迹。

从今以后，热恋不限时。

随宁和陈津白的婚礼定在七月尾。

婚礼前，连着下了两天的雷阵雨，所以婚礼当天的天气比之前要舒服许多。

一早，天还没亮，周纯就敲响了房门。

"还在睡呢？"她问。

随宁刚醒，半眯着眼道："虽然说要早睡，但说是说，做是做，根本不是一回事。"

她打了个哈欠。

没过多久，化妆师和造型师鱼贯而入，带着婚纱和首饰，满满当当地摆满了桌子。

随宁这一下是清醒了。她洗漱完，喝了一小碗粥，然后才坐在桌前，周纯无事，在给她念网上的新闻。

"你粉丝想要参加你的婚礼，但你一直没通知，她怀疑你们不办婚礼了，说 White 抠门儿。"

念到后两个字，周纯自己都笑了："哈哈哈，你的粉丝好有胆，其实，White 还是很大方的嘛。"

随宁抿嘴道："别逗我笑。"

周纯退出微博："好的。"

不过真的好好笑，CP 粉和粉丝怎么会那么可爱。

其实对随宁而言，婚礼并不麻烦，因为一切都不需要她操心，她只需要穿上婚纱化妆就可以了。

化妆师是知名的，给不少女明星化过很多次妆，但下手时，还是不禁感慨，这皮肤和五官，没话说。

等造型弄好，已经是几小时后。

随宁一开始还兴奋，后面就昏昏欲睡了，直到被叫醒："醒醒。"

她咕哝两句："好了呀？"

周纯和另外一个伴娘"嗯嗯"两声，道："好了、好了。"

随宁这还是生平第一次参加婚礼，是自己的婚礼，她好像是朋友里结婚最早的。

陈津白到时，她的心不知为何竟然意外地平静。

也许是因为早就领证，或者是知道他到了，也许是做好了和他共度一生的准备。

他们的婚礼没有请多少人。随宁这边家里的亲戚不多，家里的合作伙伴来了一些，除了两家亲朋，还有一些职业选手和主播。

说来也是巧。

几个大主播没意外地同一天请假，平时都是直播一天不落下，粉丝们一碰头，哎，好像不对。

全都有事？参加婚礼？

"苹果也请假了？"

"是啊，我关注的苏趣也挂了请假条，说是参加婚礼。"

"我关注的一个主播也是！"

"哪个主播结婚了？"

"你们都不知道吗？其实我也不知道。"

"我想了想，他们关系好的……一个有女朋友，刚分了，其他都是单身啊。"

"你们不记得随了吗？"

"？？？"

"好有道理啊，随随呢？"

网友们不动则已，一动就很快查到了蛛丝马迹，说不定真的是随随，最有可能的一个。

等他们在随宁微博下大规模评论时，随宁正在和陈津白交换戒指。

蓝天白云下，她被陈津白戴上婚戒。

白纱下的随宁眉眼弯弯，反勾住了陈津白的手，边上有人递过来戒指，她看着那个圈套进他修长的手指里，和她手上的婚戒交相辉映。

下午三点，YU官博发了张图。

等了几小时的粉丝们闻风而来，一看到那张婚礼现场图，就知道是真的。

其实也不是很意外。

都领证了！婚礼还意外吗？！

前两天还说陈津白不办婚礼不行的粉丝默默删了评论，当无事发生，又在官博下嗑拉了。

"搞不好，很快就会有孩子了。"

"啊，我第一对从开始嗑到生娃的CP。"

"有点儿想看White带小宝贝打游戏。"

"哈哈哈，孩子还没生呢，你们都在想啥？"

因为随宁这里不闹洞房，所以晚上就是二人世界。

送走所有人后，随宁迫不及待地洗澡，换了衣服，取下头饰，感觉轻松了许多。

"这儿还有红包呢。"她趴在床上，"谁撒的花生、桂圆？"

陈津白从外面进来道："我妈放的。"

随宁剥了一个桂圆，一边吃一边趴在床上数钱："我已经好久没碰现金了。"

陈津白站在床边，看她动作道："看不出来你还是财迷。"

"谁不爱钱呢。"随宁头也不抬。

上次陈津白将那些陪玩钱给她的时候，她才知道，原来她在那上面花了还蛮多的。

随宁翻了个身，躺在床上仰面看他，伸手扯了下他的领带："快去洗洗。"

虽说她没用力，但因为距离太远，为防止被勒到，陈津白还是稍稍倾了倾身。

"嗯。"

临走前，他低头在她唇上啄了一下。

等他离开后，随宁又翻滚了两下，笑得眼睛眯起来——新婚好快乐哦。

陈津白从浴室出来时，随宁已经在被窝里，拿着手机在和人说话："……是啊，结婚了。

"没请你？大家都没请。"

随宁莞尔："难不成你要给我送礼金？"

陈津白没听到别人的声音，靠过去，低声询问："谁？"

她没回答，他却看到了手机屏幕。

"啊啊啊！"

"是谁！"

"是今天的新郎官吗？"

随宁转了转手，小声说："我在直播聊天。"

她没开镜头，只是黑屏回答粉丝们的弹幕问题。

"别以为说话声音小，我就听不见哦。"

"能不能大声点儿。"

"别睡觉了吧，大家一起聊天。"

"新婚夜一起聊天多快乐！是吧！"

"是什么是。"

陈津白回了一句，轻飘飘地看了她一眼，在她还没反应的时候就堵住了她的嘴。她只来得及发出一声短促的惊呼就再无声音。

直播间里一群盯着乌漆麻黑的屏幕的粉丝耳朵竖得尖尖的，什么也没听见。

"被制裁了？"

"发生啥事了，啊啊啊！"

"完了，这直播间不会被封吧？"

"刚进来，主播是不在直播间里吗？"

"主播去过新婚夜了。"

陈津白的一只手轻而易举地关了直播。

过了好几分钟，随宁才推开陈津白，平复着微喘的气息："好了，直播就到这里吧。"

说完，她就发现直播早已被关闭。

肯定是陈津白刚刚趁她不注意干的。

"你刚刚干吗，万一被听出来怎么办。"随宁抱怨，声音甜糯甜糯的，呼吸不稳。

"听不见。"陈津白平静。

"我还没和粉丝聊完天呢。"

"你确定在今晚聊天？"

随宁将脚搭到他腿上道："你们自己微博不还发了图，他们都在私信我，总要回的。"

她唇瓣一开一合，说个不停。

陈津白撩了下她压在两人肩膀上的长发，顺势将她吻住，头顶的灯光昏黄中映出床被的红色。

随宁没挣扎，睫毛轻颤，甚至能碰到他的脸。她手伸进他的睡衣里，摸了一把腹肌，自从婚后，她就爱上了这种手感。

随宁总算是知道为什么那么多人喜欢人鱼线了。

因为性感。

陈津白单手捧着她微微酡红的脸，手指搁在耳朵上，指尖陷在了浓密的黑发中，在她口中攻城略地。

待松开时，随宁微微仰着头，感觉到他微凉的唇落在自己的脖颈上，带起一阵阵酥痒。

她忍不住轻笑起来，想去推陈津白。

其实都坦诚相见许久，早已熟悉对方的身体，可还是感觉明显，两个人闹了起来。

随宁自然是势弱的一方。不仅被教做人，等结束后去浴室清理时，又擦枪走火，不是新婚夜，胜似新婚夜。

是夜，微博上十分热闹。

有人截图发微博："随随直播中途被关闭，也没打招呼，那么问题来了，这是谁动手关的？"

一众被突然关闭直播的随宁迷惑到的粉丝们和网友们对此展开了一场大型猜测。

评论里五花八门。

"我听到了惊叫声！"

"咦，这就得问 White 了，是吓随随了，还是干啥了，是不是惊喜的叫声啊！哈哈哈。"

"陈津白干啥了 @YUWhite"

"请大家多说点儿细节，我想听！"

"White 把随随不可描述了。"

"我在现场，我做证。"

本身随宁就是个大主播，粉丝很多，这种事故一发生，很快就可以传开。

连庄帆这会儿都被人问了。他也很无语，关键是这还用猜吗，小夫妻俩还能干啥。

等随宁第二天醒来时，她的微博又热闹了一番，一点开都是在问昨天 White 对她做了什么不可告人的事。

还不可告人，这下全世界都知道了。

随宁扭过头，身旁的男人还未醒，但眉头轻轻蹙了一下，似乎快要醒来。

她作怪地将冰凉的手机塞到陈津白的衣服里，放在他的胸膛上。

等他睁开眼时，随宁又被清晨的男人性感到，但还能保持镇定："一人做事一人当。"

"什么？"陈津白嗓音极低。

随宁却说不出话来了，呜呜呜，怎么这么好听，她瞬间忘了自己刚才的目的。

"……没什么，你饿吗？"

陈津白思忖："你饿了？"

尾音稍扬，有种声优在说话的感觉。

"不饿。"

随宁动了动，一动就感觉碰到了身旁的人，她停住没动。

同住那么多天，她已经知道早上什么事不能做了。

好在今天陈津白并没有教训她，而是接过手机，看到屏幕上满满的网友评论。他上下滑动，大概了解了是什么情况，最后停留在一条小论文一样的评论上。

我的 CP 太甜了："你们说得都对，我也分析一下——这么好的机会，他一定是想自己和随随一起露脸，可惜随随没开镜头，White 一定是嫌随随手机太破了！"

什么东西。

陈津白手指动了动，回复："毫无逻辑。"

他回复完，记起来这是随宁的账号。

也不知道是不是因为今天是周六，大家都不用上班，大清早的，网友居然不睡懒觉在玩微博。

对方秒回了。

"你是不是 White，你上大号说话。"

上号自然是不可能的。

陈津白将手机还给随宁，随宁打眼就瞧见那条新回复，乐不可支："这不是我粉丝，是你的粉丝吧？"

一下子就看出来不是本人。

不过，她的确不会回复这样的内容，很像陈津白的风格。

毫无逻辑，哈哈哈。

随宁翻身趴在床上捧着手机，回复："我这不是大号？"

等了许久的粉丝看到新消息，十分失望，怎么就换人了呢——不过这样表明两人在一块儿。

还行吧，将就当糖嗑。

随宁将手机丢到一旁，无事可做，胳膊搭在陈津白的身上道："哥哥，你要起床了。"

"你不起？"他问。

"不起。"随宁十分理直气壮。

结婚了，她就暴露本性了。

使唤偶像也是一件很高兴的事嘛。

"……"

陈津白伸手，尝试圈了圈她的胳膊，太细了，他用手圈住还留下很大的空间。

他坐起来时，后背露在外面。随宁目不转睛地看，等陈津白察觉，扭过头时，她就忙不迭地闭上眼。

陈津白失笑，下了床。

随宁唉声叹气两下，虽然什么都见过了，但偶尔还是会害羞的。

她赖床二十分钟，慢悠悠地起床。

外面弥漫着香味，陈津白穿着衬衣，正在厨房里，从随宁的角度看，像电视剧中的镜头。真好看啊。

她拍了张背影照，发到了微博上。

这会儿很多粉丝都没起床，但也有人秒评论。

"好了，这回确定是随随在上号。"

"好帅一男人，随随上去按倒他。"

"实不相瞒，我想看被和谐那种程度的内容，可以满足吗？"

"这厨房的灶台怎么看起来有点儿像床啊。"

随宁十分无语，大清早的，这些粉丝怎么比她还要饥渴。

"看什么？"

等陈津白过来时，她赶紧关掉手机，乖巧回答："在看今天的新闻。"

陈津白本是随口一问，却将她的反应看在眼里。

基地给他放了半个月的婚假，但两个人都觉得不需要那么久，三天后就去 YU 发喜糖了。

随宁现在可以光明正大地留在陈津白的房间里了。不过，基地里还是训练比较重要，她留了一晚就果断跑路了。

况且，距离产生美，每天离得太近也不是特别好。

庄帆和段归他们见了面就调侃："哥，你都结婚了还在基地里住，不太好吧？"

"是不好。"陈津白"嗯"了声。

他抬头道："你们训练好，我就可以离开了。"

庄帆本以为他说的是回婚房住的意思，可过了许久才知道，这个"离开"指的是退役。

他们知道时，事情基本定下。

陈津白已经和蒋申提了这事。

从他加入 YU 到现在，从恋爱到结婚，从第一次拿冠军到次次冠军，已经做到了一般人做不到的事。退役是早晚的事。

随宁问："会不会太早了？"

陈津白说："不早，刚好。"

"其他队比你年纪大的还在打比赛呢。"随宁有点儿不舍道，"这才两年多。"

陈津白摸了摸她的头道："两年多不短了。"

随宁弯了弯眼睛，说："好吧，退役了就和我一起直播吧，多赚点儿钱。"

"干什么？"他问。

"养家啊。"随宁说。

闻言，陈津白认真地想了想自己银行卡里的余额，确定还能负担得起妻子的生活。

他点头："好。"

要养她，还要养个小孩儿。

陈津白看随宁笑眯眯的模样，心想，这要有个孩子，家里就算有两个小孩儿了。

陈津白退役的那天，已经入了秋。

因为是一早确定的消息，所以在上午十点，他定时的微博就自动发了出去。

没有其他选手的字数多，却句句真诚。

"？？？？？"

"我没看错吧？"

"这是 White 字数最多的一条微博吧……"

"呜呜呜，不要啊，我才粉上就退役了，怎么回事？"

"@ 随随，快叫你老公继续打职业。"

有评论 @ 了随随，就有几个网友趁机搅浑水，说他是因为结婚才退役的。很快这几个网友被粉丝喷到删评、改名、换头像一条龙。

官博和其他职业选手都转发了陈津白的微博。

随宁也转发了，什么多余的也没说，反正就是支持。被粉丝好一通说。

"随随不再是以前的随随了。"

"随随：甜蜜生活开启。"

"哈哈哈哈哈，希望随随以后多发发和 White 的日常。"

"随随多和 YU 聚餐，知道吗？"

随宁很想表示不知道。

她弯唇笑，回复："知道了。"

从今以后，他就是她一个人的了。

被回复的粉丝乐得多吃了一碗饭。

随宁正和周纯在外面买东西，前一晚周纯约她，顺便讨论讨论感情那些事。因为甘灼和她，其实也谈了很久了。

中午陈津白和 YU 的人聚餐，她正好和周纯一起吃饭。

"我提前订的，好难订的。"周纯抱怨，又笑道，"不过，这家烤鱼味道特别好，我和甘灼来过两次。"

"甘灼，甘灼。"随宁瞥她道，"三句不离。"

周纯说："烤鱼都堵不住你的嘴。"

随宁略略道："堵不住。"

她今天胃口不是特别好，周纯说的特别好吃的烤鱼，她这会儿不仅不想吃，还有点儿反胃。

但为了不影响周纯，她就没说。

不过周纯还是一眼看出来，问："不喜欢吃？"

随宁点头道："我以为是我喜欢的口味，不过尝了没那么喜欢。"

周纯也皱了皱眉道："那待会儿陪你去吃其他的。"

两个人商量得好好的，吃完烤鱼之后去了一家经常打卡的私房菜馆，点了两三个菜。

结果随宁没吃几口，周纯自己吃了大半，她摸着鼓鼓的肚子道："宝，你厌食了？"

"就是不太饿。"随宁叹气。

周纯一时间也没往其他地方上想，一直到她们逛街，路过一家店，随宁干呕了一下。

她脑中灵光一闪。

周纯问："宝，你和陈津白想过什么时候要孩子吗？还是不打算要？"

随宁说："还早吧。"

　　周纯盯着她半天，把随宁都给看心虚了，然后开口："咱们去医院检查一下吧。"

　　随宁："？"

　　她后知后觉，终于明白周纯的意思。

　　随宁本来想说他们平时有做措施，但话到嘴边又停住——好像确实有那么一次。不是吧，这么巧合。

　　周纯促狭道："好家伙，看来你也没想到。"

　　随宁："……"

　　她也不是个忸怩的性格，直接和周纯去医院挂号。

　　工作日的医院人不多，前面只有两个病人。没多久，检查结果就到了两人手上——中奖了。

　　从医院出来后，随宁就没说话。

　　她这会儿心情又复杂、又激动，伸手摸自己的肚子，好神奇，这就有一个宝宝了吗？

　　随宁想过备孕，但还没考虑过什么时候。

　　两边家长也不管他们的小生活，所以她从来不用担心其他的，过好小日子就可以。

　　"叫陈津白回来。"周纯严肃脸。

　　随宁说："他今天退役呢。"

　　周纯挑眉道："这不正好，回来带娃。"

　　"……"

　　好像确实有一点儿的道理和巧合。

　　回去的路上随宁一直在思考怎么告诉陈津白这件事，她还从没和他讨论过孩子的事。

　　这么早有孩子，他会喜欢吗？

　　随宁想了想，要是不喜欢，那就得争吵一番了。

　　她先打电话和妈妈说了怀孕的事，随母一愣，而后问："这么早呀，你们打算要吗？"

　　随宁手指勾着袋子道："既然来了，那就留下。"

随母说了不少注意事项，让她小心，明天她就过来，末了又想起来道："津白知道了吗？"

得知他还不知道，她又叮嘱，这件事要两个人都好好说说，怀孕不是一件小事。随宁乖乖地应了下来。等她被周纯小心翼翼地送回到小区时，正好太阳下山，陈津白刚从YU那边回来。

"陈津白——陈津白——"

随宁还没进门，才开门，就开始叫他的名字，她也不知道他回来了没有。

才刚关门，就被陈津白抱住亲吻。

随宁还来不及反应，被抱到了玄关上，手里的袋子哗啦啦地响，门口这儿光线不亮，她眼前有些朦胧。

过了好大一会儿，她才被松开。

随宁推他道："干……什么？"

陈津白眉眼笼着欲："亲你。"

随宁心跳漏了一拍，感觉接下来会发生什么不和谐的事，连忙开口："我渴了。"她小声道，"真的。"

陈津白放过她，去给她倒水。

随宁咕噜咕噜喝了大半杯水，看他盯着自己，又喝了一口，被拿走杯子。

"喝那么多做什么。"陈津白问。

"……渴。"她紧张。

陈津白哂笑，还好他倒的是温水。

他目光落在她一直没松开的袋子上，看见医院的名字，蹙眉，问道："生病了？"

陈津白拿过她手中的袋子。

随宁没松开。

陈津白狐疑道："抓这么紧，看不得？"

随宁立马松开手，看着他打开袋子，慢慢地拿出里面的检查单什么的，又想喝水。她连结婚都没这么紧张过。

空气里寂静许久。

陈津白目光定在结果一行字上，半晌，他抬头，眉宇清朗，温声道："紧张这个做什么。"他捏了捏她的脸，"是好事。"

随宁的脸这段时间被养出来了一点点肉，不胖，反而比以前更显漂亮柔和。

"太意外了。"她咕哝。

"意外也不错。"陈津白轻笑道，"难怪刚刚一直推我。"

随宁被他说得耳朵红了红，问："谁知道你一进门就那样，哥哥，你是不是太寂寞了？"

"……"

陈津白心想，任谁和新婚妻子分开几天，回来都要亲密一番的吧。

他转移话题："医生有没有叮嘱什么？"

随宁说了几个，陈津白又问了一些医院检查的事和注意事项，有些不确定，还打算明天去医院再看看。

还没落地的小宝贝已经得到了重视。

不过他这样喜欢，随宁确实很开心，因为他和她一起期待这个新成员的到来。

不知道是不是因为怀孕，随宁晚上的困意也来得早。她躺在床上一会儿，听着浴室里的水声，没多久就昏昏沉沉，等陈津白出来时，她眯着眼在酝酿睡意。

半睡半醒间，随宁感觉陈津白躺在自己身侧。她闭着眼提醒："关灯噢。"

很快，房间暗下来。

随宁感觉到他环住自己的腰，手掌轻轻碰了碰她的小腹，除此之外，什么多余的都没做。

"有点儿遗憾。"忽然，低淳的嗓音在她耳畔。

她听见陈津白说："没能陪你一起知道结果。"

陈津白遗憾于，不是第一时间和她一起知道的。

这样的喜悦，应该一同得知。

随宁听得模糊，还以为自己是在做梦，一直到她第二天早上起床，朦朦胧胧想起来。

昨晚陈津白好像说了什么？也许是她记忆力够好，也许是昨晚没睡得太熟，没几秒，就想起来了那句话。随宁怔了半响。

她其实没觉得自己去检查有什么，毕竟有周纯陪着，但没想到陈津白会觉得遗憾。

不过这么一想，她更开心。

随宁穿着睡裙下床，一打开门就看到陈津白在餐厅的身影，心想这男人还真不太像打游戏的。

哪个打游戏的长这么帅，生活比她还规律。

"起了？"陈津白回头。

"嗯……"

随宁点了点头，然后回去洗漱，等她再回到餐厅时，桌上多了一杯热牛奶。

虽然不太想喝，但为了身体她还是喝了。

"早上吃这么多干什么？"随宁又苦着脸看桌子，"我胃口没那么大。"

"现在不止你。"

"哥哥，你知道宝宝还没发育吗？"

"未雨绸缪。"

"……"

从这一天开始，随宁和陈津白开始了不一样的生活。

和其他新婚小夫妻相比，他们的夫妻生活才过了几个月时间，就有了变化。

陈津白退役之后，并没有直接远离这个圈子，也不像其他职业选手转行直播或者当解说。

随宁也不知道他每天在忙什么，反正看起来很规律的样子。

孕期两个月时，随宁的反应逐渐明显。平日里，和周纯一起出门逛街时，闻不得很多味道，好像嗅觉变得灵敏。以前吃的现在不爱吃，以前不爱吃的现在爱吃。导致周纯对她的口味摸不准，问道："宝，陈津白在家做菜吗？"

随宁回答："偶尔。"

家里有阿姨，不用他们动手。

周纯"噢"了声，道："我还想，如果他做菜，你怀孕几个月，说不定陈津白就成了大厨。"

随宁嗔她："你损我呢。"

"实在是你口味变得太快，比五月的天还可怕。"周纯摊手道，"原来怀孕是这样的。"

"他脾气其实很好啦。"随宁喝了口水。

其实在别人眼里，陈津白可能属于偶尔毒舌、一针见血，在她面前，却不是那样。

大概就是私底下的本性吧。随宁觉得他骨子里很温柔，这种温柔和表面的那种不一样，她很喜欢。别人都不知道，只有她知道的小惊喜。

周纯问："你们粉丝还不知道你怀孕了吧。"

随宁摇头道："没说，又不是明星，没必要什么事都说出去。"

况且，退役了就等于回归平凡生活了。

刚说完，周纯的手机就响了。

随宁眼尖地瞥到"甘灼"两个字，虽说不是故意听电话，但周纯回答还是能听见的。

无非是在问她什么时候回去之类的。

等挂断电话，随宁眨眼，俏皮地揶揄道："哎，宝贝，其实弟弟也长大了嘛。"

周纯别扭道："他没长大。"

随宁说："那可不一定。"

虽然她和甘灼并不熟悉，但其实见过次数也不少，毕竟这两年间，职业比赛不少，RX 都有参加。成长也就是一瞬间的事。

说完别人，随宁收到了陈津白的微信："在哪儿？"

她回了个地址。

不出随宁预料，半小时后，陈津白就出现在了店外。

岁月静好，莫过于此。

怀孕四个月时，随宁怀孕的事被粉丝们知道。这件事其实还是个意外。

因为怀孕，所以她自然也就停了解说的工作，只一星期做两次短时间的直播。也是直播泄露了秘密。

彼时随宁正在直播排位，也不知道是不是运气不好，排到了挂机队友，连跪两局。

"随随好惨。"

"好像我的排位日常。"

"White，还不快带你老婆上分？"

"我想看夫妻双排，请满足我，一个战舰可以吗？"

随宁心态好，也不气恼，只是吐槽了两句。正打算新开一局，直播间粉丝们看到镜头里多了只男人的手，将手机收走了。

"不早了。"陈津白说。

声音传到直播间里，粉丝们呜呜乱叫。

这对夫妻真是声控粉的福利，声音都好好听。

"今天才玩两小时，而且还输了！"她撒娇，"哥哥，再让我玩一会儿嘛。"

"？"

"这是我该听的吗？"

"White 为什么要限制随随的游戏时间，这不好吧！"

"结婚了就恢复本性？"

没摸清头脑的粉丝们不太喜欢陈津白这种行为。想玩就玩，为什么还要别人同意？

"两小时还不够？"陈津白很无情，并且提醒她，"明天还要去医院。"

"好吧。"随宁想起来检查的事，慢吞吞地关了直播。

自从显怀后，她的游戏时间就被限制，因为长时间坐在那儿打游戏对身体不好。

她这边安稳了，网上热闹了。White 不许随随玩游戏的事迅速被传播开，一时间，有粉丝开始声讨起陈津白来。一直到睡前，陈津白的手机就没停过提醒。

随宁靠过去问："看什么？"

陈津白翻手，饶有兴趣道："看你的粉丝在讨论怎么让我感受人间惨案。"

屏幕上正是几条评论。

"离婚吧，宝贝。"

"让他孤独终老。"

"White 原来是这样的人！"

随宁："……"

一时间不知道是该笑，还是该说粉丝太爱她。

"这就是你不准我玩游戏的下场。"随宁义正词严。

"嗯。"陈津白敷衍地回答。

不过，随宁还是上微博公布了自己怀孕的事。

粉丝们正声讨得起劲儿，一看到随宁解释直播的事，来不及道歉，全是恭喜。难怪随宁好几个月不解说，他们还以为她也要跟着 White 一起退出这个圈了。

不过，怀孕也太快了吧！粉丝们总感觉婚礼也就是没多久的事，其实算起来从拍婚纱照到领证已经很久了。

随后纷纷表示 White 看起来还有点儿父亲的样子。然后又开始期待起随宁这次是女儿还是儿子，父母这么漂亮帅气，宝宝岂不是得好看死。他们还想看他俩带娃打游戏。

对此，陈津白不置可否。

显怀后，随宁的肚子长得很快。

大概是身体原因，孕六个月时，她反而比早期更舒服，除了一些剧烈的运动，比如跑步什么的不可以做，日常活动基本不受影响。

随宁现在直播打游戏时间更随缘了。不过，她会要求陈津白用她的直播间直播，她在一旁说话聊天，还算有趣。

陈津白忙了几个月的事，随宁终于知道答案了。

他开了家公司，做的是和电竞相关的行业，未来这个行业只会越来越红火。随宁一朝成了老板娘。

宋云深之前还在微信上问她，要是家里公司分红不够用，他们没钱了，他可以支援，亲妹妹不可能忘了。

随宁回了他一句话："请叫我'随总'。"

宋云深："？"

随宁笑得不行，她在家里的公司有股份，拿分红就行。在陈津白的公司里也是一个老板，虽然大家日常叫她老板娘。

她偶尔也会去 YU 基地玩。前段时间刚结束的冬季冠军杯中，随宁还和周纯一起去看了，RX 获得了冠军。

当然，她不可避免地遇到了粉丝。

在后台，甘灼看了眼随宁的肚子，很是羡慕。

周纯拍了一下，道："看什么看。"

甘灼抬眸道："你朋友都要生孩子了，我还在谈恋爱。"

周纯："……"

这个话题让她很慌。

趁着还没肚子大到逛街不便利的时候，随宁一星期出好几次门。她还多了几个朋友，有时间就出门喝下午茶，过的日子真真像一个富家太太。陈津白偶尔回家还得等她逛街回来。

怀孕七个月时，随宁的嫂子也被检查出来怀孕，她和宋云深结婚一年多。他们就一起出门吃饭。

好巧不巧，这次聚餐被路人拍到了。其实路人只是觉得他们颜值高，便发到网上感慨一下，没想到被人认了出来。

"随随好可爱哦。"

"随随旁边、对面的都是谁啊，也好好看！"

"果然，美女的朋友都是帅哥美女。"

宋云深的身份并不是一个秘密，他时常去总公司和分公司视察，很多人都认识他。不多时，宋总的身份就被揭露。

这没什么惊讶的，让人震惊的是，有人爆料："这位宋总的妹妹，姓随。"

粉丝们震惊。

原来，我们粉的主播真是不直播就回家继承家产的？

当初很多人都不知道随宁的家庭情况，只知道应该不错。但知道宋云深是她哥哥时，纷纷露出了兴奋的表情，问随宁："宝贝，你哥哥有女朋友吗？"

"我想做你嫂子呢。"

随宁眨眼道："照片里就是我嫂子。"

粉丝们本就是口嗨一下，主要是一家子颜值太高。

这场热闹下围观的并不只有随宁的粉丝，还有中立网友，以及陈津白的粉丝。网友们纷纷担忧起 White 的小金库来。

"White 挣钱了吗？"

"奖金够用吗？"

"公司创业成功了吗？"

"老婆孩子养不起怎么搞？我好担心。"

陈津白开公司的事还是庄帆说漏嘴的，他刚说出口就意识到了，所以只说了半句。到现在粉丝都不知道公司是干什么的，赚钱了没有。

庄帆直播时澄清："……成功了，赚钱了。"

"你说的一点儿信服力也没有。"

"所以叫啥名，我给孩子奶粉出一份力。"

"哈哈哈，全民养娃吗？"

"没事多直播，很快就有钱了。"

陈津白一天都在公司里，回来就变了天。

随宁看新闻看得乐不可支，这一高兴，晚上就乐极生悲，腿又开始抽筋了。

好在陈津白已经有了经验。他不知道从哪儿学的按摩技术，随宁享受了许久。

随宁说："今天粉丝们都问我，你赚钱够不够买奶粉。"

"你说呢。"陈津白手移到了随宁的肩膀开始按摩。

随宁翘唇，眯着眼，故意叹气："不够还能怎么办，都说贫贱夫妻百事哀，我们以后……"

"……"陈津白说，"放心，余额足够。"

随宁莞尔，认真思考，道："真的会需要很多吗？会很忙吗？"

陈津白不想说她天真，养孩子是最花钱的，他只是回道："不忙，甘之如饴。"

随宁的心扑通扑通跳。

就这几个字，让她欢喜又心软。

随宁想起之前送给陈津白的明信片，上面自己亲手写下的一句话。

"你是太阳系的奇迹。"

随宁，你真厉害。

拥有了太阳系的奇迹。

从今以后，热恋不限时。

小葡萄

陈津白看随宁笑眯眯的模样，心想，这要有个孩子，家里就算有两个小孩儿了。

怀孕的几个月里，随宁也有崩溃的时候。

比如肚子大了，做很多事都不方便，又或者是在网上看到一些孕妈妈的vlog，说会遇到的一些事。对还未生产的随宁来说，这是一种恐惧。

怀孕七个月时，有天晚上，随宁刷到一个孕妈发的记录，还有对方产后的状态。她看着那些触目惊心的图，心情复杂，又是佩服，又是对自己未来的担忧。

对方平静的文字里掩藏的是触目惊心。随宁看着看着就哭了，她从没这么多愁善感过，这一刻却没办法忍住。

自从随宁怀孕后，陈津白的睡眠就没有深过，即使她没哭出声，他也察觉到了。一睁眼，看见她微耸的肩头。

陈津白半起身，问道："难受？"

随宁摇头。

陈津白伸手将她的脸转过来，摸到泪水，动作顿住，低声询问："哭什么？"

随宁眼泪汪汪。

"……忍不住。"

陈津白瞄了一眼屏幕，正好看见上面的照片，他当然看出来这是什么，也知道了随宁的心思。他刚才还以为是疼的。

"再哭你睡不着了。"陈津白说。

随宁不想给他看那些图片，慢吞吞地躺平："睡了。"

等陈津白躺下，她又往他怀里缩了缩。随宁刚哭过，一时半会儿很清醒，不想和他说，却又忍不住想要倾诉，十分小声地咕哝。

连她自己都听不清自己说的话。所以最后，她说的是什么，陈津白已经听不清了，她咕哝咕哝了一会儿，很快睡着了。

他轻拍她的背，把她的手机拿了过来。满篇记录的内容看起来触目惊心，陈津白沉默了许久，最终轻轻地将手机放好。这些客观存在的事实，他是没法抹除的。他唯有在其他方面补足。

这个孩子是意外。

然后，一个孩子就足够了。

随宁一觉醒来，遗忘了昨晚的多愁善感。

今天是要去检查的，两个人早已轻车熟路，不可否认，看到孩子一天天变化，他们都在期待孩子的到来。随宁出来的时候，看到外面还有挺着大肚子独自前来的妈妈们，她不禁怔愣。

回去的路上，周纯问了检查结果，然后又问："你们名字起好了吗？现在小孩儿起名可困难了。"

随宁回："没。"

其实想过，但是太犹豫了。

随宁和陈津白打游戏时果断直接，轮到给孩子起名的时候，一个比一个纠结，所以到现在还没定下来。距离孩子落地还有一段时间，他们还有最后的时间。

"周纯问我们想好名字了没有。"随宁歪向陈津白问，"哥哥，你考虑好了没有？"

陈津白："……"

怪头疼的。他思忖几秒道："你起吧，跟你姓。"

随宁一眼看破他的心思，道："你别想当甩手掌柜。"

陈津白理由很正当："你的姓比较少见。"

随宁心想，这倒是真的，一百个人里也难找出一个姓氏和她一样的人。

随宁想着，如果是女孩儿和自己姓，一定要和自己的名字一样好听、特殊，姓陈就太普通了。如果是儿子，男孩子名字糙点儿无所谓。

陈津白对此不置可否。

预产期临近时，随宁住进了医院，单人病房好不快乐。之前那么担忧害怕，这会儿也不知道怎么的，突然心大起来，每天该吃吃、该喝喝。周纯过来看她时，还得伺候削苹果。

"宝，你使唤人比以前更自然了。"

随宁笑道："你可以不听。"

周纯白她一眼道："吃你的苹果吧。"

姐妹和老公是不一样的，说什么都可以，听了一下午的八卦和瓜之后，随宁心情舒爽。

等第二天周纯打算再过来时，听说随宁进手术室了。

周纯一脸蒙。她就回去了一晚而已。

从开始到落地，也就眨眼的事。等随宁再次醒来时，高耸的肚子平了下去，她一扭头，看见陈津白在翻词典。

"宝……"

她才发出一个音，陈津白抬头，问道："醒了？"

"宝宝呢？"随宁问。

陈津白将孩子抱了过来，跟着过来的还有他妈妈和随母。

"宝宝可真像你，随随。"

"长得和你一样好看。"

"还有没有不舒服的地方，饿不饿，要不要喝水？"

在嘈杂的问候中，随宁看到了宝宝，平心而论，她是看不出她们口中的"好看"和"像自己"的。

但好歹是自己的崽，丑也无事。再说了，爸妈这么好看，不至于变成歪瓜裂枣吧，随宁不相信这种低概率事件发生在自己的崽身上。

她的女儿肯定可爱又漂亮。

对，随宁生的是女儿。

生完孩子第三天，随宁和陈津白才想起和粉丝们说这事。

"来了，来了，给我参与满月的机会。"

"我已经准备好份子钱了，就差邀请函了。"

"啊啊啊，崽崽脚好小，好可爱！"

"以后 White 的生活了里要有两个讨命鬼了吗？哈哈哈！"

宝宝的名字，他们没透露。

随宁叫了一天的宝宝，最终觉得这称呼不行，于是灵机一动，起了"小葡萄"的小名。

叫着叫着，她就想吃葡萄了。

小葡萄名副其实，一双眼珠乌溜溜的，像乌黑的紫葡萄，又大又漂亮。等她出院时，小葡萄已经和一开始的皱巴巴模样截然不同，任谁看了都得说句"小美人"。经常过来的护士都想合照。

家里的阿姨回家休息去了，换成了月子中心的阿姨，是一大家子人精挑细选的，评价也十分优秀。

晚上睡觉，随宁醒来道："你女儿哭了。"

陈津白仔细地听了听道："你听错了，你女儿很安静。"

随宁"噢"了声，继续睡。

第二天醒来，月嫂告诉她，的确没哭，小葡萄的作息可规律了，晚上睡得特别香。

随宁亲了亲小宝贝道："果然是妈妈的好女儿。"

现在她是浑身轻，就开始琢磨起塑形和恢复的事，之前孕期收藏的视频全都拿了出来。随宁之前担忧的事并没发生，她似乎是幸运儿，没有后遗症发生在她身上。她又庆幸，又和其他妈妈共情。

自从小葡萄回家后，随宁和陈津白的爱屋就时常有好几个人光顾，尤其是庄帆他们。

"看得我也想生了。"庄帆嫉妒啊。

段归说："生吧，科学奇迹将发生在你身上。"

庄帆："？"

小葡萄成了所有人的宝贝。

随宁喜欢乖乖软软的小婴儿，味道好闻，摸着也舒服，皮肤嫩得像鸡蛋，捏起来尤其上瘾。但她也不敢捏多，每次就捏捏小葡萄的手和脚丫过过瘾。人类幼崽为什么这么可爱呢？

比起随宁这个新手妈妈，陈津白仿佛无师自通，他抱孩子、喂奶、换尿不湿的动作还被月嫂夸了好几遍。

小葡萄不怕陌生人，谁来都张开嘴笑。她没长牙，嘴里只有柔软的舌头，可咧开嘴的模样依旧让每一个人瞬间被可爱到。

"啊……啊……"

小葡萄的手指着奶瓶。

随宁没给她，先趁机一口亲上去，陈津白开门的声音响起，她立刻装作严肃的妈妈，喂她喝奶。

陈津白一见她坐得和上课一样，就知道有问题。

小葡萄七个月大时就可以坐起来了，藕节似的胳膊挥来挥去，咿咿呀呀地叫人。

比起陈津白，随宁和她相处的时间更多。夜晚躺在床上，随宁放大话："哥哥，我跟你说，小葡萄第一句肯定是叫'妈妈'。"

陈津白懒得和她争，道："嗯，妈妈。"

然而几个月后，小葡萄第一声叫的不是"妈妈"，也不是"爸爸"，而是"奶奶"。

随母和陈母隔几天来一回，经常带小葡萄。

随宁那天在家带小葡萄晒太阳时，陈母刚好来电话，随宁开了免提。

小葡萄一听到熟悉的声音，"啊啊"地握拳。随后就是一声不甚清楚的奶音："奶！"

随宁一愣，更别提电话那头惊喜的陈母："刚刚是小葡萄说话吗，是在叫我吗？哈哈哈……"

"……"

有了第一声就有第二声。第二天时，随宁听到了小葡萄奶声奶气地叫自己"妈妈"，她登时就呜呜起来，太好听了。

果然是她的女儿。没有什么比这个更开心的了。

等陈津白回来，迎接他的是容貌如出一辙的一大一小，一个叫"哥哥"，一个叫"爸爸"。

一个甜甜的，一个奶奶的，都让他心软如棉。

"怎么样，被叫'爸爸'的感觉怎么样？"随宁兴冲冲地问。

"很好。"陈津白实话实说。

他接过小葡萄,伸手捏了捏她的嘴唇,小葡萄直勾勾地看着他,和她妈妈一模一样。都教他没办法。

也许是这两天叫多了,接下来的两天,小葡萄发挥了惜字如金的本事,绝不轻易开口。随宁期待了两天,冷静下来。

一岁半时,小葡萄说的话就变多了,她会学习别人讲话,也会自己说些听不懂的词。

随宁早就恢复正常工作,偶尔空闲也会开直播。对于小葡萄,直播间的粉丝们向来"只闻其声,不见其人"。粉丝们纷纷表示:"这操作和以前随随不露脸一模一样,不愧是母女。"

随宁不为所动,小葡萄的话,露脸是不会露的,又不是明星。不过,她十天半个月可能会发小葡萄背影和手脚的照片。

也不知道是不是受他俩的影响,小葡萄尤其爱看游戏。随宁不解说,在家看比赛直播时,小葡萄坐在那里,眼睛睁得大大的,看得聚精会神。她最爱看的还是随宁亲自打游戏。但随宁今晚想看比赛,小葡萄不高兴,胖乎乎的小手拍着手机,气呼呼道:"打!打!"

"不打。"随宁回答。

小葡萄爬到她身边,大声叫道:"妈妈……打!"

"你再叫一声。"随宁亲她一口。

这句话小葡萄能听懂,奶声奶气地叫道:"妈妈……"

随宁笑眯眯地逗她:"小葡萄,你就是叫破了喉咙也没用。"

小葡萄听不懂,歪头看她。

她被亲了半天,也反过来用力地亲她,发出清脆的动静。等亲够了,她又开始叫着"打",她要看妈妈打游戏。

不久后,陈津白从浴室里出来,听见她俩又开始重复对话。

一个心冷如铁,趁机偷香。一个打死不改主意,手机拍得啪啪响。陈津白日常做法官,习以为常,十分平静地将妈妈和女儿都赶去睡觉,母女俩都梦想成空。

两个月后,小葡萄说话终于不再是单字,可以连贯地叫爸爸妈妈、爷爷奶奶了。她显然是个耐不住安静的性子,见到人就要叫,最好是所有人都在她身边，她更高兴。

等又过了几个月后，她会自己思考说话了，就开始要求和爸爸妈妈一起睡。

比如今晚，小葡萄躺在爸爸妈妈的中间，睡得特别香，柔软的胳膊和腿一个搭在爸爸身上，一个搭在妈妈身上。

随宁刚洗完澡，身上还有沐浴露的味道。

小葡萄大大地吸了一口，然后拱到陈津白耳朵边，小声叫他："爸爸、爸爸！"

陈津白问："怎么了？"

小葡萄贴着他耳朵道："妈妈，好香……"

陈津白看了眼随宁，温声告诉她："你也很香。"

小葡萄摇头说："妈妈香。"

说完，她又闻自己，可惜胳膊太短，只能闻自己的手，闻到了不一样的味道。

她嘴巴一撇说："不香。"

因为小葡萄还小，随宁给她用的是专门的沐浴露，味道并不明显，和她用的香氛自然不同。

小葡萄委屈地缩进了被子里面。

陈津白以为她是不开心了，掀起一点儿被子，发现她已经拱到了随宁的怀里，抱着她正嗅得欢呢。

"……"

小丫头还有两副面孔。

第二天晚上洗澡前，小葡萄坐在那儿看着阿姨："我要和妈妈一样香！"

阿姨问："为什么呀？"

小葡萄说："这样爸爸就会亲我了！"

阿姨："……"

总感觉好像知道了什么不该知道的小秘密。

她说："小葡萄多亲亲妈妈，就会变香咯。"

小葡萄信以为真，在随宁结束直播后，丢下自己的洋娃娃，抱住就是一顿亲。

随宁被亲得晕头转向："怎么啦，小宝贝？"

小葡萄凑近她，问道："妈妈，我香吗？"

随宁恍然，搞半天还在记着这事呢。

"香，咱们小葡萄最香了。"

小葡萄哪里分辨得出来真假，十分相信，并且很是大度地去自己单独睡觉了。

等陈津白回家，随宁看她故技重施。女儿这么主动，陈津白可不会拒绝，末了看随宁，问道："你告诉她的？"

随宁才不背锅："不是我。"

小葡萄听不懂他们的对话，反正听到他们是在说自己，就以为是夸自己，高兴得不得了。一会儿亲妈妈，一会儿亲爸爸，实在太快乐了。

小孩子长得都特别快。小葡萄长大后，容貌也变得十分惹眼。她像随宁比较多，但也集了陈津白的优点，比起随宁的温柔，她要更有侵略性。

小葡萄懂事了，就喜欢自己做事情。当然这仅限于在某些时候，大多时候她就是仗着那张萌脸，乖乖地问："妈妈喂。"

随宁说："自己动手噢。"

小葡萄声音奶声奶气的，转了对象道："爸爸喂。"

陈津白也让她自己动手。

小葡萄睁着大眼睛，控诉他们的冷酷无情："我还是不是你们的小宝贝了！"

随宁"扑哧"笑出来。

最后一人喂了一勺鸡蛋羹，小葡萄轻轻松松地就满足了，剩下的自己拿着勺子在那里挖。

吃完后，她捧着碗，用勺子敲起来。

"小葡萄吃完啦。

"妈妈真慢！

"爸爸也是。"

两个大人不为所动。

小葡萄忍不住了，又吃了两口鸡蛋羹，打了个嗝儿，捂住自己的嘴巴。观察许久，她发现爸爸妈妈都没注意到自己，这才放心地放下手。

随宁还能不知道她爱臭屁的性格，要是关注了，指不定小葡萄能沮丧一整天。

其实小葡萄有大名，只是叫习惯了小葡萄，小葡萄自己都不知道自己大名是什么了。她觉得"小葡萄"好听，人人都叫"小葡萄"就好了。

偶尔随宁会把她送到随母那里去住一个星期，小葡萄一看要出门，就问："不带爸爸吗？"

随宁说："小葡萄要自己。"

小葡萄摇头说："不要自己，要和爸爸妈妈一起。"

随宁亲她一口。人类幼崽果然是天真可爱，有些话等孩子大了说起来就肉麻了，但小孩子说起来只觉得暖心。

等到随宁去接小葡萄的那天，小葡萄坐在台阶上，没看到妈妈过来，失望道："妈妈是不要小葡萄了吗？"

随母哪里受得了这样的小孩儿，说："待会儿她过来，外婆说她。"

"不说。"小葡萄摇着头说，"妈妈会哭的。"

随母："？"

她怎么不知道自己女儿会哭。

小葡萄没见过随宁哭，但她见过随宁和陈津白长篇大论，而且有时候还能听到随宁的呜呜声。这不是哭是什么。

等随宁到达时，小葡萄欢呼一声，随后趴在她怀里唉声叹气地说："妈妈真笨。"

随宁迷惑地问："哪儿笨？"

小葡萄说："妈妈肯定是迷路了。"

在她心里，只有迷路的人才会迟到，她还能说什么呢，只能多包容包容妈妈了。

随宁心里暖暖的，心想，以后她会认路的。

半个月后，小葡萄运气不好，感冒发烧了。随宁这时候正好出差，在别的城市，因为有比赛，陈津白一个人带她去医院打针。

医院里小孩儿多，哭声遍地。小葡萄被陈津白抱着，趴在他肩头，意志坚定地保证："爸爸，我不会哭的。"

但她的声音很虚弱，毫无信服力。

陈津白不戳破，说："好。"

轮到小葡萄时，医生要打针，她也不认识针，看着医生把针头戳进了自己胳膊里。

医生夸道："宝宝真乖。"

小葡萄抬起头，与有荣焉。

等针打完了，她后知后觉刚才的疼痛，小声啜泣起来。

陈津白好笑又心疼，问道："不是说不哭吗？"

小葡萄抽抽搭搭，眼泪挂在睫毛上，眼珠子像是被洗刷过的黑棋子，说："刚刚不知道……"

陈津白捏捏她鼻子。

小家伙的反应弧怎么这么长。

等回到家里，小葡萄就已经忘了打针这回事，退烧后，她就生龙活虎起来。

晚上，陈津白和随宁视频。小葡萄挤进镜头里，说："妈妈、妈妈，我摸不到你了！"

随宁弯唇，问："小葡萄有没有乖乖的？"

小葡萄点头说："有噢、有噢，小葡萄最乖了，你问爸爸，今天打针都没有哭。"

随宁惊讶，问道："是吗？"

小葡萄狠狠点头，大声道："是！"

等她离开后，陈津白直接说："打针是没哭，打完后反应过来，哭了半天。"

随宁哭笑不得。

病好了以后，小葡萄势必要补回前几天的颓废，在家里跑来跑去。

随宁出差回来后，抱着她就是猛嗅，就算每天都有视频，她还是很想小葡萄。这大概就是割舍不掉的感情吧。

小葡萄闹了一会儿，在她怀里睡着，随宁捏了捏她软软的脸颊，心软得一塌糊涂。这是她怀胎十月生下来的宝贝。

小葡萄三岁半时，随宁打算将她送去上幼儿园。小葡萄不知道幼儿园是干什么的，但听妈妈说有很多小朋友，立即高兴地同意了。

"爸爸也会去吗？"她问。

随宁乐不可支地道："你问爸爸去不去。"

陈津白说："不去。"

小葡萄说："那爸爸就没有小朋友了噢。"

她的逻辑很奇怪，有时候大人听不明白，童言童语，听不懂没关系，可爱就行了。

陈津白"嗯"了声，然后说："我有你妈妈。"

小葡萄"咦"一声，点头说："也是。"

这话还是和随宁学的，就连点头的表情、姿势也像她。

当晚，小葡萄睡得很迟。第二天她没有早醒，醒来时发现自己一只眼睛看不见了，坐在床上号啕大哭。

随宁听到声音，连忙开门进去。

"怎么了？"

"呜呜呜，小葡萄看不到了！"她还穿着睡衣，皱巴巴的，左手抹着左眼的眼泪。

"……"

随宁看着她的眼罩戴歪了，像海盗船长的独眼，她忍住笑走过去。

小葡萄吸了吸鼻子，说："我的眼睛不见了。"

随宁说："你闭上眼。"

小葡萄听话地闭上眼。

随宁把她眼罩摘掉说："再睁眼看看。"

小葡萄睁开眼，咦了一声说："我又不瞎了。"

随宁不知为何，想到那张表情包，可以改成"我瞎了，我装的"，这事一定要说给陈津白听。刚睡醒的女儿怎么像个小傻瓜。

确定自己的眼睛还在，小葡萄长长地松了口气，拍拍小胸脯说："真好。"

等穿完衣服后，她就忘了这件糗事。随宁将这次的事写成对话，发到了微博上，评论里的粉丝们都笑疯了。

"哈哈哈，我瞎了。"

"搞得我也想养个小葡萄了！"

"好有画面感，我已经笑死了，差点儿被老师发现。"

因为要去幼儿园，小葡萄今天要打扮得漂漂亮亮的。随宁给小葡萄扎了漂亮的鬏鬏，夹上熊猫和竹子的小发夹，配上今天的小裙子尤其好看。

小葡萄照镜子不亦乐乎，说："真美。"她扭头又说，"妈妈也美。"

随宁被她逗笑，看她蹦蹦跳跳地去陈津白那里问："爸爸，小葡萄好看吗？"

陈津白正在用电脑，小葡萄借着小矮人的个子，从他的胳膊底下钻进去，爬上他的腿。

只可惜她爬不上去，还是被陈津白抱上去的。小葡萄抱着他欢呼了一声。

送她去幼儿园是两个大人一起，幼儿园距离小区并不远，被他们俩考察了很久。

因为一些琐碎的事，出发已经是下午了。他们开车去幼儿园的路上路过了一所高中。这会儿正好是下午上课时间，小葡萄趴在车窗上，看校门口来来往往的学生，穿同样的校服。

人多等于陪她玩的人也多。小葡萄回头，对随宁兴奋开口："妈妈，这个幼儿园好多小朋友！我要上这个幼儿园！"

对于小葡萄将高中生们说成小朋友的可爱行为，随宁并没有戳破她的想法。小孩子就是这样单纯才可爱，他们看这个世界哪里都可爱，高中生们算小朋友怎么了。

随宁说："你的幼儿园小朋友也不少。"

小葡萄"噢"了声："好！"

她又问，好奇又天真地问："爸爸妈妈的幼儿园，小朋友多吗？"

随宁笑眯眯道："多，比小葡萄刚刚看到的还要多。"

小葡萄听得心驰神往，小朋友多就代表自己的朋友可能会多，可惜她有自己的幼儿园了。

其实在她八九个月大的时候，随宁曾带她去看过比赛，那时候人也多，她就眼珠子乱转到处看。这件事，小葡萄压根儿不会记得。

"小葡萄喜欢人多吗？"随宁问。

"喜欢！"小葡萄点头。

她说话喜欢重重的，仿佛是在肯定自己，配上独有的奶音，格外招人喜欢。随宁摸摸她头。

小葡萄眨眼，直勾勾地看她。

随宁问："你这是什么表情？"

小葡萄有点儿别扭地说："不想妈妈把我的发型摸坏了。"

她怕妈妈不开心，又自己摸了摸自己的头，小声补充："可是妈妈想摸，随便摸噢。"

随宁一愣，顿时心中母爱爆棚。

她捧着小葡萄的脸亲了两口，小葡萄觉得自己长大了，可是被妈妈亲，还是好喜欢，好害羞。

随宁看她这副难掩害羞又期待的小模样，心口被暴击，看向陈津白道："你女儿这么招人疼，你知道吗？"

陈津白从后视镜看了眼，问："你不清楚？"

随宁拉着小葡萄的手道："不清楚呀！"

从陈津白这里看，母女两个一起盯着他，相似的脸，母女两个如出一辙地让人没法子。

到达幼儿园时不算早，已经来了很多家长，小孩子们一多，就显得热闹，但也吵。等随宁打开车门，小葡萄就说："小葡萄要自己下车！"

随宁环胸道："好啊。"

她旁观看着，陈津白也看着。然后两个人就看着小葡萄小小的个子试探出脚，碰不到地面，试探了许久，干脆直接蹦了下来。

陈津白直接将她抱住。小葡萄站稳后，扬起自己的下巴说："下来了！"

随宁懒得戳破她刚刚的事。

两个人牵着小葡萄进去，她今日穿的小裙子是鹅黄色，颜色亮，打扮得又可爱。一家三口颜值都高，吸引了很多家长和孩子的注意力。还没有建立美丑标准的小男孩儿、小女孩儿们纷纷看过来，圆溜溜的大眼睛盯着他们看。

小葡萄已经习惯了被注视。有些孩子是被奶奶带过来的，小葡萄很认真地问随宁："妈妈，我奶奶怎么不来？"

随宁哭笑不得地问："你想要奶奶来吗？"

小葡萄想了想说："有妈妈和爸爸，不用奶奶也可以，奶奶还是在家里看电视吧。"

随宁心想她女儿真乖真聪明。

小葡萄这次上的是小班，里面的孩子大多都三岁左右，大部分都不想离开父母，哭闹不停。偶尔有几个特别乖的。

随宁和陈津白在教室里站了会儿，扭头问："你觉得，这个班可以吗？"

陈津白说："不行，上中班？"

随宁思考了几秒，说道："还是小班吧，她才三岁。"

陈津白"嗯"了声，道："她可以的。"

他弯腰问小葡萄："这个班可以吗？"

小葡萄对于新事物很好奇，听到问话，忙不迭点头："好哇、好哇，小葡萄要上学！"

上学有这么多小朋友，好玩！

至此，小葡萄就在这家幼儿园里留了下来。

过了一段时间，小葡萄发现在幼儿园里的上学时光和她想象的不太一样——

幼儿园里的小朋友们有好几个听不懂她讲话，中午在学校里午睡时，也有小朋友不睡觉，非要吵。

小葡萄每次都乖乖地一觉睡醒。

老师还没来时，她就自己慢吞吞地穿衣服……虽然穿不好，但有样子就可以呀。小葡萄这是偷学随宁的。

老师带班上十几个孩子，第一次在监控里看到小葡萄那么自制时很惊讶。等几天过后，她一下子明白了，这是家长教得好，孩子在家里培养的习惯就很好。她每次帮小葡萄穿衣服后，小葡萄都会认真道谢，声音甜甜的："谢谢老师！"

有时候，小葡萄的发音并不标准，毕竟还小。可正是由于语调的不标准，才显得可爱。

上学没一个月，到了国庆节。

陈津白和随宁带她一起去动物园玩，虽然不是人山人海，但也很多人。

小葡萄还是第一次来动物园，平日里只在动画里见过，见到了真的，便哇声不停。

他们最开始去看的猴子，小猴子们在铁链上坐得很稳，在猴山上跳来跳去。小葡萄看得聚精会神。

中途路过羊驼、马匹，还到了鸟园，这边养了不少鸟，很多鸟随宁只在新闻上见过。

"它们的嘴巴是红色的。"小葡萄惊讶道，她指着一只嘴巴是黑色的鸟说，

"这个没有那个好看。"

随宁赞同她的审美:"对。"

小葡萄煞有介事地摸了摸自己的嘴说:"妈妈的嘴是红色的,小葡萄的嘴巴也是红色的,都好看。"

她嘟起自己的嘴巴,凑到随宁和陈津白面前,要让他们好好看看她红红的嘴巴。噘的角度都可以挂东西了。

陈津白心中好笑,说:"是。"

小葡萄得到认可,欢天喜地。

假期结束后,回到学校的小葡萄又将在动物园的对话重复给老师听,老师显然没有爸爸妈妈回答得快,但她还是很高兴。

老师还是头一次看见把自己和小鸟做比较的孩子,其他孩子基本都是和老虎、狮子一类的做比较。

不得不说,开学几天,小葡萄就给她留下了深刻印象,如今一个月过去,已经完全熟悉了小葡萄。

这就是一个喜欢听夸奖的小孩儿。

懂事,但某些时候也需要别人肯定。

没多久,《王者荣耀》秋季赛常规赛开始,随宁担当解说,所以最近下午小葡萄放学时,陈津白一个人来接她。

小葡萄爬到车子后座上问:"妈妈呢?"

陈津白给她系好安全带问:"你想去看妈妈?"

回答他的是有力气的一句奶音:"想!"

陈津白满足了她的小愿望,时隔两年多,再次带她去了比赛现场,小葡萄欢呼两声。

"爱爸爸!"

这句话也是和随宁学的。平时随宁在家直播,和直播间的粉丝们说话不少,小葡萄耳濡目染,就会记下来。随宁知道她在记,很多不合适的就不会说。久而久之,她的粉丝们现在变得佛系又有母爱,经常让她放小葡萄入镜,虽然从没实现过,但依旧每天问。

比赛现场人很多。下车时,陈津白给小葡萄戴了帽子,又戴上卡通口罩,然后才抱着她去了比赛现场。

这会儿比赛正在进行。

他来了，自然有位子，工作人员安排的地方离解说台比较近，一抬头就能看到随宁。

小葡萄的声音被淹没在人群里。她看了会儿漂亮的妈妈，又坐起来，在陈津白的腿上乱动，背对着解说台，趴在他肩膀上。

好多人哪。小葡萄第一次见这么多大朋友，看呆了。后排和她对视上的一个观众被她吸引了注意力，天哪，这是哪里来的小娃娃，也太可爱了吧。还带娃来看比赛？刚才谁入座了？她拍了两张，观众席并不明亮，所以拍得也不清晰，再者小葡萄还口罩、帽子一套，只能看到两只漂亮的眼睛。

小葡萄见拍照，还摆可爱的造型。

没过多久，这位观众的疑问就得到了解释。别以为戴口罩就认不出来是White！抱孩子的人是White！她差点儿尖叫。

小葡萄趴在陈津白肩头，被他抱着去后台，还不忘贴着爸爸的耳朵说："爸爸，那位姐姐疯啦。"

她之前住奶奶家一星期，奶奶追的电视剧里，有个阿姨也是这样，奶奶说这是被恨逼疯的疯子。

唉，漂亮姐姐疯了，小葡萄好惋惜。

陈津白捏她耳朵，说："好好说话，不准这样说别人。"

小葡萄"噢"了声。

听见小葡萄这话的观众："……"

又好笑，又可爱，又有点儿气，怎么回事。

粉丝眼睁睁看着很久没有在公众面前露脸的White抱着孩子在自己面前消失，十分惋惜。

好想看看口罩下的脸！

其实不只她一个人发现了，早在White落座时，离得近的观众就看到了，只是没叫出声而已。

还不知道自己即将出名的小葡萄在后台受到了十分热烈的欢迎。

两年多的时间，足够让选手们换了一些，好些曾经的老对手也在White退役后陆陆续续地退役。一群大男孩儿哪里见过这样可爱的孩子，受到了萌娃冲击。一个刚满十八岁的选手看得不眨眼，和队友说："才三岁，呜呜呜，好可爱。"

小葡萄耳朵尖，听见了，道："小葡萄马上就四岁咯。"

对方被萌到吐血。

随宁今天穿的是偏日常的礼裙，小葡萄见到她立刻冲过去，像小炮弹似的，叫着："妈妈，妈妈！"

小葡萄凑近随宁，说："妈妈好看！小葡萄也好看！"

随宁弯唇，刮她的小鼻子，说："还不忘夸自己呢。"

小葡萄嘻嘻笑。

一家三口回到家里没多久，随宁就被告知，网上出现了陈津白抱娃的照片。

蛋糕还给她发了照片："其实啥也看不见，哈哈哈哈。"

随宁点开，里面小葡萄是正面，但口罩戴着，确实看不见脸，至于陈津白，那是背影。当然，他被拍到也没事。

网上正因为这个事很热闹。

"这能看出来是 White？"

"好像真是，嗯，主要是孩子好可爱！"

"那眼睛和随随像啊！像绝了！"

"口罩好可爱，想要同款了。"

随宁指着照片，问："怎么说？"

陈津白看了一眼道："还行，没露脸。"

两个人又齐齐看向正在看动画片的小葡萄，随宁摊手道："她啊，肯定很高兴。"

小葡萄最爱人人都看她了。随宁和陈津白并没有承认，也没有否认，过了几天，热情退去，又回归平静。

一直到长大之后，小葡萄才知道，原来在自己很小的时候，她就出了名，还有照片留下呢。还好戴口罩，不然这会儿，岂不是小脸照片满天飞。

番外二

火

喜欢了，就谈一场恋爱，有何不可。

"你是高中生？"

周纯一直知道带她飞的弟弟年龄很小，毕竟声音听着很小，但一开始，她以为他是刚上大学的小孩儿。

今天晚上打游戏时，她 carry 了一局，兴致高昂，打算再接再厉时，小孩儿告诉她，要上晚自习了。

周纯就安慰他："一般大二就不会有晚自习了。"

对面的甘灼沉默了一秒。

"过两年可以体验。"

周纯一开始没反应过来，直到快要退出队伍时才想起来问题所在——

"高中生怎么了？"

甘灼当然不算高中生。

其实去年高考前，他就收到了好几所名校的邀请，但他去年高考后生病，加上手术后休养、家庭缘故，休学了一年。这个学期，他去学校旁听，下个学期才会入学。要不然，他哪里来的时间打游戏，还带菜鸡的周纯。

周纯罪恶感满满，装作淡定的语气："那你快去上晚自习吧，姐姐自己 C。"

闻言，甘灼嗤笑一声。

周纯："……"

怎么，还不信她了。

"弟弟，学习要紧，知道吧。"周纯语重心长，笑道。

甘灼说："不要叫我'弟弟'，还有，我说过我成年了。"

周纯温柔告诉他："可是你成年和我有什么关系，姐姐比你大三岁呢。"

甘灼："……"

周纯一退出就直接开了巅峰赛，禁完英雄后，开始回顾这段时间和甘灼双排的时间。

好像是有点儿太久了。当初一开始，这个国服弟弟说等他打完镜的国服，周纯本来只以为是客套话。没想到，等他国服了，他真的来找她了。

周纯当然不会放过自动送上门的上分工具人，就这样开始和甘灼双排上分。

之前还说让她别叫他"弟弟"，他成年了，但这高中生的身份……就算成年了也像未成年。而且，现在也是开学没多久吧。

也不知道是不是周纯今晚运气不错，这把巅峰赛里她的小乔竟然乱杀了，都没人来切她。

可周纯的心情依旧很沉重。一直到九点半，甘灼突然发来消息。

国服弟弟："上分啊，姐姐。"

周纯没问过他的名字，一直是"国服弟弟"这个备注，偶尔也会叫弟弟，甘灼反对并没有什么用。

她正在整理明天部里活动的文件，看到消息的第一时间确实蠢蠢欲动，好想打游戏放松。

但周纯还是冷血地拒绝了："不。"

她还是不能因为玩乐耽误一个高中生的学习，高考那可是影响一辈子的事情。

国服弟弟："十连胜不要了？"

国服弟弟："五杀呢？"

周纯回他："你自己拿五杀还差不多。"

等回完她又补充："弟弟，好好学习，等你高考完了咱们再上分吧，乖。"

甘灼看到这条消息，感觉这话实在是认真。

周纯等了会儿，等到他的消息："晚安。"

她长出一口气，又唉声叹气，好好的一个大腿就这么消失不见了，这么听话的上分工具人可太难遇到了。

一分钟后，新消息跳出。

国服弟弟："姐姐，你的晚安呢？"

周纯："？"

当然，她在他面前还是一个温柔大姐姐的，毕竟那是为了上分，当即发了"晚安"。

后面还加上一个可爱表情包。

弟弟就是弟弟，年轻又天真。

因为陡然没了国服弟弟这样牛的队友，周纯的独自上分之路十分艰难。

她这个号的段位被带到了二十星，但她属于十把里可能有一把超常发挥carry起来的，那还是败方MVP。剩下的九把都是中规中矩，有一半赢了，一半莫名其妙地被逆风翻盘输。

周纯感慨道："单机游戏好难！"

于是她歇了两天，没打游戏，偶尔看看直播，白天上课，空余时间安排学生会的活动。这段时间刚开学没多久，学生会正忙。

忙完过后，周纯又手痒，想打游戏。

她这次学聪明了，看别人的公屏邀请，对方要是看起来还不错，她就加进去。

只是，这路人局质量参差不齐，她又是普通菜鸡，怎么也没有和国服弟弟上分来得快乐轻松。

不知道是不是心有所想就会成真，周纯一局结束，就收到了国服弟弟的邀请。

她不知为何心头一跳。其实周纯已经好几天没见他在线了，可能是他们时间错开了，也可能是他忙于学习。

她想了想，拒绝了他，自己开了一局。

这局结束得很快，因为他们这边打野挂机一分钟，直接0buff天崩开局，几分钟后投降结束。

周纯本想退出，却看到甘灼还在线。

不在打，也不在组队。

心念刚转过，组队邀请再次发来，并且这次还同时发了微信消息，双管齐下。

国服弟弟："再拒绝？"

国服弟弟："我放假了。"

最后一句，显然是他知道周纯在想什么，特地补充给她看的。

的确很有用，周纯这才没挡住摘星星的诱惑，进了队伍。

看着熟悉的头像，她感觉他们仿佛好久没在一起双排了，但实际上也就一周的时间而已。果然人是有依赖性的。

很快匹配成功。有他在，周纯十分干脆地预选了瑶，她之前单排都是选张飞、牛魔和法师的。

"刚刚为什么拒绝我？"甘灼问。

"这时间，我以为你逃课了。"周纯找了个理由，随口问，"你居然比我还早结束。"

她说的是刚刚的那局游戏。周纯以为自己这边六分投就已经够快了，没想到国服弟弟出来得比她还早。

他肯定不是六分投，说不定是他对手六分投。

甘灼说："我没开。"

周纯正要问，他又说话了："在等你。"

"……"

周纯一顿，心情复杂，又有隐晦的甜暖之意涌上心头。

现在网上很多小妹妹都会发和国服 CP 的视频，有时候她刷到也只是看一眼。但现在这种事发生在自己身上，又截然不同。这样的弟弟也太甜了吧。自己把他当纯粹的上分工具人，是不是不太好？

周纯刚感慨完又听见他略微模糊的笑声："不过我没想到，你上一局结束得那么快，六分投了？"

"……"

周纯感觉他在内涵她。

白白感动了。

这局，周纯终于又体会到了有个野王的快乐。

她问："你们放几天假？"

"一天。"

"好惨。"

其实，甘灼都可以不用去学校了。从上个赛季到这个赛季，他从 QQ 区换到微信区，拿的国服数不清，从射手到打野，都有涉足。

最近有人加他，说是职业战队的。甘灼还没同意，他在考虑。以他的家庭和成绩，父母并不会过多干涉他所有的未来规划，但再开明的父母也不愿见到孩子放弃学业，去打游戏。

周纯骑上他玩的英雄，问道："一天的假期你就打游戏了？"

甘灼说："我有好好学习。"

过了会儿，他问了句："姐姐，你觉得职业选手怎么样？"

周纯对于职业选手的印象全部都来自随宁，包括她见到的也只有去比赛现场看的。

按照随宁说的……

"挺好啊。"她说。

甘灼又问："你有喜欢的战队吗？"

周纯当然没有，也不知道他怎么问这个，随口说："没有，不过我朋友喜欢 YU。"

甘灼当然知道 YU。

他之前还排到过 YU 的选手，好像和他一样大。

不过，职业的话题也就一笔带过，因为游戏里队友们忽然吵起了架，刚刚一波团灭。

周纯和甘灼在下路清线拆塔，迅速回城。

"选个瑶有什么用？"

"妈没了。"

"★★★★"

周纯发了个问号："？"

这团灭和她有关系吗？他们自己三个人强开对面五个人，配合又不好，也不是伤害特别高的英雄，等于白给。

甘灼发了一句："菜就闭嘴。"

结果对方反而开全队麦开始骂人。

周纯这个脾气，就算装得再温柔也挡不住这会儿的暴脾气，她立马开麦，也不说脏话，直接温柔地撑。一个在学生会里混得风生水起的还怕路人？

对方一开始还会回撑，后来直接关闭听筒。

周纯意犹未尽道："真没用。"

她对甘灼说："你应该也骂他的。"

甘灼"噢"了声，道："屏蔽了。"

他带着瑶拿下四杀，同时说道："你的声音比他好听，听姐姐说就可以了。"

周纯不是愣头青，但听人夸自己还挺高兴。两个人双排了几小时，上了六颗星。

天色将暗时，周纯觉得该下了，借口说："要吃晚饭了。"

"姐姐。"甘灼忽然叫她。

"怎么了？"

"你知道国服陪玩要多少钱吗？"他问。

周纯并不知道陪玩的正常价格。

"算钱的话，一局不保星要几十块。"甘灼故意道，又问，"姐姐有钱吗？"

"……"

不会要把之前的局数都算上吧？

周纯的声音很温柔："姐姐没钱。"

"好没安全感。"甘灼顺着她的话，一边犀利地操作，一边感慨，"感觉自己被利用了。"

周纯心想你就是被利用了，不用感觉。

这话怎么接，我给你转账？

正好这局赢了，动画结束后，她给他点赞，回到队伍里，甘灼说："等等。"

周纯犹豫，最后没离开。然后她等到了一个关系申请。

不是基友，不是闺密。是恋人关系。

"班里的同学都有CP，就我没有。"甘灼清脆的声音在耳机里响起，"我也想体验一下。"

周纯："……"

她简直不知道从何说起这两句话的槽点。

没听到周纯说话，甘灼又问："好不好，姐姐？"

被这样问，周纯心口受到了暴击。其实，这国服弟弟的声音真的不错。

"要不，先前的给你转账？"周纯打算强硬转移话题。

"不用了，姐姐。"后两个字，甘灼叫得很顺口，"有关系了，当然可以走后门。"

周纯觉得"走后门"这三个字还是很有吸引力的。她这段时间玩游戏也知道了游戏里的 CP 指的是什么，大多数情况是情侣，但有的是女生和闺密自己搞的。

显然，国服弟弟的意思不是后一个。

"不可以，你是高中生。"周纯还是有节操的，她再渣，也不会去祸害高中生。

在周纯眼里，她是大学生，还有一年多步入社会，招惹一个还未高考的孩子，不似犯罪，胜似犯罪。

甘灼说："我已经成年了。"他又补充，"姐姐，我不是高中生。"

周纯才不信，问道："有证据吗？"

甘灼想了想，将录取通知书和身份证拍照给她看："信不信了？"

照片里，身份证压在录取通知书上，周纯目光往下移，看见了压着录取通知书的一截手指。

手指上的薄茧可以看得出来是拿笔的。有点儿好看。

"你真不是高中生呀？"周纯问。

"我只是比你小。"甘灼清清嗓子，又回到之前的话题，"现在可以了吗，姐姐？"

周纯清醒，问道："那你说你们班上的都有 CP，大学班上？"她尾音稍扬，带着若有若无的调侃质问。

甘灼无辜，低声说："难道要我直接说我很喜欢姐姐的声音，喜欢姐姐吗？"

周纯的心怦怦跳。

现在的小孩子说起话来，还怪撩人的。

周纯不知道是自己意志不坚定，还是被"姐姐"给迷惑的，最后和甘灼挂了恋人关系。

"好了，姐姐，去吃饭吧。"甘灼笑了起来，他似乎是无意开的口，"这段时间，姐姐的星星都掉了。"

周纯："……"

这话听着没问题，为什么那么怪。她想起那张身份证上的出生日期，似乎刚成年两个月时间，也就是过年那会儿的生日。

自己和一个小两岁的弟弟在游戏上挂了恋人关系！从他们认识到挂上恋人关系，没用多长时间，等随宁看到时都有点儿惊讶。

"国服弟弟多大啊？"随宁问。

"比我小两岁，上次不是说了吗？"周纯瞥她道，"感觉我像在祸害一个小孩子。"

她仔细思索了一下自己的所作所为。

甘灼叫她"姐姐"时怪好听的，周纯也没拒绝他叫，甚至游戏久了还会让他去学习。他居然当时没否认自己是高中生。

随宁说："两岁不算岁数。"

周纯说："正常情况下是不算什么，但对方才刚十八岁，就显得差距很明显，你能感觉到吗？"

随宁知道她的纠结。

周纯想通了又摆摆手道："他成年了，也不是高中生，大一谈个网恋，好像也没什么。"

只要自己不对他干什么就行。况且，周纯只是贪图摘星和他的听话，她可是积极向上的游戏情侣，务必让双方满意。

她又想起那张照片。

甘灼，名字还挺简单。

周纯认识甘灼发的照片里的学校，应该说，国内没人不认识，和她学校齐名，个别专业在国内排第一。

她还没想过偶然遇到的一个游戏网友成绩会这么好，更没想过自己和他会成为游戏CP。

但是……上分真快乐！挂恋人关系的第二天，两个人打算改情侣ID。

起初，甘灼的ID是空的，后来他用的是另外的号。其实，他们这些国服都有好几个号。以前其实他们并没有什么称呼，只是"你""我"地叫，周纯偶尔叫他"弟弟"，甘灼叫她"姐姐"。

他们好像默认了这种叫法。

甘灼说："你没有改名卡吗？"

周纯说："有啊，情侣名难想，现在的 ID 不好吗？"

"不好，一点儿也看不出来我们的关系。"甘灼果断开口。

"……行吧。"

轮到起名时，两个人都不知道该取什么名。

周纯去翻了翻荣耀榜上的前几名，大多都有 CP，打算按照那个思路模仿一个。

比如什么摘星……星……

恰逢随宁吃多了火锅，泡了去火的花茶，周纯说："要不叫上火吧。"

甘灼问："那我叫什么？"

周纯说："下火。"

甘灼："……"

最后甘灼只用了"火"字。

两人互相送了花，关系亲密度上涨，成了游戏里大家明面上最讨厌的情侣档。

周纯感觉很奇妙。她之前排到情侣的队友，一般都比较坑人，所以这回变成了队友担心他们会不会坑人。

挂了恋人关系的第一局游戏，加载过后，队友直接打字："不要连体。"

这就是甘灼想要的人人都能看出来的效果吗？周纯无语。

"你要秀起来，弟弟。"周纯鼓励他。

"万一马有失蹄呢，姐姐？"甘灼故意说。

周纯"噢"了声，道："也没关系，可能会被队友们问候一下你们怎么还没分手吧。"

甘灼："……"

这不努力不行了。

实际上，高星遇到奇葩队友和低星遇到奇葩队友的概率差不多。好在这局队友都很正常。

镜这个英雄很容易乱杀，最近又还算强势，但 ban 的概率比澜低了很多。

两次三杀之后，射手主动打字："你跟打野吧。"

怕周纯不知道是在说她，他还补充了一句："辅助，你跟你老公去吧。"

周纯的瑶停在半路上。

"老公"这称呼，她见无数情侣用过，但她从没自己用过。

反正她不叫。周纯无视掉这个称呼，又继续操纵方向，看到小地图上甘灼的镜转了个方向。

她骑了上去："冲冲冲。"

蹭助攻和人头的时候到了。

甘灼说："姐姐，你刚才过来，我就不会死了。"

周纯安抚他："现在也不晚。"

有了瑶的镜更加游刃有余。

因为周纯晚上有课，所以只打了几局。

《王者荣耀》每隔一段时间会有一些活动，需要收集道具什么的，周纯大部分都会做，因为她很多东西都没有。

甘灼的号是新的，也很空。他本人也不是天天在号上。甘灼顺理成章地将号给了周纯："姐姐，帮我。"

周纯这是第一次登上国服号，心潮澎湃。

不过看起来也没别的不同，唯一的不同大概是好友那里是拒绝申请的。

她给甘灼发消息："我可以用你的号玩吗？"

甘灼："可以。"

周纯："掉分了不要说我。"

甘灼："你觉得会吗，姐姐？"

周纯当然没有去打排位或者巅峰赛，而是玩的匹配，就当是练英雄，用的是镜。

看甘灼玩这么久，她早就想上手了。

加载界面上，硕大的国标异常显眼。

一进入游戏，几个队友纷纷打字："好大一个宝贝！"

"可以蹭标吗？"

周纯屏蔽他们，专心练英雄。

不知道是不是对面也是练英雄来的，都菜，还是队友太给力，她居然秀起来了。

国标在游戏中显露出来。

周纯又取消屏蔽。

甄姬："打野CPDD（CP滴滴）。"

对面的辅助也一直发消息。

从周纯的角度来看，自然都是情敌。也对，她偶尔看两眼的直播里，那些主播游戏结束后基本都有人加为好友。之前还有人去国服榜上添加国服处CP的。这么一想，甘灼设置拒绝加好友的行为很好，特别好，值得被奖励。

她发消息："有CP了。"

周纯打字时有种微妙的甜蜜，结束这局时，她翻到亲密关系里，里面很干净，就只有她一个人。

唯一的，还是恋人关系。

周纯忍不住给随宁发消息："宝，我现在发现，弟弟好啊，弟弟真不错。"

随宁："？"

随宁："正常点儿宝贝。"

周纯心情好："晚上回来请你吃好吃的。"

等甘灼晚上巅峰赛结束，两人双排。

周纯说："我选瑶跟着你？"

她又换了小明："你喜欢小明吗？"

甘灼若有所思，试探道："姐姐，你今天有点儿热情？"

周纯神态自若道："不要算了。"

甘灼说："要。"

当然要，不要是傻瓜。

等进入游戏，甘灼更察觉到不对劲，比如团战中周纯竟然还以死来换他逃生。以前这种情况，周纯都是自己先活要紧。

甘灼问："姐姐，你今天肯定有什么好事发生。"

周纯笑眯眯道："是好事吧。"

她就是不说什么好事，甘灼也问不出。

周纯有时候挺好奇的，为什么同样是人，别人游戏打得厉害，自己那么菜。让她每个英雄都玩吧，她又不愿意，因为有的太丑，有的技能没意思。甘灼偶尔会和她解释一些英雄的技能。周纯从一无所知的新人小菜鸡，逐渐变成了一个半知半解的、有点儿菜的玩家。

下一把她玩了姐己，反正有甘灼在，她不怕自己被说。

周纯以前不会这样，她不太喜欢单排队友玩姐己，也不相信别人玩姐己。

自己玩，因为 CP 是国服，周纯自觉双标了起来。

坚持了好久，三件套终于全了，周纯兴致勃勃地开始蹲草，蹲了半天没人来。

甘灼见到，忍笑道："姐姐，你蹲那里干什么？"

周纯理直气壮："蹲草。"

"那里不会有人的。"甘灼告诉她。

"万一呢，你怎么知道蹲不到人？"周纯不信邪。

"……"

周纯这会儿也知道是自己意识不够，预判不到敌方会走的路径，但话都说出去了，马上走多不好。

蹲了一分钟，周围一片安静。

他们这边顺风，队友在清兵，甘灼刚打完龙。

对面的人呢？难不成都在水晶里挂机吗？出来一个让她甩技能也好啊。周纯正打算意思意思一下离开，见到甘灼操纵着镜，飞身入草，还能听到英雄的技能声。

两个英雄都在草里待着。

他来干吗？想法刚过，耳机里响起甘灼清笑的声音："姐姐，你蹲到了。"

——那里不会有人的。

——姐姐，你蹲到了。

说真的，周纯从不知道还可以这样。

这就是拥有小男友的快乐吗？又奶又甜，还会顺着自己的意思。

虽然周纯一直没真正把游戏里的 CP 关系当成情侣关系，但在游戏上确实能体验到那种恋爱的氛围。

就拿刚才来说，周纯的心跳都停了一拍。

她有点儿想起随宁偶尔和她提的，和陈津白打游戏时怎么怎么样的惊喜和甜蜜。

"怎么不说话？"甘灼问。

周纯说："蹲到大宝贝，太惊喜了。"

甘灼弯了弯唇，听着她温柔的嗓音，心情飞扬。

两个人是开着组队语音的，队友都听不见，也不知道他们在那里做什么。

这局结束后，周纯没有再说话。她摸了摸胸口，越来越难以抵挡小朋友的诱惑了，谁能抵挡得住一个这么乖的弟弟。

新的一局开始，甘灼问："姐姐，你在哪里上学？"

周纯警惕："问这个做什么？"

她很注重隐私，平日里不会透露三次元信息，朋友圈也不会发定位等。

甘灼说："好奇。"

周纯义正词严地告诉他："你在网上不要乱告诉别人真实信息，很危险知道吗？"

"姐姐又不是别人。"甘灼笑道，"我也不是别人。"

周纯知道他的意思，但她无法顺着回答，而是说："安全最重要，听话。"

甘灼应道："好。"

他等她开口那天。

中途输了一局后，他们上了好几颗星，周纯打得累了，就说要下线去休息。

关掉手机，甘灼看向窗外。今天天气格外好。

周纯上网搜了下，还挺多游戏网恋的投稿。

有些说自己奔现才知道对面是初中生的，有说对方是变声器被渣了的……

自己好像运气不错。游戏上，每个月国服的数目都数不清，渣男也数不清，碰到一个乖巧听话的太难得。

就是太小了。

可是，小也有小的好处，年纪大的人这么亲昵黏人叫"油腻"，唯有弟弟刚刚好。

周纯长叹一口气，她都觉得自己快被甜言蜜语攻略了。她足够理智，可游戏、网络是会让人上头的，长时间的双排，是不一样的。这就是为什么那么多人网恋的原因。

周纯有意克制，当时上头，游戏里温柔，如同一个合格的 CP，下线后又会反省后悔。

随宁管这叫渣。

"我渣吗？"周纯问，"渣就渣吧。"

她在想，什么时候拒绝甘灼比较好。

这个机会来得很快。甘灼终于决定要去打职业了。

说实话，甘灼要去打职业，周纯是松了口气的。

她能感觉到自己越来越陷在这场网络恋爱中，但理智告诉她，这样不太好。

对方太小了，才十八岁。十八岁的男孩子能有什么是非观，她比他成熟，比他早了解社会，也许在游戏上开始，在游戏上结束更好。

想是这么想，但两人双排时，她问了另外一个问题。

"学习呢？"周纯问。

"我给自己两年时间。"甘灼早有计划。

因为邀请他的职业战队并没有入围 KPL，所以在前半年，他还是会一边上课，一边训练。

周纯知道他成绩很好，觉得这样不太好。

在她的眼里，学习自然比游戏重要，但他自己的决定，自己作为旁观者，也只有稍微提醒。

两年时间，说长也不长，说短也不短。等他再去学校也就只有二十岁。

甘灼将自己的打算说出来，认真道："说不定姐姐很快就可以在网上看见我了。"

周纯想到和随宁去现场看比赛，笑说："为什么不说是 KPL 现场呢。"

"姐姐这么相信我。"甘灼惊讶。

"……当然。"周纯差点儿嘴瓢了，温声承认。

她确实觉得甘灼技术很好，虽然她没看过几个职业比赛，但她看过随宁打游戏，看过 KPL 现场比赛。

周纯觉得甘灼可以。

不只实力上，她私心也想甘灼能出来成绩。周纯不想两年后见到一个失意的甘灼，少年人当该意气风发，就如同现在。

甘灼说："那我不能辜负姐姐的希望了。"

屏幕前，他唇角扬起。

即使不知道周纯长什么样，不知道现实里什么性格，可他喜欢网络上的周纯。

他知道她装模作样，也知道她并非表现得这样温柔。

甘灼也并非如此天真。

周纯以为说去打职业，但距离去还是有段时间的，结果没想到没几天，他就说"去了"。

她都惊了。因为甘灼还没有回学校，所以他直接去的俱乐部，周纯也没问他去的哪里。

甘灼也没说，似乎想等之后再说。

周纯单排了两天，思来想去，趁此机会，决定正好趁他最近和队友、和俱乐部磨合，断了这段"感情"。

她组织好措辞，又温柔又体贴地说明他的优秀，和不想让他分心，让他专心打成绩。

一段话情真意切，写到最后她自己都觉得不对劲。

写完后，周纯盯着文字怔愣了几分钟，叹息两声，将文字发出去，然后删了他。

她将游戏好友删除，恋人关系自然消失，不需要通知他来决定断不断。

随后，又将游戏的情侣 ID 改掉。

做完这事后，周纯不知为何对上分失去了兴趣，偶尔看随宁打游戏，但自己没玩。

随宁问："你国服弟弟呢？"

周纯实话实说。

随宁唏嘘："我的姐妹竟是渣女。"

周纯心虚，她觉得自己做得还可以，但仔细想，确实不太好，她不想给甘灼再留幻想。

他们不可能到现实里的。与其以后可能深陷其中，不如趁早断掉。

随宁调侃："你就不怕，他伤心之余，发挥不稳吗？"

周纯被她说得皱眉道："不会吧？"然后她摇头道，"他不会的。"

别看甘灼叫"姐姐"那样单纯，但在游戏里他格外冷静，就算四杀了也不会上头。

甘灼在当天就知道自己被删了。

源于他想拍张俱乐部的内部图给周纯看，因为整天都在忙，他都没有看到周纯发的消息。

等空闲下来，他便看到了那段话。

冠冕堂皇。

怕是早就想了吧。

良久，甘灼深吸一口气，他想过周纯会说这番话，但没想到会是这个时候。姐姐也太绝情了吧。

甘灼指尖停留在手机屏幕上，不知道回什么，回了个表情，对话框中出现红色感叹号。真绝情，他再次感叹。

甘灼上游戏看了一眼，熟悉的名字已经从列表里消失，他搜索也搜索不到。

说好的情侣 ID，就剩自己了。

"甘灼，看什么呢？"新队友走过来道，"你今天刚来，今晚咱们去聚餐啊，庆祝一下。"

甘灼收了手机道："好。"

有点儿不甘心，他想。

删除甘灼那会儿距离期末并没有多长时间。

周纯将学生会的事情安排好后，打算退了学生会，她以前实在是忙得太多了。随宁的私人时间比她多多了。

退会后周纯的课后时间一下子空闲了下来，她看随宁天天直播，又有点儿心痒。

大概是个停不下来的性格吧。

周纯打算找个兼职。

学校里，很多学生都有兼职，比如做家教，她对家教没什么兴趣，打算兼职翻译点儿东西。

心仪的翻译工作没找到，却看到了一个不一样的东西。一个俱乐部在招同声传译。

RX 俱乐部，他们《英雄联盟》的战队里有个韩国人，战队和平台签了合约，他直播时得说话、得互动。

周纯的目光定在薪资上，时薪。

写简历时，正好随宁在，周纯招手让她过来看。

随宁一眼就认出来 RX 是谁，说："你又不玩《英雄联盟》。"

周纯说："我可以学。"

她写好了简历后，就开始玩《英雄联盟》，有《王者荣耀》经验在前，虽然是新手，但不是一窍不通。

连续玩了好几天，又不间断地看了大神的解说直播后，周纯接到了面试通知。

周纯去 RX 那天天气很好。她和经理聊天时随口提了句《王者荣耀》，其实很多玩《英雄联盟》的人并不看得上《王者荣耀》，但他们不一样。

"我们俱乐部不光有《英雄联盟》，还有《王者荣耀》，不过他们在分部那边，你要是想上分，偶尔可以和他们一起玩。"

周纯知道这是客套话，微笑道："好。"

她的工作客户是《英雄联盟》的职业选手，所以没有去关注《王者荣耀》分部那边有什么人。

虽然只是个翻译，但周纯还是进了他们的群。

直到有天，那天结束得太早，经理看她无事，笑说让《王者荣耀》那边的选手带她玩。

周纯客套拒绝，经理没同意。

她进入游戏，闭麦不发言。

有人催促甘灼，周纯动了动耳朵，自己听错了吧，直到对方回了句："好了。"

异常熟悉的嗓音。时隔许久，她还清楚地记得。

甘灼也认出了周纯的头像，周纯没有换微信头像的习惯，他咬牙，说不耽误他，回归三次元，这会儿却和职业选手玩。

两个人互相认出对方，却都没有说破。

周纯甚至觉得甘灼可能都忘了自己，被他叫"翻译姐姐"时有点儿起鸡皮疙瘩，又有点儿不高兴。

她怅然，以前都只会叫自己"姐姐"呢。

现在还不是会叫别人。

两个人心思各异，选了射手和辅助，几分钟一起待在下路，周纯死了几次后，终于明白——

他还记得她。

他是故意的。

甘灼嘴上依旧甜甜地说着"不是故意的"，叫着"姐姐"，可实际行动压根儿不是。

周纯的心虚也渐渐消失，开始回击。

两个人射辅联动，下路双送，队友们则是乱杀。

队友闭麦，扭头说："甘灼，虽然小姐姐有点儿菜，你也不能跟着送吧？"

甘灼说："……没有。"

他这会儿哭笑不得。

游戏结束后，他们没有再打，甘灼点了加周纯好友，理由都改了："姐姐，同意一下。"

姐姐当然没同意。

周纯虽然离开了，但看到微信上的红点时，还是心跳停了一拍——会是甘灼吗？

她点开，是其他几个人。

周纯心中失望，又觉得自己这样似乎不太妙。

她一想起今天和甘灼的互相复仇，就实在好气，和随宁放话说要辞职——

当然没有。毕竟薪资摆在那里，钱也挺重要的，是吧。

周纯没有上游戏，就没有看到甘灼的好友申请。

虽然没等到姐姐同意，但也没等到拒绝，甘灼怀疑她没上线，倒是和《英雄联盟》那边打听了她的上班时间。

这也很容易打听。因为周纯要做翻译的韩国选手的直播时间是公告在直播平台上的，他一搜就能看到。

晚间，他就进了对方直播间。

RX《王者荣耀》分部成立没多久，甘灼都还没有被公布，也没有名气，他进直播间就没几个人认出来。

他虽然没看到周纯，但可以听到她声音。她偶尔也会说两句韩语，甘灼听不懂，只觉得她的声音好听。

和游戏里的她不一样。

观察了一段时间，甘灼等不及了。

直播结束后，直播间还没关，韩国选手问周纯要不要来两局，有粉丝在问这是什么意思。

周纯解释："他问我要不要玩……"

她还没回答，先就接到了一个电话："姐姐，不是约好了吗？"

周纯："？"

哪儿来的她电话？

韩国选手听到甘灼的声音，虽然一开始没听懂，但有队友解释，于是磕巴着让她去赴约。

周纯："……"

甘灼这"狗东西"，阻挡她 LOL 上分。什么乖巧听话的弟弟，压根儿就不是。

从那天后，甘灼就时常找周纯。

其实，两个分部距离并不近，基本碰不上，可周纯还是经常看到甘灼，准确来说，他是来找她的。

周纯之前只见过他的手，见到本人时，不可避免怔愣。

其实和她想象的有点儿区别。甘灼并不幼，他很高，眉清目秀，可以称得上帅气，穿着亮色的队服，像广告画报似的。

他站在她面前，比她高出半个头。

甘灼开口叫："姐姐。"

这一刻，眼前人和网络上的甘灼一部分重合，却又让她清楚，他不只是年纪小而已。

周纯和甘灼恢复了联系，游戏上也开始双排，只是因为他时间不多，两个人间歇才会一起玩。

偏偏这样让两个人都挺稀罕的。

有时她也会想，这样似乎和她之前的决定起了冲突。周纯唾弃自己的犹豫，却又喜欢他独对自己不一样，虽然嘴上会和随宁抱怨他，可心里着实欣悦。

她偶尔在想，弟弟是等她深陷再报复，还是来真的。

只是时间久了，周纯也忘了这个想法。

随宁甚至会打趣："甘灼的照片一曝光，迷妹多了不少哟，不对，姐姐粉也多了。"

周纯冷漠脸道："噢。"

两个人并未确定关系，好似暧昧，偶尔看到一些视频里妹妹秀国服 CP 时，周纯都会想到甘灼，她心里明白，她动心了。

刷微博时，果然见到甘灼微博下多了自称"姐姐"的粉丝。也不知是不是太入神，被甘灼抓到。

周纯佯装自然道："恭喜啊，你的粉丝多了，以后会越来越多的。"

甘灼点头。

周纯又说："还是'姐姐粉'呢。"

见她明眸皓齿看着自己，甘灼忽然听懂了，她是不是在吃醋呀，他很开心。

他说："她们是粉丝，我只要给好成绩就好。"

周纯"哼哼"两声，说得倒是挺对。

甘灼看着她，靠近周纯，轻轻说："姐姐是我喜欢的人，我只能给我自己。"

"姐姐，做我女朋友，好不好？"他问，目光追着她。

周纯心知自己早已被他蛊惑，她理智，却也干脆，并不拖拉，此时心中小鹿乱撞。

周纯坦然回道："好啊。"

即使是弟弟，但喜欢了，就谈一场恋爱，有何不可。